古期ドイツ語作品集成

髙橋輝和 編訳

溪水社

序　文

　この作品集成には，ドイツ語史・文学史の最古の段階をなす，西暦500年頃から1100年頃までの時代における低地ドイツ語と高地ドイツ語の諸方言による全ての作品が収録されている．ただし大作はその主要な部分に限定され，意味不明の断片的なものは取り上げられていない．

　古期ドイツ語の全作品をまとめるに際しては極力，原本や写本の写真を入手して原文の校定を行い，場合によっては原文の復元を行ってある．そして随所に新しい読み方や新しい解釈を呈示し，出典の明示，解説，詳細な注釈をつけ，言語学的に正確な和訳を添えてある．

　古期ドイツ語の作品では複数の方言形が入り混じっていることが多いので，そのような場合には用いられている主要な方言形に基づいて方言の認定がなされており，さらに原則として現存写本の語形によって年代の認定がなされている．ただし後代の写本であっても，原本の古形を保持している場合は，原本の作成年代を採用してある．

　私はこのような作品集成によって中世初期の古期ドイツ語時代の言語文化の諸相と特色を明らかにすることを意図している．巻末の作品分類を一瞥すると分かるように，この時代には世俗の多種多様な実用文書も作られているが，この時代の作品の大半は聖職者によるキリスト教関係の文書や宗教的な韻文作品であって，「ドイツのキリスト教化」を目的としている点に最大の特色がある．

　「ドイツのキリスト教化」という目的のために，この時代の作品ではラテン語とドイツ語が混用されていたり，ラテン語の翻訳としてドイツ語が書かれていることは珍しくはない．本書ではラテン語の部分は斜体で示し，訳文中ではラテン語に対応する部分を片仮名で示してある．

　この作品集成では私は韻文の原詩を七五調の新体詩風に和訳することを試み

た．今日，ドイツ中世の韻文作品は散文に和訳されるのが一般的な傾向であるが，私はこれを前々から大変残念に思っており，自らは「独詩の訳も詩たるべし」をモットーとして韻（律）文訳に努めてきた．中世の文学作品に対する関心が高まった今日，もはや意味さえ分かればそれで良しとする時代ではなく，鑑賞と高唱に耐え得る和訳を提示する責務が研究者に課せられていると考えるからである．とは言え，それが生易しくはないことを私自身が身に染みて十分承知している．

　私が七五調の新体詩形を和訳の基本としたのは，原詩の構成を忠実に再現するために，日本語として可能な限り，直訳を行うことが望ましいと考えていたので，そのための訳語の分量から判断した結果でもある．その際，語彙は多いほど便利なので，『広辞苑』に載っている言葉はどれでも遠慮なく使用することとし，そして助動詞の多様性と簡潔性故にも文語文法によることにした．ただし仮名遣いは，E.ラゲ訳『新約聖書』（中央出版社 1959年）や関根正雄・木下順治編『聖書』（筑摩書房 1965年）に倣って表音式の仮名遣いを原則とした．このようにして古期ドイツ語詩の一長行の前半行と後半行をそれぞれ七五句で再現すると，原詩と訳詩の，字面での長さがほぼ等しくなり，印刷上の都合が良いことも分かった．

　こうして韻律文の古期ドイツ語詩を律文として和訳することが可能になったが，脚韻の再現は，九鬼周造「日本詩の押韻」（『九鬼周造全集』第 4 巻）の主張通り，全く不可能ではないにしても，しかし全行で行うとなれば，翻訳という大きな制約から極めて困難であるため，断念せざるを得なかった．

　他方，頭韻の再現は，日本語の特性から考えて脚韻の再現よりもかなり容易であると思われた．事実，日本の詩歌でも頭韻の使用が見られる：

　　身のうちに未知の世界を見ることを
　　歓びとする悲しみとする　　　竹久夢二
　　　　　　　　　　　　（大岡信「折々のうた」朝日新聞 1985・6・25）

九鬼周造は「日本語の普通の頭韻は殆どすべて子音と母音との結合から成ってゐる」とか「日本語では子音のみの応和は微弱に過ぎて一般人には十分に韻として感ずることが出来ない」と述べているが，しかし次のような歌は，明らかに子音のみの応和による頭韻詩であると私には感じられる：

　　疵だらけの言葉が今日も交わされて

言葉消ゆれど傷のみ残る　　　橋本喜典

　　　　　　　　　　　　　　　　　（「折々のうた」1985・12・1）
このような子音のみの押韻は，まさしく古ゲルマン語の頭韻詩の様式でもあるので，訳詩に子音＋母音の完全な一致を求めないことにすれば，頭韻訳はかなり楽にできると思われた．そこで私が立てた方針は次の通りである．

1. 頭韻詩の前半行と後半行とは，それぞれの中の重要な単語の強音節同士の頭韻関係によって結ばれており，その際，原則として後半行の最初の強音節は頭韻に関与する．よって和訳では後半の七五句の最初の音が頭韻関係に立つようにする．
2. 押韻型としては，前半行に2つの押韻語と後半行に1つの押韻語を持つ型（aa−ax）が多く見られるが，和訳でもそのように努めた．全行がこの型で復元されたランゴバルド語の『ヒルデブラントの歌』の和訳は全行そのように押韻させてある．
3. 頭韻詩では，母音はどの母音とでも，子音は同一の子音（ただしsk-, sp-, st- は同一の組み合わせ）とのみ押韻するので，和訳でも同じ原則を採用する．しかし，例えばハ行音とバ行音とを押韻させなければならないような場合を認める．カ行音とキャ行音との押韻は極力避ける．
4. 原詩で頭韻関係にある単語の訳語同士も押韻させる．しかしこれは不可能な場合が多い．特に『ヘーリアント』では行順を守ることすらしばしば困難である．

　本書は，中世初期のドイツ語圏の言語文化を取り扱う4部作の第2部として作られた．既に第1部の『古期ドイツ語文法』（大学書林　1994年）が出ている．第3部の『古期ドイツ語辞典』は現在，科学研究費補助金の交付を受けて編集作業が進行中であり，第4部としては『中世初期ドイツの言語文化−古期ドイツ文学史』が予定されている．

　本書の出版は2002年度の科学研究費補助金（研究成果公開促進費，課題番号145150）によってなされた．日本学術振興会と溪水社に感謝いたしたい．

　　2003年1月

　　　　　　　　　　　　　　　　　　　　　　　　髙　橋　輝　和

目　次

序　文 …………………………………………………………… i
凡　例 …………………………………………………………… xiv

Ｉ．古期ドイツ語の作品 ………………………………… 3

Ａ．ザクセン語の作品

1. ヴェーゼル川の獣骨のルーネ文字銘　4
2. ゾーストの円形留金のルーネ文字銘　4
3. ノルマン人のAbc　4
4. 『ヘーリアント』序文　4
   a．散文の序文　4
   b．韻文の序文　8
5. 『ヘーリアント』M写本より　10
   a．キリストの誕生　10
   b．主の祈り　24
6. 『ヘーリアント』P写本断片より　24
7. 『ヘーリアント』S写本断片より　26
8. 『ヘーリアント』V写本抜粋より　26
9. ザクセン語の創世記より　30
   a．アダムの嘆き　30
   b．ソドムの運命の予告　34
10. エッセンの月名　36
11. ルブリンの詩篇断片より　36
12. ヴィーンの呪文　38
    a．馬の呪文　38
    b．寄生虫の呪文　38
13. ヴェールデンの徴税簿断片　40
14. ヴェストファーレン語の懺悔より　40
15. ザクセン法より　40

16. パーデルボルンの詩篇断片　*42*
17. ゲルンローデの詩篇注解より　*42*
18. トリールの血の呪文　*44*
19. 『ヘーリアント』C写本より　*44*
　　a．序　*44*
　　b．主の祈り　*48*
20. エッセンの徴税簿より　*48*
21. ヴェストファーレン語の受洗の誓いA写本　*50*
22. ザクセン語の受洗の誓い　*50*
23. エッセンの万聖節の説教　*52*
24. ギッテルデの貨幣銘　*54*
25. レーオ・ヴェルチェリ司教の金言　*54*
26. フレッケンホルストの徴税簿より　*54*

B．低部フランク語の作品
1. ベルリーンの詩篇断片より　*58*
2. アインハルトの『カルル大帝伝』A5写本より　*60*
3. 西フラマン語の恋愛句　*60*
4. ヴィリラムの雅歌注解A写本より　*60*
5. ミュンステルビルゼンの称賛句　*62*

C．テューリンゲン語の作品
1. ヴァイマルの尾錠のルーネ文字銘　*64*
2. テューリンゲン法より　*64*

D．中部フランク語の作品
1. トリールの護符のルーネ文字銘　*66*
2. ビューラハの円形留金のルーネ文字銘　*66*
3. リブアーリ法より　*66*
4. ケルンの受洗の誓い断片　*66*

5．ケルンの碑文　*68*

　　6．トリールの悪魔払いの宣言　*68*

　　7．レーワルデンの詩篇断片より　*68*

　　8．トリールの勅令　*70*

　　9．チューリヒの血の呪文　*74*

　10．ハインリヒの歌　*74*

Ｅ．西フランク語の作品

　　1．サリ法協約Ａ類本文より　*78*

　　2．ルートヴィヒの歌　*80*

　　3．パリの会話より　*84*

Ｆ．ラインフランク語の作品

　　1．フライラウベルスハイムの弓形留金のルーネ文字銘　*88*

　　2．オストホーフェンの円形留金のルーネ文字銘　*88*

　　3．フランク語の祈り　*88*

　　4．シュトラースブルクの誓い　*88*

　　5．アウクスブルクの祈り　*92*

　　6．メルゼブルクの呪文　*94*

　　　ａ．身内生還の呪文　*94*

　　　ｂ．馬の呪文　*94*

　　7．ロルシュの蜜蜂の呪文　*94*

　　8．マインツの懺悔より　*94*

　　9．ライヒェナウの懺悔より　*96*

　10．トリールの馬の呪文　*96*

　11．ラインフランク語の旧約賛歌より　*96*

　　　ａ．申命記32,1−4　*96*

　　　ｂ．サムエル記上2,1−2　*98*

　12．トリールのグレゴーリウス句　*98*

　13．ビンゲンの墓碑銘　*98*

14. 尼僧への求愛　*100*
15. シュレットシュタットの呪文　*100*
    a．寄生虫の呪文　*100*
    b．血の呪文　*102*
16. パリの馬の呪文　*102*
17. アプディングホーフの血の呪文　*102*
18. ベルンの痛風の処方箋　*102*

G．南ラインフランク語の作品
1. イージドールの『公教信仰』より　*106*
2. ヴァイセンブルクの公教要理より　*108*
    a．主の祈り　*108*
    b．信仰告白　*110*
3. オットフリートの『聖福音集』V写本より　*110*
    a．リウトベルト・マインツ大司教への請願状　*110*
    b．序　*118*
    c．受胎告知　*128*
    d．キリストとサマリア女　*132*
    e．主の祈り　*140*
    f．郷愁　*142*
    g．ルートヴィヒ・ドイツ王への献詩　*142*
    h．サロモン司教への献詩　*148*
    i．ハルトムートとヴェーリンベルトへの献詩より　*152*
4. ロルシュの懺悔より　*154*
5. メルゼブルクの祈り断片　*154*
6. プファルツの懺悔　*156*

H．東フランク語の作品
1. バーゼルの処方箋　*158*
    a．発熱の処方箋　*158*
    b．癌腫の処方箋　*158*
2. サリ法断片　*160*

3. ヒルデブラントの歌　*166*
4. ハンメルブルクの荘園の境界表示　*170*
5. タツィアーンの『総合福音書』G写本より　*172*
    a．放蕩息子の話　*172*
    b．天国の喩え　*176*
    c．主の祈り　*178*
6. アインハルトの『カルル大帝伝』C１写本より　*180*
7. フランク語の受洗の誓いA写本　*182*
8. ヴュルツブルクの懺悔より　*182*
9. フルダの懺悔A写本より　*182*
10. ヴュルツブルクの共有地の境界表示　*184*
11. ヴィリラムの雅歌注解B写本より　*188*
    a．序文　*188*
    b．本文59　*190*

I．バイエルン語の作品

1. シューレルロッホの岩壁のルーネ文字銘　*194*
2. バイエルン法A写本より　*194*
3. モーン（ト）ゼーの写本断片より　*194*
    a．マタイ福音書より　*194*
    b．イージドールの『異教徒らの召出しに関する説教』より　*198*
    c．イージドールの『公教信仰』より　*200*
    d．アウグスティーヌスの説教より　*200*
4. キリスト教徒に対する奨励A写本　*202*
5. ヴェッソブルンの祈り　*206*
6. フライジングの主の祈り注解A写本より　*206*
7. バイエルン語の懺悔Ⅰ　*208*
8. ザンクト・エメラムの祈りA写本　*208*
9. 神への賛歌　*210*
10. フルダの覚え書き　*212*
11. カッセルの会話より　*212*

12．ザンクト・エメラムの主の祈り注解より　214
13．ムースピリ　214
14．オットフリートの『聖福音集』Ｆ写本より　222
15．ジギハルトの祈り　222
16．ペテロの歌　224
17．司祭の誓いＡ写本　224
18．フォーラウの懺悔断片より　224
19．詩篇138　226
20．ヴィーンの犬の呪文　228
21．テーゲルンゼーの寄生虫の呪文　228
22．バイエルン語の懺悔Ⅱより　230
23．ルーオトリープより　230
　　ａ．捕えられたる魚　230
　　ｂ．愛の伝言　232
24．オットローの祈りより　232
25．クロースステルノイブルクの祈り　234
26．ザンクト・エメラムの癲癇の呪文　234
27．ミュンヒェンの痛風の処方箋　234
28．ザンクト・エメラムの目の呪文　236
29．ヴィーンのノートケル写本より　236
30．ヴェッソブルンの信仰告白と懺悔Ⅰより　236
31．ヴェッソブルンの宗教的助言より　238
32．ヴェッソブルンの説教より　238
33．マリーア・ラーハの潰瘍の呪文　240
34．ベネディクトボイレンの信仰告白と懺悔Ⅱより　240

Ｊ．アレマン語の作品
1．ノルデンドルフの弓形留金Ｉのルーネ文字銘　242
2．アイヒシュテッテンの鞘口銀板のルーネ文字銘　242
3．ノイディンゲンの木材のルーネ文字銘　242

4．ヴァインガルテンのＳ形留金Ｉのルーネ文字銘　242
5．プフォルツェンの尾錠のルーネ文字銘　242
6．シュレッツハイムの青銅カプセルのルーネ文字銘　242
7．シュレッツハイムの円形留金のルーネ文字銘　242
8．プフォルツェンの象牙環のルーネ文字銘　244
9．ヴルムリンゲンの槍先のルーネ文字銘　244
10．アレマン法Ａ類写本より　244
11．ザンクト・ガレンの語彙集より　244
12．アブロガンスＫ写本より　246
13．ザンクト・ガレンの主の祈り　248
14．ザンクト・ガレンの信仰告白　248
15．ライヒェナウの主の祈り　250
16．ベネディクト修道会会則より　250
17．ムールバッハの賛歌より　254
　　a．真夜中　254
　　b．主の祈り　256
18．アレマン語の詩篇断片より　258
19．ウルリヒ句　260
20．ザンクト・ガレンの写字生の句　260
21．ザンクト・ガレンの風刺句Ⅰ　260
22．キリストとサマリア女　260
23．牡鹿と牝鹿　262
24．ザンクト・ガレンの風刺句Ⅱ　262
25．チューリヒの家の呪文　264
26．ノートケルの訳著より　264
　　a．フーゴ・ジッテン司教への書状　264
　　b．ボエーティウスの『哲学の慰め』より　268
　　c．マルティアーヌス・カペルラの『フィロロギアの結婚』より　276
　　d．アリストテレース／ボエーティウスの『範疇論』より　282
　　e．アリストテレース／ボエーティウスの『解釈論』より　284

xi

　　　　f．三段論法より　290
　　　　g．修辞学より　292
　　　　h．音楽論より　294
　　　　i．詩篇より　298
　　　　j．旧約賛歌より　302
　　　　k．主の祈り　302
　　　　l．信仰告白　304
　　　　m．格言　304
　　　　n．処世訓　306
　27．ザンクト・ガレンの格言　308
　28．ザンクト・ガレンの課業　308
　29．ノートケルの詩篇への注解より　310
　　　　a．詩編92より　310
　　　　b．詩編98より　310
　30．ガルスの歌　312
　31．ヴァインガルテンの本の後書き　318
　32．ギーゼラ句　318
　33．ザンクト・ガレンの風刺句Ⅲ　318
　34．シュトラースブルクの血の呪文　320
　35．古フュジオログスより　320
　36．ゲオルクの歌　322
　37．ザンクト・ガレンの信仰告白と懺悔Ⅰより　326
　38．ザンクト・ガレンの信仰告白と懺悔Ⅲより　326

K．ランゴバルド語の作品

　1．ベゼンイェの弓形留金AとBのルーネ文字銘　328
　2．ブレザの大理石半円柱のルーネ文字銘　328
　3．ランゴバルド語の『ヒルデブラントの歌』　328
　4．ロータリ王の布告より　332
　5．パウルス・ディアーコヌスの『ランゴバルド史』より　336

II. 出典，解説，注釈 ··· *339*

参考文献 ··· *393*
作品分類 ··· *409*
作品索引 ··· *416*

凡　　例

1．鉤括弧［　］は原文中の，元来の追加．
2．丸括弧（　）は原文への追加．
3．原文中の下線部分は推読又は修正個所．
4．原文中の下点部分は音読の際に発音しない．
5．訳文中の下線部分は，ラテン語原文とドイツ語訳文との間の相違個所．
6．片仮名文中の下点線部分は固有名詞．

略　　称

ab. ＝古バイエルン語
ags. ＝アングロサクソン語（古英語）
ahd. ＝古高ドイツ語
aobd. ＝古上部ドイツ語
aofrk. ＝古東フランク語
as. ＝古ザクセン語
bair. ＝（現代）バイエルン語
got. ＝ゴート語
mhd. ＝中高ドイツ語
nhd. ＝新高ドイツ語

古期ドイツ語作品集成

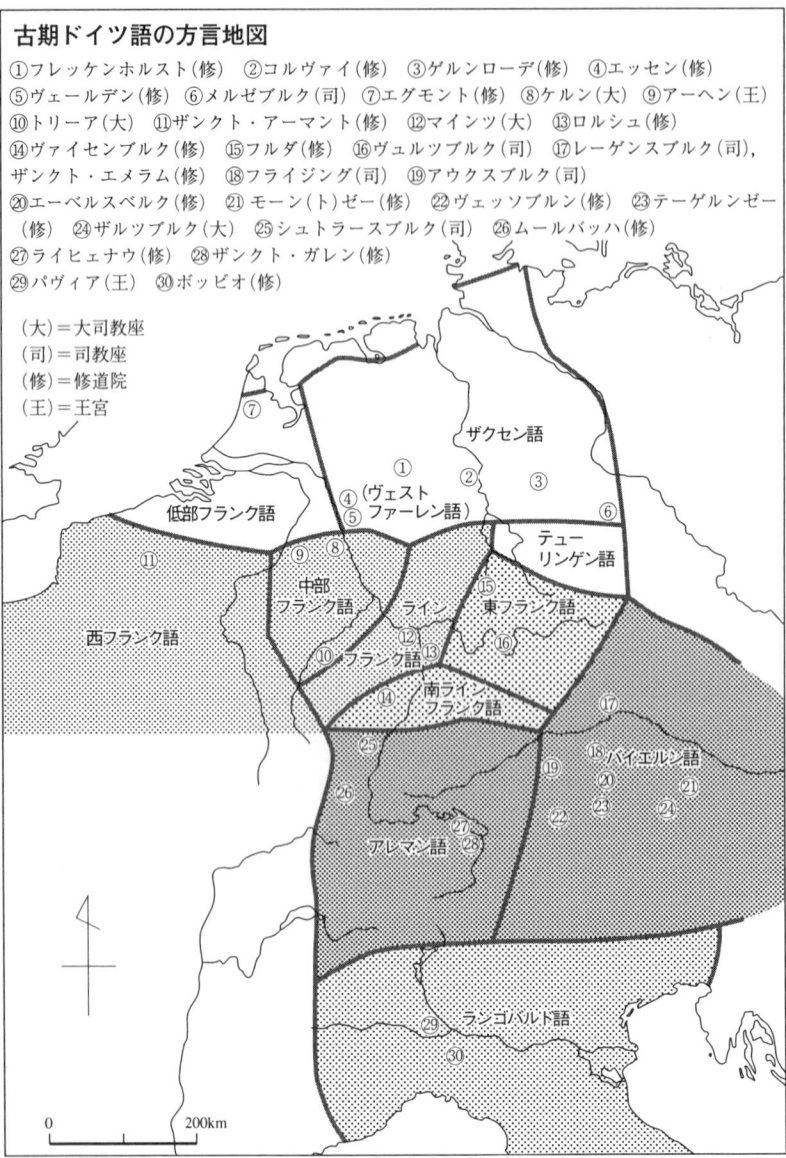

Ⅰ. 古期ドイツ語の作品

A．ザクセン語の作品

1．ヴェーゼル川の獣骨のルーネ文字銘（440±60年）
    A）lōkom hēr.
    B）lātam Inghari, kunni Ingwe hagal.
    C）Uluhari dede.

2．ゾーストの円形留金のルーネ文字銘（6世紀末）
    g(eba) ō(dil) At(t)an. T(ī) rāda dāþa.

3．ノルマン人のAbc（9世紀前半）
    feu forman, ūr after, thuris thri_tten_ stabu, ōs is the_mo_ oboro, rāt endos_t_ writa_n_.
    cha_on_ thanne clivo_t_, hagal naut habe_t_, īs ār endi sō_l_.
    (tiu/tir) bri_c_a, endi man midi, lagu thē leohto, ȳr al bihabe_t_.

4．『ヘーリアント』序文（850年頃）
  a．散文の序文

    Præfatio in librum antiquum lingua saxonica conscriptum

    Cum plurimas reipublicæ utilitates Ludovicus piissimus augustus sommo atque præclaro ingenio prudenter statuere atque ordinare contendat, maxime tamen quod ad sacrosanctam religionem æternamque animarum salubritatem attinet, studiosus ac devotus esse comprobatur, hoc quotidie solicite tractans,
5 *ut populum sibi a deo subjectum sapienter instruendo ad potiora atque excellentiora semper accendat et nociva quæque atque superstitiosa com-*

A．ザクセン語の作品

1．ヴェーゼル川の獣骨のルーネ文字銘（440±60年）
　　A）我はこちらを見張る．
　　B）我ら，イングハリ（と）イングウェ族は破滅を放たん．
　　C）ウルハリがなしたり．

2．ゾーストの円形留金のルーネ文字銘（6世紀末）
　　アットの贈品（にして）遺産．ティウ神は死を統ぶべし．

3．ノルマン人のAbc（9世紀前半）
　　フェウは初めの字によりて，ウールは次に，スリスは三番目の字によりて，オースはその後のものにして，ラートは最後に刻まれてあり．
　　カオンがその後に張りつき，ハガルはナウトを持ち，イースはアールとソールを．
　　（ティウ／ティルは）ブリカを，かつマンは真ん中，ラグは輝くもの，ユールは全てを締めくくる．

4．『ヘーリアント』序文（850年頃）
　a．散文の序文
　　　ザクセン語ニテ書カレタル古キ書物ヘノ序文
　　　イトモ敬虔ナル皇帝ルートヴィヒハ，国家ノ非常ニ多クノ有益ナル制度ヲ最高ニシテ優秀ナル天性ヲモチテ聡明ニ設立シ，カツ整備セント努メテアレド，シカシ殊ニ極メテ神聖ナル宗教ト魂ノ永遠ナル幸福ニ関シテハ，神ヨリ自ラニ委ネラレタル人民ヲ賢ク指導シテ，ヨリ良キ，カツヨリ優レ
5 タル事柄ヘト常ニ刺激シ，カツ各々ノ有害ニシテ迷信的ナル事柄ヲ押サエツケテ根絶セント毎日，入念ニ熟考シテオリ，熱心ニシテ忠実ナリト確認

primendo compescat. In talibus ergo studiis suus jugiter benevolus versatur animus, talibus delectamentis pascitur, ut meliora semper augendo multiplicet et deteriora vetando extinguat.

10   *Verum sicut in aliis innumerabilibus infirmioribusque rebus ejus comprobari potest affectus, ita quoque in hoc magno opusculo sua non mediocriter commendatur benevolentia. Nam cum divinorum librorum solummodo literati atque eruditi prius notitiam haberent, ejus studio atque imperii tempore, sed dei omnipotentia atque inchoantia mirabiliter actum est nuper, ut cunctus*
15   *populus suæ ditioni subditus, theudisca loquens lingua, ejusdem divinæ lectionis nihilominus notionem acceperit.*

   Præcepit namque cuidam viro de gente Saxonum, qui apud suos non ignobilis vates habebatur, ut vetus ac novum testamentum in germanicam linguam poetice transferre studeret, quatenus non solum literatis, verum etiam
20   *illiteratis sacra divinorum præceptorum lectio panderetur. Qui jussis imperialibus libenter obtemperans, nimirum eo facilius, quo desuper admonitus est prius, ad tam difficile tanque arduum se statim contulit opus, potius tamen confidens de adjutorio obtemperantiæ, quam de suæ ingenio parvitatis.*

   Igitur a mundi creatione initium capiens, juxta historiæ veritatem quæque
25   *excellentiora summatim decerpens et interdum quædam, ubi commodum duxit, mystico sensu depingens, ad finem totius veteris ac novi testamenti interpretando more poetico satis faceta eloquentia perduxit.*

   Quod opus tam lucide tamque eleganter juxta idioma illius linguæ composuit, ut audientibus ac intelligentibus non minimam sui decoris dulcedinem
30   *præstet. Juxta morem vero illius poëmatis omne opus per* vitteas *distinxit, quas nos lectiones vel sententias possumus appellare.*

   Ferunt eundem vatem, dum adhuc artis hujus penitus esset ignarus, in somnis esse admonitum, ut sacræ legis præcepta ad cantilenam propriæ linguæ congrua modulatione coaptaret. Quam admonitionem nemo veram esse
35   *ambigit, qui hujus carminis notitiam studiumque ejus compositoris atque desiderii anhelationem habuerit. Tanta namque copia verborum, tantaque ex-*

A. ザクセン語の作品

セラル．カクテ，常ニヨリ良キ事柄ヲ増ヤシテ大キクシ，ヨリ卑シキ事柄ヲ禁ジテ絶滅セシメントスル熱意ニ彼ノ好意的ナル心ハ絶エズ従事シテオリ，カヨウナル喜悦ヲ楽シミテアリ．

10 　事実，他ノ無数ニシテ比較的軽微ナル事柄ニオイテ彼ノ気質ガ是認セラレ得ル如ク，コノ大ナル作品ニオイテモ彼ノ博愛心ガ大イニ称賛セラル．何トナレバ，神的ナル書物ノ知識ヲカツテハ教養ノアル者ヤ学識ノアル者達ガ完全ニ独占シタレドモ，彼ノ熱意ト支配ノ時宜ニヨリ，兎ニモ角ニモ神ノ全能ト先導ニヨリ，最近，驚クベキ事ガナサレタル結果，彼ノ権力ニ
15 従属セシメラレシ全人民ハ，ドイツ語ニテ話シテアレドモ，神的ナル書物ノ同一ノ知識ヲ得ルニ至リタルガ故ナリ．

　即チ彼ハ，教養ノアル者達ノミナラズ，無学ノ者達ニモ神的ナル戒律ノ神聖ナル書物ヲ広メンガ為ニ，自分達ノ所ニテ無名ニアラザル詩人ト見ナサレシザクセン人ノアル男ニ，旧・新約聖書ヲゲルマン語ニ詩的ニ翻訳ス
20 ルニ努ムベシト命ジヌ．ソノ者ハ皇帝ノ命令ニ快ク服従シテ，先ニ天上ヨリ促サレタルガ故ニ，疑イナク更ニ従順ニ，自ラノ僅少ナル才能ヨリハ寧ロ矢張リ従順ヘノ援助ヲ頼リトシツツ，カクモ面倒ニシテ困難ナル仕事ニ直チニ没頭シヌ．

　故ニ世界ノ創造ヨリ開始シ，歴史ノ真実ニ従イテ一切ノ比較的優レタル
25 事柄ヲ取リマトメ，カツ時々有益ト見ナシタル時ハ，アル事柄ヲ神秘的ナル意味ニテ叙述シ，全旧・新約聖書ノ終リニ至ルマデ，詩的ナル方法ニテ翻訳スルニヨリ，十分雅致アル陳述ニテ導キヌ．

　コノ作品ヲ彼ハカクモ明白ニ，カツカクモ優雅ニ彼ノ言語ノ特有語法ニ従イテ書キ上ゲタル結果，聞キテ解スル者達ニソノ優美ノ少ナカラヌ魅力
30 ヲ与エオリ．彼ハソノ詩歌ノ様式ニ従イテ作品全体ヲ「フィッテア」ニヨリテ分ケヌ．コレヲ我ラハ章節，或イハ段落ト呼ビ得．

　同詩人ハ，ソレマデコノ文芸ヲ全ク知ラザリシ時ニ，神聖ナル法ノ戒律ヲ適当ナル旋律ニテ結ビ合ワセテ自ラノ言語ノ聖歌トスベク，夢ノ中ニテ催促セラレタリト言ワル．コノ詩ノ理解トコノ作成者ノ熱意ト願望ノ息遣
35 イヲ自ラノモノトシタル者ハ，ソノ催促ガ真実ナルヲ疑問トセズ．何トナレバ，カクモ多量ノ言葉ト，カクモ卓越セル感情ガ光リ出ル結果，全テノ

7

cellentia sensuum resplendet, ut cuncta theudisca poëmata suo vincat decore. Clare quidem pronunciatione, sed clarius intellectu lucet. Sic nimirum omnis divina agit scriptura, ut quanto quis eam ardentius appetat, tanto magis cor
40 inquirentis quadam dulcedinis suavitate demulceat.

Ut vero studiosi lectoris intentio facilius quæque, ut gesta sunt, possit invenire, singulis sententiis, juxta quod ratio hujus operis postularat, capitula annotata sunt.

b．韻文の序文

Versus de poeta et interprete hujus codicis
Fortunam studiumque   viri lætosque labores,
carmine privatam   delectat promere vitam,
qui dudum impresso   terram vertebat aratro,
intentus modico   et victum quærebat in agro,
5 contentus casula   fuerat, cui culmea tecta
postesque acclives;   sonipes sua limina nunquam
obtrivit, tantum   armentis sua cura studebat.
o fœlix nimium,   proprio qui vivere censu
prævaluit fomitemque   ardentem extinguere diræ
10 invidiæ, pacemque   animi gestare quietam.
gloria non illum,   non alta palatia regum,
divitiæ mundi,   non dira cupido movebat.
invidiosus erat nulli   nec invidus illi.
securus latam   scindebat vomere terram
15 spemque suam in modico   totam statuebat agello.
cum sol per quadrum   cœpisset spargere mundum
luce sua radios, atris   cedentibus umbris,
egerat exiguo paucos   menando juvencos
depellens tecto   vasti per pascua saltus.
20 lætus et attonitus larga   pascebat in herba,

8

A．ザクセン語の作品

　　　ドイツ語ノ詩歌ヲ自ラノ優美ニテ凌駕スルガ故ナリ．確カニ発音ノ点ニテ
　　ハ明瞭ニ，サレド意味ノ点ニテハ更ニ明瞭ニ輝キテアリ．無論，聖書全体
　　ハ，誰ニテアレ，ソレヲ一心ニ求ムレバ求ムル程一層，ソノ求ムル者ノ心
40　ヲ甘味ナル，アル種ノ魅力ニテ慰撫スルガ為ニ，作用スルナリ．
　　　熱心ナル朗唱者ノ努力ガ，事柄ヲ，生ジタル通リニ，ヨリ楽ニ見イダシ
　　得ルガ為ニ，一ツ一ツノ段落ニオイテ，コノ作品ノ企テガ要求スル事ニ従
　　イテ，表題ガ書キツケラレタリ．

b．韻文の序文

　　本書ノ詩人ニシテ翻訳者ニ関スル詩句
　　トアル男ノ身上ト　　　　　　努力，嬉々タル仕事振リ，
　　個人ノ生ヲ歌ニヨリ　　　　　語リ告グルハ喜悦ナリ．
　　男ハ鋤ヲ押シ込メテ　　　　　久シク土地ヲ掘リ返シ，
　　小サキ畑デ一心ニ　　　　　　食スル物ヲ手ニ入レテ，
5 　小屋ノ暮ラシニ満足ス．　　　小屋ニハ藁ノ屋根ガ乗リ，
　　戸口柱ハ傾キヌ．　　　　　　ソコデハ馬ガ入口ヲ
　　通リシコトハ絶エテナク，　　牛ラノ世話ニ励ムノミ．
　　イトモ幸イナル者ヨ，　　　　己ガ物ニテ暮ラシ行キ，
　　身震イスベキ憎シミノ　　　　熱キ火口ヲ揉ミ消シテ，
10　無難無事ナル安ラギヲ　　　　携エ得タル，ソノ者ハ．
　　彼ヲ栄誉モ，王達ノ　　　　　高ク聳ユル宮殿モ，
　　コノ世ノ富モ，恐ルベキ　　　功名心モ動カサズ．
　　誰ヲモ彼ハ憎悪セズ，　　　　誰ニモ彼ハ妬マレズ．
　　鋤ヲ用イテ憂イナク　　　　　広キ大地ヲ切リ開キ，
15　己ガ望ミノ一切ヲ　　　　　　小サキ地所ニ置キニケリ．
　　天ノ火輪ガ方形ノ　　　　　　世界ノ上ニソノ輻ヲバ
　　光ト共ニ放チ初メ，　　　　　暗キ闇夜ガ退クヤ，
　　僅カノ若キ雄牛ラヲ　　　　　彼ハ放チテ駆リ立テヌ．
　　未開ノ森ノ牧場ヘト　　　　　小屋ヨリ後ヲ追イカケツ．
20　喜ビ溢レ機嫌ヨク　　　　　　肥エタル野ニテ放牧シ，

9

    cumque fatigatus   patulo sub tegmine fessa
    convictus somno   tradidisset membra quieto,
    mox divina polo   resonans vox labitur alto,
    "o quid agis, vates?   cur cantus tempora perdis?
25 incipe divinas   recitare ex ordine leges,
    transferre in propriam   clarissima dogmata linguam!"
    nec mora post tanti   fuerat miracula dicti.
    qui prius agricola,   mox et fuit ille poeta:
    tunc cantus nimio   vates perfusus amore,
30 metrica post docta   dictavit carmina lingua.
    cœperat a prima   nascentis origine mundi,
    quinque relabentis   percurrens tempora sæcli,
    venit ad adventum   Christi, qui sanguine mundum
    faucibus eripuit tætri   miseratus averni.

5．『ヘーリアント』M写本より（850年頃）

a．キリストの誕生

Fitte IV

    Thō ni was lang aftar thiu,   ne it al sō gilēstid warđ,
    sō hē mancunnea   managa hwīla,
245 god alomahtig   forgeƀen haƀda,
    that hē is himilisc barn   herod te weroldi,
    is selƀes sunu   sendean weldi,
    te thiu that hē hēr alōsdi   alla liudstemnia,
    werod fon wītea.   Thō warđ is wisbodo
250 an Galilealand,   Gabriel cuman,
    engil thes alowaldon,   thār hē ēne idis wisse,
    munilīca magađ: Maria was siu hēten,
    was iru thiorna githigan.   Sea ēn thegan haƀda,
    Joseph gimahlit,   gōdes cunnies man,

A．ザクセン語の作品

疲レニ負ケテ広ガレル	樹木ノ下デクタビレシ
体ト四肢ヲ静カナル	眠リニ委ネタル時ニ,
直グサマ高キ天路(アマジ)ヨリ	神ノミ声ガ轟キヌ.
「詩人ヨ, 何ヲシテオルカ.	詩作ノ時ヲ何故(ナゼ)無ニス.
25 神ノ掟ヲ指示通リ	朗詠スルヲ始ムベシ.
最モ明ルキ教理ヲバ(モト)	己ガ言葉ニ言イ換エヨ.」
カクモ大ナル託宣ノ	奇跡ノ後ニ遅滞ナク,
先ニ農夫デアリシ者,	直チニ詩家ト相ナリヌ.
ヤガテ詩人ハ詩歌ヘノ	愛ヲ大イニ注ガレテ,
30 教エラレタル韻律ノ	言葉ヲ用イ作歌セリ.
彼ハ世界ガ始マリシ	元ノ元ヨリ開始シテ,
罪ヲ重ヌル現世(ウツシヨ)ノ	五ツノ時ヲ略述シ,
世界ノ民ヲ憐レミテ	忌ムベキ黄泉(ヨミ)ノ深ミヨリ
血ニテ救イシキリストノ	来タル時ヘト至リタリ.

5．『ヘーリアント』M写本より（850年頃）

　a．キリストの誕生

　　第4章節

243a その後, 長くは待たぬ間(ま)に,	245a 全(また)き能ある上帝が,
244a 天なる神が人々に	244b はるか昔(かみ)より長々と
245b 約束せられたりし事,	243b 万(よろず)さように果たされぬ.
247a 天主自身のご子息を	246b ここなる人の世の中へ
246a 天の己(いと)れの愛し子を	247b 送り込まんと言いし約.
248b ありとあらゆる蒼生を,	249a 全ての民を責め苦より
248a この地で救い放つため.	251a 万物統ぶる神の使者,
250b 大なる天使ガブリエル,	249b 神の使いがその時に
250a ガリレア目差し飛来しぬ.	251b 彼はその地に女子(おんなご)を,
252a 愛ぐき女(おみな)を知りてあり.	252b マリアとそれは称せられ,
253a 疾(と)くに長じし乙女にて,	253b とある一人の丈夫(ますらお)が,
254b 由緒正しき家筋の	254a ヨセフが既に言い名づく.

11

255 thea Davides dohter: that was sō diurlīc wīf,
    idis anthēti.   Thār sie thē engil godes
    an Nazarethburg   bī namon selbo
    grōtte geginwarde   endi sie fon gode quedda:
    'Hēl wis thū, Maria', quađ hē,   'thū bist thīnun hērron liof,
260 waldande wirđig,   hwand thū giwit habes,
    idis enstio fol.   Thū scalt for allun wesan
    wībun giwīhit.   Ne habe thū wēcan hugi,
    ne forhti thū thīnun ferhe: ne quam ic thī te ēnigun frēson herod,
    ne dragu ic ēnig drugithing.   Thū scalt ūses drohtīnes wesan
265 mōdar mid mannun   endi scalt thana magu fōdean,
    thes hōhon hebancuninges (suno).   Thē scal Hēliand te namon
    ēgan mid eldiun.   Neo endi ni kumid,
    thes wīdon rīkeas (giwand),   thē hē giwaldon scal,
    māri theodan.'   Thō sprac im eft thiu magađ angegin,
270 wiđ thana engil godes   idiso scōniost,
    allaro wībo wlitigost: 'hwō mag that giwerđen sō', quađ siu,
    'that ic magu fōdie?   Ne ic gio mannes ni warđ
    wīs an mīnera weroldi.'   Thō habde eft is word garu
    engil thes alowaldon   thero idisiu tegegnes:
275 'an thī scal hēlag gēst   fon hebanwange
    cuman thurh craft godes.   Than(an) scal thī kind ōdan
    werđan an thesaro weroldi.   Waldandes craft
    scal thī fon them hōhoston   hebancuninge
    scadowan mid skīmon.   Ni warđ scōniera giburd,
280 ne sō māri mid mannun,   hwand siu kumid thurh maht godes
    an these wīdon werold.'   Thō warđ eft thes wības hugi
    aftar them ārundie   al gihworben
    an godes willeon.   'Than ic hēr garu standu', quađ siu,
    'te sulīcun ambahtskepi,   sō hē mī ēgan wili.

A．ザクセン語の作品

255a　王者ダヴィデの娘子は．
256a　信心堅き女(おみな)なり．
257a　かの地の城市ナザレにて
258a　彼女に対し語りかけ，
259a　「恙無(つつが)くあれ，マリア殿．
260a　支配者，神に相応(ふさ)う方．
261a　恵み溢るる女子(おなご)よ．
262a　汝は清めらるべきぞ．
263a　汝が心でわななくな．
264a　騙(だま)す事などなきからに．
265a　人の所で相なりて，
266a　気高き天の覇者の子を．
267a　人の中にて彼は持(か)たん．
268b　彼が治むることになる
267b　仕舞いの時は絶えて来ず．」
270a　神の使いに向かい合い
271a　こよなく映ゆる乙女子は．
271b　如何にて左様なり得るや．
273a　男を知りしことなきに．」
274a　万物統ぶる神の使者，
275a　「汝の中へ聖霊が
276a　神の力で下(な)がり来ん．
277a　童が一人授けらる．
278a　汝をいとも高貴なる
279a　光輝をもちて被うべし．
280a　生まれの者はかつてなし．
281a　広きこの世に来るが故．」
282a　嬉しき知らせ，福音に，
282b　あらん限りに向かいたり．
284b　我がすべしと主の望む，

255b　いとも彼女は称うべき
256b　神の使いはその女子(おなご)に
257b　名前を呼びて身自ら
258b　神の言葉を告げ伝う．
259b　汝は汝が主に好(この)まるる，
260b　勝れし知恵を持つが故．
261b　あらゆる女子(おなご)に先んじて
262b　挫けし心，持つなかれ，
263b　我は害しに来ざりしぞ，
264b　汝は我らの主の母に
265b　男子を一人(おのこ)生み出さん，
266b　ヘーリアントという名をば
269a　名声高き王として
268a　大きみ国に変わり目は，
269b　それに答えて女子(おなご)曰く，
270b　最も見目良き女子(おなご)は，
272a　童男(おぐな)を我が生むなどと，
272b　一度たりとも人生で
274b　それなる女子(おなご)に相対(あい)し
273b　別の言葉の用意あり．
275b　至高の天のみ国より
276b　そこより汝(な)にこの世にて
277b　統ぶるわが主の大力が
278b　天つみ空の王者より
279b　かくも美(うま)しく，名にし負う
280b　彼は天主の力にて
281b　彼女の胸はその時に
283a　至上の神のみ心に
283b　「ここにて我は覚悟あり，
284a　それなる任をなさんとて．

285 Thiu bium ic theotgodes.   Nū ik theses thinges gitrūon;
    werđe mī aftar thīnun wordun,   al sō is willeo sī,
    hērron mīnes;   n' is mī hugi twīfli,
    ne word ne wīsa.'   Sō gifragn ik, that that wīf antfeng
    that godes ārundi   gerno swīđo
290 mid leohtu hugi   endi mid gilōbon gōdun
    endi mid hlūttrun treuwun.   Warđ thē hēlago gēst,
    that barn an ira bōsma;   endi siu an ira breostum forstōd
    jac an ire seƀon selƀo,   sagda them siu welda,
    that sie haƀde giōcana   thes alowaldon craft
295 hēlag fon himile.   Thō warđ hugi Josepes,
    is mōd gidroƀid,   thē im ēr thea magađ haƀda,
    thea idis anthēttea,   ađalcnōsles wīf
    giboht im te brūdiu.   Hē afsōf that siu haƀda barn undar iru:
    ni wānda thes mid wihti,   that iru that wīf haƀdi
300 giwardod sō war(o)līco: ni wisse waldandes thō noh
    blīđi gibodskepi.   Ni welde sie im te brūdiu thō,
    halon imo te hīwon,   ac bigan im thō an is hugi thenkean,
    hwō hē sie sō forlēti,   sō iru thār ni wurđi lēđes wiht,
    ōdan arƀides.   Ni welda sie aftar thiu
305 meldon for menigi: antdrēd that sie manno barn
    līƀu bināmin.   Sō was than thero liudeo thau
    thurh then aldon ēu,   Ebreo folkes,
    sō hwilīk sō thār an unreht   idis gihīwida,
    that siu simbla thana bedskepi   buggean scolda,
310 frī mid ira ferhu: ni was gio thiu fēmea sō gōd,
    that siu mid them liudiun leng   libbien mōsti,
    wesan undar them weroda.   Bigan im thē wīso man,
    swīđo gōd gumo,   Joseph an is mōda
    thenkean thero thingo,   hwō hē thea thiornun thō

A．ザクセン語の作品

285a 我は全知の神の下婢，	285b これをば今し信じおり，
286a 汝が言通り起こるべし．	286b 上なる神のみ心が，
287a わが主の意志がなさるべし．	287b 疑う気など我になし，
288a いぶかる癖も言の葉も．」	288b かく余は聞けり，その女子は
289a 上なる神の福音を	289b いとも進みて受けたりと．
290a 直ぐなる心，更に又	290b 神への篤き信仰と
291a 澄みし真心もちて受く．	291b 聖なる霊が生じたり，
292a 神の息子が胎内に．	292b 彼女は胸で身自ら
293a 己が心で感じ取り，	293b 意中の人に打ち明けぬ．
294b 万物統ぶる主の力，	295a 聖なるものがみ空より
294a 彼女の胎を満たしぬと．	296b かくなる前にその女子を，
297a 信心堅き乙女子を，	297b 貴なる家系の女をば
298a 嫁にせんとて買い受けし	295b ヨセフの胸はその時に，
296a 彼の心は乱されぬ．	298b 身ごもりたるを彼は知り，
299b そこな乙女の己が身を	300a いとも細かく持したるを，
299a さらさら彼は真に受けず．	300b この時，未だ統ぶる主の
301a 嬉しき告げを知らぬ故．	301b そこで彼女を花嫁に，
302a 妻に迎うる気は失せて，	302b 心密かに思い初む．
303b 彼女の身には艱難が，	304a 苦しき事が起きぬべく，
303a 如何に彼女を去らするか．	304b かかる訳にてその女子を
305a 人目に曝す意を持たず．	305b 人の子供が彼女より
306a 命を奪う恐れ故．	306b 青人草の仕来たりは，
307b ヘブルの民の旧来の	307a 決まりによれば，かくの如．
308a 掟に反し嫁ぎたる	308b 女子は誰でありきとも，
309a いつとてそれが床入りを	310a 己が命で女子は
309b 贖うべしと決まりあり．	310b かくなる女子はいと悪しく，
311a 人らと共にそれ以上	311b 生活するを許されず，
312a 民間にいるを禁ぜらる．	312b こよなく聡き男子は，
313a 良きこと無比の丈夫は，	313b ヨセフはかくて心中で
314a あれやこれやと思い初む，	314b 如何にそこなる乙女子を

15

315 listiun forlēti. Thō ni was lang te thiu,
    that im thār an drōma quam   drohtīnes engil,
    heḃancuninges bodo,   endi hēt sie ina haldan wel,
    minnion sie an is mōde: 'Ni wis thū', quaḋ hē, 'Mariun wrēḋ,
    thiornun thīnaro;   siu is githwungan wīf;
320 ne forhugi thū sie te hardo;   thū scalt sie haldan wel,
    wardon ira an thesaro weroldi.   Lēsti (thū) inca winitreuwa
    forḋ sō thū dādi,   endi hald incan friundskepi wel!
    Ne lāt thū sie thī thiu lēḋaron,   thoh siu undar ira līḋon ēgi
    barn an ira bōsma.   It cumid thurh gibod godes,
325 hēlages gēstes   fon heḃanwanga:
    that is Jēsu Krist,   godes ēgan barn,
    waldandes sunu.   Thū scalt sie wel haldan,
    hēlaglīco.   Ne lāt thū thī thīnan hugi twīflien,
    merrean thīna mōdgithāht.'   Thō warḋ eft thes mannes hugi
330 giwendid aftar them wordun,   that hē im te them wīḃa genam,
    te thera magaḋ minnea: antkenda maht godes,
    waldandes gibod.   Was im willeo mikil,
    that hē (sia) sō hēlaglīco   haldan mōsti:
    bisorgoda sie an is gisīḋea,   endi siu sō sūḃro drōg
335 al te huldi godes   hēlagna gēst,
    gōdlīcan gumon,   antthat sie godes giscapu
    mahtig gimanodun,   that siu ina an manno lioht,
    allaro barno bezt,   brengean scolda.
    Fitte V
    Thō warḋ fon Rūmuburg   rīkes mannes
340 oḃar alla thesa irminthiod   Octaviānas
    ban endi bodskepi   oḃar thea is brēdon giwald
    cuman fon them kēsure   cuningo gihwilīcun,
    hēmsitteandiun,   sō wīdo sō is heritogon

A．ザクセン語の作品

315a 人目を避けて去らするか．　315b その後，長くは経たぬ間に，
316b 神たる主父のエンゼルが，　317a 天つ王者のみ使いが
316a 彼の夢路に現われて，　317b 乙女を守れと命じたり．
318a 心の中で愛ずべしと．　318b 「マリアに対し息巻くな，
319a 汝が乙女に腹立つな．　319b 秀でし女であるが故．
320a 彼女をひどく蔑むな．　321a 人のこの世で護るべし，
320b とくと彼女を慈しめ．　322a 今まで通り汝らの
321b 二人の愛を続くべし．　322b 友の誼を慈しめ．
323a 絶えて彼女を疎んずな．　323b 手足の間に童部を，
324a 赤子を胎に有すとも．　325a 上なる神の，聖霊の
324b 命に従い高天の　325b 国よりそれは来たるなり．
326a かくなる方がキリストぞ，　326b 神が自身の童男にて，
327a 万物統ぶる主の子息．　328a 聖なるままにこの女子を
327b 汝はとくと慈しめ．　328b 己が心で疑うな，
329a 汝が思いに乱さるな．」　329b 男の胸は改めて
330a それなる言に向けられき．　330b かくして彼はその女子に，
331a 乙女に愛を抱きけり．　331b 無比なる神の大力を，
332a 統ぶる天主の命を知り，　333a 聖なるままに彼女をば
333b 保護することが適うべく，　332b 彼に大なる望みあり．
334a 家で彼女の世話をしぬ．　334b いとも清らにその女子は
335a 神の心に添わんとて　335b 神聖無二の霊を，
336a 勝れし方を宿し居ぬ．　337b ここなる人の世の中へ
338a 良きこと無二の童部を　338b もたらすべしと強力に
336b 神の定めし運命が　337a 彼女を急かすその日まで．

　　　第5章節

339a その後ローマの都から　340a 全ての民を支配する，
339b 力溢るる丈夫の，　340b オクタヴィアーン皇帝の
341a 布告と共に命令が　341b 広く，大なる国中に
342a それが羅帝の所より　343a 領地に座して支配する
342b 王の各自に届きたり．　343b 彼の旗下なる将軍が

17

oƀar al that landskepi liudio giweldun.
345 Hiet man that alla thea elilendiun man iro ōđil sōhtin,
   heliđos iro handmahal angegen iro hērron bodon,
   quāmi te them cnōsla gihwē, thanan hē cunneas was,
   giboran fon them burgiun. That gibod warđ gilēstid
   oƀar thesa wīdon werold. Werod samnoda
350 te allaro burgeo gihwem. Fōrun thea bodon oƀar all,
   thea fon them kēsura cumana wārun,
   bōkspāha weros, endi an brēf scriƀun
   swīđo niudlīco namono gihwilīcan,
   ja land ja liudi, that im ni mahti alettean man
355 gumono sulīca gambra, sō im scolda gelden gihwē
   heliđo fon is hōƀda. Thō giwēt im ōc mid is hīwisca
   Joseph thē gōdo, sō it god mahtig,
   waldand welda: sōhta im thiu wānamon hēm,
   thea burg an Bethleem, thār iro beiđero was,
360 thes heliđes handmahal endi ōc thera hēlagun thiornun,
   Mariun thera gōdun. Thār was thes māreon stōl
   an ērdagun, ađalcuninges,
   Davides thes gōdon, than langa thē hē thana druhtskepi thār,
   erl undar Ebreon ēgan mōṣta,
365 haldan hōhgisetu. Siu wārun is hīwiscas,
   cuman fon is cnōsla, cunneas gōdes,
   bēđiu bi giburdiun. Thār gifragn ic, that sie thiu berhtun giscapu,
   Mariun gimanodun endi maht godes,
   that iru an them sīđa sunu ōdan warđ,
370 giboran an Bethleem barno strangost,
   allaro cuningo craftigost: cuman warđ thē mārio,
   mahtig an manno lioht, sō is ēr managan dag
   biliđi wārun endi bōgno filu

A．ザクセン語の作品

344a そこな国にて蒼生を	344b 統ぶる限りの遠くまで．
345a 異土に留まる人々は	345b 己が故郷を訪ぬべし，
346b 国主の使者を待つが為，	346a 郷里に人は立ち帰れ，
348a 生まれ在所の町々に，	347b 一族親族(うからやから)の所へと
347a 各自戻れと令せらる．	348b かくなる命は果たされぬ，
349a 広きこの世のあちこちで．	349b あらゆる人はそれぞれの
350a 故郷の町に集いたり．	351a 当の君主の所より
351b 派せられ来たる使者達が，	352a 字を知り，読める男らが
350b あまねく国中，駆け巡り，	354a 何処(いずこ)の土地も人々も
353b その名を全て一つずつ	353a 至極念入れ克明に
352b 記録の紙に書き込みぬ．	356a 頭(こうべ)のために各々の
355b 男が彼に払うべき	355a 賦税を如何な男子(おのごこ)も
354b 拒むことなどえせぬため．	356b 家族と共に優れ人，
357a ヨセフもそこで赴きぬ．	357b 支配者，強き上帝が
358a 欲りし給いしその通り．	358b 光る郷里を訪れぬ，
359a ベツレヘムなるその町を．	359b そこには彼ら両名の，
360a 当の丈夫と更に又	360b 神聖無比の良き乙女，
361a マリアの古き里ありき．	361b 名声広く轟きし，
362b いとも気高き仁君の，	363a 英主ダヴィデの王の座が
362a 昔はそこに置かれけり．	363b 命令権をその王が
364a ヘブルの民の間にて	364b 貴(あて)なる王が持ち続け，
365a 玉座を保ち得たる間(かん)．	367a 彼ら二人は出自では
365b 彼の家系の者にして，	366a かかる族(うから)に由来し，
366b 宜しき家の生まれなり．	367b 余はかく聞けり，輝ける
368b 定めと神の大力に	368a 彼女，マリアは促され，
369a 道の途中でかの女子(めこ)に	369b 息子が授けられたりと，
370a ベツレヘムにて生まれぬと，	370b 一番強き童部が，
371a 強力無二の国王が．	371b 名声高く，威勢ある
372b 方(かた)がこの世に来たるなり．	372b 彼に関して幾日も
373b あまたの吉兆が予め，	373a 印，兆(さ)しが人の世に

giworđen an thesero weroldi. Thō was it all giwārod sō,
375 sō it ēr spāha man   gisprocan habdun,
thurh hwilīc ōdmōdi   hē thit erđrīki herod
thurh is selƀes craft   sōkean welda,
managaro mundboro.   Thō ina thiu mōdar nam,
biwand ina mid wādiu   wībo scōniost,
380 fagaron fratahun,   endi ina mid iro folmon twēm
legda lioflīco   luttilna man,
that kind an ēna cribbiun,   thoh hē haƀdi craft godes,
manno drohtīn.   Thār sat thiu mōdar biforan,
wīf wacogeandi,   wardoda selƀo,
385 held that hēlaga barn: ni was ira hugi twīfli,
thera magađ ira mōdseƀo.   Thō warđ (that) managun cūđ
oƀar thesa wīdon werold,   wardos antfundun,
thea thār ehuscalcos   ūta wārun,
weros an wahtu,   wiggeo gōmean,
390 fehas aftar felda: gisāhun finistri an twē
telātan an lufte,   endi quam lioht godes
wānum thurh thiu wolcan   endi thea wardos thār
bifeng an them felda.   Sie wurđun an forhtun thō,
thea man an ira mōda: gisāhun thār mahtigna
395 godes engil cuman,   thē im tegegnes sprac,
hēt that im thea wardos   wiht ne antdrēdin
lēđes fon them liohta: 'ic scal eu', quađ hē, 'lioƀora thing,
swīđo wārlīco   willeon seggean,
cūđean craft mikil: nū is Krist geboran
400 an thesero selƀun naht,   sālig barn godes,
an thera Davides burg,   drohtīn thē gōdo.
That is mendislo   manno cunneas,
allaro firiho fruma.   Thār gī ina fīđan mugun,

A．ザクセン語の作品

374a 現われたりしその通り．
375b 語りたりける事柄は
376a 如何に謙虚の心より
377a 彼が自身の力にて
377b 訪ね来るかと言いしこと．
379b 最も見目良き女子(おんなご)は
379a 着物に彼を包み込み，
381b かくも小さき緑児を，
381a 優しくそっと横たえぬ．
382b 神の力を有すとも．
383b 彼女は前に座ししまま
385a 聖なる若子(わこ)を見守りぬ．
386a 乙女の胸に疑念なし．
386b あまたの人に知られたり．
388b 外の牧場に留まりし
390a 原野(はらの)で広く役畜の，
389a 見張りに立てる男らが．
391a 空で二つに裂くる様(さま)．
391b 神の光が差し込みて
393a そこの繁野で捕えたり．
393b 戦(おのの)くことと相なりぬ．
394b 強き天使が来るを見ぬ．
396a 番人達が何事も
396b 怖じ気づくなと言いつけぬ．
398a 真に真(いまし)，汝らに
399a 大き力を告ぐべしと．
400a まさしく今日のこの夜に
401a ダヴィデの建てしこの町に，
402a かくなる方は万千(ばんせん)の，
403a 全ての民の利益(りやく)なり．

375a 以前に聡き人々が
374b 事々，実(じつ)と明かされぬ．
376b 彼がここなる地の国を，
378a 夥多(かた)なる人の擁護者が
378b 赤子を母は取り上げて，
380a 見事に映ゆる装いに，
380b 玉手でそれを抱きかかえ，
382a 飼い葉の桶に童部を
383a その時，既に人の主は
384a 夜通し母は眠らずに，
384b 自ら彼の世話をして
385b マリアの心，その内に，
387a これなる事は世の中の
388a 馬を世話する者として
387b 見張りがそれに感づきぬ．
389b 馬匹(ばひつ)の番をするが為，
390b 目にせる事は暗闇が
392a されば雲より輝ける
392b そこな見張りをその場にて，
394a 心中いたく男らは
395a 神の使いがそこもとに，
395b 彼は彼らに語りかけ，
397a 光につきていささかも
397b 「いとも嬉しき，良き事を
398b 我は語れと言われたり，
399b 今しキリスト生まれたり，
400b 神の至福の童部が，
401b 類い希なる人の主が．
402b 人の族の歓喜にて，
403b そこにて汝(なれ)ら見いだし得，

21

> an Bethlemaburg   barno rīkiost:
405 hebbiad that te tēcna,   that ic eu gitellean mag
wārun wordun,   that hē thār biwundan ligid,
that kind an ēnera cribbiun,   thoh hē sī cuning oƀar al
erđun endi himiles   endi oƀar eldeo barn,
weroldes waldand.'   Reht sō hē thō that word gisprac,
410 sō warđ thār engilo te them ēnun   unrīm cuman,
hēlag heriskepi   fon heƀanwanga,
fagar folc godes,   endi filu sprākun,
lofword manag   liudeo hērron.
Afhōƀun thō hēlagna sang,   thō sie eft te heƀanwanga
415 wundun thurh thiu wolcan.   Thea wardos hōrdun,
hwō thiu engilo craft   alomahtigna god
swīđo werđlīco   wordun lovodun:
'diuriđa sī nū', quāđun sie,   'drohtīne selƀun
an them hōhoston   himilo rīkea
420 endi friđu an erđu   firiho barnun,
gōdwilligun gumun,   them thē god antkennead
thurh hlūttran hugi.'   Thea hirdios forstōdun,
that sie mahtig thing   gimanod haƀda,
blīđlīc bodskepi: giwitun im te Bethleem thanan
425 nahtes sīđon;   was im niud mikil,
that sie selƀon Krist   gisehan mōstin.

Fitte VI

Haƀda im thē engil godes   al giwīsid
torhtun tēcnun,   that sie im tō selƀun,
te them godes barne   gangan mahtun,
430 endi fundun sān   folco drohtīn,
liudeo hērron.   Sagdun thō lof goda,
waldande mid iro wordun   endi wīdo cūđdun

A．ザクセン語の作品

404a ベツレヘムなるかの町で　　　404b 強力無比の幼子を．
406a 偽りあらぬ言の葉で　　　　　405b 我が汝らに語り得る
405a 事を印に持ちて行け．　　　　406b そこでその子はくるまれて
407a 飼い葉の桶に寝ておわす．　　408a 彼は大地と高天の
407b 万物統ぶる王者にて，　　　　408b ありとあらゆる人の子を，
409a 世界を御する方なれど．」　　409b かくなる事を言うと直ぐ，
410a そこな一人の使者方に　　　　410b 更に無数のエンゼルが，
411a 天の聖なる軍勢が，　　　　　412a 神の優れし大軍が
411b 天つ国より到来し，　　　　　412b あまたの言を人々の
413b 主の為に語りたり，　　　　　413a 称え言葉を色々と．
414b 神の使者らは天国へ　　　　　415a 雲間を抜けて戻りつつ
414a 聖なる歌を歌い初む．　　　　415b そこな見張りに聞こえしは，
416a み使い達の大軍が　　　　　　416b 全き能ある天帝を
417a 至極畏み畏みて　　　　　　　417b かかる言葉で誉むる様．
419a 「最も上なる，いと高き　　　419b 天つみ空の王国に
418b います君主の御身には　　　　418a 今し輝く栄誉あれ．
420b 大地の上の人々に　　　　　　420a 大き安らぎ，有らまほし．
422a 汚れを知らぬ真心で　　　　　421b 神を認むる人達に，
421a 篤き善意の人々に．」　　　　422b 馬匹を見張る者達は
423a 力の強き事柄に，　　　　　　424a 楽しみ満つる福音に
423b 急かされたるをよく知りて，　425a 夜行せんとて出で立ちぬ，
424b ベツレヘムへとその場より．　426a 番人達に，キリストを
426b 拝することが適うべく，　　　425b かくなる大き望みあり．
　　　第6章節
427a 神の使いが見張りらに　　　　428a 輝き光る印にて
427b 万事示してありし故，　　　　428b 己れ自身で彼の方へ，
429a 神の童の所へと　　　　　　　429b 彼らはたどり着き得たり．
430a かくて直ぐさま人々の　　　　430b 君主をそこに見いだしぬ，
431a 青人草の主をば．　　　　　　432a 己が言葉で支配者に，
431b 神に賛辞を申し述べ，　　　　433a 輝く町のあちこちで，

23

oƀar thea berhtun burg, hwilīc im thār biliđi warđ
fon heƀanwanga hēlag gitōgit,
435 fagar an felde. That frī al biheld
an ira hugiskeftiun, hēlag thiorna,
thiu magađ an ira mōde, sō hwat sō siu gihōrda thea mann sprecan.

ｂ．主の祈り

1600 Fadar is ūsa firiho barno,
thē is an them hōhon himila rīkea.
Gewīhid sī thīn namo wordo gehwilīco.
Cuma thīn craftag rīki.
Werđa thīn willeo oƀar thesa werold al(la),
1605 sō sama an erđo, sō thār uppa ist
an them hōhon himilrīkea.
Gef ūs dago gehwilīkes rād, drohtīn thē gōdo,
thīna hēlaga helpa, endi alāt ūs, heƀenes ward,
managoro mēnsculdio, al sō wē ōđrum mannum dōan.
1610 Ne lāt ūs farlēdean lētha wihti
sō forđ an iro willeon, sō wī wirđige sind,
ac help ūs wiđar allun uƀilon dādiun.

６．『ヘーリアント』Ｐ写本断片より（850年頃）

That muosta Giohannes thuo, all sō it got welda,
995 gisehan endi gihōrian. Hie gideda it sān aftar thiu
mannon gimārid, that sia thār mahtigna
hērron haƀdun: 'Thitt is', quađ hie, 'heƀankuningas suno,
ēn alowaldand: thesas willeo ik urkundeo
wesan an thesaro weroldi, wand it sagda mī word godas,
1000 drohtīnas stemna, thuo hie mī dōpean hiet
weros an watara, sō hwār sō ik gisāwe wārlīco

A．ザクセン語の作品

432b 至る所で知らしめぬ．　　433b 如何な印が己れらに
435a 野原の中で麗しく　　　　434a 天つ国より神聖に
434b 示されたるか，有り様を．437b 男達より聞きし事，
435b それを女(おみな)はことごとく，436b 神聖無比の処女(ビルゼン)は，
437a 当の乙女は胸中に，　　　436a 心に深く納めけり．

b．主の祈り

1601 遥かに上の，いと高き　　　天つみ国におわします
1600 父(かぞ)は我らが，人々の　　子らがものたるお方なり．
1602 み名があらゆる言葉にて　　清くせられて有らまほし．
1603 力の満つる王国が，　　　　み国がこちへ来たるべし．
1604 汝(みまし)の意志がこの世にて　遍くしかと成らまほし．
1606 甚だ高き，諸々の　　　　　天より出来し王国に，
1605 上なる方(かた)にある如く，　ここなる下の土地にても．
1607 日毎，我らに支えをば　　　授けられたし，良き主父よ，
1608 いとも聖なる手助けを．　　天の守護者よ，許されよ，
1609 他者に我らがなす如く，　　多数の罪を我らにも．
1611 我らに値するが如，　　　　悪意の中へ落つべしと，
1610 我らを悪き魔物らに　　　　惑わせしむることなかれ．
1612 されど我らを一切の　　　　悪しき業より救われよ．

6．『ヘーリアント』P写本断片より（850年頃）

994a かくてヨハネはその際に，　994b 神の欲(ほ)りせる，その通り，
995a それをば目にし，かつ聞き得．995b 直ぐに後程，伝えたり．
996b 彼らがそこに剛力の　　　　997a 君主を持っておることを，
996a 青人草に告知ぬ．　　　　　997b 「これなる人は主の子息，
998a 万物統ぶる不二の方．　　　999a 人の世界のここもとで
998b 我は証人たらんとす．　　　1000a 主父たる方の音声(おんじょう)が，
999b 神のみ言が告げし故．　　　1001a 水の中にて人々を
1000b 洗礼せよと言える時．　　　1001b 何処(いずこ)にあれど実際に

     thana hēlagon gēst   fan heƀanwanga,
     an thesaro middilgard   ēnigan man waron,
     cuman mið craftu,   that, quað, that scoldi Crist wesan,
1005 diurlīc drohtīnas suno.'

7.『ヘーリアント』S写本断片より（850年頃）

                    endi maht godes,
     that iru an themu sīðe   sunu āden warð,
370 giboren an Bethleem   barno strongost,
     allera kuninga crahtigost: cumen warð thē mēria,
     an monna lioht,   sō is ēr monagan dag
     biliði wārun   endi bākna filu
     giworðen an thesseru weraldi.   Thā was it all giwārod sō,
375 sō it ēr spēhe menn   gisproken heddun,
     thur hwilīc āðmōdi   hē thit erðrīki herod
     thur is selves craht   sōkian welde,
     monegera mundboro.   Thā ine thiu mōder nam,
     biwand ine mid giwādie   wīvo scōniost,
380 fagarun frahtun,   endi ine mid ire folmun twēm
     legde lioƀlīca   luttilne monn,
     that kind an ēne krebbian,   thah hē heddi creht godes,
     manno drohtīn.   Thār sat thiu mōder bivoran,
     wīf wacoiandi,   wardode

8.『ヘーリアント』V写本抜粋より（9世紀の第3四半期）

     Fitte XVI
     Thō umbi thana neriandon Crist   nāhor gengun
1280 sulica gesīðos,   sō hē im selƀo gikōs,
     waldand undar them werode.   Stūodun wīsa mann,
     gumun umbi thana godas sunu   gerno swīðo,

A．ザクセン語の作品

1002a かかる聖なる神霊が　　　　1002b 至高の天の原野より，
1003a ここなる人の中つ地で　　　1003b 一人の男(ひと)を訪ねんと，
1004a 軍(いくさ)と来るを見たる時，　1004b キリストなるぞ，その方は，
1005a 誉むべき主父の息(そく)なりと．」

7．『ヘーリアント』S写本断片より （850年頃）

368b （定め）と神の大力に　　　　368a （彼女，マリアは促され，）
369a 道の途中でかの女子(めこ)に　369b 息子が授けられたりと，
370a ベツレヘムにて生まれぬと，　370b 一番強き童部が，
371a 強力無二の国王が．　　　　　371b 名声高く，威勢ある
372a 方(かた)がこの世に来たるなり．372b 彼に関して幾日も
373b あまたの吉兆(さが)が予め，　373a 印，兆しが人の世に
374a 現われたりしその通り．　　　375a 以前に聡き人々が
375b 語りたりける事柄は　　　　　374b 事々，実(じつ)と明かされぬ．
376a 如何に謙虚の心より　　　　　376b 彼がここなる地の国を，
377a 彼が自身の力にて　　　　　　378a 夥多(かた)なる人の擁護者が
377b 訪ね来かと言いし事．　　　　378b 赤子を母は取り上げて，
379b 最も見目良き女子(おんなご)は　380a 見事に映ゆる装いに，
379a 着物に彼を包み込み，　　　　380b 玉手でそれを抱きかかえ，
381b かくも小さき緑児を，　　　　382a 飼い葉の桶に童部を
381a 優しくそっと横たえぬ．　　　383a その時，既に人の主は
382b 神の力を有すとも．　　　　　384a 夜通し母は眠らずに，
383b 彼女は前に座ししまま　　　　384b （自ら彼の）世話をして

8．『ヘーリアント』V写本抜粋より （9世紀の第3四半期）

　　　第16章節
1279a かくして救うキリストの　　　1279b 側に彼らは近寄りぬ．
1281a 民の中にて支配者が　　　　　1280b 自身の為に選びたる，
1280a それらの，彼が弟子達．　　　1282a 神の息子を取り囲み，
1282b 心弾ませ壮士らは，　　　　　1281b 聡き者らは立ちおりぬ．

weros an willeon: was im thero worđo nīud,
thāhtun endi thagodun, hwat im thero thīodo drohtin
1285 weldi waldand self wordun kūthean,
thesun līodion te līova. Than sat im thie landas hirdi
geginward for them gumun, godas ēgan barn:
welda mid is sprākun spāhword manag
lērean thea līudi, hū sea lof goda
1290 an thesun weroldrīkea wirikean scoldin.
Sat im thūo endi swīgoda endi sah sea an lango,
was im hold an is hugi hēlag drohtin,
mildi an is mūode, endi thūo mund antlōc,
wīsda mid wordun waldandas sunu
1295 manag mārlīc thing endi them mannun sagda
spāhun wordun, them thē hē te thero sprāku tharod,
Crist alowaldo, gikoran habda,
hwilīca wārin allaro irminmanno
goda werdostun gumono kunneas;
1300 sagda im thūo te sūodan, quad that thia sāliga wārin
mann an thesaro middilgardun, thea hīer an iro mūodi wārin
arama thuruh ōdmūodi: 'them is that ēwana rīki,
swīdo hēlaglīc an hebanwange,
sinlīf fargeban.' Quad that ōk sāliga wārin
1305 mādmundea mann: 'thea mūotun thea mārean erda,
afsittean that selva rīki.' Quad, ōk sāliga wārin,
thea hīer wīopin iro wammun dādi: 'thea mūotun eft willean gebīdan,
frūobra an iro frāhon rīkea. Sāliga sind ōk, the sea hīer frumono gelustid,
rinkos, that sia rehto adūomean. Thes mūotun sia werdon an them rīkia
1310 gifullid thuruh iro ferahtun dādi. ⌊drohtinas

A．ザクセン語の作品

1283a 己が意志にて男らは．
1284a 彼らは黙り，考えぬ．
1285a 統ぶる支配者ご自身が
1286a これなる衆に愛として．
1287a 丈夫達(ますらお)に向かい合い，
1288a 自ら彼は仰せにて
1289a 民に教えたく欲(ほ)りす．
1290a ここなる人の世において
1291a 何も言わずに座ししまま，
1292b 清き君主の心根は
1293a 彼の気持ちに慈愛あり．
1294a 統ぶる君主の男子(おのごこ)は
1294b 言葉によりて示したり．
1296b 話の為にそこもとへ
1297b 選び寄せたる壮士らに
1298b 全ての人の間にて
1299b 人の類いのどの者が
1300a 真実として語りたり．
1301b ここもと己が心にて
1301a 中つ国なる人々は．
1303a 神聖こよなき王国が，
1304a 永久(とわ)の命が与えらる．」
1305a 心優しき人々は．
1306a それなる国を手に入れ得．」
1307a 悪しき行為を嘆く者．
1308a 天主の国で助けをば．
1308b 善を欲(ほ)るのも至福なり．
1310a 聡き所為故，満たされ得．」

1284b いとも言葉を期待しぬ．
1284b 彼らに何を民の主が，
1285b 言葉によりて伝うるか．
1286b 国の保護者は座してあり，
1287b み神自身の男子(おのごこ)は．
1288b あまた知恵ある言の葉を
1289b 如何にて神に称賛を
1290b 施すべきか，その術(すべ)を．
1291b 長く彼らを見つめたり．
1292a 彼らに対し温かく，
1293b かくして彼は口を開け，
1295a あまた優れし事柄を
1295b そこに集いし男らに，
1297a 万物統ぶるキリストが
1296a 聡き言葉で語りたり．
1298a 如何なる者が天の主に，
1299a 一際，神に価値ありや，
1300b 「至福なるかな，その者ら，
1302a 謙譲故に貧者たる，
1302b 不朽の国が彼らには，
1303b 天つ上なるみ国にて
1304b 曰く，「はた又，至福なり，
1305b 光り輝く大地をば，
1306b 曰く，「はた又，至福なり，
1307b 望みし事を期待し得．
1309a 正しく人を裁かんと，
1309b 主父の国にてそれにより

9. ザクセン語の創世記より（9世紀の第3四半期）

a. アダムの嘆き

'Wela, that thū nū, Ēva, haƀas,' quađ Ādam, 'uƀilo gimarakot
unkaro selƀaro sīđ.　Nū maht thū sean thia swarton hell
ginon grādaga;　nū thū sia grimman maht
hinana gihōrean,　n' is heƀanrīki
5　gelīc sulīcaro lōgnun:　thit was alloro lando scōniust,
that wit hier thuruh unkas hērran thank　hebbian muostun,
thār thū them ni hōrdis,　thie unk thesan haram giried,
that wit waldandas　word farbrākun,
heƀankuningas.　Nū wit hriuwig mugun
10　sorogon for them sīđa,　wand hē unk selƀo gibood,
that wit unk sulīc wīti　wardon scoldin,
haramo mēstan.　Nū thwingit mī giu hungar endi thrust,
bitter balowerek,　thero wāron wit ēr bēđero tuom.
Hū sculun wit nū libbian,　efto hū sculun wit an thesum liahta wesan,
15　nū hier hwīlum wind kumit　westan efto ōstan,
sūđan efto norđan?　Giswerek ūpp drīƀit,
kumit haglas skion　himile bitengi,
ferid forđ an gimang　— that is firinum kald:
hwīlum thanne fan himile　hēto skīnit,
20　blīkit thiu berahto sunna:　wit hier thus bara standat,
unwerid mid giwādi:　n' is unk hier wiht bivoran
ni te skadowa ni te scūra,　unk n' is hier scattas wiht
te meti gimarcot:　wit hebbiat unk gidūan mahtigna god,
waldand wrēđan.　Te hwī sculun wit werđan nū?
25　Nū mag mī that hreuwan,　that ik is io bad heƀanrīkean god,
waldand th(ana gōdan,　that hē thī hēr warahti te mī
fan liđon mīnun,　nū thū mī farlēdid haƀas
an mīnes hērran heti.　Sō mī nū hreuwan mag

A．ザクセン語の作品

9．ザクセン語の創世記より（9世紀の第3四半期）

a．アダムの嘆き

　　アダムは言いぬ．「ああ悲し，　　　エヴァよ，汝は悪し様に
　　我らの運を定めたり．　　　　　　今や地獄が貪欲に
　　口を開くを見て取り得．　　　　　冥土が今しどよめくを
　　ここゆ汝は聞き取り得．　　　　　輝く天の王国は
　5　かかる業火と異なりて，　　　　こよなく美き所なり．
　　それを我らは主の慈悲で　　　　　占むることをば許されぬ．
　　我らに害をもたらしし　　　　　　者に汝がつかざれば．
　　我ら二人は支配者の　　　　　　　指示をば破り，背きたり，
　　天なる王の言いつけに．　　　　　今や我らは悲しみて
　10　かかる定めを憂うべし．　　　　神が命じて言える故，
　　我ら二人はかようなる　　　　　　苦楚に心し，忌避せよと，
　　最も大なる災難を．　　　　　　　既に飢渇が我を責む，
　　今や苦味なる禍事が．　　　　　　前はいずれもなかりしを．
　　如何に我らは暮らすのか，　　　　この世で如何にあるべきか．
　15　ここでは風が東部より，　　　　時に西より吹きて寄す，
　　時に北から，南から．　　　　　　黒き雲居が漂い来．
　　天にしっかと張りつきし，　　　　氷雨の雲が現われて，
　　足を揃えつ，先へ行く．　　　　　いとも冷たき事ぞ，これ．
　　時にはその後，み空より，　　　　身をば焼くほど暑く照る，
　20　光り輝く太陽が．　　　　　　　裸で我ら，ここに立ち，
　　我らは服を身につけず．　　　　　物は一つも前になし，
　　陰にするにも，守りにも．　　　　家畜は何もここにては
　　我らの糧にせられいず．　　　　　強き天主を，支配者を
　　我らは敵になせる故．　　　　　　何に我らはなるべきか．
　25　今や我には苦になり得，　　　　かつて天主にあの事を
　　（優れる王に頼みしは．　　　　　汝をここでわが為に
　　我の体ゆ作るべく．　　　　　　　わが主の仇にこの我を
　　汝が誘いし今やもう．　　　　　　さすれば我を悔やませ得，

io te aldre,   that ik thī mīnun ōgum gisah.'
30 Thō sprak Ēva eft,   idiso scōniost,
wībo wlitigost   — siu was giwerk godes,
thoh siu thō an diuƀales craft   bidrogan wurði —:
'Thū maht it mī wītan,   wini mīn Ādam,
wordun thīnun: it thī thoh wirs ni mag
35 an thīnum hugi hreuwan,   than it mī at herton dōt.'
Iro thō Ādam   andwordida:
'Ef ik waldandes   willean consti,
hwat ik is te harmskaru   hebbian scoldi,
ni gisāwis thū nio sniumor,   — thoh mī an sēo wadan
40 hēti heƀanes god,   hinan nū thō
an flōd faran,   ni wāri hē firinum sō diop,
meristrōm sō mikil,   — that is io mīn mōd gitwehodi,
ak ik te themu grunde gengi,   ef ik godes mahti
willeon giwirkian.   N' is mī an weroldi niud
45 ēniges theganscepies,   nū ik mīnes thiodanes hebbiu
huldi farwarahta,   that ic sia hebbian ni mag.
Ak wit thus bara ni mugun   bēðiu atsamne
wesan mid wihti;   wita gangan an thesan wald innan,
an theses holtes hlea.'   Hwurƀun siu bēðiu,
50 tegengun gnornonde   an thesan grōnian wald,
sātun sundar   bīdan selƀes giscapo
heƀankuninges,   thār siu thiu hebbian ni mōstun,
thē im ēr fargaf   alomahtig god.
Thō siu iro līkhamon   lōƀun bithahtun,
55 weridun mid thiu waldu: giwādi ni haƀdun;
ak siu an gibed fellun   bēðiu atsamne
morgno gihwilikes,   bādun mahtigna,
that siu ni fargāti   god alomahtig

A．ザクセン語の作品

　　　片時去らず，いついつも，
30　その時，エヴァは返事しぬ，
　　　最も輝く女子は．
　　　悪しき魔物の力へと
　　「汝は我を非難し得，
　　　汝が言の葉によりて．
35　汝が気持ちは悔やみ得ず，
　　　かくて答えをアーダムは
　　「もしも上なる支配者の
　　　何をそれ故，戒めに
　　　全く汝は目にすまじ，
40　天なる神が言いしとて，
　　　潮路の中へ行くべしと．
　　　大き流れにあらざれば——
　　　されど底へと向かうらん，
　　　果たす力を持ちたらば．
45　何か仕うる望みなし．
　　　失いたりて，その結果，
　　　されどかように裸にて
　　　いるを断じて許されず．
　　　ここな林の被いへと．」
50　離れ離れに緑なす
　　　別れて腰を降ろしたり．
　　　上なる天の君王の．
　　　かつて彼らに全能の
　　　かくして己が体をば
55　森の草葉で被いたり．
　　　されど二人は相共に
　　　朝の来る度，欠かさずに，
　　　彼ら二人を全能の

　　　この目で汝を見しことは．」
　　　一際，映ゆる郎女は，
　　　——彼女は神の業なりき，
　　　誑かされてありたれど——
　　　伴侶よ，我のアーダムよ，
　　　かくなる事をさ程には
　　　心で我が悔やむ程．」
　　　エヴァに対して返したり．
　　　志念を我が知りたらば，
　　　受け取るべきか，知りたらば，
　　　——み海へよしや入るべしと，
　　　ここより今しこの我が
　　　それが大いに深くなく，
　　　我が心のたじろぐを．
　　　み神の意志を我がもし
　　　最早，我には世で神に
　　　天主の愛を我はもう
　　　愛をば今や持てぬ故．
　　　二人一緒に我々は
　　　いざや森へと入り行かん，
　　　二人は共に赴きぬ，
　　　森へ嘆きつ入り行き，
　　　王者の指示を待つが為，
　　　彼らはそれを持てぬ故，
　　　神が与えし命令を．
　　　青葉をもちて隠したり，
　　　着物を持たぬ故なれば．
　　　祈りの為にひれ伏して，
　　　強き天主に頼みたり，
　　　神が忘るることなかれ．

　　　　endi im giwīsdi,　　waldan thē gōdo,
60　　hū siu an themu liahta ford　　libbian scoldin.)

b．ソドムの運命の予告

　　　　Thuo habdun im eft sō swīdo　　Sodomoliudi,
　　　　weros sō farwerkot,　　that im was ūsa waldand gram,
　　　　mahtig drohtīn,　　wand sia mēn dribun,
　　　　fremidun firindādi,　　habdun im sō vilu fiunda barn
155　　wammas gewīsid:　　thuo ni welda that waldand god,
　　　　thiadan tholojan,　　ac hiet sie threa faran,
　　　　is engelos ōstan　　an is ārundi,
　　　　sīdon te Sodoma,　　endi was im selbo thār mid.
　　　　Thuo sea obar Mambra　　mahtige fuorun,
160　　thuo fundun sia Abrahama　　bī ēnum ala standan,
　　　　waran ēnna wīhstedi,　　endi scolda ūsas waldandas
　　　　geld gifrummian,　　endi scolda thār goda theonan
　　　　an middean dag　　manna thie bezto.
　　　　Thuo antkenda hē craft godas,　　sō hē sea cuman gisach:
165　　geng im thuo tigegnes　　endi goda selbun hnēg,
　　　　bōg endi bedode　　endi bad gerno,
　　　　that hie is huldi ford　　hebbian muosti:
　　　　'warod wil' thū nū,　　waldand, frō mīn,
　　　　alomahtig fadar?　　Ik biun thīn ēgan scalc,
170　　hold endi gihōrig;　　thū bist mī, hērro, sō guod,
　　　　mēdmo sō mildi:　　wil' thū mīnas wiht,
　　　　drohtīn, hebbian?　　Hwat! it all an thīnum duoma stēd,
　　　　ik libbio bī thīnum lēhene,　　endi ik gilōbi an thī,
　　　　frō mīn thē guoda:　　muot ik thī frāgon nū,
175　　warod thū sigidrohtīn　　sīdon willeas?'
　　　　Thuo quam im eft tegegnes　　godas andwordi,

優れし天の支配者が　　　　　　指示し給えと祈りたり，
60　如何に彼らがここな世で　　　　　この先，生きて行くべきか．）

b．ソドムの運命の予告

　　　その後，ソドムの人々は　　　　　ひどく罪科を犯したり，
　　　そこな民らは過ちぬ．　　　　　　王が悪意を抱くほど，
　　　我らの強き天の主が．　　　　　　科を彼らがなせる故，
　　　不義を行いたるが故．　　　　　　悪しき魔物の子供らは
155　悪事をあまた教わりぬ．　　　　　王たる神にこの事を
　　　君主に忍ぶ気はあらず，　　　　　彼ら三人に行くべしと，
　　　天の使者らに東より　　　　　　　神意を示す目当てとて，
　　　ソドムへ行けと命じたり．　　　　自ら神も同道す．
　　　力の強き者達が　　　　　　　　　マンブラ越えて行きし折，
160　アブラハームを見いだしぬ，　　　宮の近くに立ちおりて，
　　　とある聖所を守る彼を．　　　　　そこで我らの支配者に
　　　供犠するのが彼の努め，　　　　　神たる主父にそこもとで
　　　真昼の時に仕うるが　　　　　　　最も善なる人の役．
　　　彼らの来るを見し時に，　　　　　神の力を彼は知る．
165　されば対して差し歩み，　　　　　天主自身に敬礼し，
　　　身をば低めて祈りつつ，　　　　　ひたすら神に願いたり，
　　　神の慈愛を引き続き　　　　　　　保持することが適うべく．
　　　「天つわが主よ，支配者よ，　　　いずこに向かうおつもりか，
　　　全き能あるわが父よ，　　　　　　我は汝の僕なり，
170　従順にして忠義なり．　　　　　　主人よ，汝は良きお方，
　　　宝，惜しまず分け与う．　　　　　我のを何かお望みか，
　　　わが主よ，何か召さるるか．　　　真，全ては御意のまま．
　　　我は汝の封で生き，　　　　　　　汝を我は信じおり，
　　　わが主よ，いとも良き方よ．　　　今や尋ねてよくありや，
175　汝，勝利を挙ぐる主よ，　　　　　いずこへ向かうおつもりか．」
　　　彼に対してその時に　　　　　　　神の応えが返りたり，

　　　　mahtig muotta: 'ni willi ik is thī mīthan nū,' quađ' hē,
　　　　'helan holdan man,　hū mīn hugi gengit.
　　　　Sīđan sculun wī sūđar hinan:　hebbiat im umbi Sodomaland
180　weros sō forwerkot.　Nū hruopat thē ǣwardas te mī
　　　　dages endi nahtes,　thē, thē iro dādi telleat,
　　　　seggiat iro sundeon.　Nū willi ik selƀo witan,
　　　　ef thia mann under im　sulīc mēn fremmiat,
　　　　weros wamdādi.　Thanna scal sea wallande
185　fiur bivallan,　sculun sia ira firinsundeon
　　　　swāra bisenkian:　sweƀal fan himile
　　　　fallit mid fiure,　fēknia stereƀat,
　　　　mēndādige men,　reht sō morgan kumit.'

10．エッセンの月名（9世紀後半）

a) *Apud Hebraeos flud. Apud Graecos thot. Apud Egyptios scorpicus. Apud Latinos september. Apud Thiudiscos* hālegmānōth.

b) *Apud Hebraeos mursussius. Apud Graecos attiricus. Apud Egyptios dios. Apud Latinos november. Apud Thiudiscos* blōtmānōth.

11．ルブリンの詩篇断片より（9世紀末/10世紀）

114,2. *Quia inclinavit aurem suam mihi et*　　　Hwanne ginaegde ōre sīn mī endi
　　　　in diebus meis invocabo te.　　　　　　an daegun mīnun anrhōpu thek.
　　3. *Circumdederunt me dolores mortis,*　　Umbibigēvun mik lēđ dōtthes,
　　　　pericula inferni invenerunt me.　　　　frēson helli fundun mik.
　　4. *Tribulationem et dolorem inveni et*　　 Erƀithi endi leiđ fand ik endi
　　　　nomen domini invocavi.　　　　　　noman drohtīnes anrhiap.
　　5. *O domine, libera animam meam.*　　Wala drahtīn, erlōsi siale mīne. gi-
　　　　misericors dominus et justus et deus　nāthig drohtīn endi reht endi got

A．ザクセン語の作品

強き答えがなされたり．　　　　　「隠すつもりは我になし，
忠士に秘する意志はなし，　　　　如何にわが意があるのかを．
我ら，南へ向かうべし．　　　　　むこう，ソドムのあちこちで
180 民が重罪，犯したり．　　　　社司らは我に叫びかく，
日がな一日，夜も昼も．　　　　　人らの所為を我に告げ，
彼らの罪を語るなり．　　　　　　かく故，我は知らまほし，
替わる替わるに人々が　　　　　　かかる罪科をなしおるか，
その地の民が悪行を．　　　　　　それなる時は燃え盛る
185 火炎が民を襲うべし，　　　　彼らを己が大罪が，
重き罪科が滅すべし．　　　　　　硫黄が天の高みより
火炎と共に落ちて来て，　　　　　悪人どもは絶滅す，
罪を犯せる者どもは，　　　　　　朝が到来すると直ぐ．

10．エッセンの月名（9世紀後半）

a）ヘブライ人ノ所デハフルド．ギリシャ人ノ所デハトホト．エジプト人ノ所デハスコルピクス．ラテン人ノ所デハセプテンベル「9月」．ドイツ人ノ所デハ「聖なる月」．

b）ヘブライ人ノ所デハムルスシウス．ギリシャ人ノ所デハアッティリクス．エジプト人ノ所デハディオス．ラテン人ノ所デハノヴェンベル「11月」．ドイツ人ノ所デハ「血の月」．

11．ルブリンの詩篇断片より（9世紀末/10世紀）

114, 2. 彼ハ自ラノ耳ヲ我ニ傾ケシガ故ニ，　彼は自らの耳を我に傾けしが故に，
　　　カツ我ハワガ日々ニオイテ汝ヲ呼ブ．　かつ我はわが日々において汝を呼ぶ．
　3. 我ヲ死ノ苦痛ガ取リ巻キ，地獄ノ　　　我を死の苦痛が取り巻き，地獄の
　　　危険ガ我ヲ見イダシヌ．　　　　　　　危険が我を見いだしぬ．
　4. 苦難ト苦痛ヲ我ハ見イダシ，カツ　　　苦難と苦痛を我は見いだし，かつ
　　　主ノ名ヲ叫ビヌ．　　　　　　　　　　主の名を叫びぬ．
　5. アア主ヨ，ワガ魂ヲ救イ給エ．主　　　ああ主よ，わが魂を救い給え．主
　　　ハ憐レミ深ク，カツ正義ノ方ニシテ，　は憐れみ深く，かつ正義の方にして，

noster miseretur.　　　　　　　　　unsēr gināthađ.

6. *Custodiens parvulos dominus humiliatus et liberavit me.*

　Gihaldandi luzile drohtīn giāđmōdigod endi erlōsde mek.

7. *Convertere, anima mea, in requiem tuam, quia dominus benefecit tibi.*

　Bikaerd werđ, siale mīn, an raeste thīne, hwanne drohtīn wole dede thē.

8. *Quia eripuit animam meam de morte, oculos meos a lacrimis, pedes meos a lapsu.*

　Hwanne erredde siale mīne from dōthe, ougan mīne from traeniun, fōʒi mīne from falle.

9. *Placebo domino in regione vivorum.*

　Wole līkiu drohtīne an rīkie libbiandira.

12. ヴィーンの呪文（10世紀初め）

a．馬の呪文

De eo quod spurihalz dicimus

Si in dextero pede contigerit. si in sinistro sanguis minuatur. si in sinistro pede in dextero aure minuatur sanguis.

De hoc quod spurihalz *dicunt*

Primum pater noster

5　Visc flōt aftar themo watare, verbrustun sīna vetherun;
thō gihēlida ina ūse druhtīn. Thē selvo druhtīn,
thie thena visc gihēlida, thie gihēle that hers theru spurihelti.

Amen

b．寄生虫の呪文

Contra vermes

Gang ūt, nesso,　mid nigun nessiklīnon,
ūt fana themo marge an that bēn,　fan themo bēne an that flēsg,
ūt fan themo flēsgke an thia hūd,　ūt fan thera hūd an thesa strala.
　　Drohtīn, werthe sō.

A．ザクセン語の作品

カツ我ラノ神ハ憐レム．　　　　　　　かつ我らの神は憐れむ．
6. 小サキ者ラヲ守リツツ，主ハ卑下　　小さき者らを守りつつ，主は卑下
　シテ，我ヲ救イヌ．　　　　　　　　して，我を救いぬ．
7. ワガ魂ヨ，汝ノ安ラギヘト向ケラ　　わが魂よ，汝の安らぎへと向けら
　レヨ．主ハ汝ニ良クセル故ニ．　　　れよ．主は汝に良くせる故に．
8. 彼ハワガ魂ヲ死ヨリ，ワガ両目ヲ　　彼はわが魂を死より，わが両目を
　涙ヨリ，ワガ両足ヲ墜落ヨリ助ケシ　涙より，わが両足を墜落より助けし
　故ニ．　　　　　　　　　　　　　　故に．
9. 我ハ生キテイル者ラノ国ニオイテ　　我は生きている者らの国において
　大イニ主ノオ気ニ召サン．　　　　　大いに主のお気に召さん．

12. ヴィーンの呪文（10世紀初め）
a．馬の呪文

　　　麻痺ト呼ブモノニ関シテ
　　　モシモ右足ニ起キタラバ．モシモ左足ニテ血ガ減ラバ．モシモ左足，右
　耳ニテ血ガ減ラバ．
　　　麻痺ト呼バルルモノニ関シテ
　　　最初ニ主ノ祈リ
　5 魚が河水を流れ行き，己れの鰭が傷つきぬ．
　　その時，主父が癒したり．魚をあの時，癒したる
　　同じ，我らの天の主が馬より麻痺を癒しませ．
　　　　アーメン

b．寄生虫の呪文

　　　　虫ニ対シテ
　　外ヘ出て行け，害虫よ，　　　小虫九匹と相共に．
　　骨の髄より骨子へと，　　　　骨の中より筋肉へ，
　　肉の中より外皮へと，　　　　皮よりここの蹄叉へと．
　　　　主よ，かくなれかし．

13. ヴェールデンの徴税簿断片（10世紀初め）

An Naruthi. Thiu kirica endi kiricland fan Almeri te Tafalbergon.

An Werinon. Thiu kirica endi al that gilendi.

Te Amuthon. Thiu kirica endi kiricland.

An theru Fehtu. Ēn werr *sancti Liudgeri, alterum sancti Martini.*

5 Utermeri. *Sancti Liudgeri totum.*

Spilmeri. *Similiter.*

Pulmeri. Half.

Suecsnon. *Ubi natus est sanctus Liudgerus, totum.*

An Upgoa. Sivun hofstadi, sivun werrstadi.

10 Te Aiturnon. *Sancti Liudgeri.*

Te Kinleson. Ēn alt giwarki.

14. ヴェストファーレン語の懺悔より（10世紀前半）

Ik giuhu goda alomahtigon fadar endi allon sīnon hēlagon, wīhethon endi thī godes manne allero mīnero sundiono, thero thē ik githāhta endi gisprak endi gideda, fan thiu thē ik ērist sundia werkian bigonsta.

Ōk juhu ik, sō hwat sō ik thes gideda, thes withar mīneru cristinhēdi wāri
5 endi withar mīnemo gilōvon wāri endi withar mīnemo bigihton wāri endi withar mīnemo mēstra wāri endi withar mīnemo hērdōma wāri endi withar mīnemo rehta wāri.

Ik juhu nīthas endi avunstes, hētias endi bisprākias, sweriannias endi liagannias, firinlustono endi mīnero gitīdio farlātanero, ovarmōdias endi trāgi
10 godes ambahtas, hōrwilliono, manslahtono, ovarātas endi overdrankas.

15. ザクセン法より（950年頃）

5. *Si os fregerit, vel* wlitiwam *fecerit, corpus vel coxam vel brachium perforaverit, CCXL solidos vel cum XI juret.*

14. *Qui nobilem occiderit, MCCCCXL solidos conponat [*ruoda *dicitur apud Saxones CXX solidi] et in premium CXX solidos.*

A．ザクセン語の作品

13. **ヴェールデンの徴税簿断片**（10世紀初め）

　　　ナルジには教会，及びアルメリよりタファル山地に至る教会領．
　　　ウェリノンには教会と全地域．
　　　アムゾンには教会と教会領．
　　　フェフタ川には聖リウドゲルノ堰(せき)，聖マルティーンノ別ノ堰(せき)．
　5　ウテルメリ．全テ聖リウドゲルノ物．
　　　スピルメリ．同様．
　　　プルメリ．半分．
　　　スエクスノン．ココニテ聖リウドゲル生マレヌ．全テ．
　　　ウプゴアには七つの荘園，七つの堰堤(えんてい)．
　10　アイトゥルノンには聖リウドゲルノ物．
　　　キンレソンには古き建物一つ．

14. **ヴェストファーレン語の懺悔より**（10世紀前半）

　　　我は神，全能の父と全ての彼の聖人，聖遺物と汝，神の僕に，我が最初に罪を犯し初めし時より，我が考え，かつ話し，かつ行いたる全てのわが罪を告白す．
　　　又我は何にてあれ，わがキリスト者の誓いに反し，かつわが信仰に反し，
　5　かつわが懺悔に反し，かつわが師に反し，かつわが上役に反し，かつわが法に反する事として我が行いたる事を告白す．
　　　我は嫉妬と敵意，憎悪と中傷，偽誓と虚言，罪深き欲望とわが怠けたる時祷，高慢と神への奉仕の怠慢，淫らなる欲情，殺人，過食と過飲を告白す．

15. **ザクセン法より**（950年頃）

　5．モシモ口ヲ押シ潰シタル，或イハ「顔面損傷」ヲナシタル時ハ，身体，或イハ腰，或イハ腕ヲ貫キタル時ハ，240ソリドゥス，或イハ11人ト共ニ誓イテ否認スベシ．
　14．貴族ヲ殺シタル者ハ，1440ソリドゥスヲ償ウベシ．カツ前償イトシテ120ソ

16. パーデルボルンの詩篇断片 (950年頃)

37,2. *(... neque) in ira tua corripias me,* ... an gibulgani thīnera repsies mik,

37,3. *quonjam sagitte tue infixe sunt mihi, et confirmasti super me manum tuam* wande scahti thīne instekid sind mī, endi fastinodes over mik hand thīne.

37,4. *non est sanitas in carne mea a facie ire tue, non est pax ossibus meis a facie peccatorum meorum,* n'is hēli an flēske mīnemu fan gisiune gibulgani thīnera, n'is frithu bēnon mīnun fan gisiune sundigero mīnero,

5. *quonjam iniquitates mee supergresse sunt caput meum, sicut onus grave gravate sunt super me.* wande unrehte mīne overgangane sind acu mīn , sō tarz hevig gihevigade sind over mik.

6. *putruerunt et corrup(te ...)* afūleden endi ...

17. ゲルンローデの詩篇注解より (10世紀)

5,9. *Domine, deduc me*: Wola thū, drohtīn, ūthlēdi mik an thīnemo rehte thuru mīna fīanda endi gereko mīnan weg an thīnero gesihti. Wola thū, drohtīn, gereko mīn līf tuote thīneru hēderun gesihti thuru thīn emnista reht tōte thēn ēwigon mendislon thuru mīna fīanda endi thia heretikere endi thia hēthinun. That is mīn te duonne, that ik mīna fuoti sette an thīnan weg, endi that is thīn te duonne, that thū mīnan gang girekos...

5,10. Thiu wārhēd n'is an themo mūthe thero heretikero, wan thiu īdalnussi bewaldid iro hertono. Wan thiu tunga folgod thena selfkuri thes muodes. Wan sia ne hebbed thia wārhēd an iro mūthe, that is Cristen, wan sia ne hebbed sia an iro herton. Wan alla thia beswīkid thē fīand, thē hē īdeles herton findid.

A．ザクセン語の作品

リドゥスヲ［ザクセン人ノ所デハ，コノ120ソリドゥスハ「絞首台」ト呼バル］．

16．パーデルボルンの詩篇断片（950年頃）

37,2．（カツ又）汝ノ怒リノ内ニ我ヲ叱リ　　　汝の怒りの内に我を叱り給う（な）．
　　　給（ウナ）．

　　3．汝ノ矢ハ我ニ突キ刺サレテアリ，　　　汝の矢は我に突き刺されてあり，
　　　カツ汝ハ我ノ上ニ汝ノ手ヲ固定セル　　かつ汝は我の上に汝の手を固定せる
　　　ガ故ニ．　　　　　　　　　　　　　が故に．

　　4．ワガ肉体ノ中ニハ，汝ノ怒リヲ眼　　　わが肉体の中には，汝の怒りを眼
　　　前ニシテ，息災ハナク，ワガ骨ニハ，　前にして，息災はなく，わが骨には，
　　　ワガ罪ヲ眼前ニシテ，安ラギナシ．　　わが罪人を眼前にして，安らぎなし．

　　5．ワガ不正ハワガ頭ヲ越エ，重キ荷　　　わが不正はわが頭を越え，重き荷
　　　物ノ如ク，ワガ上ニ負ワセラレシガ　　物の如く，わが上に負わせられしが
　　　故ニ．　　　　　　　　　　　　　　故に．

　　6．ソレラハ腐敗シテ壊死シヌ．　　　　それらは腐敗して（壊死しぬ．）

17．ゲルンローデの詩篇注解より（10世紀）

5,9．主ヨ，我ヲ導キ給エ．いざ汝，主よ，我を汝の義の内にてわが敵らの間から導き出し給え．かつわが道を汝の眼差しの内にて導き給え．いざ汝，主よ，わが命を汝の明るき眼差しの方へ，汝の最も正しき義により永遠の喜びへと，わが敵らと異端者らと異教徒らの間を通して導き給え．我がわが両足を汝の道の上に置くこと，それが我のなすべき事なり．かつ汝がわが歩みを…導くこと，それが汝のなすべき事なり．

5,10．真理は異端者らの口になし．空虚が彼らの心を支配するが故に．舌が彼らの気持ちの恣意に従うが故に．彼らは真理を，即ちキリストを彼らの口の中に持たぬが故に．彼らはそれを彼らの心の中に持たぬが故に．敵は空しき心の由にて見いだす全ての者を欺くが故に．

18. トリールの血の呪文 (10/11世紀)

Ad catarrum dic:
Christ warth giwund,　thō warth hē hēl gi ōk gisund.
That bluod forstuond,　sō duo thū bluod!
Amen ter, pater noster ter

19. 『ヘーリアント』C写本より (10世紀後半)

a．序

Fitte I

　Manega wāron,　thē sia iro mōd gespōn,
　that sia <u>word godes</u>　(wīsean) <u>bigunnun</u>,
　reckean that girūni,　that thie rīceo Crist
　undar mancunnea　māritha gifrumida
5　mid wordun endi mid wercun.　That wolda thō wīsara filo
　liudo barno loƀon,　lēra Cristes,
　hēlag word godas,　endi mid iro handon scrīban
　bere<u>ht</u>līco an buok,　hwō sia <u>is</u> <u>gibodscip</u> <u>scoldin</u>
　frummian, firiho barn.　Than wārun thoh sia fiori te thiu
10　under thera menigo,　thia haƀdon maht godes,
　helpa fan himila,　hēlagna gēst,
　craft fan Crist<u>e</u>,　—　sia wurđun gicorana te thio,
　that sie than ēvangēlium　ēnan scoldun
　an buok scrīban　endi sō manag giƀod godes,
15　hēlag himilisc word:　sia ne muosta helitho than mēr,
　firiho barno frummian,　newan that sia fiori te thio
　thuru craft godas　gecorana wurđun,
　Matheus endi Marcus,　—　sō wārun thia man hētana　—
　Lucas endi Johannes;　sia wārun gode lieƀa,
20　wirđiga ti them giwirkie.　Haƀda im waldand god,
　them helithon an iro hertan　hēlagna gēst

A．ザクセン語の作品

18. トリールの血の呪文（10/11世紀）

　　　鼻血ニ対シテ言ウベシ：
　　　かつてイエスは傷つきぬ．　　　されど事無く直りたり．
　　　彼の血汁は止(とど)まりぬ．　　　汝，血汁よ，そうすべし．
　　　アーメン三度，主ノ祈リ三度

19. 『ヘーリアント』C写本より（10世紀後半）

a．序

第1章節

1a かつてあまたの人ありて，　　　1b 己が心に駆られたり．
2a 神の言葉を人々に　　　　　　　2b 口火を切りて（伝えんと），
3a かかる神秘を語らんと，　　　　3b 強(こわ)き力のキリストが
4a 人の族(やから)の間にて　　　　4b 不思議なる事なしたるを，
5a 言葉ならびに行為にて．　　　　5b 賢き人の数々が，
6a 人の子供がキリストの　　　　　6b 教示，誉むるを望みたり．
7a 神の聖なるお言葉を．　　　　　8b 如何にて彼の言いつけを
9a 人の子供がなすべきか，　　　　8a 本の形で明らかに
7b 自分の手にて書きたしと．　　　9b これが為にはただ四人，
10a 夥(かた)多なる人の中にあり，　10b 神の力を与えられ，
11a 至高の天の手助けと　　　　　　11b 聖なる霊を合わせ持つ．
12a キリストよりの力をも．　　　　12b かくなる者が選ばれぬ，
13b 神意を受けて彼らのみ　　　　　13a 嬉しき知らせ，福音を
14a 本の形に書くが為．　　　　　　14b かくもあまたの神命を，
15a 聖なる天の言の葉を．　　　　　15b こはその外の者達に，
16a 人の子供に許されず．　　　　　16b 彼ら四人がこの為に
17a 上なる神の力にて　　　　　　　17b 選ばれたるを別として．
18b 丈夫(ますらお)達の名を言えば，　18a マタイとマルコ，その外は
19a ルカにヨハネと呼ばれおり，　　19b よろしく神に思われて
20a これの仕事に相応す．　　　　　20b 支配者，神はその者ら，
21a そこな人らの心中に　　　　　　21b 神聖無二の霊(たましい)と

       fasto bifolhan   endi ferahtan hugi,
       sō manag wīslīk word   endi giwit mikil,
       that sea scoldin ahebbean   hēlagaro stemnun
25 godspell that guoda,   that ni haḃit ēnigan gigadon hwergin,
       thiu word an thesaro weroldi,   that io waldand mēr,
       drohtīn diurie   eftho derḃi thing,
       firinwerc fellie   eftho fīundo nīth,
       strīd widerstande — ,   hwand hie haḃda starkan hugi,
30 mildean endi guodan,   thie thes mēster was,
       adalordfrumo   alomahtig.
       That scoldun sea fiori thuo   fingron scrīḃan,
       settian endi singan   endi seggean forth,
       that sea fan Cristes   crafte them mikilon
35 gisāhun endi gihōrdun,   thes hie selḃo gisprac,
       giwīsda endi giwarahta,   wundarlīcas filo,
       sō manag mid mannon   mahtig drohtīn,
       all sō hie it fan them anginne   thuru is ēn(es) craht,
       waldand gisprak,   thuo hie ērist thesa werold giscuop
40 endi thuo all bifieng   mid ēnu wordu,
       himil endi ertha   endi al that sea bihlidan ēgun
       giwarahtes endi giwahsanes: that warth thuo all mid wordon godas
       fasto bifangan,   endi gifrumid after thiu,
       hwilīc than liudscepi   landes scoldi
45 wīdost giwaldan,   eftho hwār thiu weroldaldar
       endon scoldin.   Ēn was iro thuo noh than
       firiho barnun biforan,   endi thiu fīvi wārun agangan:
       scolda thuo that sehsta   sāliglīco
       cuman thuru craft godes   endi Cristas giburd,
50 hēlandero best,   hēlagas gēstes,
       an thesan middilgard   managon te helpun,

A．ザクセン語の作品

22b 更に賢しき考えを	22a 既にしっかと与えたり．
23a あまた知恵ある言の葉と	23b いとも大なる英知をも．
24b 聖なる声で彼達が	24a 口火を切りて語る為，
25b どこにも似たるもののなき，	25a 妙なる神の福音を，
26a 神の言葉をこの世にて．	26b これがいつかは支配者を，
27a 主父を益々称賛し，	27b もしくは悪しき物事を，
28a 邪悪な業を打ち倒し，	28b 悪き魔物の憎しみに，
29a 挑みに対し向かうべく．	29b 天主は強き，情けある，
30a 優れし思慮を持ちし故．	30b 至福至幸の創造者，
31a 全能にして高貴なる，	31b 下界と天の創始者は．
32a それを彼らの四人が	32b 指で書くよう令せらる，
33a したため下ろし，かつ歌い，	33b 言い継ぐべしと命を受く．
34a 大いに強きキリストの	34b 偉力につきて彼達が
35a 聞きたる事や見たる事，	35b 自ら彼が口に出し，
36a はた又，示し，行える	36b 神変奇異の数々を．
37b 力ある主が人間で	37a 実行したる事々を．
39b 最初に神が世を創り，	41a かくして天と下の地と，
42a 作られ，出来し物として	41b 天地が含む一切を
40b 一つの言の葉をもちて	40a 表し給いし，かの時に，
38b 神が一人の力にて	38a 当の初めにこの事を
39a 王が語られたる如く，	44a 一体，如何な民族が
44b 一番広く国土をば	45a 治むべきかや，或は又，
45b 世界の時がいつの日に	46a 終わるべきかは，その際に
42b 全てが神の言葉にて	43a しかと記され，更に又
43b それに従い果たされぬ．	47a されば人らの目前に
46b 時代が一つ来つつあり，	47b 五代の時は過ぎ去りぬ．
48a かくして次に第六の	48b 時がめでたく来べかりき，
49a 上なる神の勢力と	49b 更にイエスの生まれにて，
50a 最も優れし救い手が，	50b 聖なる霊の助けにて，
52b 神の仇らの憎しみと	53a 悪魔の罠に逆らいて

firio barnon ti frumon   wið fīundo nīth,
wið dernero dwalm.

b．主の祈り

1600 *Pater noster:* Fader ist ūsa   firio barno,
thū bist an them hōhen   himilo rīkie.
Giwīhid sī thīn namo   wordu gihwilīcu.
Cume thīn   craftiga rīki.
Werthe thīn willeo   obar thesa werold alla,
1605 sō samo an erðu,   sō thār uppe ist
an them hōhon   himilo rīkie.
Gib ūs dago gihwilīces rād,   drohtīn thie guodo,
thīna hēlaga helpu,   endi alāt ūs, hebanes ward,
managaro mēnnsculdio,   all sō wī ōðron mannon dūan.
1610 Ni lāt ūs farlēdean   lētha wihti
sō forth an iro willeon,   sō wī wirðiga sind,
ac hilp ūs wiðar allon   ubilon dādeon.

20．エッセンの徴税簿より（10世紀後半）

Van Vēhūs. Ahte ende ahtedeg mudde maltes ende ahte brōd, twēna sostra erito, viar mudde gerston, viar vōther thiores holtes. Te thrim hōgetīdon ahtetian mudde maltes endi thriu vōther holtes. Ende viarhteg bikera. Ende ūsero hērino misso twā crūkon.

5   Van Ēkanscētha. *Similiter.*
Van Rengerengthorpa. *Similiter.*
Van Hukretha. *Similiter* āna that holt te then hōgetīdon. That ne geldet thero ambahto newethar.
Van Brōkhūson. Te then hōgetīdon nigen mudde maltes ende twenteg bi-
10 kera. Ende twā crūkon.
Van Hōrlōn. Nigen ende vīftech mudde maltes ende twē vōther thiores

A．ザクセン語の作品

52a 人の子供を益すべく、　　　51b あまたの人を助けんと、
51a ここなる中つ国内へ。

b．主の祈り

1601 遥かに上の，いと高き　　　　天つみ国におわします
1600 父は我らが，人々の　　　　　子らがものたるお方なり．
1602 み名があらゆる言葉にて　　　清くせられて有らまほし．
1603 力の満つる王国が，　　　　　み国がこちへ来たるべし．
1604 汝の意志がこの世にて　　　　遍くしかと成らまほし．
1606 甚だ高き，諸々の　　　　　　天より出来し王国に，
1605 上なる方にある如く，　　　　ここなる下の土地にても．
1607 日毎，我らに支えをば　　　　授けられたし，良き主父よ，
1608 いとも聖なる手助けを．　　　天の守護者よ，許されよ，
1609 他者に我らがなす如く，　　　多数の罪を我らにも．
1611 我らに値するが如，　　　　　悪意の中へ落つべしと，
1610 我らを悪き魔物らに　　　　　惑わせしむることなかれ．
1612 されど我らを一切の　　　　　悪しき業より救われよ．

20．エッセンの徴税簿より（10世紀後半）

　　　ヴェーフースより．麦芽88ムッディ，並びにパン8個，豌豆2ソスル，大麦4ムッディ，乾燥木材4フォーゼル．三度の祝祭用に麦芽18ムッディと木材3フォーゼル．並びに杯40個．並びに我らの主人達の祝日の為にジョッキ2個．
5　　エーカンスケーザより．同様．
　　　レンゲレンゾルプより．同様．
　　　フクレザより．祝祭用の木材以外は同様．その支払いを何れの役所も行わず．
　　　ブロークフーソンより．祝祭用に麦芽9ムッディ，並びに杯20個．並び
10　にジョッキ2個．
　　　ホールローンより．麦芽59ムッディ，並びに乾燥木材2フォーゼル．大

49

holtes. Twē mudde gerston. Viar brōt. Ēn suster erito. Twēnteg bikera. Endi twā crūkon. Nigen mudde maltes te then hōgetīdon.

    Van Nianhūs. *Similiter.*

15   Van Borthbeki. *Similiter.*

    Van Drene. Te ūsero hērano misso tian ēmber honegas. Te pincoston sivondon halvon ēmber honegas endi ahtodoch bikera. Endi viar crūkon.

21. ヴェストファーレン語の受洗の誓いA写本（10世紀末）

    Farsakis thū unholdon? Farsaku.

    Farsakis thū unholdon werkon endi willion? Farsaku.

    Farsakis thū allon hēthinussion? Farsaku.

    Farsakis thū allon hēthinon geldon endi gelpon, that hēthina man te geldon
5 ende te offara haddon? Farsaku.

    Gilōvis thū an god fader alomahtigan? Gilōviu.

    Gilōvis thū an thena hēlagon godes sunu, that hē geboren endi gemartyrod wāri? Gilōviu.

    Gilōvis thū an thena hēlagon gēst endi an thia hīlagon samunga endi
10 hēlagaro gimēnitha, flēskas astandanussi, that thū an themo flēska, thē thū nū an bist, te duomesdaga gistandan scalt, endi gilōvis thū līvas ahtar dōtha? Gilōviu.

    Sequitur hic: Suffla in faciem et dic hanc orationem:

    Exi ab eo immunde spiritus et redde honorem deo vivo et vero.

22. ザクセン語の受洗の誓い（10世紀末）

    Forsachistū diabolæ? *Et resp(ondeat)*: Ec forsacho diabolæ.

    End allum diobolgelde? *Resp(ondeat)*: End ec forsacho allum diobolgeldæ.

    End allum dioboles wercum? *Resp(ondeat)*: End ec forsacho allum dioboles wercum mid wordum, Thunær ende Wōden ende Saxnōte ende allum thēm
5 unholdum, thē hira genōtas sint.

    Gelōbistū in got alamehtigan fadær? Ec gelōbo in got alamehtigan fadær.

    Gelōbistū in Crist godes suno? Ec gelōbo in Crist gotes suno.

麦2ムッディ．パン4個．豌豆1ソステル．杯20個．並びにジョッキ2個．祝祭用の麦芽9ムッディ．

ニアンフースより．同様．

15　ボルズベキより．同様．

ドレネより．我らの主人達の祝日用に蜂蜜10エーンバル．聖霊降臨祭用に蜂蜜6エーンバル半，並びに杯80個．並びにジョッキ4個．

21．ヴェストファーレン語の受洗の誓いA写本（10世紀末）

汝は悪魔を拒むか．我は拒む．

汝は悪魔の業と意志を拒むか．我は拒む．

汝は一切の異教的なる醜行を拒むか．我は拒む．

汝は，異教徒らが奉納物として，かつ供物として持ちし一切の異教的な
5　る奉納物と虚飾を拒むか．我は拒む．

汝は神，全能の父を信ずるか．我は信ず．

汝は神の聖なる息子を，彼が生まれ，かつ拷問せられたることを信ずるか．我は信ず．

汝は聖なる霊，かつ聖なる集会と聖人達との交わり，肉体の復活，汝が
10　今まといているその肉体をまといて裁きの日に復活せんことを信ずるか．
かつ汝は死後の生命を信ずるか．我は信ず．

ココニテ続ク：顔ニ息ヲ吹キツケテ，カクナル祈リヲ唱ウベシ：

汚レタル霊ヨ，彼ヨリ出テ行ケ，生命アル，真ノ神ニ敬意ヲ払エ．

22．ザクセン語の受洗の誓い（10世紀末）

汝は悪魔を拒むか．シテ答ウベシ：我は悪魔を拒む．

一切の悪魔への奉納物もか．答ウベシ：かつ我は一切の悪魔への奉納物を拒む．

一切の悪魔の業もか．答ウベシ：かつ我は一切の悪魔の業を言葉と共に，
5　ズネル，ウォーデン，サクスノートと彼らの仲間たる全ての悪魔らを拒む．

汝は神，全能の父を信ずるか．我は神，全能の父を信ず．

汝はキリスト，神の息子を信ずるか．我はキリスト，神の息子を信ず．

Gelōbistū in hālogan gāst? Ec gelōbo in hālogan gāst.

23. エッセンの万聖節の説教 (1000年頃)

Legimus in ecclesiasticis historiis, quod sanctus Bonifacius, qui quartus a beato Gregorio romanæ urbis epi- scopatum tenebat, suis precibus a
5 *Phoca cæsare impetraret donari ec- clesiæ Christi templum Romæ, quod ab antiquis Pantheon ante vocabatur, quia hoc quasi simulachrum omnium videretur esse deorum, in quo eli-*
10 *minata omni spurcitia, fecit ecclesiam sanctæ dei genitricis atque omnium martyrum Christi, ut exclusa multitudi- ne dæmonum, multitudo ibi sanctorum a fidelibus in memoria haberetur, et*
15 *plebs universa in capite calendarum novembrium, sicut in die natalis do- mini, ad ecclesiam in honore omnium sanctorum consecratam conveniret, ibique missarum sollennitate a præsule*
20 *sedis apostolicæ celebrata, omnibus- que rite peractis, unusquisque in sua cum gaudio remearet.*

Ex hac ergo consuetudine sanctæ romanæ ecclesiæ, crescente religione
25 *christiana, decretum est, ut in ecclesiis dei, quæ per orbem terrarum longe la- teque construuntur, honor et memoria*

Wī lesed, thō *sanctus Bonifacius* pāvos an Rōma was, that hē bēdi thena kiēsur *Advocatum,* that hē imo an Rōmu ēn hūs gēfī, that thia luidi wīlon *Pantheon* hēton, wan thār worthun alla afgoda inna began- gana. Sō hē it imo thō jegivan hadda, sō wīeda hē it an ūses droh- tīnes ēra ende ūsero frūon *sanctę* Mariun endi allero Cristes martiro, te thiu, alsō thār ēr inna begangan warth thiu menigi thero diuvilo, that thār nū inna begangan wertha thiu gehugd allero godes hēligono. Hē gibōd thō, that al that folk thes dages, alsō thē kalend november anstendit, te kerikun quāmi, endi alsō that guodlīka thianust thār al geduon was, sō wither gewarf manno gewilīk frā endi blīthi te hūs.

Endi thanana sō warth gewonohēd, that man hūdigu ahter allero thero waroldi begēd thia gehugd allero godes hēligono, te thiu, sō wat sō wī an allemo themo gēra vergōme-

汝は聖なる霊を信ずるか．我は聖なる霊を信ず．

23. エッセンの万聖節の説教 （1000年頃）

『教会史』ニオイテ我ラノ読ム
ニ，4代目トシテ，祝福セラレタル
グレゴーリウスヨリローマ市ノ司教
座ヲ得タル聖ボニファーツィウスハ
5 自ラノ懇願ニテ皇帝フォーカスヨリ
キリストノ教会ニローマノ神殿ガ与
エラルルヲ成シ遂ゲヌ．ソレハ古人
ラニヨリパンテオン（万神殿）ト以
前ニ呼バレタルモノナリ．何トナレ
10 バ，ソレガ全テノ神々ノ偶像タルカ
ノ如クニ見ナサレシ故ニ．彼ハソノ
中ニテ一切ノ不浄ヲ片付ケテ，神ノ
聖ナル母トキリストノ全テノ殉教者
ノ為ノ教会ヲ作リヌ．多数ノ悪魔ガ
15 取リ除カレ，多数ノ聖人ガ信者ラニ
ヨリ追憶ノ内ニ留メ置カルル為ナ
リ．カツ総テノ民衆ガ11月ノ頭ニ，
主ノ誕生日ニオケル如ク，全テノ聖
人ノ栄誉ノ為ニ聖別セラレタル教会
20 ヘ集マルガ為ナリ．カツソコニテ礼
拝ノ儀式ガ使徒座ノ司教ニヨリ執リ
行ワレ，カツ全テノ事ガ厳カニ果タ
サルルト，イズレノ人モ自ラノ家ヘ
喜ビト共ニ帰リヌ．
25 カクシテ聖ローマ教会ノカクナル
習慣ヨリ，キリスト教ノ拡大スルニ
伴イ，世界中ニ遠ク，カツ広ク築カ

我らの読むに，聖ボニファーツィ
ウスは，法王としてローマにありし
時,皇帝アドヴォカートゥスに，ロー
マにおいて建物を一つ与えよと頼み
ぬ．それは人々が以前にパンテオン
（万神殿）と呼びたるものなり．何
となれば，その中にて全ての偶像が
崇められし故に．皇帝がそれを彼に
与えたる後，彼はそれを我らの主と
我らの女主人，聖マリアとキリスト
の全ての殉教者の栄誉の為に聖別し
ぬ．そこにて以前，多数の悪魔が崇
められたる如く，そこにて今や神の
全ての聖人の追憶が崇めらるるが為
なり．彼はその時，全ての民衆はそ
の日に，（現在それには）11月1日
が確定している如く，教会へ来べし
と命じぬ．して見事なる礼拝がそこ
にて全てなさるると，再びいずれの
人も喜ばしく，かつ朗らかに家へと
帰りぬ．

そしてその時よりかくして，今日
世界中にて神の全ての聖人の追憶を
崇むる習慣が生じぬ．何にてあれ，

53

omnium sanctorum, in die qua præ-
diximus, haberetur, ut quicquid huma-
30 na fragilitas per ignorantiam vel negli-
gentiam, seu per occupationem rei
secularis, in sollennitate sanctorum
minus plene peregisset, in hac ob-
servatione solveretur, quatenus eorum
35 patrociniis protecti, ad superna po-
pulorum gaudia pervenire valeamus.

lōson, that wī it al hūdigu gefullon
endi that wī thur thero hēligono ge-
thingi bekuman te themo ēwigon
līva, helpandemo ūsemo drohtīne.

24. ギッテルデの貨幣銘（11世紀初め）
表： Jelithis pening.
裏： Hīr steid tē biscop.

25. レーオ・ヴェルチェリ司教の金言（1016年）
... Nunc videbo, cujus pretii apud vos erit Leo. Omnes inimici mei risum et derisum de me fecerunt, quia preceptum de quibusdam liberis, qui in Sancta Agatha contra me erant, firmare noluistis, cum enim non vultis, quod lex vult et jubet. Imperatorum et regum parcere subjectis, et dei. Sed facio ego: Waregat
5 self iuware gōt. Et sin plumbo, saltem auro sigillatum, per hunc meum militem committite. ...

26. フレッケンホルストの徴税簿より（11世紀末）
Thit sint thie sculdi, thē themo meira selvamo an thena hof geldad.

Van Smithehūson. Azeko ellevan muddi gerstinas maltes. Bettikin an themo selvon tharpa twē muddi hwētes.

Van Galmere. Gelderīk ēnon scilling penningo.

5 Van Vuclestharpa. Manniko eleven muddi gerstinas maltes.

A．ザクセン語の作品

　　　我らが一年中怠る事を，我らがそれ
　　　ル神ノ諸教会ニテ全テノ聖人ノ栄
　　　誉ト追憶ガ前述セル日ニ留メ置カル
　　を今日果たし，かつ我らが聖人達の
　30　ベシト決メラレヌ．何ニテアレ，人
　　　仲介により，我らが主の助くるによ
　　　間ノ弱サガ無知，或イハ怠慢ニヨリ，
　　り，永遠の命へと達するが為なり．
　　　又ハ世俗的ナル事柄ノ従事ニヨリ聖
　　　人達ノ厳カサノ内ニ十分ニハ果タサ
　　　ザリシ事ガ，カクナル順奉ノ内ニ成
　35　シ遂ゲラルルガ為ニテ，彼ラノ庇護
　　　ニ被ワレテアル限リ，我ラガ大衆ノ
　　　至高ノ喜ビヘト達シ得ルガ為ナリ．

24．ギッテルデの貨幣銘（11世紀初め）
　　表：イェリジのペニング．
　　裏：ここに司教は立ちてあり．

25．レーオ・ヴェルチェリ司教の金言（1016年）
　　　…今我ハ，陛下ノ許ニテレーオガ如何ナル価値ヲ有スルカ，見ン．全テノ
　　ワガ敵ハ我ニ関シテ嘲弄ト嘲笑ヲナセリ．何トナレバ，聖アガタ（城）ニ
　　オイテ我ニ敵対セシ自由ナル者ラニ関スル命令ヲ陛下ガ確定スルヲ欲セザ
　　リシガ故ニ．即チ陛下ハ法ガ望ミ，命ズル事ヲ望ミテオラレズ．皇帝達ト
　5　王達ト神ノ服従者ラヲ大事ニスルコトヲ．サレド我ハ「ご自分の財産は御
　　自ら守り給え」ヲ実行ス．シテモシモ鉛ニテアラザレバ，少ナクトモ金ニ
　　テ封印セラレタル（勅状）ヲコノワガ兵ヲ通シテ委ネ給エ．…

26．フレッケンホルストの徴税簿より（11世紀末）
　　　これは，その領地内の同じ領地管理人に支払う税金なり．
　　　スミゼフーソンより．アツェコは大麦の麦芽11ムッディ．同じ村のベッ
　　ティキンは小麦2ムッディ．
　　　ガルメルより．ゲルデリークは12ペニング．
　5　ヴクレスザルプより．マンニコは大麦の麦芽11ムッディ．

55

Van Marastharpa. Siger fīftein muddi rockon. Tiederīk an themo selvon tharpa ēnon scilling rockon.

Van Adistharpa. Lieveko ēn malt gerston.

Van Bunistharpa. Sizo ēn malt rockon.

10 Van Peingtharpa. Bojo fiertein muddi rockon ende fiertein muddi gerston.

Van Thankilingtharpa. Wizel ende Ammoko iro iawethar elevan muddi maltes.

Van Katingtharpa. Ses muddi rockon Willezo.

Van Hlacbergon. Azelin twēna scillinga penningo ende ses muddi rockon.

15 Van Westonvelda. Ēnon scilling penningo.

Van Alfstide. Azo sestein penninga.

Van Bergtharpa. Aldiko elevan muddi maltes.

A．ザクセン語の作品

マラスザルプより．シゲルはライ麦15ムッディ．同じ村のティエデリークはライ麦12ムッディ．

アディスザルプより．リエヴェコは大麦1マルト．

ブニスザルプより．シツォはライ麦1マルト．

10　ペイングザルプより．ボヨはライ麦14ムッディ，並びに大麦14ムッディ．

ザンキリングザルプより．ウィツェルとアンモコは両名とも麦芽11ムッディ．

カティングザルプより．ライ麦6ムッディ，ウィルレツォは．

フラクベルゴンより．アツェリンは20ペニング，並びにライ麦6ムッ
15　ディ．

ウェストンヴェルドより．12ペニング．

アルフスティデより．アツォは16ペニング．

ベルグザルプより．アルディコは麦芽11ムッディ．

B. 低部フランク語の作品

1. ベルリーンの詩篇断片より（9/10世紀）

62,2. *Deus, deus meus, ad te de luce vigilo; sitivit in te anima mea quam multipliciter tibi caro mea in terra deserta et invia et inaquosa.*

Got, got mīn, te thī fan liohte wacon ic; thursta an thī sēla mīn, sō manohfoltlīco thī fleisc mīn an erthon wūstera in an wega in an waterfollora.

3. *Sic in sancto apparui tibi, ut viderem virtutem tuam et gloriam tuam.*

Sō an heiligin gescein ic thī, that ic gisāgi craft thīn in guolīkheide thīn.

4. *Quonjam melior est misericordia tua super vitas; labia mea laudabunt te.*

Wanda betera ist ginātha thīna ovir līf; lepora mīna lovon sulun thī.

5. *Sic benedicam te in vita mea, et in nomine tuo levabo manus meas.*

Sō sal ik quethan thī an līve mīnin, in an namon thīnin hevon sal ik heinde mīne.

6. *Sicut adipe et pinguidine repleatur anima mea, et labiis exsultationis laudabit os meum.*

Also mit smere in mit feite irfullit werthe sēla mīn, in mit leporon mendislis lovan sal munt mīn.

7. *Si memor fui tui super stratum meum, in matutinis meditabor in te, quia fuisti adjutor meus.*

Sō gehugdig was thīn ovir strō mīn, an morgan thencon sal ik an thī, wanda thū wāri hulpere mīn.

8. *Et in velamento pennarum tuarum exsultabo.*

In an getheke fetherono thīnro mendon sal.

9. *Adhaesit anima mea post te; me suscepit dextera tua.*

Clivoda sēla mīn aftir thī; mī antfieng forthora thīn.

10. *Ipsi vero in vanum quaesierunt*

Sia gewisso an īdulnussi suohtun

B．低部フランク語の作品

1．ベルリーンの詩篇断片より（9/10世紀）

62,2. 神ヨ，ワガ神ヨ，我ハ汝ノ方ヘ光ヨリ目覚メテアリ．ワガ魂ハ汝ヲ渇望シヌ，ワガ肉体ガ色々ト汝ニ（ナセル）如ク，荒レ果テシ，カツ道ナキ，水ノ乏シキ地ニテ．

神よ，わが神よ，我は汝の方へ光より目覚めてあり．わが魂は汝を渇望しぬ，わが肉体が色々と汝に（なせる）如く，荒れ果てし地にて，かつ道にて，かつ水気溢るる地にて．

3. カクテ我ハ聖ナル所ニテ汝ノ前ニ現ワレヌ．我ガ汝ノ力ト汝ノ栄光トヲ目ニセンガ為ニ．

かくて我は聖なる所にて汝の前に現われぬ．我が汝の力と汝の栄光とを目にせんが為に．

4. 汝ノ恩寵ハ生命以上ニ良キガ故ニ，ワガ唇ハ汝ヲ称エン．

汝の恩寵は生命以上に良きが故に，わが唇は汝を称えん．

5. カクテ我ハ汝ノコトヲワガ生涯ニオイテ祝福セン．汝ノ名ニオイテ我ハワガ諸手ヲ挙ゲン．

かくて我は汝のことをわが生涯において語らん．汝の名において我はわが諸手を挙げん．

6. カクテ獣脂ト油脂トニテワガ魂ハ満タサレヨカシ．カツ喜悦ノ唇ニテワガ口ハ称エン．

かくて獣脂と油脂とにてわが魂は満たされよかし．かつ喜悦の唇にてわが口は称えん．

7. カクテ我ハワガ藁床ノ上ニテ汝ヲ思イ出シヌ．朝ニハ我ハ汝ノコトヲ考エン．汝ハワガ救イ手デアリシ故ニ．

かくて我はわが藁床の上にて汝を思い出しぬ．朝には我は汝のことを考えん．汝はわが救い手でありし故に．

8. カツ我ハ汝ノ両翼ノ被イノ中ニテ喜バン．

かつ我は汝の両翼の被いの中にて喜ばん．

9. ワガ魂ハ汝ニスガリツキヌ．汝ノ右手ハ我ヲ支エヌ．

わが魂は汝にすがりつきぬ．汝の右手は我を受け取りぬ．

10. サレド彼ラハ空シサノ内ニワガ魂

されど彼らは空しさの内にわが魂

animam meam, introibunt in inferiora terrae;
11. Tradentur in manus gladii, partes vulpium erunt.
12. Rex vero laetabitur in deo. laudabuntur omnes, qui jurant in eo, quia obstructum est os loquentium iniqua.

sēla mīna, ingān sulun an diepora erthon;
Gegevona werthunt an handun swerdes, deila vusso wesan sulun.
Cuning gewisso blīthon sal an gode. gelovoda (werthunt) alla, thia swerunt an i̱mo, wanda bestuppot ist munt sprekendero unrehta.

2．アインハルトの『カルル大帝伝』A 5 写本より（1050年頃）

Et de mensibus quidem januarium wintarmānōth, *februarium* hornungmānōth, *martium* lentinmānōth, *aprilem* ōstermānōth, *maium* winnemānōth, *junium* brāchmānōth, *julium* haymānōth, *augustum* aranmānōth, *septembrem* widumānōth, *octobrem* wīndumemānōth, *novembrem* hervistmānōth, *decem-*
5 *brem* heilmānōth *appellavit.*

Ventis vero hoc modo nomina imposuit, ut subsolanum vocaret ōstrōnowind, *eurum* ōstsūthrōnowind, *euroaustrum* sūthōstrōnowind, *austrum* sūthrōnowind, *austroafricum* sūthwestrōnowind, *africum* westsūthrōnowind, *zephirum* westrōnowind, *chorum* westnorthrōnowind, *circium* northwestrōnowind,
10 *septentrionem* northrōnowind, *aquilonem* northōstrōnowind, *vulturnum* ōstnorthrōnowind.

3．西フラマン語の恋愛句（11世紀後半）

Hebban olla vogala nestas hagunnan hinase hi̱c enda thū. Wa̱t unbi̱dan we̱ nū̱?

Abent omnes volucres nidos inceptos nisi ego et tu. Quid expectamus nu̱nc? Rector celi nos exaudi ut dignare nos salvare.

4．ヴィリラムの雅歌注解A写本より（1100年頃）

59(4, 5) Zwēne thīne spune sint samo zwey zwinele kizze thero rēion, thie ther

ヲ求メヌ．彼ラハ地ノヨリ深キ所ヘト入リ行カン．
を求めぬ．彼らは地のより深き所へと入り行かん．

11. 彼ラハ剣ノ手中ニ引キ渡サレ，狐ラノ分ケ前トナラン．
彼らは剣の手中に引き渡され，狐らの分け前とならん．

12. サレド王ハ神ヲ喜バン．彼ニ誓ウ全テノ者ハ称エラル．不正ナル事ヲバ語ル者ラノ口ハ塞ガレテアルガ故ニ．
されど王は神を喜ばん．彼に誓う全ての者は称えらる．不正なる事をば語る者らの口は塞がれてあるが故に．

2．アインハルトの『カルル大帝伝』Ａ５写本より（1050年頃）

カクテ暦ノ月ニ関シテハ例エバ１月ヲ「冬の月」，２月ヲ「庶子の月」，３月ヲ「春の月」，４月ヲ「復活祭の月」，５月ヲ「牧草の月」，６月ヲ「休閑の月」，７月ヲ「干し草の月」，８月ヲ「収穫の月」，９月ヲ「薪の月」，10月ヲ「葡萄摘みの月」，11月ヲ「秋の月」，12月ヲ「救いの月」ト命名シヌ．

サレド風ニハ以下ノ様ニ名前ヲ定メテ，東風ヲ「東の風」，東南風ヲ「東南の風」，南東風ヲ「南東の風」，南風ヲ「南の風」，南西風ヲ「南西の風」，西南風ヲ「西南の風」，西風ヲ「西の風」，西北風ヲ「西北の風」，北西風ヲ「北西の風」，北風ヲ「北の風」，北東風ヲ「北東の風」，東北風ヲ「東北の風」ト名ヅケタリ．

3．西フラマン語の恋愛句（11世紀後半）

我と汝以外の全ての鳥は巣作りを始めたり．我らは今や何を待つのか．

我ト汝以外ノ全テノ鳥ハ巣作リヲ始メタリ．我ラハ今ヤ何ヲ待ツノカ．天ノ支配者ハ我ラ（ノ願イ）ヲ聞キ取リテ，我ラヲ救ワント決意シヌ．

4．ヴィリラムの雅歌注解Ａ写本より（1100年頃）

4,5 二つの汝の乳房は，日が昇りて，夜陰が彼方へ退くまで，百合の間にて

weythenent under then lilion, unze ther dagh ūphgē ande ther naghtscada hinan wieche. Mīne *doctores,* thie ther mit *lacte divini verbi* ziehent beythe *judaicum populum* joch *gentilem,* thie sint gelīch then zwinelen rēhkizzon, wanda sie sint
5 mīne kind, *qui per capream significor. Caprea,* thiu is *mundum animal et acutissime videt* ande weythenet gerno in thero hōhe. Vone thiu bezeychenet siu mich, ich thie *naturaliter mundus sum,* ande ich siho ouch vilo clāre, *quia nullum me latet secretum;* mīn weythe is ouch an then bergan, *id est, in his, qui terrena despiciunt.* Mich bilethent ouch thie thīne *doctores,* mit thero *munditia*
10 *mentis et corporis,* ande mit *acuta provisione fraternę utilitatis,* ande mit *despectu terrenorum.* Sie sint ouch zwinele, wanda sie havan *dilectionem meam et proximi.* Sie weythenen ouch in thirro wereldthimstre under then lilian, tha3 sint thie lūttere ande thie scōna sinne thero heiligan scriphte. Tha3 duont sie also lango, unzhin ther dagh ūphgē, tha3 is thanne, sō ich him werthe *revelatus*
15 *facie ad faciem,* sō wiechet ouch thero naghtscada hinan, *quia mors et dolor et luctus amplius non erunt.*

5．ミュンステルビルゼンの称賛句（1130年頃）

Anno incarnationis domini millesimo CXXX indictione X, regnante rege Luotario, rexit cenobium beatissimi amoris confessoris Mathildis abbatissa Belisie cum fratribus et devotissimis sororibus ita nominatis. nomina junctorum per pacis federa fratrum:
5 *Eustachius, Winricus, Wikerus, Arnoldus Battaviensis, Bertegunt, Richiza, Gerberga, Luicardis, Gertrudis, Algardis, Helwidis, Sibilis, Judita, Mathildis, Hadewigis, Uoda, Elizabet, Lucardis, Imma, Steinhilt, Engelberga, Gerdrudis, Richiza, Mabilia, Ida, Hadewic, Beatrix, Uoda, Beatrix, Gertrudis, Mahilt, Beatrix.*
10　Tesi samanunga was edele unde scōna,
　　et omnium virtutum pleniter plena.

草を食む二匹の双子の鹿の子の如し．神ノ言葉ナル乳にてユダヤの民衆と異邦人の両方を育むわが師達はその双子の小鹿と同様なり．彼らは，鹿ニテ表ワサルル我の子供なるが故に．鹿，それは優雅ナル動物ニシテ，極メテ鋭ク
5 見抜キ，かつ高みにて草を食むを好む．それ故にそれは，本性的ニ優雅ニシテ，かつ又，大いに明敏に見抜く我を表わす．如何ナル秘密モ我ニ知ラレズニアルコトノナキガ故ニ．わが牧場も山，即チ，現世的ナルモノヲ見下ス人々ノ中ニあり．又，その汝の師達は心ト体ノ優雅サ，並びに兄弟トシテノ役立チニ関スル才知アル配慮，並びに現世的ナルモノニ対スル見下シをもちて我
10 を真似る．又，彼らは双子なり．彼らは我ヘノ，カツ隣人ヘノ愛情ヲ持つが故に．又，彼らはこの世の闇の中にて百合の間にて草を食む．これ即ち聖書の清澄にして，美しき真意なり．それを彼らは，日が昇るまで長く行う．即ち，我が彼らの面前ニ現ワサルル時，死ト苦悩ト悲シミガソレ以上ニ大キクナルコトノナカランガ故ニ，夜陰も彼方へ退くなり．

5．ミュンステルビルゼンの称賛句（1130年頃）

主ノ受肉ノ第1130年，15年紀ノ第10年，<u>ルオタリウス</u>王ノ治下，イトモ祝福セラレタル愛ノ証聖者ノ修道院ヲベリシアノ女子修道院長<u>マティルディス</u>ガ，カクノ如ク挙名セラレタル修道士達ト忠実ナル修道女達ト共ニ治メヌ．兄弟姉妹ノ平安ノ協約ニテ結バレタル人々ノ名前：
5 　エウスタキウス，ウィンリクス，ウィンケルス，バタヴィアノアルノルドゥス，ベルテグント，リキザ，ゲルベルガ，ルイカルディス，ゲルトルディス，アルガルディス，ヘルウィディス，シビリア，ユディタ，マティルディス，ハデウィギス，ウオダ，エリザベト，ルカルディス，インマ，ステインヒルト，エンゲルベルガ，ゲルドルディス，リキザ，マビリア，イダ，
10 　ハデウィク，ベアトリクス，ウオダ，ベアトリクス，ゲルトルディス，マヒルト，ベアトリクス．
　　かくの集いは貴(あて)にして，麗しかりき，
　　更ニアラユル道徳ニ全(マタ)ク満チタリ．

C．テューリンゲン語の作品

1．ヴァイマルの尾錠のルーネ文字銘（5世紀末/6世紀前半）
    a) Ida, Bigina Hāhwar.
    b) Awimund Īsd(ag) leob Idun.

2．テューリンゲン法より（950年頃）
23. Wlitiwam *L solidis conponat vel cum VI juret.*
34. *Qui scrofas VI cum verre, quod dicunt* sonest, *furatus est, in triplum conponat, et delaturam solidos VII et in freda totidem.*
35. *Qui ornamenta muliebria, quod* rhēdo *dicunt, furtu abstulerit, in triplum conponat, delaturam XII solidos et in freda similiter.*

C．テューリンゲン語の作品

1．ヴァイマルの尾錠のルーネ文字銘（5世紀末/6世紀前半）
　　a）イダは（これを持つ），ビギナ（と）ハーハワルは（これを贈る）．
　　b）アウィムンド（と）イースダグは親愛をイダに．

2．テューリンゲン法より（950年頃）
　23．「顔面損傷」ハ50ソリドゥスニテ償ウベシ，或イハ6人ト共ニ誓イテ否認スベシ．
　34．母豚6頭ヲ雄豚ト共ニ——コレヲ「畜群」ト呼ブ——盗ミタル者ハ3倍ニテ償ウベシ．カツ贖罪金トシテ7ソリドゥス，カツ罰金トシテ同額ヲ．
　35．女ノ装飾品ヲ——コレヲ「装具」ト呼ブ——密カニ取リタル者ハ3倍ニテ償ウベシ．贖罪金トシテ12ソリドゥス，カツ罰金トシテ同様ニ．

D．中部フランク語の作品

1．トリールの護符のルーネ文字銘（5世紀末/6世紀初め）
wair, wai, wilsa.

2．ビューラハの円形留金のルーネ文字銘（約560–600年）
frifridil, dū f(a)t(o) mik.

3．リブアーリ法より（7世紀）

16. *Si quis ingenuus Ribuarius ingenuum Ribuarium interfecerit et eum cum rama aut callis vel in puteo seu in aqua quacumque libet loco celare voluerit, quod dicitur* mordridus, *sexcentos solidos culpabilis judicetur, aut cum LXXII juret.*

56. *De* rachinburgiis *legem dicentibus.* ...

61,12. *Quod si quis hominem regium tam* baronem *quam feminam de mundeburde regis abstulerit, sexaginta solidos culpabilis judicetur.*

67. *Si quis hominem ad domum propriam cum* hariraida *interfecerit, auctor facti triplicem* weregeldum *multetur, et tres priores XC solidos culpabiles judicentur.*

4．ケルンの受洗の誓い断片（811/812年）

... *Primitus enim paganus caticuminus fit. Caticuminus enim instructus vel inbutus dicitur. Accedens ad baptismum ut renuntiet maligno spiritui et omnibus damnosis ejus et pompis. Pompas autem nos dicimus:* sīniu gelp anda sīnēn willōn. *Tunc fiunt scrutinia, ut exploretur saepius, an post*

D．中部フランク語の作品

1．トリールの護符のルーネ文字銘（5世紀末/6世紀初め）
　　はしきや，棒よ，欲りすべし．

2．ビューラハの円形留金のルーネ文字銘（約560-600年）
　　愛しき恋人(いろ)よ，我を満(あ)てよ．

3．リブアーリ法より（7世紀）
　16. モシモ誰カ自由民タルリブアーリ人ガ自由民タルリブアーリ人ヲ殺シ，カツ彼ヲ細枝，或イハ樹皮ニテ，又ハ井戸ノ中ニ，モシクハ任意ノ所ニテ何ラカノ水ノ中ニ隠サント欲シタル時，——コレハ「密殺」ト呼バル——600ソリドゥスノ罰金ヲ支払ウベキ者ト宣告セラルベシ，或イハ72人ト共ニ宣誓スベシ．
　56.「判決保証人」，法告知者ニ関シテ．…
　61,12. モシモ誰カガ王ノ家臣ヲ，「男」ヲモ女ヲモ，王ノ「保護権」ヨリ奪イタル時，60ソリドゥスノ罰金ヲ支払ウベキ者ト宣告セラルベキコト．
　67. モシモ誰カガ人ヲ（ソノ人ノ）自宅ニテ「武装集団」ト共ニ殺シタル時，事件ノ張本人ハ3倍ノ「人命金」ニテ罰セラレ，カツ3人ノ先導者ハ90ソリドゥスノ罰金ヲ支払ウベキ者ト宣告セラルベシ．

4．ケルンの受洗の誓い断片（811/812年）
　　…即チ先ズ初メニ異教徒ハ洗礼志願者トナル．故ニ洗礼志願者ハ被導者，或イハ受教者ト呼バル．悪意アル霊ト彼ノ全テノ有害ナルモノト虚飾ヲ拒絶スルガ為ニ洗礼ニ与ル．所デ虚飾ヲ我ラハ「彼の虚飾と彼の欲望」ト呼ブ．ソノ後，悪魔ラノ拒絶ノ後ニ信仰告白ノ述ベラレタル言葉ヲ，誓約書

5   *renuntiationem satanae verba data fidei radicitus corde defixerit, sicut in sacramentorum libro continetur. ...*

5．ケルンの碑文（850年頃）

Hīr maht thū lernan,　　guld bewervan,
welog inde wīsduom,　　sigilof/-nunft inde ruom.

6．トリールの悪魔払いの宣言（9世紀末）

Nū will' ih bīdan den rīhchan Crist,　　thē mannelīhches chenist (ist),
ther den diuvel gibant,　　in sīnen namon will' ih gān;
nū wil' ih then vreidon　　slahan mitten colbon.

7．レーワルデンの詩篇断片より（9/10世紀）

1,1. *Beatus vir, qui non abiit in consilio impiorum, et in via peccatorum non stetit, et in cathedra pestilentiae sedit;*

Sālig man, ther niweht vōr in gerēde ungenēthero, inde in wege sundigero ne stunt, inde in stuole sufte ne saʒ;

2. *sed in lege domini voluntas ejus: et in lege ejus meditabitur die ac nocte.*

navo in ēwun godes wille sīn: inde in ēwun sīnro thenken sal dages inde nahtes.

3. *Et erit tamquam lignum, quod plantatum est secus decursus aquarum, quod fructum suum dabit in tempore suo; et folium ejus non defluet, et omnia, quaecumque faciet, prosperabuntur.*

Inde wesan sal alsō holz, that gesazt wart bī fluʒʒe wassere, that wahsemon sīnan gevan sal in stunden sīnro; inde louf sīn niweht nithervallan sal, inde alla, sō welīh sō duen sal, gesunt werthan sulen.

4. *Non sic impii, non sic: sed tamquam pulvis, quem proicit ventus a facie terrae.*

Niweht sō ungenēthe, neweht sō: nova alsō stuppe, that forwirpet wint fan anlucce erthen.

5. *Ideo non resurgunt impii in judicio,*

Bēthiu ne ūp standunt ungenēthege

D．中部フランク語の作品

5 ノ中ニ書キ留メラレシ如ク，根本的ニ心ニ銘ゼシメタルカ否カ，何度モ探索セラルベク，詮索ガナサル．…

5．ケルンの碑文 (850年頃)

ここで汝は修行し得，　　金(きん)を獲得する術(すべ)を，
そして財貨と学識を，　　更に勝利と名声を．

6．トリールの悪魔払いの宣言 (9世紀末)

今し，人らの救いたる，　　強きイエスを我待たん．
彼は悪魔を縛りたり．　　彼の名により我行かん．
背きし者を我は今　　棍棒もちて討ち取らん．

7．レーワルデンの詩篇断片より (9/10世紀)

1,1. ソノ者ハ幸イナリ，不信心ナル者ラノ語ライノ内ニ歩マザリテ，カツ罪アル者ラノ道ニ立タザリテ，カツ病ノ椅子ニ座ラザリテ，

2. サレド神ノ法ノ内ニ己レノ意志ガアル，カツ彼ノ法ヲ昼モ夜モ考エン者ハ．

3. カツ（ソノ者ハ）水ノ流レノ側ニ植エラレ，自ラノ時期ニ自ラノ実リヲ与エル木ノ如クニアラン．カツソノ葉ハ落チズ，カツ，何ヲセントモ，全テガ幸(サキ)クナラン．

4. 不信心ナル者ラハカクナラズ，カクナラズシテ，風ガ地ノ面ヨリ払イ飛バス塵ノ如シ．

5. ソレ故ニ不信心ナル者ラハ裁キノ内ニ立チ上ガラズ，罪アル者ラモ義

その者は幸いなり，不信心なる者らの語らいの内に歩まざりて，かつ罪ある者らの道に立たざりて，かつ病の椅子に座らざりて，

されど神の法の内に己れの意志がある，かつ彼の法を昼も夜も考えん者は．

かつ（その者は）水の流れの側に植えられ，自らの時期に自らの実りを与える木の如くにあらん．かつその葉は落ちず，かつ，何をせんとも，全てが幸(さき)くならん．

不信心なる者らはかくならず，かくならずして，風が地の面より払い飛ばす塵の如し．

それ故に不信心なる者らは裁きの内に立ち上がらず，罪ある者らも義

neque peccatores in consilio jus-
torum,
6. quonjam novit dominus viam jus-
torum, et iter impiorum peribit.

in urdeile, ne ōh sundege in gerēde rehtero,
wanda wēȝ got weh rehtero, in geverthe ungenēthero ferwerthan sal.

8．トリールの勅令（950年頃）

De homine libero, ut potestatem habeat, ubicunque voluerit, res suas dare.

Si quis res suas pro salute animae
5 suae vel ad aliquem venerabilem locum vel propinquo suo vel cuilibet alteri tradere voluerit, et eo tempore intra ipsum comitatum fuerit, in quo res illae positae sunt, legitimam tra-
10 ditionem facere studeat.

Quod si eodem tempore, quo illas tradere vult, extra eundem comi-
15 tatum fuerit, id est sive in exercitu sive in palacio sive in alio quolibet loco, adhibeat sibi vel de suis pagensibus vel de aliis, qui eadem lege vivant, qua ipse vivit, testes idoneos;
20 vel si illos habere non potuerit, tunc de aliis, quales ibi meliores inveniri possunt: et coram eis rerum suarum traditionem faciat, et fidejussores

That ein iowelīhc man frīēr gewalt have, sō wār sōse er wilit, sachūn sīnu ce gevene.

Sō wer se sachūn sīnu thuruhc sālichēdi sēlu sīneru athe ce anderru ēraftlīcheru stat athe gelegenemo sīnemo athe se wemo andremo versellan willit, inde ce themo cīde innenewendīūn theru selveru grā(f)sceffi wisit, in theru sachūn thiae gesat sint, wiȝȝetathtia sala ce gedūne gevlīȝe.

That avo themo selvemo cīde, that er thui sellan wilit, ūȝȝenawendīūn theru grā(f)sceffi wisit, that ist athe in here athe in palice athe in anderu sumewelīcheru stedi, samant neme himo athe vane sīnēn gelandun athe vane andern, thie theru selveru wiȝȝidi leven, theru er selvo levith, urcundun rētlīche; avur avo'r thie havan ni mach, thanne vane andern, sō welīche thār beȝȝera vundan

D．中部フランク語の作品

ナル者ラノ計ライノ内ニ（立チ上ガラズ）．

6．神ハ義ナル者ラノ道ヲ知リタルガ故ニ，カツ不信心ナル者ラノ路ハ滅ビン．

なる者らの計らいの内に（立ち上がらず）．

神は義なる者らの道を知りたるが故に，かつ不信心なる者らの路は滅びん．

8．トリールの勅令（950年頃）

自由人ニ関シテ，望ム所ヘ自ラノ財産ヲ贈与スル権利ヲ有スベキコト．

誰デアレ自ラノ財産ヲ自ラノ魂ノ
5 救済故ニイズコカノ尊ブベキ所ヘ，或イハ自ラノ縁者ニ，或イハ誰デアレ他人ニ譲渡スルヲ望ミ，カツ，ソノ財産ノ置カレタル代官区内ニソノ時イル者ハ合法的ナル譲渡ヲナスニ
10 努ムベシ．

モシモ，ソレラヲ譲渡スルヲ望ム時ニソノ代官区ノ外部ニ，即チ軍隊ニ，或イハ宮殿ニ，或イハ他ノイズコカノ所ニイルナラバ，自ラノ同郷
15 人，或イハ自ラガ従イテ生キテイルノト同ジ法ニ従イテ生キテイル他ノ人々ノ中ヨリ正当ナル証人ラヲ自分ノ為ニ集ムベシ．サレドモシモソレラノ者ヲ有スルコト能ワザレバ，如
20 何様デアレ，ソコニテヨリ良キ者(＝完全市民)トシテ見イダサレ得ル他ノ人々ノ中ヨリ．カツ彼ラノ前ニテ自ラノ財産ノ譲渡ヲナスベシ．ソノ

いずれの自由人も望む所へ自らの財産を贈与する権利を有すべきこと．

誰であれ自らの財産を自らの魂の救済故に他の尊ぶべき所へ，或いは自らの縁者に，或いは誰であれ他人に譲渡するを望み，かつ，その財産の置かれたる代官区内にその時いる者は合法的なる譲渡をなすに努むべし．

もしも，それらを譲渡するを望む時にその代官区の外部に，即ち軍隊に，或いは宮殿に，或いは他のいずこかの所にいるならば，自らの同郷人，或いは自らが従いて生きているのと同じ法に従いて生きている他の人々の中より正当なる証人らを自分の為に集むべし．されどもしもそれらの者を有すること能わざれば，如何様であれ，そこにてより良き者(＝完全市民)として見いだされ得る他の人々の中より．かつ彼らの前にて自らの財産の譲渡をなすべし．かつ

71

25 *vestiturae donet, ei, qui illam traditionem accipit, vestituram faciat.*

Et postquam haec traditio ita facta fuerit, heres illius nullam de prae-
30 *dictis rebus valeat facere repetitionem.*

Insuper et ipse per se fidejussionem faciat ejusdem vestiturae, ne heredi ulla occasio remaneat, hanc
35 *traditionem immutandi, sed potius necessitas incumbat, illam perficiendi.*

Et si nondum res suas cum coheredibus suis divisas habuit, non ei
40 *hoc sit impedimento, sed coheres ejus, si sponte noluerit, aut per comitem aut per missum ejus distringatur, ut divisionem faciat cum illo, ad quem defunctus hereditatem suam*
45 *voluit pervenire, et si cuilibet ecclesiae eam tradere rogavit, coheres ejus eam legem cum illa ecclesia de praedicta hereditate habeat, quam cum alio coherede suo habere de-*
50 *bebat.*

Et hoc observetur erga patrem et

mugen werthan: inde vora hin sachūnu sīneru salunga gedūe, inde burigun theru geweri geve, himo, ther thia sala infāhit, geweri gedūe.

Inde ahter thiu (thiu) sala sō getān wirthit, geanervo sīn selves nejeina vona thēn vora gequetanen sachūn mugi gedūan irvangida.

Thara uviri inde selvo thuruch sich burigun gedūe theru selveru geweri, nio themo geanerven thegein ursach belīve, thia sala ce bekērine, sunder mēra nōt analige, thia thuruch ce gefremine.

Inde avo nohc thanne sachūn sīnu bit geanervun sīnēn gesundurūth nehavōda, ne-sī himo that ce ungevuorsamithu, sunder geanervo sīnēr, avo er gerno ne-wilit, athe thuruch then grāvun athe thuruch bodun sīnin bethungen werthe, that thia sundrunga bit themo dūe, ce themo ther geendido ervetha sīna wolda vollocoman, inde avo sumewelīcheru samonungūn thia sellan bat, ganervo sīnēr then wiꝫꝫut bit theru kirichūn vona themo vora gesprochenemo erve have, that bit andremo geanerven sīnemo havan solda.

Inde thaꝫ behaldan werthe umbe

D. 中部フランク語の作品

授与式ノ保証人ラヲ立テ，ソノ譲渡
25 ヲ受クル者ノ為ニ授与式ヲナスベ
シ．

シテソノ譲渡ガカヨウニナサレタ
ル後ハ，彼自身ノ相続人ハ先ニ言ワ
レタル財産ニ関シテ如何ナル返還請
30 求モナシ得ヌモノトス．

加エテ自ラモ独力ニテソノ授与式
ノ保証書ヲ作ルベシ．ソノ相続人ニ
ソノ譲渡ヲ解除スル如何ナル理由モ
残ラズ，ムシロソレヲ実行スル拘束
35 力ガ課セラレテアルモノトスルガ為
ニ．

カツモシモ未ダ自ラノ財産ヲ自ラ
ノ共同相続人ラト共ニ分割シテアラ
ザレバ，彼ニトリコノ事ハ障害ニア
40 ラズ，彼ノ共同相続人ハ，モシモ進
ミテ望マザレバ，代官ニヨリ，或イ
ハ彼ノ命令伝達者ニヨリ，故人ガ自
ラノ遺産ヲ帰セシムルコトヲ望ミタ
ル者ト共ニソノ分割ヲナスベク強制
45 セラルベシ．カツモシモイズレカノ
教会ニソレヲ譲渡スルコトヲ依頼シ
タレバ，彼ノ共同相続人ハ，彼ノ他
ノ共同相続人ト共ニ所有スベカリ
キ，先ニ述ベラレタル遺産ニ関シテ
50 ソノ教会ト共ニ契約ヲ有スベシ．

カツコノ事ハ父ト息子ト男孫ニ対
シテ法的ニ定メラレタル年月ニ至ル
マデ順守セラルベシ．ソノ後，ソノ

その授与式の保証人らを立て，その
譲渡を受くる者の為に授与式をなす
べし．

してその譲渡がかようになされた
る後は，彼自身の共同相続人は先に
言われたる財産に関して如何なる返
還請求もなし得ぬものとす．

加えて自らも独力にてその授与式
の保証人を作るべし．その共同相続
人にその譲渡を解除する如何なる理
由も残らず，むしろそれを実行する
拘束力が課せられてあるものとする
が為に．

かつもしも未だ自らの財産を自ら
の共同相続人らと共に分割してあら
ざれば，彼にとりこの事は障害にあ
らず，彼の共同相続人は，もしも進
みて望まざれば，代官により，或い
は彼の命令伝達者により，故人が自
らの遺産を帰せしむることを望みた
る者と共にその分割をなすべく強制
せらるべし．かつもしもいずれかの
教会にそれを譲渡することを依頼し
たれば，彼の共同相続人は，彼の他
の共同相続人と共に所有すべかり
き，先に述べられたる遺産に関して
その教会と共に契約を有すべし．

かつこの事は父と息子と男孫に対
して法的に定められたる年月に至る
まで順守せらるべし．その後，その

73

filium et nepotem usque ad annos le- then vader inde then sun inde then
55 gitimos: postea ipsae res ad immu- nevun unce cēn jārun wiʒʒet-
nitatem ipsius ecclesiae redeant. hallīkhēn: atther thiu selve sachūn ce
theru mūʒʒungu theru selveru samu-
nungūn ergevēn.

9．チューリヒの血の呪文（10世紀）

Longinus miles lango zile, Cristes thegan, āst astes.

Adjuro, sanguis, per patrem et filium et spiritum sanctum, ut non fluas, plus quam Jordanis aha, *quando Christus in ea baptizatus est a* spiritu sancto.

III vicibus pater noster cum gloria

10．ハインリヒの歌（1000年頃）

1. *Nunc almus assis filius*　thero ēwigero thiernun
   benignus fautor mihi,　thaʒ ig iʒ cōsan muoʒi
   de quodam duce,　themo hēron Heinrīche,
   qui cum dignitate　thero Beiaro rīche bewarōde.
2. *Intrans nempe nuntius,*　then keisar namoda her thus:
   'cur sedes' infit 'Otdo,　ther unsar keisar guodo?
   hic adest Heinrīch,　bringit her hera kuniglīch,
   dignum tibi fore,　thir selvemo ze sīne.'
3. *Tunc surrexit* Otdo,　ther unsar keisar guodo,
   perrexit illi obviam　inde vilo manig man
   et excepit illum　mid mihilon ēron.
4. *Primitus quoque dixit:*　'willicumo, Heinrīch,
   ambo vos equivoci,　bēthiu goda endi mī:
   nec non et sotii,　willicumo sīd gī mī.'
5. *Dato responso*　fane Heinrīche sō scōno
   conjunxere manus.　her leida ina in thaʒ godes hūs:
   petierunt ambo　thero godes genātheno.

D．中部フランク語の作品

　　　　　財産ハソノ教会ノ公吏不入権ニ帰　　財産をその教会の公吏不入権に渡す
55　スベシ．　　　　　　　　　　　　　　　べし．

9．チューリヒの血の呪文（10世紀）
　　　　兵士ロンギーヌス，キリストの戦士は長く十字架の恩寵を求むべし．
　　　　血ヨ，キリストガ聖ナル霊ニヨリ洗礼セラレシ時ノ，ヨルダン川ノ水以
　　　上ニ，汝ノ流レヌコトヲ，我ハ父ト息子ト聖ナル霊ヲ通シテ哀願ス．
　　　　栄光頌ト共ニ主ノ祈リ三回

10．ハインリヒの歌（1000年頃）
　1．我ヲ扶助セヨ，好意アル　　　　　永遠の乙女の男子よ，
　　　慈愛溢ルル擁護者ヨ，　　　　　　こを今語り得るが為．
　　　支配者，某ニ関連シ，　　　　　　ヘインリーホの事につき．
　　　彼ハ威厳ヲ以テシテ　　　　　　　バヴァリア国を守りし人．
　2．即チ使者ガ入来シ，　　　　　　　かよう帝に言いかけぬ．
　　　「オトドヨ，何故ニ座シ居ルヤ，　我らの聡き皇帝よ．
　　　ヘインリーホガ来タル也．　　　　勝れし軍，引き連れぬ．
　　　ソハ汝ガ把持ニ適当ス，　　　　　汝がものたるにつきづきし．
　3．其処デオトドハ起立シテ，　　　　我らの聡き皇帝は
　　　彼ヲ迎エニ出向キタリ．　　　　　彼のあまたの家来らも．
　　　斯クシテ彼ヲ迎接ス，　　　　　　いとも大なる誉れもて．
　4．将タ又，先ニ発語セリ．　　　　　「ヘインリーホよ，よく来たり．
　　　同一名ノ両人ヨ，　　　　　　　　神と我とは歓迎す．
　　　シテ又，更ニ従者ラヨ，　　　　　よくぞ汝ら来たるかな．」
　5．ヘインリーホガ返礼ヲ　　　　　　いとも見事になせる後，
　　　彼ラハ握手シタル也．　　　　　　こはそを堂に導きて，
　　　両者ハ共ニ祈願セリ，　　　　　　神の恵みと憐れみを．

6. *Oramine facto*　　intfieg ina aver Otdo,
　　duxit in concilium　　mit michelon ēron
　　et omisit illi,　　sō waʒ sō her thār hafōde,
　　pręter quod regale,　　thes thir Heinrīh ni gerade.
7. *Tunc stetit* al thiu sprākha　　*sub firmo* Heinrīche:
　　quicquid Otdo *fecit,*　　al geried iʒ Heinrīh:
　　quicquid ac omisit,　　ouch geried iʒ Heinrīhc.
8. *Hic non fuit ullus*　　— thes hafōn ig guoda fulleist
　　nobilibus ac liberis,　　thaʒ thid allaʒ wār is —
　　cui non fecisset Heinrīch　　allero rehto gilīch.

D. 中部フランク語の作品

6. 祈念ガ済ミテ今一度　　　　　　オトドは彼を迎え取り，
　　評議ノ部屋ニ案内セリ，^{アナイ}　　いとも大なる誉れもて.
　　而シテ彼ニ譲渡シヌ，^{シカ}　　　何くれ己が持ち物を.
　　帝タル事ヲ除外シテ.^{テイ}　　　ヘインリーホはそを欲らず.
7. 其ノ後，万事ハ断固タル　　　　ヘインリーホの下にあり.
　　オトドガナセル何事モ　　　　　ヘインリーホが口添えぬ.
　　オトドガ棄テシ何事モ　　　　　ヘインリーホが口添えぬ.
8. ヘインリーホニ此ノ地ニテ　　　如何な権利でありきとも，
　　付セラレザリシ者ハ無シ.　　　かくの証を我は持つ.
　　自由民ラト貴族ラハ　　　　　　全て真であると言う.^{まこと}

E．西フランク語の作品

1．サリ法協約Ａ類本文より（8世紀後半）

II,1. *Si quis porcellum lactantem furaverit et ei fuerit adprobatum,* mallobergo chrannechaltio *hoc est, CXX denarios qui faciunt solidos III culpabilis judicetur.*

4. *Si quis porcellum de campo furaverit qui sine matre vivere possit, et ei fuerit adprobatum,* mallobergo hymnisfith *hoc est, XL denarios qui faciunt solidum I culpabilis judicetur.*

5. *Si quis scrovam in assum subbaterit,* mallobergo narechalti *hoc est, CCLXXX denarios qui faciunt solidos VII culpabilis judicetur.*

7. *Si quis porcem anniculum furaverit et ei fuerit adprobatum,* mallobergo ingimus *hoc est, CXX denarios qui faciunt solidos III culpabilis judecetur excepto capitale et dilatura.*

15. *Si quis scrovam ducariam furaverit,* mallobergo chredunia *hoc est, DCC denarios qui faciunt solidos XVII semis culpabilis judicetur excepto capitale et dilatura.*

16. *Si quis majalem sacrivum furaverit et hoc testibus, quod sacrivus fuit, potuerit adprobare,* mallobergo barcho chamitheotho *hoc est, DCC denarios qui faciunt solidos XVII semis culpabilis judicetur excepto capitale et dilatura.*

18. *Si quis XXV porcos furaverit, ubi amplius in grega illo non fuerint,* mallobergo sonista *hoc est, MMD denarios quis faciunt solidos LXII semis culpabilis judicetur excepto capitale et dilatura.*

19. *Si vero amplius super XXV remanserint, qui non fuerint involati,* mallobergo texaga *sunt, MCCCC denarios qui faciunt solidos XXXV culpabilis judicetur excepto capitale et dilatura.*

E．西フランク語の作品

1．サリ法協約A類本文より（8世紀後半）

II, 1. モシモ誰カガ乳飲ミノ子豚ヲ盗ミ，カツ彼ニ対シテ証明セラレタル時，即チ裁判ニオケル「柵囲い雌子豚」ハ，120デーナーリウス，ツマリ3ソリドゥスノ罰金ヲ支払ウベキ者ト宣告セラルベシ．

4. モシモ誰カガ，母親ナシニテ生キ得ル子豚ヲ野原ヨリ盗ミ，カツ彼ニ対シテ証明セラレタル時，即チ裁判ニオケル「償い」ハ，40デーナーリウス，ツマリ1ソリドゥスノ罰金ヲ支払ウベキ者ト宣告セラルベシ．

5. モシモ誰カガ母豚ヲ打チテ流産セシメタル時，即チ裁判ニオケル「養育せらるべき雌子豚」ハ，280デーナーリウス，ツマリ7ソリドゥスノ罰金ヲ支払ウベキ者ト宣告セラルベシ．

7. モシモ誰カガ一歳ノ豚ヲ盗ミ，カツ彼ニ対シテ証明セラレタル時，即チ裁判ニオケル「一歳子」ハ，賠償金ト贖罪金ヲ除外シテ，120デーナーリウス，ツマリ3ソリドゥスノ罰金ヲ支払ウベキ者ト宣告セラルベシ．

15. モシモ誰カガ先導スル母豚ヲ盗ミタル時，即チ裁判ニオケル「畜群の雌豚」ハ，賠償金ト贖罪金ヲ除外シテ，700デーナーリウス，ツマリ17ソリドゥス半ノ罰金ヲ支払ウベキ者ト宣告セラルベシ．

16. モシモ誰カガ供犠セラレタル去勢豚ヲ盗ミ，カツソレガ供犠セラレタルモノナルコトガ証人ラニヨリテ証明セラレタル時，即チ裁判ニオケル「村に奉納せらるる去勢豚」ハ，賠償金ト贖罪金ヲ除外シテ，700デーナーリウス，ツマリ17ソリドゥス半ノ罰金ヲ支払ウベキ者ト宣告セラルベシ．

18. モシモ誰カガ25頭ノ豚ヲ盗ミ，ソレ以上ノモノガソノ群ノ中ニ残ラザリシ時，即チ裁判ニオケル「畜群」ハ，賠償金ト贖罪金ヲ除外シテ，2500デーナーリウス，ツマリ62ソリドゥス半ノ罰金ヲ支払ウベキ者ト宣告セラルベシ．

19. サレド窃盗セラレザリシモノガ25頭以上残リタル時，裁判ニオケル「窃盗」ハ，賠償金ト贖罪金ヲ除外シテ，1400デーナーリウス，ツマリ35ソリドゥ

26, 1. *Si quis alienum letum extra consilium domini sui ante regem per denarium ingenuum dimiserit et ei fuerit adprobatum*, mallobergo maltho thi atomeo leto *hoc est, I'VM denarios qui faciunt solidos C culpabilis judicetur.*
...

2. *Si quis vero servum alienum per denarium ante regem ingenuum dimiserit et ei fuerit adprobatum*, mallobergo maltho thi atomeo theo *hoc est, MCCCC denarios qui faciunt solidos XXXV culpabilis judicetur et praetium serui domino suo reddat.* ...

50, 2. *Si adhuc noluerit conponere, debet eum ad mallum manire et sic* nestigan thigius *mallare debet: 'Rogo te, thungine, ut* nestigan thigius gasachio *meo illo, qui mihi fidem fecit et debitum debet.' Et nominare debet, qualem debitum debeat, unde fidem fecerat. Tunc thunginus decere debet: '*Nestigan thigio *ego illum in hoc, quod lex Salica habet.'* ...

2．ルートヴィヒの歌（881/882年）

Rithmus teutonicus de piae memoriae Hludvico rege, filio Hludvici, aeque regis

Einan kuning weiʒ ih,　heiʒsit her Hludwīg,
　　ther gerno gode thionōt.　ih weiʒ, her imo's lōnōt.
Kind warth her faterlōs.　thes warth imo sār buoʒ.
　　holōda inan truhtīn.　magaczogo warth her sīn.
5　Gab her imo dugidi,　frōnisc githigini,
　　stuol hier in vrankōn.　sō brūche her es lango!
Thaʒ gideild'er thanne　sār mit Karlemanne,
　　bruoder sīnemo,　thia czala wunniōno.
Sō thaʒ warth al g'endiōt,　korōn wolda sīn god,
10　　ob her arbeidi　sō jung tholōn mahti.

E．西フランク語の作品

スノ罰金ヲ支払ウベキ者ト宣告セラルベシ．
26,1．モシモ誰カガ他ノ半自由人ヲ彼ノ主人ノ承諾ナシニ国王ノ前ニテ銀貨投
ゲニヨリ自由人トシテ解放シ，カツ彼ニ対シテ証明セラレタル時，即チ裁判
ニオケル「我宣言ス．半自由人ヨ，我ハ汝ヲ解放ス」ハ，4000デーナーリウ
ス，ツマリ100ソリドゥスノ罰金ヲ支払ウベキ者ト宣告セラルベシ．
 2．サレドモシモ誰カガ他ノ奴隷ヲ銀貨投ゲニヨリ国王ノ前ニテ自由人トシ
テ解放シ，カツ彼ニ対シテ証明セラレタル時，即チ裁判ニオケル「我宣言ス．
奴隷ヨ，我ハ汝ヲ解放ス」ハ，1400デーナーリウス，ツマリ35ソリドゥスノ
罰金ヲ支払ウベキ者ト宣告セラレ，カツ奴隷ノ代価ヲ彼ノ主人ニ支払ウベ
シ．…
50,2．モシモ彼（＝債務者）ガナオモ賠償スルヲ望マザレバ，彼ヲ裁判所ヘ召
喚シ，カツソレ故ニ「汝ハ不履行者ニ請求ス」ト訴ウベシ：「裁判者ヨ，我
ニ誓約ヲナシ，カツ債務ヲ負ウ，コノワガ訴訟相手タル不履行者ニ汝ガ請求
スルヲ我ハ汝ニ求ム」．カツ（相手ガ）如何ナル債務ヲ負イ，何故ニ誓約ヲ
ナシタルカヲ述ブベシ．ソノ時，裁判者ハ言ウベシ：「サリ法ノ定ムルコノ
件ニオイテ我ハ彼，不履行者ニ請求ス」．…

２．ルートヴィヒの歌（881/882年）

敬虔ニ回想セラルルルートヴィヒ王，同ジク王タリシルートヴィヒノ子息ニ
関スル独語詩

　　一人の王を我は知る．　　　　　フルドウィーグがその名なり．
　　　彼はよく神に仕えいて，　　　　主父の報うを我は知る．
　　少時に父を亡くせるも，　　　　直ぐに補償がなされたり．
　　　天主が彼に目を掛けて，　　　　彼の教師に主がなりぬ．
5　彼に威徳を与えたり，　　　　　称賛すべき家来らと
　　　フランク国の王座をも．　　　　久しく享受せらるべし．
　　その後直ちにこれらをば　　　　カルレマンなる弟と
　　　フルドウィーグは分け合いぬ，　受くる利益の数々を．
　　これをば全て終えし時，　　　　彼を試す主は欲りす，
10　かくも若くて諸々の　　　　　　労苦に彼が耐え得るか．

81

Lietʒ her heidine man   obar sēo līdan,
   thiot vrancōno   manōn sundiōno.
Sume sār verlorane,   wurdun sum erkorane.
   haranskara tholōta,   ther ēr misselebēta.
15 Ther, ther thanne thiob was,   ind'er thanana ginas,
   nam sīna vaston.   sīdh warth her guot man.
Sum was lugināri,   sum skāchāri,
   sum fol lōses,   ind'er gibuoʒta sih thes.
Kuning was ervirrit,   thaʒ rīchi al g'irrit.
20   was erbolgan Krist.   leidhōr, thes ingald iʒ.
Thoh erbarmēd'es got.   wiss'er alla thia nōt.
   hieʒ her Hludwīgan   tharōt sār rītan:
'Hludwīg, kuning mīn,   hilph mīnan liutin!
   heigun sa northman   harto bidwungan.'
25 Thanne sprach Hludwīg: 'hērro, sō duon ih,
   dōt ni rette mir iʒ,   al, thaʒ thū gibiudist.'
Thō nam her godes urlub.   huob her gundfanon ūf.
   reit her thara in vrankōn   ingagan northmannon.
Gode thancōdun,   thē sīn beidōdun.
30   quādhun al: 'frō mīn,   sō lango beidōn wir thīn.'
Thanne sprah lūto   Hludwīg ther guoto:
   'trōstet hiu, gisellion,   mīne nōtstallon.
Hera santa mih god   joh mir selbo gibōd,
   ob hiu rāt thūhti,   thaʒ ih hier gevuhti,
35   mih selbon ni sparōti,   unc'ih hiu gineriti.
Nū will'ih, thaʒ mir volgōn   alle godes holdon.
   giskerit ist thiu hierwist   sō lango, sō wili Krist.
   wili her unsa hinavarth,   thero habēt her giwalt.
Sō wer sō hier in ellian   giduot godes willion,
40   quimit her gisund ūʒ,   ih gilōnōn imo'ʒ.

E．西フランク語の作品

```
     神は異教の男らを              わたつみ越えて来させたり．
        フランク国の人々に             罪を警告せんが為．
        既に堕落はしておれど，         救い出されし者あれば，
        以前に悪しく生きし者，         厳しき罰を被りぬ．
15   時に狗盗でありし者，            命からがら逃れ出で，
        食を断じつ贖いて，              後に善なる者と化す．
        嘘つきなりき，ある者は，     悪党なりき，ある者は，
        ふしだらなりき，ある者は．   それを各々償いぬ．
        王はその時，離れいて，        国はひたすら乱されぬ．
20   いともキリスト，憤怒せり．   悲しや，国は罰せらる．
        とは言え，神は憐れまれ，    苦難を全て知り給い，
        直ちにそこへ駆くべしと，     フルドウィーグに命ぜらる．
        「フルドウィーグよ，わが王よ，  我の民をば救うべし．
        ノルマン人が彼らをば           手ひどく攻めて，苦しめぬ．」
25   フルドウィーグは答えたり．   「わが主よ，我はかくなさん，
        汝(なれ)が命ずる一切を．         戦死が我を阻まねば．」
        この後(のち)，神に告別し，     彼は戦旗を掲げたり．
        フランク目指し馬を駆り，     ノルマン人に向かいたり．
        彼を待ちたる人々は              神に大層感謝しぬ．
30      皆かく言えり．「わが殿よ，     久しく我ら待ちおれり．」
        フルドウィーグは，善き王は     大き声にて言いにけり．
        「汝ら，気をば取り直せ，         我が戦(いくさ)の友垣よ．
        こなたへ神が余を遣りて，      神は自ら余に命ず，
        ──汝らよしと覚ゆれば──      ここにて我が戦うを．
35      汝(なれ)らを我が救うまで，    己が命を惜しむなと．
        神に忠なる者は皆，                我に付するを余は欲りす．
        この世の生はキリストの         望みのままに定めらる．
        もしも我らの死を欲(ほ)らば，  彼は力を及ぼし得．
        誰あれここで一心に              神の意向をなし遂げて，
40      事無く帰り来る者に              それをば我は報ゆべし．
```

83

  bilībit her thār inne, sīnemo kunnie.'
  Thō nam her skild indi sper. ellianlīcho reit her.
   wold'er wār errahchōn sīna widarsahchon.
  Thō ni was iȝ burolang, fand her thia northman.
45 gode lob sagēda. her sihit, thes her ger<u>ē</u>da.
  Ther kuning reit kuono, sang lioth frōno.
   joh alle saman sungun: *'kyrrieleison.'*
  Sang was gisungan. wīg was bigunnan.
   bluot skein in wangōn. spilōdun ther vrankon.
50 Thār vaht thegeno gelīh, nichein sōsō Hludwīg:
   snel indi kuoni. thaȝ was imo gekunni.
  Suman thuruhskluog her. suman thuruhstah her.
   her skancta cehantōn sīnan fī<u>ant</u>ōn
  bitter<u>es</u> līdes. sō wē hin hio thes lībes!
55 Gilobōt sī thiu godes kraft: Hludwīg warth sigihaft.
   joh allēn heiligōn thanc! sīn warth ther sigikamf.
  <u>W</u>olar abur Hludwīg, kuning uns<u>ēr</u> s<u>ā</u>līg!
   <u>sō</u> garo, sōs'er hio was, sō wār sōs'es thurft was,
  gihalde inan truhtīn bī sīnan ērgrehtīn.

3．パリの会話より（900年頃）

 15) Guāre venge īnaz selida, gueselle *vel* guenōȝ? *id est par quod: ubi abuisti mansione(m) ac nocte, conpagn?*

 16) Ze garāben ūs selida. *id est: ad mansionem comitis.*

 20) Guelīche lande cumen ger? *id est: de qua patria?*

 21) E guas mer (i)n gene Francia. *id est: in Francia fui.*

 22) Guaeȝ ge dār dāden? *id est: quid fecisti ibi?*

 23) Enbēȝ mer dār. *id est: disnavi me ibi.*

 31) Guēr is tīn ērro? *id est: ubi est senior tuus?*

 32) Ne guēȝ. *id est: nescio.*

E. 西フランク語の作品

　　もしもこの場に留まらば，　　　　彼の遺族に余は報ゆ.」
　　かくして楯と槍を取り，　　　　　雄々しく彼は駆け出しぬ.
　　仇<small>（あだ）</small>なす彼の敵<small>（かたき）</small>らを　　　　　　見極めたしと思いたり.
　　さほど長くは経たぬ間に，　　　　ノルマン人を見いだして,
45　神に感謝の辞を述べぬ.　　　　　求めしものを目にしたり.
　　王は凛々しく馬を駆り，　　　　　聖なる歌を歌いけり.
　　共の全ても斉唱す.　　　　　　　「憐レミ給エ，天ノ主ヨ.」
　　かくなる歌が歌われて，　　　　　ついに戦<small>（いくさ）</small>は始まりぬ.
　　頬<small>（ほほ）</small>に血潮が光りたり.　　　　　　フランク人は駆けずりぬ.
50　戦士は全て勇猛に　　　　　　　　戦いたれど，誰一人
　　フルドウィーグに及びなし.　　　こはこの王の天資なり.
　　彼に打たれし者あれば，　　　　　彼に刺されし者もあり.
　　かくして王はたちまちに　　　　　仇<small>（あだ）</small>なす彼の敵どもに
　　苦き酒をば注ぎにけり.　　　　　敵にはいつも災禍あれ.
55　神の力を称うべし.　　　　　　　フルドウィーグは打ち勝ちぬ.
　　聖者全てに感謝あれ.　　　　　　勝利は彼の手に帰せり.
　　フルドウィーグに今一度，　　　　至福の王に恵みあれ.
　　要せる時と所での　　　　　　　　彼の如くに戦備して
　　天主は彼を恩寵に　　　　　　　　包みて守り給えかし.

3．パリの会話より （900年頃）

15) いずこにて汝は昨夜，宿を取りたるか，仲間よ，又ハ同僚よ．即チ：イズコニテ汝ハ昨夜，宿ヲ取リタルカ，同僚ヨ．
16) 代官の館にて宿を．即チ：代官ノ館ニテ．
20) 貴殿は如何なる地より戻られたるか．即チ：如何ナル地ヨリ．
21) 我はあのフランス（＝パリ地方）にいたり．即チ：我ハフランスニイタリ．
22) 貴殿は何をそこにてなしたるか．即チ：汝ハ何ヲソコニテナシタルカ．
23) 我はそこにて食事せり．即チ：我ハソコニテ食事セリ．
31) いずこに汝の主人はいるか．即チ：イズコニ汝ノ主人ハイルカ．
32) 我は知らず．即チ：我ハ知ラズ．

42) Undes ars in tīne naso. *id est: canis culu(m) in tuo naso.*

48) Se mer got elfe, ne habēn ne trophen. *id est: si me deus adjuvet, non abeo nihil.*

49) Ērro, jān sclāphen. *id est: dormire.*

50) Cīt est. *id est: tempus.*

51) Gimer mīn ros. *id est: da mihi meum equum.*

52) Gimer mīn schelt. *id est: scu(tum).*

62) Ger esclēphen bit te īp in ore bette. *id est: tu jacuisti ad feminam in tuo lecto.*

63) Guēʒ or ērre, aʒ, pe desem auda, ger esclēphen pe deʒ īp, s'est er ai rebulga. *id est: si sciverit hoc senior tuus, iratus erit tibi, per meum caput.*

75) Ērro, guillis trenchen gualī gōt guīn? *id est: si vis bibere bonum vinum?*

76) S'wille, mīne terūe. *id est: sic volo in fide.*

80) Quesān ger iuda mīn ērra? *id est: vidisti hodie seniorem?*

81) Be gotta, gistra ne casa i or ērra. *id est: nec heri nec hodie vidi.*

82) En gualīche steta colernen ger? *id est: in quo loco hoc didicisti?*

83) Guanna sarden ger? *id est: quot vices fotisti?*

101) Gavathere, lātʒ mer serte.

102) In mehte thī.

E. 西フランク語の作品

42) 犬の尻が汝の鼻の中へ（＝糞食らえ）．即チ：犬ノ尻ガ汝ノ鼻ノ中ヘ．
48) 神が我を助くる限り（＝誓いて），我は全然持たず．即チ：我ヲ神ガ助クル限リ（＝誓イテ），我ハ何ヲモ持タズ．
49) 主人よ，寝に行きませ．即チ：寝ニ．
50) 時間なり．即チ：時間．
51) 我にわが馬を与えよ．即チ：我ニワガ馬ヲ与エヨ．
52) 我にわが楯を与えよ．即チ：楯ヲ．
62) 貴殿はあの女と貴殿の寝台にて寝たり．即チ：汝ハ女ト汝ノ寝台ニテ寝タリ．
63) この頭にかけて，貴殿があの女と寝たることを貴殿の主人が知らば，彼は貴殿に立腹せん．即チ：ワガ頭ニカケテ，コノ事ヲ汝ノ主人ガ知ラバ，彼ハ汝ニ立腹セン．
75) 主人よ，汝は何か良き葡萄酒を飲む気か．即チ：汝ハ良キ葡萄酒ヲ飲ム気カ．
76) そのように我は真に欲す．即チ：ソノヨウニ我ハ真ニ欲ス．
80) 貴殿は本日わが主人に会われたるか．即チ：汝ハ本日，主人ニ会イタルカ．
81) 神にかけて，昨日我は貴殿の主人に会わず．即チ：我ハ昨日モ本日モ会ワズ．
82) 如何なる所にて貴殿は習得したるか．即チ：如何ナル所ニテコレヲ汝ハ習得シタルカ．
83) いつ貴殿は交合したるか．即チ：何回，汝ハ交合シタルカ．
101) 娼婦よ，我に交合させよ．
102) 汝の力の内に（＝お気のままに）．

F．ラインフランク語の作品

1．フライラウベルスハイムの弓形留金のルーネ文字銘（約520-560年）

Bōso wraet rūnā. þ(i)k Daþina gōlida.

2．オストホーフェンの円形留金のルーネ文字銘（7世紀の第1三分期）

god fura dih, Deofile.

3．フランク語の祈り（9世紀初め）

Truhtīn god, thū mir hilp indi forgip mir gawitzi indi guodan galaupun, thīna minna indi rehtan willeon, heilī indi gasuntī indi thīna guodūn huldī.

Id est: Domine deus, tu mihi adjuva et perdona mihi sapientiam et bonam credulitatem, tuam dilectionem et bonam voluntatem, sanitatem et prosperitatem et bonam gratiam tuam.

4．シュトラースブルクの誓い（842年）

III,5. *Ergo XVI. kal. marcii Lodhuvicus et Karolus in civitate, quae olim Argentaria vocabatur, nunc autem Strazburg vulgo dicitur, convenerunt, et sacramenta, quae subter notata sunt, Lodhuvicus romana, Karolus vero teudisca lingua juraverunt. Ac sic ante sacramentum circumfusam plebem, alter*
5 *teudisca, alter romana lingua alloquuti sunt. Lodhuvicus autem, quia major natu, prior exorsus sic coepit: Quotiens Lodharius me et hunc fratrem meum post obitum patris nostri insectando usque ad internecionem delere conatus sit, nostis. Cum autem nec fraternitas nec christianitas nec quodlibet ingenium, salva justicia ut pax inter nos esset, adjuvare posset, tandem coacti*
10 *rem ad juditium omnipotentis dei detulimus, ut suo nutu, quid cuique de-*

F．ラインフランク語の作品

1．フライラウベルスハイムの弓形留金のルーネ文字銘（約520-560年）

　　ボーソがルーネ文字を彫りぬ．汝にダシナが挨拶しぬ／汝に，ダシナよ，（彼は）挨拶しぬ．

2．オストホーフェンの円形留金のルーネ文字銘（7世紀の第1三分期）

　　テオフィールスよ，神が汝の前に（あれかし）．

3．フランク語の祈り（9世紀初め）

　　主たる神よ，汝は我を助け給え，かつ我に英知と良き信仰を，汝の愛と正しき意志を，救いと無事と汝の良き恵みを授け給え．

　　ツマリ：主タル神ヨ，汝ハ我ヲ助ケ給エ，カツ我ニ英知ト良キ信仰ヲ，汝ノ愛ト良キ意志ヲ，救イト無事ト汝ノ良キ恵ミヲ授ケ給エ．

4．シュトラースブルクの誓い（842年）

　　Ⅲ,5．故ニ3月1日ノ16日前（＝2月14日）ニルートヴィヒトカルルハ，カツテアルゲンターリアト言ワレシガ，今ハ一般ニシュトラースブルクト呼バルル町ニテ会合シ，カツ下ニ書キ留メラレタル誓イヲルートヴィヒハロマン語ニテ，サレドカルルハドイツ語ニテ宣誓シヌ．シテ次ノ如ク誓イノ前ニ，取
5　リ囲ミタル軍隊ニ一方ハドイツ語ニテ，他方ハロマン語ニテ話シ掛ケヌ．サレドルートヴィヒノ方ガ年長ナルガ故ニ，先ニ次ノ如ク始メヌ：「如何ニ何度モロタールガ我トコノワガ弟ヲ我ラノ父ノ死後，追撃シテ根絶ヤシニ殲滅セント企テタルカヲ汝ラハ知リテオル．サレド兄弟関係モキリスト教モ何ラカノ天性モ，健全ナル正義ヲモチテ我ラノ間ニ和平ガアルコトノ助ケニナリ
10　得ザリシ故ニ，ツイニ我ラハ強イラレテ事柄ヲ全能ノ神ノ裁決ニ委ネテ，何

beretur, contenti essemus. In quo nos, sicut nostis, per misericordiam dei victores extitimus, is autem victus una cum suis quo valuit secessit. Hinc vero fraterno amore correpti nec non et super populum christianum conpassi persequi atque delere illos noluimus, sed hactenus sicut et antea, ut saltem
15 *deinde cuique sua justicia cederetur, mandavimus. At ille post haec non contentus judicio divino, sed hostili manu iterum et me et hunc fratrem meum persequi non cessat, insuper et populum nostrum incendiis, rapinis cedibusque devastat; quam ob rem nunc necessitate coacti convenimus et, quonjam vos de nostra stabili fide ac firma fraternitate dubitare credimus,*
20 *hoc sacramentum inter nos in conspectu vestro jurare decrevimus. Non qualibet iniqua cupiditate illecti hoc agimus, sed ut certiores, si deus nobis vestro adjutorio quietem dederit, de communi profectu simus. Si autem, quod absit, sacramentum, quod fratri meo juravero, violare praesumpsero, a subditione mea nec non et a juramento, quod mihi jurastis, unumquemque vestrum*
25 *absolvo. Cumque Karolus haec eadem verba romana lingua perorasset, Lodhuvicus, quonjam major natu erat, prior haec deinde se servaturum testatus est:*

    Pro deo amur et pro christian poblo et nostro commun salvament, d' ist di in avant, in quant deus savir et podir me dunat, si salvarai eo cist meon
30 *fradre Karlo et in ajudha et in cadhuna cosa, si cum om per dreit son fradra salvar dift, in o quid il mi altresi fazet, et ab Ludher nul plaid nunquam prindrai, qui meon vol cist meon fradre Karle in damno sit.*

    Quod cum Lodhuvicus explesset, Karolus teudisca lingua sic haec eadem verba testatus est:
35 In godes minna ind' in thes christānes folches ind' unsēr bēdhero ge-(h)altnissī, fon thesemo dage frammordes, sō fram sō mir got gewiȝci indi mahd furgibit, sō hald' ih t(h)esan mīnan bruodher, sōsō man mit rehtu sīnan bru(od)her scal, in thiu thaȝ er mig sō sama duo, indi mit Lu(d)heren in nohheiniu thing ne gegango, thē mīnan willon imo ce scadhen wer(d)hēn.

40 *Sacramentum autem, quod utrorumque populus, quique propria lingua,*

F．ラインフランク語の作品

ガ各人ニ定メラルトモ，神ノ意向ニ満足セントシタリ．コノ事ニオイテ我ラハ，汝ラノ知リテオル如ク，神ノ慈悲ニヨリ勝利者トナリシガ，彼ノ方ハ打チ負カサレテ家来ラト一緒ニ可能ナル所ヘト退却シテ行キヌ．サレドソノ後，我ラハ兄弟愛ニ動カサレ，カツ又キリスト教ノ民ニ同情シテ，彼ラヲ追跡シ
15 タリ，殲滅シタリセントハ思ワズ，少ナクトモ今後ハ各人ニ自分ノ権利ガ認メラルベク，コレマデ，以前ノ通リニ要求シテキタリ．サレド彼ハソノ後，神ノ裁決ニ満足セズ，敵意アル手ニテ再ビ我トコノワガ弟ヲ追跡スルヲ止メズ，加エテ又，我ラノ民ヲ放火ヤ強奪，虐殺ニヨリテ蹂躙シテオル．コノ理由ニテ今ヤ我ラハ必要ニ迫ラレテ会合シタルニテ，カツ我ラハ汝ラガ我ラ
20 ノ確固タル信頼ト強固ナル兄弟関係ヲ疑イテオルニアラズヤト思ウガ故ニ，我ラノ間ノコノ誓イヲ汝ラノ面前ニテ宣誓セント決意シタリ．我ラハ何ラカノ不当ナル利己心ニ誘惑セラレテコレヲ行ウニアラズシテ，モシモ神ガ我ラニ汝ラノ援助ニテ平安ヲ与エテ下サラバ，我ラハ共通ノ利益ヲ更ニ確信スルガ為ナリ．アリテハナラヌガ，サレドモシモワガ弟ニ宣誓シタル誓イヲ我ガ
25 敢エテ侵害シタラバ，我ヘノ服従ヨリ，カツ又我ニ汝ラガ宣誓シタル誓イヨリ汝ラノ各々ヲ我ハ解除ス」．シテカルルガコノ同ジ言葉ヲロマン語ニテ述ベ終エルト，ルートヴィヒノ方ガ年長ナルガ故ニ先ニ，以後コレヲ自ラハ守ルト誓言シタリ：

　神ヘノ愛故ニ，カツキリスト教ノ民ト我ラノ共通ノ救済故ニ，コノ日ヨリ
30 以降，神ガ知恵ト力ヲ我ニ与ウル限リ，彼（＝カルル・西フランク王）ガ我ヲ同様ニ支援スレバ，人ガ当然，自分ノ兄弟ヲ支援スベキ通リニ，助力ニオイテモ各々ノ事ニオイテモ，我ハコノワガ弟カルルヲ支援スルツモリニテ，カツロタールヨリハ，ワガ意志ニヨリコノワガ弟ノカルルニ対シテ害ニテアリ得ル，如何ナル交渉ヲモ断ジテ受ケ入レマジ．
35 　ルートヴィヒガソレヲ終エルト，カルルハドイツ語ニテ次ノ如クコノ同ジ言葉ヲ誓言シタリ：

　神への愛故に，かつこのキリスト教の民と我ら両名の救済故に，この日より以降，我に神が知恵と力を与うる限り，彼（＝ルートヴィヒ・東フランク王）が我を全く同様に支援すれば，人が当然自分の兄弟を支援すべき通りに，我
40 はこのわが兄を支援し，かつロタールとは，わが意志により彼（＝ルートヴィ

91

testatus est, romana lingua sic se habet:

Si Lodhuvigs sagrament, que son fradre Karlo jurat, conservat, et Karlus meos sendra de suo part non l' ostanit/lo stanit/los tanit, si io returnar non l' int pois, ne io ne neuls, cui eo returnar int pois, in nulla ajudha contra
45 *Lodhuwig nun li iv er.*

Teudisca autem lingua:

Oba Karl then eid, then er sīnemo bruodher Ludhuwīge ges(w)uor, geleistit, indi Ludhuwīg mīn hērro, then er imo ges(w)uor, forbrihchit, ob' ih inan es irwenden ne mag, noh ih noh thero nohhein, then ih es irwenden mag,
50 widhar Karle imo ce follusti ne wirdhit.

Quibus peractis Lodhuwicus Reno tenus per Spiram et Karolus juxta Wasagum per Wizzunburg Warmatiam iter direxit. Aestas autem, in qua praefatum exactum est prelium, fuit frigida nimis, et omnes fruges persero collectae sunt; autunnus vero et hiemps naturalem ordinem peregerunt. Ac
55 *eadem die, qua praedicti fratres nec non et primores populi praefatum pepigere pactum, subsequente gelu nix multa cecidit. ...*

5．アウクスブルクの祈り（9世紀末）

Deus, cui proprium est misereri semper et parcere,
suscipe deprecationem nostram,
ut, quos catena delictorum constringit,
miseratio tuae pietatis absolvat, per (dominum nostrum).
5 Got, thir eigenhaf ist,   thaʒ io genāthīh bist,
intfaa gebet unsar,   thes bethurfun wir sār,
thaʒ uns thio ketinūn   bindent thero sundūn,
thīnero mildo   genād' intbinde haldo.

ヒ）に対して害になり得る，如何なる交渉にも関わらず．

　　サレド両者ノ軍隊ガ各々自分ノ言葉ニテ誓言シタル誓イハロマン語ニテハ次ノ通リナリ：

　　　　モシモルートヴィヒガ，彼ノ弟ノカルルニ誓イシ誓約ヲ守リ，カツワガ主
45 人ノカルルガ彼ノ側ヨリソレヲ果タサズバ，モシモ我ガ彼ヲソノ事ヨリ翻意セシメ得ズバ，我モ，我ガソノ事ヨリ翻意セシメ得ル誰モルートヴィヒニ敵対シテ彼（＝カルル）ノ為ニ如何ナル助力ニモアルマジ．

　　サレドドイツ語ニテハ：

　　　　もしもカルルが，彼の兄のルートヴィヒに誓いし誓約を果たし，かつわが
50 主人のルートヴィヒが，彼（＝カルル）に誓いし事を破らば，もしも我が彼（＝ルートヴィヒ）をその事より翻意せしめ得ずば，我も，我がその事より翻意せしめ得る者達の誰もカルルに敵対して彼（＝ルートヴィヒ）の助力にはならず．

　　コレラノ事ヲ済マスヤ，ルートヴィヒハライン川ヲ下リテシュパイエルヲ
55 通リ，カツカルルハヴァスゲン山脈ニ沿イテヴァイセンブルクヲ通リヴォルムスノ方ヘト行路ヲ定メタリ．サレド，前述ノ戦闘ガナサレタル夏ハ甚ダ冷タク，全テノ作物ハイトモ遅ク収穫セラレヌ．サレド秋ト冬ハ本来ノ状態ヲ経ヌ．カツ前述ノ兄弟，並ビニ軍隊ノ有力者達ガ前掲ノ協約ヲ結ビシアノ日ニハ大雪ガ降リ，ソノ後寒冷ガ続キヌ．…

5．アウクスブルクの祈り（9世紀末）

　　　常ニ憐レムコトヲ大切ニスルコトガ特有タル神ヨ，
　　我ラノ哀願ヲ受ケ入レ給エ，
　　罪過ノ鎖ガ縛リツクル者ラヲ
　　（我ラノ主）ニヨリ汝ノ慈愛ノ恩情ガ解放スルガ為ニ．
5　常に情けの深きこと，　　　　それが性(さが)たる，わが神よ，
　　我らが祈り，受け給え，　　　直ぐに我らの要するは，
　　幾多の罪の鎖にて　　　　　　捕縛せらるる我らをば
　　汝(なれ)が慈愛の恩情が　　　直ちに解きて放つこと．

6. メルゼブルクの呪文 (10世紀)
a. 身内生還の呪文

Einis sāʒun idisi, sāʒun hēra muoder.
suma hapt heptidun, suma heri lezidun.
suma clūbōdun umbi cuoniowidi.
insprinc haptbandun, invar vīgandun!

b. 馬の呪文

Phol' ende Wōdan vuorun zi holza.
dū wart demo Balderes volon sīn vuoʒ birenkit.
thū biguol en Sinthgunt, Sunna era swister,
thū biguol en Frīja, Volla era swister,
5 thū biguol en Wōdan, sō hē wola conda.
sōse bēnrenkī, sōse bluotrenkī,
        sōse lidirenkī:
bēn zi bēna, bluot zi bluoda,
lid zi geliden, sōse gelīmida sīn!

7. ロルシュの蜜蜂の呪文 (10世紀)

Kirst, imbi ist hūcʒe! nū fluic dū, vihu mīnaʒ, hera,
fridu frōno in godes munt, heim zi comonne gisunt.
sizi, sizi, bīna: inbōt dir sancte Marīa.
hurolob ni habe dū: zi holce ni flūc dū,
5 noh dū mir n'indrinnēs, noh dū n'intwinnēst.
sizi vilu stillo, wirki godes willon.

8. マインツの懺悔より (10世紀)

Ih gihun gode almahdīgen unde allēn godes engilon unde allēn godes hei-
legōn unde dir godes boden allero mīnero sundino, unde wili dero bigihdīg
werdan, swo sō ih se givremidi, sō waʒ sō ih unrehdes gisāhi ode un-

F．ラインフランク語の作品

6．メルゼブルクの呪文 (10世紀)

a．身内生還の呪文

ある日，女(おみな)が降りて来ぬ，　　　多き，貴(あて)なる母刀自(おもとじ)が．
仇(あだ)に手枷を付くる者，　　　　　敵(いくさ)の軍を止むる者，
足の枷をば味方より　　　　　　切りて解きたる者もあり．
敵の枷鎖より逃れ出よ，　　　　敵(かたき)の手より逃げのびよ．

b．馬の呪文

かつて子馬とウォーダンは　　　一緒に森へ赴きぬ．
主神の馬はその際に　　　　　　己が足をば挫きたり．
シンズグントと妹の　　　　　　スンナはそこで呪(まじな)いぬ．
次にフリヤと妹の　　　　　　　フォラとが馬に呪いぬ．
5　その後(のち)馬にウォーダンが　　　蘊蓄(うんちく)通り呪いぬ．
かように骨の折れたるも，　　　打ち身の傷も直れかし，
　　　　　四肢の捻挫も癒えよかし．
骨子は骨に付けられよ，　　　　血汁は血へと戻されよ，
肢体は四肢に付けられよ，　　　しかと膠(にかわ)で付くが如．

7．ロルシュの蜜蜂の呪文 (10世紀)

イエスよ，蜂は野外なり．　　　今し，蜂らよ，飛びて来よ．
神の援護と加護を受け，　　　　事無く巣へと戻る為．
蜂らよ，止まれ，とどまれと，　サンタ・マリアは命じたり．
逃ぐる許しを受け取るな．　　　汝(なれ)らは森へ飛び去るな．
5　我から逃ぐることなかれ，　　　我をば避くることなかれ．
いとも静かに止まるべし，　　　神のご意志を果たすべし．

8．マインツの懺悔より (10世紀)

　　我は全能の神と全ての神の天使と全ての神の聖人と汝，神の使いに全ての
わが罪を告白す．かつ我がそれをなしたる通りに告白せん．何にてあれ我が
不義として見たる，あるいは不義として許したる事を．不義なる言葉，不義

95

rehdes gihancdi; unrehtero wordo, unrehtero werco, unrehtero gidanco;
5 ubilero lusto, ubiles willen; fluochōnnes, liogannes, bisprāchidu; unrehtes sta-
dales, unrehtes sedales; in uncīdin sclāphun, uncīdin wachun, in uncīdīgimo
ma33e, uncīdīgimo dranche; ma3 unme33on vehōnti; mīnero spīungu, huores,
thiubu, manslahdu, meinero eido, mīnero fastu ferbrocheneru.

9. ライヒェナウの懺悔より（10世紀）

Ih wirdu gode almahtdīgen bigihdīc unde vrouūn sancta Marīūn unde sancte
Michahēle unde sancte Pētre unde allēn godes heilegōn unde dir sīnemo boden.
Wande ih sundīc bin joh in gidāhtdin joh in dādin joh in wordon joh in
werkon; joh in huare joh in stālu joh in bissprāchidu joh in nīde joh in ābulge
5 joh in ubarā3idu joh in ubardrunchidu joh in fluachēnne joh in swerinne. Dero
sundōno allero joh anderero manegero, sō gi ih es domo almahtdīgen gode
unde allēn sīnēn heilegōn unde dir sīnemo boden.

10. トリールの馬の呪文（10世紀）

Incantacio contra equorum egritudinem, quam nos dicimus spurihalz

Quam Krist endi sancte Stephan zi ther burg zi Saloniūn; thār warth sancte
Stephanes hros entphangan. Sōsō Krist gibuo3ta themo sancte Stephanes
hrosse tha3 entphangana, sō gibuo3i ihc it mid Kristes fullesti thessemo hrosse.
Paternoster.
5   Wala Krist thū gewertho gibuo3ian thuruch thīna gnātha thesemo hrosse
tha3 antphangana atha tha3 spuri(h)alza, sōse thū themo sancte Stephanes
hrosse gibuo3tōs zi thero burg Saloniūn. Amen.

11. ラインフランク語の旧約賛歌より（1000年頃）

a. 申命記32, 1-4

1. *Audite cęli, quę loquor!*   Gihōret himile, ih der sprechōn!
   audiat terra verba oris mei!   gehōra erda wort mundes mīnes!
2. *Concrescat in pulvia doctrina mea!*   Wascha in regene lēra mīna!

F．ラインフランク語の作品

なる行い，不義なる考えを．悪しき欲望，悪しき意志を．呪い，嘘，中傷を．
5 不義なる立ち居，不義なる座りを．不時に眠り，不時に目覚むること，不時
の食べ物，不時の飲み物において．食べ物を節度無く食しつつ．わが唾吐き，
淫行，窃盗，殺人，偽りの誓い，わが破りたる断食を．

9．ライヒェナウの懺悔より（10世紀）

　　我は全能の神と女主人，聖マリアと聖ミハエルと聖ペテロと全ての神の聖
人と汝，彼の使いに告白す．我は考えと行いと言葉と行為とにおいて，淫行
と盗みと中傷と妬みと怒りと過食と過飲と呪いと偽誓とにおいて我は有罪な
るが故に．全ての，かつ他の多くの罪を，かくして我はそれを全能の神と全
5 ての彼の聖人と汝，彼の使いに告白す．

10．トリールの馬の呪文（10世紀）

　　我ラガ麻痺したるト呼ブ馬ノ病気ニ対スル呪文
　　キリストと聖ステファンはサロニアの町に来たり．そこにて聖ステファン
の馬が病気に襲われぬ．キリストが聖ステファンの馬より病気を癒したる如
く，我もキリストの助力をもちてこの馬より病気を癒さん．主ノ祈リ．
　　おおキリストよ，汝の恩寵によりこの馬よりこの病気，或いは麻痺を，汝
5 が聖ステファンの馬よりサロニアの町にて癒したる如く，癒し給え．アーメ
ン．

11．ラインフランク語の旧約賛歌より（1000年頃）

　a．申命記32, 1–4

１．天ラヨ，我ノ語ル事ヲ聞ケ．	天らよ聞け，この我は語る．
大地ハワガ口ノ言葉ヲ聞ケ．	大地はわが口の言葉を聞け．
２．ワガ教エハ雨ノ中ニテ育テ．	わが教えは雨の中にて育て．

97

fluat ut ros eloquium meum! quasi super herbam et quasi stillę super gramina.

vlioʒa alsō dou gesprēchi mīnaʒ! alsō uber gras unde alsō drophon uber corn.

3. *Quia nomen domini invocabo: Date magnificenciam deo nostro!*

Wanda namo drohtīnis anaruophōn ih: Gebet michillīchī gode unseremo!

4. *Dei perfecta sunt opera, et omnes vię ejus judicia. deus fidelis et absque ulla iniquitate...*

Godes duruhtān sint werc unde alle wege sīne urdeila. got getrūwir unde āne dicheina un...

b．サムエル記上2, 1–2

1. *Exultavit cor meum in domino, et exaltatum est cornu meum in deo meo. dilatatum est os meum super inimicos meos, quia lętata sum in salutari tuo.*

Ervrouwit herza mīnaʒ in drohtīno, unde ūferhaban ist horn mīn in gode mīnemo. zesprēt ist mund mīn uber vīende mīne, wanda gevrouwet bin in heilī dīnemo.

2. *Non est sanctus ut est dominus, neque enim est alius extra te et non est fortis sicut deus noster.*

N'ist heilegēr alsō ist drohtīn, noh gewisse n'ist ander vone dir unde n'ist stirkēr als got unsēr.

12．トリールのグレゴーリウス句（1000年頃）

Formidari diabolus non debet, qui nihil nisi permissus valet.

Ni sal nieman then diubal vorhtan,

wanda her ne mach manne scada sīn, iʒ ni hengi imo ūse druhttīn.

13．ビンゲンの墓碑銘（1000年頃）

Diederīh

Gehugi Diederīhes Goʒʒolfes

inde Drulinda sones. imo hilf, got.

F．ラインフランク語の作品

露ノ如ク，ワガ語リハ流レヨ．草ノ上ヘノ如ク，カツ禾草ノ上ヘノ水滴ノ如クニ．

露の如く，わが語りは流れよ．草の上への如く，かつ禾草(かそう)の上への水滴の如くに．

3．主ノ名ヲ我ハ呼ブガ故ニ：汝ラハ栄光ヲ我ラノ主ニ与エヨ．

主の名を我は呼ぶが故に：汝らは栄光を我らの主に与えよ．

4．神ノ業ハ仕上ゲラレテアリ，カツ全テノ道ハ彼ノ裁キ．神ハ信頼スベク，カツ如何ナル（不義）モナク…

神の業は仕上げられてあり，かつ全ての道は彼の裁き．神は信頼すべく，かつ如何なる（不義）もなく…

b．サムエル記上2, 1-2

1．ワガ心ハ主ノ内ニテ喜ビ，カツワガ角ハワガ神ノ内ニテ高メラレテアリ．ワガ口ハワガ敵ラノ上ニ広ゲラレテアリ．我ハ汝ノ救イノ内ニ喜ビテイルガ故ニ．

わが心は主の内にて喜び，かつわが角はわが神の内にて高められてあり．わが口はわが敵らの上に広げられてあり．我は汝の救いの内に喜びているが故に．

2．主ノ如ク聖ナル者ハナク，確カニ汝以外ニハ他ノ者モナシ．カツ我ラノ神ノ如ク強キ者ハナシ．

主の如く聖なる者はなく，確かに汝以外には他の者もなし．かつ我らの神の如く強き者はなし．

12．トリールのグレゴーリウス句（1000年頃）

悪魔ハ恐レラルベカラズ．彼ハ許サレズバ，何モ能ワズ．

人は誰あれ悪魔をば　　恐れ，怖がることなかれ．
我らの主父が許さずば，　人に害たり得ぬが故．

13．ビンゲンの墓碑銘（1000年頃）

ディエデリーホ
ゴッソルフとドルリンダの息子，
ディエデリーホを回想すべし．神よ，彼を救い給え．

99

14. 尼僧への求愛（1000年頃，北部のラインフランク語）

1. *Suavissima nunna,* ach fertrūe mir mit wunna!
   tempus adest floridum, gruonōt gras in erthūn.
2. *Quid vis ut faciam?* sago thū mir, jungēr man.
   turpis, hortaris unicam ferno themo humele dan!
3. *Carissima mea,* coro mīner minne!
   nunc frondes virent silvę, nū singent vogela in walde.
4. *Jam cantet philomela!* — Kristes wirt mīne sēla;
   cui me devovi, themo bin ih gitriuwe.
5. *O formosa domina,* sag'ic thir mīne triuwe —
   meę sedes animę, thū engil in themo humele!
6. *Sed angilorum pręmia* samt gotelīcher minne
   te prement, animam thīnes vogeles verrādan.
7. *Carissima nunna,* choro mīner minna!
   dabo tibi super hoc wereltēro dan genuoc.
8. *Hoc evanescit omne* alsō wolcan in themo humele:
   solum Christi regnum, thaʒ bilībit uns in ēwūn.
9. *Quod ipse regnat, credo,* in humele sō scōno:
   non recusat dare — thaʒ gileistit her ze wāre!
10. *Nomini amantis,* ther gitriuwe mir ist,
    tantum volo credere, thaʒ thū mir wundist mīne sinne.
11. *Laus sit Amori,* thaʒ her si bekere,
    quam penetrabit ut sol, alsō si minnen gerno nū sal.

15. シュレットシュタットの呪文 (11世紀)

a．寄生虫の呪文

Ig fant, iʒ ferswant.
Ig berein, iʒ ferswein.

F．ラインフランク語の作品

14．尼僧への求愛（1000年頃，北部のラインフランク語）

1．イトモ見目良キ尼御前ヨ，　　　　　我を信ぜよ，喜びて．
　　花ノ季節ガ到来シ，　　　　　　　　草は大地に緑なす．
2．何ヲバ我ニ希求スヤ，　　　　　　　我に伝えよ，若き男．
　　尊キ女ヲ不道ニモ　　　　　　　　汝は天より無理に急く．
3．イトモ愛ズベキワガ女ヨ，　　　　　我の愛をば試みよ．
　　森ノ樹葉ハ今青ク，　　　　　　　　今し森にて鳥歌う．
4．小夜鳴キ鳥ハ更ニ鳴ケ．　　　　　　我の心は彼のもの．
　　彼ニワガ身ヲ捧ゲタリ，　　　　　　我は忠実なり，キリストに．
5．アナニ美々シキ貴婦人ヨ，　　　　　我の誠を汝に告ぐ．
　　我ガ気魂ノ住マウ家，　　　　　　　天なる国のみ使いよ．
6．サレド天使ノ報酬ハ　　　　　　　　神の慈愛を伴いて
　　汝ニ欺瞞ヲ強イルラン，　　　　　　汝が小鳥の魂の．
7．イトモ愛ズベキ尼御前ヨ，　　　　　我の愛をば試みよ．
　　我ハ与エン，更ニ又，　　　　　　　この世の誉れ，たぶやかに．
8．ソレラ全テハ消失ス，　　　　　　　空に漂う雲の如．
　　一ニ基督国ノミハ　　　　　　　　　我らの為に永遠にあり．
9．思ウニ，彼ハ支配ス，　　　　　　　天にてかくも美しく．
　　彼ハ贈与ヲ拒絶セズ．　　　　　　　真にこれを彼はなす．
10．愛スル方ノ名前ニテ，　　　　　　　我に忠実なるあの方の，
　　唯一コレヲ我，信ゼン，　　　　　　汝がわが気を痛むるを．
11．愛ニ賛辞ノ有ラマホシ，　　　　　　愛は彼女を変えんとて，
　　天ツ日ノ如，浸透シ，　　　　　　　今や彼女も慕うらん．

15．シュレットシュタットの呪文（11世紀）

a．寄生虫の呪文

　我見つけたり．　それ失せぬ．
　我触りたり．　それ消えぬ．

b．血の呪文

   Waȝer flūȝit,　　Jordan heiȝit,

   dā der heiligo Crist　inne gedōfet ist.

16．パリの馬の呪文（1100年頃）

   Ad equum errēhet

   Man gieng after wege,　zōh sīn ros in handon;

   dō begagenda imo mīn trohtīn　mit sīnero arngrihte.

   'wes, man, gēstū?　zū ne rīdestū?'

   'waȝ mag ih rīten?　mīn ros ist errēhet.'

 5 'nū ziuh'eȝ dā bī fiere,　tū rūne imo in daȝ ōra,

   drit eȝ an den cesewen fuoȝ:　sō wirt imo des errēheten buoȝ.'

   Pater noster. et terge crura ejus et pedes, dicens: 'alsō sciero werde dise-
   mo — *cujuscumque coloris sit,* rōt, swarz, blanc, valo, grīsel, fĕh — rosse des
   errēheten buoȝ, samo demo got dā selbo buoȝta.'

17．アプディングホーフの血の呪文（11世紀末/12世紀初め）

   Ad restringendum sanguinem

   Longinus stach den (h)ēligen Crist mit ēnimo spere in sīne cesewen sīdin.
   dan ūȝ ran wascer unde bluod. mid dem bluode der aberlōst wart al mankunne.
   mid demo wascere dā abegewascen wart al mennischlich sunda. dannen abe-
   gebīden ich dir, līchama, daȝ dū nie mēr ne bluodes.

 5 *pater noster*

18．ベルンの痛風の処方箋（11/12世紀）

   Contra paralysin theutonice

   Siwelich man odor wīb firgihdigōd werde zesewen halbūn, sō lāȝa man imo
   in dero winsterun hende an dem ballen des minnisten vingeres unde ane dero
   minnistun cēhun ballen des zesewen fūoȝes. ob eȝ imo abor winsturun halbūn
   sī, sō lāȝe man imo in dero cesewen hende ane demo ballen des minnisten

F．ラインフランク語の作品

b．血の呪文

　　ヨルダン川と人の呼ぶ　　　　　河水が流る．
　　そこで聖なるキリストが　　　　洗礼受けぬ．

16．パリの馬の呪文（1100年頃）

　　　痙攣したる馬ニ対シテ
　　男が一人道を行く，　　　　　　馬をば手にて率いつつ．
　　わが主が彼に出会いたり，　　　いとも大なる慈愛もて．
　　「などて汝は歩むのか．　　　　何故馬に乗らぬのか．」
　　「何故馬に乗り得るか．　　　　わがこの馬は引きつりぬ．」
　5　「しからば脇の腹を引け．　　　馬の耳にはささやきて，
　　　右の足を踏むがよし．　　　　かくして足のつりは癒ゆ．」
　　　　　（みぎり）
　　　主ノ祈リ．カツ馬ノ脚ト足ヲ撫デテ唱ウベシ：「あの馬を神があの時に御
　　自ら回復させたる如く，速やかにこの――赤，黒，白，青，灰色，まだら，
　　何色ニテアリトモ――馬に痙攣の回復が生ずべし．」

17．アプディングホーフの血の呪文（11世紀末/12世紀初め）

　　　出血ヲ止ムル為ニ
　　　ロンギーヌスは聖なるキリストの右の脇腹を槍にて刺しぬ．して水と血が
　　流れ出ぬ．その血により，そこにて全ての人類が解き放たれぬ．その水によ
　　り，そこにて全ての人間の罪が洗い流されぬ．かくして我は，体よ，汝に命
　　令す：汝はこれ以上，出血することなかれ．
　5　主ノ祈リ

18．ベルンの痛風の処方箋（11/12世紀）

　　　痛風ニ対シテドイツ語ニテ
　　　如何なる男，或いは女なれ，右の部分にて痛風に苦しめらるる時，その者
　　の左手の小指の先端と右足の小指の先端にて瀉血すべし．もしもそれがその
　　者の左の部分にあらば，その者の右手の小指の先端と左足の小指の先端にて
　　瀉血すべし．その後，脱穀したると脱穀せぬ燕麦と接骨木，木蔦，羊歯，蟻，
　　　　　　　　　　　　　　　　　　　　　（えんばく）（にわとこ）（きづた）（しだ）

5 vingeres unde an dero winsterun minnistun cēhun ballen. dare nach neme man haberen gedrosgenan unde ungedrosgenan unde adech unde ebah unde varn unde ēmeiʒun unde weremūodun unde heiderneʒʒelun unde mache ein bahd unde bade in demo drīe daga unde nemo danne gingibern, wīn unde honak unde dero wīʒun wīdun loub unde kirseboumes loub unde phirsihboumes loub
10 unde salbeiun unde rūtun unde storchessnabel unde berehtram unde midewirz, iegeliches einero unzun gewiht unde mache ein drank unde drinke daʒ in demo warmen bade. sō wird es imo būoʒ.

F．ラインフランク語の作品

5 苦蓬(にがよもぎ)，刺草(いらくさ)を取るべし．かつ風呂を用意して，その中にて三日間入浴すべし．次に生姜と，葡萄酒，蜂蜜，白柳の葉，桜の葉，桃の葉，サルビア，芸香(うんこう)，鸛(こうのとり)の嘴(くちばし)，除虫菊，馬肥しを，各々1オンスの重さの分を取りて，飲み薬を作り，これを暖かき風呂にて飲むべし．かくしてそれよりその者に癒やしが生ず．

G. 南ラインフランク語の作品

1. イージドールの『公教信仰』より（8世紀末,西部の南ラインフランク語）

IV. *De trinitatis significantia*

1. *Patet veteris testamenti apicibus, patrem et filium et spiritum sanctum esse deum. Sed hinc isti filium et spiritum sanctum non putant esse deum, eo quod in monte Sina vocem dei intonantis audierint: 'Audi Israhel, dominus deus tuus deus unus est'. Ignorantes in trinitate unum esse deum patrem et filium et spiritum sanctum. Nec tres deos, sed in tribus personis unum nomen individuę majestatis.*

2. *Queramus ergo in scribturis veteris testamenti eandem trinitatem. In libro quippe primo regum ita scribtum est: 'Dixit David filius Isai, dixit vir cui constitutum est de christo dei Jacob egregius psalta Israhel: Spiritus domini locutus est per me, et sermo ejus per linguam*

Hear quhidit umbi dhea bauhnunga dhero dhrīo heideo gotes.

Araugit ist in dhes aldin wiȝssōdes boohhum, dhaȝs fater endi sunu endi heilac gheist got sii. Oh dhes sindun unchilaubun judeo liudi, dhaȝs sunu endi heilac gheist got sii, bīdhiu hwanda sie chihōrdon gotes stimna hlūda in Sinaberge quhedhenda: 'Chihōri dhū Israhel, druhtīn got dhīn ist eino got.' Unbiwiȝssende sindun, hweo in dheru dhrīnissu sii ein got, fater endi sunu endi heilac gheist. Nalles sie dhrīe goda, oh ist in dhesem dhrim heidem ein namo dhes unchideiliden meghines.

Suohhemēs nū avur in dhemu aldin heileghin chiscribe dhesa selbūn dhrīnissa. In dhemu eristin deile chuningo boohho sus ist chiwisso chiscriban: 'Quhad David Isais sunu, quhad gomman, dhemu iȝs chibodan ward umbi christan Jacobes gotes, dher erchno sangheri Israhelo: Gotes

G. 南ラインフランク語の作品

1. イージドールの『公教信仰』より （8世紀末，西部の南ラインフランク語）

Ⅳ. 三位一体ノ意味ニ関シテ　　　　　　ここにて（イージドールは）神の三つの存在様式の印に関して語る．

1. 旧約ノ諸文書ニハ，父ト息子ト聖ナル霊ノ神タルハ明白ナリ．サレドココヨリ彼ラ（＝ユダヤ人）ハ，父ト息子ト聖ナル霊ノ神タルヲ信ゼズ．彼ラハシナイ山ニテドナル神ノ声ヲ聞キシガ故ニ：「聞ケイスラエルヨ，主タル汝ノ神ハ唯一ノ神ゾ」（申命記6,4）．彼ラハ三位一体ノ中ニ一人ノ神タル父ト息子ト聖ナル霊ノアルヲ知ラズ，三人ノ神ニアラズシテ，三ツノ存在様式ノ中ニ分カタレヌ尊厳ノ一ツノ名称ノアルヲ知ラズ．

古き法（＝旧約聖書）の諸書において，父と息子と聖なる霊は神なりと示されてあり．されどユダヤの人々は，息子と聖なる霊が神たるを信ぜず．彼らはシナイ山にてかく語る，神の大なる声を聞きしが故に：「聞け汝，イスラエルよ．主たる汝の神のみ神ぞ」．（彼らは）三位一体の中に如何に一人の神，父と息子と聖なる霊があるのかを知らず，彼らは絶えて三人の神にあらず，されどこれら三つの存在様式の中に分かたれぬ尊厳の一つの名称があるなり．

2. 故ニ我ラハ旧約ノ書物ノ中ニテ問題ノ三位一体ヲ求メン．諸王ノ第一書ニオイテ確カニカク書カレテアリ：「イサイノ息子，ダヴィデ語リヌ．ヤコブノ神ノ被塗油者ニ関シテ任命セラレタル男，イスラエルノ卓越セル歌イ手ハ語リヌ：主ノ霊ハ我ヲ通シテ，カツ彼ノ言葉ハワガ舌ヲ通シ

今一度我らは古き聖なる書物の中にてこの問題の三位一体を求めん．諸王の書の第一部においてかくの如く確かに書かれてあり：「イサイの息子，ダヴィデ語りぬ．ヤコブの神の被塗油者に関してそれを命ぜられたる男，イスラエルの卓越せる歌い手は語りぬ：神の霊は我を通して話

meam.' Quis autem esset adjecit: 'Deus Israhel mihi locutus est, dominator fortis Israhel hominum justus.'

3. Dicendo enim christum dei Jacob et filium et patrem ostendit. Item dicendo: 'Spiritus domini loquutus est per me', sanctum spiritum evidenter aperuit. Idem quoque in psalmis: 'Verbo', inquit, 'domini celi firmati sunt, et spiritu oris ejus omnis virtus eorum.' In persona enim domini patrem accipimus, in verbo filium credimus, in spiritu oris ejus spiritum sanctum intellegimus. Quo testimonio et trinitatis numerus et communio cooperationis ostenditur.

gheist ist sprehhendi dhurah mih, endi siin wort ferit dhurah mīna zungūn.' Endi saar, dhār after offono araughida, hwer dher gheist sii, dhuo ir quhad: 'Israhelo got was mir zuo sprehhendi, dher rehtwīsīgo manno waldendeo, strango Israhelo.'

Dhār ir quhad: 'Christ Jacobs gotes', chiwisso meinida ir dhār sunu endi fater. Dhār ir auh quhad: 'Gotes gheist ist sprehhendi dhurah mih', dhār meinida leohtsamo zi archennenne dhen heilegan gheist. Avur auh umbi dha3s selba quhad David in psalmom: 'Druhtīnes wordu sindun himila chifestinōde, endi sīnes mundes gheistu standit al iro meghin.' In dhemu druhtīnes nemin archennemēs chiwisso fater, in dhemu worde chilaubemēs sunu, in sīnes mundes gheiste instandemēs chiwisso heilegan gheist. In dheseru urchundin ist ziwāre araughit dhera dhrīnissa zala endi chimeinidh iro einwerches.

2．ヴァイセンブルクの公教要理より（9世紀初め）
　a．主の祈り
　　Fater unsēr, thū in himilom bist,
　　giwīhit sī namo thīn.

G. 南ラインフランク語の作品

テ話シヌ」(サムエル記下23, 1-2).
更ニ (ソレガ) 誰ナルカヲ付ケ加エヌ:「イスラエルノ神ハ我ニ話シヌ. 義ナル, 人々ノ, イスラエルノ強キ支配者ハ」.

し, かつ彼の言葉はわが舌を通り行く」. かつ直ぐにその後, その霊が誰なるかを明らかに示して, 彼は語りぬ:「イスラエルの神は我に話しかけぬ. 義なる, 人々の支配者, イスラエルの強き方は」.

3. 即チ「ヤコブノ神ノ被塗油者」ト述ブルコトニテ彼ハ息子ト父トヲ明示シヌ. 同ジク「主ノ霊ハ我ヲ通シテ話シヌ」ト述ブルコトニテ聖ナル霊ヲ明白ニ説明シヌ. 同様ニ詩篇ニオイテモ曰ク:「主ノ言葉ニヨリ天ハ固メラレ, カツ彼ノ口ノ霊ニテソレラノ全テノ力モ」(33, 6). ツマリ我ラハ主ノ存在様式ノ中ニ父ヲ認メ, 言葉ノ中ニ息子ヲ信ジ, 彼ノ口ノ霊ノ中ニ聖ナル霊ヲ悟ル. カクナル証拠ニテ三位一体ノ序列ト合力ノ一致トガ明示セラル.

彼が「ヤコブの神の被塗油者」と語りたる時, 彼は確かにその際, 息子と父を意図しぬ. 又彼が「神の霊は我を通して話す」と語りたる時, 明白に聖なる霊を認むることを意図しぬ. 今一度この事に関してもダヴィデは詩篇において言いぬ:「主の言葉により天は固められ, かつ彼の口の霊によりそれらの全ての力は存続す」. かの主の名称の中に我らは確かに父を認め, かの言葉の中に息子を信じ, 彼の口の霊の中に確かに聖なる霊を悟る. かくなる証拠にてかの三位一体の序列とそれらの合力の一致とが真に示されてあり.

2. ヴァイセンブルクの公教要理より (9世紀初め)
   a. 主の祈り
   　天におわする我らが父よ,
   　み名が聖とせられよかし.

quæme rīchi thīn.
werdhe willeo thīn, sama sō in himile endi in erthu.
5   broot unseraʒ emeʒʒīgaʒ gib uns hiutu.
endi farlāʒ uns sculdhi unsero, sama sō wir farlāʒʒēm scolōm unserēm.
endi ni gileidi unsih in costunga,
auh arlōsi unsih fona ubile.

b．信仰告白

　　Gilaubiu in got fater almahtīgon, scepphion himiles enti erda. Endi in heilenton Christ, suno sīnan einagon, truhtīn unseran. Ther infanganēr ist fona heilegemo geiste, giboran fona Mariūn magadi, giwīʒʒinōt bī pontisgen Pilate, in crūci bislagan, toot endi bigraban. Nidhar steig ci helliu, in thritten dage
5   arstuat fona tootēm, ūf steig ci himilom, gisaaʒ ci ceswūn gotes fateres almahtīges. Thanān quemendi ci ardeilenne quecchēm endi doodēm. Gilaubiu in ātum wīhan, wīha ladhunga allīcha, heilegero gimeinidha, ablāʒ sundeōno, fleisges arstantnissi, liib ēwīgan. Amen.

3．オットフリートの『聖福音集』V写本より（863–871年）
　　a．リウトベルト・マインツ大司教への請願状

　　Dignitatis culmine gratia divina praecelso Liutberto mogontiacensis urbis archiepiscopo Otfridus quamvis indignus tamen devotione monachus presbyterque exiguus aeternae vitae gaudium optat semper in Christo.

　　Vestrae excellentissimae prudentiae praesentis libri stilum comprobare
5   *transmittens in capite causam, qua illum dictare praesumpsi, primitus vobis enarrare curavi, ne ullorum fidelium mentes, si vilesceret, vilitatis meae praesumptioni deputare procurent. Dum rerum quondam sonus inutilium pulsaret aures quorundam probatissimorum virorum eorumque sanctitatem laicorum cantus inquietaret obscenus, a quibusdam memoriae dignis fratribus rogatus,*
10 *maximeque cujusdam venerandae matronae verbis nimium flagitantis, nomine Judith, partem evangeliorum eis theotisce conscriberem, ut aliquantulum*

G．南ラインフランク語の作品

み国が来たれかし．
み心が，天における如く，地にても成れかし．
5 我らの絶えぬ糧を我らに今日，与え給え．
かつ我らが我らの借り手らに許す如く，我らに我らの借りを許し給え．
かつ我らを誘いに引き入れず，
されど我らを悪より解き給え．

　b．信仰告白
　我は神，全能の父，天と地の創造者を信ず．かつ救世主キリスト，彼の唯一の息子，我らの主を．彼は聖なる霊より受胎せられ，処女マリアより生まれ，黒海沿岸出身のピラトの所にて苦しめられ，十字架に打ちつけられ，死にて埋められたり．彼は地獄に下り，三日目に死者らの所より復活し，天に上がり，神，全能
5 の父の右に座りたり．そこより彼は生者と死者らを裁きに来ん．我は聖なる霊，聖にして普遍的なる召集，聖人達との交わり，罪の許し，肉体の復活，永遠の命を信ず．アーメン．

3．オットフリートの『聖福音集』Ｖ写本より（863-871年）
　a．リウトベルト・マインツ大司教への請願状
　神恵ニヨリ尊厳ノ極ミヲモチテ卓越セルリウトベルト・マインツ市大司教ニ対シ，取ルニ足ラヌト言エドモ誓約ニヨル修道士ニシテ，カツ卑小ナル司祭ノオットフリートハ永生ノ喜悦ヲ常ニキリスト（トノ交ワリ）ノ内ニ祈念シ奉ル．
　猊下ノイトモ優レタル御英知ニ対シ，本書ナル作品ヲ御認可戴クガ為ニ御送付
5 申シ上グルモ，先ズ第一ニ，コレヲ敢エテ著ワシタル理由ヲ初メニ猊下ニ十分説明セント配慮イタシタリ．モシモ価値ガナクナリタル時ニ，誰カアル信徒達ノ精神ガ無価値ナル我ノ自惚レニ帰セントスルコトノ無カランガ為ナリ．カツテ無用ノ事柄ノ響キガイトモ尊敬セラレタルアル男達ノ耳ヲ打チ，カツ彼ラノ敬虔ナル心ヲ俗人ラノ憎悪スベキ歌ガ掻キ乱シタル時，回想セラルルニ値スルアル兄弟達
10 ニヨリ，殊ニアル敬ウベキユーディトナル名前ノ，大イニ切望スル婦人ノ言葉ニヨリ，福音書ノ抜粋ヲ彼ラノ為ニドイツ語ニテ書キ上グベク求メラレタリ．コノ

111

hujus cantus lectionis ludum saecularium vocum deleret, et in evangeliorum propria lingua occupati dulcedine, sonum inutilium rerum noverint declinare; petitioni quoque jungentes queremoniam, quod gentilium vates, ut Virgilius,
15 *Lucanus, Ovidius caeterique quam plurimi suorum facta decorarent lingua nativa, quorum jam voluminum dictis fluctuare cognoscimus mundum, nostrae etiam sectae probatissimorum virorum facta laudabant Juvenci, Aratoris, Prudentii caeterorumque multorum, qui sua lingua dicta et miracula Christi decenter ornabant; nos vero, quamvis eadem fide eademque gratia instructi,*
20 *divinorum verborum splendorem clarissimum proferre propria lingua dicebant pigrescere. Hoc dum eorum caritati, importune mihi instanti, negare nequivi, feci, non quasi peritus, sed fraterna petitione coactus; scripsi namque eorum precum suffultus juvamine evangeliorum partem francisce compositam, interdum spiritalia moraliaque verba permiscens, ut, qui in illis alienae lin-*
25 *guae difficultatem horrescit, hic propria lingua cognoscat sanctissima verba, deique legem sua lingua intellegens, inde se vel parum quid deviare mente propria pertimescat. Scripsi itaque in primis et in ultimis hujus libri partibus inter quatuor evangelistas incedens medius, ut modo quid iste, quidve alius caeterique scriberent, inter illos ordinatim, prout potui, penitus pene dictavi.*
30 *In medio vero, ne graviter forte pro superfluitate verborum ferrent legentes, multa et parabularum Christi et miraculorum ejusque doctrinae, quamvis jam fessus [hoc enim novissime edidi], ob necessitatem tamen praedictam pretermisi invitus et non jam ordinatim, ut caeperam, procuravi dictare, sed qualiter meae parvae occurrerunt memoriae. Volumen namque istud in quin-*
35 *que libros distinxi, quorum primus nativitatem Christi memorat, finem facit baptismo doctrinaque Johannis. Secundus jam accersitis ejus discipulis refert, quomodo se et quibusdam signis et doctrina sua praeclara mundo innotuit. Tertius signorum claritudinem et doctrinam ad Judaeos aliquantulum narrat. Quartus jam qualiter suae passioni propinquans pro nobis mortem sponte*
40 *pertulerit dicit. Quintus ejus resurrectionem, cum discipulis suam postea conlocutionem, ascensionem et diem judicii memorat. Hos, ut dixi, in quinque,*

G．南ラインフランク語の作品

聖文ノ朗唱ガ多少ナリトモ世俗ノ言葉ノ娯楽ヲ絶ヤシ，カツ自己ノ言語ニヨル福音書ノ魅力ニ捕ラエラレテ，彼ラガ無用ノ事柄ノ響キヲ避クルヲ知ランガ為ナリ．彼ラハソノ依頼ニ又，ウィルギリウス，ルーカーヌス，オウィディウスヤソノ他
15 ノ極メテ多数ノ人々ノ如キ異邦人ラノ詩人達ガ彼ラノ人々ノ出来事ヲ生マレナガラノ言語ニヨリ称賛セリト言ウ苦情ヲモ付ケ加エヌ．カヨウナル詩人達ノ書物ノ文句ガ今ヤ世界ニ溢レテアルヲ我ラハ知リテアリ．又ユウェンクス，アラートール，プルーデンティウスヤソノ他ノ多クノ，我ラノ宗教ノ極メテ優レタル男達ノ行為ヲ称賛シヌ．コノ男達ハ自ラノ言語（＝ラテン語）ニヨリキリストノ言説ト
20 奇跡トヲ正シク賛美シタルナリ．反対ニ我ラハ，タトエ全ク同様ニ信仰ト恩寵トヲ教エラレテアレドモ，神言ノ光輝ヲ極メテ輝カシク自己ノ言語ニテ述ブルヲ怠タリテアリト彼ラハ言エリ．シキリニ我ニセガム彼ラノ愛情ニ対シテ拒ミ得ザリシガ故ニ，我ハ経験ニ富ムカノ如クニアラズ，兄弟ヨリノ依頼ニ強イラレタルカノ如クニ，コレヲ成シ遂ゲヌ．即チ我ハ彼ラノ懇願ナル援助ニ支エラレテ，フラ
25 ンク語ニテ纏メラレタル福音書ノ抜粋ヲ書キ，時々霊的ナル言葉ト道徳的ナル言葉トヲ混ゼタリ．カノ福音書ニオイテ異国語ノ難シサニ驚ク者ガココニテ自己ノ言語ニヨリ最モ聖ナル言葉ヲ知リ，カツ神ノ法ヲ自ラノ言語ニテ理解シ，ソレ故ニ自己ノ精神ニオイテイササカナリトモ兎ニ角自分ガ迷ウヲ非常ニ恐レンガ為ナリ．故ニ我ハ本書ノ最初ト最後ノ部分ニオイテハ四人ノ福音書著者ノ間ヲ中間者
30 トシテ進ミツツ書キタリ．ソノ結果，ソノ人ガ，或イハ別ノ人ヤソノ他ノ人々ガ書キタル事ノミヲ我ハ彼ラノ間ニテ秩序正シク，我ニ可能ナル限リ，殆ド完全ニ著ワシヌ．サレド中央部ニオイテハ，図ラズモ言葉ノ過剰故ニ読ム者達ガ苦シゲニ耐エ忍ブコトノ無カランガ為ニ，キリストノ比喩ト奇跡ト彼ノ教エノ多クヲ，ヨシンバ我ハ既ニ疲レ果テタリトモ［即チコレヲバ我ハ最近完成シタリ］，サレ
35 ド前述ノ必要性故ニ不本意ナガラモ省略シヌ．カツ最早取リ掛カリタル時ノ如クニ，秩序正シクハアラネドモ，サレド我ノ乏シキ記憶ニ浮カビタル通リニ著ワサント配慮シヌ．即チ我ハコノ書物ヲ五巻ニ分ケタルナリ．コノ中ノ第一巻ハキリストノ生誕ヲ話シ，ヨハネノ洗礼ト教エニテ結末ヲツク．第二巻ハ，彼ノ弟子達ガ呼ビ寄セラレタル後ニ，彼ガ如何ニシテ自ラヲアル種ノ印ト自ラノ優レタル教
40 エヲモチテ世ニ知ラセタルカヲ伝ウ．第三巻ハ印ノ輝キトユダヤ人達ニ対スル教エヲ多少語ル．第四巻ハ更ニ，如何ニ彼ガ自ラノ受難ニ近ヅキ，我ラノ為ニ死ヲ

quamvis evangeliorum libri quatuor sint, ideo distinxi, quia eorum quadrata aequalitas sancta nostrorum quinque sensuum inaequalitatem ornat, et superflua in nobis quaeque non solum actuum, verum etiam cogitationum ver-
45 *tunt iu elevationem caelestium. Quicquid visu, olfactu, tactu, gustu, audituque delinquimus, in eorum lectionis memoria pravitatem ipsam purgamus. Visus obscuretur inutilis, inluminatus evangelicis verbis; auditus pravus non sit cordi nostro obnoxius; olfactus et gustus sese a pravitate constringant Christique dulcedine jungant; cordisque praecordia lectionis has theotisce con-*
50 *scriptas semper memoria tangent.*

Hujus enim linguae barbaries ut est inculta et indisciplinabilis atque insueta capi regulari freno grammaticae artis, sic etiam in multis dictis scriptio est propter literarum aut congeriem aut incognitam sonoritatem difficilis. Nam interdum tria uuu, ut puto, quaerit in sono, priores duo consonantes, ut
55 *mihi videtur, tertium vocali sono manente; interdum vero nec a, nec e, nec i, nec u vocalium sonos praecavere potui: ibi y grecum mihi videbatur ascribi. Et etiam hoc elementum lingua haec horrescit interdum, nulli se caracteri aliquotiens in quodam sono, nisi difficile, jungens; k et z sepius haec lingua extra usum latinitatis utitur, quae grammatici inter litteras dicunt esse super-*
60 *fluas. Ob stridorem autem interdum dentium, ut puto, in hac lingua z utuntur, k autem ob fautium sonoritatem. Patitur quoque metaplasmi figuram nimium, non tamen assidue, quam doctores grammaticae artis vocant sinalipham, et hoc nisi legentes praevideant, rationis dicta deformius sonant, literas interdum scriptione servantes, interdum vero ebraicae linguae more vitantes,*
65 *quibus ipsas litteras ratione sinaliphae in lineis, ut quidam dicunt, penitus amittere et transilire moris habetur; non quo series scriptionis hujus metrica sit subtilitate constricta, sed schema omoeoteleuton assidue quaerit. Aptam enim in hac lectione et priori decentem et consimilem quaerunt verba in fine sonoritatem, et non tantum per hanc inter duas vocales, sed etiam inter alias*
70 *literas saepissime patitur conlisionem sinaliphae; et hoc nisi fiat, extensio sepius literarum inepte sonat dicta verborum. Quod in communi quoque*

G. 南ラインフランク語の作品

自発的ニ耐エタルカヲ告グ．第五巻ハ彼ノ復活，続キテ（ナサレタル）弟子達トノ彼ノ談話，昇天ト審判ノ日ヲ話ス．福音書ガ四巻ニテアレドモ，先ニ申セシ如ク，コレラヲ我ガ五ツニ分ケタルハ，コレラ（四福音書）ノ四角形ニナリタル聖
45 ナル完全ガ我ラノ五ツノ感覚ノ不完全ヲ清ムルガ故ニテ，カツ我ラノ内ニアル，行為ノミナラズ，思考ノ不要ナル各々ノモノガ天上的ナルモノノ高ミヘト向カウガ故ナリ．視覚ヤ嗅覚，触覚，味覚，聴覚ニヨリ何ニテアレ我ラガ誤ルモノヲ，歪ミソノモノヲコレラ（ノ書）聖文ノ記憶ニヨリ我ラハ償ウナリ．無用ナル視覚ガ，福音書ノ言葉ニ照ラサレテ，覆ワレンコトヲ．悪シキ聴覚ガ我ラノ心ニ服
50 従セヌコトヲ．嗅覚ト味覚トガ自ラヲ歪ミヨリ抑制シ，カツキリストノ甘味ト接合センコトヲ．心ノ芯ガドイツ語ニテ書キ上ゲラレタルコレラノ聖文ニ常ニ記憶ニヨリ触レンコトヲ．

　サテコノ粗野ナル言葉（＝ドイツ語）ハ野蛮ニテ，訓育サレ得ズ，シカモ又，文法学ノ規則的ナル手綱ニヨリ捕ラエラルルニモ不慣レナリ，又確カニ多クノ表
55 現ニオイテ文字ノ塊ト識別シ難キ音響故ニ書クニモ困難ナリ．即チ時々，我ノ考エル所ニヨレバ，三ツノ u ヲ，ツマリ響キノ点ニオイテ，我ニ思エル所ニヨレバ，先頭ノ二ツヲ子音トシテ，三番目ノハ，アクマデモ母音ノ響キ故ニ，必要トス．確カニ時々我ハ a ニヨリテモ，e ニヨリテモ，i ニヨリテモ，u ニヨリテモ種々ノ母音ノ響キヲ確定スルコト能ワザリキ．ソノ際ニハギリシャ語ノ y ノ書カルル
60 ガ我ニハ正シク思ワレヌ．シカレドモ矢張リコノ文字ニコノ言語ハ時々戦ク．モシモ苦労シタルニアラザレバ，（コノ言語ハ）シバシバアル音ニ関シテ如何ナル文字記号ニモ結ビツカヌガ故ナリ．k ト z ヲ往々ニシテコノ言語ハ純ラテン語表現ノ用法以上ニ使用スルニ，コレラヲ文法家達ハ不要ナル文字ニ属スト言ウ．サレド，我ノ思ウ所ニヨレバ，時々（生ズル）歯ノ軋リ音ノ為ニコノ言語ニオイテ
65 ハ z ヲ，サレド咽頭ノ音響ノ為ニハ k ヲ使用ス．又（コノ言語ハ）文法学ノ教師達ガ音節縮約ト呼ブ語形変異ノ形ヲモ甚ダシク受ケ入レドモ，サレド常ニト言ウニアラズ．カツコノ事ニモシモ読者達ガ用心セザレバ，陳述ノ表現ハ相当汚ク響ク．書ク際ニハ（母音）文字ヲ維持スル時アレドモ，サレドヘブライ語ノ習慣ニ従イテ避クル時モアリ．彼ラ（＝ヘブライ人）ニアリテハ，（母音）文字自体ヲ音
70 節縮約ノ様式ニヨリ行中ニオイテ，アル人々ガ言ウ如クニ，完全ニ放棄スル，或イハ飛ビ越エル習慣アリ．コノ著作ノ連続本文ハ厳格ナル韻律ニテ結バレテオラ

115

nostra locutione, si sollerter intendimus, nos agere nimium invenimus. Quaerit enim linguae hujus ornatus et a legentibus sinaliphae lenem et conlisionem lubricam praecavere et a dictantibus omoeoteleuton, id est consimilem ver-
75 *borum terminationem observare. Sensus enim hic interdum ultra duo vel tres versus vel etiam quattuor in lectione debet esse suspensus, ut legentibus, quod lectio signat, apertior fiat. Hic sepius i et o ceteraeque similiter cum illo vocales simul inveniuntur inscriptae, interdum in sono divisae vocales manentes, interdum conjunctae, priore transeunte in consonantium potestatem.*
80 *Duo etiam negativi, dum in latinitate rationis dicta confirmant, in hujus linguae usu pene assidue negant; et quamvis hoc interdum praecavere valerem, ob usum tamen cotidianum, ut morum se locutio praebuit, dictare curavi. Hujus enim linguae proprietas nec numerum, nec genera me conservare sinebat. Interdum enim masculinum latinae linguae in hac feminino protuli, et*
85 *cetera genera necessarie simili modo permiscui; numerum pluralem singulari, singularem plurali variavi et tali modo in barbarismum et soloecismum sepius coactus incidi. Horum supra scriptorum omnium vitiorum exempla de hoc libro theotisce ponerem, nisi irrisionem legentium devitarem; nam dum agrestis linguae inculta verba inseruntur latinitatis planitiae, cachinnum le-*
90 *gentibus prebent. Lingua enim haec velut agrestis habetur, dum a propriis nec scriptura, nec arte aliqua ullis est temporibus expolita; quippe qui nec historias suorum antecessorum, ut multae gentes caeterae, commendant memoriae, nec eorum gesta vel vitam ornant dignitatis amore. Quod si raro contigit, aliarum gentium lingua, id est Latinorum vel Grecorum, potius ex-*
95 *planant; cavent aliarum et deformitatem non verecundant suarum. Stupent in aliis vel litterula parva artem transgredi, et pene propria lingua vitium generat per singula verba. Res mira tamen magnos viros, prudentia deditos, cautela praecipuos, agilitate suffultos, sapientia latos, sanctitate praeclaros cuncta haec in alienae linguae gloriam transferre et usum scripturae in pro-*
100 *pria lingua non habere. Est tamen conveniens, ut qualicunque modo, sive corrupta seu lingua integrae artis, humanum genus auctorem omnium laudent,*

G. 南ラインフランク語の作品

ヌカノ如クナレドモ, サレド脚韻ナル詞姿ヲ不断ニ要求ス. 即チコノ聖文ニオイテハ, 終ワリノ言葉ハ先ノ（響キ）ニ適合スル, 或イハ相応スル, 或イハ類似スル響キヲ要求スルナリ. カツコレ（＝コノ聖文）ノ中ニテハ遍ク二母音間ノ
75 ミナラズ, 異ナリタル文字間ニオイテモ極メテシバシバ音節縮約ナル融合ヲ許ス. カツモシモコレガ生ゼザレバ, 往々ニシテ（生ズル）文字群ノ長サガ言葉ノ表現ヲ下手ニ響カス. コレ（＝音節縮約）ハ又我ラノ日常ノ言葉遣イニオイテモヨク注意シテミレバ, 我ラガ大イニ行イテオルヲ知ル. 事実コノ言語ノ装イハ, 読者達ニハ音節縮約ト言ウ緩ク, カツ滑ラカナル融合ニ注意スベク, カツ作詞者達ニ
80 ハ脚韻, ツマリ言葉ノ類似シタル終末ヲ尊重スベク要求ス. サテ意味ハココニテハ時折二行, 或イハ三行, 或イハ四行以上ニ渡リテ, コノ聖文ニオイテハ未決ノママニテアラネバナラズ. 読者達ニトリコノ聖文ノ告グル事ガヨリ平易ニナランガ為ナリ. ココニテハ往々ニシテ i ト o トガ, カツ同様ニ他ノ母音（＝a, e, u）ガソレ（＝i）ト一緒ニ書カレテアルヲ知ル. 響キノ点ニテハ（ソレラノ）
85 母音ハ分ケラレタルママノ時モアリ, 先ノ（i）ガ子音ノ作用ニ移行スルニヨリ, 結合サレタルママノ時モアリ. 更ニ二重否定ハ, 純ラテン語表現ニオイテハ陳述ノ表現ヲ強ムルニ対シ, コノ言語ノ習慣ニヨレバ殆ド常ニ否定ス. カツ我ハタトエコレ（＝二重否定）ヲ時ニ避ケ得タリトハ言エ, サレド日常ノ慣用ヲ尊重シテ著ワサント配慮シタルガ故ニ, 習慣的ナル言葉遣イガ示サレヌ. サテコノ言語ノ
90 独自性ハ数ヲモ性ヲモ我ガ保持スルヲ許サザリキ. 即チ我ハ時々ラテン語ノ男性名詞ヲコレ（＝ドイツ語）ニオイテ女性名詞ニテ示シ, カツ他ノ性ヲ止ムヲ得ズ同様ニシテ混同シヌ. 複数形ヲ単数形ニ, 単数形ヲ複数形ニ変エタリ. カツ我ハカクシテ何度モ強イラレテ語形違反ヤ文法違反ニ陥リヌ. コレラ, 上記ノ全テノ過誤ノ例ヲドイツ語ニヨルコノ本ノ中ヨリ, モシモ我ガ読者達ノ嘲笑ヲ避ケヌナ
95 ラバ, 提示スルコトアラン. 何トナレバ, モシモ野蛮ナル言語ノ粗野ナル言葉ガ純ラテン語表現ノ平地ニ植エツケラルレバ, 哄笑ヲ読者達ニ提供スルガ故ナリ. 即チコノ言語ハ, 固有ノ人々（＝フランク人）ニヨリテ著作ノ点ニテモ何ラカノ学術ノ点ニテモ如何ナル時代ニモ磨カレタルコトノ無キガ故ニ, 野蛮タルカノ如ク見做サル. 何トナレバ, 彼ラハ自ラノ先人達ノ歴史ヲ, 他ノ多クノ種族ノ如ク
100 ニハ, 記録ニ委ネズ, 又彼ラノ偉業, 或イハ履歴ヲ功績ニ対スル愛情ニヨリテ飾ルコトヲモセヌガ故ナリ. サレドモシモ稀ニ（コノコトガ）生ゼバ, 寧ロ他ノ種

qui plectrum eis dederat linguae verbum in eis suae laudis sonare; qui non verborum adulationem politorum, sed quaerit in nobis pium cogitationis affectum operumque pio labore congeriem, non labrorum inanem servitiem.
105 Hunc igitur librum vestrae sagaci prudentiae probandum curavi transmittere; et quia a Rhabano venerandae memoriae, digno vestrae sedis quondam praesule, educata parum mea parvitas est, praesulatus vestrae dignitati sapientiaeque in vobis pari commendare curavi. Qui si sanctitatis vestrae placet optutibus, et non deiciendum judicaverit, uti licenter fidelibus vestra
110 auctoritas concedat; sin vero minus aptus parque meae neglegentiae paret, eadem veneranda sanctaque contempnet auctoritas. Utriusque enim facti causam arbitrio vestro decernendam mea parva commendat humilitas.

Trinitas summa unitasque perfecta cunctorum vos utilitati multa tempora incolomem rectaque vita manentem conservare dignetur. Amen.

b. 序 (I, 1)

Cur scriptor hunc librum theotisce dictaverit.

Was líuto filu in flíȝe,   in mánagemo ágaleiȝe,

 sie thaȝ in scríp gicléiptīn,   thaȝ sie̜ iro námon bréittīn;

Sie thés in io gilícho   flíȝȝun gúallícho,

G. 南ラインフランク語の作品

　族ノ，ツマリラテン人，或イハギリシャ人達ノ言語ヲモチテ説明ス．彼ラハ他ノ
　（言語ノ）不体裁ニハ用心スレドモ，自分達ノ（言語ノ不体裁）ハ恥ズカシガラ
　ズ．彼ラハ他（ノ言語）ニオイテハ取ルニ足ラヌ小文字デスラ（文法）学ニ違反
105 スルコトニ驚ケドモ，反対ニ自己ノ言語ハ殆ド如何ナル個々ノ言葉ニテモ過誤ヲ
　生ミ出ス．シカシナガラ偉大ナル男達ガ，英知ヲモチテ没頭スル人達ガ，用心ニ
　優レタル人達ガ，敏速ニ支エラレタル人達ガ，英知ニ幅広キ人達ガ，敬虔ノ点ニ
　テ立派ナル人達ガコレラ全テノ事ヲ他ノ言語ノ栄誉ニ移シ入レ，カツ自己ノ言語
　ニヨル著作ノ習慣ヲ持タヌハ驚クベキ事ナリ．サレド如何ナル方法ナレ，堕落シ
110 タル言語ニヨレドモ，或イハ完全ナル（文法）学ノ言語ニヨレドモ，人類ガ万物
　ノ創始者ヲ称ウルハ妥当ナリ．ソノ方ハ，彼ラノ間ニテ自ラノ称賛ノ言葉ヲ響カ
　セルガ為ニ，彼ラニ言語ナル竪琴ヲオ与エ下サレヌ．ソノ方ハ飾リ立テラレタル
　言葉ノ世辞ニアラズ，我ラノ間ニオイテ瞑想ノ敬虔ナル愛好ト敬虔ナル労苦ニヨ
　ル努力ノ蓄積ヲ求メラレ，唇ノ空虚ナル奉仕ハ求メラレズ．
115 ソレ故ニ我ハ本書ヲ，御承認戴クガ為ニ，猊下ノ鋭敏ナル御英知ニ対シテ送ラ
　ント配慮シタリ．カツ尊敬ヲモチテ回想セラルルラバーヌス，ツマリ猊下ノ座ノ
　以前ノ有徳ノ大司教ニヨリ小生ハ不十分ニシカ教育セラレテオラヌガ故ニ，猊下
　ノ大司教位ノ御尊厳ト猊下ノ中ニ相応スル御聡明ニ委ネント配慮シヌ．コレニヨ
　リ，モシモ猊下ノ神聖ナル御注視ガ良シト思ワレ，カツ投ゲ棄ツルヲ決定セラレ
120 ザリシカバ，遠慮無キ使用ヲ信徒達ニ猊下ノ御権威ガ御承認下サランコトヲ．サ
　レドモシモ有用ニアラズ，カツ我ガ怠慢ニ相応スルカニ見ユレバ，猊下ノ尊敬セ
　ラルベキ，カツ神聖ナル御権威ハ御軽視下サランコトヲ．カツ二ツノ内ノ一ツノ
　御処置ノ理由ガ決メラルルヲ猊下ノ御判断ニ卑賎ノ小生ハ委ネ奉ル．
　　至高ノ三位一体ト完全ナル合一トガ猊下ヲ万人ノ幸福ノ為ニ長期間，恙無キマ
125 マ，カツ正シキ生活法ニ留マリテオラルルママニ保持シ給エカシ．アーメン．

　　b．序 (I, 1)
　　　何故ニ作者ハ本書ヲドイツ語ニテ著ワシタルカ．
　　かつてあまたの民族が　　　大いに努め，励みたり，
　　　己が名前を広め得る　　　事を文字にて書かんとて．
　　はた又，絶えず彼達は　　　同じく凛と勤しみぬ，

119

in búachon man giméintī   thío iro chúanheiti.
5 Thārana dátun sie ouh thaʒ dúam,   óugdun iro wísduam,
    óugdun iro cléinī   in thes tíhtōnnes réinī.
    Iʒ ist ál thuruh nót   sō kléino girédinōt,
      iʒ dúnkal eigun fúntan,   zisámane gibúntan;
    Sie ouh in thíu giságētīn,   thaʒ then thio búah n'irsmáhētīn,
10   joh wól er sih firwésti,   then lésan iʒ gilústi.
    Zi thiu mág man ouh ginóto   mánagero thíoto
      hiar námon nū gizéllen,   joh súntar ginénnen.
    Sār kríachi joh rōmáni   iʒ máchōnt sō gizámi,
      iʒ máchōnt sie̢ al girústit,   sō thíh es wola lústit;
15 Sie máchōnt iʒ sō réhtaʒ,   joh sō fílu sléhtaʒ,
      iʒ ist gifúagit al in éin,   selp sō hélphantes béin.
    Thie dáti man giscríbe,   theist mannes lúst zi líbe;
      nim góuma thera díhtta,   thaʒ húrsgit thīna dráhta.
    Ist iʒ prósūn slíhtī,   thaʒ drénkit thih in ríhtī;
20   odo métres kléinī,   theist góuma filu réini.
    Sie dúent iʒ filu súaʒi,   joh méʒent sie thie fúaʒi,
      thie léngī joh thie kúrtī,   theiʒ gilústlīchaʒ wúrti.
    Éigun sie iʒ bithénkit,   thaʒ síllaba̢ in ni wénkit,
      sie's álleswio ni rúachent,   ni sō thie fúaʒi súachent,
25 Joh állo thio zíti   sō záltun sie bī nóti;
      iʒ míʒit āna bága   al io súlīh wága.
    Yrfúrbent sie iʒ réino   joh hárto filu kléino,
      selb sō mán thuruh nót   sínaʒ kórn reinōt.
    Ouh sélbun búah frōno   irréinōnt sie sō scóno:
30   thār lisist scóna gilúst   ána theheinīga ákust.
    Nū es fílu manno inthíhit,   in sína zungūn scríbit,
      joh ílit, er gigáhe,   thaʒ sínaʒ io gihóhe:
    Wánana sculun fráncon   éinon thaʒ biwánkōn,

G．南ラインフランク語の作品

　　　己が勇気を他の人が　　　　　　書物の中で語るべく．
5　彼らは本で名を成せり．　　　　　己が英知を示したり，
　　　雅やかさを表わしぬ，　　　　　　純なる歌詞の創作で．
　　　それは一切，念入りに，　　　　いとも優雅に語られぬ．
　　　彼らはそれを複雑に，　　　　　　絡み合わせて工夫せり．
　　　読む気になれる人々を　　　　　本が退屈させぬべく，
10　読み手がとくと聡明に　　　　　　なるが為にも語らんと．
　　　これについてはしかも又　　　　いともあまたの民族の
　　　名前をここで数え上げ，　　　　　今し一々言い立て得．
　　　ギリシャ，ローマの人々は　　　直ちに歌詞を見事に
　　　実に美しく作る故，　　　　　　　大層汝の気をそそる．
15　詩法の通り彼達は　　　　　　　　いともすらりと詩を作る．
　　　それは牙彫りの作の如，　　　　　全て合わされ一つなり．
　　　偉業を歌に記すべし．　　　　　さすれば人の喜びぞ．
　　　詩文をとくと顧慮すれば，　　　　汝が知力を伸ばすらん．
　　　それが淀まぬ文ならば，　　　　それは真に汝が酒．
20　貴なる韻と律ならば，　　　　　　それは大層無垢の糧．
　　　彼らは甘き詩を作り，　　　　　詩脚をそこで割りつけて，
　　　詩句の長さを計算す．　　　　　　それが娯楽とならんとて．
　　　如何な綴りも不足せぬ　　　　　ことに配慮をしたる後，
　　　韻と律との要請に　　　　　　　　専ら合わすに意を注ぐ．
25　詩句のリズムをことごとく　　　　彼らはしかと数えたり．
　　　いつも詩歌は完全に　　　　　　　かくの秤が割りつけす．
　　　彼らはそれを純然と，　　　　　いとも優雅に清むなり，
　　　殻を除きて念入りに　　　　　　　禾穀を清め，選る如く．
　　　聖なる書物そのものも　　　　　いとも見事に清めらる．
30　そこに違反は何もなく，　　　　　汝は歓喜を見出すらん．
　　　今やあまたの人々が　　　　　　己が言葉で書き始め，
　　　己れのものを高めんと，　　　　　急きて試しをしつつあり．
　　　かくて何故フランクの　　　　　人々のみが避くべきぞ，

121

ni sie in frénkisgon bigínnēn,   sie gótes lób singēn?
35 N'íst si sō gesúngan,   mit régulu bithwúngan,
    si hábēt thoh thia ríhtī   in scóneru slíhttī.
    Íli dū zi nóte,   theiӡ scóno thoh gilúte,
    joh gótes wiӡōd thánne   thārána scōno hélle;
    Tháӡ thārana sínge,   iӡ scóno man ginénne;
40 in thémo firstántnisse   wir giháltan sīn giwísse.
    Thaӡ láӡ thir wesan súaӡi,   sō méӡent iӡ thie fúaӡi,
    zít joh thiu régula,   sō ist gótes selbes brédiga.
    Wil thú thes wola dráhtōn,   thū métar wollēs áhtōn,
    in thína zungūn wirken dúam,   joh scōnu vérs wollēs dúan:
45 Íl' io gótes willen   állo zīti irfúllen,
    sō scrībent gótes thégana   in frénkisgon thie régula.
    In gótes gibotes súaӡī   láӡ gángan thīne fúaӡi,
    ni láӡ thir zít thes ingán: theist scōni férs sār gidán.
    Díhto io thaӡ zi nóti   théso séhs zīti,
50 thaӡ thú thih sō girústēs,   in theru síbuntūn giréstēs.
    Thaӡ Krístes wort uns ságētun,   joh drúta sīne uns zélitun,
    bifora láӡu ih iӡ ál,   sō íh bī réhtemen scal,
    Wánta sie iӡ gisúngun   hárto in édilzungūn,
    mit góte iӡ allaӡ ríatun,   in wérkon ouh gizíartun.
55 Theist súaӡi joh ouh núzzi,   inti lérit unsih wízzī,
    hímilis gimácha,   bī thiu ist thaӡ ánder rácha.
    Ziu sculun fránkon, sō ih quád,   zi thiu éinen wesan úngimah,
    thie líut' es wiht ni dwáltun,   thie wir hiar óba záltun?
    Sie sint sō sáma chúani   sélb sō thie rōmáni,
60 ni thárf man thaӡ ouh rédinōn,   thaӡ kríachi in thes giwídarōn.
    Sie éigun in zi núzzī   sō sámalícho wízzī,
    in félde joh in wálde   sō sint sie sáma bálde;
    Ríhiduam ginúagi,   joh sint ouh fílu kúani,

G. 南ラインフランク語の作品

　　　神の賛詞をフランクの
35 独語はかよう歌われず，
　　　されど美しき滑らかさ，
　　汝(なれ)は是非とも志せ，
　　それにて神の律法が
　　人がそれにて神法を
40　我らが神の律法を
　　それを気味良くあらしめよ．
　　　詩脚，詩法が割りつけす．
　　汝(なれ)がリズムに意を注ぎ，
　　　妙(たえ)なる詩句を作らんと
45 神のご意志の実現に
　　されば独語で詩の法を
　　神の気味良き命(めい)の中，
　　かくなる時期を失うな，
　　必ずこれをいつとても，
50　その後(のち)，汝(なれ)が七つ目の
　　かつて我らにキリストと
　　それを一切，すべからく，
　　彼らはそれを高貴なる
　　天主と共におもんみて，
55 それは気味良く，役立ちて，
　　　上なる天の事柄は．
　　如上(じょじょう)，何故フランクの
　　　先に我らが語りたる
　　　ローマの民と同様に
60　して又，人は語るまじ，
　　フランク人は利益とて
　　　森の中なれ，野中なれ，
　　多分の富を保有して，

　　　言葉で歌う試みを．
　　詩句の規則に縛られず．
　　　分かり易さを合わせ持つ．
　　それが奇麗に響くべく，
　　　その時，妙(たえ)に鳴らんとて．
　　美(うま)しく唱え，歌う為，
　　　迷うことなく悟る為．
　　さすればそれを韻律が，
　　　然らばそれは神語なり．
　　汝(なれ)の言葉で偉挙をなし，
　　　望む気持ちがあるならば，
　　絶えず時なく努むべし．
　　　神の家士らは書き上げん．
　　汝(なれ)が足をば歩ませよ．
　　　美句はたちまち作られぬ．
　　六つの時期中，作詞(し)せよ．
　　　時に休らう支度とて．
　　彼の弟子らが告げし事，
　　　我は最も尊重す．
　　言葉で繁く朗唱し，
　　　美(うま)く本にも書きし故．
　　我らに知恵を教え込む．
　　　それ故これは別事なり．
　　民はそれのみ能わずや．
　　　諸族はそれをためらわず．
　　フランク人も猛々し．
　　　ギリシャの民が張り合うと．
　　実に同じき知恵を持つ．
　　　勇にかけても劣りなし．
　　その上いとも果敢なり．

zi wáfane snélle;   sō sínt thie thégana alle.
65 Sie búent mit gizíugon,   joh wárun io thes giwón,
in gúatemo lánte,   bī thíu sint sie únscante.
Iʒ ist fílu féiʒit,   hárto ist iʒ giwéiʒit,
mit mánagfaltēn éhtin: n'íst iʒ bī unsēn fréhtin.
Zi núzze grébit man ouh thār   ér inti kúphar,
70   jóh bī thía meina   ísine stéina;
Ouh thárazua fúagi   sílabar ginúagi,
joh lésent thār in lánte   góld in iro sánte.
Sí sint fástmuate   zi mánagemo gúate,
zi mánageru núzzī;   thaʒ dúent in iro wízzī.
75 Sie sint fílu rédie,   sih fíanton z'irréttinne,
ni gidúrrun sie's bigínnan,   sie éigun se ubarwúnnan.
Líut sih in n'intfúarit,   tháʒ iro lánt ruarit,
ni sie bī íro gúatī   in thíonōn io zi nóti:
Joh ménnisgon álle,   ther sḗ iʒ ni unterfálle,
80   ih wéiʒ, iʒ gót worahta,   al éigun se iro fórahta.
N'ist líut, thaʒ es bigínne,   tháʒ widar ín ringe,
in éigun sie iʒ firméinit,   mit wáfanon gizéinit.
Sie lértun sie iʒ mit swérton,   nálas mit thēn wórton,
mit spéron filu wásso,   bī thiu fórahtēn sie se nóh sō.
85 Ni sī thíot, thaʒ thes gidráhte,   in thíu iʒ mit ín fehte,
thoh médi iʒ sīn joh pérsi,   núb in es thiu wír(s) sī.
Lás ih jū in alawár   in einēn búachon, ih weiʒ wár,
sie in síbbu joh in áhtu   sīn Alexándres sláhtu,
Ther wórolti sō githréwita,   mit swértu sia al gistréwita
90   úntar sīnēn hánton   mit fílu hertēn bánton.
Joh fánd in theru rédinu,   tháʒ fon Macedóniu
ther líut in gibúrti   giscéidinēr wúrti.
N'ist untar ín, thaʒ thúlte,   thaʒ kúning iro wálte,

G. 南ラインフランク語の作品

```
         彼ら，戦士はことごとく          武器のさばきがすばしこし．
65 人は豪奢に生活し，                    かつてもそれに潮染めり，
         ここなる美し国中で．              故に彼らは尊ばる．
     国は大層肥沃なり．                   これは大いに証せらる．
     多様多種なる財貨あり．               これは我らの功たらず．
         ここでも人は銅と                  鉄を掘りて益となす．
70 嘘をつかずに言うならば，              氷の石も採掘す．
     これには更に多分なる                 白き金をも加うべし．
         しかもここなる国にてては         金を砂中で拾い寄す．
     フランク人は諸々の                   幸のためには不撓なり，
     あまたの益の為ならば．               英知をもちて事をなす．
75 彼らは敵ゆ己が身を                    救うにいとも巧みなり．
         敵は敢えて挑み得ず．              彼らは敵を負かしたり．
     彼らの国と隣り合う                   如何なる民も放たれず．
     劣れる故にフランクの                 民に止む無く服せずば．
     海が間を分けずんば，                 他国の民はことごとく
80   彼らに対し怖じ気づく．               かく主がせるを我は知る．
     彼らに反し戦いを                     しかくる民は更になし．
         それを彼らは実証し，              武器を用いて示したり．
     絶えて言葉によらずして，             剣をもちて教えたり，
     いとも鋭く槍により．                 それ故，敵はなお恐る．
85 メディア，ペルシャの民であれ，       フランク人と戦うに，
         増して悪しくはなるまじと         思う種族はあらずべし．
     我は本にて読める故，                 真の事を知りてあり．
         彼らは縁と誉れから                アレクサンダの族なりと．
     彼は世界を脅かしぬ，                 剣を用いて平らげぬ，
90   彼の支配の手の下で，                 甚だ堅き枷により．
     して又，我は書中にて，               マケドン人の所より，
         生まるる時にこの民が              分かれしことを見いだしぬ．
     王の支配を甘受する                   者は彼らの中になし．
```

in wórolti nihéine,　ni sī thíe sie zugun héime;
95　Ódo in érdringe　　ánder thes bigínne
　　　in thihéinīgemo thíete,　tha3 ubar síe gibíete.
　　Thes éigun sie io núzzī　in snéllī joh in wízzī:
　　　ni̭ intrátent sie nihéinan,　unz sẹ ínan eigun héilan.
　　Er ist gizál ubarál,　io sō édilthegan skál,
100　wī́sēr inti kúani:　thero éigun sie io ginúagi.
　　Wéltit er githíuto　mánagero líuto,
　　　joh zíuhit er se réine　selb sō sī́ne héime.
　　Ni sínt thie imo ouh dériēn,　in thiu'nan fránkon wériēn,
　　　thie snéllī sīne irbítēn,　tha3 síe'nan umbirítēn.
105　Wanta álla3 tha3 sie's thénkent,　sie i̭3 al mit góte wírkent,
　　　ni dúent sie's wíht in nōti　ána sīn giráti;
　　Sie sint gótes wórto　flí3īg filu hárto,
　　　thá3 sie tha3 gilérnēn,　thá3 in thia búah zellēn;
　　Thá3 sie thes bigínnēn,　i3 ú3ana gisíngēn,
110　joh síe i3 ouh irfúllēn　mit míhilemo wíllen.
　　Gidán ist es nū rédina,　tha3 sie sint gúate thégana,
　　　ouh góte thionōnti álle　joh wī́sduames fólle.
　　Nū wil'ih scríban unsēr héil,　ēvangéliōno déil,
　　　sō wír nū hiar bigúnnun,　in frénkisga zúngūn;
115　Tha3 síe ni wesēn éino　thes sélben ádeilo,
　　　ni man in íro gizúngi　Krístes lób sungi,
　　Joh ér ouh íro worto　gilóbōt werde hárto,
　　　ther sie z'ímo hóleta,　zi gilóubōn sīnēn ládōta.
　　Ist ther in íro lánte　i3 álleswio n'intstánte,
120　in ánder gizúngi　firnéman i3 ni kúnni:
　　Hiar hōr'er ío zi gúate,　wa3 gót imo gibíete,
　　　tha3 wír imo hiar gisúngun　in frénkisga zúngūn.
　　Nū fréwēn sih es álle,　sō wer sō wóla wólle,

G. 南ラインフランク語の作品

　　　自ら国で育てたる
95　もしくは人の世界にて
　　　　彼らの上で支配する
　　　彼らは王の胆力と
　　　　王が達者でいる限り，
　　　貴なる武者の責めの如，
100　　いとも賢く，猛々し．
　　　王は堂々，数々の
　　　　己が部族と同様に
　　　フランク人が守る限り，
　　　　彼の勇気に勝つ者も．
105　フランク人は考えを
　　　　神の助言があらざれば，
　　　神の言葉を得んが為，
　　　　聖なる本の語る事，
　　　彼らがそれを暗唱し，
110　　それを実行することも
　　　フランク人が良き士にて，
　　　　挙げて英知に富むことは
　　　我らの救い，福音の，
　　　　ここにて開始せる如く，
115　単にドイツの民のみが
　　　　己が言葉でキリストの
　　　彼を己れの言葉でも
　　　　彼は彼らを引き寄せて，
　　　彼らの国に他語にては
120　　別の言葉で理解する
　　　天主が何を命ずるか，
　　　　我らがここでフランクの
　　　今や大いに祝うべし，

　　　王にあらずば，この世では．
　　　　どこかの民の他の王が
　　　ことを彼らは良しとせず．
　　　英知の中に利を有し，
　　　　如何な者をも憚らず．
　　　彼はあまねく機敏にて，
　　　　かくなる者があまたあり．
　　　青人草を統べてあり．
　　　　彼らを直く統率す．
　　　彼を害する者はなし．
　　　　王は騎馬にて守護せらる．
　　　神と一緒に果たす故，
　　　　絶えて彼らは何もせず．
　　　彼らはいとも精励す．
　　　　それを彼らは学ばんと．
　　　更に，大なる意志により
　　　　その者達が試す為．
　　　なお又，神に仕えつつ
　　　　今や具陳がなされたり．
　　　抄書を我は今書かん．
　　　　フランク人の言葉にて．
　　　与知せぬことのなきように，
　　　　賛詞を歌う試みと
　　　いとも称うる試みに．
　　　　彼への帰依に導きぬ．
　　　分からぬ者がおるならば，
　　　　ことの能わぬ者あらば，
　　　ここでよく聞き，益とせよ，
　　　　言葉でなせる読み歌を．
　　　好意を寄する者は皆，

joh sō wér sī hold in múate fránkōno thíote,
125 Thaʒ wir Kríste súngun in únsera zúngūn,
joh wír ouh thaʒ gilébētun, in frénkisgon 'nan lóbōtun!

c. 受胎告知 (I, 5)

Missus est Gabrihel angelus.

Ward áfter thiu irscritan sā́r, sō móht'es sīn, ein halb jā́r,
mā́nōdo after rī́me thría stuntā zwḗne,
Thō quam bóto fona góte, éngil ir hímile,
bráht'er therera wórolti díuri ā́runti.
5 Floug er súnnūn pád, stérrōno strā́ʒa,
wéga wólkōno zi deru ítis frṓno,
Zi̭ édiles frṓwūn, sélbūn sancta Máriūn;
thie fórdoron bī bárne wārun chúninga̭ álle.
Gíang er in thia pálinza, fánd sia drū́rēnta,
10 mit sálteru in hénti, then sáng si̭ unz in énti;
Wáhero dúacho wérk wírkento
díurero gárno, thaʒ déda si̭u io gérno.
Thō sprach er ḗrlīcho ubarál, sō man zi frṓwūn scál,
sō bóto scal io gúatēr, zi drúhtīnes múater:
15 'Heil mágad zíeri, thíarna sō scṓni,
állero wī́bo góte zéiʒōsto!
Ni brútti thih múates, noh thī́nes ánluzzes
fárawa ni wénti: fol bistū gótes énsti!
Fórosagon súngun fón dir sā́līgūn,
20 wā́run sḙ allo wórolti zí thir zéigōnti.
Gímma thiu wī́ʒa, mágad scī́nenta!
múater thiu díura scált thū wesan éina:
Thū́ scalt beran éinan álawáltendan
érdūn joh hímiles int' álles líphaftes,

G．南ラインフランク語の作品

　　　　心の中でフランクの　　　　　　民を愛する者は皆，
125　我らの語にてキリストの　　　　為に我らが歌いしを，
　　　　彼を独語で称うるに　　　　　　我らもついに至りしを．

c．受胎告知（I,5）

　　　　　天使ガブリエル遣ワサレヌ．
　　　その後，程なく半年の　　　　月日をもしや関せるか，
　　　　数えて言えば，二月の　　　　時をば三度経たるらん．
　　　その時，神ゆエンゼルが，　　天より使者が到来し，
　　　　ここなる人の世の中に　　　　尊き告げをもたらしぬ．
　5　天つ日の道，星々の　　　　　通りを彼は飛び抜けて，
　　　　雲居の道をたどりつつ　　　　聖なる女子に向かいたり．
　　　貴なる筋の女へと，　　　　　サンタ・マリアの所へと．
　　　　これが祖先はことごとく　　　代々，王の座にありき．
　　　使いは殿に入り行き，　　　　憂うる彼女を見いだしぬ．
　10　常に末まで歌いける　　　　　賛美歌集を手に持ちて．
　　　　妙なる布の機織りに　　　　　励む最中の彼女をば．
　　　貴き糸を元として，　　　　　常に好みてこれをなす．
　　　　そこで天使は，貴婦人に　　　なすべき如く畏みて，
　　　さるべき使者の儀の通り，　人主の母に語りかく．
　15「幸あれ，愛ぐき乙女子よ，　かくも見目良き女子よ，
　　　　ありとあらゆる女子の内，　最も神の好く方よ．
　　　心の中で戦くな，　　　　　　して又，汝が面目の
　　　　色をば変うることなかれ．　汝は神慈に満てるなり．
　　　予言者達は至福なる　　　　　汝の事を歌いけり，
　20　ありとあらゆる時の世を　　　汝に向けし者なりき．
　　　　光り輝く宝石よ，　　　　　　きらめき映ゆる処女よ，
　　　汝一人が愛すべき　　　　　　母になるべく定まりぬ．
　24　天と大地と一切の　　　　　生きとし生きてあるものを，
　23　　全てのものを支配する　　方を汝は生み出さん．

25 Scépheri wórolti,   théist mīn árunti,
    fátere gibóranan   ébanḗwīgan.
   Got gíbit imo wȋha,   joh éra filu hȏha,
    drof ni zwȋvolo thū thés,   Dāvídes seʒ thes kúninges.
   Er rȋchisōt githíuto   kúning therero líuto:
30   thaʒ steit in gótes hénti,   ána theheinīg énti.
   Állera wórolti   ist er lȋb gébenti,
    tháʒ er ouh inspérre   hímilrīchi mánne.'
   Thiu thíarna filu scȏno   sprah zi bóten frȏno,
    gáb si ịmo ántwurti   mit súaʒera giwúrti.
35 'Wánanạ ist iʒ, frȏ mīn,   thaʒ íh es wírdīg bin,
    tháʒ ih drúhtīne   sȋnan sún souge?
   Wio meg iʒ ío werdan wȃr,   tháʒ ih werde swángar?
    mih io gómman nihéin   in mīn múat ni biréin.
   Hábēn ih giméinit,   in múate bicléibit,
40   tháʒ ih éinluzzo   mīna wórolt núzzo.'
   Zị iru spráh thō ubarlū́t   ther selbo drúhtīnes drū́t
    árunti gáhaʒ,   joh hárto filu wáhaʒ.
   'Ih scál thir sagēn, thíarna,   rácha filu dóugna,
    sálida ist in ḗwu   mit thíneru sélu.
45 Ságēn ih thir éinaʒ: tháʒ selba kínd thīnaʒ,
    héiʒʒit iʒ scȏno   gótes sún frȏno.
   Ist sédal sȋnaʒ   in hímile gistátaʒ:
    kúning n'ist in wórolti,   ni sī́ ímo thíonōnti,
   Noh kéisor untar mánne,   nị imo géba brínge,
50   fúaʒfállōnti   int' ínan érēnti.
   Ḗr scal sīnēn drúton   thráto gimúntōn,
    then álten Sátanāsan   wílit er gifáhan.
   N'íst in érdrīche,   thár er imọ io instrī́che,
    noh wínkil undar hímile,   thár er sih ginérie.

G. 南ラインフランク語の作品

25 世界を創造せる方を，　　　――かくなる事がわが知らせ――
　　父と同じく永遠の　　　　　　者とて生(あ)るる御(おん)方を．
　　天主は彼に聖性と　　　　　　高き誉れを与うらん．
　　　王者ダヴィデの玉座をも．　　これをば絶えて疑うな．
　　彼はここなる人々の　　　　　王とて凛と君臨し，
30　　如何な終わりもありはせず．　これは天主の手中なり．
　　彼はあらゆる世の人に　　　　命を与え給う方．
　　　天なる国を人々に　　　　　開くことにも相ならん．」
　　いとも見目良き乙女子は　　　天主の使者に語りたり．
　　　甘き喜悦に浸りつつ　　　　彼女は彼に答えたり．
35「わが主よ，それは何故ぞ，　　天の主(あるじ)の御(おん)為に
　　彼の子息にこの我が　　　　　乳を飲ますに能うとは．
　　我が身ごもることなんぞ，　　如何にていつか真(しん)ならん．
　　　如何な男もこの我の　　　　心に触れしことなきに．
　　我は思いを決したり，　　　　心の中で固めたり，
40　　一生涯を独身の　　　　　　ままにて享受することを．」
　　彼女に対し明らけく　　　　　天主の友は語りたり，
　　　いとも大いに貴重なる，　　驚嘆すべき知らせをば．
　　「乙女よ，我は命(めい)を受く，　神秘なる事，告ぐべしと．
　　至幸至福が永遠に　　　　　　汝の魂(たま)と共にあり．
45　我は汝に一つ告ぐ．　　　　　汝が子自身の事なるが，
　　　彼は天主の優れたる　　　　子息と映えて称せらる．
　　彼の玉座は天上に　　　　　　しっかと既に据えられぬ．
　　　彼の従者にあらずんば，　　人の世界の王たらず．
50　彼の足下(そっか)にひれ伏して　大いに彼を敬いつ，
49　　彼に贈与をせぬならば，　　人間界の帝たらず．
　　彼は己れの知友らを　　　　　力を込めて擁護せん．
　　　年を取りたるサタンをば　　彼は捕うるつもりなり．
　　サタンが彼ゆ逃げのぶる　　　所はここの地にあらず，
　　　彼が助かる片隅も　　　　　空の下には絶えてなし．

131

55 Flíuhit er in then sé,   thār gidúat er imo wé,
   gidúat er imo frémidi   thaʒ hóha hímilrīchi.
   Thoh hábēt er'mo irdéilit,   joh sélbo giméinit,
   tháʒ er'nan in béche   mit kétinu zibréche.
   Ist éin thīn gisíbba   réves úmberenta,
60   jū mánageru zíti   ist dága léitenti:
   Nū'st siu gibúrdinōt thés,   kíndes sō díures,
   sō fúrira bī wórolti   n'ist quéna bérenti.
   N'ist wíht, suntar wérde,   in thíu iʒ gót wolle,
   nóh thaʒ widarstánte   drúhtīnes wórte.'
65 'Íh bin', quad si, 'gótes thiu   z'érbe gibóraniu.
   sī wórt sínaʒ   in mír wáhsentaʒ!'
   Wólaga ōtmuatī!   Sō gúat bistū io in nóti,
   thū wā́ri in ira wórte   zi fóllemo ántwurte.
   Drúhtīn kōs sia gúatēr   zi éigeneru múater;
70   si quad, si wā́ri sīn thíu   zi thíonōste gárawu.
   Éngil floug zi hímile   zi sélb drúhtīne;
   ságata er in fróno   thaʒ ā́runti scóno.

d．キリストとサマリア女 (Ⅱ, 14)

Iesus fatigatus ex itinere.

   Sīd thō thésēn thíngon   fuar Krīst zi thēn héimingon,
   in sélbaʒ géwi sīnaʒ;   thio buah nénnent uns tháʒ.
   Thera férti er ward irmúait,   sō ofto fárantemo dúit;
   ni lāʒent thie árabeit' es fríst,   themo wā́rlīcho mán ist.
5 Fúar er thuruh Samáriam,   zi einera búrg er thār thō quám,
   in thémo ágileiʒe   zi éinemo gisā́ʒe.
   Thó gisaʒ er múadēr,   sō wir gizáltun hiar nū ér,
   bī éinemo brúnnen,   thaʒ wír ouh púzzi nennen.
   Ther ēvangélio thār quít,   theiʒ móhtī wesan séxta zīt,

G．南ラインフランク語の作品

55　サタンが海に逃れても、　　　　　そこにて彼に苦を与う．
　　　彼はサタンにいと高き　　　　　　天の国をば阻むらん．
　　とまれサタンに裁決し、　　　　　自ら既に決意せり、
　　　彼がサタンを地獄にて　　　　　　鎖につなぎ、滅せんと．
　　汝が身内のある者は　　　　　　　母胎において不生（うまず）なり、
60　既に幾多の年月の　　　　　　　　日々をば経つつある女．
　　今や彼女はいと愛（め）ぐき　　　　童を胎に宿したり、
　　　この世でそれに勝りたる　　　　　子を生（も）む女のなきほどに．
　　天主が欲りし給う時、　　　　　　生ぜぬものは何もなく、
　　　天なる神のみ言葉に　　　　　　　逆らうものもありはせず．」
65　彼女は言えり．「我は主の　　　　ものに生まれし端女（はしため）ぞ．
　　　神の言葉がこの我の　　　　　　　中にて育ち給えかし．」
　　あなに順なる心根（こころね）よ．　汝（なれ）は必ず常に良し．
　　　汝は彼女の言内（ことぬち）で　　全き答えとなりにけり．
　　良き主は彼女をご自身の　　　　　母御に選び給いたり．
70　彼女は言いぬ．「我は下婢、　　　神に仕うる覚悟あり．」
　　天の使いは天国へ、　　　　　　　神のみ元へ飛び帰り、
　　　目出度くかくの知らせをば　　　　威儀を正して語りたり．

d．キリストとサマリア女（Ⅱ，14）

　　　　　　イエスハ歩キ疲レヌ．
　　これらの事の起きし後、　　　　　イエスは国に向かいたり、
　　　己が自身の古里へ．　　　　　　　聖書はそれの名を示す．
　　旅人（たびと）に数箇度（すかど）、起きる如、　彼は旅にてくたびれぬ．
　　　真（まこと）に男たる者に　　　　　苦労は暇をあてがわず．
5　サマリア人の地を旅し、　　　　　そこなる町に至りたり．
　　　辛抱強く頑張りて、　　　　　　　とある憩いの所へと．
　　先に我らの述べし如、　　　　　　彼は疲れて座りたり、
　　　とある泉の傍らに．　　　　　　　それを我らは井とも呼ぶ．
　　福を伝える書に曰く、　　　　　　時は正午の頃ならん．

133

10   theist dáges héiʒesta   joh árabeito méista.

   Thie júngōron iro zílōtun,   in kóufe in muas thō hólētun,

      tháʒ sie thes giflíʒʒīn,   mit selben Krístẹ inbíʒʒīn.

   Unz drúhtīn thār saʒ éino,   sō quam ein wíb thara thố,

      tháʒ si thes gizílōti,   thes wáʒares ghólōti.

15 "Wíb", quad er innan thés,   "gib mír thes drínkannes;

      wírd mir zi gifúare,   thaʒ íh mih nū gikúale."

   "Wio mág thaʒ", quad si,   "wérdan,   thū bist júdiisgēr mán,

      inti ih bin thésses thíetes,   thaʒ thū́ mir sō gibíetēs?"

   Thaʒ óffonōt Jōhannes thấr,   bī hiu si số quad in wár,

20   bī wíu si thaʒ sō zélita,   thaʒ drínkan sō firságēta.

   Wánta thio zwā líuti   ni eigun múas gimúati

      wérgin zị iro máʒʒe   in éinemo fáʒʒe.

   "Óba thū", quad er,   "dấtīst,   thia gotes gíft irknấtīs,

      joh wér dih bitit thánne,   ouh híar zi drínkanne,

25 Thū bātīs ínan ōdo sấr,   er gấbi thir in alawár

      zi líebe joh zi wúnnōn   springentan brúnnon."

   "Ni hábēs", quad si,   "frố mīn,   faʒʒes wíht zi thiu heraín,

      thū herazúa gilépphēs,   wiht thésses sār giscépphēs.

   Waʒ mag ih zéllen thir ouh mér?   ther púzz' ist filu díofēr.

30   wār nimist thū thánne ubar tháʒ   wáʒar flíaʒʒantaʒ?

   Furira, wán' ih, thū ni bíst,   thanne únsēr fater Jácob ist;

      er dránk es, sọ̄ ih thir zéllu,   joh sī́nu kínd ellu.

   Er wóla iʒ al bitháhta,   thaʒ er mit thíu 'nan wíhta,

      joh gáb uns ouh zi núzzī   thésan selbon púzzi."

35 Quad unsēr drúhtīn zị iru thố: "firnim nū, wíb, theih rédino,

      firnīm thiu wórt ellu,   thiu íh thir hiar nū zéllu.

   Ther thuruh thúrst githénkit,   thaʒ thésses brunnen drínkit,

      n'ist láng zi themo thínge,   nub ávur 'nan thúrst githwínge;

   Ther ávur untar mánnon   níuʒit mī́nan brunnon,

G. 南ラインフランク語の作品

10　これは一番熱き頃，　　　　　　苦難最たる時分なり．
　　彼の弟子らは急ぎたり，　　　　　糧(あがな)を購い求めたり．
　　　イエスと共に食するを，　　　　彼らはそれを望むべく．
　　その場に独り主が坐(ま)すと，　　その時，来たる女あり．
　　そこなる水を求むるに，　　　　　彼女はそれに努めんと．
15　かくて「女よ」，彼曰く，　　　　「我にそれをば飲ますべし．
　　わが身を今し冷やすべく，　　　　汝(なれ)はわが身の為になれ．」
　　「如何にてかようなり得るや．　　汝(なれ)はユダヤの人にして，
　　我はこの地の者なるに，　　　　　我に汝が命ずるは．
　　ヨハネは訳を解き明かす．　　　　何故(なぜ)に彼女がかく言いて，
20　何故(なにゆえ)かよう告げたるか，　それなる水を拒みしか．
　　二つの民は食べ物を　　　　　　　持つを好まぬ故なれば，
　　何処(いずこ)にあれど食事とて　　同じ一つの鉢(はちぬ)内に．
　　「もしも汝がかくなせば，　　　　神の贈与を知りたれば，
　　して又ここで飲ませよと，　　　　誰が汝に頼むのか．
25　真(まこと)に彼に与えよと，　　　直ぐさま頼みけるものを，
　　救いと，更に喜悦とて　　　　　　湧きて吹き出る泉水を．」
　　「わが主よ，汝(なれ)はその為の　器を何もこに持たず．
　　ここなる方へ上ぐる為，　　　　　水をば直ぐに汲むが為．
　　更に何をか言い得るや．　　　　　ここなる井戸はいと深し．
30　かつ又，汝(なれ)は何処(いずこ)より　流るる水を手にするや．
　　我らが父祖のヤコブより，　　　　思うに，汝(なれ)は偉からず．
　　我が汝に語る如，　　　　　　　　彼と子らとはこを飲みぬ．
　　彼はつくづく考えて，　　　　　　かくしてこれを清めたり．
　　更に我らも使うべく，　　　　　　これなる井戸を下されぬ．」
35　そこで我らの主は言いぬ．　　　　「我の語るを聞け，女．
　　ここにて汝(なれ)に今語る　　　　言葉を全て聞くがよし．
　　渇きの故にこの井より　　　　　　水を飲まんと思(も)う者を，
　　程なく彼を渇望が　　　　　　　　再び強いて苦しめん．
　　されど，この後，飲むが為，　　　我が与える泉水を，

40   then íh imo thánne   gíbu zi drínkanne:
     Thúrst then mēr ni thwíngit,   want' er in ímo sprĭngit,
        ist imo kúali dráto   in ḗwōn mámmonto."
     "Thū mohtīs", qúad siu,   "einan rúam,   joh ein gifúari mir gidúan,
        mit themo brúnnen, thū nū quíst,   mih wḗnegūn gidránktīst,
45 Theih zes púzzes díufī   sus émmiʒēn ni líafī,
        theih thuruh thíno gúatī   bimídi thio árabeiti."
     "Hólo", quad er,   "sār zi ḗrist   thīnan gómman, thār er íst;
        sō zílōt iuēr héra sār,   ih zéllu iu béthēn thaʒ wār."
     "Ih ni hábēn", quad siu,   "in wár   wiht gómmannes sắr."
50   gab ántwurti gimúati   sínes selbes gúatī:
     "Thū sprāchi in wár nū, sō zám,   thú ni habēs gómman;
        giwisso zéllu ih thir nú,   finfi hábotōst thū íu.
     Then thū afur nú úabis,   joh thir zi thíu líubis,
        want' ér giwisso thín n'ist,   bī thiu sprāchi thū, sō iʒ wár ist."
55 "Mīn múat", quad si,   "duat mih wís,   thaʒ thū fórasago sís:
        thīnu wórt nū zélitun,   thaʒ mán thir ēr ni ságētun.
     Únsere áltfordoron,   thie bétōtun hiar in bérgon;
        giwisso wắn' ih nū thés,   thaʒ thú hiar biṭa ouh súachēs.
     Quédet ir ouh júdeon nū,   thaʒ sí zi Hiērosólimu
60   stát filu ríchu,   zi thíu gilúmpflīchu."
     "Wíb", quad er,   "ih ságēn thir,   thaʒ gilóubi thū mír,
        quémēnt noh thio zíti   ménnisgōn bī nóti,
     Thaʒ ir noh híar noh ouh thắr   ni betōt then fáter, thaʒ ist wár.
        giwisso, ir bétōt alla fríst,   thaʒ iu únkundaʒ íst.
65 Wir selbe bétōn avur thắr,   thắʒ wir wiʒun álawār;
        wanta héil, sō ih rédiōn,   thaʒ químit fon thēn Júdiōn.
     Thoh químit noh thera zíti frist,   joh ouh nū géginwertīg íst,
        thaʒ bétōnt wāre bétoman   then fater géistlīcho frám,
     Want' er súachit filu frám   thrāto rehte bétoman,

G. 南ラインフランク語の作品

40　我の泉を人中の
　　　二度と渇きは苦しめず.
　　　　彼には永遠に心地よく,
「汝は我に栄誉をば,
　　　今し語れる泉水を
45　我がここなる深井戸に
　　　汝が恵みのお陰にて
「真先に汝が夫をば,
　　　汝ら, ここへ急ぎて来,
「真の所, 夫をば
50　勝れし彼は身自ら
「今し汝は然るべく,
　　　確かに我は汝に告ぐ,
　　　されど汝が付き合いて,
　　　彼は汝のものならず.
55「我の心は我に告ぐ,
　　　誰も汝に言わぬ事,
　　　我らが父祖の者達は
　　　確かに我の思うには,
　　　されど汝らユダヤ人,
60　祈りの為に相応しき,
「女よ, 我は汝に告ぐ.
　　　やがて必ず人々の
　　　かくて汝らはそこここで
　　　実に汝らはいつまでも
65　我ら自身はそこもとで
　　　我の言う如, 救済は
　　　されど今にも時機が来ん.
　　　真に祈ぐ者, 霊的に
　　　父は正しく祈ぐ者を

誰なれ享受する者を
　　彼の中にて湧くが故,
　　　いとも冷たくあるが故.」
更に好意も示し得ん,
　　幸なき我に飲ましめば.
かくも常々, 来ぬが為,
　　かかる労苦を避くる為.」
今いる場より連れて来よ.
　　二人に我は実を告ぐ.」
一人も我は今持たず.」
優しく答え返したり.
夫を持たぬと真に言いぬ.
　　かつて汝は五夫を持つ.
夫とて今し愛ずる者,
　　故に汝は真を述べぬ.」
汝が予言者たることを.
　　汝が言葉はそを述べぬ.
ここなる山で祈りたり.
　　汝も祈ぎ場をこに求む.
ヒエロソリマにありと言う,
　　いとも華美なる場がありと.」
我の言葉を信ずべし.
　　所に時の来たるらん.
父に祈らず. こは真.
　　知られぬものを祈願す.
真に知りたるものを祈ぐ.
　　ユダヤの地より来るが故.
否, 今, 現にここにあり.
　　父を大いに祈ぐ時機が.
いとも大いに求むる故.

70   thaʒ síe 'nan géistlīcho   bétōn iogilícho.
      Ther géist, ther ist drúhtīn   mit fílu hōhēn máhtin;
         mit wắru wilit ther gótes geist,   tháʒ man inan béto meist."
      Sí nam gouma hárto   thero drúhtīnes wórto,
         joh kẻrta thō mit wórte   zi díafemo ántwurte.
75   "Ein mán ist uns gihéiʒan,   joh scal ouh Kríst héiʒan;
         uns duit sīn kúnft noh wánne   thaʒ ál zi wíʒanne.
      Irréchit uns sīn gúatī   allo théso dátī,
         ouh scóno joh giríngo   mánagero thíngo."
      Gáb iru mit míltī   thō drúhtīn ántwurti:
80   "thaʒ bin íh, giloubi mír,   ih hiar spríchu mit thír."
      Thō quắmun thie júngōron innan thes,   sie wúntar was thes thínges;
         sih wúntorōtun hárto   íro zweio wórto,
      Thaʒ síh liaʒ thiu sīn díurī   mit ṓtmuatī sō nídiri,
         thaʒ thaʒ éwīnīga líb   lérta thār ein armaʒ wíb.
85   Sō slíumo siu gihōrta tháʒ,   firwarf si sắrio thaʒ fáʒ,
         ílta in thia búrg īn   zēn liutin, ságēta thiz al ín.
      "Quémet", quad si, "sehet then mán,   ther mir thaʒ állaʒ brāhta frám;
         mit wórton mir al zélita,   sō waʒ s'ih mit wérkon sítōta.
      Scal iʒ Kríst sīn, frō mín?   ih spríchu bī thēn wắnin;
90   thaʒ selba spríchu ih bī thíu,   iʒ ist gilíh filu thíu.
      Bī thēn gidóugnēn séginīn   sō thúnkit mih, theiʒ megi sín;
         er ál iʒ untarwésta,   thes míh noh io gilústa."
      Sie íltun thō bī mánne   fon theru búrg álle;
         íltun al bī gắhīn,   tháʒ sie 'nan gisắhīn.
95   Innan thés bātun thắr   thie júngōron then méistar,
         tháʒ er thār gisắʒi   zi dágamuase inti ắʒi.
      Er quad, er múas hábētī,   sōs' ér in thār thō ságētī,
         mit súaʒlīchēn gilústin,   thóh sie's wiht ni wéstīn.
      Ín quam thō in githáhtī,   tháʒ man imọ iʒ bráhti,

G．南ラインフランク語の作品

70　彼らが父に霊的に
　　　かくなる霊はいと高き
　　　　真(まこと)に神の霊は欲(は)る，
　　　彼女はかくていと強く
　　　言葉をもちて意味深き
75「キリストなりと名乗るべき
　　　彼が来たるや，いつの日か
　　　勝れし彼は我々に
　　　見事に，そして明らかに，
　　　慈愛をもちて主はそこで
80　「汝とここで話する
　　　しかして弟子が帰り来て，
　　　彼らはいとも両人の
　　　尊き彼が慎ましく
　　　永遠(とわ)の生命(いのち)が哀れなる
85　彼女はそれを聞くと直ぐ，
　　　己が町へと急ぎ入り，
　　　「我に全てを明かしたる，
　　　何なれ我が行える
　　　これはキリスト，主なりやと，
90　これは大いにあれに似る．
　　　神秘に満つる謂故(いい)に，
　　　以前に我が欲(は)りし事，
　　　されば町より人々が，
　　　彼らは彼に会わんとて，
95　かくする間(かん)に弟子達は
　　　そこにて彼が昼食に
　　　されど糧(かて)を持つと言う．
　　　甘き喜悦のある糧(かて)を．
　　　誰かがそれを届けぬと，

　　　何時(いつ)たれど祈るべく．
　　　力を持てる主父なるぞ．
　　　人らが最(もっと)も彼(か)に祈(ね)ぐを.」
　　　主の言葉に意(し)を払い，
　　　神のお告げに気を向けぬ．
　　　人が我らに契られぬ．
　　　我らに全て知らしめん．
　　　これらの事を全て説く，
　　　多くの物を基にして.」
　　　彼女に対し答えたり．
　　　我がそれなり．信ずべし.」
　　　そこなる事に驚きぬ．
　　　会話を奇異に感じたり．
　　　己れをかくも下げしこと，
　　　女に教えたることを．
　　　鉢を直ちに投げ捨てて，
　　　人らにそれを語りたり．
　　　これなる人を見に来べし．
　　　全てを告げしこの人を．
　　　世評によりて我は言う．
　　　それ故，我はかく語る．
　　　かよう我には思われぬ．
　　　全てを彼は見抜きたり.」
　　　あらゆる者が走り来ぬ．
　　　直ぐに急ぎて駆けつけぬ．
　　　己が主人に頼みたり，
　　　腰を下ろして食すべく．
　　　彼が弟子らに告げし如，
　　　それを弟子らは知らざれど．
　　　彼らはそこで思いたり．

100 unz sę ōdo wárun zi theru búrg, kóufen iro nótthurft.
  "Mīn múas ist", quad er, "fóllo mīnes fáter wíllo,
  theih émmiȝēn irfúlle, sō wáȝ sǫ er selbo wólle.
  Ir quédet in álawāri, thaȝ mánōdo sīn noh fíari,
  thaȝ thanne sí, sō man quít, reht árnogizít.
105 Nū séhet, mit thēn óugōn bigínnet umbiscóuwōn!
  n'ist ákar hiar in rí che, nub' ér zi thiu nū bléiche;
  Ni síe zi thiu sih máchōn, sōs' íh iu hiar nū ráchōn,
  thaȝ frúma thie gibúra fúarēn in thia scúra.
  Íh santa iuih árnōn; ir ni sátut thō thaȝ kórn,
110 gíangut ir bī nóti in ánderero árabeiti."
  Gilóubta thero líuto fílu thār thō dráto,
  thie thara zí imo quámun, thia léra firnámun.
  Gimuatfágōta er thō ín, was zwēne dága thār mit ín;
  míltī sīno iȝ dátun, sō síe 'nan thār thō bátun.
115 Gilóubta iro ouh thō in wára fílu harto méra,
  wanta sīn sélbes léra, thiu wás in harto méra.
  Spráchun sie thō blí de zi thémo selben wí be,
  thiu ērist thára in thia búrg déta sīna kúnft kund:
  "Ni gilóubēn wir in wára thuruh thia thí na léra,
120 nū uns thiu frúma irréimta, thaȝ ér uns selbo zéinta;
  Nū wíȝun in álawārī, thaȝ ér ist héilāri,
  thaȝ ér quam hera zi wórolti, er ménnisgon ginériti."

  e．主の祈り（Ⅱ, 21）

  Fáter unsēr gúato, bist drúhtīn thū gimúato
  in hímilon io hóhēr, wíh sī námo thīnēr.
  Biquéme uns thīnaȝ ríchi, thaȝ hóha hímilrīchi,
30 thára wir zua io gíngēn, joh émmiȝīgēn thíngēn.
  Sī wíllo thīn hiar nídare, sōs'ér ist ūfin hímile.

G．南ラインフランク語の作品

100　要する物を買うが為，
　　「我の糧はひたすらに
　　　何なれ父の欲る事を，
　　　実に汝らは語りおる，
　　　しかして，人の言う如く，
105　今しよく見よ，己が目で
　　　ここなる国に刈るが為，
　　　汝らに今し語る如，
　　　実りし物を納屋内へ
　　　刈りに汝らを余は遣りぬ．
110　然るに外の人々の
　　　かくしてそこで大勢の
　　　そこなる彼の元に来て，
　　　彼は彼らの意に沿いて，
　　　優しき彼は人々の
115　して又，更に大勢の
　　　彼の教えが彼らには
　　　彼らはそこで喜びて，
　　　彼の来たるを知らしめし，
　　　「実に汝の知らせにて
120　今し我らに身自ら
　　　今や真に知りてあり．
　　　人らを彼が救う為，

彼らが町にいたる間に．
我の親父の意向にて，
常々我が果たすこと．
この後，更に四月あり，
真の刈り時，来たらんと．
見回すべきぞ，汝らは．
白まぬ畑は今やなし．
事を始めぬ農夫なし．
彼らが運び納むべく．
種を汝らは播かねども，
労作の中に踏み込みぬ．」
人が大いに信じたり，
教えを聞きし者達は．
二日の間，そこにあり．
願いし事を行いぬ．
者が真に信じたり．
益々，大くありし故．
そこなる町へ真っ先に
当の女に語りたり．
我らは信じおりはせず．
諭す至福が下されぬ．
彼が救いの主なるを，
ここな俗世に来たりしを．」

e．主の祈り（II, 21）

父よ，我らの良き父よ，
　　天にて常に高き方．
　　み国がこちへ来たれかし，
30　　それを我らは乞い求め，
　　天にある如，み心が

汝，心の優しき主，
　　御名が聖とせられたし．
　　高く貴き天国が．
　　間なく時なく待ち望む．
　　ここなる下に有らまほし．

in érdu hilf uns híare,   sō thū éngilon duist nū tháre.
Thia dágalīchūn zúhti   gib híut'uns mit ginúhtī,
   joh fóllon ouh, theist méra,   thínes selbes léra.
35 Scúld bilāʒ uns állēn,   sō wír ouh duan wóllēn,
   súnta, thia wir thénkēn,   joh émmiʒīgēn wírkēn.
Ni firláʒe unsih thīn wára   in thes wídarwerten fára,
   thaʒ wír ni missigángēn,   thara ána ni gifállēn.
Lósi unsih io thánana,   thaʒ wir sīn thíne thégana,
40   joh mit ginádōn thínēn   then wéwon io bimídēn. āmen.

f． 郷愁 (I, 18)

25 Wólaga élilenti!   hárto bistū hérti,
   thū bist hárto filu swár,   thaʒ ságēn ih thir in álawār!
Mit árabeitin wérbent,   thie héiminges thárbent;
   ih habēn iʒ fúntan in mír,   ni fand ih líebes wiht in thír,
Ni fand in thír ih ander gúat,   suntar róʒagaʒ múat,
30   séragaʒ hérza   joh mánagfalta smérza!

g． ルートヴィヒ・ドイツ王への献詩

   Ludowico orientalium regnorum regi sit salus aeterna.
Lúdowīg ther snéllo,   thes wísduames fóllo,
   er óstarrīchi ríhtit al,   sō fránkōno kúning sca   L;
Ubar fránkōno lánt   sō gengit éllu sīn giwált,
   thaʒ ríhtit, sō ih thir zéllu,   thíu sīn giwált ell   U.
5 Themo sī íamēr héilī   joh sálida giméini,
   druhtīn hóhe'mo thaʒ gúat,   joh frewe'mo émmiʒēn thaʒ múa   T,
Hóhe'mo gimúato   io allo zíti gúato!
   er állo stuntā fréwe sih!   thes thígge io mánno gilī   H.
Óba ih thaʒ irwéllu,   théih sīnaʒ lób zellu,
10   zi thíu due stúntā mīno,   theih scríbe dáti sīn   O:

142

G．南ラインフランク語の作品

```
     上で天使になさる如,           下土の我らを救われよ．
     日毎の糧をたぶやかに          今日も我らに下されよ．
     更に良き事，ご自身の          教えもあまた給えかし．
 35 我らもしたく思う如,           我らに借りを許されよ，
     我らが胸にかき抱き,            常々犯す罪科を．
     汝の慈悲は我らをば            敵の罠へとな見捨てそ．
     我らが道を誤たず,              故に没落せぬが為．
     そより我らを放たれよ．        我らが家士であるが為，
 40 汝の恩を身に受けて            いつも破滅を逃るべく．
```

f．郷愁（I, 18）

```
 25 あなに悲しや，外つ国よ．      汝は極めて酷きもの,
     汝はすこぶる辛きもの．        真に我はこれを告ぐ．
     郷里を持たぬ人々は            苦難と共に生きてあり．
     それを見つけぬ，わが内に．    喜悦を汝に見いださず．
     汝が地で我は労しき            気持ちの外に幸いを,
 30   嘆く心と数々の                痛みの外に見いださず．
```

g．ルートヴィヒ・ドイツ王への献詩

```
     東方諸国ノ君主，ルドウィークスニ永遠ノ慶福アレ．
     猛き心と豊かなる              英知を持てるルドウィーグ,
     彼は東国をフランクの          王がなすべく統べてあり．
     かくてみ稜威はことごとく      フランク中に行き渡り,
     我が汝に語る如,                彼の勢威が国を統ぶ．
  5 かくなる方に幸いと            恵みが永遠に有らまほし．
     彼がため幸を主は高め,          彼の心を喜ばし,
     あらゆる時を良きように,        優しく高め給えかし．
     絶えず彼には歓喜あれ,          これをば皆が祈願せよ．
     彼の賛辞を語らんと,            我は試してみたれども,
 10 彼の治績を記さんと,            我の時をば費やせど,
```

Úbar mīno máhti,   sō íst al tha3 gidráhti:
 hōh sint, sō ih thir zéllu,   thíu sīnu thíng ell   U.
Uuanta er ist édilfránko,   wísero githánko,
 wísera rédinu: tha3 dúit er al mit ébin   U.
15 In sínes selbes brústi   ist hérza filu fésti,
 mánagfalto gúatī: bī thiu ist sínēn er gimúat   I.
Cléinero githánko   sō íst ther selbo fránko,
 sō íst ther selbo édilinc: ther héi3it avur Lúdowī   C.
Ofto in nóti er was in wár,   tha3 biwánkōta er sár
20 mit gótes scirmu scíoro   joh hárto filu zíor   O.
Óba i3 ward iowánne   in nót zi féhtanne,
 sō was er ío thero rédino   mit gótes kreftin óbor   O.
Riat gót imo ofto in nótin,   in swárēn árabeitin;
 gigiang er in zála wergin thár,   druhtīn hálf imo sá   R.
25 In nótlīchēn wérkon.   thes scal er góte thánkōn,
 thes thánke ouh sīn gidígini   joh únsu smāhu nídir   Ī.
Er uns ginádōn sīnēn ríat,   tha3 sulīchan kúning uns gihíalt;
 then spár'er nū zi líbe   uns állēn io zi líab   E.
Nū nía3ēn wir thio gúatī   joh frídosamo zíti
30 sínes selbes wérkon: thes sculun wir góte thánkō   N.
Thes mánnilīh nū gérno   gináda sīna férgo;
 fon gót'er mua3i habēn múnt,   joh wesan lángo gisún   T.
Állo zīti gúato   sō léb'er io gimúato,
 joh bimíde io zála,   thero fíanto fár   A.
35 Lángo, líobo druhtīn mīn,   lá3 imo thie dága sīn,
 súa3'imo sīn líb al,   sō man gúetemo scá   L!
In ímo irhugg'ih thráto   Dāvídes selbes dáto:
 er selbo thúlta ouh nóti   íu manago árabeit   I.
Uuant'ér wolta mán sīn   — tha3 ward síd filu scín —,
40 thégan sīn in wáru   in mánageru zál   U.

G. 南ラインフランク語の作品

```
   かかる努力は完全に            我の力を越ゆるなり.
      汝に我が語る如,              彼が万事はいと秀ず.
   王は気高きフランクの          人にて, 聡き考えと
      聡き言葉の人なれば.          公平無私にこれをなす.
15 己れ自身の胸中に             揺らぐことなき心あり,
      多様多種なる好意あり.        故に家臣に愛せらる.
   当のフランク王はかく          賢慮深思の人にあり,
      当の貴人はかくの如.          彼が名前はルドウィーグ.
   かつてしばしば困ずれど,      直ぐさま彼は免れぬ.
20    直ちに神の守りもて,         かつ又, いとも然るべく.
   戦わざるを得ぬことが          かつて時折, 起きたれば,
      いつとて彼は神力で          それなる事に勝りたり.
   神はしばしば困窮と            重苦の中で彼を救い,
      どこかで危機に瀕すれど,      たちまち彼を主は助く.
25 危険をはらむ所為の際.        こを彼は神に謝せられよ.
      こを又, 彼の家来らと         我ら微賤も感謝せよ.
   かくなる王を守護されし        慈悲で我らを主は助く.
      我ら皆の喜悦とて            長寿を王に給えかし.
   今し我らは幸いと              平和の時を受けてあり,
30    王が自身の所為により.       我らは神に謝すべきぞ.
   今や進みて各人は              神の恵みを求むべし,
      神より王が加護を受け,        長く丈夫であれかしと.
   ありとあらゆる良き時を        彼はめでたく生きられて,
      いつとて危機と敵方の        罠をば回避せられたし.
35 我の愛ずべき天の主よ,       彼が日を長くあらしめて,
      善なる人に然るべく,          彼の一期を良からせよ.
   彼にて我はことの外,           ダヴィデの業を思い出す,
      かの士自身も強いられて       あまたの苦楚を忍びたり.
   後に定かとなる如く,           彼は丈夫たらんとて,
40 あまたの危機のさ中にて       真に戦士たらんとて.
```

Manag léid er thúlta,   unz thaʒ thō gót gihángta,
    ubarwánt er sīd thaʒ frám,   sō gotes thégane gizá   M.
Ríat imo io gimúato   sélbo druhtīn gúato,
    thaʒ ságēn ih thir in alawár,   sélbo maht iʒ lésan thā   R.
45 Éigun wir thia gúatī,   gilícha théganheiti
    in thésses selben múate   zi mánagemo gúat   E.
Giwísso, thaʒ ni hílu'h thih,   thúlta therēr sámalīh
    árabeito ginúag;   mit thulti sáma iʒ ouh firdrúa   G.
Ni liaʒ er ímo thuruh tháʒ   in themo múate then háʒ,
50 er mit thúlti, sọ er bigán,   al thie fíanta uberwá   N.
Obạ es íaman bigán,   tháʒ er widar ímo wan,
    scírmtạ imo io gilícho   drúhtīn líoblīch   O;
Ríat imo io in nótin,   in swárēn árabeitin,
    gilīhtạ im'éllu sīnu jár,   thiu'nan thúhtun filu swá   R:
55 Únz er'nan giléitta,   sīn ríchi'mo gibréitta.
    bī thiu mág er sīn in áhtu   théra Dāvídes slaht   U.
Mit sō sámelíche   sō quám er ouh zi ríche;
    was gotes drút er filu frám,   sō ward ouh thérēr, sō gizá   M.
Ríhta genēr scóno   thie gótes liutị in fróno;
60 sō duit ouh thérēr ubar jár,   sọ iʒ gote zímit, thaʒ ist wá   R,
Émmiʒēn zi gúate,   io héilemo múate
    fon járe zi járe,   thaʒ ságēn ih thir zi wár   E.
Gihialt Dāvíd thuruh nót,   thaʒ imo drúhtīn gibót,
    joh gifásta sīnu thíng,   ouh selb thaʒ ríhị al umbirín   G;
65 In thésemo ist ouh scínhaft,   sō fram sọ inan láʒit thiu cráft,
    thaʒ ér ist io in nóti   góte thíonōnt   I.
Selbaʒ ríchi sīnaʒ ál   rihtit scóno, sōsọ er scál;
    ist éllenes gúates,   joh wola quékes múate   S.
Jā fárent wánkōnti   in ánderēn bī nóti
70 thisu kúningríchi   joh iro gúallích   I:

G. 南ラインフランク語の作品

　　神が許しを下すまで
　　　　神の戦士に相応しく，
　　天の良き主が身自ら
　　　　我は真(まこと)にこを伝う，
45　我らは同じ豪勇と
　　　　大なる善に志向する
　　真(まこと)，隠さず言うならば，
　　　　労苦，苦難の数々を．
　　それ故，彼の心には
50　始めし如く耐えに耐え，
　　　　誰かが彼に勝たんとて
　　　　同じくいつも主が彼を
　　神はいつとて困窮と
　　　　いとも難(かた)しと思えたる
55　神が彼をば導きて，
　　　　かくてダヴィデと同様の
　　　　ダヴィデと同じ手法にて
　　　　ダヴィデは神の弟子なるが，
　　　　ダヴィデは神の民草を
60　真(まこと)，年中，彼も又
　　　　間なく時なく善意から，
　　　　年の端毎にそれをなす．
　　　　ダヴィデは主父の命令を
　　　　彼の立場を固めたり，
65　彼にありても定かなり，
　　　　いつとて彼が熱心に
　　　　王は自国を見事(みごと)に
　　　　優れし勇と更に又
　　　　いつかその内その外の
70　彼らの国と誉れとが

　　幾多の苦楚を耐え忍び，
　　　　それを見事に乗り越えぬ．
　　優しく彼を救いたり．
　　　　汝(なれ)は自らこで読み得．
　　等しき徳を見いだしぬ，
　　　　かくなる王の心中に．
　　同じく彼も耐え抜きぬ，
　　　　同じく耐えて克服す．
　　憎悪の念を止め置かず．
　　　　全ての敵に打ち勝ちぬ．
　　試してみたるその時は，
　　　　憐れみ深く守りたり．
　　重苦の中で彼を救(か)い，
　　　　あらゆる年を軽めたり．
　　彼の国をば延ばすまで．
　　　　評価を得るに彼は能(か)う．
　　彼も王位につきけり．
　　　　彼も然(さ)るべくそうなりぬ．
　　いとも見事に導きぬ．
　　神意の通りそれをなす．
　　常々全(また)き心もて
　　　　真(まこと)にこれを我は伝(あ)う．
　　苦難にめげず守り抜き，
　　　　その上，国も完全に．
　　力の許す限りまで，
　　　　神に仕えておることは．
　　なすべき如く治めいて，
　　　　活気溢るる人にあり．
　　王の許では必ずや
　　　　ぐらつくことと相なるに，

147

Thoh habēt thérēr thuruh nṓt,   sō druhtīn sélbo gibṓt,
    thaʒ fíant uns ni gáginit,   thiz fásto binágili   T,
  Símbolon bispérrit,   uns wídarwert ni mérrit.
       sichor múgun sīn wir thés,   lángo niaʒ'er líbe   S!
75 Állo zīti, thio thē sín,   Krist lóko'mo thaʒ múat sīn,
       bimíde ouh allo pínā!   gót frewe séla sīn   A!
  Láng sīn dága sīne   zi themọ éwīnīgen líbe!
       bimíde ouh zálōno fal,   thaʒ wir sīn síchor ubará   L!
  Uuánta thaʒ ist fúntan,   unz wir hábēn 'nan gisúntan,
80 thaʒ lébēn wir, sọ̄ ih méinu,   mit fréwi joh mit héil   U
  Símbolon gimúato,   joh eigun zíti gúato.
       niaʒ'ér ouh mámmuntes,   ni brestẹ in éwōn imo thé   S!
  Állēn sīnēn kíndon   sī ríchiduam mit mínnōn,
       sī zi góte ouh mínna   thera sélbūn kúninginn   A!
85 Éwīnīga drútscaf   niaʒēn sẹ íamēr, sōsọ ih quád,
       in hímile zi wáre   mit Lúdowīge thár   E!
  Themo díhtōn ih thiz búah.   oba er hábēt iro rúah,
       ódo er thaʒ giwéiʒit,   thaʒ er sa lésan héiʒi   T:
  Er híar in thesēn rédiōn   mag hóren ēvangélion,
90 waʒ Kríst in thēn gibíete   fránkōno thíet   E.
  Régula therero búachi   uns zéigōt hímilrīchi;
       thaʒ nieʒe Lúdowīg io thár   thiu éwīnīgun gótes jā   R!
  Níaʒan muaʒi thaʒ sīn múat   io thaʒ éwīnīga gúat!
       thār ouh íamēr, druhīn mín,   láʒ mih mit ímo sī   N!
95 Állo zīti gúato   léb'er thār gimúato,
       inliuhtẹ imẹ ío thār wúnna   thiu éwīnīga súnn   A!

h. サロモン司教への献詩

Salomoni episcopo Otfridus.

Sī sálida gimúati   Sálomōnes gúatī,

G．南ラインフランク語の作品

ここなる王は一心に
　敵がこなたへ来ぬように，
　いついつまでも閉めたれば，
　故に我らは無事たり得．
75　あらゆる時にキリストは
　彼は又，苦楚も避けられよ．
　永遠の命に至るまで
　我らが安心せんが為，
　これが知られているが故：
80　思うに我ら喜びと
　いついつまでも幸せに，
　彼は平和も受けられよ．
　彼の全ての子供には
　かつ又，王妃自身にも
85　わが言通り，永久の
　真，天なる王国で
　彼がため我は斯書を書く．
　又はこれらを読むことを
　彼はここなる語りにて
90　何をここにてキリストが
　これらの本の戒律は
　そこにて彼はとこしえに
　彼が心はいつまでも
　わが主よ，我を天にても
95　そこにて彼は良き時を
　いつも彼には喜悦とて

主父が自身の命の如，
　国をばしかと打ち塞ぎ，
　仇は我らを損わず．
　彼は長寿を受けられよ．
　欣喜せしめよ，彼が心を．
　神は喜悦を給えかし．
　彼が日は長く有らまほし．
　彼は罠をも避けられよ．
　彼が達者でいる限り，
　至福の内に生き続け，
　更に好期を持つことが．
　これが久遠に欠くなかれ．
　主権と愛が有れかしな．
　神の慈愛が有らまほし．
　好誼を永遠に受けられよ．
　ルドウィグ王と相共に．
　これらに彼が意を払い，
　彼が命令し給わば，
　福を伝うる書を聞き得，
　フランク人に命ずるか．
　我らに天の国を指す．
　いつも至幸を受けられよ．
　永遠の至福を受けられよ．
　彼のみ許にあらしめよ．
　絶えずめでたく生きられよ．
　永遠の天日が光れかし．

h．サロモン司教への献詩

サロモン司教ニオートフリドゥスガ．
卓爾・有徳のサロモンに　　嬉々たる至福有れかしな，

ther bíscof ist nū édiles   kóstinzero sédale   S!
Allo gúatī gidue, thio sī́n,   thio bíscofa ēr thār hábētīn,
ther ínan zi thiu giládōta,   in hóubit sīnaʒ zwívalt   A!
5 Lékza ih therera búachi   iu sentu in swábo rī́hi,
    thaʒ ir irkíasēt ubarál,   oba siu frúma wesan scá   L.
Oba ir hiar fíndēt iawiht thés,   thaʒ wírdīg ist thes lésannes,
    iʒ iuēr húgu irwállo,   wī́sduames fóll   O.
Mir wárun thio iuo wízzī   jū ófto filu núzzi,
10 íueraʒ wī́sduam;   thes duan ih mī́hilan rúa   M.
Ófto irhugg'ih múates   thes mánagfalten gúates,
    thaʒ ír mih lērtut hárto   íues selbes wórt   O.
Ni thaʒ mī́no dóhtī   giwérkōn thaʒ io móhti,
    ódo in thḗn thingon   thio húldī sō gilángō   N:
15 Iʒ dátun gómaheiti,   thio íues selbes gúatī,
    íueraʒ giráti,   nales mī́no dát   I.
Émmizēn nū ubarál   ih druhtīn férgōn scál,
    mit lṓn'er iu iʒ firgélte   joh sī́nes selbes wórt   E,
Páradȳses réstī   gébe iu zi gilústi,
20 — ungilṓnōt ni biléip,   ther gotes wíʒʒōde kléi   P—;
In hímilrīches scṓne   sō wérde iʒ iu zi lṓne
    mit géltes ginúhtī,   thaʒ ír mir dātut zúht   I.
Sínt in thesemo búache,   thes gómo theheinēr rúache,
    wórtes odo gúates,   thaʒ līch'iu iues múate   S:
25 Chéret thaʒ in múate   bī thia zúhti iu zi gúate,
    joh zellet tháʒ āna wánc   al in íuweran thán   C.
Ofto wírdit, oba gúat   thes mannes júngōro gidúat,
    thaʒ es líwit thráto   ther zúhtāri gúat   O.
Pétrus ther rī́cho   lōno íu es blī́dlīcho,
30   themo zi Rṓmu druhtīn gráp   joh hū́s inti hóf ga   P.
Óbana fon hímile   sént'iu io zi gámane

G. 南ラインフランク語の作品

　　　コンスタンツの高貴なる　　　司教の席に在す方に.
　　　先の司教が有したる,　　　　ありとあらゆる良き事を,
　　　招きし方が倍加して　　　　　彼の頭上に置き給え.
5　スウェヴィア国の猊下へと　　我は斯本を送るなり.
　　　これが役立つものなるか,　猊下がとくと質す為.
　　　読むに値し得るものを　　　ここで猊下が見いだすか,
　　　それを猊下の精神が　　　　英知に満ちて調べませ.
　　　猊下の至智は我にとり　　　しばしば至極, 役立ちぬ,
10　猊下の深き分別は.　　　　　我は大いにこを誇る.
　　　しばしば我は心にて　　　　諸種の吉事を思い出す,
　　　猊下自身の言葉もて　　　　しかとご教示下されし.
　　　されど愚生の能力は　　　　それを実行し得ずして,
　　　諸事に猊下の恩寵を　　　　被ることも不可なりき.
15　それをなせるはお人柄,　　猊下自身の思いやり,
　　　猊下が下す助言にて,　　　絶えて愚生の所為ならず.
　　　それ故いつも天の主に　　　我はことさら願うべし,
　　　神が猊下に報ゆるを,　　　天主自身の言葉にて
　　　天の憩いを主が与え,　　　猊下を歓喜せしむるを.
20　　神の掟に従いし　　　　　者に報いのなきはなし.
22　我に教えを垂れしこと,　　十と二分の功徳もて
21　　佳麗・華美たる天国で　　猊下に対し報われよ.
　　　どこかの人の注視する　　　事が本書にあるならば,
　　　真に猊下の意に適う　　　　言や吉事があるならば,
25　それを猊下は心中で　　　　教えの故に良しとして,
　　　全てためらうこともなく,　猊下の功に数えませ.
　　　人の弟子が良き事を　　　　なすと, しばしば出来す,
　　　彼の良師がよくそれを　　　己が手柄となすことが.
　　　強きペテロが清々と　　　　猊下に報い給えかし.
30　彼に天主はローマにて　　　墓と屋敷を与えたり.
　　　いつも猊下の歓喜とて　　　天より送り給えかし,

  sálida gimýato selbo Kríst ther gúat   O!
 Oba ih irbáldēn es gidár, ni scal ih firláȝan iȝ ouh ál,
  nub' ih io bí iuih gérno gináda sīna férg   O,
35 Thaȝ hṓh'er iuo wírdī mit sínes selbes húldī,
  joh iu féstino in thaȝ múat thaȝ sīnaȝ mánagfalta gúa T;
 Firlíhe iu sīnes ríches, thes hṓhen hímilrīches,
  bī thaȝ ther gúato hiar io wíaf, joh émmiȝēn zi góte ria F;
 Rihte iue pédi thara frúa joh mih gifúage tharazúa,
40 tháȝ wir unsih fréwen thār thaȝ gotes éwīnīga já   R,
 In hímile unsih blídēn, thaȝ wíȝi wir bimídēn.
  joh dúe uns thaȝ gimúati thúruh thio síno guat   Ī!
 Dúe uns thaȝ zi gúate blídemo múate!
  mit héilu er gibóran ward, ther io thia sálida thār fán D,
45 Uuanta es ni brístit fúrdir, thes gilóube man mír,
  n'irfréwe sih mit múatu íamēr thār mit gúat   U.
 Sélbo Krist ther gúato firlíche uns hiar gimúato,
  wir íamēr frō sīn múates thes éwīnīgen gúate   S!

 i．ハルトムートとヴェーリンベルトへの献詩より

 Otfridus wizanburgensis monachus Hartmuate et Werinberto sancti
 Galli monasterii monachis.

125 Lís thir in thēn lívolon thaȝ sélba, theih thir rédinōn,
  fon áltēn zītin hina fórn sō sint thie búah al théses fo L.
 In ín wir lesēn tháre, thaȝ wíȝun wir zi wáre,
  thera mínna gimúati joh mánagfalto gúat   Ī,
 Mínna thiu díura, theist káritās in wára,
130 brúaderscaf, ih sagēn thir éin, thi(u) giléitit unsih héi M.
 Óbo wir unsih mínnōn, sō bírun wir wérd mannon,
  joh mínnōt unsih thráto selb drúhtīn unsēr gúat   O;
 Ni duēn wir sō, ih sagēn thir éin, sēro químit uns iȝ héim,

G. 南ラインフランク語の作品

```
        勝るキリストご自身が          心を込めて慶福を.
        我は，差し出て良くあらば，    止むることなぞ絶えてなし，
        猊下の為にキリストの          慈悲を進みて乞うことを.
 35     猊下の威をばキリストが        慈愛を込めて弥高め，
        猊下の胸に多様なる            吉事を強く込むるよう.
        神はみ国を給えかし，          猊下に高き天国を.
        この為いつも善人は            嘆き，天主に叫びたり.
        天へ猊下の道を向け，          そこへ我をば添えよかし.
 40     そこで我らが永遠の            神の年月，喜びて，
        天で楽しくあるが為，          地獄の罰を避くる為.
        神は我らに恩恵を              好意によりて垂れ給え.
        それを我らの幸として          晴れし心で垂れ給え.
        天で至福を見つけしは，        救いを持ちて生れし者.
 46     そこにていつも心より          幸く愉快にあることが，
 45     先々失せはせぬが故.           人はわが言，信ずべし.
        勝るキリストご自身が          優しく許し給えかし，
        我らがいつも心より            永遠の幸をば喜ぶを.
```

i．ハルトムートとヴェーリンベルトへの献詩より

ヴァイセンブルクノ修道士オートフリドゥスガザンクト・ガレン修道院ノ修道士ハルトムアトゥストウェリンベルトゥスニ.

```
125  汝に我が語る事，          それをこれなる本で読め.
     古き，昔の時代より         本書はそれに満ち溢る.
     しかと我らの知る事を       我らはここの中で読む.
     愛なるものの素晴らしさ，   愛する良さの色々を.
     いとも貴き愛情が           ——まさしくこれがカリタスぞ——
130  汝に言わば，友愛が         我らを天へ連れ戻す.
     我らが愛し合うならば，     我らは人に好ましく，
     勝る，我らの天の主が       いとも我らを慈しむ.
     それを我らが怠らば，       我らに悪しきこととなり，
```

153

sérag wir es wérthēn,　in thíu wir iʒ ni wólle	N.
135　Altan nĭd, theih rédōta,　then Caín io hábēta,	
ther sī uns léid in wára,　er íst uns mihil zál	A.
Sīmēs ío mit gúate　zisámane gifúagte,	
joh fólgēmēs thes wáres,　wir kínd sīn Ábrahāme	S.
Thia míltī, thia Dāvíd druag,　duemēs hárto uns in thaʒ múat,	
140　thia Móyses unsih lérit:　thiu bósa ist éllu niwih	T.
Ēvangélion in wár,　thie zéigōnt uns sō sámo thār,	
gibíetent uns zi wáre,　wir unsih mínnōn híar	E.
Rédinōta er súntar　thēn selben júngōron thár	
fon theru mínnu managaʒ ér,　sélbo druhtīn únsē	R,
145　In náht, thō er wolta in mórgan　bī unsih sélbo irstérban;	
dúat uns thaʒ gimúati　bī sínes selbes gúat	Ī.
Ín gibōt er hárto　sínes selbes wórto,	
thaʒ mán sih mínnōti,　sō ér uns iʒ bílidōt	I.

4．ロルシュの懺悔より（9世紀末）

　　Ih gihu (gote) alamahtīgen fater inti allēn sīnēn sanctin inti desēn wīhidōn inti thir gotes manne allero mīnero sunteno, thero ih gidāhda inti gisprah inti gideda, thaʒ widar gote wāri inti daʒ widar mīnera christanheiti wāri inti widar mīnemo gilouben inti widar mīneru wīhūn doufī inti widar mīneru bigihdi. Ih
5　giu nīdes, abunstes, bispräha, sweriennes, firinlustio, zītio forlāʒanero, ubermuodī, geilī, slafheiti, trāgī gotes ambahtes, huoro willeno, farligero, inti mordes inti manslahta, ubarāʒī, ubartrunchī.

5．メルゼブルクの祈り断片（9世紀末）

(Unde et memores, domine, nos tui servi, sed et plebs tua sancta Christi filii tui domini dei nostri tam beatae passionis,) necnon et ab inferis resur-　　　joh ouh fon hellu arstan-

G. 南ラインフランク語の作品

　　　　それを我らが欲りせずば、　　　　我ら，悲しき者となる．
135　我が語りし旧怨を　　　　　　　　カインはいつも抱きたり．
　　　　真にそれは憂いにて，　　　　　我らに大の危険なり．
　　　我らは常に善意もて　　　　　　　互いに固く結ばれん．
　　　我ら真理に従いて，　　　　　　　アブラハームの子とならん．
　　　　ダヴィデの持ちし優しさを　　　我らは胸に止め置かん，
140　　モーゼの諭す優しさを．　　　　悪意は何ももたらさず．
　　　　真，我らに福音の　　　　　　　書物は同じ事を指し，
　　　ここで互いに愛せよと，　　　　　事実，我らに命令す．
　　　取り分け彼はその中で　　　　　　己が弟子らに語りたり，
　　　愛に関して色々と　　　　　　　　我らの主父は身自ら，
145　我らの為に次の朝，　　　　　　　死なんと決意されし夜に．
　　　　主父は我らに恩寵を　　　　　　己が善意によりてなす．
　　　彼は弟子らにご自身の　　　　　　言にてしかと命じたり，
　　　彼が手本に見せし如，　　　　　　人は互いに愛せよと．

4．ロルシュの懺悔より（9世紀末）

　　我は（神），全能の父と全ての彼の聖人とこれらの聖遺物と汝，神の僕に，我が考え，かつ話し，かつ行いたる全てのわが罪を，神に反したる事とわがキリスト者の誓いに反し，かつわが信仰に反し，かつわが聖なる洗礼に反し，かつわが告解に反したる事を告白す．我は嫉妬，敵意，中傷，偽誓，罪深き
5　欲望，怠けたる時禱，高慢，不遜，怠惰，神への奉仕の怠慢，淫猥の欲情，不倫，かつ密殺と殺人，過食，過飲を告白す．

5．メルゼブルクの祈り断片（9世紀末）

　　　故ニ又，主ヨ，我ラ汝ノ僕ラハ，更
　　ニ汝ノ聖ナル民モキリスト，汝ノ息子，
　　主ナル我ラノ神ノ，カクモ祝福サレタ
　　ル受難ヲ，カツ又，地獄ヨリノ復活ヲ，　　　　　かつ又，地獄よりの復活を，

5 *rectionis, (sed et in caelos gloriosae* nesses, joh ouh in himilun diurlīches
ascensionis offerimus) praeclarae ūfstīges brengemēs berehtero dīnero
(majestati tuae de tuis donis) ac datis hērī fon dīnan gebōn inti giftin
(hostiam puram, hostiam sanctam,
hostiam inmacula tam, panem sanctum
10 *vitae aeternae et calicem salutis per-*
petuae.)

6．プファルツの懺悔 (10世紀)

Quisquis tibi voluerit confessionem facere, sinceriter interroga illum prius,
si voluerit omnem emendacionem de peccatis suis promittere, his dictis loquere
ad illum:

　　Ih willa gote almahtīgen allero mīnero suntōno bigihtdīg werdan, inti allēn
5　godes heilegōn inti dir godes manne, sō waʒ sō ih unrehtes gisāhi odo unrehtes
　　gihancti; unrehtero worto, unrehtero werko, ubilero gidanko; ubilero lusto,
　　ubiles willen; fluachenes, liagennes, bisprāchida; unrehtes stadales, unrehtes
　　sedales; unzītin ih gangenti, unzītin ih rītanti, unzītin ih slāfenti, unzītin wac-
　　henti, unzītin eʒanti, unzītin drinkanti; maʒ unmeʒon fehōnti; mīnero spīungu,
10　huares, thiuba, manslahda, meinero eido, mīnero fastun firbrochenero. mīna
　　kirīchūn sō ni-suahta, sō ih bī rehtemen scolta. heilege sunnūndaga sō ni-ērēta,
　　sō ih be rehtemen scolta. heilege messa sō ni-ērēta, sō ih be rehtemen scolta.
　　heilegan wiʒōd sō ni-gihialt, sō ih be rehtemen scolta. mīnan curs ni-givulta,
　　sō ih be rehtemen scolta. gihōrsam ni-was, sō ih be rehtemen scolta. thurftīge
15　n'intfiang, sō ih be rehtemen scolta. alamūsan ni-gab, sō ih be rehtemen scolta.
　　āna urloub gab, thaʒ ih ni-scolta. āna urloub infiang, thaʒ ih ni-scolta. zwēne
　　ni-gisuanta, thē ih be rehtemen scolta.

5 又，天国ヘノ栄エアル昇天ヲ記憶シテ　　又，天国への栄えある昇天を（記憶
　　イテ，我ラハ捧グ，汝ノ光輝アル尊厳　　していて），我らは捧ぐ，汝の光輝
　　ノ為ニ汝ノ贈リ物ト施シ物カラ清キ供　　ある尊厳の為に汝の贈り物と施し物
　　エ物，聖ナル供エ物，汚レナキ供エ物，　　から
　　永遠ノ生命ノ聖ナル麺包ト永久ノ幸福
10 ノ酒杯ヲ．

6．プファルツの懺悔（10世紀）

　　　誰ニテアレ，汝ニ懺悔ヲナサント欲シタル者ニ，自己ノ罪ヨリノ完全ナル
　　矯正ヲ約束スルコトヲ欲シタルカ否カ，誠実ニ予メ彼ニ問イ，コレラノ文句
　　ヲモチテ彼ニ告グベシ：

　　　我は全能の神に全てのわが罪を告白せん，かつ全ての神の聖人と汝，神の
 5 僕に，何にてあれ，我が不義として見たる，或いは不義として許したる事を．
　　不義なる言葉，不義なる行い，悪しき考えを．悪しき欲望，悪しき意志を．
　　呪い，嘘，中傷を．不義なる立ち居，不義なる座りを．不時に我が歩行し，
　　不時に我が騎行し，不時に我が眠り，不時に目覚め，不時に食べ，不時に飲
　　みつつ．食べ物を節度なく食しつつ．わが唾吐き，淫行，窃盗，殺人，偽り
10 の誓い，わが破りたる断食を．我が当然すべき通りに，わが教会に通わざり
　　しことを．我が当然すべき通りに，聖なる日曜日を敬わざりしことを．我が
　　当然すべき通りに，聖なるミサを敬わざりしことを．我が当然すべき通りに，
　　聖なる法を守らざりしことを．我が当然すべき通りに，わが修業を実行せざ
　　りしことを．我が当然あるべき通りに，従順にてあらざりしことを．我が当
15 然すべき通りに，困窮者らを受け入れざりしことを．我が当然すべき通りに，
　　施し物を与えざりしことを．我がすべからざる物を許可なく与えしことを．
　　我がすべからざる物を許可なく受け取りしことを．我が当然すべき，二人を
　　和解せしめざりしことを．

H. 東フランク語の作品

1. バーゼルの処方箋 (9世紀初め)
a. 発熱の処方箋

II putdiglas, III, si plus necessarium est. murra, sulffor, piperus, plantagines tuos, sabina, incensum tuos, fenuglus, pipaoz, absintia, antor. II stauppo in uno die. XL dies jejunet, quod nullus, quod in eadem die adquesitum sit, non manducat neque bibat, non panem, non aqua, non leguminum, non carnem.
5 *non oculos lavet. in eadem die adquesitum cullentrum non manducat. III nocte stet.*

Murra, sevina, wīrōh daʒ rōta, peffur, wīrōh daʒ wīʒʒa, weramōte, antar, swebal, fenuhal, pīpōʒ, wegabreita, wegarīh, heimwurz, zwā flasgūn wīnes; deo wurzi ana zi rībanne, eogiwelīhha suntringun. enti danne geoʒe zisamane
10 enti lāʒe drīo naht gigesen enti danne trincen, einan stauf in morgan, danne in iʒ fāhe, andran in naht, danne hē en petti gange. feorzuc nahto warte hē ē tages getānes, daʒ hē ni prōtes ni līdes ni neowihtes, des ē tages gitān sī, ni des waʒares n'enpīʒe, des man des tages gisōhe, ni in demo ni-dwahe, ni in demo ni-pado, ni cullantres ni-inpiiʒe, ni des eies, des in demo tage gilegit sī. ni eino
15 ni-sī, ni in tag ni in naht, eino ni-slāffe, ni neowiht ni-wirce, nipu'ʒ dē gisehe, dē imo daʒ tranc gebe enti simplum piwartan habe. ērist dō man es eina flasgūn, unzin dera giwere; ipu iʒ noh danne fāhe, danne diu nāh gitruncan sī, danne gigare man dē antra flasgūn folla.

b. 癌腫の処方箋

Widhar *cancur*. brænni salz endi saiffūn endi rhoz aostorscāla. al zesamene gemisce. mid aldu waiffu ǣr þū hrēne. rīp anan daʒ simple, unz deʒ iʒ blōde filu oft. analegi simble þū i(ʒ) ana, odđe itʒs ar(r)inne, otþæ al aba ar(r)inne.

H．東フランク語の作品

1．バーゼルの処方箋（9世紀初め）
a．発熱の処方箋

　　　壜ヲ二ツ，更ニ必要トアラバ，三ツ．没薬，硫黄，胡椒，車前二種，杜松，薫
　　香二種，茴香，蓬，苦蓬，苦薄荷．一日ニ二杯．ソノ日ニ得ラレタル物ヲ食ス
　　ルコトナク，飲ムコトナク，四十日間，断食スベシ．麺包モ，水モ，豆モ，肉
　　モ（食スベカラズ）．目ヲ洗ワズ，ソノ日ニ得ラレタル胡荽ヲ食スベカラズ．
5　三夜，放置セラルベシ．
　　　没薬，杜松，赤き乳香，胡椒，白き乳香，苦蓬，苦薄荷，硫黄，茴香，蓬，
　　広車前，車前，山藍，葡萄酒二壜．これらの生薬は磨り潰さるべし，いずれも
　　別々に．かつその後，それらを注ぎ合わせて，三夜，発酵させ，その後，飲ま
　　すべし．（熱が）彼を捕らうるや否や，朝に一杯，彼が寝台へ行く時，夜にも
10　う一杯．四十日間，彼は先に昼間に作られたる物に用心して，麺包も果実酒も，
　　先に昼間に作られたる何物をも，その日に求むる水をも食すべからず．それに
　　て洗うべからず，入浴すべからず，胡荽を食すべからず．その日に産まれたる
　　卵をも．昼も夜も一人にておらず，一人にて眠らず，何事をも行うべからず．
　　されど彼にこの飲み物を与え，常に（彼を）側に持つべき者はその事に注意す
15　べし．最初にそれを，足る限りは，一壜に入るべし．（熱が）なおその後も捕
　　らうる時，それが殆ど飲まれたらば，二本目の壜を一杯にして用意すべし．

b．癌腫の処方箋

　　　癌腫に対して．塩と石鹸と牡蠣貝の軟部を焼くべし．全てを混ぜ合わすべ
　　し．古き包帯にて予め汝は清むべし．頻繁に出血するまで，それを常に擦りつ
　　くべし．それ（＝癌腫）が腫るとも，或いは全く縮むとも，汝は常に塗るべし．

ende ne-lāʒ iʒ næʒēn, ne-smerwēn, hrīnan dæmo dolge. danne iʒ al obsā(h)æ
5 rhǣno, dō zesamone ægero deʒ wīʒsæ ænde hounog rēne: lāchna mid diu
dæʒ dolg.

2．サリ法断片（9世紀初め）

LXI. *De* chrenechruda. *Si quis hominem occiderit et in tota facultate sua non habuerit, unde legem totam implere valeat...*
    Đer, scazloos man, anđran arslahit.

LXII. *De* alode.
    Fon alōde.

LXIII. *De eo, qui se de parentilla tollere voluerit.*
    Đē sih fon sīnēm māgun (nimit).

LXIIII. *De* charoena. *Si quis alteri de manu aliquid per vim tulerit aut rapuerit...*
    Đer fon anđres henti eowiht nimit.

LXV. *De conpositione homicidii.*
    Hwē man weragelt gelte.

LXVI. *De homine in hoste occiso.*
    Đer man in here slahit.

LXVII. *De eo, qui alterum* hereburgium *clamaverit.*
    Sō hwer sō anđran mit lōsii biliugit.

LXVIII. *De caballo excorticato.*
    Đer anđres hros bifillit.

LXVIIII. *De eo, qui hominem de bargo vel de furca dimiserit.*
    Đer man fon galgen forlaaʒit.

LXX. *De eo, qui filiam alienam adquisierit et se retraxerit.*
    Đer wiib gimahalit inti ni wil sea halōn. *Explicit.*

Incipit liber legis salicae.

I. *De* mannire.
    Hēr ist fon menī.

1. *Si quis ad* mallum *legibus dominicis* mannitus *fuerit, et non venerit, si eum* sunnis *non detenuerit, DC dinariis, qui faciunt solidos XV, culpabilis judicetur.*
    Sō hwer sō anđran zi đinge gimenit, inti er ni cuimit, ibu ini sunne ni habēt, gelte scillinga XV.

かつそれを湿らすべからず，脂にて汚くすべからず，その傷に触れさすべか
5 らず．汝がそれを全く清潔に見守りたる後，卵の白身と清らかなる蜂蜜を一
緒にすべし．それにて傷を治すべし．

2．サリ法断片（9世紀初め）

LXI. 「土塊投ゲ」ニ関シテ．モシモ誰カ　　財産なき人にて，他人を撲殺する
ガ人ヲ殺シ，カツ完全ナル法的賠償ヲ実　　者は．
行シ得ルモノヲ自ラノ全財産ノ中ニ有セ
ザラバ…

LXII. 「自由財産」ニ関シテ．　　　　　　自由財産に関して．

LXIII. 親族ヨリ分カルルヲ望ミタル者ニ　　自らの親族より（分かるる）者は．
関シテ．

LXIV. 「強盗」ニ関シテ．モシモ誰カガ　　他人の手より何かを奪う者は．
他人ノ手ヨリ何カヲ力尽クニテ奪イ去リ
タラバ，或イハ強奪シタラバ…

LXV. 殺人ノ賠償ニ関シテ．　　　　　　　如何に人命金を支払うべきか．

LXVI. 軍中ニテ殺サレタル者ニ関シテ．　　人を軍中にて殺す者は．

LXVII. 他人ヲ「魔女ノ下僕」ト呼ビタル　　誰であれ軽率に他人を中傷する者
者ニ関シテ．　　　　　　　　　　　　　は．

LXVIII. 皮ヲ剥ガレタル馬ニ関シテ．　　　他人の馬の皮を剥ぐ者は．

LXIX. 人ヲ首吊リ木，或イハ絞首台ヨリ　　人を絞首台より放つ者は．
放チタル者ニ関シテ．

LXX. 他人ノ娘ト婚約シ，カツ分カレタル　　女と婚約し，かつ彼女を迎え取る
者ニ関シテ．　　　　　　　　　　　　　気のなき者は．　終ワル．

　　　　　　　　　　　　　　　　　　　　サリ法始マル．

I. 「召喚」ニ関シテ．　　　　　　　　　　ここは召喚に関してなり．

1. モシモ誰カガ「裁判所」へ君主ノ法ニ　　誰であれ他人を法廷に召喚し，か
テ「召喚」セラレ，カツ出頭セザラバ，　　つ彼（=被召喚者）が出頭せざらば，
モシモ彼ヲ「合法的阻止原因」ガ阻止　　　もしも合法的阻止原因が彼を阻止せ
セザラバ，600ディーナーリウス，ツマ　　ざらば，彼は15スキリング支払うべ

2. *Ille vero, qui alium* mannit, *si non venerit et eum* sunnis *non detenuerit, ei, quem* mannivit, *similiter DC dinarios, qui faciunt solidos XV, conponat.*

Ðer anðran gimenit, ibu er ni cuimit inti sunne ni habēt, sō sama gelte *sol.* XV.

3. *Ille autem, qui alium* mannit, *cum testibus ad domum illius ambulet et sic eum* manniat *aut uxorem illius, vel cuicumque de familia illius denuntiet, ut ei faciat notum, quomodo ab illo est* mannitus.

Ðer anðran menit, mit urcunðeōm zi sīnemo huuse cueme, inti ðanne gibanni ini erðo sīna cuenūn, erðo sīnero hīwōno etteshwelīhemo gisage, ða3 i3 emo gicunde, weo her gimenit ist.

4. *Nam si in jussione regis occupatus fuerit,* manniri *non potest.*

Ibu er in cuninges ðeonōste haft ist, ðanne ni mag er ini gimenen.

5. *Si vero infra pago in sua ratione fuerit, potest* manniri, *sicut superius dictum est.*

Ibu er innan ðes gewes in sīnemo ārunte ist, ðanne mag er ini menen, sōso i3 heer obana giscriban ist.

II. *De furtis porcorum.*

Fon ðiubiu swīno.

1. *Si quis porcellum lactantem furaverit de* hranne *prima aut de mediana, et inde fuerit convictus, CXX dinariis, qui faciunt solidos III, culpabilis judicetur, excepto capitale et delatura.*

Sō hwer sō sūganti farah forstilit fon ðeru furistūn stīgu, erðo in metalōstūn, inti ðes giwunnan wirðit, gelte *sol.* III, forū3an haubitgelt inti wirðriūn.

2. *Si vero in tertia* hramne *furaverit, DC dinariis, qui faciunt solidos XV, culpabilis judicetur, excepto capitale et delatura.*

Ibu ðanne in drittiūn stīgu forstolan wirðit, gelte *sol.* XV, forū33an haupitgelt inti wirðriūn.

H. 東フランク語の作品

リ15ソリドゥスノ罰金ヲ支払ウベキ者ト宣告セラルベシ.

2. サレド他人ヲ「召喚」スル者ガ出頭セズ, カツ彼ヲ「合法的阻止原因」ガ阻止セザラバ, 彼ガ「召喚」シタル者ニ同様ニ600ディーナーリウス, ツマリ15ソリドゥス支払ウベシ.

3. 更ニ他人ヲ「召喚」スル者ハ, 証人ラト共ニ彼ノ家ヘ行クベシ, カツソノ後ニ彼又ハ彼ノ妻ヲ「召喚」スベシ, 或イハ彼ノ家族ノ誰カニ, 如何ニ彼ガ彼ニヨリ「召喚」セラレタルカヲ彼ニ知ラシムベシト告グベシ.

4. 一方モシモ彼ガ王ノ命令ニ従事シテアラバ, 「召喚」セラレ得ズ.

5. サレドモシモ郷内ニテ自ラノ仕事ノ最中ナラバ, 上記ノ如ク, 「召喚」セラレ得.

II. 豚ノ盗ミニ関シテ.

1. モシモ誰カガ乳飲ミノ子豚ヲ第一ノ「柵囲イ」, 又ハ中間ノ柵囲イヨリ盗ミ, カツソレニ関シテ有罪ト認メラレバ, 賠償金ト贖罪金以外ニ, 120ディーナーリウス, ツマリ3ソリドゥスノ罰金ヲ支払ウベキ者ト宣告セラルベシ.

2. サレドモシモ第三ノ「柵囲イ」ノ中ニテ盗ミタラバ, 賠償金ト贖罪金以外ニ, 600ディーナーリウス, ツマリ15ソリドゥスノ罰金ヲ支払ウベキ者ト宣告セ

し.

他人を召喚する者は, もしも彼(＝召喚者)が出頭せず, かつ合法的阻止原因が阻止せざらば, 同様に15ソリドゥス支払うべし.

他人を召喚する者は, 証人らと共に彼の家へ行くべし, かつその後に彼又は彼の妻に出頭を求むべし, 又は彼の家族の誰かに, 如何に彼が召喚せられたるかを彼に知らしむべしと告ぐべし.

もしも彼が王への奉仕に拘束せられてあらば, その時, 彼は彼を召喚し得ず.

もしも彼がその郷内にて自らの仕事の最中ならば, 上記の如く, その時彼は彼を召喚し得.

豚の盗みに関して.

誰であれ乳飲みの子豚を第一の囲いより, 又は中間の囲いの中にて盗み, かつそれに関して有罪と認めらるる者は, 賠償金と贖罪金以外に, 3ソリドゥス支払うべし.

もしもその後, (乳飲みの子豚が)第三囲いの中にて盗まれば, 賠償金と贖罪金以外に, 15ソリドゥス支払うべし.

163

3. *Si quis porcellum de sude furaverit, quae clavem habet, MDCCC dinariis, qui faciunt solidos XLV, culpabilis judicetur, excepto capitale et delatura.*

Sō hwer sō farah forstilit fon demo sūlage, der sloȝhaft ist, gelte *sol.* XLV, forūȝan haupitgelt indi wirdriūn.

4. *Si quis porcellum in campo inter porcos, ipso porcario custodiente, furaverit, DC dinariis, qui faciunt solidos XV, culpabilis judicetur, excepto capitale et delatura.*

Sō hwer sō farah in felde, daar hirti mit ist, forstilit, gel(te) *sol.* XV, forūȝan haubitgelt inti wird(riūn).

5. *Si quis porcellum furaverit, qui sine matre vivere potest, XL dinariis, qui faciunt solidum unum, culpabilis judicetur, excepto capitale et delatura.*

Sō hwer sō farah forstilit, daȝ biūȝan deru mooter lebēn mag, feorzug pentinga, die tuent *sol.* I, gelte, forūȝan haubitgelt inti wird(riūn).

6. *Si quis scrovam subbattit in furtu, hoc est porcellos a matre subtrahit, CCLXXX dinariis, qui faciunt solidos VII, culpabilis judicetur, excepto capitale et delatura.*

Sō h(w)er sō sūi bistooȝȝit in diubiu, gelte *sol.* VII, forūȝan haubitgelt inti wird(riūn).

7. *Si quis scrovam cum porcellis furaverit, DCC dinariis, qui faciunt solidos XVII cum dimidio, culpabilis judicetur, excepto capitale et delatura.*

Sō hwer sō sū mit farahun forstilit, gelte *sol.* XVII, forūȝan haubit(gelt) inti wird(riūn).

8. *Si quis porcellum anniculum furaverit, CXX dinariis, qui faciunt solidos III, culpabilis judicetur, excepto capitale et*

Sō hwer sō farah jārīgaȝ forstilit, gelte *sol.* III, forūȝan haubit(gelt) inti wird(riūn).

H．東フランク語の作品

ラルベシ．

3．モシモ誰カガ子豚ヲ，錠ヲ有スル杭囲イヨリ盗ミタラバ，賠償金ト贖罪金以外ニ，1800ディーナーリウス，ツマリ45ソリドゥスノ罰金ヲ支払ウベキ者ト宣告セラルベシ．

誰であれ子豚を錠つきの豚囲いより盗む者は，賠償金と贖罪金以外に，45ソリドゥス支払うべし．

4．モシモ誰カガ子豚ヲ野原ニテ豚ラノ間ニテ，豚飼イ自身ガ見張リテイル際ニ，盗ミタラバ，賠償金ト贖罪金以外ニ，600ディーナーリウス，ツマリ15ソリドゥスノ罰金ヲ支払ウベキ者ト宣告セラルベシ．

誰であれ子豚を，豚飼いが一緒にいる野原にて盗む者は，賠償金と贖罪金以外に，15ソリドゥス支払うべし．

5．モシモ誰カガ，母親ナシニテ生キ得ル子豚ヲ盗ミタラバ，賠償金ト贖罪金以外ニ，40ディーナーリウス，ツマリ1ソリドゥスノ罰金ヲ支払ウベキ者ト宣告セラルベシ．

誰であれ，母親なしにて生き得る子豚を盗む者は，賠償金と贖罪金以外に，40ペンティング，つまり1ソリドゥス支払うべし．

6．モシモ誰カガ母豚ヲ盗ミノ際ニ蹴バ，ツマリ子豚ラヲ母親ヨリ流産セシメバ，賠償金ト贖罪金以外ニ，280ディーナーリウス，ツマリ7ソリドゥスノ罰金ヲ支払ウベキ者ト宣告セラルベシ．

誰であれ雌豚らを盗みの際に蹴て流産せしむる者は，賠償金と贖罪金以外に，7ソリドゥス支払うべし．

7．モシモ誰カガ母豚ヲ子豚ラト共ニ盗ミタラバ，賠償金ト贖罪金以外ニ，700ディーナーリウス，ツマリ17ソリドゥス半ノ罰金ヲ支払ウベキ者ト宣告セラルベシ．

誰であれ雌豚を子豚らと共に盗む者は，賠償金と贖罪金以外に，17ソリドゥス支払うべし．

8．モシモ誰カガ一歳ノ子豚ヲ盗ミタラバ，賠償金ト贖罪金以外ニ，120ディーナーリウス，ツマリ3ソリドゥスノ罰金

誰であれ一歳の子豚を盗む者は，賠償金と贖罪金以外に，3ソリドゥス支払うべし．

    delatura.

9. *Si quis porcum bimum furaverit, DC*   Sō hwer sō zwijāri swīn forstilit,
   dinariis, qui faciunt solidos XV, cul-   gelte *sol.* XV, forūʒan haubit(gelt)
   pabilis judicetur, excepto capitale et   inti wirđ(riūn).
   delatura.

10. *Si quis tertussum porcellum ...*   Sō hwer sō hantzugiling

3．ヒルデブラントの歌（9世紀初め）

   Ik gihōrta đat seggen,
   đat sih urhēttun   ǣnon muotīn,
   Hiltibra<u>n</u>t enti Hađubrant   untar heriun twēm
   sunufatarungo.   iro saro rihtun,
5 garutun se iro gūđhamun,   gurtun sih iro swert ana,
   helidos ubar ringa.   dō sie tō dero hiltiu ritun,
   Hiltibra<u>n</u>t gimahalta, Heribrantes sunu,   — her was hērōro man,
   ferahes frōtōro — .   her frāgēn gistuont
   fōhēm wortum,   wer sīn fater wāri
10 fireo in folche,   'eddo welīhhes cnuosles dū sīs.
   ibu dū mī ēnan sagēs,   ik mī dē ōdre wēt,
   chind, in chunincrīche.   chūd ist mi<u>r</u> al irmindeot.'
   Hadubra<u>n</u>t gimahalta,   Hiltibrantes sunu:
   'dat sagētun mī   ūsere liuti,
15 alte anti frōte,   dea ērhina wārun,
   dat Hiltibrant hǣtti mīn fater.   ih heittu Hadubrant.
   forn her ōstar giwe<u>i</u>t   — flōh her Ōtachres nīd —
   hina miti Theotrīhhe   enti sīnero degano filu.
   her furlǣt in lante   luttila sitten
20 prūt<u>i</u> in būre,   barn unwahsan,
   arbeo laosa.   hē rǣt ōstar hina.

ヲ支払ウベキ者ト宣告セラルベシ.
9. モシモ誰カガ二歳ノ豚ヲ盗ミタラバ，600ディーナーリウス，ツマリ15ソリドゥスノ罰金ヲ支払ウベキ者ト宣告セラルベシ.

誰であれ二歳の豚を盗む者は，賠償金と贖罪金以外に，15ソリドゥス支払うべし.

10. モシモ誰カガ家ニテ飼ワレタル子豚ヲ…

誰であれ，人手にて育てられたる豚を…

3．ヒルデブラントの歌 (9世紀初め)

　　かよう語るを我，聞きぬ.
　　戦(いくさ)を挑む男らが
　　その名はヒルティ，片やハドゥ，
　　父と息子の双方が.
5　戦(いくさ)の衣被を身にまとい，
　　鎧の上に勇者らは.
　　ヒルティはハドゥに呼びかけぬ.
　　数等，世故に長けし故.
　　言葉を少し口にして.
10　青人草の間なる.
　　一人の人を告げたらば，
　　ここな国では，青年よ，
　　ヒルティにハドゥが言い返す.
　　「我らが門(かど)の人々が
15　かつておりたる年寄りの，
　　父はヒルティと言いし由.
　　彼は東(あずま)に赴きぬ.
　　デオトと彼の闘士らの
　　生れ故郷に稚(いとけな)き
20　わが子，幼き童部(わらわべ)を
　　何の遺産も受けぬ子を.

　　一騎で向かい合いたりと.
　　二手の兵が囲む中，
　　装備万端整えぬ.
　　帯で剣を結びつく，
　　刃交えに馬を駆(つる)る.
　　ヘリの息子は年高く，
　　最初に彼が問いかけぬ.
　　彼の親父(しんぶ)は誰なりや，
　　「お前はどこの一族ぞ.
　　外の皆(みんな)を我は知る.
　　戦士は全てわが馴染み.」
　　ハドゥはヒルティの息子なり.
　　かくなる事を語りたり，
　　故事に通じし人々が.
　　当方，ハドゥと申す者.
　　オートの仇(あた)を避くる為，
　　多数と共にこの地より.
　　男子(おのこ)を一人，打ち置きぬ，
　　若き女房(にょうぼ)の部屋内(ぬち)に，
　　東(あずま)に彼は駆け去りぬ.

des sīd Dētrīhhe   darbā gistuontun,
fateres mīnes.   dat was sō friuntlaos man.
her was Ōtachre   ummetti irri,
25 degano denchisto,   unti Deotrīchhe darbā gistōntun.
her was eo folches at ente.   imo was eo fehta ti leop.
chūd was her chōnnēm mannum.   ni, wāniu ih, jū līb habbe.'
'wēttu irmingot', quad Hiltibrant,   'obana ab hevane,
dat dū neo dana halt mit sus sippan man   dinc ni gileitōs.'
30 want her dō ar arme   wuntane bauga,
cheisuringu gitān,   sō imo se der chuning gap,
Hūneo truhtīn.   'dat ih dir it nū bī huldī gibu.'
Hadubrant gimālta,   Hiltibrantes sunu:
'mit gēru scal man   geba infāhan,
35   ort widar orte.
dū bist dir, altēr Hūn,   ummet spāhēr.
spenis mih mit dīnēm wortun,   wili mih dīnu speru werpan.
pist alsō gialtēt man,   sō dū ēwīn inwit fōrtōs.
dat sagētun mī   sēolīdante
40 westar ubar wentilsēo,   dat inan wīc furnam.
tōt ist Hiltibrant,   Heribrantes suno.'
Hiltibrant gimahalta,   Heribrantes suno:
'wela gisihu ih   in dīnēm hrustim,
dat dū habēs hēme   hērron gōten,
45 dat dū noh bī desemo rīche   reccheo ni wurti.
welaga nū, waltant got', quad Hiltibrant,   'wēwurt skihit.
ih wallōta sumaro enti wintro   sehstic ur lante,
dār man mih eo scerita   in folc sceotantero,
sō man mir at burc ēnīgeru   banun ni gifasta.
50 nū scal mih swāsat chind   swertu hauwan,
bretōn mit sīnu billiu,   eddo ih imo ti banin werdan.

H. 東フランク語の作品

かくてこの後(のち)，デオトには　　　　欠かせぬことと相成りぬ，
如何なる時もわが父を．　　　　　　　デオトは友を欠きし人．
オートに対しわが父は　　　　　　　　大いに腹を立てており，
25 デオトに彼が要る限り，　　　　　　股肱(ここう)の臣の最にして，
いつも部隊の先に立ち，　　　　　　　いとも戦(いくさ)を好みたり．
猛者(もさ)の間に名立れど，　　　　　最早生きてはあらずべし．」
ヒルティは言えり．「天神に　　　　　誓いて我は言い切ると，
お前がかくも近親と　　　　　　　　　格闘するは二度となし．」
30 そこでヒルティは手首より　　　　環(たまき)を一つねじ取りぬ．
羅馬(ローマ)の金貨でこしらえし，　彼に王者が与えたる，
フンの君主が贈りたる．　　　　　　　「これを与えん，情け故．」
ヒルティにハドゥが言い返す．　　　　ハドゥはヒルティの息子なり．
敵(かたき)がよこす贈品(ぞうひん)は　槍を用いて収むべし，
35　　　　　　穂先と穂先，相合わし．
フンの族(やから)の古人(ふるびと)よ，ひどくお前は性悪ぞ．
言葉よしなに誘惑し，　　　　　　　　槍をば我に投ぐる気か．
お前は常に奸計を　　　　　　　　　　心に持ちつ，老いし者．
わたつみ渡る人々が　　　　　　　　　我にこれをば語りたり，
40 西へと海を行く者が．　　　　　　戦(いくさ)が父を奪いしと．
わが祖父，ヘリの息子(ひこひと)は，　ヒルティは既に死にてあり．」
ハドゥにヒルティが言い返す．　　　　ヒルティはヘリの息子(むすこ)なり．
「お前のまとう装具より　　　　　　　定かに我は見て取り得，
お前が国に気前良き　　　　　　　　　君主を持ちておることと，
45 そこなる王の所から　　　　　　　追放されておらぬこと．」
ヒルティは言えり．「ああ神よ，　　　今し災禍が降りかかる．
六十の夏冬この我は　　　　　　　　　長く異郷をさすらいぬ．
そこにて我はいつとても　　　　　　　先手(さきて)の組に入れられぬ．
どこかの城でこの我に　　　　　　　　死の傷，与えられねども．
50 今やわが子の打ち物で　　　　　　討たるることが運命か，
わが子の剣にかかるのか，　　　　　　彼をば我が殺すのか．

doh maht dū nū aodlīhho,　ibu dir dīn ellen taoc,
in sus hēremo man　hrusti giwinnan,
rauba birahanen,　ibu dū dār ēnīc reht habēs.
55 der sī doh nū argōsto', quad Hiltibrant,　'ōstarliuto,
der dir nū wīges warne,　nū dih es sō wel lustit,
gūdea gimeinūn.　niuse, dē mōtti,
werdar sih hiutu dero hregilo　hrūmen muotti,
erdo desero brunnōno　bēdero waltan.'
60 dō lēttun se ǣrist　asckim scrītan,
scarpēn scūrun,　dat in dēm sciltim stōnt.
dō stōptun tōsamane,　staimbort chlubun,
heuwun harmlīcco　hwītte scilti,
unti im iro lintūn　luttilo wurtun,
65 giwigan miti wābnum.　(ingegin willeon fater
sīnan erbon einīgon　altres biraubōta.)

4．ハンメルブルクの荘園の境界表示（9世紀初め）

Anno tertio regni piissimi regis Caroli mense octobris VIII idus octobris reddita est vestitura traditionis praedicti regis in Hamalunburg Sturmioni *abbati per* Nīdhardum *et* Heimonem *comites et* Finnoldum *atque* Gunth-
5 ramnum *vasallos dominicos coram his testibus:* Hruodmunt, Fastolf, Wesant, Wīgant, Sigibot, Swīdberaht, Sigo, Hasmār, Swīdgēr, Elting, Egihelm, Gērwīg, Attumār, Brūning, Engilberaht, Leidrāt, Siginand, Adalman, Amalberaht, Lantfrid, Eggiolt. *Et descriptus est atque consignatus idem locus undique his terminis, postquam juraverunt nobiliores terrae illius ut edicerent veritatem de ipsius fisci quantitate: primum de* Salu *juxta* Teitenbah *in caput*
10 *suum, de capite* Teitenbah *in* Scaranvirst, *de* Scaranvirste *in caput* Staranbah, *de capite* Staranbah *in* Scuntra, *de* Scuntra *in* Nendichenveld, *deinde in* thie teofūn gruoba, *inde in* Ennesfirst then westaron, *inde in* Perenfirst, *inde in* orientale caput Lūtibah, *inde in* Lūtibrunnon, *inde in* obanentīg Wīnessol, *inde*

H．東フランク語の作品

　　　お前の意気が高からば，　　　　　今やお前にいと易し，
　　　かくも老いたる男より　　　　　　具足を奪うことなんぞ．
　　　何か権利を得るならば，　　　　　獲物を取るはいと易し．」
55　ヒルティは言いぬ．「さりながら，東路一の腰抜けか，
　　　今し大いに望みおる　　　　　　　お前に戦、拒むのは，
　　　一騎で挑む闘いを．　　　　　　　能う者なら試みよ，
　　　これら鎧を今日ここで　　　　　　誇示することが出来るのか，
　　　はた又これら二方の　　　　　　　武具を一人で占め得るか．」
60　そこで二人は槍を持ち，　　　　　　初めに馬を走らせぬ，
　　　尖れる武器を手に持ちて．　　　　楯にささりて，止む騎戦．
　　　されば一所に歩み寄り，　　　　　戦の板を打ち合いぬ．
　　　両者，熾烈に割き合いぬ，　　　　白く耀う徒楯を．
　　　やがて彼らの木の盾が　　　　　　木端微塵と化するまで，
65　剣で滅多に砕かれて．　　　　　　（心ならずも父親は
　　　己が一人の跡継ぎゆ　　　　　　　生くる時をば奪いたり．）

4．ハンメルブルクの荘園の境界表示（9世紀初め）

　　イトモ敬虔ナルカロルス王ノ統治ノ第3年（＝777年），10月15日ノ8日前（＝10月8日）ニ王ノ命令ノ伝達ナル領地授与式ガハマルンブルグニテ修道院長ストゥルミオニ対シ代官ニードハルドトヘイモ，並ビニ王ノ家臣フィンノルドトグンズラムンニヨリ，証人フルオドムント，ファストルフ，ウェサン
5 ト，ウィーガント，ジギボト，スウィードベラハト，ジゴ，ハスマール，スウィードゲール，エルティング，エギヘルム，ゲールウィーグ，アットゥマール，ブルーニング，エンギルベラハト，レイドラート，ジギナンド，アダルマン，アマルベラハト，ラントフリド，エッギオルトノ面前ニテ行ワレタリ．カツソノ地ノ有力者ラガ自ラノ所有地ノ大キサニ関スル事実ヲ公表スルコト
10 ヲ誓イタル後，ソノ土地ガ至ル所ニテソノ境標ヲモチテ記述セラレ，カツ又，確証セラレタリ．先ズテイト川沿イノサラ川ヨリソノ源ヘ，テイト川ノ源ヨリスカラン山頂ヘ，スカラン山頂ヨリスタラン川ノ源ヘ，スタラン川ノ源ヨリスクントラヘ，スクントラヨリネンディホ原ヘ，更ニ深キ窪地ヘ，ソコヨ

171

in obanentīg Wīnestal, *inde in* then burgweg, *inde in* Ōtitales houbit, *deinde in*
15 thie michilūn buochūn, *inde in* Blenchibrunnon, *inde* ubar Sala *in* thaʒ march-
houg, *inde in* then Mattenweg, *inde in* thie teofūn clingūn, *inde in* Hunzesbah,
inde in Eltingesbrunnon, *inde in* mittan Eichīnaberg, *inde in* Hiltifridesburg,
inde in thaʒ steinīna houg, *inde in* then lintīnon sēo, *inde in* theo teofūn clingūn
unzi themo brunnen, *inde in* ein sol, *inde in* ein steinīnaʒ hōg, *inde in* Stein-
20 first, *inde in* Sala *in* then elm.

5．タツィアーンの『総合福音書』G写本より（9世紀の第2四半期）
a．放蕩息子の話（97, 1-8＝ルカ15, 11-32）

1) 11. *Homo quidam habuit duos filios.* 11. Sum man habēta zwēne suni. 12.
   12. *Et dixit adolescentior ex illis* Quad thō der jungōro fon thēn themo
   patri: pater, da mihi portionem sub- fater: fater, gib mir teil thero hēhti,
   stantiae, quae me contingit. Et divisit thiu mir gibure. Her thō teilta thia
   illis substantiam. 13. *Et non post multos* hēht. 13. Nalles after manegēn tagon
   dies congregatis omnibus adolescenti- gisamonōtēn allēn ther jungōro sun
   or filius peregre profectus est in re- elilentes fuor in verra lantscaf inti dār
   gionem longinquam et ibi dissipavit ziwarf sīna hēht lebento virnlustīgo.
   substantiam suam vivendo luxuriose.

2) 14. *Et postquam omnia consummas-* 14. Inti after thiu her iʒ al vorlōs,
   set, facta est fames valida in regione ward hungar strengi in thero lant-
   illa, et ipse coepit egere. 15. *Et abiit* scefi; her bigonda thō armēn. 15. Inti
   et adhaesit uni civium regionis illius, gieng inti zuoclebēta einemo thero
   et misit illum in villam suam, ut pas- burgliuto thero lantscefi, inti santa
   ceret porcos. 16. *Et cupiebat implere* inan in sīn thorf, thaʒ her fuotriti
   ventrem suum de siliquis, quas porci swīn. 16. Inti girdinōta gifullen sīna
   manducabant, et nemo illi dabat. wamba fon *siliquis,* theo thiu swīn
   āʒʒun, inti nioman imo ni gab.

H. 東フランク語の作品

リ西のエン山頂へ，ソコヨリペロ山頂へ，ソコヨリルーティ川ノ東ノ源へ，
15 ソコヨリルーティ泉へ，ソコヨリ一番上のウィーン泥地へ，ソコヨリ一番上
のウィーン谷へ，ソコヨリ城道へ，ソコヨリオーティ谷の先端へ，ソコヨリ
大なる樅林へ，ソコヨリブレンヒ泉へ，ソコヨリサラ川ヲ越エテ境の岡へ，
ソコヨリマット道へ，ソコヨリ深き急流へ，ソコヨリフンツ川へ，ソコヨリ
エルティング泉へ，ソコヨリエイヒーナ山中へ，ソコヨリヒルティフリド城
20 へ，ソコヨリ岩の岡へ，ソコヨリ菩提樹に囲まれたる池へ，ソコヨリ深き急
流の泉まで，ソコヨリ泥地へ，ソコヨリ岩の岡へ，ソコヨリステイン山頂へ，
ソコヨリサラ川ノ楡へ．

5．タツィアーンの『総合福音書』G写本より（9世紀の第2四半期）
a．放蕩息子の話（97,1-8＝ルカ15,11-32）

1）11. アル人，二人ノ息子ヲ持チヌ．
12. シテ彼ラノ内ノ年下ノ方ガ父ニ言イヌ：父ヨ，我ニ帰スル財産ノ分ケ前ヲ我ニ与エヨ．シテ彼ラニ財産ヲ分ケヌ．13. サレド多クノ日々ヲ経ズシテ全テヲマトメテ，年下ノ息子ハ異国へ，遠クノ地へ行キ，ソコニテ淫蕩ニ暮ラシツツ自ラノ財産ヲ浪費シヌ．

11. ある人，二人の息子を持ちぬ．
12. その時，彼らの内の年下の方がその父に言いぬ：父よ，我に帰する財産の分け前を我に与えよ．彼その時，財産を分けぬ．13. されど多くの日々を経ずして全てをまとめて，その年下の息子は異国へ，遠くの地へ行き，そこにて淫蕩に暮らしつつ自らの財産を浪費しぬ．

2）14. シテ彼ガ全テヲナクシタル後ニ，ソノ地ニ厳シキ飢饉ガ生ジヌ．シテ彼，窮乏シ始メヌ．15. シテ彼ハ行キ，ソノ地ノ住人ノ一人ニ縋リヌ．シテ彼ガ豚ラヲ育テンガ為ニ，彼ヲ自ラノ農場へ遣リヌ．16. シテ豚ラノ食ウ莢果ニテ自ラノ腹ヲ満タスヲ切望シヌ．サレド誰モ彼ニ与エザリキ．

14. して彼がそれを全てなくしたる後に，その地に厳しき飢饉が生じぬ．彼その時，窮乏し始めぬ．15. して彼は行き，その地の住人の一人に縋りぬ．して彼が豚らを育てんが為に，彼を自らの農場へ遣りぬ．16. して豚らの食う莢果にて自らの腹を満たすを切望しぬ．されど誰も彼に与えざりき．

173

3) 17. *In se autem reversus dixit: quanti mercenarii patris mei abundant panibus, ego autem hic fame pereo!* 18. *Surgam et ibo ad patrem meum et dicam illi: pater, peccavi in caelum et coram te,* 19. *et jam non sum dignus vocari filius tuus: fac me sicut unum de mercennariis tuis.*

17. Her thō in sih giworban quad: wuo manege asnere mīnes fater ginuht habēnt brōtes, ih vorwirdu hier hungere! 18. Arstantu inti faru zi mīnemo fater inti quidu imo: fater, ih suntōta in himil inti fora thir, 19. inti ni bim jū wirdīg ginemnit wesan thīn sun: tuo mih sō einan fon thīnēn asnerin.

4) 20. *Et surgens venit ad patrem suum. Cum autem adhuc longe esset, vidit illum pater ipsius, et misericordia motus est et occurrens cecidit supra collum ejus et osculatus est illum.* 21. *Dixitque ei filius: pater, peccavi in caelum et coram te: jam non sum dignus vocari filius tuus.*

20. Inti arstantanti quam zi sīnemo fater. Mittiu thanne noh ferro was, gisah inan sīn fater, inti miltida giruorit ward inti ingegin louffenti fiel ubar sīnan hals inti custa inan. 21. Thō quad imo der sun: fater, ih suntōta in himil inti fora thir: jū ni bim wirdīg ginemnit wesan thīn sun.

5) 22. *Dixit autem pater ad servos suos: cito proferte stolam primam et induite illum et date anulum in manum ejus et calciamenta in pedes,* 23. *et adducite vitulum saginatum et occidite, et manducemus et epulemur,* 24. *quia hic filius meus mortuus erat et revixit, perierat et inventus est. Et coeperunt aepulari.*

22. Thō quad ther fater zi sīnēn scalcun: sliumo bringet tha3 ērira giwāti inti giwātet inan inti gebet fingirīn in sīna hant inti giscuohiu in fuo3i, 23. inti leitet gifuotrit calb inti arslahet, inti e33emēs inti goumumēs, 24. wanta thesēr mīn sun toot was inti arquekēta, forward inti funtan ward. Bigondun thō goumōn.

6) 25. *Erat autem filius ejus senior in agro, et cum veniret et appropinquaret*

25. Was sīn sun altero in achre, inti mittiu thō quam inti nālīchōta themo

H．東フランク語の作品

3）17．シカシテ彼，我ニ返リテ言イヌ：ワガ父ノ，如何ニ多クノ雇ワレ人ラハ麺包ヲ十分ニ持ツコトカ．サレド我ハココニテ飢エニヨリ死ナントス．18．立チテワガ父ノ所ヘ行キ，彼ニ言ワン：父ヨ，我ハ天ニ対シ，カツ汝ノ前ニテ罪ヲ犯シタリ．我ハ最早汝ノ息子ト呼バルルニ値セズ．我ヲ汝ノ雇ワレ人ラノ一人ノ如クニセヨ．

17．彼その時，我に返りて言いぬ：わが父の，如何に多くの雇われ人らは十分なる麺包を持つことか．我はここにて飢えにより死なんとす．18．立ちてわが父の所へ行き，彼に言わん：父よ，我は天に対し，かつ汝の前にて罪を犯したり．我は最早汝の息子と呼ばれてあるに値せず，我を汝の雇われ人らの一人の如くにせよ．

4）20．シテ立チテ彼ノ父ノ所ヘ来ヌ．サレド未ダ遠クニアリシ時，彼ヲ彼ノ父ハ目ニシ，憐レミニ動カサレ，向カイテ走リテ，彼ノ首ノ上ニ倒レカカリ，彼ニ接吻シヌ．21．シテ彼ニ息子，言イヌ：父ヨ，我ハ天ニ対シ，カツ汝ノ前ニテ罪ヲ犯シタリ．我ハ最早汝ノ息子ト呼バルルニ値セズ．

20．して立ちて彼の父の所へ来ぬ．未だ遠くにありし時，彼を彼の父は目にし，憐れみに動かされ，向かいて走りて，彼の首の上に倒れかかり，彼に接吻しぬ．21．その時彼にその息子，言いぬ：父よ，我は天に対し，かつ汝の前にて罪を犯したり．我は最早汝の息子と呼ばれてあるに値せず．

5）22．サレド父ハ自ラノ僕ラニ言イヌ：速ク上等ノ服ヲ持チ来テ，彼ニ着セ，彼ノ手ニ指輪ヲ，足ニ靴ヲ与エヨ．23．カツ育テタル子牛ヲ連レ来テ屠レ．シテ我ラハ食ベテ，宴会ヲ開カン．24．コノワガ息子ハ死シテアレド，生キ返リ，亡クナリタレド，見ツケラレシガ故ニ．シテ彼ラハ宴会ヲ開キ始メヌ．

22．その時その父は自らの僕らに言いぬ：速く上等の服を持ち来て，彼に着せ，彼の手に指輪を，足に靴を与えよ．23．かつ育てたる子牛を連れ来て屠れ．して我らは食べて，宴会を開かん．24．このわが息子は死してあれど，生き返り，亡くなりたれど，見つけられしが故に．して彼らは宴会を開き始めぬ．

6）25．彼ノ年上ノ息子，畑ニアリキ．帰リテ，家ニ近ヅキシ時，声ヲ

25．彼の年上の息子，畑にありき．帰りて，家に近づきし時，声を合わせた

175

domui, audivit simphoniam et chorum. 26. Et vocavit unum de servis et interrogavit, quae haec essent. 27. Isque dixit illi: frater tuus venit, et occidit pater tuus vitulum saginatum, quia salvum illum recepit. 28. Indignatus est autem et nolebat introire. Pater ergo illius egressus coepit rogare illum.

7) 29. At ille respondens dixit patri suo: ecce tot annis servio tibi et numquam mandatum tuum praeterii, et numquam dedisti mihi hedum, ut cum amicis meis epularer; 30. sed postquam filius tuus hic, qui devoravit substantiam suam cum meretricibus, venit, occidisti illi vitulum saginatum.

hūse, gihōrta gistimmi sang inti chor. 26. Inti gruoȝta einan fon thēn scalcun inti fragēta, waȝ thiu wārīn. 27. Ther thō quad imo: thīn bruoder quam, inti arsluog thīn fater gifuotrit calb, bīthiu inan heilan intfieng. 28. Unwerdōta her thaȝ inti ni wolta īngangan. Sīn fater ūȝgangenti bigonda thō fragēn inan.

29. Her thō antwurtenti quad sīnemo fater: sēnu, sō manigiu jār theonōn thir inti neo in altre thīn bibot ni ubargēng, inti neo in altre ni gābi mir zikīn, thaȝ ih mīnēn friuntun goumtī; 30. ouh after thiu thesēr thīn sun, ther dār frāȝ alla sīna hēht mit huorūn, quam, arsluogi imo gifuotrit calb.

8) 31. At ipse dixit illi: fili, tu semper mecum es, et omnia mea tua sunt: 32. aepulari autem et gaudere te oportebat, quia frater tuus hic mortuus erat et revixit, perierat et inventus est.

31. Her thō quad imo: kind, thū bis simblum mit mir, inti alliu mīnu thīnu sint: 32. goumōn inti gifehan thir gilampf, wanta thesēr thīn bruoder tōt was inti arquekēta, forward inti funtan ward.

b．天国の喩え (77, 1-5＝マタイ 13, 44-52)

1) 44. Simile est regnum cęlorum thesauro abscondito in agro, quem qui invenit homo abscondit, et pręgaudio

44. Gilīh ist rīhhi himilo tresewe giborganemo in accare, thaȝ thie iȝ findit man gibirgit, inti bī gifehen

合ワセタル歌ヤ輪舞ヲ耳ニシヌ．26．シテ僕ラノ内ノ一人ニ話シカケテ，ソレガ何タルカヲ尋ネヌ．27．シテソノ者，彼ニ言イヌ：汝ノ弟，帰リタリ．シテ汝ノ父，育テタル子牛ヲ屠リヌ．彼ヲ息災ニ迎エタルガ故ニ．28．サレド彼ハ憤慨シテ，中ニ入ルヲ望マザリキ．ソレ故ニ彼ノ父，出テ来テ彼ヲ尋ネ始メヌ．

る歌や輪舞を耳にしぬ．26．して僕らの内の一人に話しかけて，それが何たるかを尋ねぬ．27．その者その時，彼に言いぬ：汝の弟，帰りたり．して汝の父，育てたる子牛を屠りぬ．彼を息災に迎えたるが故に．28．彼その事に憤慨して，中に入るを望まざりき．彼の父その時，出て来て彼に尋ね始めぬ．

7）29．サレド彼，自ラノ父ニ答エテ言イヌ：見ヨ，カクモ長年，我ハ汝ニ仕エテアリ．シテ我ハ一度タリトモ汝ノ命令ニ背カズ．サレド汝ハ一度タリトモ，我ガワガ友ラト宴会ヲ開クベク，我ニ子山羊ヲ与エザリキ．30．然レドモ自ラノ全財産ヲ娼婦ラト共ニ食イ潰シタル，コノ汝ノ息子ガ帰リタル後，汝ハ育テタル子牛ヲ彼ノ為ニ屠リヌ．

29．彼その時，自らの父に答えて言いぬ：見よ，かくも長年，我は汝に仕えてあり．して我は一度たりとも汝の命令に背かず．されど汝は一度たりとも，我がわが友らと宴会を開くべく，我に子山羊を与えざりき．30．然れども自らの全財産を娼婦らと共に食い潰したる，この汝の息子が帰りたる後，汝は育てたる子牛を彼の為に屠りぬ．

8）31．サレド彼，彼ニ言イヌ：息子ヨ，汝ハ常ニ我ト共ニアリ．全テノワガ物ハ汝ノ物ナリ．32．サレド汝ハ宴会ヲ開キテ喜ブベカリキ．コノ汝ノ弟，死シテアレド，生キ返リ，亡クナリタレド，見ツケラレシガ故ニ．

31．彼その時，彼に言いぬ：子よ，汝は常に我と共にあり．全てのわが物は汝の物なり．32．汝は宴会を開きて喜ぶべかりき．この汝の弟，死してあれど，生き返り，亡くなりたれど，見つけられしが故に．

b．天国の喩え（77, 1-5＝マタイ13, 44-52）

1）44．天ノ王国ハ畑ノ中ニ隠サレタル宝ニ似タリ．ソレヲ見ツクル人ハ隠シテ，ソノ事ヲ喜ビツツ戻リ，彼

44．天の王国は畑の中に隠されたる宝に似たり．それを見つくる人はそれを隠して，その事を喜びつつ戻り，彼の

illius vadit et vendit universa, quæ habet, et emit agrum illum.

2) 45. Iterum simile est regnum cęlorum homini quærenti bonas margaritas. 46. Inventa autem una pretiosa margarita abiit et vendidit omnia, quæ habet, et emit eam.

3) 47. Iterum simile est regnum cęlorum sagenę missę in mari et ex omni genere piscium congreganti. 48. Quam cum impleta esset educentes et secus litus sedentes elegerunt bonos in vasa, malos autem foras miserunt.

4) 49. Sic erit in consummatione sęculi: exibunt angeli et separabunt malos de medio justorum 50. et mittent eos in caminum ignis: ibi erit fletus et stridor dentium.

5) 51. Intellexistis hæc omnia? Dicunt ei: etiam. 52. Ait illis: ideo omnis scriba doctus in regno cęlorum similis est homini patrifamilias, qui profert de thesauro suo nova et vetera.

sīnes gengit inti furcoufit ellu, thiu her habēt, inti coufit accar then.

45. Abur gilīh ist rīhhi himilo manne suohhentemo guota merigrioȝa. 46. Fundanemo thanne einemo diuremo merigrioȝe gieng inti furcoufta ellu, thiu her habēta, inti coufta then.

47. Abur gilīh ist rīhhi himilo seginu giworphaneru in sēo inti fon allemo cunne fisgo gisamanōntero. 48. Thiu, mit diu gifullit was, ūȝnemente inti bī stedu sizente arlāsun thie guoton in faȝ, thie ubilon ūȝwurphun.

49. Sō wirdit in fullidu werolti: ūȝgangent engila inti arskeident ubile fon mittemen rehtero 50. inti sentent sie in ovan fiures: thār wirdit wuoft inti clafunga zenio.

51. Furstuontut ir thisu elliu? Quādun sie imo: jā. 52. Quad her in: bīthiu giwelīh buohhāri gilērtēr in rīhhe himilo gilīh ist manne fatere hīwiskes, thie thār frambringit fon sīnemo tresewe niuwu inti altiu.

c. 主の祈り (34, 6-8＝マタイ 6, 9-13)

Pater noster, qui in caelis es,
sanctificetur nomen tuum.
adveniat regnum tuum.

Fater unsēr, thū thār bist in himile,
sī giheilagōt thīn namo.
queme thīn rīhhi.

H．東フランク語の作品

ノ有スル全テノ物ヲ売リテ，ソノ畑ヲ買ウナリ．　　　有する全ての物を売りて，その畑を買うなり．

2）45．又，天ノ王国ハ良キ真珠ヲ求ムル人ニ似タリ．46．一ツノ高価ナル真珠ヲ見ツケテ戻リ，有スル全テノ物ヲ売リテ，ソレヲ買イヌ．　　45．又，天の王国は良き真珠を求むる人に似たり．46．一つの高価なる真珠を見つけて戻り，彼の有せし全ての物を売りて，それを買いぬ．

3）47．又，天ノ王国ハ海中ニ投ゲラレテ，アラユル種類ノ魚ヲ集ムル網ニ似タリ．満タサレシ時，ソレヲ彼ラハ引キ出シ，岸辺ニ座リテ良キ魚ヲ入レ物ニ選リ入レ，サレド悪シキ魚ハ投ゲ出シヌ．　　47．又，天の王国は海中に投げられて，あらゆる種類の魚を集むる網に似たり．満たされし時，それを彼らは引き出し，岸辺に座りて良き魚を入れ物に選り入れ，されど悪しき魚は投げ出しぬ．

4）49．世界ノ完成（＝最後）ニオイテハカクアラン：天使ラガ出テ来テ，悪シキ人ラヲ義ナル人ラノ中ヨリ選リ分ケ，50．彼ラヲ火ノ炉ノ中ヘ投ゲ入レン：ソコニテ悲嘆ト歯軋リガアラン．　　49．世界の完成（＝最後）においてはかくなる：天使らが出て来て，悪しき人らを義なる人らの中より選り分け，50．彼らを火の炉の中へ送り込む：そこにて悲嘆と歯軋りが生ず．

5）51．汝ラハコレラ全テノ事ヲ理解シタルカ．彼ラ彼ニ言ウ：然リ．52．彼ラニ曰ク：故ニ天ノ王国ニ精通シタル，イズレノ学者モ，自ラノ宝ノ中ヨリ新シキ物ト古キ物トヲ運ビ出ス家父タル人ニ似タリ．　　51．汝らはこれら全ての事を理解したるか．彼ら彼に言いぬ：然り．52．彼，彼らに言いぬ：故に天の王国に精通したる，いずれの学者も，自分の宝の中より新しき物と古き物とを運び出す一家の父たる人に似たり．

c．主の祈り (34, 6-8＝マタイ6, 9-13)

天ニオワスル我ラガ父ヨ，
ミ名ガ聖トセラレヨカシ．
ミ国ガ来タレカシ．

天におわする我らが父よ，
み名が聖とせられよかし．
み国が来たれかし．

179

fiat voluntas tua, sicut in cælo et in	sī thīn willo, sō her in himile ist,
5 *terra.*	sō sī her in erdu.
panem nostrum cotidianum da nobis	unsar brōt tagalīhhaʒ gib uns hiutu.
hodie.	
et dimitte nobis debita nostra, sicut et	inti furlāʒ uns unsara sculdi, sō wir
nos dimittimus debitoribus nostris.	furlāʒemēs unsarēn sculdīgōn.
10 *et ne inducas nos in temptationem,*	inti ni gileitēst unsih in costunga,
sed libera nos a malo.	ūʒouh arlōsi unsih fon ubile.

6．アインハルトの『カルル大帝伝』C１写本より (835年頃)

29. *Post susceptum imperiale nomen, cum adverteret multa legibus populi sui deesse — nam Franci duas habent leges, in plurimis locis valde diversas — cogitavit quae deerant addere et discrepantia unire, prava quoque ac per-*
peram prolata corrigere, sed de his nihil aliud ab eo factum est, nisi quod
5 *pauca capitula, et ea inperfecta, legibus addidit. Omnium tamen nationum, quae sub ejus dominatu erant, jura quae scripta non erant describere ac litteris mandari fecit. Item barbara et antiquissima carmina, quibus veterum regum actus et bella canebantur, scripsit memoriaeque mandavit. Inchoavit et grammaticam patrii sermonis.*

10　　*Mensibus etiam juxta propriam linguam vocabula inposuit, cum ante id temporis apud Francos partim latinis partim barbaris nominibus pronuntiarentur. Item ventos duodecim propriis apellationibus insignivit, cum prius non amplius quam vix quattuor ventorum vocabula possent inveniri.*

　　Et de mensibus quidem januarium wintarmānōth, *februarium* hornung, *mar-*
15 *tium* lentzinmānōth, *aprilem* ōstarmānōth, *maium* winnemānōth, *junium* brāchmānōth, *julium* hewimānōth, *augustum* aranmānōth, *septembrem* witumānōth, *octobrem* wīndumemānōth, *novembrem* herbistmānōth, *decembrem* heilagmānōth *appellavit.*

　　Ventis vero hoc modo nomina inposuit, ut subsolanum vocaret ōstrōniwint,
20 *eurum* ōstsundrōni, *euroaustrum* sundōstrōni, *austrum* sundrōni, *austroafricum*

H．東フランク語の作品

ミ心ガ，天ニオケル如ク，地ニテモ 5　成レカシ． 　　我ラノ日々ノ糧ヲ我ラニ今日，与エ 　給エ． 　　カツ我ラモ我ラノ借リ手ラニ許ス如 　ク，我ラニ我ラノ借リヲ許シ給エ． 10　カツ我ラヲ誘イニ引キ入レズ，サレ 　ド我ラヲ悪ヨリ解キ給エ．	み心があれかし，天にあるが如く，地 にもあれかし． 我らの日々の糧を我らに今日，与え給 え． かつ我らが我らの借り手らに許す如 く，我らに我らの借りを許し給え． かつ我らを誘いに引き入れず，されど 我らを悪より解き給え．

6．アインハルトの『カルル大帝伝』Ｃ１写本より（835年頃）

　29．皇帝ノ称号ヲ受ケ取リタル後，自ラノ民ニ法律 —— 即チフランク人
　ハ非常ニ多クノ個所ニテ大イニ異ナル二ツノ法律ヲ有ス —— ニハ多クノ
　事ガ欠ケタルコトニ気ヅキテイタルガ故ニ，欠ケタル事ヲ追加シ，カツ不
　統一ヲ統合シ，不条理ナル事ヤ誤リテ公布セラレタル事ヲ訂正セント志シ
5　ヌ．サレドソレラニ関シテハ2・3ノ，ソレモ不完全ナル章ヲ法律ニ追加
　シタル以外ニハ何事モ彼ニヨリテ為サレザリキ．サリナガラ彼ノ支配下ニ
　アリシ全テノ民族ノ，書カレテアラザリシ法ヲ纏メ，カツ文字ニ委ネサセ
　ヌ．同ジク，昔ノ王達ノ活動ヤ戦闘ガ歌ワレタルゲルマン語ノ，カツ極メ
　テ古キ歌謡ヲ記シテ，後代ニ伝エヌ．祖国ノ言葉ノ文法モ記述シ始メヌ．
10　更ニ又，暦ノ月ニハ自己ノ言語ニヨリテ名称ヲ定メヌ．ソレ以前ハフラ
　ンク人ノ所ニテハ一部ハラテン語ノ，一部ハゲルマン語ノ名前ニテ示サレ
　テイタルガ故ナリ．同ジク12ノ風ヲ自己ノ命名ニテ明示シヌ．以前ニハ四
　ツ以上ノ風ノ名称ハ殆ド見イダサレ得ザリシガ故ナリ．
　　カクテ暦ノ月ニ関シテハ例エバ1月ヲ「冬の月」，2月ヲ「庶子」，3月
15　ヲ「春の月」，4月ヲ「復活祭の月」，5月ヲ「牧草の月」，6月ヲ「休閑の
　月」，7月ヲ「干し草の月」，8月ヲ「収穫の月」，9月ヲ「薪の月」，10月
　ヲ「葡萄摘みの月」，11月ヲ「秋の月」，12月ヲ「聖なる月」ト命名シヌ．
　　サレド風ニハ以下ノ様ニ名前ヲ定メテ，東風ヲ「東の風」，東南風ヲ「東
　南の」，南東風ヲ「南東の」，南風ヲ「南の」，南西風ヲ「南西の」，西南風
20　ヲ「西南の」，西風ヲ「西の」，西北風ヲ「西北の」，北西風ヲ「北西の」，

sundwestrōni, *africum* westsundrōni, *zephyrum* westrōni, *chorum* westnord-
rōni, *circium* norđwestrōni, *septentrionem* nordrōni, *aquilonem* norđōstrōni,
vulturnum ōstnorđrōni.

7. フランク語の受洗の誓い A 写本（9世紀）

    Forsahhistū unholdūn? Ih fursahu.
    Forsahhistū unholdūn werc indi willon? Ih fursahhu.
    Forsahhistū allēm thēm bluostrum indi dēn gelton indi dēn gotum, thie im heidene man (zi bluostrum indi) zi geldom enti zi gotum habēnt? Ih fursahhu.
5   Gilaubistū in got fater almahtīgan? Ih gilaubu.
    Gilaubistū in Christ gotes sun nerienton? Ih gilaubu.
    Gilaubistū in heilagan geist? Ih gilaubu.
    Gilaubistū einan got almahtīgan in thrīnisse inti in einisse? Ih gilaubu.
    Gilaubistū heilaga gotes chirichūn? Ih gilaubu.
10 Gilaubistū thuruh taufunga sunteōno forlāʒnessi? Ih gilaubu.
    Gilaubistū līb after tōde? Ih gilaubu.

8. ヴュルツブルクの懺悔より（9世紀後半，北部の東フランク語）

    Trohtīne gote almahtīgen bigiho mīna sunta unta sīnan heilegōn ente dī gotes scalche, fona diu d'ih bigonda fursta, daʒ ist in gidancun, in wortun, in werchun: in eidswurtin, in fluohun, in bisprāhun, in unnuzan wortun; in hasʒe, in ābulge, in abunste, in lusti, in chelegiridu, in slāfe ente in unsūbrun gi-
5 danchun, in sgāhungu mīnes muotes umbe unarloubidiu, in lustin ougōno, in willelustin, in lustin ōrōno; in sarphī armaro.

9. フルダの懺悔 A 写本より（10世紀）

    Ih wirdu gote almahtīgen bigihtīg enti allēn gotes heilagōn allero mīnero suntōno; unrehtero githanco, unrehtero worto; thes ih unrehtes gisāhi, unrehtes gihōrti, unrehtes gihancti odo andran gispuoni; sō waʒ sō ih widar gotes willen gitāti, meinero eido, ubilero fluocho, liogannes, stelannes, huores, manslahti,

北風ヲ「北の」，北東風ヲ「北東の」，東北風ヲ「東北の」ト名ヅケタリ．

7．フランク語の受洗の誓いA写本（9世紀）

　　　汝は悪魔を拒むか．　　我は拒む．
　　　汝は悪魔の業と意志を拒むか．　　我は拒む．
　　　汝は，異教徒らが（犠牲として，）奉納物として，かつ偶像として持つ一切
　　の犠牲と奉納物と偶像を拒むか．　　我は拒む．
5　　汝は神，全能の父を信ずるか．　　我は信ず．
　　　汝はキリスト，神の息子，救済者を信ずるか．　　我は信ず．
　　　汝は聖なる霊を信ずるか．　　我は信ず．
　　　汝は三位にして一体の全能の神を信ずるか．　　我は信ず．
　　　汝は神の聖なる教会を信ずるか．　　我は信ず．
10　 汝は洗礼による罪の許しを信ずるか．　　我は信ず．
　　　汝は死後の生命を信ずるか．　　我は信ず．

8．ヴュルツブルクの懺悔より（9世紀後半，北部の東フランク語）

　　　主，全能の神と彼の聖人達と汝，神の僕に対し，我が最初に始めたる時よ
　　りの，わが罪を告白す．即ち考え，言葉，行いにおける，誓い，呪い，中傷，
　　無益なる言葉における，憎しみ，怒り，悪意，欲望，大食，眠りと不浄なる
　　考え，許されざる事に関するわが心の迷い，目の欲望，情欲，耳の欲望にお
5　　ける，貧しき人々への情け知らずにおける（罪を）．

9．フルダの懺悔A写本より（10世紀）

　　　我は全能の神と全ての神の聖人に対し全てのわが罪を告白す．不義なる考
　　え，不義なる言葉を．我が不義として見たる事，不義として聞きたる事，不
　　義として許したる，或いは他人を唆したる事を．何にてあれ，我が神の意志
　　に反してなしたる事，偽りの誓い，悪しき呪い，虚言，盗み，淫行，殺人，

5　unrehtes girātes; odo mir i3 thuruh mīn kinthisgī giburiti odo thuruh ubar-
truncanī odo thuruh mīn selbes gispensti odo thuruh anderes mannes gispensti;
girida, abunstes, nīdes, bisprāchido, ubilero gelusto.

10. ヴュルツブルクの共有地の境界表示（1000年頃）

A) *In nomine domini nostri Ihesu Christi. Notum sit omnibus sanctae dei ec-
clesiæ fidelibus, qualiter* Eburhardus *missus domni nostri* Karoli *ex-
cellentissimi regis cum omnibus obtimatibus et senibus istius provinciae in
occidentali parte fluvii nomine* Moin marcham Wirziburgarensium, *juste dis-*
5　*cernendo et jus jurantibus illis subter scriptis optimatibus et senibus cir-
cumduxit.*

Incipientes igitur in loco qui dicitur Ōtwinesbrunno, danān in da3 haganīna
sol, danān in Herostat in den wīdīnen sēo, danān in mittan Nottenlōh, danān
in Scelenhouc. *Isti sunt qui in his locis suprascriptis circumduxerunt et ju-*
10　*ramento firmaverunt:* Zotan, Ephfo, Lantolt, Sigiwin, Runzolf, Diotmār, Ar-
tumār, Eburraat, Hiltwin, Eburkar, Gērmunt, Arberaht, Folcgēr, Theotgēr,
Theodolt.

Incipiebant vero in eodem loco alii testes preire et circumducere. Id est fon
demo Scelenhouge in Heidiscesbiunta, danān in da3 Ruotgīses houc, danān
15　anan Amarlant, danān in Mōruhhesstein, danān after dero clingūn unzan
Christesbrunnon. *Hucusque preibant et circumducebant et juramento firma-
bant qui subter nominati sunt, hoc est* Batolf, Gērfrid, Hadugēr, Lanto, Marc-
wart, Uodalmaar, Adalbraht, Utto, Hatto, Saraman, Hūngēr, Wīgbald, Aato,
Eggihart, Strangolf, Haamo, Francho, Einstriit, Gērhart, Gatto, Hiltiberaht,
20　Ruotberaht, Hanno, Nantgēr, Hūnbald, Rīhholf, Ramftgēr.

*Incoati sunt vero tertii testes ducere et girum pergere peracto juramento.
Ducebant ergo de loco qui dicitur* Christesbrunno anan den rōrīnon sēo,
danān in da3 altwiggi, danān in Brezzulūnsēo, danān in dē sundorūn erdburg
mitta, danān in Mōruhhesstein, danān in Drūhireod, danān in Brunniberg,
25　danān in mittan Moin. *Haec loca suprascripta circumducebant et preibant*

5 不義なる助言を．或いはわが幼さにより，或いは過飲により，或いは我自ら
の誘惑により，或いは他人の誘惑により我にそれが生じたることを．情欲，
悪意，妬み，中傷，悪しき欲望を．

10. ヴュルツブルクの共有地の境界表示 （1000年頃）

A）我ラノ主，イエス・キリストノ名ニオイテ．神ノ聖ナル教会ノ全信者ニ知
ラレテアルベシ．如何ニエブルハルドゥスガ我ラノ主人，イトモ卓越セルカ
ロルス王ノ使者トシテモインナル名前ノ川ノ西方部ニオケル彼ノ支配地ノ全
貴族ト長老ラト共ニウィルツブルグノ共有地ニ，正当ナル判別，並ビニ下記
5 ノ貴族ト長老ラニヨル法ノ誓認ニヨリ，境界線ヲ廻ラシタルカガ．

カクテオートウィン泉ト呼バルル場所ヨリ始メテ，そこより茨に被われた
る泥沼へ，そこよりヘロスタトの，柳に囲まれたる池へ，そこよりノッテン
穴の真中へ，そこよりスケレン岡へ．上記ノ場所ニオイテ境界線ヲ廻ラシ，
カツ誓イヲモチテ確定シタルハ，コノ者ラナリ：ツォタン，エップフォ，ラ
10 ントルト，ジギウィン，ルンツォルフ，ディオトマール，アルトゥマール，
エブルラート，ヒルトウィン，エブルカル，ゲールムント，アルベラハト，
フォルクゲール，ゼオトゲール，ゼオドルト．

同ジ場所ニテ他ノ証人ラハ先導シテ，境界線ヲ廻ラシ始メヌ．ツマリ，ス
ケレン岡よりヘイディスク囲い地へ，そこよりルオトギースの岡へ，そこよ
15 りアマル地へ，そこよりモールッフ岩へ，そこより急流沿いにキリスト泉ま
で．下ニ挙ゲラレタル者ラハ，ココマデ先導シテ，境界線ヲ廻ラシ，誓イヲ
モチテ確定シヌ．ツマリ：バトルフ，ゲールフリド，ハドゥゲール，ラント，
マルクワルト，ウオダルマール，アダルブラハト，ウット，ハット，サラマ
ン，フーンゲール，ウィーグバルド，アート，エッギハルト，ストランゴル
20 フ，ハーモ，フランコ，エインストリート，ゲールハルト，ガット，ヒルティ
ベラハト，ルオトベラハト，ハンノ，ナントゲール，フーンバルド，リーフ
ホルフ，ラムフトゲール．

第三ノ証人ラハ，誓イヲ済マシテ進ミ，（境界線ノ）輪ヲ続ケ始メヌ．故
ニ彼ラハキリスト泉ト呼バルル場所ヨリ進ミ，葦に被われたる池の所へ，そ
25 こより旧道へ，そこよりブレッツラ池へ，そこより南の中央の地城へ，そこ

juramento asstricti, ut justitiam non occultarent sed proderent, hi qui subter positi sunt: Fredthant, Adalhart, Gērhart, Manwin, Waltgēr, Rooholf, Nordberaht, Zutto, Bernhere, Waltheri, Ruotgēr, Wārmunt, Meginberaht.

Iterum alii testes qui simul cum Fredthanto *ducebant sociisque ejus de loco*
30 *qui dicitur* Brezzulūnsēo, *qui et ipsi fuerunt de pago qui dicitur* Padanahgewe, *eodem ritu quo superius dictum est usque ad fluvium* Moines. *Et haec nomina eorum:* Adalberaht, Batto, Ortwin, Waltberaht, Liutberaht, Berehtolf, Albwin, Ruotgēr, Reginberaht, Cnūȝ, Jūto, Marcolt, Gundeloh, Lello, Folcgēr, Hūnrīh, Ermanrīh, Ōtfrit, Drahholf, Diedolt, Rahhant, Fridurīh, Gīsalmār, Dancrāt,
35 Lantberaht, Unwān, Liutfrit.

Actum publice in pago Waltsāȝȝi *vocato et in finibus* Badanahgowōno *coram omnibus his quorum nomina haec notitia in se continet scripta. sub die II idus octobris facta fuit, anno XII° regni domni nostri* Karoli *gloriosissimi regis.*

40 *Ego* Berngēr *indignus presbiter hanc notitiam scripsi, diem et tempus notavi.*

B) Marchia *ad* Wirziburg. In Rabanesbrunnon nidarūn halba Wirziburg ōstarūn halba Moines, danān in Anutsēo, danān in Blīdheresbrunnon, danān in Habuchotal, danān in daȝ steinīna houc, danān in den diotweg, in die hurwīnūn struot, diu dār heiȝȝit Giggimada, danān in Pleihaha in den steinīnon furt,
5 danān ūffan Grīmberg in daȝ Grīmen sol, danān in Quirnaha ze demo Gērwines rode, danān ūffan Quirnberg ze dero haganīnūn huliu, danān in den ōstaron egalsēo, dār der spīrboum stuont, danān in Stacchenhoug, danān in Wolfgruoba, danān duruh den Fredthantes wīngarton mittan in die egga, sōsa diu Rabanes buohha stuont, oba Heitingesveld in mittan Moin in die ni-

H. 東フランク語の作品

よりモールッフ岩へ, そこよりドルーヒ葦沼へ, そこよりブルンニ山へ, そこよりモイン川中流へ. 上記ノコレラノ場所ニ彼ラハ境界線ヲ廻ラシ, 公正ヲ隠サズニ示スベキト義務ヅケラレテ, 誓イヲモチテ先導シヌ. 下ニ示サレタル者ラハ: フレットハント, アダルハルト, ゲールハルト, マンウィン,
30 ワルトゲール, ローホルフ, ノルドベラハト, ツット, ベルンヘレ, ワルトヘリ, ルオトゲール, ワールムント, メギンベラハト.

更ニ他ノ証人ラハフレットハントト彼ノ縁者ラト一緒ニブレッツラ池ト呼バルル場所ヨリ進ミヌ, ――彼ラ (=縁者ラ) 自身モパダナハ郷ト呼バルル村ノ出身ナリ――モイン川ニ至ルマデ上ニ述ベラレタルノト同ジ儀式ニヨ
35 リテ. 彼ラノ名前ハ: アダルベラハト, バット, オルトウィン, ワルトベラハト, リウトベラハト, ベレフトルフ, アルブウィン, ルオトゲール, レギンベラハト, クヌース, ユート, マルコルト, グンデロホ, レルロ, フォルクゲール, フーンリーホ, エルマンリーホ, オートフリト, ドラッホルフ, ディエドルト, ラッハント, フリドゥリーホ, ギーザルマール, ダンクラー
40 ト, ラントベラハト, ウンワーン, リウトフリト.

コレラノ人々ノ名前ヲ書キ含ムコノ公文書ハ, 我ラノ主人, イトモ名誉アルカロルス王ノ統治ノ第12年10月15日ノ2日前 (=779年10月14日) ニ作成セラレ, ワルトザーシト呼バルル村トパダナハ郷ノ地ニオイテコレラ全員ノ面前ニテ公ニ読ミ上ゲラレタリ.
45 我, 卑賤ナル司祭ベルンゲールガコノ公文書ヲ書キ, 年月日ヲ書キ留メヌ.

B) ウィルツィブルグノ共有地. モイン川東岸のウィルツィブルグの下手のラバン泉へ, そこよりアヌト池へ, そこよりブリードヘル泉へ, そこよりハブホ谷へ, そこより岩の岡へ, そこより軍道へ, ギッギマダと呼ばるる湿原の沼地へ, そこよりプレイハ川の岩の浅瀬へ, そこよりグリーム山のグリーム
5 泥沼へ, そこよりクウィルン川のゲールウィンの開墾地へ, そこよりクウィルン山の茨に被われたる湿地へ, そこより七竈が立ちし東の蛭池へ, そこよりスタッコ岡へ, そこよりウォルフ窪地へ, そこよりフレトハントの葡萄畑を通り抜けて, ラバンの橅が立ちし角へ, ヘイティング原の上手のモイン川中流の浅瀬の最深部へ, モイン川中流の, モイン川西岸の泉の所まで, ブル

10 derōstūn urslaht furtes, in mitten Moin unzen den brunnon, sō dār westerūn halba Moines, ūf in Brunniberg, in Drūhiriod, in Drūhiclingon, in Mō ruhhesstafful, danān in Brezelūnsēo, danān in den diotweg, danān in Eburesberg, danān in Tiufingestal ze demo sēwiu, danān in Huohhobūra, danān in Ezzilenbuohhūn, dār in daʒ houc in dero heride, in Gōʒolvesbah, danān in
15 mitten Moin, avur in Rabanesbrunnon. Sō sagant, daʒ sō sī Wirziburgo marcha unte Heitingsveldōno, unte quedent, daʒ in dero marchu sī iegwedar, joh chirihsahha *sancti* Kiliānes joh frōno joh frīero franchōno erbi.

Diz sagēta Marcwart, Nandwin, Helitberaht, Fredthant, Heio, Unwān, Fridurīh, Reginberaht, Ortwin, Gōʒwin, Jūto, Liutberaht, Bazo, Berahtolf, Ruot-
20 beraht, Sigifrid, Reginwart, Folcberaht.

11. ヴィリラムの雅歌注解Ｂ写本より (11世紀後半)
a. 序文

Incipit prefatio Willirammi babinbergensis scolastici, fuldensis monachi, in cantica canticorum.

Cum majorum studia intueor, quibus in divina pagina nobiliter floruere, cogor hujus temporis feces deflere, cum jam fere omne litterale defecit studium, solumque avaritie, invidie et contentionis remansit exercitum.

Nam et siqui sunt qui sub scolari ferula grammatice et dialectice studiis
5 *imbuuntur, hec sibi sufficere arbitrantes, divine pagine omnio obliviscuntur, cum ob hoc solum christianis liceat gentiles libros legere, ut ex his, quanta distantia sit lucis ac tenebrarum, veritatis et erroris possint discernere. Alii vero cum in divinis dogmatibus sint valentes, tamen creditum sibi talentum in terra abscondentes, ceteros, qui in lectionibus et canticis peccant, derident,*
10 *nec imbecillitati eorum vel instructione vel librorum emendatione quicquam consulti exhibent.*

Unum in Francia comperi, Lantfrancum nomine antea maxime valentem in dialectica, nunc ad ecclesiastica se contulisse studia, et in epistolis Pauli et psalterio multorum sua subtilitate exacuisse ingenia. Ad quem audiendum cum

10 ンニ山の上へ，ドルーヒ葦沼へ，ドルーヒ渓流へ，モールッフ断層間耕地へ，そこよりブレツェラ池へ，そこより軍道へ，そこよりエブル山へ，そこよりティウフィング谷の池へ，そこよりフオッホブーラへ，そこよりエッツィロ樅林へ，そこより岡の岩地へ，ゴーソルフ川へ，そこよりモイン川中流へ，再びラバン泉へ．かくしてウィルツィブルグとヘイティング原の共有地はか
15 くの如しと承認せられ，かつこの共有地内に聖キリアーンの教会財産と卓越し自由なるフランク人らの遺産のいずれもが存在すると言明せらる．

かくなる事をマルクワルト，ナンドウィン，ヘリトベラハト，フレトハント，ヘイオ，ウンワーン，フリドリーホ，レギンベラハト，オルトウィン，ゴーツウィン，ユート，リウトベラハト，バツォ，ベラハトルフ，ルオトベ
20 ラハト，ジギフリド，レギンワルト，フォルクベラハトは承認したり．

11. ヴィリラムの雅歌注解B写本より（11世紀後半）

a．序文

バンベルクノ学者ニシテフルダノ修道士タルウィリラムノ雅歌ノ序文始マル．

聖書ニオイテ高貴ニ人目ヲ引キシ，祖先達ノ熱意ニ目ヲ向クル時，我ハ現時ノ澱ニ落涙スルヲ強イラル．既ニ殆ド一切ノ文学的熱意ハ衰エ果テテ，貪欲ヤ嫉妬，諍イノ実行ノミ残リタルガ故ナリ．

即チモシモ誰カ，学校ノ鞭ノ下ニテ文法ヤ弁証法ノ学問ヲ教エ込マルル者
5 アラバ，自ラニハコレラニテ十分ナリト信ジテ，聖書ヲ完全ニ忘却ス．キリスト教徒ニハ，光ト闇，真実ト妄想ノ差異ガ如何ニ大ナルカヲ判別シ得ルガ為ニノミ，異教徒ノ書籍ヲ読ムコト許サレテアルニ．他ノ者達ハ確カニ神ノ教義ニハ強カレド，貸サレシ1タレント（＝約30kg）ノ銀貨ヲ地中ニ隠シテ（マタイ25,18＝自分ノ才能ヲ持チ腐レニシテ），聖書朗読ヤ賛美歌ヲ誤ル他ノ
10 人々ヲ嘲笑シ，又自ラノ無力トテ教化カ書籍ノ修正カニ些カ熟達シタルト実証スルコトモセズ．

我ハフランク国ニテラントフランクナル名前ノ，以前ハ弁証法ニ非常ニ強カリシアル男性ガ今ヤ宗教上ノ研究ニ没頭シ，パウロノ書簡ト詩篇ニオイテ自ラノ鋭敏ニテ多数ノ人ノ天性ヲ磨キタルヲ知リヌ．彼ニ耳ヲ傾クベク我ラ

15　*multi nostratum confluant, spero quod ejus exemplo etiam in nostris provinciis ad multorum utilitatem industrię suę fructum producant. Et quia sępe contingit, ut impetu fortium equorum etiam caballi ad cursum concitentur, quamvis segnitiem ingenioli mei non ignorem, deum tamen bonę voluntatis sperans adjutorem, decrevi etiam ex mea particula studioso lectori aliqua emolumenti*
20　*prębere adminicula.*

　　Itaque cantica canticorum, quę sui magnitudinem ipso nomine testantur, statui, si deus annuerit, et versibus et teutonica planiora reddere, ut corpus in medio positum his utrimque cingatur, et ita facilius intellectui occurrat, quod investigatur. De meo nihil addidi, sed omnia de sanctorum patrum diversis
25　*expositionibus eruta in unum compegi et magis sensui quam verbis tam in versibus quam in teutonica operam dedi. Eisdem versibus interdum utor, quia quę spiritus sanctus eisdem verbis sępius repetivit, hęc etiam me eisdem versibus sępius repetere non indecens visum fuit.*

　　Expositionis tenorem sponso et sponsę sicut in corpore sic in versibus et
30　*teutonica placuit asscribi, ut majoris auctoritatis videatur, et quivis legens personarum alterna locutione delectabilius afficiatur.*

　　Nescio an me ludit amabilis error, aut certe qui Salomoni pluit, mihi etiam vel aliquantulum stillare dignatur, interdum mea legens sic delectabiliter afficior, quasi hęc probatus aliquis composuerit auctor. Opusculum hoc, quam-
35　*diu vixero, doctioribus emendandum offero, siquid peccavi, illorum monitu non erubesco eradere, siquid illis placuerit, non pigritor addere.*

b. 本文59 （=4, 5）

　　Duo ubera tua, sicut duo hinnuli capreę gemelli, qui pascuntur in liliis, donec aspiret dies, et inclinentur umbrae.

　　Ubera bina tui,　turgentia lacte liquenti,
　　binis hinnuleis　capreae compono gemellis:

H．東フランク語の作品

15 ノ民ノ多数ノ人ガ群リ集マルガ故ニ, 彼ノ範例ニテ我ラノ地方ニオイテモ多数ノ人ノ利益トテ自ラノ勤勉ノ果実ヲ彼ラガ生ゼシメンコトヲ我ハ期待ス. カツ強キ馬ラノ突進ニテ駑馬ラモ競争ヘト駆リ立タルルコトシバシバ出来ス(ドバ)(シュッタイ)ルガ故ニ, ヨシンバワガ些細ナル才能ノ無力ヲ我ガ知ラズトモ, 神ヲバ矢張リ良キ意思ノ援助者トシテ期待シツツ, 小生カラモ熱心ナル朗唱者ニ向上ヘ
20 ノ若干ノ手助ケヲ供セント決心シヌ.

　ソレ故ニ, 自ラノ卓越ヲ名前自体ニテ証明スル雅歌（＝「歌ノ歌」）ヲ, モシモ神ガ是認シタラバ, 詩行トドイツ語ニテ更ニ明白ナルモノニ変換セント決意シヌ. 中央ニ置カレタル雅歌本文ガソレニテ両側ヨリ囲マレ, カクシテ調ベラルル事ガ理解ニトリヨリ容易ニ現ワルベク. ワガ理解カラハ何モ付
25 加セザレド, 聖ナル教父達ノ異ナル説明ヨリ抜キ出セル全テヲ一ツニ結合シ, 語音以上ニ語意ノ為ニ詩行ニオイテモドイツ語ニオイテモ尽力シヌ. 我ハ同ジ詩行ヲ時々使用ス. 聖霊ガ同ジ言葉ニテ度々繰リ返シタル事ヲ我モ又同ジ詩行ニテ度々繰リ返スハ不適当ニアラザル現象ナリシガ故ナリ.

　説明ノ内容ヲ, 雅歌本文ニオケル如ク詩行トドイツ語ニオイテモ新郎新婦
30 ニ帰スルガ良シト思ワレヌ. ヨリ大ナル模範性アリト見ナサレ, カツ朗唱スル者ハ誰デモ二人ノ人物ノ相対スル語句ニテヨリ快ク刺激セラレンガ為ナリ.

　愛スベキ誤解ガ我ヲ欺クカ否カ, 或イハセメテ, サロモンニ雨ヲ降ラシシ方ガ我ニモ幾許カ滴ラスヲ欲スルカ否カ我ハ知ラズ. サレド我ヲ朗唱スル(イクバク)ト, 恰モコレラヲ誰カ優レシ著者ガ書キ上ゲタル如ク, 我ハ快ク刺激セラル.(アタカ)
35 コレナル小作品ヲ我ハ生キテアラン限リ, ヨリ学識アル人々ニ訂正セラルベク委ヌ. モシモ何カヲ我ガ誤リタラバ彼ラノ忠告ニテ掻キ消スヲ我ハ恥ジズ. モシモ何カガ彼ラニ良シト思ワレタラバ書キ加ユルヲ我ハ厭ワヌモノナリ.(イト)

b．本文59（＝4,5）

　汝ノ二ツノ乳房ハ, 日ガ息ヲ吹キツケテ, 夜陰ガ沈下スルマデ, 百合ノ間ニテ草ヲ食ム二匹ノ双子ノ鹿ノ子ノ如シ.

　　流ルル乳ニテ膨ラメル　　　汝ガ二ツノ乳房ヲバ(チ)(ナレ)
　　双子ノ鹿ノ子供タル　　　　二匹ト我ハ引キ比ブ.

191

nocte quibus gratus   placet inter lilia pastus,
dum veniente die   simul inclinentur et umbrę.
5 *Lacte mei verbi   qui nutrimenta magistri*
dant plebi tenerę   gentili judaicęque.
Foetus esse mei   noscuntur more fideli.
Namque meo zelo   fervent, et amore gemello.
Munditiam vitę   quam me didicere docente,
10 *semper amant. Oculis   rectum rimantur acutis,*
hoc quoque monstrantes   aliis. Conscendere montes
virtutum gaudent,   his omnia terrea sordent.
Lilia scripturę,   quę spirant pascua vitę,
esuriunt animo,   donec sub fine statuto
15 *mundi nox abeat,   et verum mane nitescat:*
Ad faciem facie   cum cernent me sine fine.

Zwēne dīne spúne sint sámo zwēi zwínele zíkken dér rēion, dīe der wēidenent únter den lílion, únze der tág ūfgē unte der náhtscato hína wīche. Dīne *doctores,* dīe der mít *lacte divini verbi* zīehent bēide *Judaicum populum* jóh *gentilem,* dīe sínt glīch den zwínelon rēchkízzon, wánte sīe sínt mīniu kínt,
5 *qui per capream significor. Caprea,* díu ist *mundum animal et acutissime videt* únte wēidenet gérno an déro hōhe. Vóne dánnan bezēichenet síu míh, íh dér *naturaliter mundus sum,* unte íh sího ōuh vílo wásso, *quia nullum me latet secretum;* mīn wēida íst ōuh an den bérgon, *id est, in his, qui terrena despiciunt.* Míh bílident ōuh sīe, dīe dīne *doctores,* mít déro *munditia mentis et*
10 *corporis* únte mít *acuta provisione fraternę utilitatis* únte mít *despectu terrenorum.* Sīe sínt ōuh zwínele, wante sīe hábent *dilectionem meam et proximi.* Sīe wēidenent ōuh in dírro wérltvínstre únter den lílion, daʒ sínt dīe lūteron únte dīe scōne sínne déro hēiligon gescrífte. Daʒ tūont sīe álso lángo, únzín der tág ūfgēt, daʒ ist dánne, so íh ín wírdo *revelatus facie ad faciem,* so wīchet ōuh
15 der náhtscato hína, *quia mors et dolor et luctus amplius non erunt.*

H. 東フランク語の作品

```
          彼ラハ百合ノ間ナル             夜ノ牧場ガ気ニ入リヌ.
                   イチドキ
          朝ガ来タルヤ一時ニ             闇ノ沈ムニ至ルマデ.
                            コト
   5      彼ラハ師トテワガ言ノ           乳汁ヲモチテ栄養ヲ
          異邦トユダヤ, 両方ノ           若キ民ラニ分ケ与ウ.
          我ノ民ラハ忠誠ヲ               示ス子供ト知ラレオリ.
          ソレ故, 我ノ熱愛ト             二重ノ愛ニ満チ溢ル.
          我ノ教エデ悟リタル             命ノ優雅ナルコトヲ
  10      常ニ好ミテ, 才知アル           目ニテ道理ヲ取リ調ブ.
          コレヲ人ニモ教エツツ.         道義ノ山ニ諸共ニ
          登ルヲ彼ラ嬉シミテ,           現世ヲ全テ軽蔑ス.
          命ノ牧ニ息ヲ吹ク               神聖無比ナル書ノ百合ハ
          心ノ中デ飢エテアリ.           定メラレタル最終ニ
                                          マコト
  15      コノ世ノ夜ガ消エ去リテ,       真ノ朝ガ映ユルマデ.
          顔ヲ合ワシテ, カノモノラ     我ヲコヨナク認ムラン.
```

　　二つの汝の乳房は, 日が昇りて, 夜陰が彼方へ退くまで, 百合の間にて草を食む二匹の双子の鹿の子の如し. 神ノ言葉ナル乳にてユダヤノ民衆と異邦人の両方を育む汝の師達はその双子の子鹿と同様なり. 彼らは, 鹿ニテ表ワサルル我の子供なるが故に. 鹿, それは優雅ナル動物ニシテ, 極メテ鋭ク見
 5 抜キ, かつ高みにて草を食むを好む. それ故にそれは, 本性的ニ優雅ニシテ, かつ又, 大いに鋭く見抜く我を表わす. イカナル秘密モ我ニ知ラレズニアルコトノナキガ故ニ. わが牧場も山, 即チ, 現世的ナルモノヲ見下ス人々ノ中ニアリ. 又, 彼ら, その汝の師達は心ト体ノ優雅サ, 並びに兄弟トシテノ役立チニ関スル才知アル配慮, 並びに現世的ナルモノニ対スル見下シをもちて
10 我を真似る. 又, 彼らは双子なり. 彼らは我ヘノ, カツ隣人ヘノ愛情ヲ持つが故に. 又, 彼らはこの世の闇の中にて百合の間にて草を食む. これ即ち聖書の清澄にして, 美しき真意なり. それを彼らは, 日が昇るまで長く行う. 即ち, 我が彼らの面前ニ現ワサルル時, 死ト苦悩ト悲シミガソレ以上ニ大キクナルコトノナカランガ故ニ, 夜陰も彼方へ退くなり.

Ⅰ. バイエルン語の作品

1. シューレルロッホの岩壁のルーネ文字銘 (6/7世紀?)

Birg leub Selbrade.

2. バイエルン法A写本より (8世紀)

4, 4. *Si in eo venam percusserit, ut sine igne sanguinem stagnare non possit, quod* adargrati *dicunt, vel in capite testa appareat, quod* kepolsceini *vocant, et si os fregerit et pellem non fregit, quod* palcprust *dicunt, et si talis plaga ei fuerit, quod tumens sit: si aliquid de istis contigerit, cum VI solidis conponat.*

4, 23. *Si quis liberum hostili manu cincxerit, quod* heriraita *dicunt, id est cum XLII clyppeis, et sagittam in curtem projecerit aut quodcumque telarum genus, cum XL solidis conponat, duci vero nihilo minus.*

8, 3. *Si quis propter libidinem liberae manum injecerit aut virgini seu uxori alterius, quod* Baiuuari horcrift *vocant, cum VI solidis conponat.*

8, 4. *Si indumenta super genucula elevaverit, quod* himilzorun *vocant, cum XII solidis conponat.*

3. モーン (ト) ゼーの写本断片より (800年頃)

a. マタイ福音書より (13, 44–52)

44. *Simile est regnum caelorum thesauro abscondito in agro, quem qui invenit homo abscondit, et prae gaudio illius*

44. Galīh ist himilo rīhhi gaberge gabor(ga)nemo in acchre. Sō danne man daȝ findit enti gabirgit iȝ, enti

I．バイエルン語の作品

1．シューレルロッホの岩壁のルーネ文字銘（6/7世紀？）
親愛なる者よ，セルブラドを救え／ビルグはセルブラドに親愛なり．

2．バイエルン法A写本より（8世紀）
4, 4．モシモ彼（＝自由人）ノ身中ニテ血管ヲ傷ツケ，ソノ結果，火ナクシテ出血ヲ止メ得ザリシ時，——コレヲ彼ラハ「血管切断」ト言ウ——或イハ頭ニテ頭蓋骨ガ露出スル時，——コレヲ彼ラハ「頭蓋骨露出」ト呼ブ——又モシモ骨ヲ砕ケド皮膚ヲ破ラザリシ時，——コレヲ彼ラハ「皮下破砕」ト言ウ——又モシモ腫ルル程ノ打撲傷ガ彼ニ生ジタル時，モシモコレラノ内ノ何カガ生ジタル時，6ソリドゥスニテ償ウベシ．

4, 23．モシモ誰カガ自由人ヲ敵意アル小集団ニテ取リ囲ミタル時，——コレヲ彼ラハ「武装集団」ト言ウ——即チ42ノ盾ヲ持チ，カツ矢，或イハ任意ノ種類ノ投ゲ槍ヲ館ノ中ヘ投ゲ込ミタル時，40ソリドゥスニテ償ウベシ．サレド大公ニハソレヨリモ少ナカラヌ額ヲ．

8, 3．モシモ誰カガ情欲故ニ，処女ナレ，他人ノ妻ナレ，自由ナル女ニ手ヲ掛ケタル時，——コレヲバイエルン人ハ「淫行接触」ト呼ブ——6ソリドゥスニテ償ウベシ．

8, 4．モシモ（自由ナル女ノ）衣服ヲ膝ノ上ヘマクリタル時，——コレヲ彼ラハ「空まくり」ト呼ブ——12ソリドゥスニテ償ウベシ．

3．モーン（ト）ゼーの写本断片より（800年頃）
a．マタイ福音書より（13, 44-52）

44．天ノ王国ハ畑ノ中ニ隠サレタル宝ニ似タリ．ソレヲ見ツクル人ハ隠シテ，ソノ事ヲ喜ビツツ戻リ，彼ノ有

44．天の王国は畑の中に隠されたる宝に似たり．人，それを見つくると，それを隠し，その事を喜びつつ戻り，

vadit et vendit universa quae habet et emit agrum illum.	des mendento gengit enti forchaufit al, sō hwaʒ sō ær habēt, enti gachaufit den acchar.
45. Iterum simile est regnum caelorum homini negotiatori quaerenti bonas margaritas.	45. Auh ist galīhsam himilo rīhhe demo suohhenti ist guote marigreoʒa.
46. Inventa autem una pretiosa margarita, abiit et vendidit omnia quae habuit et emit eam.	46. Funtan auh ein tiurlīh marigreoʒ, genc enti forchaufta al, daʒ ær hapta, enti gachaufta den.
47. Iterum simile est regnum caelorum sagenae missae in mare, et ex omni genere piscium congreganti.	47. Auh ist galiih himilo rīhhi seginūn in sēu gasezziteru, enti allero fiscchunno gahwelīhhes samnōntiu.
48. Quam cum impleta esset educentes, et secus litus sedentes elegerunt bonos in vasa, malos autem foras miserunt.	48. Sō diu, danne fol warth, ūʒardunsan dea bī stade siczentun arwelitun dea guotun in iro faʒ, dea ubilun awar wurphun ūʒ.
49. Sic erit in consummatione saeculi: exibunt angeli et separabunt malos de medio justorum	49. Sō wirdit in demo galidōntin enti weralti: qwemant angila enti arscheidant dea ubilun fona mittēm dēm rehtwīsīgōm
50. et mittent eos in caminum ignis: ibi erit fletus et stridor dentium.	50. enti lecchent dea in fyures ovan: dār wirdit wuoft enti zano gagrim.
51. Intellexisti haec omnia? Dicunt ei: etiam, (domine).	51. Forstuontut ir daʒ al? Dea qwātun imo: gahha wir, truhtīn.
52. Ait illis (Iesus): ideo omnis scriba doctus in regno caelorum similis est homini patrifamilias, qui profert de thesauro suo nova et vetera.	52. Qwad im Jhesus: bī diu eogahwelīh scrība galērit in himilo rīhhe galiih (ist) manne hīwisches fater, der framtregit fona sīnemo horte niuwi joh firni.

スル全テノ物ヲ売リテ,ソノ畑ヲ買ウナリ. 　　何にてあれ彼が有する物を全て売りて,その畑を買うなり.

45. 又,天ノ王国ハ良キ真珠ヲ求ムル商人タル人ニ似タリ.

45. 又,天の王国は良き真珠を求むる人に似たり.

46. 一ツノ高価ナル真珠ヲ見ツケテ戻リ,彼ノ有セシ全テノ物ヲ売リテ,ソレヲ買イヌ.

46. 一つの高価なる真珠を見つけて戻り,彼の有せし全ての物を売りて,それを買いぬ.

47. 又,天ノ王国ハ海中ニ投ゲラレテ,アラユル種類ノ魚ヲ集ムル網ニ似タリ.

47. 又,天の王国は海中に設けられて,あらゆる魚種のいずれをも集むる網に似たり.

48. 満タサレシ時,ソレヲ彼ラハ引キ出シ,岸辺ニ座リテ良キ魚ヲ入レ物ニ選リ入レ,サレド悪シキ魚ハ投ゲ出シヌ.

48. 一杯になりし時,それを彼らは引き出し,岸辺に座りて良き魚を彼らの入れ物に選り入れ,されど悪しき魚は投げ出しぬ.

49. 世界ノ完成(=最後)ニオイテハカクアラン:天使ラガ出テ来テ,悪シキ人ラヲ義ナル人ラノ中ヨリ選リ分ケ,

49. 世界の,決定的なる最後においてはかくなる:天使らが来たりて,悪しき人らを義なる人らの中より選り分け,

50. 彼ラヲ火ノ炉ノ中ヘ投ゲ入レン:ソコニテ悲嘆ト歯軋リガアラン.

50. 彼らを火の炉の中へ置く:そこにて悲嘆と歯軋りが生ず.

51. 汝ラハコレラ全テノ事ヲ理解シタルカ.彼ラ彼ニ言ウ:然リ,主ヨ.

51. 汝らはこの全ての事を理解したるか.彼ら彼に言いぬ:我らは然り,主よ.

52. 彼ラニイエス曰ク:故ニ天ノ王国ニ精通シタル,イズレノ学者モ,自ラノ宝ノ中ヨリ新シキ物ト古キ物ヲ運ビ出ス家父タル人ニ似タリ.

52. イエス,彼らに言いぬ:故に天の王国に精通したる,いずれの学者も,自らの宝の中より新しき物と古き物とを運び出す一家の父たる人に似たり.

b．イージドールの『異教徒らの召出しに関する説教』より

Patiens quippe est charitas, quia illata mala aequanimiter tolerat.

Benigna vero est, quia pro malis
5 *bona largiter ministrat.*

Non aemulatur, quia per hoc quod in praesenti mundo nihil appetit, invidere terrenis successibus nescit.

10 *Non inflatur, quia cum praemium internae retributionis anxie desiderat, de bonis se exterioribus non exaltat.*

Non agit perperam, quia quo se in
15 *solum dei ac proximi amorem dilatat, quidquid a rectitudine discepat, ignorat.*

Non est ambitiosa, quia quo ardenter intus ad sua satagit, foras nul-
20 *latenus aliena concupiscit.*

Non querit que sua sunt, quia cuncta que hic transitoriæ possedit, velud aliena neglegit, cum nihil sibi esse proprium, nisi quod secum per-
25 *manet, agnoscit.*

Non inritatur, quia et injuriis lacessita ad nullius se ultionis suae motus excitat, dum magnis laboribus

Dultīc ist gawisso diu gotes minnī, hwanta siu ira widarmuotī ebano gatregit.

Frumasam ist, hwanta siu miltlīhho giltit guot widar ubile.

N'ist ābulgi, bīdiu hwanta siu in desemo mittigarte neowiht weraltēhteo ni ruohhit, noh ni weiʒ desses ærdlīhhin habēnnes einīga abanst.

Ni zaplāit sih, hwanta siu angustlīhho gerōt dera ēwīgūn fruma des inlīhhin itlōnes enti bīdiu sih ni arhevit in desēm ūʒserōm ōtmahlum.

Ni hevit āchust, bīdiu hwanta siu in eines gotes minnu enti in des nāhistin sih gabreitit, neowiht archennit des sih fona rehte scheidit.

N'ist ghiri, hwanta des siu inwerthlīhho ist brinnanti ira za zilēnne, ūʒana einīc wīs framades ni gerōt.

Ni suohhit daʒ ira ist, hwanta al daʒ siu habēt deses zafarantin, diu maer es ni rōhhit, danne des siu ni habēt, hwanta siu eowiht ira eiganes ni archennit, nibu daʒ eina, daʒ mit iru durahwerēt.

Ni bismerōt, hwanta, doh siu mit arbeitim sii gawuntōt, zi nohēnīgeru rāhhu sih ni gah(r)ōrit, bīdiu hwanta

b．イージドールの『異教徒らの召出しに関する説教』より

　　確カニ愛ハ忍耐強シ．加エラレタル侮辱ニ平静ニ耐ウルガ故ニ．

　　真ニソレハ寛大ナリ．悪ニ対シテ善ヲ気前良ク実行スルガ故ニ．

5　　ソレハ妬マズ．現世ニオイテ何ヲモ欲シガラヌニヨリ，浮世ノ成功ヲ羨ム術ヲ知ラヌガ故ニ．

　　ソレハ威張ラセラレズ．内的ナル
10　報酬ノ利益ヲ不安ゲニ熱望スルガ故ニ，外的ナル財産ニ関シテハ高ブラヌガ故ニ．

　　ソレハ不正ニ行動セズ．神ト隣人ヘノ唯一ノ愛ノ中ヘト広ガルガ為ニ，
15　何デアレ実直トハ異ナル事ヲ知ラヌガ故ニ．

　　ソレハ貪欲ニアラズ．熱ク内部ニテ自ラノ物ニ対シテ努力スルガ為ニ，外部ニテハ決シテ他人ノ物ヲ熱望セ
20　ヌガ故ニ．

　　ソレハ自ラノ物ナル物ヲ求メズ．ココニテ序デニ所有スル全テノ物ヲ，他人ノ物ノ如クニ侮ルガ故ニ．自ラト共ニ存続スル物以外ニ，何物ヲモ
25　自ラノ所有物ナリト認メヌガ故ニ．

　　ソレハ怒ラセラレズ．無礼ニ苦シメラレシモ，何ラノ自ラノ報復ヘト動カサレヌガ故ニ．大ナル辛苦ヨリ

　　確かに神への愛は忍耐強し．自らへの侮辱を平静に耐うるが故に．

　　それは寛大なり．気前良く悪に対して善を返報するが故に．

　　それは妬まず．この人間世界において現世の財産を尊ばず，又この浮世の所有に関して何らの羨みも知らぬが故に．

　　それは威張らず．不安げに内的なる報酬の永続する利益を熱望し，それ故にこれらの外的なる富の中にて高ぶらぬが故に．

　　それは悪徳を行わず．唯一の神への，かつ隣人への愛の中へと広がり，法より離るる事を何をも認めぬが故に．

　　それは貪欲にあらず．その為に努力せんと内部にて燃え，外部においては何らの方法にても他の物を熱望せぬが故に．

　　それは自らの物なる物を求めず．この滅び行く物の一部として有する全ての物を，有せざる物以上には尊ばぬが故に．自らと共に存続す唯一の物以外に，自らの所有物を認めぬが故に．

　　それは憤慨せず．苦難にて傷つけられしも，何らの報復へと動かぬが故に．ここの大なる辛苦の中にてこ

199

30 *majora post premia expectat.*

Non cogitat malum, quia in amore munditiae mentem solidans. Dum omne odium radicitus eruit, versare
35 *in animo quod inquinat nescit.*

Non gaudet super iniquitatem, quia quod sola dilectione erga omnes inhiat, nec de perditione adversantium exultat.

40 *Congaudet autem veritati, quia, ut se ceteros diligens. Per hoc quod rectum in aliis conspicit, quasi de augmento proprii provectus hilarescit.*

siu hear in demo mihhilin gawinne bītit after diu mērin itlōnes.

Ni gadenchit ubiles, hwanta siu in hreinnissu ira muot ist festinōnti. Alle nīdi fona iru biwentit, neowiht ni archennit daȝ unreht in iru arto.

Ni mendit unrehtes, hwanta siu in eineru minnu umbi alle man sūfteōt, neo sih frauwit in dero widarzuomōno forlornissu.

Frauwit sih ebano mit waarnissu, hwanta sō sih selba sō minnōt andre. Enti sō hwaȝ sō siu in andremo guotes gasihit, sō sama sō ira selbera frumōno des mendit.

c．イージドールの『公教信仰』より

IV. *De trinitatis significantia*

Hēr quidit umbi dea bauhnunga dero drīo heido gotes.

1. *Patet veteris testamenti apicibus, patrem et filium et spiritum sanctum esse deum. Sed hinc isti filium et spiritum sanctum non putant esse deum.*

1. Araugit ist in des altin wiȝōdes buohhum, daȝ fater enti sun enti heilac keist got sii. Oh des sintun ungalaubun judeo liuti, daȝ sunu enti heilac keist got sii.

d．アウグスティーヌスの説教より

IV. *...Proinde quia ecclesia Christi habet infirmos, habet et firmos, nec sine firmis potest esse nec sine infirmis. Unde dicit Paulus apostolus:*

Bīdiu ēr sō hwanta Christes chirihha habēt unfeste, habēt joh feste, ni mac wesan āno feste, noh āno unfeste. Sō umbi daȝ quad auh Paulus apostolus:

200

I．バイエルン語の作品

30　モ大ナル報酬ヲ後ニ期待スルガ故ニ．

　　　ソレハ悪ヲ考エズ．清潔ヘノ愛ノ内ニ心ヲ強ムルガ故ニ．全テノ憎シミヲ抜キ取ルガ故ニ，汚ス物ガ精神
35　ノ中ニアルヲ知ラズ．

　　　ソノ上ソレハ不正ヲ喜バズ．全テノ人ニ対スル唯一ノ愛情ヲ渇望シ，敵対スル者ラノ滅亡ヲ喜バヌガ故ニ．

　　　更ニソレハ真実ヲ一緒ニ喜ブ．自
40　分ト同様ニ他者ラヲ愛スルガ故ニ．道理ヲ他ノ人々ノ中ニ見ツクルニヨリ，アタカモ自ラノ所有物ノ増大ニヨリ促サレシ如ク，快活ニナルナリ．

の後に更に大なる報酬を期するが故に．

それは悪を考えず．清潔の中にて自らの心を強むるが故に．全ての憎しみを自分より遠ざけ，自らの内に不義として存する物を何も認めず．

それは不義を喜ばず．全ての人との一つの愛に憧れ，敵対する者らの滅亡を決して喜ばぬ故に．

それは真実を同じく喜ぶ．自分自身と同様に他者らを愛するが故に．かつ何であれ，他者の中に善なる物として見つくる物を，それ自身の利益と全く同様に喜ぶなり．

c．イージドールの『公教信仰』より

Ⅳ．三位一体ノ意味ニ関シテ

1．旧約ノ諸文書ニハ，父ト息子ト聖ナル霊ノ神タルハ明白ナリ．サレドココヨリ彼ラ（＝ユダヤ人）ハ，父ト息子ト聖ナル霊ノ神タルヲ信ゼズ．

ここにて（イージドールは）神の三つの存在様式の印に関して語る．

古き法（＝旧約聖書）の諸書において，父と息子と聖なる霊は神なりと示されてあり．されどユダヤの人々は，息子と聖なる霊が神たることを信ぜず．

d．アウグスティーヌスの説教より

Ⅳ．…キリストノ教会ハ，臆病ナル人々ヲ持チ，確固タル人々モ持ツガ故ニ，確固タル人々ナシニモ，臆病ナル人々ナシニモ存在シ得ズ．カクシテ使徒

寧ろキリストの教会は，臆病なる人々を持ち，確固たる人々も持つが故に，確固たる人々なしにも，臆病なる人々なしにも存在し得ず．かく

5 *Debemus autem nos firmi infirmorum onera sustinere. In eo quod Petrus dixit: Tu es Christus filius dei vivi, firmos significat. In eo autem quod trepidat et titubat et Christum pati*
10 *non vult, mortem timendo, vitam non agnoscendo, informos ecclesiae significat. In illo ergo uno apostolo, id est Petro, in ordine apostolorum primo et praecipuo, in quo figu-*
15 *rabatur ecclesia, utrumque genus significandum fuit, id est firmi et infirmi, quia sine utroque non est ecclesia.*

Sculdīge auh wir festun unfestero burdī za anthabēnne. In diu auh daʒ Petrus quad: Dū bist quehhes gotes sun, feste bauhnita. In diu auh daʒ er forhta enti blūgisōta enti Christan gamartrōtan ni welta, dō(d)h forahtento, līph unchennento, unfestea kirihhūn bauhnita. In demo einin apostole, daʒ ist Petrus, in antreitīn dero apostolono ēristo enti furisto, in diu gabauhnita christānheiti kirihhūn, gahwedera zīlūn was bauhnenti, daʒ ist feste enti unfeste, hwanta āno gahwedere n'ist kirihha.

4．キリスト教徒に対する奨励Ａ写本（800年頃）

Audite, filii, regulam fidei, quam in corde memoriter habere debetis, qui christianum nomen accepistis, quod est vestrę indicium christianitatis, a
5 *domino inspiratum, ab apostolis institutum.*

Cujus utique fidei pauca verba sunt, sed magna in ea concluduntur
10 *mysteria. Sanctus etenim spiritus ma-*

Hlosēt ir, chindo liupōstun, rihtī dera calaupa, dera ir in herzin cahuctlīho hapēn sculut, ir den christāniun (namun) intfangan eigut, daʒ ist chundida iuwerera christānheiti, fona demo truhtīne in man caplāsan, fona sīn selpes jungirōn casezzit.

Dera calaupa cawisso faoiu wort sint, ūʒan drāto mihiliu carūni dār inne sint pifangan. Wīho ātum cawisso dēm

I. バイエルン語の作品

5 パウロハ言ウ：「更ニ我ラ，確固タル人々ハ臆病ナル人々ノ重荷ヲ支ウル責メアリ」．ソレ故ニペテロハカク言イヌ：「汝ハ生命アル神ノ息子，キリストナリ．神ハ確
10 固タル人々ヲ表示ス」．ソレ故ニ更ニ彼ハコレヲ恐レ，カツ疑イ，カツキリストノ拷問セラルルヲ望マズ，死ヲ恐レツツ，命ヲ認メヌママ，教会ノ臆病ナル人々ヲ表示ス．
15 故ニカノ一人ノ使徒，ツマリ使徒達ノ序列ノ第一ニシテ特別ナル人タルペテロニオイテ教会ハ形成セラレタレド，彼ニオイテ両方ノ種類ガ，ツマリ確固タル人々ト臆病
20 ナル人々ガ表示セラルベカリキ．両方トモナクシテ教会ハ存在セヌガ故ナリ．

してその為に使徒パウロも言いぬ：「更に我ら，確固たる人々は臆病なる人々の重荷を支うる責めあり」．それ故にペテロもかく言いぬ：「汝は命ある神の息子なり．神は確固たる人々を印づけぬ」．それ故に又，彼はこれを恐れ，かつ疑い，かつキリストの拷問せらるるを望まず，死を恐れつつ，命を認めぬまま，教会の臆病なる人々を印づけぬ．かの唯一人の使徒において，つまり使徒達の序列の第一にして最初の人たるペテロはそれ故にキリスト教の教会を特徴づけ，両方の種類をも，つまり確固たる人々と臆病なる人々を印づけぬ．両方ともなくして教会は存在せぬが故なり．

4．キリスト教徒に対する奨励A写本 （800年頃）

聞ケ，息子ラヨ，信仰告白ノ規定ヲ．キリスト教徒ノ名前ヲ受ケ取リタル汝ラハコレヲ心ノ中ニ記憶シテ持ツベシ．コレハ汝ラノキ
5 リスト教信仰ノ標識ニテ，主ニヨリ吹キ込マレ，使徒達ニヨリ定メラレタルモノナリ．

コノ信仰告白ニハ確カニ僅カノ言葉シカ属シテオラズ，サレド大
10 ナル神秘ガソノ中ニ含マル．聖ナ

聞き知れ，汝ら最愛の子らよ，信仰告白の規定を．キリスト教徒の名前を受け取りたる汝らはこれを心の中に記憶して持つべし．これは汝らのキリスト教信仰の標識にて，主により人の中へ吹き込まれ，彼自身の弟子達により定められたるものなり．

この信仰告白には確かに僅かの言葉しか属しておらず，されど極めて大なる神秘がその中に含まれてあり．

203

*gistris ecclesiæ, sanctis apostolis ista
dictavit verba tali brevitate, ut, quod
omnibus credendum est christianis
semperque profitendum, omnes pos-*
15 *sent intellegere et memoriter retinere.*

*Quomodo enim se christianum di-
cit, qui pauca verba fidei, qua sal-
vandus est, etiam et orationis do-*
20 *minicæ, quæ ipse dominus ad ora-
tionem constituit, neque discere ne-
que vult in memoria retinere?*

25 *Vel quomodo pro alio fidei sponsor
existat, qui hanc fidem nescit?*

Ideoque nosse debetis, filioli mei,
30 *quia, donec unusquisque vestrum
eandem fidem filiolum suum ad in-
tellegendum docuerit, quem de bap-
tismo exceperit, reus est fidei spon-
sionis. Et qui hanc filiolum suum*
35 *docere neglexerit, in die judicii ra-
tionem redditurus erit.*

*Nunc igitur omnis, qui christianus
esse voluerit, hanc fidem et ora-
tionem dominicam omni festinatione*
40 *studeat didicere et eos, quos de fonte*

maistron dera christānheiti, dēm wī-
hōm potōm sīnēm deisu wort thictota
suslīhera churtnassī, (za diu, daȝ)
allēm christānēm za galauppenne ist
jā auh simplun za pigehanne, daȝ alle
farstantan mahtīn jā in hucti cahapēn.

In hweo quidit sih der man christā-
nan, der deisu fōun wort dera calaupa,
dera er caheilit scal sīn, jā dera er ca-
nesan scal, jā auh dei wort des fraono
capetes, dei der truhtīn selpo za gapete
casazta: weo mag er christāni sīn, der
dei lirnēn ni wili, noh in sīnera cahucti
hapēn?

Odo wē mac der furi andran dera
calaupa purgeo sīn, ado furi andran ca-
heiȝan, der dē calaupa noh imo ni
weiȝ?

Pīdiu scultut ir wiȝan, chindilī
mīniu, wanta eo unzi daȝ iuwēr eo-
galīhēr dē selpūn calaupa den sīnan
fillol calērit za farnemanne, den er ur
deru taufī intfāhit, daȝ er sculdīg ist
widar gaotes caheiȝes; jā der den sīnan
filleol lēren farsūmit, za demo sō-
natagin redia urgepan scal.

Nū allero manno calīh, der christāni
sīn welle, dē galaupa j'auh daȝ frōno
gapet alleru īlungu īlle calirnēn j'auh
dē kalēren, dē er ur tauffī intfāhe:

ル霊ハ実ニキリスト教会ノ師達ニ,
聖ナル使徒達ニコレラノ言葉ヲカ
クノ如キ短サニテ口授シタリ. 全
テノキリスト教徒ニトリ信ゼラル
15　ベキ, カツ又常ニ告白セラルベキ
事ヲ全テノ人ガ理解シ, カツ記憶
シテ保チ得ルガ為ニ.

　ツマリ, ソレニテ救ワルベキ信
仰告白ノ僅カノ言葉ヲ, カツ又,
20　主自ラガ祈リトシテ定メタル主ノ
祈リノ言葉ヲ学ブ気ガナク, 記憶
ノ中ニ持ツ気モナキ者ガ如何ニシ
テ自ラヲキリスト教徒ト呼ブノカ.

25

　或イハコノ信仰告白ヲ知ラヌ者
ガ如何ニシテ他人ノ為ニ信仰告白
ノ保証人タリ得ルノカ.

30　故ニ, 愛スベキ息子ラヨ, イツ
カ, 汝ラノ誰モガ洗礼ヨリ取リ上
グル自ラノ代子ニコノ問題ノ信仰
告白ヲ理解スベク教ウル時マデ,
信仰告白ノ誓約ニ対シテ責メアル
35　ヲ知ルベシ. カツソレヲ自ラノ代
子ニ教ウルヲ怠リタル者ハ裁キノ
日ニ弁明ヲナスベシ.

　故ニ今ヤ, キリスト教徒タラン
ト欲スル者ハ全員コノ信仰告白ト
40　主ノ祈リヲ大急ギニテ学ビ, カツ

聖なる霊は確かにキリスト教信仰の
師達に, 彼の聖なる使い達にこれら
の言葉をかくの如き短さにて口授し
たり. 全てのキリスト教徒にとり信
ぜらるべき, かつ又常に告白せらる
べき事を全ての人が理解し, かつ記
憶の中にて保ち得るが為に.

　それにて人が救わるべき, かつ癒
さるべき信仰告白の, これらの僅か
の言葉を, かつ又, 主自らが祈りと
して定めたる主の祈りの言葉を, そ
れらを学ぶ気がなく, 自らの記憶の
中に持つ気もなき者が如何にして自
らをキリスト教徒と呼ぶのか, 如何
にしてキリスト教徒たり得るのか.

　或いはこの信仰告白を未だ自らは
知らぬ者が如何にして他人の為に
信仰告白の保証人たり得るのか, 或い
は他人の為に誓い得るのか.

　故に, わが愛すべき子らよ, いつ
か, 汝らの誰もが洗礼より受け取る
自らの代子にこの問題の信仰告白を
理解すべく教うる時まで, 良き誓い
に対して責めあるを知るべし. かつ
自らの代子に教うるを怠る者は裁き
の日に弁明をなすべし.

　今や, キリスト教徒たらんと欲す
る者は誰でも信仰告白と主の祈りを
大急ぎにて学び, かつ又洗礼より受

I. バイエルン語の作品

exceperit, edocere, ne ante tribunal Christi cogatur rationem exsolvere, quia dei jussio est et salus nostra et dominationis nostræ mandatum, nec 45 *aliter possumus veniam consequi delictorum.*

daʒ er za sōnatage ni werde canaotit radia urgepan: wanta iʒ ist cotes capot, jā daʒ ist unsēr hēlī, jā unsares hērrin capot, noh wir andarwīs ni magun unsero sunteōno antlāʒ cawinnan.

5．ヴェッソブルンの祈り（800年頃）

De poeta

Dat kafregin ih mit firahim　firiwiʒʒo meista,
dat ero ni was,　noh ūfhimil,
noh paum,　noh pereg ni was,
ni nohheinīg,　noh sunna ni scein,
5　noh māno ni liuhta,　noh der māreo sēo.
Dō dār niwiht ni was　enteo ni wenteo,
enti dō was der eino　almahtīco cot,
manno miltisto,　enti dār wārun auh manake mit inan
cootlīhhe geista.　enti cot heilac.
10　Cot almahtīco, dū himil　enti erda kaworahtōs
enti dū mannun　sō manac coot forkāpi,
forgip mir in dīno ganāda　rehta galaupa
enti cōtan willeon,　wīstōm enti spāhida
enti craft, tiuflun za widarstantanne　enti arc za piwīsanne
15　enti dīnan willeon　za kawurchanne.

6．フライジングの主の祈り注解Ａ写本より（9世紀初め）

Fater unsēr, dū pist in himilum,
kawīhit sī namo dīn.

Ⅰ．バイエルン語の作品

又洗礼ヨリ取リ上グル者達ニ教ウルニ努ムベシ．キリストノ裁判官席ノ前ニテ弁明ヲナスベク強イラレヌガ為ニ．コレハ神ノ命令ニシ
45 テ，カツ我ラノ救イ，カツ我ラノ統治者（＝カルル大帝）ノ命令ナルガ故ニ．又我ラハ他ノ方法ニテハ罪ノ許シヲ得ルコト能ワヌガ故ナリ．

け取る者達に教うるに努むべし．裁きの日に弁明をなすべく強いられぬが為に．これは神の命令にして，かつこれは我らの救い，かつ我らの統治者（＝カルル大帝）の命令なるが故に．又我らは他の方法にては我らの罪の許しを得ること能わぬが故なり．

5．ヴェッソブルンの祈り（800年頃）

　　アル詩人ヨリ
　　最も大なる不思議とて　　　　人の所でかく聞きぬ．
　　　もと
　　往古に下の地はあらず，　　　上なる天もなかりきと．
　　そば立つ木々は何もなく，　　そびゆる山もかつてなし．
　　如何な物とて絶えてなく，　　天の火輪も輝かず．
5　月もかつては光なく，　　　　映ゆる海とて耀わず．
　　　　　　　　　　　　　　　　　　　かがよ
　　その時そこに最果てと　　　　境目さえも何らなし．
　　当時ありしは無双なる　　　　全き能ある大御神，
　　　　　　　　　　　　　　　　また
　　恵慈に最も富むる人．　　　　神の許には諸々の
　　　　　もと
　　優れし霊も又ありき．　　　　真に聖なる上帝よ．
10　天と大地を創造し，　　　　　さてもあまたの幸いを
　　　　　　　　　　　　　　　　また
　　百人草に給いたる　　　　　　全き能ある上帝よ．
　　ももひとぐさ
　　憐れみ込めて給えかし，　　　我に正しき信仰と
　　　　　　　　　　　　　　　　あれ
　　優れし意志と分別を，　　　　才知に更に力をも．
　　悪しき悪魔に抗いて，　　　　悪事・非行を避くる為，
15　して又，汝がご意向を　　　　現に実行するが為．
　　　　　　なれ

6．フライジングの主の祈り注解Ａ写本より（9世紀初め）

　　天におわする我らが父よ，
　　み名が清められよかし．

207

piqhueme rīhhi dīn.

wesa dīn willo, sama sō in himile est, sama in erdu.

5　pilipi unsraʒ emiʒʒīgaʒ kip uns eogawanna.

enti flāʒ uns unsro sculdi, sama sō wir flāʒʒamēs unsrēm scolōm.

enti ni princ unsih in chorunka,

ūʒʒan kaneri unsih fona allēm suntōn.

7．バイエルン語の懺悔 I（9世紀初め）

　　Truhtīn, dir wirdu ih pigihtīk allero mīnero suntiōno enti missatātio, alles des ih io missasprah eddo missateta eddo missadāhta, worto enti wercho enti kidancho, des ih kihukkiu eddo ni gahukkiu, des ih wiʒʒanto kiteta eddo unwiʒʒanto, nōtak eddo unnōtak, slāffanti eddo wachēnti: meinswartio enti
5　lugīno, kiridōno enti unrehteru fizusheiti, huorōno, sō wie sō ih sio kiteta, enti unrehtero firinlustio in muose, in tranche enti in unrehtemo slāfe: daʒ tū mir, truhtīn, kinist enti kināda kawerdōs fargepan, daʒ ih fora dīnēm augōm unskamēnti sī, enti daʒ ih in deseru weralti mīnero missatātio hriuūn enti harmskara hapēn muoʒʒi, solīhho sō dīno miltidā sīn, alles waltantio truhtīn.

8．ザンクト・エメラムの祈り A 写本（9世紀初め）

　　Trohtīn, dir wirdu ih pigihtīk allero mīnero suntōno enti missatāteo, alles deih eo missasprach edo missateta ædo missadāhta, worto enti wercho enti kadanccho, des ih kyhukkiu ædo ni kihukku, des ih wiʒʒanto (kiteta) ædo unwiʒʒanto, nōtac ædo unnōtac, slāffanto ædo wahēnto: meinswarteo enti lu-
5　kīno, kyridōno enti unrehtero fizusheito, huorōno, sō wē sō ih sō kiteta, enti unrehtero firinlusteo in muose enti in tranche enti in unrehtemo slāffe: daʒ dū mir, trohtīn, kanist enti kanāda farkip, enti daʒ ih fora dīnēn augōn unscamanti sī, enti daʒ ih in derru werolti mīnero suntōno riuūn enti harmscara hapan mōʒi, solīho sō dīno miltidā sīn.

10　　Alles waltenteo trohtīn, kot almahtīgo, kawerdo mir helfan enti kawerdo mir farkepan kanist enti kanāda in dīnemo rīhe. Kot almahtīgo, kawerdo mir

み国が来たれかし．
み心が，天にあるが如く，地にてもあれかし．
5 我らの絶えぬ食べ物を我らにいつも与え給え．
かつ我らが我らの借り手らに許す如く，我らに我らの借りを許し給え．
かつ我らを試みに導かず，
されど我らを一切の罪より救い給え．

7．バイエルン語の懺悔 I （9世紀初め）

　　主よ，汝に我は全てのわが罪と過ちを告白す．我がかつて言い間違えたる，或いは行い間違えたる，或いは考え間違えたる全ての事を．我が思う，或いは思わぬ事を．我が知りつつ，或いは知らぬまま，強いられて，或いは強いられぬまま，眠りつつ，或いは目覚めたるまま行いたる事を．偽誓と虚
5 言を，情欲と不義なる策略を，如何にてあれ我の行いたる淫行を，かつ食事，飲み物，不義なる眠りにおける不義なる欲望を．主よ，汝が我に救いと恵みを授けんが為に，我が汝の面前にて恥じぬが為に，かつ我がこの世にてわが過ちの償いと罰を持ち得るが為に，これらが汝の慈愛と同様たらんが為に，万物を支配する主よ．

8．ザンクト・エメラムの祈りA写本 （9世紀初め）

　　主よ，汝に我は全てのわが罪と過ちを告白す．我がかつて言い間違えたる，或いは行い間違えたる，或いは考え間違えたる全ての事を．我が思う，或いは思わぬ事を．我が知りつつ，或いは知らぬまま，強いられて，或いは強いられぬまま，眠りつつ，或いは目覚めたるまま（行いたる）事を．偽誓
5 と虚言を，情欲と不義なる策略を，如何にてあれ我の行いたる淫行を，かつ食事，飲み物，不義なる眠りにおける不義なる欲望を．主よ，汝が我に救いと恵みを授けんが為に，我が汝の面前にて恥じぬが為に，かつ我がこの世にてわが過ちの償いと罰を持ち得るが為に，これらが汝の慈愛と同様たらんが為に．
10 万物を支配する主よ，全能の神よ，我を助け給え，かつ我に救いと恵みを汝の王国にて授け給え．全能の神よ，我を助け給え，かつ我に英知と分別と

helfan enti kawiʒʒida mir jā furistentida jā gaotan willun saman mit rehtēn galaupōn mir fargepan za dīnemo deonōste. Trohtīn, dū in desa weralt quāmi suntīge za ganerienne, kawerdo mih cahaltan enti kanerien. Christ, cotes sun,
15 wīho trohtīn, sōso dū wellēs enti dīno canāda sīn, tuo pī mih suntīgun enti unwirdīgun scalh dīnan. Wīho truhtīn, kanādīgo got, kawerdo mir helfan suntīkemo enti fartānemo dīnemo scalhe wānentemo dīnero kanādōno. Enstīgo enti milteo trohtīn, dū eino weist, weo mīno durfti sint: in dīno kanādā enti in dīno miltidā, wīho truhtīn, pifilh mīn herza jā mīnan cadanc jā mīnan willun
20 jā mīnan mōt jā mīnan līp jā mīniu wort jā mīniu werh. Leisti, wīho truhtīn, dīno kanādā in mir suntīgin enti unwirdīgin scalhe dīnemo; kawerdo mih canerien fona allemo upile.

9．神への賛歌（9世紀前半）

  Sancte sator, suffragator, Wīho fater, helfāri,
  legum lator, largus dator, ēōno sprehho, miltēr kepo,
  jure pollens es qui potens pī rehte wahsanti dū pist der mahtīgo
  nunc in ethra firma petra: nū in himile festēr stein:
5 *a quo creta cuncta freta,* fana demo kamahhōt sint alle wāgi,
  quae aplustra ferunt, flustra, dē fana skeffe fōrrent plōmūn,
  quando celox currit velox; denne cheol laufit sniumo;
  cujus numen crevit lumen, des maht kascōf leoht,
  simul solum, supra polum! saman erda opa himile!
10 *Prece posco, prout nosco,* Petōno pittiu, sōso ih chan,
  caeliarce Christe, parce himiles nolle Christ, porge [frido *vel* spare]
  et piacla, dira jacla enti meintāti, ungahiure scōʒila
  trude taetra tua cetra. skurgi dē swarzun mit dīnu skiltu.
  quae capesso et facesso dei fornimu enti gatōm
15 *in hoc sexu sarci nexu.* in desemo heite fleisc kapuntan.
  Christe, umbo meo lumbo Christes rantbouc mīnera lancha
  sis, ut atro cedat latro sī, daʒ der swarzo kilīde murdreo.

良き意志を正しき信仰と共に汝への奉仕の為に授け給え．罪人らを救いにこの世へ来たる主よ，我を守りて救い給え．キリスト，神の息子，聖なる主よ，汝の欲するままに，かつ汝の恵みのあるがままに，汝の罪深き，価値なき僕
15 たる我の為になし給え．聖なる主，慈悲深き神よ，汝の罪深き，過ちたる僕，汝の恵みを待ち望む僕たる我を助け給え．恵み深き，慈悲ある主よ，わが欲求が如何なるかを，汝一人が知りてあり．汝の恵みと汝の慈悲に，聖なる主よ，我はわが心とわが思いとわが意志とわが気持ちとわが体とわが言葉とわが行いを委ぬ．聖なる主よ，汝の恵みを汝の罪深き，価値なき僕たる我にお
20 いて果たし給え．我を一切の悪より救い給え．

9．神への賛歌（9世紀前半）

聖ナル創始者ヨ，好意者，　　　　　　聖なる父よ，　救済者，
法の発布者，気前良キ授与者，　　　　法の発布者，　気前良き授与者，
当然ニ有力ナル者ニシテ　汝ハ力強キ者，　当然に増大する者にして　汝は力強き者，
今，天ニオイテ　硬キ岩（ナリ）．　　今，天において　硬き岩（なり）．
5 全テノ海ハ　彼ニヨリ創ラレテ（アリ），　全ての海は　彼により創られてあり，
船ヲ　運ブ潮ハ．　　　　　　　　　　それらは船より　花々を運ぶ．
速キ舟ガ　帆走スル時ニ．　　　　　　舟が速く　走る時に．
彼ノ意志ハ　光ヲ創造シヌ，　　　　　彼の力は　光を創造しぬ，
大地ト共ニ，　上ニテハ天ヲ．　　　　大地と共に，　天の上にて．
10 願イニテ我ハ祈念ス，我ノ能ウ通リ，　願いにて我は祈念す，我の能う通り，
天ノ支配者ヨ，キリストヨ，労ワリ給エ．天の頂きに，キリストよ，守り[労わり，寧ロ：保護し]給え．
カツ罪ヲ，　恐ロシキ投ゲ槍ヲ，　　　かつ罪を，　恐ろしき投げ槍を，
忌ワシキヲ押シノケ給エ，汝ノ楯ニテ．黒きを押しのけ給え，汝の楯にて．
ソレラヲ我ハ摑ミ，カツ遠ザク．　　　それらを我は摑み，かつ退く．
15 肉ニ縛ラレタル　コノ性ニオイテ．　　この性において　縛られたる肉として．
キリストヨ，ワガ腰ノ為ニ　盾ニテ　　キリストの盾の中高は　わが腰のものにて
アリ給エ．略奪者ガ　去ルガ為ニ，　　あれ．あの黒き者が，殺害者が去るが為に．

(mox sugmento   fraudulento).
　　Pater, parma　procul arma　　Fater, skilt　rūmo wāffan
20 arce hostis,　uti costis,　　　nolle fīantes,　pruuhhan rippeo,
　　imo corde　sine sorde.　　　noh mēr hercin　āno unsūparī.
　　tunc deinceps　trux et anceps denne frammort　ungahiuri enti zwīfoli
　　catapulta　cadat multa.　　　allaʒ sper　snīdit managiu.
　　Alma tutrix　atque nutrix,　　Wīhu skirmāri　enti fōtareidī,
25 fulci manus　me, ut sanus　　stiuri hant,　daʒ mih heilan
　　corde reo,　prout queo,　　　sculdīgemo herzin,　sōso ih mac,
　　Christo theo,　qui est leo,　　Christe cote,　der ist leo,
　　dicam: 'deo　grates cheo.'　　ih quidu: 'cote　dancha toon.'
　　sicque beo　me ab eo.　　　 sō fana imo　mih fana imo.

10. フルダの覚え書き（9世紀）

　　Ih santa zi Thuringiun II gifengidi enti ein pettigiwaati, zwēne hūs-trahsla, zwēne bernsteina.

11. カッセルの会話より（9世紀）

1) *Tundi (=tonde) meo capilli.*　　　　Skir mīn fahs.
2) *Radi me meo colli.*　　　　　　　　Skir mīnan hals.
3) *Radi meo parba (=barba).*　　　　　Skir mīnan part.
4) *Indica mih, quomodo nomen ha-*　　Sage mir, weo namun habēt desēr
　 bet homo iste.　　　　　　　　　　man.
5) *Unde es tu?*　　　　　　　　　　　Wanna pist dū?
6) *Quis es tu?*　　　　　　　　　　　Wer pist dū?
7) *Unde venis?*　　　　　　　　　　　Wanna quimis?
8) *De quale patria pergite (=pergis)?*　Fona welīheru lantskeffi sindōs?
9) *Ubi fuistis?*　　　　　　　　　　　Wār wārut?
10) *Quid quisistis?*　　　　　　　　　Waʒ sōhtut?
11) *Quesivimus, quod nobis necesse fuit.*　Sōhtum, daʒ uns durft was.

(直チニ黒キ欺瞞的ナル　誘惑ヨリ).
　父ヨ, 楯ニテ　敵ノ武器ヲ遠クヘ　　　　　父よ, 楯は　武器を遠くへ
20　遠ザケ給エ,　肋骨カラノ如クニ,　　　　敵の頭頂に,　肋骨を享受するが為に,
　最モ深キ心ヨリ　汚レナク.　　　　　　　むしろ心より　汚れなく.
　ヤガテ次ニ　恐ロシキ, 疑ワシキ者ガ　　　その後更に　恐ろしき, 疑わしき
　多クノ投ゲ矢ニテ　倒レンコトヲ.　　　　一切の槍は　多くを切り倒す.
　好意アル女保護者ニシテ　乳母ヨ,　　　　聖なる保護者にして　乳母よ,
25　両手ヲ, 我ヲ支エ給エ, 健全ナル者トシテ,　手を支え給え,　我を健全なる者として,
　罪深キ心ニテ,　我ノ能ウ通リ,　　　　　罪深き心にて,　我の能う通り,
　獅子タル　神, キリストニ　　　　　　　獅子たる　神, キリストに
　我ガ言ウガ為ニ:「神ニ　我ハ感謝ス」.　　我が言うが為に:「神に　我は感謝す」.
　カクシテ我ハ彼ニヨリ　我ヲ幸福ニス.　　かくして彼により　我を彼により.

10. フルダの覚え書き (9世紀)

　我, テューリンゲンヘ衣服 2 着, 敷布 1 枚, 轆轤(ろくろ)細工 2 個, 琥珀(こはく) 2 個送りぬ.

11. カッセルの会話より (9世紀)

1) ワガ髪ヲ刈レ.　　　　　　　　　　　わが髪を刈れ.
2) ワガ項(ウナジ)ヲ剃レ.　　　　　　　　わが項(うなじ)を剃れ.
3) ワガ髭ヲ剃レ.　　　　　　　　　　　わが髭を剃れ.
4) コノ男ハ如何様ニ名ヲ有スルカ,　　　この男は如何様に名を有するか,
　我ニ言エ.　　　　　　　　　　　　　我に言え.
5) 汝ハ何処ヨリカ.　　　　　　　　　　汝は何処よりか.
6) 汝ハ誰ナルカ.　　　　　　　　　　　汝は誰なるか.
7) 汝ハ何処ヨリ来タルカ.　　　　　　　汝は何処より来たるか.
8) 汝ハ何レノ地ヨリ来タルカ.　　　　　汝は何れの地より来たるか.
9) 汝ラハ何処ニアリタルカ.　　　　　　汝らは何処にありたるか.
10) 汝ラハ何ヲ求メタルカ.　　　　　　　汝らは何を求めたるか.
11) 我ラハ我ラニ要セル物ヲ求メタリ.　　我らは我らに要せる物を求めたり.

12) *Quid fuit necessitas?* Waʒ wārun durfti?
13) *Multum.* Manago.
14) *Necessitas est nobis tua gratia habere.* Durft ist uns dīna huldī za hapēnne.
15) *Tu manda, et ego facio.* Dū capiut anti ih tōm.
16) *Quare non facis?* Wanta ni tōis?
17) *Sic potest fieri sapiens homo stultus.* Sō mac wesan spāhēr man tolēr.
18) *Stulti sunt Romani, sapienti sunt Paioari (=Baiwari).* Tole sint Walha, spāhe sint Peigira.
19) *Modica est sapienti in Romana, plus habent stultitia quam sapientia.* Luzīc ist spāhe in Walhum, mēra hapēnt tolaheitī denne spāhī.
20) *Cogita de temet ipsum.* Hogazi pī dih selpan.
21) *Ego cogitavi semper de me ipsum.* Ih hogazta simplun fona mir selpemo.
22) *Bonum est.* Cōt ist.

12. ザンクト・エメラムの主の祈り注解より（9世紀）

Fater unsēr, der ist in himilom,
kæwīhit werde dīn namo.
piqueme rīhi dīn.
wesse willo dīn, sama ist in himile, enti in erdu.
5 pilipi unsaraʒ kip uns emiʒīcaʒ.
enti vlāʒ uns unsero sculdi, sama sō wir flāʒʒemēs unserēm scolōm.
enti ni verleiti unsih in die chorunga,
ūʒʒan ærlōsi unsih fona allēm suntōm.

13. ムースピリ（9世紀後半）

... sīn tac piqueme,   daʒ er touwan scal.
wanta sār sō sih diu sēla   in den sind arhevit,

12) 要セル物ハ何ニテアリタルカ. 　　要せる物は何にてありたるか.
13) アマタ. 　　あまた.
14) 我ラニ要スルハ汝ノ好意ヲ受クル　我らに要するは汝の好意を受くる
　　 コトナリ. 　　ことなり.
15) 汝ハ命ゼヨ, サレバ我ハ行ウ. 　　汝は命ぜよ, されば我は行う.
16) 何故汝ハ行ワヌカ. 　　何故汝は行わぬか.
17) カクノ如ク賢キ男ハ愚カニテアリ　かくの如く賢き男は愚かにてあり
　　 得. 　　得.
18) ロマン人ラハ愚カナリ, バイエル　ロマン人らは愚かなり, バイエル
　　 ン人ラハ賢シ. 　　ン人らは賢し.
19) ロマン人ラノ所ニテハ賢サハ僅カ　ロマン人らの所にては賢さは僅か
　　 ナリ. 彼ラハ賢サヨリモ, 寧ロ愚カ　なり. 彼らは賢さよりも, 寧ろ愚か
　　 サヲ有ス. 　　さを有す.
20) 汝ハ汝自身ノ事ヲ考エヨ. 　　汝は汝自身の事を考えよ.
21) 我ハ常ニ我自身ノ事ヲ考エヌ. 　　我は常に我自身の事を考えぬ.
22) 良キ事ナリ. 　　良き事なり.

12. ザンクト・エメラムの主の祈り注解より (9世紀)

　　天におわする我らが父よ,
　　み名が清められよかし.
　　み国が来たれかし.
　　み心が, 天にあるが如く, 地にてもあれかし.
5　我らの食べ物を絶えぬ物として我らに与え給え.
　　かつ我らが我らの借り手らに許す如く, 我らに我らの借りを許し給え.
　　かつ我らを試みに導かず,
　　されど我らを一切の罪より救い給え.

13. ムースピリ (9世紀後半)

… 彼の日, 来ん, 　　かくてその者, 死にすべし.
　　そこで直ぐさま魂が　　旅の路へと歩み出し,

enti si den līhhamun   likkan lāʒʒit,
sō quimit ein heri   fona himilzungalon,
5 daʒ andar fona pehhe: dār pāgant siu umpi.
sorgēn mac diu sēla,   unzi diu suona argēt,
za wederemo herie   si gihalōt werde.
wanta ipu sia daʒ Satanāʒses   kisindi kiwinnit,
daʒ leitit sia sār,   dār iru leid wirdit,
10 in fuir enti in finstrī: daʒ ist rehto virinlīh ding.
upi sia avar kihalōnt die,   die dār fona himile quemant,
enti si dero engilo   eigan wirdit,
die pringent si   sār ūf in himilo rīhi:
dār ist līp āno tōd,   lioht āno finstrī,
15 sālida āno sorgūn: dār n'ist neoman siuh.
denne der man in pardīsu   pū kiwinnit,
hūs in himile,   dār quimit imo hilfa kinuok.
18, 19 Pīdiu ist durft mihhil allero manno welīhemo,   daʒ in es sīn muot kispane,
20 daʒ er kotes willun   kerno tuo
enti hella fuir   harto wīse,
pehhes pīna: dār piutit der Satanāsʒ altist
heiʒʒan lauc.   sō mac huckan za diu,
sorgēn drāto,   der sih suntīgen weiʒ.
25 wē demo in vinstrī scal   sīno virinā stūēn,
prinnan in pehhe: daʒ ist rehto palwīc dink,
daʒ der man harēt ze gote   enti imo hilfa ni quimit.
wānit sih kināda   diu wēnac sēla:
ni ist in kihuctin   himiliskin gote,
30 wanta hiar in werolti   after ni werkōta.
Sō denne der mahtīgo khuninc   daʒ mahal kipannit,
dara scal queman   chunno kilīhaʒ:
denne ni kitar parno nohhein   den pan furisizzan,

Ⅰ. バイエルン語の作品

　　　肉の体を打ちやりて　　　　　後にしたるや，その途端，
　　　天つみ空の星座より　　　　　群なす兵の来るが故.
　 5 別の攻め手は地獄より.　　　　それを巡りてせめぎ合う.
　　　そこなる魂(たま)は憂うべし，　　　しかと裁きが下るまで，
　　　それがいずれの手の者に　　　取らるることに相なるか.
　　　もしもサタンの手下らが　　　魂(たま)を戦い取るならば，
　　　苦楚の生ずる所へと，　　　　直ちに連れて行くが故.
　10 炎と闇の只中へ.　　　　　　　本に忌々(ゆゆ)しき裁きなり.
　　　されど天より下り来る　　　　手勢がそれを手に収め，
　　　それがかくなる使者達の　　　占有物と相ならば，
　　　直ちにそれを上空へ，　　　　天の国へと連れて行く.
　　　そこは久遠の生命が，　　　　暗むことなき光明が，
　15 無憂(むう)の至福がある所.　　　そこでは誰も病なし.
　　　もしや一度(ひとたび)，天国(ハライゾ)で　　　人が住み処(か)を得るならば，
　　　天に家宅を持つならば，　　　彼に救いが与えらる.
18,19 如何な人とて肝要ぞ，　　　　己が心に駆り立たれ，
　20 神の求めを喜びて　　　　　　自らそれをなすことが.
　　　そして奈落の極熱(ごくねつ)を，　　　火焚(かほん)地獄の苦しみを
　　　ともあれしかと回避せよ．　　そこはサタンの頭目が
　　　熱き火炎を当つる場所.　　　かくなる事を気に止めて，
　　　大いに恐れ，憂うべし，　　　己の罪を知る者は.
　25 災禍あれかし，闇内(やみぬち)で　　　止む無く罪を贖いて，
　　　地獄で燃ゆる者の身に.　　　真(まこと)に悪しき裁きなり，
　　　神に大きく叫べども，　　　　救いが何も来ぬことは.
　　　幸い薄き魂(たま)が　　　　　大慈を神に望めども，
　　　そこなる魂は高天の　　　　　神の記憶に絶えてなし.
　30 ここな現世で神に依り　　　　行動せざる故なれば.
　　　力の強き天帝が　　　　　　　ついに開廷，布告して，
　　　如何な氏族であらんとも　　　出頭せよと命ぜらる.
　　　如何なる者も命令を　　　　　怠ることは許されず.

217

ni allero manno welīh   ze demo mahale sculi.
35 dār scal er vora demo rīhhe   aʒ rahhu stantan,
pī daʒ er in werolti   kiwerkōt hapēta.
Daʒ hōrt' ih rahhōn   dia weroltrehtwīson,
daʒ sculi der antichristo   mit Ēlīase pāgan.
der warch ist kiwāfanit,   denne wirdit untar in wīc arhapan.
40 khenfun sint sō kreftīc,   diu kōsa ist sō mihhil.
Ēlīas strītit   pī den ēwīgon līp,
wili dēn rehtkernōn   daʒ rīhhi kistarkan:
pīdiu scal imo helfan,   der himiles kiwaltit.
der antichristo   stēt pī demo altfīante,
45 stēt pī demo Satanāse,   der inan varsenkan scal:
pīdiu scal er in deru wīcsteti   wunt pivallan
enti in demo sinde   sigalōs werdan.
Doh wānit des vilo   gotmanno,
daʒ Ēlīas in demo wīge   arwartit werde,
50 daʒ Ēlīases pluot   in erda kitriufit.
Sō inprinnant die perga,   poum ni kistentit
ēnīch in erdu,   ahā artruknēnt,
muor varswilhit sih,   swilizōt lougiu der himil,
māno vallit,   prinnit mittilagart,
55 stēn ni kistentit ēnīk in erdu,   verit denne stūatago in lant,
verit mit diu vuir   viriho wīsōn:
dār ni mac denne māk andremo   helfan vora demo mūspille.
denne daʒ preita wasal   allaʒ varprinnit,
enti vuir enti luft   iʒ allaʒ arfurpit,
60 wār ist denne diu marha,   dār man dār eo mit sīnēn māgon piech?
diu marha ist farprunnan,   diu sēla stēt pid(w)ungan,
ni weiʒ mit wiu puaʒe: sō verit si za wīʒe.
Pīdiu ist demo manne sō guot,   denn' er ze demo mahale quimit,

I. バイエルン語の作品

  裁きの庭に人は皆，   参集せよという命を.
35 そこでは人は主の前に   弁明すべく立たせらる.
  かつて現世で長年に   彼がなしたる事につき.
  この世の法を知る者が   かよう語るを我，聞きぬ，
  アンチ・キリスト現われて， エリアに挑みかくべしと.
  非人は武具で身を固め， 二人の間にて戦わる.
40 いとも戦士ら，厳めしく， 争い事はいと大し.
  永遠の命を守るため，   エリアはいたく奮戦し，
  正義を愛ずる者の為，   み国を強化せんと欲る.
  かく故，天の支配者は   助けを彼に与うらん.
  アンチ・キリスト，仇敵の 傍ら近く立ちてあり，
45 彼を沈むることとなる   サタンの側に立ちてあり.
  それ故，彼は戦場で   痛手を受けて打ち倒れ，
  かくの出馬で勝ち星を   欠きたる者と相ならん.
  されどあまたの，天神に 仕うる者は信じおり.
  戦の最中，切り込まれ，   エリアは深く傷つきて，
50 彼より出ずる血の汁が   大地の上に垂れ落つと.
  かくて山々燃え上がり，   最早如何なる木本も
  下界の地には立ちおらず. 河川は全て干し上がり，
  沼地は全く干からびて，   炎で天は燃え盛る.
  月は天より下に落ち，   地なる世界は炎上す.
55 全ての石がこけ返り，   そこで地に来る裁きの日.
  人のこの世を見舞う為，   炎と共にその日，来.
  如何な者とてムスピリの 前で身内を救い得ず.
  潤い満つる広き地が   烈しく燃えて灰と化し，
  それを合切，火と風が   払い飛ばしてしまう時，
60 かつて縁者の助けにて   争いたりし地はいずこ.
  その地はとうに燃え尽きて 魂は茫然自失たり.
  償う術をそは知らず，   地獄の罰を受けに行く.
  故に人には勧めらる，   裁きの庭に来るならば，

daʒ er rahōno welīha rehto arteile.
65 Denne ni darf er sorgēn, denne er ze deru suonu quimit.
ni weiʒ der wēnago man, wielīhan wartil er habēt,
denn' er mit dēn miatōn marrit daʒ rehta,
daʒ der tiuval dār pī kitarnit stentit,
der hapēt in ruovu rahōno welīha,
70 daʒ der man ēr enti sīd upiles kifrumita,
daʒ er iʒ allaʒ kisagēt, denne er ze deru suonu quimit;
ni scolta sīd manno nohhein miatūn intfāhan.
Sō daʒ himilisca horn kilūtit wirdit,
enti sih der ana den sind arhevit, der dār suannan scal tōtēn enti lepentēn,
75 denne hevit sih mit imo herio meista,
daʒ ist allaʒ sō pald, daʒ imo nioman kipāgan ni mak.
denne verit er ze deru mahalsteti, deru dār kimarchōt ist:
dār wirdit diu suona, die man dār io sagēta.
denne varant engila uper dio marhā,
80 wechant deota, wīssant ze dinge.
denne scal manno gilīh fona deru moltu arstēn,
lōssan sih ar dero lēwo vaʒʒōn, scal imo avar sīn līp piqueman,
daʒ er sīn reht allaʒ kirahhōn muoʒʒi,
enti imo after sīnēn tātin arteilit werde.
85 denne der gisizzit, der dār suonnan scal
enti arteillan scal tōtēn enti quekkhēn,
denne stēt dār umpi engilo menigī,
guotero gomōno: gart ist sō mihhil:
dara quimit ze deru rihtungu sō vilo, dia dār ar restī arstēnt.
90 sō dār manno nohhein wiht pimīdan ni mak.
dār scal denne hant sprehhan, houpit sagēn,
allero lido welīhc unzi in den luzīgun vinger,
waʒ er untar desem mankunnie mordes kifumita.

Ｉ．バイエルン語の作品

　　正義によりて一切の　　　　　訴え事を裁くべし．
65　かくて憂うる要はなし，　　　神の裁きに来たるとも．
　　哀れなる者，つゆ知らず，　　如何な見張りがおるのやら，
　　彼が賄賂を遣わして　　　　　わざと正義を破る時，
　　悪魔がそこの物陰に　　　　　身をば潜めておることを．
70　悪魔は人が何であれ，　　　　以前になせる悪行を，
69　あらゆる事を数え上げ，　　　心にしかと留め置き，
　　神の裁きに来たる時，　　　　事々それを言い立てん．
　　故に誰あれ賄賂を　　　　　　貰い受くるぞ，あるまじき．
　　天の角笛が高らかに　　　　　吹かれて広く鳴り渡り，
　　死者と生者を裁かれん　　　　至高の方が発たれると，
75　こよなく強き軍勢も　　　　　共々立ちて現われん．
　　軍はいとも強くして，　　　　如何な者とて抗し得ず．
　　かくていよいよ仕切られし　　裁きの庭に主が来たり，
　　その場でとうに告知せる　　　神の裁きが行わる．
　　次には神の使者達が　　　　　全ての国を駆け巡り，
80　死せる者らを呼び醒まし，　　裁きの庭に召喚す．
　　さすれば人はことごとく　　　ごみの中より身を起こし，
　　重き墓より放たれて，　　　　骨身が彼に戻り来ん．
　　人が自分の正義をば　　　　　十分語り得るが為，
　　己が所業に従いて　　　　　　裁きの決を受くる為．
86　死せる者らと今もなお　　　　生くる者らを審判し，
85　裁きて決を下されん　　　　　至高の方が着座して，
　　多数の天の使者達が　　　　　立ちて回りを取り囲む．
　　至福至善の男らが．　　　　　裁きの庭はかく広し．
　　墓より起くる人々が　　　　　法の廷へと集来す．
90　如何なる人もその場では　　　一事たりとも隠し得ず，
　　そこでは全て手が語り，　　　頭が告げて知らしめん，
　　四つの手足のいずれもが，　　指は小指に至るまで，
　　彼がこの世の人間で　　　　　実行したる密殺を．

   dār ni ist eo sō listīc man, der dār iowiht arliugan megi,
95 daʒ er kitarnan megi tāto dehheina,
   n'iʒ al fora demo khuninge kichundit werde,
   ūʒʒan er iʒ mit alamusanu furimegi
   enti mit fastūn dio virinā kipuaʒti.
   denne der paldēt, der gipuaʒʒit hapēt,
99a denn'er ze deru suonu quimit.
100 wirdit denne furi kitragan daʒ frōno chrūci,
   dār der hēligo Christ ana arhangan ward.
   denne augit er dio māsūn, dio er in deru menniskī anfenc,
   dio er duruh desse mancunnes minna fardolēta.

14．オットフリートの『聖福音集』F写本より（900年頃）

   Fater unsēr guato, bist truhtīn thū gimuato
   in himilon io hōhēr, wīh sī namo thīnēr.
   Biqueme uns dīnaʒ rīchi, thaʒ hōha himilrīchi,
30 thara wir zua io gingēn, joh emmiʒīgēn thingēn.
   Sī willo thīn hiar nidare, sōs'er ist ūfan himile.
   in erdu hilf uns hiare, sō thū engilon tuist nū dāre.
   Thia tagalīchūn zuhti gib hiut'uns mit ginuhtī,
   joh follon ouh, theist mēra, thīnes selbes lēra.
35 Sculd bilāʒ uns allēn, sō wir ouh tuan wollēn,
   sunta, thia wir denchēn, joh emmiʒīgēn wirchēn.
   Ni firlāʒe unsih thīn wāra in thes widarwerten fāra,
   thaʒ wir ni missigangēn, thārana ni gifallēn.
   Lōsi unsih io thanana, thaʒ wir sīn thīne thegana,
40 joh mit ginādōn dīnēn then wēwon io bimīdēn.

15．ジギハルトの祈り（900年頃）

   Dū himilisco trohtīn, gināde uns mit mahtin

I. バイエルン語の作品

```
 96  王のみ前で一切が              暴かるることなきように,
 94  何かを嘘で塗り固め,            己が仕業の一つでも
 95  隠し得るほど大層の            知恵ある者は絶えてなし.
     施し物で罪科(つみとが)を        償い得るにあらざれば,
     食を断じて悪行を              贖いたるにあらずんば.
     贖罪したる者は皆,             愁眉を開き天々ぞ,
 99a 裁きの庭に来たるとも.
 101 そこで聖なるキリストの        懸けられたりし十字架が,
 100 主(ぬし)の十字が人前に       運び出されて, キリストは
     人の時分に受けられし          深手の跡を示されん,
     人に対する愛故に              敢えて忍びし傷跡を.
```

14. オットフリートの『聖福音集』F写本より (900年頃)

```
     父よ, 我らの良き父よ,         汝(みまし), 心の優しき主,
       天にて常に高き方.            御名(おん)が聖とせられたし.
       み国がこちへ来たれかし,      高く貴き天国が.
 30    それを我らは乞い求め,       間なく時なく待ち望む.
       天にある如(ごと), み心が    ここなる下に有らまほし.
       上で天使になさる如(ごと),  下土(かど)の我らを救われよ.
       日毎の糧をたぶやかに         今日も我らに下されよ.
       更に良き事, ご自身の         教えもあまた給えかし.
 35  我らもしたく思う如(ごと),    我らに借りを許されよ,
       我らが胸にかき抱(いだ)き,  常々犯す罪科(つみとが)を.
       汝(みまし)の慈悲は我らをば 敵の罠へとな見捨てそ.
       我らが道を誤たず,            故に没落せぬが為.
       そより我らを放たれよ.        我らが家士であるが為,
 40    汝(みまし)の恩を身に受けて いつも破滅を逃(のが)るべく.
```

15. ジギハルトの祈り (900年頃)

```
     汝, 我らが天の主よ,           強く慈悲をば垂れ給え,
```

in dīn selbes rīche,　sōso dir gilīche.

Aliter

Trohtīn Christ in himile,　mit dīnes fater segane

5　gināde uns in ēwūn,　daʒ wir ni līdēn wēwūn.

Waldo episcopus istud evangelium fieri jussit. Ego Sigihardus indignus presbyter scripsi.

16. ペテロの歌 (900年頃)

1. Unsar trohtīn hāt farsalt　sancte Pētre giwalt,

   daʒ er mac ginerian　ze imo dingenten man.

   Kyrie eleyson,　Christe eleyson.

2. Er hapēt ouh mit wortun　himilrīches portūn,

   dār in mach er skerian,　den er wili nerian.

   Kirie eleison,　Christe eleyson.

3. Pittemēs den gotes trūt　alla samant uparlūt,

   daʒ er uns firtānēn　giwerdo ginādēn.

   Kirie eleyson,　Christe eleison.

17. 司祭の誓いA写本 (10世紀)

De sacramento episcopis (presbyterorum), qui ordinandi sunt ab eis

Daʒ ih, dir hold pin N. demo piscophe, sō mīno chrephti enti mīno chunsti sint, sī mīnan willun fruma frummenti enti scadun wententi, kahōrīch enti kahengīg enti stātīg in sīnemo piscophtuome, sō ih mit rehto aphter canone scal.

18. フォーラウの懺悔断片より (10世紀)

Kiloupistū in got fater almahtīgan?

Enti in sīnan sun, den haltentun Christ?

Enti in den wīhun ātum?

Kiloupistū, daʒ die drī einēr got almahtīg ist, der scuof himil enti erda?

5　Quid nū: Ih gihu gote almahtīgin fatere enti allen sīnen (sanctin) ... enti mīna

　　　　　汝自身のみ国にて　　　　　汝が心に添う如く．
　　　　又ハ
　　　　　我らが天主，キリストよ，　汝が親父の恵みにて
　5．　永遠に慈悲をば垂れ給え，　　我ら苦痛を受けぬべく．
　　　　　ワルド司教ガコノ福音書ヲ作ルベク命ジヌ．我，卑賤ナル司祭，ジギハル
　　　　ドゥスガ書キヌ．

16．ペテロの歌（900年頃）

　1．我らが主父は力をば　　　　　聖者ペテロに与えたり，
　　　　彼に望みを置く者を　　　　彼が救済し得る為．
　　　　　憐レミ給エ，天ノ主ヨ，　憐レミ給エ，キリストヨ．
　2．して又，彼は言の葉で　　　　天つみ国の門を占む．
　　　　彼が救済したき者，　　　　それを中へと入らしめ得．
　　　　　憐レミ給エ，天ノ主ヨ，　憐レミ給エ，キリストヨ．
　3．我らは共に大声で　　　　　　神の弟子に願うべし，
　　　　我ら罪ある者共を　　　　　何とぞ仁恕し給えと．
　　　　　憐レミ給エ，天ノ主ヨ，　憐レミ給エ，キリストヨ．

17．司祭の誓いA写本（10世紀）

　　　（司教ラニ対スル）彼ラニヨリ任命セラルベキ司祭ラノ誓イニ関シテ
　　司教Nに忠実なる我が，わが体力とわが能力のある限り，当然，条規に従い
　てなすべき通りに，わが意志により善をなし，かつ害悪を避け，従順にして恭
　順，かつ彼の司教区内にて不動たらんことを（誓う）．

18．フォーラウの懺悔断片より（10世紀）

　　　汝は神，全能の父を信ずるか．
　　　かつ彼の息子，救済者キリストを．
　　　かつ聖なる霊を．
　　　汝はこの三者が，天と地を創りたる，一人の全能の神たることを信ずるか．
　5　今言うべし：我は全能の神たる父と全ての彼の聖人に告白す．…かつ我がす

muater sō ne ērēta, sō ih scolta, enti mīna nāhistun sō ne minnōta, sō ih scolta, enti mīn wīp enti mīniu chind enti mīna jungirun sō ni minnōta, sō ih scolta, enti ni lērta, sō ih scolta. daȝ ih die wīhun sunnuntaga enti dea heiligun missa sō ni ērēta, sō ih scolta...

19. 詩篇138（10世紀）

  Wellet ir gihōren Daviden den guoton,
    den sīnen touginon sin? er gruoȝte sīnen trohtīn:
  Jā gichuri dū mih, trohtīn, inte irchennist, wer ih pin,
    fone demo aneginne uncin an daȝ enti.
 5 Ne meg'ih in gidanchun fore dir giwanchōn:
    dū irchennist allo stīga, se warot sō ih ginīgo;
  Sō ware sōse ih chērte mīnen zoum, sō rado nāmi dū's goum:
    den wech furiworhtōstū mir, daȝ ih mih chērte after dir.
  Dū hapēst mir de zungūn sō fasto pidwungen,
10 daȝ ih āne dīn gipot ne spricho nohein wort.
  Wie michiliu ist de dīn giwiȝida, Christ,
    fone mir ce dir gitān! wie maht' ih dir intrinnen!
  Far' ih ūf ze himile, dār pistū mit herie,
    ist ze hello mīn fart, dār pistū geginwart:
15 ne meg'ih in nohhein lant, nupe mih hapēt dīn hant.
  Nū will'ih mansleccun alle fone mir gituon,
    alle, die mir rieton den unrehton rīhtuom.
  Alle, die mir rietun den unrehton rīhtuom,
    die sint fīanta dīn, mit dēn will'ih gifēh sīn;
20 Dē wider dir wellent tuon, dē will'ih fasto nīdōn,
    alle durh dīnen ruom mir ze fīente tuon.
  Dū got, mit dīnero giwalt scirmi iogiwedrehalp,
    mit dīnero chrefti pinim dū'mo daȝ scefti,
    ne lā dū'mo's de muoȝȝe, daȝ er mih se ane skioȝȝe.

べき通りに，わが母を敬わざりしことを，かつ我がすべき通りに，わが隣人らを愛さざりしことを，かつ我がすべき通りに，わが妻とわが子らとわが弟子らを愛さざりしことを，かつ我がすべき通りに，教えざりしことを．我がすべき通りに，聖なる日曜日と聖なるミサを敬わざりしことを…

19. 詩篇138（10世紀）

```
     なれら聞きたく思わぬか，        ダヴィデと言える善王の，
       彼の秘めたる英明を．           彼は天主に言いかけぬ．
     真(まこと)，なんじは我(あ)を選れり，  我(あれ)が誰かを知り尽くす，
       頭の先の初めより              足の裏なる終わりまで．
 5   あれの思いがなが前で            揺らぐことなどありはせず．
       あれがいずこへ向かえども，     全ての道をなれは知る．
       どこへ手綱を返せれど，          なれは直ちに気づきたり．
       なれの方へと向くが為，          あが行く道を遮りぬ．
       あれの舌をばいと強く            なんじが押さえつけし故，
10   なれが許しを持たずして          一語たりともあは言えず．
       あれに関してなされたる          なれが知識は如何ほどに
       大なることか，キリストよ，      なれより如何に逃げ得しか．
       天へとあれが上がれども，        軍(いくさ)と共になれはあり．
       あが行く先が地獄とて，          そこになんじは居合わさん．
15     なが手があれを支えねば，        如何なる地にも至り得ず．
       あれはあらゆる殺し手を          今しあれより退けん．
       悪しき，非理なる支配をば        あれに勧めし者を皆．
       悪しき，非理なる支配をば        あれに勧めし者は皆，
       彼らは全てなが敵(かたき)．      あれは彼らの仇(あだ)たらん．
20   なれに逆らう意の者を            あれは烈しく憎しまん．
       なれが誉れに皆人を              あれの敵(かたき)と相なさん．
       神よ，なんじの力もて            あらゆる場にて守り給(も)え．
       なれが力で敵(かたき)より，     神よ，弓矢を取り給え．
       敵(かたき)があれを射ぬが為，   機会を彼にな許しそ．
```

25　De sēla worhtōstū mir,　die pisāʒi dū mir.
　　　　dū wurti sār mīn giwar,　sō mih de muoter gipar.
　　　Noh trof ih des ne lougino,　des dū tāti tougino,
　　　　nupe ih fone gipurti　ze erdūn aver wurti.
　　　Far'ih in de finster,　dār hapēst dū mih sār:
30　ih weiʒ, daʒ dīn nacht mach　sīn sō lioht alsō tach.
　　　Sō will'ih danne file fruo　stellen mīno federā:
　　　　peginno ih danne fliogen,　sōse ēr ne tete nioman.
　　　Peginno ih danne fliogen,　sōse ēr ne tete nioman,
　　　　sō fliug'ih ze enti jenes meres:　ih weiʒ, daʒ dū mih dār irferist:
35　ne meg'ih in nohhein lant,　nupe mih hapēt dīn hant.
　　　Nū chius dir fasto ze mir,　upe ih mih chēre after dir;
　　　　dū ginādīgo got,　chēri mih framort:
　　　　mit dīnēn ginādun　gihalt mih dir in ēwun.

20．ヴィーンの犬の呪文（10世紀）

　　Christ wart gaboren ēr wolf ode diob.
　　dō was sancte Martī, Christas hirti.
　　der heiligo Christ unta sancte Martī, der gawerdo walten
　　hiuta der hunto, dero zōhōno,
5　daʒ in wolf noh wulpa za scedin werdan ne megi,
　　se wara se geloufan waldes ode weges ode heido.
　　der heiligo Christ unta sancte Martī,
　　dē frumma mir sa hiuto alla hera heim gasunta.

21．テーゲルンゼーの寄生虫の呪文（10世紀）

　　Pro nessia
　　Gang ūʒ, nesso,　mit niun nessinchilīnon,
　　　ūʒ fonna marge in deo ādrā,　vonna dēn ādrun in daʒ fleisk,
　　　fonna demu fleiske in daʒ fel,　fonna demo velle in diz tulli.

25 あが為，魂(たま)を作られて，　　　　あが為それを守られぬ．
　　　母があれをば生みし時，　　　　　なれは直ちに気づきたり．
28 生まれし後にこのあれが　　　　　　再び土に化さぬべく，
27 　密かになれがせる事も　　　　　　ゆめゆめあれは打ち消さず．
　　　闇の中へとあが入(い)らば　　　　なれは直ちにあを支う．
30 　あは知る，なれが真夜中は　　　　真昼の如く明(あか)り得．
　　　かくてその後いと早く　　　　　　あはあが羽を組み立てん．
　　　その後あれは，誰一人　　　　　　せざりし如く，飛び始む．
　　　その後あれは，誰一人　　　　　　せざりし如く，飛び初(そ)むと，
　　　そこなる海の果てへ飛ぶ．　　　　なれの及ぶをあれは知る．
35 　なが手があれを支えねば，　　　　如何なる地にも至り得ず．
　　　なれの方へとあが向くか，　　　　今こそしかと試されよ．
　　　憐れみ深きあが神よ，　　　　　　あれを先へと遣りたまえ．
　　　なれが情けと恵みもて　　　　　　永遠(とわ)にあれをば守(まも)り給え．

20. ヴィーンの犬の呪文 （10世紀）

　　狼よりも，賊よりも，イエスは先に生まれたり．
　　その時そこにキリストの牧者，聖なるマルティあり．
　　清く尊きキリストと聖者マルティよ，守(も)り給え，
　　今日のこの日に雄犬と雌の犬らを守(も)り給え，
5 雌雄いずれの狼も犬らの害にならぬべく．
　　森なれ，野なれ，小道なれ，いずこへ犬が走るとも．
　　清く尊きキリストと聖者マルティよ，わが為に
　　犬らを全て今日，無事にこの家へ帰(や)し給えかし．

21. テーゲルンゼーの寄生虫の呪文 （10世紀）

　　　未知ノ寄生虫病用
　　外へ出て行け，害虫よ，　　　小虫九匹(くひき)と相共に．
　　骨の髄より脈管へ，　　　　　脈の中より筋肉へ，
　　肉の中より外皮へと，　　　　皮よりここの蹄(ひづめ)へと．

229

Ter pater noster

22. バイエルン語の懺悔Ⅱより（1000年頃）

　　Trohtīn got almahtīgo, dir wirdo ih suntīgo pigihtīc unti sancta Mariūn unti allēn gotes engilun unti allēn gotes heiligun unti dir gotes ēwarte allero mīnero suntōno unti allero mīnero missitāti, dē ih eo missitete odo missidāhta odo missisprah vona mīnero toupha unzi in desin hūtīgun tach, dero ih gihukko odo
5 ni gehukko, dē ih wiʒʒunta teta odo unwiʒunta, nōtac odo unnōtac, slāphanto odo wachanto, tages odo nahtes, in swelīchero steti odo in swelīchemo zīte ih si gefrumeta, mit mir selbemo odo mit andremo: in ungiloubun, in zoupre, in hōhmuoti, in geile, in nīde, in abunste, in haʒʒe, in vīginscephte, in āpulge, in meinen eidun, in luckemo urchunde, in lugunun, in manslahte, in diuvun, in
10 nōtnumphtin, in piswīche, in untriuun, in huore, in uberligire, in piwellida mīnes līchnamin, in huorlustun, in unrehter gīru, in pisprāhun, in dansungen, in murmulōde, in līchisōde, in virmanōde menniscōno, in unrehtero urteili, in ungihōrsami, in ubarāʒili, in ubertrunchili, in scantlīchemo gichōsi, in uppīgemo scerne, in spotte, in weichmuote, in unrehtemo strīte, in ruomigerne.

23. ルーオトリープより（1050年頃）

a. 捕えられたる魚（第10断章）

　tunc sunt expositi,　quotquot fuerant ibi capti:
　lucius et rufus,　qui sunt in piscibus hirpus,
40 *pisces narrque vorant,　illos ubi prendere possunt,*
　prahsina, lahs, charpho,　*tinco, barbatulus,* orvo,
　alnt, naso, *qui bini　nimis intus sunt acerosi,*
　rubeta fundicola,　truta digena, rufa vel alba,
　in capite grandis　capito post degener alis,
45 *labilis anguilla　vel per caput horrida* walra,
　asco, rīnanch, *ambo　dulces nimis in comedendo,*
　ast agapūʒ *ut acus　in dorso pungit acutus,*

I. バイエルン語の作品

主ノ祈リ三回

22. バイエルン語の懺悔 II より（1000年頃）

主，全能の神よ，罪人たる我は汝と聖マリアと全ての神の天使と全ての神の聖人と汝，神の司祭に全てのわが罪と全てのわが過ちを告白す．我がかつてわが洗礼より今日の日に至るまで行い間違えたる，或いは考え間違えたる，或いは言い間違えたる事を．我が思う，或いは思わぬ事を．我が知りつつ，
5 或いは知らぬまま，強いられて，或いは強いられぬまま，眠りつつ，或いは目覚めたるまま，昼間，或いは夜間，行いたる事を．いずれの所なれ，或いはいずれの時なれ我が我自らにて，或いは他人と共にそれをなしたることを．不信心，魔法，高慢，好色，妬み，悪意，憎しみ，敵意，怒り，偽りの誓い，嘘の証明，嘘，殺人，窃盗，強盗，詐欺，不実，淫行，姦通，わが体の汚し，
10 情欲，不義なる欲求，中傷，誹謗，不平，偽善，人間軽視，不義なる判決，不従順，過食，過飲，恥ずべき駄弁，無益なる冗談，嘲笑，弱気，不義なる争い，名誉欲の点にて．

23. ルーオトリープより（1050年頃）

a．捕えられたる魚（第10断章）

ソコニテ捕エラレシモノ，	全テソノ後（ノチ），示サレヌ．
カワホウボウトカワカマス，	コレラハ魚（ウオ）ノ狼（ウルフ）ナリ．
40 魚（サカナ）ヲ捕エ得ルナラバ，	ソレヲ貪リ食ウガ故．
更ニブリーム，サケヤコイ，	テンチ，バーベル，ウグイラニ
共ニ小骨ヲ多ク持ツ	キタノウグイヤテングウオ．
底ニ住ミツクマミズダラ．	マスハ二種類，紅ト白．
頭ハ大デ，背ノ鰭ガ	小サク退化シタルボラ．
45 ヌルヌルウナギ，頭故	身ノ毛モヨ立ツ大ナマズ．
カワヒメマスヤウミマスハ	食ブルト共ニイトモ美味．
サレドペルカハ針ノ如，	背ニテ鋭ク人ヲ刺ス．

preterea multi   pisces mihi non bene noti.

b．愛の伝言（第17断章）

66 *dixit: 'dic illi   de me de corde fideli*
   tantundem liebes,   *quantum veniat modo* loubes,
   et volucrum wunna   *quot sunt, sibi dic mea* minna,
   graminis et florum   quantum sit, dic et honorum.'

24．オットローの祈りより（1050年頃）

Trohtin almahtiger, tū, der pist einiger trōst unta ēwigiu heila aller dero, di in dih gloubant jouh in dih gidingant, tū inluihta mīn herza, daʒ ih dīna guoti unta dīna gnāda megi anadenchin, unta mīna sunta jouh mīna ubila, unta die megi sō chlagen vora dir, alsō ih des bidurfi. Leski, trohtin, allaʒ daʒ in mir, daʒ der
5 leidiga vīant inni mir zunta uppigas unta unrehtes odo unsūbras, unta zunta mih ze den giriden des ēwigin lībes, daʒ ih den alsō megi minnan unta mih dara nāh hungiro unta dursti, alsō ih des bidurfi. Dara nāh macha mih alsō frōn unta kreftigin in alle dīnemo dionōsti, daʒ ih alla die arbeita megi līdan, die ih in deser werolti sculi līdan durh dīna ēra unta durh dīnan namon jouh durh mīna
10 durfti odo durh iomannes durfti. Trohtin, dū gib mir craft jouh dū chunst dara zua. Dara nāh gib mir soliha gloubi, solihan gidingan zi dīnero guoti, alsō ih des bidurfi, unta soliha minna, soliha vorhtun unta diemuot unta gihōrsama jouh gidult soliha, sō ih dir alamahtigemo sculi irbieton jouh allen den menniscon, mitten ih wonan. Dara nāh bito ih, daʒ dū mir gebest soliha sūbricheit, mīnan
15 gidanchan jouh mīnemo līhnamon, slāffentemo odo wachentemo, daʒ ih wir-diglīhen unta amphanglīhen zi dīnemo altari unta zi allen dīnemo dionōsti megi gēn. Dara nāh bito ih, daʒ dū mir gilāʒʒast aller dero tuginde teil, āna die noh ih noh nieman dir līchit: ze ērist durh dīna heiliga burt unta durh dīna martra unta durh daʒ heiliga crūce, in demo dū alle die werolt lōstost, unta durh dīna
20 erstantununga unta durh dīna ūffart jouh durh di gnāda unta trōst des heiligun geistes. Mit demo trōsti mih unta starchi mih wider alle vāra, wider alle spensti

ソノ外，我ノヨク知ラヌ　　　極メテ多キ数ノ魚(ウオ).

b．愛の伝言（第17断章）
66　曰ク：「我ヨリ誠実ニ　　　　何卒彼ニ告ゲラレヨ．
　　　今シ木ノ葉ガ繁ル程，　　　カクモアマタノ親愛ヲ．
　　　鳥ラガ歓(カン)ヲ持ツ程ニ，　　多分ノ愛ヲカノ人ニ，
　　　野草ヤ花ガアル程ノ　　　　敬意モ彼ニ告ゲラレヨ．」

24．オットローの祈りより（1050年頃）

　汝を信じ，かつ汝を待望する全ての人の唯一の慰めにして永遠の救いたる汝，全能の主よ，わが心を照らし給え．我が汝の善意と汝の恩寵を篤と考え得るが為に．かつわが罪とわが悪を，これらをも汝の前にて，我がそれをせねばならぬ通りに，嘆き得るが為に．主よ，悪しき敵がわが心中にて無益，
5　不義，不浄なるものとして焚きつけたる事を全て消し給え．かつ我を永遠の命への欲望へと焚きつけ給え．我がそれをせねばならぬ通りに，それ（＝永遠の命）を愛し得るが為に，かつそれを求めて飢渇するが為に．更に我を同じく一切の汝への奉仕の中にて喜ばしく，かつ力強くし給え．我がこの世にて汝の栄誉の為に，かつ汝の名前の為に，並びにわが貧困の為に，或いは誰かの
10　貧困の為に耐え忍ぶべき一切の労苦を耐え忍び得るが為に．主よ，我に体力を与え給え，その上に能力をも．更に我に，我が必要とする通りの信仰を，汝の善意への期待を授け給え．かつ我が全能なる汝に，かつ又我と共に住む全ての人々に示さねばならぬ通りの愛，恐れ，恭順，従順と忍耐をも．更に我が相応しく，かつ気持ち良く汝の祭壇と一切の汝への奉仕に行き得るが為
15　に，　清らかさを汝が我に，わが考えとわが肉体に，眠っていても，目覚めていても，授け給えと我は願う．更に，無くしては我も誰も汝の気に入られぬ全ての徳の分け前を汝が我に許し与え給えと我は願う．まず最初に汝の聖なる誕生と汝の受難と，汝が全世界を解放したる所の聖なる十字架により，かつ汝の復活と汝の昇天により，かつ又，聖なる霊の恩寵と慰安により．それ
20　にて我を慰め，かつ一切の危険に対して，悪しき敵の一切の誘惑に対して我を強め給え．

des leidigen vīantes....

25. クローステルノイブルクの祈り（1050年頃）

Trohtin, tū mich arman giscūfe ze demo dīnan bilidie unta irlōstast mit temo dīnemo heiligemo bluodie, tū irlōse mich arman von allen mīnan sunten, die ich ie giteta unta die ich tagilīcha tūn, unta vona den chunftīgan. Trohtin, ich bittie dich, daȝ tū mir an demo giunstiemo taga helfast, sō diu sēla sceida vona
5 demo līchanamon, daȝ ich mit wārero gilouba unta mit lūtero biicht unta mit durnahtīgero minna dīnas unta mīnes nāhisten unta mit dero gimeinidie dīnas līchanamon unta dīnas bluotas.

26. ザンクト・エメラムの癲癇の呪文（11世紀）

Doner dutīger *pro cadente morbo,* dietmahtīger stuont ūf der Adameȝ pruc-che. schitōte den stein ze'mo wite. stuont des Adameȝ ȝun unt slōc den tieveles ȝun zu der stūdein.

Sant Peter sante ȝīnen prūder Paulen, daȝ er arome ādren ferbunte, frepunte
5 den paten, frigēȝe den (satanan). sama ih friwīȝe dih, unreiner ātem, fon disemo meneschen, ȝō sciero ȝō diu hant wentet ze'r erden.

ter cum pater noster

27. ミュンヒェンの痛風の処方箋（11世紀）

Contra paralisin, id est vergiht

Si quis paralisin patiatur, id est virgihtdigōt werde *in dextera parte, mi-nuatur ei sanguis in postremitate, id est* in demo ballen *minimi digiti sinistre manus et in summitate, id est* in demo ballen *minimi digiti, id est* dero cehon *dextri pedis. Si autem ei contingat ipsa paralisis in sinistra parte, minuatur ei*
5 *sanguis in postremitate minimi digiti dextere manus et in postremitate minimi digiti sinistri pedis. Deinde tollatur avena trita et non trita, id est* gedroschen unde ungedroschen, atehc, farn, āmeiȝon, wermōten, hēterneȝelon, *et paretur ei balneum, in quo lavetur per triduum. Deinde tollatur vinum et mel,* ingibern,

I. バイエルン語の作品

25. クローステルノイブルクの祈り（1050年頃）

　憐れなる我を汝の似姿として創り，かつ汝の聖なる血にて救いたる主よ，我がかつて行い，かつ日々のものとして行う全てのわが罪より，かつ将来の罪より憐れなる我を救い給え．主よ，我は汝に懇願す．魂が肉体より分かる
5 る最終の日に汝が我を助けんことを．我が真の信仰，純真なる告白，汝とわが隣人への完全なる愛，汝の肉体と汝の血との交わりを持ちて…ことを．

26. ザンクト・エメラムの癲癇の呪文（11世紀）

　癲癇ノ元ノ，打ちてやまぬ強力なるドーナルがアダムの橋の上に立ちぬ．その石材を木材と共に割りぬ．アダムの息子が立ちて，その悪魔の息子をあの薮へと打ち払いぬ．
　聖ペテロは自らの兄弟，パウロを，彼が両腕の血管を結ぶべく，その戦士
5 に包帯すべく，その（悪魔を）除くべく，遣わしぬ．不浄なる霊よ，我も同じく汝をこの人間より，この手が地面に着くや否や，追放す．
　主ノ祈リト共ニ三度

27. ミュンヒェンの痛風の処方箋（11世紀）

　痛風，即チ「痛風」ニ対シテ
　モシモ誰カガ右ノ部分ニテ痛風ニ苦シム，即チ「痛風に苦しめらるる」時，左手ノ小指ノ先端ニテ，即チ「先端にて」，カツ右足ノ小指ノ，即チ「足指の」，先端ニテ，即チ「先端にて」，彼ノ血ヲ瀉出スベシ．モシモ更ニ痛風ガ彼ノ左ノ部分ニ及ブ時，右手ノ小指ノ先端ト左足ノ小指ノ先端ニテ彼ノ血ヲ瀉出ス
5 ベシ．次ニ脱穀シタルト脱穀セヌ，即チ「脱穀したると脱穀せぬ」，燕麦，接骨木，羊歯，蟻，苦蓬，刺草ヲ取ルベシ．カツ彼ノ為ニ風呂ヲ用意シテ，ソノ中ニテ彼ハ三日間入浴スベシ．次ニ葡萄酒ト蜂蜜，生姜，白柳の葉，桜の葉，桃の葉，サルビア，芸香，鸛ノ嘴，除虫菊ヲ取リテ，コレラヨリ飲ミ

235

der wīȝon wīdon loub, kirseboumin loub, phirsihcboumin loub, salbeia, rūta,
10 storchessnabel, *peratrum et ex his conficiatur potus, de quo cottidie per ipsum triduum in balneo bibat pondus unius uncie, et sanus erit.*

28. ザンクト・エメラムの目の呪文 (11世紀)

Ganc ze demo flieȝȝentemo waȝȝera unta neze imo sīne ougen unta quit mit demo selben segena, sō der alemæhtīge got demo regenplinten segenita sīniu ougan, der der daȝ tages lieht nie ne-gesach, unta imo sīn gesiune mite gap: 'damite sī dir dīn ouga gesegenet. daȝ dir ze buoȝȝa. amen.'

29. ヴィーンのノートケル写本より (11世紀後半)

Fater unsir, dū in himile bist,
<u>d</u>īn namo werde giheiligōt.
dīn rīche chome.
dīn wille giskehe in erda, alsō in himile.
5 unsir tagelīchiȝ prōt gib uns hiuto.
unde unsere sculde belāȝ uns, alsō ouh wir firlāȝēn unserēn scolārēn.
unde in dia chorunga ne-leitist dū unsih,
suntir irlōse unsih fone demo ubile.

30. ヴェッソブルンの信仰告白と懺悔Ⅰより (11世紀後半)

Ih gloube an einen got vater almahtīgen, der dir skephāri ist himelis unde erda unde allero geskephidi. ih glouba an sīnen einporen sun, unseren hērren *Christum,* unde glouba an den heiligen keist unde glouba, daȝ die drīa genennida ein wāriu gotheit ist, diu dir io was āne anagengi unde iomēr ist āne
5 ente. ih glouba, daȝ der gotes sun inphangen wart fone demo heiligen keisti unde geboren wart fone *sancta* Mariūn, magit wesentero, wārer got unde wārer mennisco.

薬ヲ作リ,コレヲ同ジ三日間毎日,風呂ニテ１オンスノ重サノ分ヲ飲ムベシ.
10 シテ彼ハ健康トナラン.

28. ザンクト・エメラムの目の呪文 （11世紀）

　　流るる水の所へ行き,彼の為に彼の両目を濡らすべし,かつ全能の神が,昼の光を全く見ざりし,かの全盲の男の為に彼の両目を祝福し,彼に彼の視力をかくして与えたるのと同じ呪文を唱うべし：「かくて汝には汝の目が祝福されてあれ.これは汝にとり救いとなれ.アーメン.」

29. ヴィーンのノートケル写本より （11世紀後半）

天におわする我らが父よ,
み名が聖とせられよかし.
み国が来たれかし.
み心が,天における如く,地にてもなれかし.
5 我らの日々の糧を我らに今日,与え給え.
かつ我らも我らの借り手らに許す如く,我らの借りを我らに許し給え.
かつ試みに我らを引き入れず,
されど我らを悪より解き給え.

30. ヴェッソブルンの信仰告白と懺悔Ⅰより （11世紀後半）

　　我は,天と地と全ての被造物の創始者たる一人の神,全能の父を信ず.我は彼の一人息子,我らの主,キリストを信ず.かつ聖なる霊を信じ,この三つの位格が,かつて始まりなく存在し,永遠に終わりなく存在する一つの真の神性たることを信ず.我は,その神の息子が聖なる霊より受胎せられ,処
5 女たるままの聖なるマリアより真の神にして,真の人間として生まれしことを信ず.

31. ヴェッソブルンの宗教的助言より (11世紀後半)

Ubi dū uradrīʒ dolēn wellest vone dīnemo nāhisten āna widervehtunga, sō pilde Abel.

Ube dū kehīter mit reinemo muote vore gote kēn wellest, sō pilde Enoch.

Ube dū gotes willen fure dīnen willen sezzen wellest, sō pilide Noe.

5　Ube dū kehōrsame wellest sīn, sō pilide den hērron Abraham.

Ube dū guota site wellest habēn, sō pilide Ysaac.

Ube dū ana dir keoboren wellest die fleiʒslīchen kispensta, sō pilide Joseph.

Ube dū mammentīger unta kedultīg wellest sīn, sō pilide Moysen.

Ube dū rechāre sīn wellest des gotes andon, sō pilide Fineen.

10　Ube dū in zwīvilīchen dingen festen kedingen in gote habēn wellest, sō pilide Josue.

Ube dū daʒ haʒ dīnes fīandes in minna pechēren wellest, sō pilide *Samuelem*.

Ube dū dīnemo fīande līben wellest, sō dū imo scaden megest, sō pilide David.

15　Ube dū starcho arbeiten wellest, sō pilide Jacob.

Ube dū frīlīchen gotes reht chōsen wellest mit den fursten dere werlte, sō pilide *Johannem baptistam*.

Ube dū durch got dīnen līchinamen tōdlīchen wellest, sō pilide *Petrum*.

Ube dū durch got firmanen wellest dia wertlīchen widerwartīga, sō pilide
20　*Paulum*.

Ube dū inzundet wellest werdun in dere gotis minna, sō volge *Johanni evangelistę*.

Ube dū kedultīg wellest sīn in trūbesale, sō pilide Job.

32. ヴェッソブルンの説教より (11世紀後半)

2 . Daʒ *evangelium* zelit uns, daʒ daʒ himilrīh kelīh sī demo hūshērro, der des morgenis fruo in sīnan wīnkarten samenōti dei werhliuti. Wer wirdit rehtere kikagenmāʒʒit demo hūshērren, denne unsēr hērro der heilige Christ, der dir rihtet alla, die er kiscuof, alsō der hūshērro rihtet die imo untertānen? Der

I. バイエルン語の作品

31. ヴェッソブルンの宗教的助言より（11世紀後半）

　もしも汝が汝の隣人よりの不快事に反抗することなく耐えんと思わば，アベルを真似よ．

　もしも汝が既婚者として純なる気持ちをもちて神前を歩まんと思わば，エノクを真似よ．

5　もしも汝が神の意志を汝の意志に優先させんと思わば，ノアを真似よ．

　もしも汝が従順にてあらんと思わば，アブラハム殿を真似よ．

　もしも汝が良き道義を持たんと思わば，イサクを真似よ．

　もしも汝が汝に付きし肉欲の妖怪らを制せんと思わば，ヨゼフを真似よ．

　もしも汝が柔和にして，我慢強くあらんと思わば，モーゼを真似よ．

10　もしも汝が神の怒りの報復者たらんと思わば，ピネアスを真似よ．

　もしも汝が疑わしき事態において神に確たる期待を寄せんと思わば，ヨシュアを真似よ．

　もしも汝が汝の敵への憎しみを愛に変えんと思わば，サムエルを真似よ．

　もしも汝が，汝の敵を傷めつけ得るにもかかわらず，彼を容赦せんと思わ

15ば，ダヴィデを真似よ．

　もしも汝が大いに苦労せんと思わば，ヤコブを真似よ．

　もしも汝が自由に神の義をこの世の君主らと共に語り合わんと思わば，洗礼者ヨハネを真似よ．

　もしも汝が神によりて汝の肉体を死なせんと思わば，ペテロを真似よ．

20　もしも汝が神によりて現世の不幸を侮らんと思わば，パウロを真似よ．

　もしも汝が神への愛の中にて焚きつけられんと思わば，福音者ヨハネにならえ．

　もしも汝が苦難の中にて我慢強くあらんと思わば，ヨブを真似よ．

32. ヴェッソブルンの説教より（11世紀後半）

　2．福音書（＝マタイ20,1-16）は我らに語る．天国は，朝早く自らの葡萄園へ働き手らを集めたる家長に似たりと．家長が自らに従属する者らを裁く如くに，自らが創りたる全ての者を裁く我らの主，聖なるキリストよりも正当に誰がその家長と比較せらるるのか．その家長は一日中，働き手らを自らの葡

239

5　huoshērro ladōte allen den tac die werhliute in sīnan wīnkarten, sumelīche
fruo, sumelīche ze mittemo morgane, sumelīche zi mittemo taga, sumelīche
ze nōna, sumelīche ana demo ābanda oder in swelīhemo cīte si imo zuo
chomen. Alsō ne gistilte unsēr hērro der almahtīge got vone anakenge dere
werlti unzi ana den ente die predigāre ci sentenna zi dera lēra sīnere ir-
10　welitōno. Der wīnkarte pizeichinet die gotis ē, in der dir kisezzet unde kerihtet
werdent elliu reht, alsō diu wīnreba kerihtet wirdit in demo scuʒʒelinge. Dei
werh, dei man dār inna wurchen scol, daʒ ist diu mitewāre, diu chūske, diu
kidult, diu guote, diu enstīcheit unte andere tugendi desin kelīche.

33. マリーア・ラーハの潰瘍の呪文 （11世紀後半）

Contra malum malannum
Cum minimo digito circumdare locum debes, ubi apparebit, his verbis:
　　Ih bimuniun dih, swam, pī gode jouh pī Christe.
Tunc fac crucem per medium et dic:
　　daʒ tū niewedar ni-gituo,　　noh tolc noh tōthoupit.
5　*Item adjuro te per patrem et filium et spiritum sanctum, ut amplius non crescas,
sed arescas.*

34. ベネディクトボイレンの信仰告白と懺悔 II より （11/12世紀）

Mit disimo glōben, sō gi ihc dem almahtigen gote unde mīnere vrouun sancte
Mariin, mīnemo hērren sancte Michaele unde allen gotes engelen, mīnemo
hērren sancte Johanne unde allen gotes wīssagen, mīnemo hērren sancte Petre
unde allen gotes boton, mīnemo hērren sancte Georjen unde allen gotes mar-
5　tereren, mīnemo hērren sancte Martin, mīnemo hērren sancte Benedicte unde
allen gotes bīhteren, mīnere vrouun sancte Margareten unde allen gotis mage-
den unde disin heiligon unde allen gotes heiligon aller dere sunton, die ihc ie
gefrumeto vone anegenge mīnes lībis unz an dise wīle, swie getāneme zīte ihc
die sunte ie kefrumete, danchs oder undanchs, sclāfente oder wachente, kenōtet
10　oder ungenōtet. ...

I. バイエルン語の作品

5 萄園へ召集しぬ．幾人かを朝早く，幾人かを九時頃に，幾人かを正午に，幾人かを三時頃に，幾人かを夕方に，或いは何時にても彼らは彼の所へ来ぬ．かくの如く我らの主，全能の神は世界の初めより終わりまで，自らの選民に教うる為に説教者らを送るをやめざりき．その葡萄園は，葡萄の木が新芽にて整えらるる如くに，全ての義が立てられて，整えらるる所たる神の法を示
10 す．その中にてなさねばならぬ仕事，それは柔和，貞淑，忍耐，善意，親切，並びにこれらに似たる他の徳なり．

33. マリーア・ラーハの潰瘍の呪文（11世紀後半）

  悪シキ潰瘍ニ対シテ
 小指ニテ，ソレガ現ワレン所ヲカクノ言葉ト共ニ円ニテ囲ムベシ：
  海綿状の腫瘍よ，神とキリストによりて我は汝に懇願す．
 ソノ後，中央ニ十字ヲナシテ，言ウベシ：
  汝は傷も髑髏をも，　どれとて作ることなかれ．
5 同ジク我ハ，汝ガコレ以上ニ大キクナラズ，干乾ブベク，父ト子ト聖霊ニヨリテ汝ニ懇願ス．

34. ベネディクトボイレンの信仰告白と懺悔Ⅱより（11/12世紀）

  この信仰をもちて，かく我は告白す．全能の神とわが女主，聖マリアに，わが主，聖ミカエルと全ての神の天使に，わが主，聖ヨハネと全ての神の予言者に，わが主，聖ペテロと全ての神の使いに，わが主，聖ゲオルクと全ての神の殉教者に，わが主，聖マルティーンに，わが主，聖ベネディクトと全
5 ての神の聴罪師に，わが女主，聖マルガレータと全ての神の乙女とこれらの聖人と全ての神の聖人に，我がかつてわが人生の初めよりこの時まで犯したる全ての罪を，如何なる時に我がその罪をかつて犯したるにせよ，故意に，或いは意図せずに，眠りいて，或いは目覚めいて，強いられて，或いは強いられずに．…

241

J．アレマン語の作品

1. ノルデンドルフの弓形留金Ⅰのルーネ文字銘（6世紀半ば）
    a) Awa Leubwinie.
    b) logaþore Wōdan Wīgi-þonar.

2. アイヒシュテッテンの鞘口銀板のルーネ文字銘（6世紀半ば）
    A(nso) I(esus). munt wi wol.

3. ノイディンゲンの木材のルーネ文字銘（568年）
    l(iu)bi Imuba Hamale. Blīþgu(n)þ wrait rūnā.

4. ヴァインガルテンのS形留金Ⅰのルーネ文字銘（約560-600年）
    Alirgu(n)þ, ik feha wrīt(u).

5. プフォルツェンの尾錠のルーネ文字銘（6世紀後半）
    Aigil andi Ailrūn　elahu(n) gasōkun.

6. シュレッツハイムの青銅カプセルのルーネ文字銘（6世紀後半）
    a) Alagu(n)þ Leuba (leuba) dedun.
    b) Arogis D(ag).

7. シュレッツハイムの円形留金のルーネ文字銘（6世紀後半）
    a) si(n)þ　wag(j)a(n)din.
    b) Leubo.

J．アレマン語の作品

1．ノルデンドルフの弓形留金Ⅰのルーネ文字銘（6世紀半ば）
 a）アワはレウブウィニと（結ばれてあれ）．
 b）策略士にウォーダン（と）戦(いくさ)のソナルは（怒るべし）．

2．アイヒシュテッテンの鞘口銀板のルーネ文字銘（6世紀半ば）
 アンソ（と）イエスよ．加護，如何に良く（なされてあることか）．

3．ノイディンゲンの木材のルーネ文字銘（568年）
 ハマルからイムバに親愛（あれ）．ブリースグンスがルーネ文字を彫りぬ．

4．ヴァインガルテンのS形留金Ⅰのルーネ文字銘（約560-600年）
 アリルグンスよ，我は喜び／飾りを彫る．

5．プフォルツェンの尾錠のルーネ文字銘（6世紀後半）
 アイギル及びアイルルーン，　牡鹿を拒み，退けぬ．

6．シュレッツハイムの青銅カプセルのルーネ文字銘（6世紀後半）
 a）アラグンス（と）レウバは（親愛を）なしぬ．
 b）アロギス（と）ダグ．

7．シュレッツハイムの円形留金のルーネ文字銘（6世紀後半）
 a）旅を進める者に．
 b）レウボ．

8．プフォルツェンの象牙環のルーネ文字銘（600年頃）
   a) Gisali.
   b) Aodli(n)þ wrait rūnā.

9．ヴルムリンゲンの槍先のルーネ文字銘（6世紀末/7世紀初め）
   Dorīh.

10．アレマン法Ａ類写本より（8世紀）

9. *Si quis in curte episcopi armatus contra legem intraverit, quod Alamanni* aisstera anti *dicunt, XVIII solidos conponat.*

48. *Si quis hominem occiderit, quod Alamanni* mortaudo *dicunt, IX* wirigildis *eum solvat, et quidquid super eum arma vel* rauba *tullit, omnia sicut furtiva conponat.*

54, 3. ... *Tunc liceat ad illa muliere jurare per pectus suum et dicat: 'quod maritus meus mihi dedit in potestate et ego possedere debeo.' Hoc dicunt Alamanni* nasthait.

57, 1. *Si quis alium per iram percusserit, quod Alamanni* pulislac *dicunt, cum uno solido conponat.*

57, 35. *Si enim brachium fregerit, ita ut pellem non rumpit, quod Alamanni* balcbrust *ante cubitum dicunt, cum III solidis conponat.*

11．ザンクト・ガレンの語彙集より（8世紀後半）

stomahus mago	*gugernabes* wolcan	*ros* tau
umpiculo nabulo	10 *vulgor* wunst	*era* luft
tronus stool	*ventus* wint	*gutta* tropfo
celus himil	*pluvia* regan	20 *tellax* triufit
5 *sol* sunna	*imber* regan	*glaties* iis
luna māno	*pluit* reganōt	*gelus* frost
stellas sterron	15 *nix* sneo	*nebola* nebul
archus pogo	*pruina* hrīfo	*turpines* zwi

J．アレマン語の作品

8．プフォルツェンの象牙環のルーネ文字銘（600年頃）
  a）ギサリ．
  b）アオドリンスがルーネ文字を彫りぬ．

9．ヴルムリンゲンの槍先のルーネ文字銘（6世紀末/7世紀初め）
  ドリーホ．

10．アレマン法A類写本より（8世紀）
9．モシモ誰カガ司教ノ館ヘ武装シテ違法ニ侵入シタル時，――コレヲアレマン人ハ「狂暴なる手にて」ト言ウ――18ソリドゥス支払ウベシ．
48．モシモ誰カガ人ヲ殺シタル時，――コレヲアレマン人ハ「殺害」ト言ウ――9倍ノ「人命金」彼ニ支払ウベシ．カツ何ニテアレ彼カラ武具，或イハ「戦利品」トシテ奪イタル物ハ全テ盗マレタル物ト同様ニ償ウベシ．
54，3．…ソノ時ソノ女ハ自ラノ心ニカケテ誓ウコトガ許サルベシ．シテ，コレハワガ夫ガ我ニ権利トシテ与エタリ．シテ我ハ所有セネバナラヌ，ト言ウベシ．コレヲアレマン人ハ「編み髪の誓い」ト言ウ．
57，1．モシモ誰カガ他人ヲ怒リテ打チタル時，――コレヲアレマン人ハ「瘤打撃」ト言ウ――1ソリドゥスニテ償ウベシ．
57，35．モシモ腕ヲ折レドモ，皮膚ヲ破ラザリシ時，――コレヲアレマン人ハ肱(ヒジ)ヨリ先ノ「皮下破砕」ト言ウ――3ソリドゥスニテ償ウベシ．

11．ザンクト・ガレンの語彙集より（8世紀後半）

胃－胃	雲（?）－雲	露－露
臍－臍	10 電光－電光	空気－空気
高座－椅子	風－風	滴－滴
天－天	雨－雨	20 滴ル（?）－滴る
5 太陽－太陽	驟雨－雨	氷－氷
月－月	雨降ル－雨降る	寒冷－寒冷
星々－星々	15 雪－雪	霧－霧
虹－虹	霜－霜	旋風－旋風（?）

245

25 *tenebre* dinstrī	*turbuli* trōbi	*arcilla* laimo
obscuris dinstar	*fugit* scīnit	*virescit* grōit
lux leoht	*ascendit* stīgit	*arescit* dorrēt
serenus haitar	*terra* erda	40 *erba* gras
radia scīmo	35 *humos* molta	*arbores* paumā
30 *clurus* hlūtar	*pulvis* stuppi	

12. アブロガンス K 写本より（8世紀末）

Incipiunt closas ex vetere testamento.

Abrogans dheomōdi	*clandestinum* widarzoami
humilis samftmoati	*latens* caporgan
Abba faterlīh	*occultum* tunchlo
pater fater	25 *remotum* caroarit
5 *Abnuere* ferlaucnen	*Abstractum* farzocan
renuere pauhnen	*subductum* farlaitit
recusare farwāʒʒan	*Absurdum* ungafoari
refutare fartrīban	*dispar* ungamah
Absque vetere ūʒʒana moatscaffi	30 *inconcilium* ungameʒ
10 *absque amicicia* ūʒʒana friuntscaffi	*Abluit* arwaskit
Abincruentum anasceopandi	*emundat* cachrēnit
abinmittentes analāʒcende	*lavat* thowahit
Absit fer sī	*Adseverat* cafrumit
longe sit ruomo sī	35 *adfirmat* cafastinōd
15 *Abest* fram ist	*Adminicolum* helfa
deest wan ist	*subsidium* folzuht
Abdicat farchwidhit	*solacium* trōst
abominat farwāʒʒit	*auxilium* helfa
denicat farsahchit	40 *adjutorium* helfa
20 *repudat* fartrībit	*Adnitentem* īlantem
Abstrusum uncafōri	*opitolantem* helffantem

J．アレマン語の作品

```
25  暗闇－暗闇              濁リタルー濁りたる         粘土－粘土
    暗シ－暗し              輝クー輝く                緑トナルー緑となる
    光－光                  昇ルー昇る                干乾ブー干乾ぶ
    晴朗ナルー晴朗なる      大地－大地             40 草－草
    輝キー輝き          35 地面－塵                   木々－木々
30  澄ミタルー澄みたる      土埃－土埃
```

12．アブロガンスＫ写本より（8世紀末）

```
    旧約聖書ヨリノ語彙始マル．
    恭順ナルー恭順なる               隠サレタルー不条理なる
      卑下シタルー柔和なる           隠サレタルー隠されたる
    父ノー父たる                     秘密ノー暗き
      父－父                      25 遠ザケラレタルー動かされたる
 5  拒ムー拒む                       離サレタルー取り去られたる
      止メサスー合図を与う           取リ去ラレタルーそらされたる
      拒絶スー破門す                 不条理ナルー不適切なる
      退クー（他動）－追い払う       不同ナルー不同なる
      同盟ナシニー好意なしに      30 適合セヌ（？）－不同なる
10    友情ナシニー友情なしに         洗イ去ルー洗い去る
      突キ払ウー押し払う                清ムー清む
      突キ進マスー駆り立つ              洗ウー洗う
      離レテアレー離れてあれ           断言スー実行す
      遠クニアレー遠くにあれ       35 保証スー保証す
15  離レテアルー離れてある           支エー助け
      欠ケテアルー欠けてある         援助－扶養
    否ムー否む                       慰安－慰安
      嫌悪スー破門す                 救助－助け
      否定スー断る                40 援護－助け
20    退ク（他動）－追い払う         努力シツツー努めつつ
      隠サレタルー不適切なる         助ケツツー助けつつ
```

247

adjuvantem　　　　　　　　　　　*adjungit* camahcōht
　　　Adnectit farslahit　　　　　　　*Adnectens* farslahandi ...
45　　*asciscit* farspanit

13. ザンクト・ガレンの主の祈り（8世紀末）

   Pater noster, qui es in caelis,　　　Fater unseer, thū pist in himile,
   sanctificetur nomen tuum.　　　　wīhi namun dīnan.
   adveniat regnum tuum.　　　　　qhueme rīhhi dīn.
   fiat voluntas tua, sicut in caelo et in　werde willo diin, sō in himile sōsa in
5 *terra.*　　　　　　　　　　　　　erdu.
   panem nostrum cotidianum da nobis　prooth unseer eme33ihic kip uns hiu-
   hodie.　　　　　　　　　　　　　tu.
   et dimitte nobis debita nostra, sicut et　oblā3 uns sculdi unseero, sō wir oblā-
   nos dimittimus debitoribus nostris.　3ēm uns sculdīkēm.
10 *et ne nos inducas in temptationem,*　enti ni unsih firleiti in khorunka, ū33er
   sed libera nos a malo.　　　　　　lōsi unsih fona ubile.

14. ザンクト・ガレンの信仰告白（8世紀末）

   Credo in deum patrem omnipo-　Kilaubu in kot fater almahtīcun, ki-
   tentem, creatorem caeli et terrae. et　scaft himiles enti erda. enti in *Jhesum*
   in Iesum Christum filium ejus uni-　Christ sun sīnan ainacun, unseran truh-
   cum, dominum nostrum. qui concep-　tīn. der inphangan ist fona wīhemu
5 *tus est de spiritu sancto, natus ex*　keiste, kiporan fona Mariūn macadi
   Maria virgine, passus sub Pontio Pi-　ēwīkeru, kimartrōt in kiwaltiu Pilates,
   lato, crucifixus, mortuus et sepultus.　in crūce pislacan, tōt enti picrapan.
   descendit ad inferna, tertia die re-　stehic in wī33i, in drittin take erstoont
   surrexit a mortuis, ascendit ad cae-　fona tōtēm, stehic in himil, sizit a3
10 *los, sedet ad dexteram dei patris om-*　zeswūn cotes fateres almahtīkin, dhana
   nipotentis, inde venturus judicare　chuumftīc ist sōnen qhuekhe enti tōte.
   vivos et mortuos. credo in spiritum　kilaubu in wīhan keist, in wīha khi-

	支持シツツー	接合スーなす
	繋グー打ちつく	繋ギツツー打ちつけつつ…
45	引キ寄スー誘き寄す	

13. ザンクト・ガレンの主の祈り（8世紀末）

天ニオワスル我ラガ父ヨ，　　　　　天におわする我らが父よ，
ミ名ガ聖トセラレヨカシ．　　　　　み名を聖とし給え．
ミ国ガ来タレカシ．　　　　　　　　み国が来たれかし．
ミ心ガ，天ニオケル如ク，地ニテモ　み心が，天における如く，地にても
5 成レカシ．　　　　　　　　　　　成れかし．
我ラノ日々ノ糧ヲ我ラニ今日，与エ　我らの絶えぬ糧を我らに今日，与え
給エ．　　　　　　　　　　　　　　給え．
カツ我ラモ我ラノ借リ手ラニ許ス如　我らが我らに借りのある者らに許す
ク，我ラニ我ラノ借リヲ許シ給エ．　如く，我らに我らの借りを許し給え．
10 カツ我ラヲ誘イニ引キ入レズ，サレ　かつ我らを誘いに引き入れず，されド我ラヲ悪ヨリ解キ給エ．　　　　　ど我らを悪より解き給え．

14. ザンクト・ガレンの信仰告白（8世紀末）

我ハ神，全能ノ父，天ト地ノ創造　　我は神，全能の父，天と地の被造
者ヲ，カツ救世主キリスト，彼ノ唯　物を，かつイエス・キリスト，彼の
一ノ息子，我ラノ主ヲ信ズ．彼ハ聖　唯一の息子，我らの主を信ず．彼は
ナル霊ヨリ受胎セラレ，処女マリア　聖なる霊より受胎せられ，永遠の処
5 ヨリ生マレ，ポント・ピラトノ下ニ　女マリアより生まれ，ピラトの権力
テ拷問セラレ，十字架ニ打チツケラ　の下にて拷問せられ，十字架に打ち
レ，死ニテ埋メラレ，地獄ニ下リ，　つけられ，死にて埋められ，地獄に
三日目ニ死者ラヨリ復活シ，天ニ上　下り，三日目に死者らより復活し，
ガリ，神，全能ノ父ノ右ニ座シテア　天に上がり，神，全能の父の右に座
10 リ，ソコヨリ生者ト死者ラヲ裁キニ　してあり，そこより生者と死者らを
来ン．我ハ聖ナル霊，聖ナル公教会，裁きに来ん．我は聖なる霊，聖なる
聖人達トノ交ワリ，罪ノ許シ，肉体　公教会，聖人達との交わり，罪人ら

sanctum, sanctam ecclesiam catho-
licam, sanctorum communionem, re-
15 missionem peccatorum, carnis re-
surrectionem, vitam aeternam. amen.

rihhūn *catholica,* wīhero kemeinitha,
urlāʒ suntīkero, fleiskes urstōdalī, in
liip ēwīkan. amen.

15. ライヒェナウの主の祈り（800年頃）

Fater unsēr, dū der pist in *himilum,
*kewīhit/keheiligōt sī namo dīn/dīnēr.
aʒ quheme rīchi dīnaʒ.
werde willo dīn, eo sō in himile inti in erdu.
5 prōt unseraʒ *tagalīchaʒ kip uns hiuto.
inti farlāʒ uns sculdi unsero, eo sō (inti) wir farlāʒʒemēs scolōm unserēm.
inti ni in *caleite(e)s unsih in chorunga,
ūʒʒan arlōsi unsihc fona ubile.

16. ベネディクト修道会会則より（9世紀初め）

Caput II. Qualis debeat esse abbas.

*Abba, qui pręesse dignus est mo-
nasterio, semper meminere debet,
quod dicitur, et nomen majoris factis
implere;*
5 *Christi enim agere vices in mo-
nasterio creditur, quando ipsius vo-
catur pronomine, dicente apostulo:
accepistis spiritum adoptionis filio-
rum, in quo clamamus abba pater.*
10 *Ideoque abbas nihil extra pręe-
ceptum domini, quod absit, debet aut
docere aut constituere vel jubere.*
Sed jussio ejus vel doctrina fer-

(Abbat), der fora wesan wirdīgēr ist
munistres, simblum kehuckan scal,
daʒ ist keqhuetan, indi nemin mēririn
tātim erfullan;

Cristes kewisso tuan wehsal in mu-
nistre ist kelaubit, denne er selbo ist
kenemmit pīnemin, qhuedentemu po-
tin: entfiangut ātum ze wunske chindo,
in demu harēmees faterlīh fater.

Enti pīdiu (abbat) neoweht ūʒʒana
pibote truhtīnes, daʒ fer sii, sculi edo
lērran edo kesezzan edo kepeotan.

Ūʒʒan kipot sīnaʒ edo lēra deismin

ノ復活, 永遠ノ命ヲ信ズ. アーメン. の許し, 肉体の復活, 永遠の命を信ず. アーメン.

15. ライヒェナウの主の祈り (800年頃)

　　天におわする我らが父よ,
　　み名が聖とせられよかし.
　　み国が来たれかし.
　　み心が, 天における如く, 地にても成れかし.
5　我らの日々の糧を我らに今日, 与え給え.
　　かつ我らの借り手らに我らが許す如く, 我らに我らの借りを許し給え.
　　かつ我らを試みに引き入れず,
　　されど我らを悪より解き給え.

16. ベネディクト修道会会則より (9世紀初め)

　　第2章. 修道院長ハ如何様タルベキカ.

　　　修道院ノ先頭ニ立ツニ相応シキ修道院長ハ, (カク) 呼バルルコトヲ常ニ考エ, カツ長タル名前ヲ行動ニテ実現スベシ.
5　　確カニ修道院ニテキリストノ代ワリヲスルト信ゼラル. (次ノ如ク) 使徒ノ語ルニヨリ, 彼自身ノ別名 (＝父) ニテ名ヅケラルルガ故ニ:「汝ラハ子ラノ養子縁組ノ霊ヲ受ケ取リ
10　ヌ. ソノ中ニテ我ラハ, アバ, 父ヨ, ト叫ブ.」(ロマ8, 15)
　　　シテソレ故ニ修道院長ハ主ノ命令以外ノ何事モ──ソレナル事ハ離

修道院の先頭に立つに相応しき修道院長は, (かく) 呼ばれてあることを常に考え, かつ長たる名前を行動にて実現すべし.

確かに修道院にてキリストの代わりをすると信ぜられてあり. (次の如く) 使徒の語るにより, 彼自身は別名 (＝父) にて名づけられてあるが故に:「汝らは子らの願望として霊を受け取りぬ. その中にて我らは, 父たる父よ, と叫ぶ.」(ロマ8, 15)
してそれ故に修道院長は主の命令以外の何事も──それなる事は離

mentum divinę justitię in discipu-
15 lorum mentibus conspargatur.

Memor sit semper abbas, quia doc-
trinę suę vel discipulorum oboedien-
cię utrarumque rerum in tremendo ju-
dicio dei facienda erit discussio.
20 Sciatque abbas culpę pastoris in-
cumbere, quicquid in ovibus pater fa-
milias utilitatis ejus minus poterit in-
venire.

Tantum iterum erit, ut, si inquieto
25 vel inoboedienti gregi pastoris fuerit
omnis diligentia adtributa et morbidis
earum actibus universa fuerit cura
exhibita, pastor earum in judicio
domini absolutus dicat cum propheta
30 domino:

Justiciam tuam non abscondi in
corde meo, veritatem tuam et salutare
tuum dixi, ipsi autem contemnentes
spreverunt me.
35 Et tunc demum inoboedientibus
curę suę ovibus poena sit eis prę-
valens ipsa mors.

des cotchundin rehtes in discōno mua-
tum sī kesprengit.

Kehuctīc sii simblum (abbat), daʒ
dera sīnera lēra edo discōno hōrsamii
indi peidero rechōno in dera foraht-
līhhūn suanu cotes ze tūenne ist ke-
suahhida.

Indi wiʒʒi (abbat) sunta hirtes ana-
hlinēnti, sō hwaʒ sō in scāffum fater
hīwiskes piderbii sīnera min megi fin-
dan.

Sō avur ist, daʒ, ibu unstillemu edo
unhōrsamōnti chortar hirtes ist eoco-
welīh kernii zuakitāniu indi suhtīgeem
iro tātim alliu ist ruahcha zuakitān, hirti
iro in suanu truhtīnes inpuntaneer
qhuede mit wīʒʒagin truhtīne:

Reht dīnaʒ ni kiparac in herzin
mīnemu, wārhaftī dīna indi heilantii
diin qhuad, sie kewisso farmanēnti
farhoctōn mih.

Indi denne aʒ jungist unhōrsamēn
dera ruahcha sīnera scāffum wīʒʒi
sī im furimakanti selbo tōd.

てあるべし──教う、或いは決む、或いは命ずべからず．

15 レテアルベシ──教ウ、或イハ決ム、或イハ命ズベカラズ．

サレド彼ノ命令、或イハ教エガ神ノ義ノ酵母トシテ弟子ラノ心中ニマカルベシ．

されど彼の命令、或いは教えが神の義の酵母として弟子らの心中にまかれてあるべし．

20 修道院長ハ自ラノ教エト弟子ラノ服従ノ両方ノ事柄ニ関シ、神ノ恐ロシキ裁キニテ取リ調ベガナサルベキコトヲ常ニ考ウベシ．

修道院長はその自らの教えと弟子らの服従の両方の事柄に関し、神のあの恐ろしき裁きにて取り調べがなさるべきことを常に考うべし．

カツ修道院長ハ、何デアレ羊ラノ中ニテ家父ガ羊飼イノ効用トテ見イ
25 ダシ得ヌ事ガ彼（＝羊飼イ）ノ咎（トガ）ニ帰スルヲ知ルベシ．

かつ修道院長は、何であれ羊らの中にて家父が羊飼いの効用とて見いだし得ぬ事が彼（＝羊飼い）の咎（とが）に帰するを知るべし．

他方、不穏ナル、或イハ不従順ナル羊群ニ羊飼イノ一切ノ配慮ガ加エラレ、カツ彼ラノ病的ナル行状ニ全
30 キ看護ガナサレテアルナラバ、彼ラノ羊飼イハ主ノ裁キニオイテ赦免セラレタル者トシテ予言者ト共ニ主ニ告グルコトアラン：

他方、不穏なる、或いは不従順なる羊群に羊飼いの一切の配慮が加えられ、かつ彼らの病的なる行状に全き看護がなされてあるならば、彼らの羊飼いは主の裁きにおいて赦免せられたる者として予言者と共に主に告ぐることあり：

「我ハ汝ノ義ヲワガ心ノ中ニ隠サ
35 ズ、汝ノ真理ト汝ノ救イヲ告ゲタリ．サレド彼ラハ軽蔑シツツ我ヲ退ケタリ．」（詩篇40, 11. イザ1, 2. エゼ20, 27）

「我は汝の義をわが心の中に隠さず、汝の真理と汝の救いを告げたり．されど彼らは軽蔑しつつ我を退けたり．」（詩篇40, 11. イザ1, 2. エゼ20, 27）

カツヤガテ最後ニハ彼ノ看護ニ不従順ナル羊ラニ対シ罰トテ彼ラニ勝
40 ル死ソノモノガアルベシ．

かつやがて最後には彼の看護に不従順なる羊らに対し罰とて彼らに勝る死そのものがあるべし．

17. ムールバッハの賛歌より（9世紀初め）
a. 真夜中（Ⅰ）

1. *Mediae noctis tempore*
   prophetica vox admonet:
   dicamus laudes domino
   patri semper ac filio,

   Mittera nahti zīte
   wīʒaclīchiu stimma manōt:
   chwedēm lop truhtīne
   fatere simbulum joh sune,

2. *Sancto quoque spiritui;*
   perfecta enim trinitas
   uniusque substantię
   laudanda nobis semper est.

   Wīhemu ouh ātume;
   duruhnohtiu kawisso driunissa
   joh dera einūn capurti
   za lobōne uns simbulum ist.

3. *Terrorem tempus hoc habet,*
   quo cum vastator angelus
   Ęgypto mortes intulit,
   delevit primogenita.

   Egison zīt daʒ hebit,
   demu dō wuastio poto [chundo]
   Egypte tōdā anaprāhta,
   farcneit ēristporaniu.

4. *Haec hora justis salus est,*
   quos ibidem tunc angelus
   ausus punire non erat
   signum formidans sanguinis.

   Disiu wīla [stunta] rehtēm heilī ist,
   dea dāre dō poto
   katurstīc sclahan [wīʒʒinōn] ni was
   zeichan furihtanti pluates.

5. *Ęgyptos flebat fortiter*
   natorum dira funera,
   solus gaudebat Israhel
   agni protectus sanguine.

   Egypt wuafta starchlīcho
   chindo chrimmiu rēwir,
   eino mandta Israhel
   lambes kascirmtēr pluate.

6. *Nos vero Israhel sumus;*
   laetemur in te, domine,
   hostem spernentes et malum,
   Christi defensi sanguine.

   Wir avur Israhel liut pirum;
   frauwōēm in dir, truhtīn,
   fīant farmanēnte inti ubil,
   Christes kascirmte pluate.

7. *Ipsum profecto tempus est*
   quo voce evangelica
   venturus sponsus creditur,
   regni cęlestis conditor.

   Selbaʒ kiwisso zīt ist,
   demu stimmī evangelisceru
   chumftīgēr prūtigomo calaupit ist,
   rīhces himilisces felaho [scheffo].

J．アレマン語の作品

17．ムールバッハの賛歌より（9世紀初め）
a．真夜中（I）

1．真夜中ノ時ニ
　予言ノ声ガ促ス：
　我ラハ賛辞ヲ主ニ語ラン，
　父ニイツモ，カツ息子ニモ，
2．聖ナル霊ニモ又．
　確カニ，完全ナル三位一体ハ，
　又唯一ノ実体ナルモノニテ，
　我ラニヨリイツモ称賛セラルベシ．
3．恐怖ヲコノ時ハ有ス．
　絶滅者タル使イガ
　エジプトニ死ヲモタラシ，
　初子ラヲ絶滅セシメタルガ故ニ．
4．コノ時間ハ義ナル者ラニハ救イナリ．
　彼ラヲソコニテソノ時，使イハ
　打チ罰スルコト敢エテセズ，
　血ノ印ヲ恐レツツ．
5．エジプトハ激シク嘆キヌ，
　子ラノ恐ルベキ屍ヲ．
　タダイスラエルノミ喜ビヌ，
　子羊ノ血ニテ守ラレテ．
6．サレド我ラハイスラエルナリ．
　我ラハ汝，主ヲ喜バン，
　敵ト悪ヲ退ケツツ，
　キリストノ血ニテ守ラレテ．
7．確カニ，同ジ時ナリ．
　コノ時ニ福音ノ声ニテ
　花婿ノ来タルベキガ信ゼラル，
　天ノ王国ノ創始者ガ．

真夜中の時に
予言の声が促す：
我らは賛辞を主に語らん，
父にいつも，かつ息子にも，
　聖なる霊にも又．
確かに，完全なる三位一体は，
又唯一の実体なるものにて，
我らによりいつも称賛せらるべし．
　恐怖をこの時は有す．
絶滅者たる使い[告知者]が
エジプトに死をもたらし，
初子らを絶滅せしめたるが故に．
　この時間[時刻]は義なる者らには救いなり．
彼らをそこにてその時，使いは
打ち殺す[罰する]こと敢えてせず，
血の印を恐れつつ．
　エジプトは激しく嘆きぬ，
子らの恐るべき屍を．
ただイスラエルのみ喜びぬ，
子羊の血にて守られて．
　されど我らはイスラエル(の)民衆なり．
我らは汝，主を喜ばん，
敵と悪を退けつつ，
キリストの血にて守られて．
　確かに，同じ時なり．
この時に福音の声にて
花婿の来たるべきが信ぜられてあり，
天の王国の創始者[創造者]が．

8. *Occurrunt sanctę virgines*
   obviam tunc adventui,
   gestantes claras lampadas,
   magno lętantes gaudio.
9. *Stultę vero remanent,*
   quę extinctas habent lampadas,
   frustra pulsantes januam,
   clausa jam regni regia.
10. *Pervigilemus subrie*
    gestantes mentes splendidas,
    advenienti ut Ihesu
    digni occuramus obviam.
11. *Noctisque medię tempore*
    Paulus quoque et Sileas
    Christum vincti in carcere
    conlaudantes soluti sunt.
12. *Nobis hic mundus carcer est,*
    te laudamus, Christe deus;
    solve vincla peccatorum
    in te, Christe, credentium.
13. *Dignos nos fac, rex agie*
    venturi regni gloria,
    ęternis ut mereamur
    te laudibus concinere.

Inkaganlouffant wīho magadi
cagan denne chumfti,
tragante heitariu liotfaȝ,
mihileru frōōnte mendī.
Tulisco avur pilībant,
deo arlasctiu eigun leotkar,
arwūn chlochōnte turi,
pilohaneru giū rīches turi [portūn].
Duruchwachēēm triulīcho
tragante muat heitariu,
chuementemu daȝ heilante
wirdīge kakanlauffēm kagani.
Joh dera naht mittera zīte
Paul auh inti Sileas
Christ kabuntane in charchāre
samant lobōnte inpuntan wurtun.
Uns deisu weralt charchāri ist.
dih lobōmēs, Christ cot;
intpint pentir suntōno
in dih, Christ, kalaupantero.
Wirdīge unsih tua, chuninc wīho,
chumftīges rīches tiurida,
ēwīgēm daȝ kafrēhtōhēm
dih lobum saman singan.

b．主の祈り（Ⅱ）

7. *Pater, qui cęlos contenis,*
   cantemus nunc nomen tuum;
   adveniat regnum tuum
   fiatque voluntas tua.

Fater, dū der himilā inthebis,
singēm nū namun rīnan.
aȝ queheme rīchi dīnaȝ,
werde joh willo dīn.

J．アレマン語の作品

8．聖ナル乙女ラハ向カイテ走ル，
　　ソノ時，到来ニ対シテ，
　　明ルキ灯火ヲ携エツツ，
　　大ナル喜悦ニテ喜ビツツ．

9．サレド愚カナル女ラハ留マル，
　　彼女ラハ消エシ灯火ヲ持チテアリ，
　　空シク戸ヲタタキツツ．
　　王国ノ王宮ハ既ニ閉ザサレタルニ．

10．我ラハ忠実ニ徹夜セン，
　　晴レシ心ヲ携エツツ，
　　到来シツツアル救世主ニ
　　相応シク我ラハ向カイテ走ランガ為ニ．

11．又，真夜中ノ時ニ
　　パウロトシラスモ
　　牢獄ニ繋ガレテキリストヲ
　　共ニ称エツツ解カレタリ．

12．我ラニトリコノ世ハ牢獄ナリ．
　　キリスト，神ヨ，汝ヲ我ラハ称エン．
　　キリストヨ，汝ヲ信ズル者ラノ
　　罪ノ桎梏ヲ解キ給エ．

13．聖ナル王ヨ，我ラヲ相応シクシ給エ，
　　来タルベキ王国ノ栄光ニ．
　　我ラ値センガ為，
　　永遠ノ賛歌ニテ汝ヲ共ニ歌ウニ．

聖なる乙女らは向かいて走る，
　その時，到来に対して，
　明るき灯火を携えつつ，
　大なる喜悦にて喜びつつ．

されど愚かなる女らは留まる，
　彼女らは消えし灯火を持ちてあり，
　空しく戸をたたきつつ．
　王国の戸[門]は既に閉ざされたるに．

我らは忠実に徹夜せん，
　晴れし心を携えつつ，
　到来しつつある救世主に
　相応しく我らは向かいて走らんが為に．

又，真夜中の時に
　パウロとシラスも
　牢獄に繋がれてキリストを
　共に称えつつ解かれたり．

我らにとりこの世は牢獄なり．
　キリスト，神よ，汝を我らは称えん．
　キリストよ，汝を信ずる者らの
　罪の桎梏を解き給え．

聖なる王よ，我らを相応しくし給え，
　来たるべき王国の栄光に．
　我ら値せんが為，
　永遠の賛歌にて汝を共に歌うに．

b．主の祈り（Ⅱ）

7．天ヲ保持スル父ヨ，
　　今シ我ラハミ名ヲ誉メ歌ワン．
　　ミ国ガ来タレカシ．
　　カツミ心ガ成レカシ．

天を保持する父よ，
　今し我らはみ名を誉め歌わん．
　み国が来たれかし．
　かつみ心が成れかし．

8. *Hęc, inquam, voluntas tua nobis agenda traditur, simus fideles spiritu, casto manentes corpore.*
9. *Panem nostrum cottidie de te edendum tribue. remitte nobis debita, ut nos nostris remittimus.*
10. *Temptatione subdola induci nos ne siveris, sed puro corde supplices tu nos a malo libera.*

Desēr, quuhad, willo dīnēr uns za tuanne kasalt ist, wesēn triu(h)afte [kalaubīge] ātume, kadiganemu wesante līchamin.
Prōt unseraʒ tagawizzi fona dir za eʒʒanne kip. farlāʒ uns sculdi, eo sō wir unserēm farlāʒʒemēs.
Chorungo piswīcchilīneru in caleitit unsih ni lāʒʒes, ūʒʒan lūtremo hercin pittente dū unsihc fona ubile arlōsi.

18. アレマン語の詩篇断片より（9世紀初め）

129, 1. *De profundis clamavi ad te, domine!*

2. *Domine, exaudi vocem meam. fiant aures tuae intendentes in vocem deprecationis meae.*

3. *Si iniquitates observabis, domine, domine, qui sustinebit?*

4. *Quia apud te propitiatio est. propter legem tuam sustinui te, domine. sustinuit anima mea in verbo ejus.*

5. *Speravit anima mea in domino.*

6. *A custodia matutina usque ad noctem speret Israhel in domino.*

7. *Quia apud dominum misericordia et copiosa apud eum redemptio.*

Fona tiuffēm herēta ce dih, truhtīn!

Truhtīn, kehōri stimma mīna. sīn ōrun dīniu anawartōntiu in stimma des kebetes mīnes.

Ubi unreht haltis, truhtīn, truhtīn, wer kestāt imo?

Danta mit tih kenāda ist. duruh wiʒʒud tīnan fardolata dih, truhtīn. fardolata sēla mīniu in worte sīnemo.

Wānta sēla mīniu in truhtīne.

Fona kihaltidu morganlīhera uncin ce naht wāne Israhel in truhtīne.

Danta mit truhtīnan kenāda inti kenuhtsamiu mit inan erlōsida.

J．アレマン語の作品

8．我言イヌ．コノミ心ハ　　　　　　　我言いぬ．このみ心は
　我ラニナサルベク委ネラル．　　　　我らになさるべく委ねられてあり．
　我ラハ霊ニ忠実ニアラン，　　　　　我らは霊に忠実に[信心深く]あらん，
　貞潔ナル体ヲモチテアリツツ．　　　貞潔なる体をもちてありつつ．
9．我ラノ日々ノ糧ヲ　　　　　　　　　我らの日々の糧を
　食スルガ為ニ汝ヨリ与エ給エ．　　　食するが為に汝より与え給え．
　我ラニ借リヲ許シ給エ．　　　　　　我らに借りを許し給え．
　我ラガ我ラノ借リ手ラニ許ス如ク．　我らが我らの借り手らに許す如く．
10．嘘ノ試ミニ　　　　　　　　　　　嘘の試みに
　我ラガ導カルルヲ許シ給ウナ．　　　我らが導かるるを許し給うな．
　サレド純ナル心ニテ祈願スル者ラヲ，されど純なる心にて祈願する者らを，
　我ラヲ悪ヨリ解キ給エ．　　　　　　我らを悪より解き給え．

18．アレマン語の詩篇断片より（9世紀初め）

129，1．深ミヨリ我ハ汝ニ叫ビヌ，主ヨ．　深みより我は汝に叫びぬ，主よ．
　　2．主ヨ，ワガ声ヲ聞キ給エ．汝ノ　　主よ，わが声を聞き給え．汝の両耳
　　　両耳ハワガ祈リノ声ニ注意シテア　　はわが祈りの声に注意してあれかし．
　　　レカシ．
　　3．モシモ汝ガ不義ヲ心ニ留メバ，　　もしも汝が不義を心に留めば，主よ，
　　　主ヨ，主ヨ，誰ガソレニ耐ウヤ．　　主よ，誰がそれに耐うや．
　　4．汝ノ元ニ恩赦ノアルガ故ニ．汝　　汝の元に恩赦のあるが故に．汝の法
　　　ノ法故ニ我ハ汝ヲ待チヌ，主ヨ．　　故に我は汝をこらえぬ，主よ．わが魂
　　　ワガ魂ハ彼ノ言葉ヲ待チヌ．　　　　は彼の言葉をこらえぬ．
　　5．ワガ魂ハ主ヲ期待シヌ．　　　　　わが魂は主を期待しぬ．
　　6．朝ノ見張リヨリ夜マデ，イスラ　　朝の見張りより夜まで，イスラエル
　　　エルヨ，主ヲ期待スベシ．　　　　　よ，主を期待すべし．
　　7．主ノ元ニ恩寵ガ，カツ彼ノ元ニ　　主の元に恩寵が，かつ彼の元に豊か
　　　豊カナル救イガアル故ニ．　　　　　なる救いがある故に．
　　8．カツ彼ハイスラエルヲ自ラノ全　　かつ彼はイスラエルを自らの全ての
　　　テノ不義ヨリ救イ出ス．　　　　　　不義より救い出す．

259

8. *Et ipse redimet Israhel ex omni-*   Inti her erlōsit Israhelan fona allēn
bus iniquitatibus ejus.   unrehtun sīnēn.

19. ウルリヒ句（9世紀初め）

Ex certis autem causis quibusdam plurima tribuit, upta Odalrico, fratri magnę Hildigardę genitricis regum et imperatorum. De quo, cum post obitum ipsius Hildigardę pro quodam commisso a Karolo viduaretur honoribus, quidam scurra in auribus misericordissimi Karoli proclamavit:

5   *Nunc habet Odalricus   honores perditos*
       in oriente et occidente,   defuncta sua sorore.
       (Nū habēt Ōdalrīh   firloran ērōno gilīh
       ōstar enti westar,   sīd irstarp sīn swester.)

Ad quę verba illacrimatus ille pristinos honores statim fecit illi restitui.

20. ザンクト・ガレンの写字生の句（9世紀末）

Chūmo kiscreib,   filo chūmor kipeit.

21. ザンクト・ガレンの風刺句Ⅰ（900年頃）

Liubene ersazta sīne grūʒ   unde kab sīna tohter ūʒ,
tō cham aber Starzfidere,   prāhta imo sīna tohter widere.

22. キリストとサマリア女（950年頃）

Lesēn wir, thaʒ fuori   ther heilant fartmuodi.
   ze untarne, wiȝȝun thaʒ,   er z'einen brunnon kisaʒ.
   Quam fone Samario   ein quena sārio
   scephan thaʒ waȝȝer: thanna noh sō saʒ er.
5 Bat er sih ketrencan   daʒ wīp, thaʒ ther thara quam.
   wurbon sīna thegana   be sīna līpleita.
   'Bī waʒ kerōst thū, guot man,   daʒ ih thir geba trinkan?
   jā ne-nieʒant, wiȝȝe Christ,   thie judon unsera wist.'

J．アレマン語の作品

19. ウルリヒ句（9世紀初め）
　　　サレド(カルル)ハ2・3ノ明白ナル理由ニヨリ例エバ，諸王ト諸皇帝ノ母親タリシ偉大ナルヒルデガルドノ弟，ウルリヒニハイトモ多キ物ヲ授ケヌ．当ノヒルデガルドノ死(783年4月30日)後，アル罪故ニカルルヨリ名誉ヲ奪ワレテアリシ時，彼ニ関シテトアル道化師ガイトモ慈悲深キカルルノ耳ニ声高ニ叫ビヌ：
5　　今ヤオーダルリークスハ　　　名誉ヲ全テ失イヌ，
　　　西ニアリテモ東デモ，　　　　己ガ大姉ノ亡キ後ハ．
　　　（今やウルリヒ伯爵は　　　　名誉を全て失いぬ，
　　　西にありても東でも，　　　　己が大姉の亡き後は．）
　　カクナル言葉ニ涙シタル王ハ，以前ノ名誉ヲ直チニ彼ニ回復セシメヌ．

20. ザンクト・ガレンの写字生の句（9世紀末）
　　　労して我は書き上げぬ．　　　更に労してこを待ちぬ．

21. ザンクト・ガレンの風刺句 I （900年頃）
　　　ビールを醸しリウベネは　　　己が娘を嫁がせぬ．
　　　されど尾羽が連れて来て，　　彼に娘を返したり．

22. キリストとサマリア女（950年頃）
　　　我らは読まん，キリストの　　歩きて旅に疲れしを．
　　　　正午に彼が井戸端に　　　　　腰掛けたるを我ら知る．
　　　かくてその時サマリアの　　　地より女が来たるなり，
　　　　そこな水をば汲むが為．　　　彼はそのまま座してあり．
5　その場に来たる女子(おんなご)に　　彼は飲ませと頼みたり．
　　　　彼の弟子らは彼の為，　　　　糧を求めてさ迷いぬ．
　　　「我が汝に飲ますのを　　　　何故(なぜ)に求むや，良き人よ．
　　　　真(まこと)，我らが食べ物を　　　ユダヤ人らは受けぬのに．」

261

'Wīp, obe thū wissīs,　wielīh gotes gift ist,
10　unte den ercantīs,　mit themo do kōsōtīs,
　　tū bātīs dir unnen　sīnes kecprunnen.'
　'Disiu buzza ist sō tiuf,　ze dero ih heimina liuf,
　　noh tū ne-habis kiscirres,　daȝ thū thes kiscephēs:
　　wār maht thū, guot man,　neman quecprunnan?
15 Ne-bistū liuten kelop　mēr than Jacob.
　　ther gab uns thesan brunnan,　tranc er'nan joh sīna man:
　　sīniu smalenōȝȝer　nuȝȝon thaȝ waȝȝer.'
　'Ther trinkit thiz waȝȝer,　be demo thurstit inan mēr,
　　der afar trinchit daȝ mīn,　then lāȝit der durst sīn:
20　iȝ sprangōt imo'n pruston　in ēwōn mit luston.'
　'Hērro, ih thicho ze dir,　thaȝ waȝȝer gābīst dū mir,
　　daȝ ih mēr ubar tac　ne-liufi hera durstac.'
　'Wīb, tū dih annewert,　hole hera dīnen wirt.'
　　siu quat, sus libiti,　commen ne-hebiti.
25 'Weiȝ ih, daȝ dū wār segist,　daȝ dū commen ne-hebist.
　　dū hebitōs ēr finfe　dir zi volliste.
　　des mahttū sichūre sīn:　nū hebist ēnin, der n'is dīn.'
　'Hērro, in thir wigit scīn,　daȝ thū maht (forasago sīn):
　　for uns ēr giborana　betōton hiar in berega,
30 Unser altmāga　suohton hia genāda:
　　thoh ir sagant, kicorana　thia bita in Hierosolima.'

23. 牡鹿と牝鹿（10世紀）

　　　Hireȝ rūnēta　hintūn in daȝ ōra:　wildū noh, hinta?

24. ザンクト・ガレンの風刺句Ⅱ（10/11世紀）

　　　Veru, taȝ ist spiȝ, taȝ santa tir tīn fredel ce minnōn.

J．アレマン語の作品

```
       「神の贈与が如何なるか,            もしも汝が知りたらば,
  10    そして汝と話しせる              相手が誰か, 知りたらば,
        生ける水をば施せと,              汝は我に頼むらん.」
       「我は家より来たりしが,            ここなる井戸はかく深し.
        して又, 水を汲むが為,            器具を汝は手に持たず.
        生ける水をば何処より             手に入れ得るぞ, 良き人よ.
  15    汝は未だヤコブほど              我ら人には名立たらず.
        彼はこの井を与えたり,            彼と一家はこを飲みぬ.
        彼の小さき生き物は              ここなる水を食べにけり.」
        これなる水を飲む者は             これ故, 更に渇望す.
        されど我のを飲む者は,            彼は渇きを免れん.
  20    それは久しく胸中に              喜悦と共に湧き出さん.」
       「わが主よ, 我は懇願す.            それなる水をくれたらば,
        我は渇きつ, この井戸へ           最早日に日に来ぬものを.」
       「汝, 女よ, 疾く急げ.             なれが亭主を連れて来よ.」
        彼女はされど, かく暮らし,         夫を持たぬと彼に言いぬ.
  25   「夫を持たぬと, 真実を             汝が言うを我は知る.
        かつて汝は五人もの              男を連れに持てるなり.
        汝, 自信を持つがよし.            今のはなれが夫ならず.
       「なれが言葉で明らけし,            なれが予言者たるは, 主よ.
        我らの先に生れし人,              ここなる山で祈りたり.
  30    我らの古き身内らは              ここに恵みを求めたり.
        されど選られし祈り場は            エルサレムぞと, なれら言う.」
```

23. 牡鹿と牝鹿 (10世紀)

　かつて牡鹿が囁きぬ， 牝鹿に対し，その耳に： 牝鹿よ，なれはなお欲るや．

24. ザンクト・ガレンの風刺句Ⅱ (10/11世紀)

　ヤリ，即ち槍なり．それを汝に汝の恋人が愛とて贈りぬ．

263

25. チューリヒの家の呪文 （1000年頃）

  Ad signandum domum contra diabolum
  Wola wiht, taʒ tū weist, taʒ tū wiht heiʒist,
  taʒ tū ne-weist noch ne-chanst cheden, chnospinci.

26. ノートケルの訳著より （1000年頃）
a. フーゴ・ジッテン司教への書状 （1019/1020年頃）

  Domino sancto Sedunensi episcopo Hugoni Notkerus coenobita sancti Galli salutem.

  Valde lętatus sum, quando per relatum nuntii sospitatem vestram audivi. Commonitus autem super meis responsionibus, quid possum dicere, nisi dictis
5 facta compensare? Volui et volo, sed conclusi sumus in manu domini, et nos et opera nostra; et pręter quod annuit, amplius nihil facere possumus. Est enim, quę nos trahit, necessitas, non voluntas, et injunctis instare nequimus; et eo minus vota exequimur.

  Artibus autem illis, quibus me onustare vultis, ego renunciavi, neque fas
10 mihi est, eis aliter quam sicut instrumentis frui. Sunt enim ecclesiastici libri — et pręcipue quidem in scolis legendi —, quos impossibile est, sine illis pręlibatis ad intellectum integrum duci. Ad quos dum accessum habere nostros vellem scolasticos, ausus sum facere rem pęne inusitatem, ut latine scripta in nostram (linguam) conatus sim vertere et syllogystice aut figurate aut suasorie
15 dicta per Aristotelem vel Ciceronem vel alium artigr(aph)um elucidare.

  Quod dum agerem in duobus libris Boetii, — qui est de Consolatione philosophiae et in aliquantis de Sancta trinitate — , rogatus (sum), et metrice quędam scripta in hanc eandem linguam traducere, Catonem scilicet ut Bucolica Virgilii et Andriam Terentii. Mox et prosam et artes temptare me voluerunt, et
20 transtuli Nuptias Philologię et Cathegorias Aristotilis et Pergermenias et Principia Arithmeticę. Hinc reversus ad divina totum psalterium et interpretando et secundum Augustinum exponendo consummavi; Iob quoque incepi, licet vix tertiam partem exegerim. Nec solum hęc sed et novam rhethoricam et computum

J．アレマン語の作品

25．チューリヒの家の呪文（1000年頃）

悪魔ニ対シ家ヲ聖別スルガ為ニ
いざや悪魔よ，なれは知る，　　　悪魔となれが呼ばるるを．
なれはこれをば口にする　　　　ことの能わず，小悪魔よ．

26．ノートケルの訳著より（1000年頃）

a．フーゴ・ジッテン司教への書状（1019/1020年頃）

神聖ナル御主人，フーゴ・ジッテン司教猊下ニ対シザンクト・ガレンノ修道士ノトケルスハ御挨拶（シ奉ル）．

我ハ，使者ノ報告ニテ猊下ノ御息災ヲ聞キシ故ニ，大イニ喜ビヌ．サテワガ返事ニツキテ我ハ催促セラレシモ，言葉ニテ行為ヲ償ウ以外ニ何ヲ言ウコ
5 ト我ニ能ウヤ．（ソレヲ）我ハ望ミタリ，カツ望ミオリ．サレド我ラハ主ノ掌中ニ閉ジ込メラレテアリ．我ラモ我ラノ仕事モ．シテ（主ガ）承諾スル事以上ニハ何事モ我ラハ行イ得ズ．我ラヲ動カスハ必然性ニテ，自発性ニアラズ．カツ課セラレタル事ニ我ラハ逆ラウコト能ワズ．ソレ故ニ我ラハ（我ラノ）願望ヲ（欲スルヨリモ）少ナク実行ス．

10　コレニ反シ，猊下ガ我ニ負ワサント望ミ給ウ，カノ諸学術ヲ我ハ放棄セリ，又ソレラヲ言ワバ道具トシテ以外ニ利用スルコトモ我ニハ当然ニアラズ．即チ教会ノ書籍──特ニ少ナクトモ学校ニテ読マルベキ──ハ，ソレラ（＝諸学術）ガ吟味セラルルコトナカラバ，完全ナル理解ヘト導カルルコト不可能ナルモノナリ．ソレラニ対シテ我ラノ生徒ラガ接近スルヲ我ハ望ミシ故ニ，
15 殆ド普通ナラザル事ヲ我ハ敢エテ行イ，ラテン語ニテ書カレシモノヲ我ラノ言語ニ翻訳シ，三段論法的ニ，或イハ比喩的ニ，或イハ忠告的ニ言ワレタル事ヲアリストテレースヤキケローヤ他ノ学術著者ヲ通シテ明ラカニセント試ミヌ．

カクナル事ヲ我ハボエーティウスノ二書ニオイテ──ソレハ『哲学ノ慰メ』
20 ニ関シ，カツ『聖三位一体』ニ関スル大部ノ書ニオイテ──行イテオリシ時ニ，韻律ニテ書カレシ或ル種ノモノモコノ同ジ言語ニ訳スベキト求メラレタリ．即チカトー，並ビニウェルギリウスノ『田園詩』ヤテレンティウスノ『アンドリア』ヲ．引キ続キ我ハ散文ヤ自由学芸ヲモ試スベキト望マレ，『フィ

novum et alia quędam opuscula latine conscripsi.

25   Horum nescio, an aliquid dignum sit venire in manus vestras. Sed si vultis ea —sumptibus enim indigent — , mittite plures pergamenas et scribentibus pręmia, et accipietis eorum exempla. Quę dum fuerint ad vos perlata, me pręsentem æstimate. Scio tamen, quia primum abhorrebitis quasi ab insuetis, sed paulatim forte incipient se commendare vobis, et pręvalebitis ad legendum et ad
30   dinoscendum, quam cito capiuntur per patriam linguam, quę aut vix aut non integre capienda forent in lingua non propria.

Oportet autem scire, quia verba theutonica sine accentu scribenda non sunt pręter articulos; ipsi soli sine accentu pronuntiantur, acuto et circumflexo.

Ego autem, quando dominus voluerit, veniam. Stare autem diucius vobiscum
35   non potero ob causas plurimas, quas dicere in pręsenti non opus est.

Libros vestros, id est Philippica et commentum in Topica Ciceronis, peciit a me abbas de Augia pignore dato, quod majoris precii est. Pluris namque est Rethorica Ciceronis et Victorini nobile commentum, quę pro eis retineo; et eos non nisi vestris repetere valet. Alioquin sui erunt vestri, et nullum dampnum erit
40   vobis.

Dominus meus episcopus in ęternum valeat.

J. アレマン語の作品

ロロギアノ結婚』トアリストテレースノ『範疇論』ヤ『解釈論』ヤ『算術綱
25 要』ヲ翻訳シヌ．ココヨリ神ニ関スルモノヘト向キヲ変エテ，全詩篇ヲ解釈
シ，アウグスティーヌスニ依リテ説明スルコトニテ完成シヌ．ヨブ記モ，ホ
トンド三分ノ一モ果タシテオラヌトハ言エ，（独訳ヲ）始メヌ．コレラノ事
ノミナラズ，新シキ修辞学ヤ新シキ暦日計算法ヤソノ他ノ或ル種ノ小作品ヲ
ラテン語ニテ書キ上ゲヌ．

30 ソレラノ内ノ何カ或ルモノガ猊下ノ手中ニ入ル価値ノアルヤ否ヤ，我ハ知
ラズ．サレド，モシモソレラヲ望ミ給ワバ ——費用ヲ要スルガ故ニ——多
目ノ羊皮紙ト筆写生ラヘノ報酬ヲ送リ給エ．サスレバソレラノ写本ヲ猊下ハ
受ケ取リ給ワン．ソレラガ猊下ノ元ニ届ケラレタラバ，我ガ参上シテアリト
考エ給エ．シカレドモ，猊下ガ最初ニハ恰モ異常ナル事ヨリノ如ク躊躇シ給
35 ワンコトヲ我ハ知ル．サレド，ソレラハ蓋シ徐ニ猊下ノオ気ニ叶イ始メン．
カツ猊下ハ読ムコト能ウニ至リ，自己ノモノニアラザル言語ニテハ殆ド，或
イハ完全ニハ理解セラレザリキ事ガ如何ニ速ク祖国語ニテ理解セラルルカヲ
認識シ得ルニ至ラン．

ソモドイツ語ノ単語ハ強音符号ナシニテ書カルベキニハアラヌコトヲ知ル
40 必要アリ．冠詞ハ別ニテ，コレラノミハ強音符号，ツマリ鋭音符号モ曲音符
号モナクテ発音セラル．

サテ我ハ，御主人ガ望ミ給イタラバ，参上セン．サレド長目ニハ猊下ノ所
ニ，極メテ多クノ理由ニヨリ，滞在スルコト能ワザラン．ソレラノ理由ヲ現
在，申シ上グルハ適当ナラズ．

45 猊下ノ書籍，ツマリキケローノ『アントーニウス弾劾演説』ト『位相論』
ノ解説ヲ我ヨリライヒェナウノ修道院長ガ，担保ヲ置キテ，求メヌ．ソレ（＝
担保）ハ更ニ大ナル価値アリ．即チ，ソレラノ担保トテ我ガ保持スルキケロー
ノ『修辞学』トウィクトーリーヌスノ著名ナル解説ハ更ニ高価ナリ．モシモ
猊下ノモノヲ返却セザラバ，彼ハソレラヲ還要求シ得ズ．要スルニ，彼ノ
50 モノハ猊下ノモノニテアラン．シテ如何ナル損害モ猊下ニハナカラン．

ワガ御主人タル司教猊下ガ永遠ニ御壮健タレカシ．

b．ボエーティウスの『哲学の慰め』より

1）序文

Oportet nos memores esse, quę de romano imperio Paulus apostolus predixerat quondam. Multis enim per pseudoapostolos territis, quasi instaret
5 *dies domini, ille arrexit corda eorum his dictis. Quonjam nisi discessio primum venerit, s. romani imperii, et reveletur filius iniquitatis, i. antichristus. Quis enim nesciat Ro-*
10 *manos olim rerum dominos fuisse, et fines eorum cum mundi finibus terminari? Postquam autem barbarę nationes, Alani, Sarmatę, Daci, Wandali, Gothi, Germani, et alię multo*
15 *plures, quę eis subditę, vel cum eis fęderatę erant, rupta fide et foedere, rem publicam invaserant, et nulla eis vis romana resistere poterat, inde jam paulatim vergere tanta gloria, et*
20 *ad hanc defectionem quam nunc cernimus, tendere coeperat. Namque contigit sub tempore Zenonis, qui ab Augusto transactis jam quingentis et viginti tribus annis, quadragesimus*
25 *nonus imperator extiterat, ipso in constantinopolitana sede posito, Odoagrum Turcilingorum et Rugorum regem, qui et Herulos et Scyros secum*

Sanctus Paulus kehīeȝ tīen, dīe in sīnēn zīten wāndōn des sūonetágen, táȝ er ēr ne-chāme, ēr *Romanum imperium* zegīenge únde *antichristus* rīchesōn begóndi. Wér zwīvelōt *Romanos* íu wésen állero rīcho hērren únde íro gewált kān ze énde dero wérlte? Sō dō mánige líute énnōnt Tūonouwo geséȝene hára úbere begóndōn váren únde in állēn dísēn rīchen kewáltigo wíder *Romanis* sízzen, tō íu stūonden íro díng slīfen únde ze déro tīlegúngo rāmēn, tīa wír nū séhēn. Tánnān geskáh pi des chéiseres zīten *Zenonis*, táȝ zwēne chúninga nórdenān chómene, éinēr ímo den stūol ze Romo úndergīeng únde álla *Italiam*, ánderēr náhōr ímo *Greciam* begréif únde díu lánt, tíu dánnān únz ze Tūonouwo sínt: Énēr hīeȝ in únsera wīs Ōtacher, tísēr hīeȝ Thioterih. Tō wárd, táȝ ten chéiser lústa, dáȝ er Dioterichen vríuntlicho ze hóve ládeta, tára ze dero mārūn *Constantinopoli*, únde ín dār mít kūollichēn ērōn lángo hábeta, únz er ín dés bíten stūont, táȝ er ímo óndi mít Ōtachere ze véhtenne; únde úbe er ín úberwúnde, *Romam* jóh

268

J．アレマン語の作品

b．ボエーティウスの『哲学の慰め』より
1）序文

　　我ラハ，ローマ帝国ニ関シテ使徒パウロガカツテ予言シタル事ヲ記憶シテアルベシ．即チ多数ノ人々ガ偽使徒ラニヨリ，恰モ主ノ日ガ近ヅキツツアル
5　カノ如クニ恐レサセラレシ時，彼ハ彼ラノ心ヲソノ言葉ニテ鼓舞シヌ．先ズローマ帝国ノ分離ガ生ゼズンバ，カツ非道ノ息子，ツマリ反キリストガ現ワレズンバ（ナラヌガ）故ニ．ローマ人
10　ガカツテ諸国家ノ支配者ナリシヲ，カツ彼ラノ果テガ世界ノ果テニテ境界ヅケラルルヲ誰ガ知ラヌカ．サレド異民族ノアラン人，サルマティア人，ダキア人，ヴァンダル人，ゴート人，ゲル
15　マン人，並ビニ彼ラ（＝ローマ人）ニ従属セシメラレシ，或イハ彼ラト同盟セシメラレシ他ノ遥カニ多クノ民族ガ，誓約ヤ同盟ヲ破リテ，国家ニ襲イカカリタル後ハ，如何ナルローマノ力モ彼
20　ラニ抵抗シ得ズ，ソノ時ヨリ既ニ徐々ニカクモ大ナル栄光ガ傾キ，カツ今ヤ我ラノ知ル衰退ヘト目指シ始メヌ．サテ，アウグストゥスヨリ既ニ523年経チシ時（476年？），第49代ノ皇帝トナリシ
25　ゼーノーノ時代ニ，彼ガコンスタンティノープルノ玉座ニアリシ時，ヘルル人トスキュル人トヲ従エシ，トゥルキリング人トギ人ノ王タルオドアケルガ

　聖パウロは，彼の時代に裁きの日を待ち望む人々に確言しぬ．それは，ローマ帝国が滅亡し，かつ反キリストが支配し始むる以前には到来せざらんと．ローマ人がかつては全ての国々の支配者なりしを，かつ彼らの権力が世界の果てまで及びしを誰が疑うか．その後ドーナウ川の向こうに定住せる多くの民族がこちらへと渡り来始め，かつ全てのこれらの国々にて強力にローマ人に対抗し始めし時，既に彼ら（＝ローマ人）の事態（＝国家）は衰退し，かつ今や我らの目にする滅亡へと目指し始めぬ．その後ゼーノー皇帝の時代に二人の，北より来たる王が，一人が彼よりローマにおける玉座と全イタリアを奪い取り，他方が更に彼の近くにてギリシャとそこよりドーナウ川に至る国土を摑み取ること生じぬ．前者は我らの言い方にてオドアケルと呼ばれ，後者はディートリヒと呼ばれぬ．その時，皇帝はディートリヒを親切にも宮廷へ，かの有名なるコンスタンティノープルへと招く気になることと相なりぬ．かつ彼をそこにて立派なる栄誉をもちて長く留めぬ．彼（＝ディートリヒ）が，オドアケルと戦い，かつもしも彼を打ち負かしたらば，ローマと

habuit, Romanos et Italiam sibi sub-
30 jugasse. Theodericum vero regem
Mergothorum et Ostrogothorum, Pannoniam et Macedoniam occupasse.
Deinde ab imperatore Theodericus
Constantinopolim propter virtutis
35 famam accitus, et magnis honoribus
quasi socius regni apud eum diu habitus, et familiaritati atque intimis
consiliis admissus, precibus egit, ut
annueret ei, si contra Odoagrum di-
40 micaret et vinceret, ipse pro eo Italiam
regeret. Et sic eum a se discedentem,
magnis Zeno ditavit muneribus, commendans ei senatum et populum romanum. Ingressus ergo Italiam,
45 Odoagrum intra triennium ad deditionem coegit, atque occidit, deinde
potitus est totius Italię. Romanorum
autem jura consulto imperatoris
primum disponens, dehinc vero suc-
50 cedente Anastasio imperatore, et Justino majore, rem pro sua libidine administrare incipiens, contradicentes
occidit. Inter quos Symmachus patricius et gener ejus Boetius gladio pe-
55 rierunt. Sanctissimum quoque papam
Johannem, usque ad necem carcare
afflixit. Ipse autem sequenti anno
regni sui trigisimo, ira dei percussus

Italiam mít sīnemo dánche ze hábenne.
Táʒ úrlub káb ímo Zeno, sīn lánt jóh
sīne líute ze sīnēn tríuwōn bevélehendo.
Sō Dioterih mít témo wórte ze Italia
chám, únde er Ōtacheren mít nōte gwán
únde ín sār dáranāh erslūog únde er fúre
ín des lándes wīelt, tō ne-téta er ze ērest
nīeht úber dáʒ, sō demo chéisere
līeb wás. Sō áber nāh ímo ándere
chéisera wúrten, tō begónda er tūon ál,
dáʒ ín lústa, únde dīen rāten án den līb,
tīe ímo dés ne-wāren gevólgig. Fóne díu
slūog er *Boetium* únde sīnen swēr
Symmachum únde, dáʒ óuh wírsera wás,
Johannem den bābes. Sār des ánderen
jāres wárt Thioterih ferlóren; sīn névo
Alderih zúhta daʒ rīche ze síh. *Romanum imperium* hábeta īo dánnān hína
ferlóren sīna *libertatem*. Áber dóh *Gothi*
wúrten dánnān vertríben fóne *Narsete
patricio sub Justino minore*. Sō chāmen
áber nórdenān *Langobardi* únde wīelten
Italię mēr dánne *ducentis annis*. Nāh
Langobardis Franci, tīe wír nū héiʒēn
Chárlinga, nāh ín *Saxones*. Sō íst nū
zegángen *Romanum imperium* nāh tīen
wórten *sancti Pauli apostoli*.

J. アレマン語の作品

　　ローマ人トイタリアヲ自ラ征服スルコ
30 ト生ジヌ．サレド<u>メルゴート</u>人ト<u>オス
　　トロゴート</u>人ノ王タル<u>ディートリヒ</u>ハ
　　<u>パンノニア</u>ト<u>マケドニア</u>ヲ支配シタリ．
　　ソノ後，皇帝ニヨリ<u>ディートリヒ</u>ハ剛
　　毅ノ名声故ニ<u>コンスタンティノープル</u>
35 ニ招カレ，カツ大ナル名誉ヲモチテ，
　　恰モ国ノ同盟者（アタカ）ノ如ク彼ノ所ニ長ク留
　　メラレ，カツ友誼ト極メテ親密ナル相
　　談ニ与ラセラレテ，モシモ<u>オドアケル</u>
　　ニ対シテ戦イ，シテ勝利シタラバ，自
40 ラガ彼ニ代ワリテ<u>イタリア</u>ヲ支配スル
　　ヲ彼ニ同意スベシト懇願シヌ．カクシ
　　テ自分ヨリ去ル彼ヲ<u>ゼーノー</u>ハ多大ナ
　　ル贈リ物ニテ富マシヌ．彼ニ<u>ローマ</u>ノ
　　元老院ト人民ヲ委ネテ．故ニ<u>イタリア</u>
45 ニ入ルヤ，<u>オドアケル</u>ヲ3年ノ期限内
　　ニ降服ヘト追イ込ミ，カツ又切リ倒シ
　　テ，ソノ後彼ハ全<u>イタリア</u>ヲ支配シヌ．
　　サレド<u>ローマ</u>人ノ特権ハ皇帝ノ処置ニ
　　最初ハ任セタレドモ，ソノ後<u>アナスタ</u>
50 <u>シウス</u>皇帝ト大<u>ユスティヌス</u>皇帝ニ代
　　ワルト，国家ヲ自ラノ欲望ノ為ニ管理
　　シ始メ，反対スル者ラヲ殺シヌ．彼ラ
　　ノ中ニテ貴族ノ<u>シュムマクス</u>ト彼ノ婿
　　ノ<u>ボエーティウス</u>ハ剣ニヨリ滅ビヌ．
55 イトモ聖ナル<u>ヨハンネス</u>教皇ヲモ死ヌ
　　マデ牢ニ縛リツケヌ．サレド彼自身ハ
　　続ク自ラノ統治ノ第30年（＝526年）ニ，
　　神ノ怒リニ倒サレ，彼ノ孫ノ<u>アデルリ</u>

イタリアを彼（＝皇帝）の同意にて所有するを彼が許すべしと頼み始むるまで．その許しを彼にゼーノーは与えぬ．自らの国土と人民を彼の忠義に委ねて．ディートリヒはその言葉をもちてイタリアへ来て，オドアケルを苦労して捕らえ，かつ直ぐその後に打ち殺して，彼の代わりにその国土を統治せる時，最初は皇帝にとり好ましき事以外の何事も彼は行わざりき．されど彼の後に他の者らが皇帝になりし時，彼は望みたる事を全て行い，かつその事に関して彼に従順ならざる者らの命を狙い始めぬ．それ故にボエーティウスと彼の岳父のシュムマクスと，その上，更に悪しき事に，ヨハンネス教皇を殺しぬ．直ぐ次の年にディートリヒは破滅し，彼の孫のアルデリヒがその王国を強奪しぬ．ローマ帝国はそれ以来，永久に自由を失いたり．されど矢張りゴート人はそこより小ユスティヌス下の貴族ナルセスに追い払われぬ．かくて再び北よりランゴバルド人が到来して，200年以上も長くイタリアを統治しぬ．ランゴバルド人の後には，我らが今やカロリンゲルと呼ぶフランク人が，彼らの後にはザクセン人が，かくして今やローマ帝国は使徒たる聖パウロの言葉通りに滅亡したり．

est, succedente in regnum Adelrico
60 *nepote ejus. Hinc romana respublica jam nulla esse cęperat, quę Gothorum regibus tunc oppressa est, usque ad Narsetem patricium, qui sub Justino minore propulsatis Gothorum regibus,*
65 *Langobardorum manibus Italiam tradidit, et simili eam fecit peste laborare. Horum autem jugum, post ducentos et quinque annos, ex quo intraverunt Italiam, Karolus Francorum*
70 *rex abstulit, et auctoritate Leonis papę, qui eum ad defensionem apostolicę sedis invitavit, ipse imperator ordinatus est. Post ipsum vero et filios ejus, imperatoris nomen ad Saxonum reges*
75 *translatum est. Ergo Romanorum regnum defecit, ut Paulus prophetavit.*

2）本文 I, 1

Conquestio Boetii de instabilitate fortunę

Qui peregi quondam carmina florente studio, heu flebilis cogor inire męstos modos.

Ecce, lacerę Camenę dictant mihi
5 *scribenda.*

Et rigant ora elegi [i. miseri] veris [i. non fictis] fletibus.

Íh, tir ēr téta frōlichíu sáng, íh máchōn nū nōte chárasáng.

Síh no, léidege *Musę* lērent mīh scrīben. Táȝ mír wíget, táȝ wíget ín. Tíe mīh ēr lērtōn *jocunda carmina*, tīe lērent mīh nū *flebilia*.

Únde fúllent sie mīníu óugen mít érnestlichēn drānen.

ヒガ代ワリテ王位ニ就キヌ．カクシテ
60 ローマノ政体ハ既ニ無価値ニナリ始メ
テオリ，ゴート人ノ王ラニヨリソノ当
時，貴族ノナルセス（ノ戦勝）ニ至ル
マデ，抑圧セラレヌ．彼ハ，小ユスティ
ヌスノ下ニテゴート人ノ王ラヲ撃退ス
65 ルト，ランゴバルド人ノ手ニイタリア
ヲ引キ渡シ，カツソレヲ同様ノ災イニ
テ苦シメヌ．サレド彼ラノ軛(クビキ)ヲ，205年
後ニイタリアニ侵入スルヤ否ヤ，フラ
ンク人ノ王タルカルルガ取リ除キ，カ
70 ツ彼ヲ司教座ノ防衛ノ為ニ招キタルレ
オ教皇ノ裁可ニテ自ラ皇帝ニ任命セラ
レヌ．サレド彼ト彼ノ息子ラノ後ニ皇
帝ノ称号ハザクセン人ノ王ラニ使用セ
ラレヌ．故ニローマ人ノ国ハ，パウロ
75 ガ予言シタル如クニ，滅亡シタリ．

２）本文 I, 1
運命ノ可変性ニ関スルボエーティウスノ悲嘆

　カツテ旺盛ナル熱意ヲモチテ詩歌ヲ　　かつて喜ばしき歌を作りし我は，今
作リシ我ハ，嗚呼，嘆キツツ悲シキ歌　止むを得ず悲歌を作る．
ヲ始ムルヲ強イラル．
　見ヨ，傷心ノ詩神達ハ我ニ書クベキ事　さあ見よ，悲痛なるミューズ達は我に
5 ヲ口授ス．　　　　　　　　　　　　書くを教う．我の心を痛むる事，それ
　　　　　　　　　　　　　　　　　　が彼女らの心を痛む．我にかつて喜バ
　　　　　　　　　　　　　　　　　　シキ詩歌ヲ教えし者らが我に今や悲シ
　　　　　　　　　　　　　　　　　　キ詩歌ヲ教う．
　シテ哀歌[即チ嘆クベキ歌]ハ顔ヲ真実　　してそれらはわが両目を本気なる涙に

10 Has saltim comites nullus terror potuit pervincere, ne prosequerentur nostrum iter.	Tíse gevértūn ne-máhta nīoman er-wénden, sīe ne-fūorīn sáment mír. Quasi diceret: Úbe íh ánderro sáchōn beróubōt pín, mīnero chúnnōn ne-máhta míh nīoman beróubōn.
15 Gloria felicis olim viridisque juventę solantur nunc mea fata męsti senis.	Ēr wāren sie gūollichi mīnero júgende, nū trōstent sie míh álten mīnero místseskíhte.
Venit enim inopina senectus pro-perata malis. 20 Et dolor jussit inesse suam ętatem [s. ideo suam, quia citius cogit senes-cere].	Tés íst óuh túrft, wánda mír íst úngewāndo fóne árbéiten zūogeslúngen spūotīg álti. Únde léid hábet míh álten getān.
Funduntur vertice intempestivi cani. 25 Et laxa cutis tremit effeto corpore.	Fóne dīen díngen grāwēn íh ze ún-zīte. Únde sláchíu hūt rīdōt an chráf-telōsemo līchamen. Táȝ chīt, mīne líde rīdōnt únder sláchero híute.
Felix mors hominum, quę nec se in-30 serit dulcibus annis et sępe vocata venit męstis. Eheu quam surda aure avertitur mi-seros. Et sæva claudere negat flentes oculos. 35 Dum male fida fortuna faveret levibus bonis.	Táȝ íst sālig tōd, tér in lústsámēn zīten ne-chúmet, únde in léitsámēn ge-wúnstēr ne-twélet. Áh ze sēre, wīo úbelo ér die wēnegen gehōret. Únde wīo úngérno ér chéligo betūot íro wéinōnten óugen. Únz mír sāldā fólgetōn in állemo mīnemo gūote, mír únstátemo, ál-so iȝ nū skīnet.
Pęne merserat tristis hora caput	Tō hábeta míh tiu léida stúnda nāh

J. アレマン語の作品

10 ノ[即チ作ラレシニアラザル]涙ニテ濡
ラス．
少ナクトモ同伴者タル彼女ラニハ如何
ナル恐怖モ我ラノ行路ニ随行セヌヨウ
強要スルコト能ワザリキ．

15

カツテノ幸福ニシテ若々シキ青春ノ栄
誉ニテ今ヤ悲シキ老人ノワガ不幸ハ慰
メラル．
20 即チ老年ガ気ヅカヌ内ニ不運ニ急(せ)カサ
レテ到来シタリ．
カツ苦痛ハ己ガ齢ガ宿ルヲ命ジヌ．[更
ニ速ク老ユルヲ強イルガ故ニ．]
不時ナル白髪ガ頭頂ニ広ガル．
25 カツ緩ミタル皮膚ハ気力ナキ体ニテ震
ウ．

人々ノ死ハ幸イナリ．好マシキ年代ニ
ハ自ヲ入レ込マヌ一方，シバシバ招
30 カレテ悲シム人々ノ所ニ来ル（死）ハ．
嗚呼，（死ハ）如何ニ聞コエヌ耳ヲ持チ
テ不幸ナル人々ヨリ離反スルコトカ．
カツ苛酷ニモ泣キ濡ルル目ヲ閉ズルヲ
拒ム．
35 当テニナラヌ運命ガ儚(ハカナ)キ幸福ニ好意ヲ
持チシ間ニ，

厭ウベキ時ガ殆ドワガ頭ヲ沈メテシマ
イヌ．

て満たす．

この同伴者らに誰も，我と共に行かぬ
よう思い留まらせること能わざりき．
恰(アタカ)モ言ウガ如シ：我は他の物を奪われ
しも，わが知識は誰も我より奪うこと
能わざりき．

かつてそれらはわが青春の栄誉なり
き．今はそれらがわが不幸に関し老い
たる我を慰む．
これ又，必定なり．我の方へ予期せず
に苦労より急(せ)きて老年が来たるが故に．
かつ苦痛は我を年取らせぬ．

それらの事により我は不時に白髪になる．
かつ緩みたる皮膚は力なき体にて震
う．これ即ち，わが手足は緩みたる皮
膚の下にて震う．

楽しき時には来ず，悲しき時に望まれ
て躊躇せぬは，幸いなる死なり．

嗚呼，痛ましや，如何に悪しく彼（＝死）
は不幸なる人々に耳を傾くることか．
かつ如何に渋々彼は苛酷にも彼らの泣
き濡るる目を閉ずることか．

我に運命が一切のわが幸福の中にて，
今や明らかとなる如く，変わり易き我
に従いし間に，

その間にかの厭うべき時が——我はあ
の最新の時を意図す——我を殆ど奪い

275

40 *meum.*
  Nunc quia mutavit nubila fallacem
  vultum, protrahit impia vita ingratas
  moras.
  Quid totiens jactastis me felicem
45 *amici?*
  Qui cecidit, non erat ille stabili gra-
  du.

kenómen, íh méino diu júngesta.
Wánda si mír áber nū geswíchen hábet, nū lénget mīna vríst mīn árbeitsámo līb.
Wáʒ hīeʒent ir īo míh sāligen, fríunt mīne? Wār íst iʒ nū?
Tér dóh īo vīel, fásto ne-stūont, úbe er fásto stūonde, sō ne-vī(e)le er. *Argumentum a repugnantibus. Repugnant enim stare et cadere.*

c．マルティアーヌス・カペルラの『フィロロギアの結婚』より
1）序文

Martiani Minei Felicis Capellę africartaginensis liber primus incipit de nuptiis Philologię et Mercurii.

Remigius lēret únsih tísen *auctorem* in álenámen wésen gehéiʒenen *Martianum,* únde *Mineum* úmbe sīna fárewa, *Felicem* úmbe héilesōd, *Capellam* úmbe sīnen wássen sín, wánda *capra apud Grecos dorcas a videndo* gehéiʒen íst. Áber díse fīer námen óugent úns, táʒ er *Romanus* wás *dignitate,* dóh er búrtīg wāre fóne
5 *Cartagine,* díu *in Africa* íst. Sō mánige námen ne-mūosōn ándere hában āne *Romani cives. Romani cives* hīeʒen béide, jóh sélben die búrglíute dār geséʒʒene, jóh tīe ándereswār geséʒʒene, mít íro geédele álde mít íro túgede álde mít íro scázze úmbe sie gefrēhtotōn, táʒ sie ín íro *dignitatem* gāben únde sie *Romani cives* hīeʒen. Pedíu chád *Lisias in Actibus Apostolorum: Ego hanc civitatem*
10 *multa summa consecutus sum.* Tīa *dignitatem* mág keéiscōn, dér *Suetonium* líset *de vita cæsaris Augusti.*

Táʒ er *Mercurium* ságet kehījen ze *Philologia,* mít tíu lēret er únsih, daʒ īo wíʒʒe súlen sīn mít kesprāchi, únde réda ne-tóug, tār wiʒʒe ne-sínt. Ze déro

J．アレマン語の作品

40　今ヤ（運命ハ）曇リテ偽リノ顔ヲ取リ代エ，極悪ノ人生ハ不快ナル時間ヲ引キ延バスガ故ニ．
　　何故ニ，友ラヨ，カクモ度々我ヲ幸福
45　ナル者ト言イシカ．

　　倒レタル者，彼ハ確固タル立場ニアラザリキ．

50

されど彼女（＝運命）は我より今や離れ去りしが故に，今やわが時間はわが厭わしき人生を引き延ばす．
何故に，わが友らよ，汝らはかつて我を幸福なる者と言いしか．何処にそれは今ありや．
されどかつて倒れたる者は確固と立ちてあらざりき．もしも彼が確固と立ちてあらば，彼は倒れざりきものを．矛盾スル事柄ニ関スル論証．即チ立ト倒トハ矛盾ス．

c．マルティアーヌス・カペルラの『フィロロギアの結婚』より
1）序文

　アフリカ・カルタゴ出身ノマルティアーヌス・ミネウス・フェーリクス・カペルラノフィロロギアトメルクリウスノ結婚ニ関スル第一書始マル．
　レミーギウスは我らにこの著者が本名にてはマルティアーヌスと呼ばれたるを教う．かつ彼の肌色（＝朱色）故にミネウスと，吉兆故にフェーリクスと，彼の鋭き感覚故にカペルラと．カプラ（＝山羊）はギリシャ人ノ所ニテハ見ツメルニヨリドルカスと呼ばれてあるが故に．されどこの四つの名前は我らに，彼が，ア
5　フリカなるカルタゴの生まれにてあれども，威厳ヲ有スルローマ人にてありしことを示す．かくも多くの名前をローマ市民以外の他の者らは持つこと許されざりき．ローマ市民とは次の両者を言いぬ：そこに居住せる市民ら自身と他の何処かに居住しておれども，自らの高位，或いは美徳，或いは財力をもちて，彼ら（＝ローマ人ら）が彼らに自らの威厳を与うることと彼らがローマ市民と称すること
10　を彼ら（＝ローマ人ら）に求めし者らなり．それ故にリシアスは『使徒行伝』にて言いぬ：我ハコノ市民権ヲ多額ニテ得タリ．スウェートーニウスの『アウグストゥス皇帝伝』を読む者はこの威厳を知り得．
　彼がメルクリウスはフィロロギアと結婚す，と語ること，それなる事にて彼は

277

ságūn bítet er hélfo únde héilesōdes *Himeneum,* dén álte líute hábetōn fúre hīgót
15 únde fúre máchare állero natūrlīchero mítewíste. Tén grūoʒet er nū ze ērist án
demo *prohemio,* sámo so sīn(en) fríunden *quędam Satira* fúre ín spréche. Áber
Satiram súln wír fernémen dīa *deam,* díu dien *poetis* íngeblīes *satirica carmina.*
Nū fernémēn, wáʒ sī chéde.

2) 本文 I, 1
Satira in honore Himenei hos pręcinit versus.

Tu quem psallentem thalamis, quem matre Camena progenitum perhibent, copula sacra [i. nati per copula sacra] deum.
5

10 *Qui stringens [i. stringis] pugnantia semina, archanis vinclis.*

Et foves sacro complexu dissona nexa.
15
Namque ligas [i. compescis] elementa vicibus mundumque maritas.

20 *Atque auram mentis [i. spiritum vitę] corporibus socias.*

Himenee, chīt tiu *Satira,* dū bíst tér, dén díu chínt tero góto ságent síngenten, dáʒ chīt quónen ze síngene in dien brūtechémanātōn, únde dén sīe chédent sīn dero sángcúttenno sún, wánda dū sólih sángare bíst. Tū bíst tér, dén *Virgilius* héiʒet *Amorem, filium Veneris.* Fóne démo ér chīt, *omnia vincit Amor.* Tū tūost wónēn díngolīh ze ándermo.
Tie ríngenten sāmen, dáʒ chīt *quatuor elementa,* dwíngest tū mít tóugenēn bánden.
Únde dū stātist íro úngelīchen nústā, mít cótelīchemo gehīléiche. Dáʒ chīt, tū stātist íro gehīléih mít úngelīchemo bánde.
Hértōn gestíllest tū diu wéter, íh méino gehéi únde gerégene, únde mít tíu gebérháftōst tū dia wérlt. Úbe diu hérta ne-wāre, sō ne-bāre diu érda.
Tū gíbest tien līchamōn lībháfti.

278

J．アレマン語の作品

我らに，いつも知性は雄弁と共にあらねばならず，かつ知性のなき所にては弁舌
15 は役に立たぬを教う．かくなる説明の為に彼は助けと予言を，古人が結婚神にし
て一切の自然的なる共存の作り手と考えしヒメネウスに求む．かくて彼に彼はま
ず序言にて語りかく．彼の友人らに，言わばあるサティラが彼に代わりて語るか
の如くに．されどサティラを我らは，かの詩人らに風刺の詩歌を吹き込みし女神
と解すべし．されば，何を彼女が言うか，我らは聞き知らん．

2）本文 I，1

サティラハヒメネウスノ栄誉ノ為ニカクナル詩句ヲ前唱ス．

新婚ノ部屋ニテ歌ウ者ト，母ナルカ
メナヨリ，聖ナル交合ヨリ[ツマリ聖ナ
ル交合ヲ通シテ]生マレタル神ト[息子
ラガ]語ル汝ヨ．
5

10
汝ハ対立スル種子ヲ隠レタル紐ニテ結
ビ合ワス．
カツ汝ハ聖ナル抱擁ニテ多様ナル結合
ヲ抱キシム．
15 即チ汝ハ諸元素ヲ交替ニ縛リ[ツマリ御
シ]，世界ヲ結婚セシム．

20 加エテ汝ハ精神ノ気ヲ[ツマリ生命ノ息
ヲ]肉体ニ結ビ合ワス．

ヒメネウスよ，かのサティラは言う，
汝は神々の子らが花嫁の部屋にて歌う
者と，つまり歌うに慣れたる者と語る
者なり，かつ汝はかようなる歌手たる
が故に，歌神の息子なりと彼らが言う
者なり．汝は，ウェルギリウスがウェ
ヌスの息子，アモルと呼ぶ者なり．彼
に関して彼（＝ウェルギリウス）は，全
テヲアモルハ征服ス，と言う．汝は如
何なる物をも他の物に結びつかす．
争う種子，つまり四元素ヲ，汝は隠さ
れたる紐にて固く縛る．
かつ汝はそれらの多様なる結合を神的
なる結婚にて固定す．即ち，汝はそれ
らの結婚を多様なる紐にて固定す．
交替に汝は天気を――我は熱気と雨を
意図す――なだめ，かくして汝は世界
を実らす．もしも交替があらずば，大
地は実らず．
汝は肉体に生気を与う．

279

Foedere complacito sub quo natura jugatur.

25 *Sexus concilians, et sub amore fidem.*

O Himenee decens, qui maxima cura es Cipridis.

30 *Nam hinc tibi flagrans Cupido micat ore.*

Tibi [s. perhibent] placuisse cantare
35 *choreas ad thalamos.*

Seu quod Bachus [tibi] pater est.
40

Seu genitricis habes, comere florentia limina, vernificis sertis.

45 *Seu Gratia [i. soror Veneris] dedit [tibi] consanguineo trina [s. dona, i. pulchritudinem, vocem et gestum]. Caliopea componens conubium divum probat te annuere auspicio carminis.*
50

Mít līebsámero gezúmfte, mít téro des cómenes únde dero brūte *natura* gesíppōt wírt.

Ín únde sīa gemínne tūonde, únde tríuwa mít mínnōn stérchende.

Wólge nū wólge, dū zímigo hīmáchare, tū dīnero mūoter zéiȝesto bíst, in *Papho civitate Cypri* sízzentero.

Dáȝ skīnet tír ána, wánda dánnān bíst tū sō únder óugōn brínnende nīet. Fóne dír chád sī: *Nate mee vires mea magna potentia solus.*

Tíh ságent sie gérno síngen diu brūtesáng. *Apollinis* lóbesáng héiȝent *choreę, quia ipse pręest choris.* Ér méinet áber hīer *epithalamia,* dáȝ chīt *nuptialia carmina,* déro íu síto wás.

Táȝ íst tír gesláht. Sō iȝ tánnān sī, dáȝ tir wīngót tīn fátir íst. Wánda wīn máchōt kelúste.

Álde fóne dīnero mūoter sláhet tíh ána, daȝ hūs ze blūomōnne mít lénziskēn blūomōn, díe óuh kelúste récchent.

Álde dīn mūoma gáb tír drī gébā, díe ze mínnesámi zíhent, íh méino scōni únde stímma únde gebārda.

Sélbíu diu sángcúten, díu dero góto gehīléih scáfōt, tíu lóbēt tíh ze démo héilesōde des sánges.

J．アレマン語の作品

自然ガソノ下ニテ結ビツケラルル，気ニ入リノ契約ヲモチテ．
両性ヲ結合シツツ，カツ愛ノ下ニテ誠
25　実ヲモ．
オオ，優美ナルヒメネウスヨ，汝ハキプロスノ女神ノ最愛児ナリ．

即チソレ故ニ汝ニ対シクピードーハ顔
30　ニテ燃エテ輝ク．

汝ハ新婚ノ部屋ニテ輪舞歌ヲ歌ウガ気
35　ニ入リヌト［彼ラハ語ル］．

40　或イハバックスガ［汝ニトリ］父ナルガ故ニ．

或イハ汝ハ母ヨリ花咲ク家ヲ春ノ花輪
45　ニテ飾ルヲ受ケ継ギヌ．

或イハグラーティア［ツマリウェヌスノ姉妹］ハ血縁者［タル汝］ニ三ツ［ノ贈リ物，ツマリ美ト声ト振舞イ］ヲ与エヌ．
50　神ノ結婚ヲ執リ行ウカリオペアハ汝ガ歌ニヨル予言ニテ合図スルヲ認ム．

それにて新郎と新婦の自然が結び合わせらるる，好ましき契約をもちて．彼と彼女を愛し合わせつつ，かつ誠実を愛にて強めつつ．
おお汝，優美なる媒酌者よ，汝はキプロスの町パフォスに座する，汝の母の最愛の者なり．

かくなる事は汝に明らかなり．何となれば，それ故に汝はかくも目の下（＝顔）にて燃ゆる熱望なり．汝に関して彼女は言いぬ：ワガ息子ヨ，ワガ大ナル能力ニテ汝一人ガ元気ナリ．

汝は好みて婚礼歌を歌うと彼らは語る．アポロの賛歌は，chorus（輪舞）ヲ指揮スルガ故ニ，chorea（輪舞歌）と言う．されどそれは，ここにては祝婚歌，つまりかつて慣習たりし結婚ノ歌を言う．

これ（＝好みて婚礼歌を歌う）は汝にとり天性なり．汝にとり酒神が汝の父なることより由来すれども．葡萄酒は情欲を作り出すが故に．

或いは汝の母より，春の花々にて家を飾るは汝に受け継がれぬ．それらの花も情欲をかき立つ．

或いは汝の叔母は汝に，愛に導く三つの贈り物を与えぬ．我は美と声と振舞いを意図す．
神々の結婚を執り行う詩歌の女神自身は汝を歌による予言へと推す．

d. アリストテレース／ボエーティウスの『範疇論』より

I, 1 *Quid sint ęquivoca.*

Aequivoca dicuntur, quorum nomen solum commune est.

Ratio vero substantię diversa secundum nomen.

5

Ut animal homo et quod pingitur.
[Hoc est: Ut ęquivoci sunt homo verus et homo pictus.]

10 *Ratio vero substantię diversa secundum nomen.*

Si enim quis assignet, quod est utrumque eorum, propriam rationem
15 *assignabit utrisque.*
[Hoc modo: Homo animal est substantia sensibilis.]
[Qui pingitur, imago insensibilis est et inanis.]
20 *[Sic in evangelio sunt ęquivoci uterque Johannes, sed diversam sua substantię rationem habent secundum nomen.]*

25 *[Eadem est et ratio substantię in hunc modum. Alter est Johannes baptista, filius Zacharię, et alter est Johannes evangelista, filius Zebedei.*

Tīe sínt kenámmen, déro námo éc-chert keméine únde gelīh íst.

Únde áber úngelīh zála íst, wáȝ sīe sīn, démo námen vólgēndo, án démo sīe genámmen sínt. Úberstépfist tū den námen, sō mág sīn gelīh *ratio* íro *substantię*.

In latina lingua sínt kenámmen *homo animal, i.* ter lébendo ménnisco, *et quod pingitur, i.* sīn gelīhnisse.

Mán ságet áber úngelīcho, wáȝ sīe sīn, demo námen vólgendo, dér sīe genámmen máchōt.

Ságet īoman, dáȝ īowédereȝ íst, tér gíbet īowédermo súnderīga zála.

Tér lébendo *homo* íst éin sínnīg tíng.

Ter gemāleto íst éin sínnelōs pílde únde lībelōs.

Johannes únde áber Johannes sínt kenámmen, *i.* hábent kelīchen námen únde áber úngelīcha únde úngemeina *diffinitionem. Diffinitio* íst, tíu dir ságet, wáȝ sīe sīn.

Wíle dū ín gében gelīcha *diffinitionem,* dáȝ ne-máht tū nīeht ketūon vólgendo démo námen *Johannes,* tér sīe genámmen máchōt. Sīe mág man

d．アリストテレース／ボエーティウスの『範疇論』より

I, 1 同音異義ナルモノトハ何カ．

　ソレラノ名称ノミガ共通シテイルモノラガ同音異義ト呼バル．

　サレド実体ノ概念ハ名称次第ニテ異ナル．

5

　動物タル人間ト描カレタルモノノ如ク．

　［コレ即チ：真実ノ人間ト描カレタル人
10　間トガ同音異義ナル如ク．］

　サレド実体ノ概念ハ名称次第ニテ異ナル．

　即チモシモ誰カガ，ソレラノ両者ガ何
15　タルカヲ示サバ，両者ノ固有ナル概念ヲ示スラン．

　［次ノ如クニ：動物タル人間ハ感覚ノアル実体ナリ．］

　［描カルルモノハ感覚ナキ，空虚ナル像
20　ナリ．］

　［同様ニ福音書ニオイテヨハネハ両者トモ同音異義ナレド，名称次第ニテ自ラノ実体ノ異ナル定義ヲ有ス．］

25　［カクテソレハ，次ノ如ク，実体ノ概念ナリ．二者ノ内ノ一人ハザカリアノ息子，洗礼者ヨハネニテ，二者ノ内ノモウ一人ハゼベダイノ息子，福音書著者

　それらの名称のみが共通にして同一なるものらが同音異義なり．

　されどそれらが何たるかの概念は，それらが同音異義にてある名称に従いて，不同なり．汝がその名称を飛び越さば，それらの実体ノ概念は同一にてあり得．

　ラテン語ニオイテハ動物タル人間，ツマリ生きている人間と描カレタルモノ，ツマリそれの似姿は同音異義なり．

　されどそれらが何たるかを人は，それらを同音異義にするその名称に従いて，様々に語る．

　誰かが，両者のそれぞれがそうあるものを語らば，彼は両者のそれぞれに特有なる概念を与う．

　生きている人間は感覚のある物体なり．

　描かれたるものは感覚なき，生命なき像なり．

　ヨハネと又ヨハネは同音異義なり，ツマリ同じ名称と，更に異なりたる，共通せぬ定義を有す．定義は，それらが何たるかを汝に告ぐるものなり．

　汝が彼らに同じ定義を与えんとて，ヨハネなる名称に従いてそれをなすこと能わず．その名称は彼らを同音異義とす．彼らをば人は両者とも人間にして

*Quodsi dixeris, habent et communem
30 diffinitionem, quia uterque Johannes
est animal rationale mortale. Vel
substantia animata sensibilis, non est
hęc diffinitio Johannis, sed hominis
vel animalis, et hoc nomen homo, aut
35 animal, non facit eos ęquivocos sed
univocos.]*

bēde héiʒin *homo* únde *animal*, únde dánnān hábent sīe geméina *diffinitionem*, sīe ne-sínt áber dánnān nīeht *ęquivoci, sed univoci,* táʒ chīt sīe ne-sínt tánnān gelīhnámīg, súnder éinnámīg únde geméinnámīg. Mít témo wéhsele dero *diffinitionis* wérdent ūʒer *ęquivocis univoca*. De quibus mox subditur.

e．アリストテレース／ボエティーウスの『解釈論』より
1）序文

Aristotiles scréib *cathegorias*, chúnt ze tūenne, wáʒ éinlúzzíu wórt pezéichenēn, nū wíle er sámo chúnt ketūon in *perierminiis*, wáʒ zesámine gelégitíu bezéichenēn, án dīen *verum* únde *falsum* fernómen wírdet, tíu *latine* héiʒent *proloquia*. Án dīen áber newéder vernómen ne-wírdet, tíu *eloquia*
5 heiʒent , téro verswīgēt er án dísemo būoche. Wánda óuh *proloquia* geskéiden sínt, únde éiníu héiʒent *simplicia*, dār éin *verbum* íst, *ut homo vivit*, ánderíu *duplicia*, dār zwéi *verba* sínt, *ut homo si vivit spirat*, sō lēret er hīer *simplicia*, in *topicis* lēret er *duplicia*. Fóne *simplicibus* wérdent *prędicativi syllogismi*, fóne *duplicibus* wérdent *conditionales syllogismi*. Nāh *periermeniis* sól man
10 lésen *prima analitica*, tār er béidero *syllogismorum* keméina *regula(m) syllogisticam* heiʒet, táranāh sól man lésen *secunda analitica*, tār er súnderīgo lēret *prędicativos syllogismos*, tīe er héiʒet *apodicticam*, ze júngist sól man lésen *topica*, án dīen ér óuh súnderīgo lēret *conditionales*, tīe er héiʒet *dialecticam*. Tíu *partes* héiʒent sáment *logica*. Nū verním, wīo er díh léite zūo
15 dīen *proloquiis*.

ヨハネナリ．モシモ，両者ノヨハネガ理性的ニシテ，死スベキ動物ナルガ故ニ，或イハ生命ノアル，感覚的ナル実体ナルガ故ニ，共通スル定義ヲモ有スルト汝ガ言ワバ，コレハヨハネノ定義ニアラズ，人間又ハ動物ノ定義ナリ．カツ人間或イハ動物ナルコノ名称ハ彼ラヲ同音異義トセズ，同音同義トス．］動物と呼び得．してそれ故に彼らは共通する定義を有すれど，それ故に彼らは同音異義にあらず，同音同義なり．即ち彼らはそれ故に同名にあらずして，一名にして共通名なり．定義の交換をもちて同音異義ナルモノより同音同義ナルモノが生ず．コレニ関シテハ直グ下ニアリ．

e．アリストテレース／ボエティーウスの『解釈論』より
1）序文

　アリストテレースは，単一の語が何を表わすかを知らしめる為に『範疇論』を書きぬ．今彼は『解釈論』において，合成されたる語が何を表わすかを同様に知らしめんと欲す．合成されたる語にありては真ノモノと偽リノモノとが認められ，それらはラテン語にては「言表」と呼ばる．されどそれらにありては「陳述」と呼ばるるものは何も認められず．それらに関しては彼は本書において黙す．言表も分類されていて，一方は「単一言表」と呼ばれ，「人間ハ生ク」ノ如ク，一つの動詞があり，他方は，「モシモ人間ハ生キテアラバ，呼吸ス」ノ如ク，二つの動詞がありて，「二重言表」と呼ばるるが故に，彼はここにては単一言表を教え，『位相論』にて彼は二重言表を教う．単一言表より断定的三段論法が生じ，二重言表よりは条件的三段論法が生ず．『解釈論』の後に人は『第一分析論』を読むべきにて，そこにおいて彼は両方の三段論法の共通規則を三段論法規則と呼ぶ．その後，人は『第二分析論』を読むべきにて，そこにおいて彼は特に，彼が必然的と呼ぶ，断定的三段論法を教う．最後に人は『位相論』を読むべきにて，そこにおいて彼は又，彼が弁証法的と呼ぶ，条件的三段論法を教う．それらの部分は纏めて論理学と呼ばる．さて，如何にして彼が汝をこれらの言表へと導くか聞き知るべし．

2) 本文 I, 2

Quid sit nomen.
    Nomen est vox significativa.

    Secundum placitum.
5
    Sine tempore.

    Diffinitum.

10 Cujus nulla pars est significativa se-
    parata.
    In nomine enim quod est equiferus,
    nihil per se significat.

15 Quemadmodum in oratione, quę est
    equus ferus.

    At vero non quemadmodum in sim-
    plicibus nominibus, sic se habet et
20 compositis.
    In illis enim nullo modo pars sig-
    nificativa est, in his autem vult
    quidem [i. imaginationem habet sig-
    nificationis].
25 Sed nullius separati [i. nulla se-
    paratæ partis] significatio est.
    Ut in equiferus.

Nomen íst éin bezéichenlīh stímma, únde éin bezéichenlīh wórt tés tínges, tés námo iȝ íst.

Áfter déro gelúbedo, dīe iȝ ērest fúnden.

Āne dīa bezéichennίssida temporis, tíu án verbo íst.

Kwíssa vernúmist hábintiȝ, únde gwíssa bezéichennίssida.

Tés syllaba, álde dés litera, dúrh síh nīeht ne-bezéichenit.

Wánda éin wórt íst equiferus, fóne díu ne-hábet túrh síh nīeht pezéichennίssedo sīn pars ferus.

Sō iȝ hábet án déro rédo, i. péitīg rós, wánda ferus tánne nīeht ne-íst pars nominis, núbe sélbeȝ nomen.

Íȝ ne-vérit nīeht kelīcho in éinlī(h)ēn wórten, únde zesámene gesáztēn.

Án dīen simplicibus ne-íst nóh tés kelīh, án dīen compositis péitet is síh taȝ pars, únde tūot tés kelīh, sámoso iȝ īeht pezéichenne.

Ío dóh ne-pezéichenet iȝ nīeht túrh síh.

Álso iȝ skīnet án demo nomine equiferus. Sīn pars tūot, álso iȝ hábe dúrh

J. アレマン語の作品

2) 本文 I, 2

名詞トハ何タルカ.
名詞ハ表示スル音声ナリ.

一般的意見ニ従イテ.

5 時間ナシニ.
厳密ニ定義セラレタル概念.

ソレノ如何ナル部分モ表示スル部分ニアラズ.

10 即チ equiferus「野馬」ナル名詞ニオイテ何モ自ラハ表示セズ.

equus ferus「野獣タル馬」ナル表現ニオケルガ如クニハ.

15

サレド実際, 単一名詞ニオケル如クニハアラズシテ, 合成名詞ニオイテハ左様ナリ.

20 即チ前者ニオイテハ決シテ部分ハ表示スルニアラズ, サレド後者ニオイテハ確カニ意図ス[ツマリ表示ノ想念ヲ有ス].

25 サレド如何ナル分割セラレタルモノニモ[ツマリ分割セラレタル部分ニハ]表示ハ属サズ.

equiferus ニオケル如ク.

名詞は表示する音声なり, 物の, 表示する語にて, それの名前なり.

最初にそれを見つけたる人々の意見に従いて.

動詞にある, 時間ノ表示なしに.

特定の意味を持ちつつ. かつ特定の表示をも.

それの音節, 又はそれの文字は自らは何も表示せず.

何となれば equiferus は一語なるが故に, かくしてその部分 ferus は自らは表示を有さず.

この表現, ツマリ「野生の馬」においてそれ（=部分）が有する如くには.

何となれば, この時 ferus は名詞ノ部分にあらず, 自ら名詞なるが故に.

それ（=部分）は単一語（equiferus）においては同様にあらず, 合成語（equus ferus）においては同様なり.

単一名詞においてはそれ（=部分）と同様のものはなく, 合成名詞においてはそれ（=同様のもの）をその部分は求め, かつそれが何かを表示するのと同じく, それと同様のものを作り出す.

されどそれ（=単一名詞の部分）は自らは何も表示せず.

equiferus なる名詞においてそれが明ら

287

30 Secundum placitum vero, quonjam naturaliter nominum nihil est, sed quando fit nota [s. illa naturalis est].
35 Nam designant et inliterati soni, ut ferarum, quorum nihil est nomen.

síh *significationem*, téro i3 nīeht nehábit.
Íh chád *nomen* wésen bezéichenlīh, áfter gelúbedo, wánda i3 natūrlicho newírdet, sō sūmelīh ándir zéichenúnga tūot.
Tá3 chád íh fóne díu, wánda dero tīero stímmā hábent natūrlīcha bezéichenníssida, únde ne-sínt nīeht *nomina*. Pe díu sínt *nomina* geskéiden fóne dīen stímmōn dero tīero.

3）本文 I , 3

De his quę possunt videri nomina
Non homo vero non est nomen.

At vero nec positum est nomen, quo illud oporteat appellari.
5 Neque enim oratio aut negatio est, sed sit nomen infinitum.

10

Catonis autem vel Catoni, et quęcumque talia sunt, non sunt nomina, sed casus nominis.

15

Latine non homo álde in díutiskūn nīménnisko, ne-íst nīeht *nomen*.
Nóh óuh sār vúnden ne-íst, wīo man i3 héi3en súle.
Í3 ne-mág héi3en *oratio sine verbo*.
Í3 ne-mág héi3en *negatio sine vero et falso*. Nū héi3ēn i3 *nomen infinitum*, tá3 chīt úngwís námo, wánda i3 állíu díng méinen mág, āne ménnisken, únde dóh téro nehéin gwísso neméinet.
Obliqui casus ne-sínt óuh nīeht *nomina*, wánda nīoman ne-héi3et *Catonis*, noh *Catoni*. í3 sínt wéhsela des *nominis*. *Casus* íst *flexio*, tá3 chīt chēr. *flexio* íst *alteratio*, tá3 chīt ánderlīchi.

30
確カニ自然上，名詞ニハ何モ属セヌガ故ニ，一般的意見ニ従イテ．サレド記号トナルガ故ニ［コレハ自然的ナリ］．
35
文字ニ書ケヌ音声モ，野獣ラノ（音声ノ）如ク，表示ハスレド，ソレラノ何レモ名詞ニアラズ．

かになる如く．それの部分は，それが自ら表示を有するが如く振る舞うが，表示は何も有さず．
名詞は，（人々の）意見に従いて表示するものなりと我言いぬ．何となれば，或る人が他の記号を作り出す如く，それは自然に生ぜぬが故に．
かくなる事を我が言いしは，動物らの音声は自然的なる表示を有すれど，名詞にあらぬが故なり．かくて名詞は動物らの音声より分けられてあり．

3）本文Ⅰ,3
名詞ト見ナサレ得ルモノニ関シテ
サレド non homo「如何ナル人モ…ナイ」ハ名詞ニアラズ．
サレド又，ソレガ呼バルベキ名称ハ確定セラレテアラズ．
5 確カニソレハ陳述ニアラズ，否定ニモアラズ，不定名詞ニアラン．

10 他方，Catonis「カトーの」又ハ Catoni「カトーに」ヤ何ニテアレ，コノ種ノモノハ名詞にアラズシテ，名詞ノ格形ナリ．
15

ラテン語ニテ non homo, 又はドイツ語にて nīmennisko は名詞にあらず．しかし又，人がそれを如何に呼ぶべきかは，実際の所, 見いだされてあらず．それは動詞ナキ陳述と呼ばれ得ず．それは真偽ナキ否定と呼ばれ得ず．今，我らはそれを不定名詞, つまり不確実なる名詞と呼ぶ．それは, 人間以外の, 全ての事物を意味し得るも，それらの何れも確かに意味せぬが故なり．
斜格形も又，名詞にあらず．誰もCatonisともCatoniとも呼ばれぬが故に．それは名詞の交替なり．格形は曲用, つまり回転なり．曲用は改変, つまり変化なり．改変は交換, つまり交替なり．それ故に格形は交替なり．

Ratio autem ejus [id est nominis] est
20 in aliis quidem [s. vocibus casuum]
eadem.

alteratio íst *mutatio*, táʒ chīt wéhsel. fóne díu sínt *casus* wéhsela. Áber *diffinitionem nominis* fíndest tū án sīnēn *casibus*. Álso *Cato* íst *vox significativa secundum placitum*, sō íst óuh *Catonis* únde *Catoni*.

Sed differt.
Quonjam cum est, vel fuit, vel erit
25 adjunctum [i. adjunctus casus], neque
verum neque falsum est, nomen vero
semper.
Ut Catonis est, vel non est. Nondum
enim aliquid, neque verum dicit, ne-
30 que falsum.

Íst áber dóh keskéiden.
Wánda *casus* mít *verbo* ne-tūot lóugen, nóh kejíht, *nomen* tūot áber.

Tū ne-légēst mēr zū(o), sō ne-íst iʒ wār, nóh lúgi.

f. 三段論法より

Quid sit syllogismus.

Syllogismus grece, latine dicitur retiotinatio. Teutonice autem possumus dicere: gewārrahchunga, *vel plurimis verbis:* éinis tíngis irrātini únde gwíshéit fóne ánderēn. *Item ratiotinatio est, quędam indissolubilis oratio, i.* féste gechōse, únzwīvelīg kechōse, peslóʒen réda. *Item est ratiotinatio quædam ora-*
5 *tionis catena et invicta ratio, i.* síge(n)émelīh kechōse, táʒ man endrénnen ne-mág, *in hunc modum. Questio est de quodam, liber sit an non.* Strīt wírdet, úbe éin mán vrī sī. *Super qua re ratiotinamur, duo proponentes et tertium ex eis concludentes.* Tánnanūʒ chómen wír, zwéi fúrebīetende, únde déro die wíderwárten jíhtende, táʒ trítta dánnan íro úndánchis véstenōnde. *Unum est si*
10 *teutonice dicamus:* Sīne vórderin wāren vrī. *Secundum est:* Tīa vrīhéit ne-hábet er verscúldet. *Si his non contradicitur.* Úbe man dés ne-mág kelóugenen. *Sequitur:* Pedíu ist óuh ér vrī. *Tale est:* Úbelis keséllin mág man wóla ingélten. *Hoc primum est:* Tés man mág ingéltin, tén sól man mīden. *Hoc secundum:*

他方ソレノ［ツマリ名詞ノ］概念ハ確カニ他ノモノ［即チ格形ノ音声］ニオイテモ同一ナリ.

20 サレド相違アリ.

［接合セラレタル格形ハ］付随事情ナル／ナリシ／ナランガ故ニ, 真ニモ偽ニモアラネド, 名詞ハ常ニ（カクナリ）.

25 ソレハ Catonis ノ如クナリ, 又ハ如クハアラズ. 確カニソレハ未ダ何カ意義アルモノニアラズ, 真モ偽モ述ベズ.

されど名詞ノ定義ヲ汝はそれの格形に見いだす. Cato が一般的意見ニ従イテ表示スル音声なる如く, Catonis と Catoni も同様なり.

されど区別されてあり.

（斜）格形は動詞と共に否定を行わず, 肯定も行わねど, 名詞は（かく）行うが故に.

汝はそれ以上の事をつけ加うべからず. かくの如くそれは真にもあらず, 偽にもあらず.

f. 三段論法より

三段論法トハ何タルカ.

ギリシャ語ニヨル「三段論法」ハラテン語ニテハ ratiotinatio (=ratiocinatio) ト呼バル. サレドドイツ語ニテハ我ラハ「真理議論」, 或イハ甚ダ多クノ言葉ヲ用イテ「他の諸事よりの一事の推論と確定」ト呼ビ得. 三段論法ハ又アル種ノ否認セラレ得ヌ陳述, ツマリ確定したる陳述, 疑われ得ぬ陳述, 帰結せられたる論述

5 ナリ. 又次ノ如ク三段論法ハアル種ノ陳述連鎖ニシテ, 破ラレヌ思考法, ツマリ人が論駁し得ぬ, 勝利を得る陳述ナリ. 自由カ否カナル事ニ関シテ論争アリ. ある男が自由か否か, 論争が生ず. ソノ事柄ニツキテ我ラハ推論シ, 二事ヲ提示シ, カツソレラヨリ第三事ヲ論証ス. それより我らは発し, 二事を提示して, かつそれらに関して対立者らに決定させ, かくて第三事を彼らの意志に反して確定す.

10 我ラガドイツ語ニテ言ワバ, 一ツハ：彼の先祖らは自由なりき. 第二事ハ：その自由を彼は罰として失いたるにあらず. モシモコレラノ事ニ反駁セラレズバ, もしも人がそれを否定し得ずば, 帰結ス：それ故に彼も自由なり. 次モ同様ナリ：悪しき仲間故に人は十分罰を受け得. 第一事ハ：その者故に罰を受け得る, その

Úbelin geséllin sól man virmīden. *Hoc tercium ex duobus conficitur. Similiter*
15 *cum dicitur:* Ne-āʒe dū, ne-drúnche dū. *Duo sunt quę generant hoc tercium:*
Sō bíst tū nūehternīn. *Item quęritur de quolibet, quare uxorem non ducat. Et
respondetur:* Úbela ne-wíle er, cūota ne-víndet er. *Hæc duo conficiunt hoc
tercium:* Pedíu ne-gehīit er. *Item:* Scálh ne-hábet er, díu ne-hábet er. *Sequitur:*
Wés hērro íst er dánne? *Item dubitanti, eat an maneat, proponitur sic. I.* sus
20 crūoʒit man ín, sús kāt man ín ána: Tū ne-máht pēdíu tūon, pītin jóh hínarītin.
Respondet: Íh wíle hínarītin. *Dicitur ei:* Pedíu ne-máht tū bīten. *Item proponitur ei, qui inminente periculo recusat nudus effugere, et sic se salvum
facere:* Wédir íst péʒera, állero únsāldōn héime zé gebītenne, álde állēn sāldōn,
ze hólz ze indrínnenne. *Assumenti:* Ze hólz, ze hólz, *infertur:* Pedíu ne-bīt hīer
25 héime! *Vulgares syllogismi tales sunt, i.* tīe die líute ūobint. *Et ex eis videntur
quidam esse qui latine dicuntur prędicativi, alii autem qui dicuntur conditionales. Hęc enim duo sunt eorum genera. Prędicativus est,* ter gespórcheno
āne íba, *conditionalis,* ter gespórcheno mit íbo. *Est autem* íba, *quod dicimus*
úbe, *conjunctio si. Constat autem omnis syllogismus proloquiis, i. pro-*
30 *positionibus, ut homo animal est.* Álle *syllogismi* wérdent ūʒer *proloquiis.
Proloquia dicamus* crūeʒeda. *Similiter propositiones* crūeʒeda. *Item propositiones* pīetunga. *Alii dicunt* peméinunga. Wémo pīetēn wír sie? Wémo beméinēn wír sie? *Utique illi, quem volumus concludere,* tén wír úberwínden
wéllēn.

g. 修辞学より

*Ergo omnis locutio simplex vel figurata, sive in sententiis, sive in singulis
dictionibus idonea fieri potest ad inventionem. Simplex intellegentiam rei amministrat proprietate verborum, figurata commendat se etiam venustate compositionis artificiosę, aut significationis alienę, ut apud Virgilium: marsa*
5 *manus, pęligna cohors,* vestina *virum vis. ma et na, gna et sa, ors et ars, vis et
vi similes sillabę, dissimilibus distinctę gratam quodammodo concinnitudinem*

者を人は避くべし．第二事ハ：悪しき仲間を人は避くべし．第三事ハ二事ヨリ推
15 論セラル．同様ニカク言ワルル時：汝は食べざりき，汝は飲まざりき．コノ二事
ハ第三事ヲ生ズルモノナリ：かくて汝は飲食に節度あり．又，何故ニ妻ヲ娶ラヌ
カト，アル者ニ関シテ問ワル．シテ答エラル：悪妻を彼は望まず，良妻を彼は見
つけず．コノ二事ハ第三事ヲ推論ス：それ故に彼は結婚せず．又：下僕を彼は持
たず，下女を彼は持たず．帰結ス：そもそも彼は誰の主人か．又，行クベキカ留
20 マルベキカ，迷ウ者ニカク提示セラル．ツマリ，かく人は彼に語りかく，かく人
は彼に向かいて言う：汝は留まると騎乗して去るの両方を行うこと能わず．彼答
ウ：我は騎乗して去るを欲す．彼ニ言ワル：されば汝は留まること能わず．又，
危険ノ降リカクル時，裸ニテ逃ゲ，カクシテ自ラヲ無事ニスルヲ拒ム者ニ提示セ
ラル：一切の不幸を家にて待つと一切の幸運を森にて逃すは，いずれが良きか．
25 「森にて，森にて」ヲ取ル者ニ述ベラル：さればここ，家に留まるなかれ．カヨウ
ナルモノ，ツマリ人々が行うは普通ノ三段論法ナリ．ソレラノ中ニ，ラテン語ニ
テ「断定的」ト呼バルルモノト，「条件的」ト呼バルル他ノモノガアルト見ナサ
ル．即チコレラ二者ハソレラ（＝三段論法）ノ種類ナリ．断定的ナルハ「もしも」
なしに語られたるものにて，条件的ナルハ「もしも」をもちて語られたるものなり．
30 iba「もしも」ハ ube ト呼バルルモノニテ，接続詞 si ナリ．全テノ三段論法ハ，「人
間ハ動物ナリ」ノ如キ言表，ツマリ提示ニ存在ス．全ての三段論法は言表より生
ず．言表ヲ我ラハ grūeʒeda ト呼ブ．同様ニ提示モ grūeʒeda ト．又，提示ハ bīetun-
ga トモ．他ノ者ラハ bemeinunga ト呼ブ．誰に我らはそれを提示するか．誰に我
らはそれを呈示するか．何レノ場合ニモ我ラガ（結論ニ）押シ込メント欲スル者
35 ニ．我らが納得せしめんと欲する者に．

g．修辞学より

故ニ単純ナル，或イハ装飾セラレタル言葉遣イハ全テ，格言ニオイテモ，単純
ナル発言ニオイテモ，創出ニ適シタルモノトナリ得．単純ナルモノハ事柄ノ認識
ヲ言葉ノ独自性ヲモチテ指導シ，装飾セラレタルモノハ更ニ，ウィルギリウスニ
オケルガ如ク，芸術的構成ノ，又ハ普通ナラザル表示ノ美ヲモチテ勧メラル：「マ
5 ルシ人ノ小部隊，パエリーグニ人ノ歩兵隊，ウェスティーニ人ノ兵力」．ma ト
na, gna ト sa, ors ト ars, vis ト vi ハ同様ナル音節ナレド，種々ノ点ニテ区別セ

et concordem varietatem dant, et fit per industriam talis compositio, in omni lingua, causa delectationis, sicut et illud teutonicum:

  Sóse snél snéllemo pegágenet ándermo,
10 sō wírdet slīemo firsníten scíltrīemo.

Et item:

  Der heber gāt in lītun, trégit spér in sītun.
  Sīn báld éllin ne-lāʒet ín véllin.

Hę figurę lexeos grece dicuntur, i. dictionis, in quibus sola placet compositio
15 *verborum.*

Alię sunt dianoeos, i. sententiarum, ubi aliud dicitur, et aliud intellegitur, ut est illud: Porcus per taurum sequitur vestigia ferri. Nam sin(e)cdochice, de opere sutoris dicitur, totum dicitur et pars intellegitur, vel yperbolice, ut Virgilius dixit de Caribdi: Atque imo baratri ter gurgite vastos, sorbet in abruptum
20 *fluctus rursusque sub auras, egerit alternos et sidera verberat unda. Nam plus dicitur, et minus intellegitur. Sicut et teutonice de apro:*

  Imo sínt fūoʒe fūodermāʒe.
  ímo sínt búrste ébenhō(h) fórste.
  únde zéne sīne zwélifélnīge.

h．音楽論より

De octo modis

  Tér óuh tia līrūn wérbe, dér wérbe sia ze démo méʒe, dáʒ sī úberdénetíu ne-hélle, nóh sī fóre sláchi ze únlūtréiste ne-sī. Díu hóhesta wárba, únde díu níderōsta, díe sínt fóre únméʒe úngezāmestūn. Bedíu lóbetōn *Friges* únde *Dores* tīa métenskáft, tíu únder dīen zwéin íst. Únde álso *Dores* wóltōn
5 étewáʒ náheren sīn dero níderōstūn dánne dero óberōstūn, sō wóltōn *Friges* étewáʒ náheren sīn dero óberōstūn dánne dero níderōstūn. Díe zwō wárbā

J．アレマン語の作品

ラレテイテ，アル程度，美シキ芸術的構成ト調和シタル多様性ヲ供ス．カツ精励ニヨリテ，次ノドイツ語ト同様ナル構成ガ全テノ言語ニオイテ娯楽ノ為ニ作ラル：

  もしや一人の益荒男が 別の勇者に出で会わば，
10 その時，直ぐに短盾の 紐が切らるることとなる．

又同様ニ：

  山の斜面を猪が行く， 槍をば脇に突き立てて．
  彼に備わる大力は 決して彼を倒させぬ．

コレラノ装飾形ハギリシャ語ニテ lexeos，ツマリ語法ト呼バレ，コレラニオイ
15 テハ唯一，言葉ノ構成ガ気ニ入ラル．

 他ノモノハ dianoeos，ツマリ格言ノモノニテ，ココニテハ，次ノモノノ如ク，アル事ガ述ベラレテ，アル事ガ理解セラル：豚ガ雄牛ノ助ケニテ鉄ノ足跡ヲ追ウ．即チ代喩法ニテ靴屋ノ製品ニ関シテ述ベラレ，全体ガ述ベラレテ，部分ガ理解セラル（＝豚皮・牛皮ノ靴ニテ蹄鉄ヲツケタル馬ノ後ヲ追ウ）．或イハウェルギリウス
20 ガカリュブディス（＝イタリアとシチリアの間の危険なる渦潮）ニ関シテ述ベシ如ク，誇張法ニテ：カツ又，深淵ノ最下ノ渦ニテ日ニ三度，巨大ナル潮流ヲ深ミノ中ヘ飲ミ込ミ，再ビ空ノ下ヘト逆流ヲ吐キ出シテ，星々ヲ大波ニテ打ツ（アエネーイス3,421-424）．即チ大ナル事ガ述ベラレ，小ナル事ガ理解セラル．ドイツ語ニテ猪ニ関スル如ク：

25 彼が有する両足は 荷馬車の如く大にして，
  体に生えし剛毛は 森の高さと同じ程．
  して又，彼が口の歯は 十と二エレの長さなり．

h．音楽論より

八旋法ニ関シテ

 七弦竪琴の弦を張らんとする者は，張り過ぎて鋭く響かぬよう，又緩み故に余りにも鈍く響かぬよう，適度に張るべし．最高の張り方と最低の張り方は過度故に最も不適切なり．それ故にフリュギア人とドーリア人は，これら二つの間にある適度を良しとしぬ．かつドーリア人が最高よりも少し最低の方に近くあること
5 を望みし如く，フリュギア人は最低よりも少し最高の方に近くあることを望みぬ．この二つの張り方を音楽は問題の民族によりてドーリア旋法とフリュギア旋法と

námōt *musica* nāh tīen sélbēn *gentibus dorium modum* únde *frigium*. Únder dīen zwískēn íst *tonus*, táʒ íst íro zwéio únderskéit. Óbe *frigio* íst *lidius*, téro únderskéit íst *tonus*. Óbe *lidio* íst éines *semitonii* hóhōr *mixolidius*, únde óbe
10 démo hóhōr éines *toni ypermixolidius*. Nóh tánne sínt trī únder *dorio*. Níderōr éines *semitonii* íst *ypolidius,* únder démo níderōr éines *toni ypofrigius,* únde áber éines *toni* níderōr *ypodorius*. Táʒ íst ter níderōsto. Fóne démo íst hínaūf ter áhtodo únde der óberōsto *ypermixolidius*. Án dīen *octo modis,* íh méino *ypodorio, ypofrigio, ypolidio, dorio, frigio, lidio, mixolidio, ypermixolidio,* sínt
15 úns keóuget *octo species, diapason simphoniẹ,* án dīen wír fíndēn ūfstīgendo fóne demo níderōsten ze demo óberōsten díse síben únderskéita: *tonum, tonum semitonium, tonum, tonum semitonium, tonum*. Pedíu líutet tíu óberōsta wárba *duplum* gágen dero níderōstūn. Únde bedíu fern<u>ím</u>: Úbe daʒ *ypodorius modus* íst, tánne wír stíllōst ánaváhēn ze síngenne, únde úbe *ypofrigius* íst, tánne wír
20 éines *toni* hóhōr ánafáhēn, únde *ypolidius* tánne zwéio, únde *dorius* tánne éines *diatesseron,* únde *frigius* tánne éines *diapente* hóhōr, únde *ypermixolidius* dánne wír fólles *diapason,* íh méino zwívált hóhōr, dáʒ wír dánne hóhōr ánafáhen ne-múgen, wánda óuh sélbeʒ taʒ sáng nōte stīgen sól fóne déro stéte, dār iʒ ánagefángen wírt, únz tára sīn hóhi gāt, íh méino, wīlōn jóh ze demo
25 áhtoden būohstábe, dér zwívált líutet, tánne dér būohstáb, ze démo iʒ ánafīeng. Ménnisken stímma ne-mág fúre fīervált nīeht keréichet wérden. Tíu fīerválti íst sō ze fernémenne, álso íh nū chád, táʒ fóne demo ēristen ánafánge in *ypodorio,* sō B íst álde C, zwívált íst hínaūf hóhi ze demo B álde ze demo C in *ypermixolidio,* únde áber dánnān zwívált hínaūf ze sī<u>nemo</u> áhtoden būohstábe, dér
30 ímo zwívált, únde énemo fīervált líutet. Tār máht tū chī(e)sen, úbe dáʒ sáng férrōr stīget fóne sīnemo ánafánge, dánne ze demo áhtoden būohstábe, sō díu fóregenámda *antiphona* tūot, dáʒ iʒ tánne in *ypermixolidio* ánazefáhenne ne-íst, wánda án démo *modo* nīoman úber den áhtoden būohstáb kestīgen ne-mág. Áber án sōwélichemo būohstábe ímo hóho ánaváhentemo gebrístet, ába démo
35 stúrzet er nōte án daʒ nídera *alphabetum,* ze démo sélben būohstábe, álso er óuh sār dánnān, úbe iʒ ímo peníderēt, wídere ūf kestépfen mág án daʒ óbera.

J．アレマン語の作品

名づく．これら両者の間には全音あり，つまりそれら二者の差異あり．フリュギ
ア旋法の上にリュディア旋法があり，その差異は全音なり．リュディア旋法の上
には半音高く混合リュディア旋法があり，かつその上に全音高く上位混合リュ
10 ディア旋法あり．更に加えてドーリア旋法の下に三旋法あり．半音低く下位リュ
ディア旋法が，全音低く下位フリュギア旋法が，再び全音低く下位ドーリア旋法
あり．これが最低なり．これより上に向かいて八番目，かつ最高が上位混合リュ
ディア旋法なり．これらの八旋法，即ち下位ドーリア，下位フリュギア，下位リュ
ディア，ドーリア，フリュギア，リュディア，混合リュディア，上位混合リュディ
15 ア旋法にて我らに八種の協和音，八度音程が示されており，これらにて我らは最
低より最高へと上昇して次の七つの差異を見いだす：全音，全音，半音，全音，
全音，半音，全音．それ故に最高の張り方は最低に対して二倍響く．それ故に聞
き知るべし：もしもこれが下位ドーリア旋法ならば，我らは最も静かに歌い始め
ん．下位フリュギア旋法ならば，我らは全音高く始めん．下位リュディア旋法な
20 らば二全音高く，ドーリア旋法ならば四度高く，フリュギア旋法ならば五度高く，
上位混合リュディア旋法ならば，我らは完全八度，即ち二倍高く始めん．これ以
上に高く始むること能わず．何となればその歌自体も，始めらるる位置よりそ
の高さが到達する位置まで，即ち時には，始められし文字よりも二倍響く八番目の
文字に至るまで上昇せざるを得ぬが故に．人間の声は四倍以上は到達せられ得ず．
25 四倍とは，我が今語りし如く理解せらるべし：B又はCの如き，下位ドーリア旋
法における最初の最初より上位混合リュディア旋法におけるB又はCまでの高さ
は二倍にて，更にそれよりその八番目の文字までは二倍高く，その文字は後者に
対して二倍，前者に対しては四倍響く．この場合に，もしもその歌がその最初よ
り発し，前述の交誦が行う如く，その八番目の文字よりも更に上がらば，その歌
30 は上位混合リュディア旋法においては始められ得ぬことを汝は観察し得．何と
なれば，この旋法にては誰も八番目の文字以上に上がること能わぬが故なり．され
ど彼が高く始むと，如何様なれ文字に欠け，それより彼は必然的に下のアルファ
ベットへと，同一の文字へと下がる．もしも彼にとり余りにも低からば，直ぐに
そこより逆に上のアルファベットへと上がり得るのと同様に．最初に彼は，望む
35 通りに低く，或いは高く歌い始むる自由を有す．されど歌い始めて，先へ進むと，
歌いつつ更に低く，或いは更に高く取る自由は有さず．一弦琴，或いは風琴にて

297

Ánafáhendo hábet er gewált ze erhévenne sō nídero álde sō hóho er wíle, áber sō er erhévet, únde fúrder gerúcchet, sō ne-hábet (er) síngendo nehéin(en) gewált, níderōr álde hóhōr ze fáhenne, āne ába *duplo in simplum,* álde ábe *simplo*
40 *in duplum,* álso er chúnnen mág án demo *monochordo,* álde án dero órganūn. Tér die swégelā méȝe, der bórgee dés sélben, dés án dero līrūn ze bórgenne íst, wánda úbe die ēristūn ze láng wérdent, sō sínt sīe sélben únhélle, únde hábent héisa lūtūn, dóh óuh tie ándere sīn lūtréiste. Wérdent sie áber ze chúrz, tánnān sínt tie áfterōsten ze chléinstímme, dóh tie ēristen gnūog lūtréiste sīn. Fóne díu
45 chédēn, dáȝ éinero élno lángíu swégela, fóne dero zúngūn úf, án demo ēristen būohstábe ze chúrz sī, únde zwéio lángíu ze láng sī, únde áber únder dīen zwískēn gágen ánderro hálbero lángíu gelímflīh sī. Sō hábet tiu áhtoda āne hálb *diametrum,* éinero élno *dodrantem* in léngi, únde diu fínftazēnda mēr dánne *trientem,* dáȝ chīt den trítten téil éinero élno.

i．詩篇より
  1）詩篇 1

1. Der mán ist sālig,
  der in dero argon rāt ne-gegīeng.
  Noh an déro súndigon wége ne-stūont.
  Noh án démo súhtstūole ne-saȝ.
2. Nube der ist sālig, tes willo an gótes ēo ist,
  unde der dáraána denchet tag unde naht.
3. Unde der gedīehet also wóla, so der bóum, der bī demo rínnenten waȝȝere
  gesezzet ist, der zītigo sīnen wūocher gíbet. Noh sīn lóub ne-rīset.
  Unde frámdīehent álliu, diu der bóum bíret unde bringet.
4. So wóla ne-gedīehent áber dīe argen. So ne-gedīehent sie.
  Nube sie zefárent also daȝ stuppe déro erdo, daȝ ter wínt ferwāhet.
5. Pedíu ne-erstānt árge ze dero urtéildo.
  Noh súndige ne-sizzent dánne in demo rāte dero re<u>h</u>ton.
6. Wanda got wéiȝ ten weg téro réhton.

J．アレマン語の作品

知り得る如く，二重奏より独奏に，或いは独奏より二重奏になる以外には．風琴の音管を測らんとする者は，七弦竪琴において注意せらるべきと同じ事に注意すべし．何となれば，もしも一番管が余りにも長くなると，仮に他の音管が調子良
40 くとも，それら自体は調子外れにて鈍き音を有するが故に．されど一番管が余りにも短くなると，それらが十分調子良くとも，最終管は余りにも弱音なり．それ故に，管舌（＝リード）から上が一エレ（＝55-80cm）の長さの風琴管は最初の文字においては余りにも短く，二エレの長さのものは余りにも長く，されど両者の間にて約一エレ半の長さのものが適切なりと我らは言わん．かくて八番目の風琴
45 管は半分の直径以外に，一エレの四分の三を長さにて有し，十五番目は一エレの三分の一，即ち第三部，以上を有す．

ｉ．詩篇より
1）詩篇1

1．その者は幸いなり，
   悪しき者らの語らいの中へ歩まざりて，
   又，罪ある者らの道に立たざりて，
   又，病の椅子に座らざりし者は．
2．されどその意志が神の法に即してある，
   かつその事を日夜考える者は幸いなり．
3．かつその者は，流るる水の側に植えられ，適時に自らの実りを与える
   木の如く，良く栄ゆ．その葉も落ちず．
   かつその木が生みて，もたらす全てのものは栄え続く．
4．しかれども悪しき者らはそのように良く栄えず．そのように彼らは栄えず．
   されど彼らは，風が吹き払う大地の塵の如く，滅び去る．
5．それ故に悪しき者らは裁きに復活せず．
   罪ある者らもその際，義なる者らの語らいの内に座せず．
6．神は義なる者らの道を知りたるが故に．

Unde déro argon fart wirt ferlóren.

2）詩篇129

1. Ū33er dero tīefi déro sundon rūofta ih ze dír, truhten.
2. Truhten, gehōre mīna stimma.
   Ze mīnero dígī lóseen dīniu ōren.
3. Wile du manlīchemo sīn únreht kehalten, truhten?
   Truhten, wer mag i3 danne liden?
4. Ze dír rūofta ih, wanda an dír (diu) sūona ist.
   Umbe dīna ēa béit ih dīn, truhten.
   Ze dīnen gehéi33en fersah ih mih.
5. Fone dero ūohtūn unz ze náht
6. kedingta ih an mīnen trúhtenen. Fone diu gedingo ih an ín,
7. wanda mit ímo irbármehérzeda ist unde fólleglīh irlōseda.
8. Unde er irlōset Israhelem ū3er allen sīnen unréhtin.

3）詩篇138, 1-10

1. Hērro mīn, dū besūohtōst mih unde bechándōst mih.
2. Dū bechándōst mīn nídersízzen unde mīn ūfstān.
3. Dū bechándōst mīne gedáncha férrenān.
   Mīna léidūn stīga unde da3 ende, da3 irspēhotōst dū.
4. Unde alle mīna wéga fórewíssōst dū.
   Wanda nu ne-íst trúgeheit in mīnen wórten.
5. Dū wéist mīniu júngesten ding unde diu alten díng.
   Dū scáffotōst mih unde legetōst mih ána dīna hant.
6. Fone mīnen sculden ist mir wúnderlīh unde únsémfte worden dīn bechénneda.
   Si ist mir ze stárch, ih ne-mag iro zūo.
7. Wára mag ih fore dīnemo géiste?
   Unde wára flīeho ih fóre dír?
8. Héve ih mih hóho, dār drúcchest dū mih wídere.

J．アレマン語の作品

かつ悪しき者らの路は失わる．

2）詩篇129
1．幾多の罪の深淵より我は汝に叫びぬ，主よ．
2．主よ，わが声を聞き給え．
　わが祈りを汝の両耳が聞き入れよかし．
3．汝は各人に対し各人の不義を心に留めんと思うや，主よ．
　主よ，誰がそれにその時，耐え得や．
4．汝に我は叫びぬ．汝の元に宥(なだ)めのあるが故に．
　汝の法故に我は汝を待ちぬ，主よ．
　汝の約束を我は頼りぬ．
5．早朝より夜まで
6．我はわが主を期待しぬ．それ故，我は彼を期待す．
7．彼の元には慈愛と溢るる救いがある故に．
8．かつ彼はイスラエルを自らの全ての不義より救い出す．

3）詩篇138,1-10
1．わが主よ，汝は我を試し，かつ我を知りぬ．
2．汝はわが座りとわが立ち上がりを知りぬ．
3．汝はわが考えを遠くより知りぬ．
　わが苦しき小道と果てを，それを汝は探りぬ．
4．かつ全てのわが道を汝は予め知りぬ．
　何となれば，今やわが言葉の中には偽りのなきが故に．
5．汝はわが最も新しき事や古き事を知りたり．
　汝は我を創り，かつ我を汝の手に横たえぬ．
6．わが罪に関する汝の認識は我にとり驚くべき，かつ煩わしきものとなりぬ．
　それは我にとり余りにも強烈にて，我はそれに能わず．
7．何処へ我は汝の精神の前より去り得るか．
　かつ何処へ我は汝の前より逃ぐるか．
8．我が我を高く上げても，そこにて汝は我を押し戻す．

9. Ube ih mīne féttacha ze mir nímo in geríhti
   unde ih púwo ze ende dírro werlte,
10. dára ze demo ende bringet mih dīn hant
    unde dīn zesewa hábet mih.

j．旧約賛歌より
1）申命記32, 1-4

1. Kehōrent hímela, diu ih sprícho!
   Wort mīnes múndes kehōre, diu érda.
2. Ze régene wérde mīn lēra,
   álso tóu flīe33e mīn gechōse,
   so régentróphen an gráse.
3. Wánda ih gótes wórt sago: Tūoment gót.
4. Wánda sīniu wérch dúrnohte sint.
   Unde álle sīne wéga sint úrteilda.
   Gót ist ketríuwe unde āne únébeni, réhter unde gréhter.

2）サムエル記上2, 1-2

1. Mīn hérza fréuta sih an trúhtene,
   unde mīn gewált ist hōh irbúret an ímo.
   Mīn múnt ist wīto indān úber mīne fīenda.
   Wanda ih an dīnemo háltāre gefróuwet pín.
2. Samo héiliger unde sámo stárcher ne-íst, so trúhten gót únser,
   noh ánderer ne-ist āne dih héiliger unde stárcher.

k．主の祈り

Fáter únser, dū in hímele bíst,
dīn námo wérde gehéiligot.
dīn rīche chóme.
dīn wíllo gescéhe in érdo, álso in hímele.

9．もしも我がわが翼をわが方へ直接に取り，
　　かつ我がこの世の果てへと移り住まば，
10．そこの果てへと我を汝の手が運び，
　　かつ汝の右手が我を摑む．

j．旧約賛歌より
1）申命記32,1-4
1．天らよ，我の言う事を聞け．
　　わが口の言葉を聞け，大地よ．
2．わが教えは雨となれ，
　　露の如くわが語りは流れよ．
　　草の上の雨滴の如くに．
3．我は神の言葉を告ぐるが故に：汝らは神を称えよ．
4．彼の業は完全なるが故に．
　　かつ全ての彼の道は裁きなり．
　　神は誠実にして，不公正にあらず，正しく，義なり．

2）サムエル記上2,1-2
1．わが心は主を喜びぬ．
　　かつわが力は高く彼の所に上げられてあり．
　　わが口は広くわが敵らの上に開けられてあり．
　　我は汝の救済者を喜びているが故に．
2．主なるわが神と同じく聖にして，強き者はなく，
　　汝以外の他の誰も聖にして，強からず．

k．主の祈り
天におわする我らが父よ，
み名が聖とせられよかし．
み国が来たれかし．
み心が，天における如く，地にて成れかし．

5 únser tágelicha brōt kíb úns híuto.

unde únsere scúlde belā̄ȝ úns, álso óuh wir belāȝēn únserēn scúldīgēn.

unde in chórunga ne-léitēst dū únsih,

núbe lōse únsih fóne úbele.

1. 信仰告白

Ih keloubo an got álmáhtīgen fáter, sképhen himeles unde érdo. Unde an sīnen sún, den gewīehten háltare, éinigen unseren hērren. Der fone démo héiligen géiste inphangen ward, fone Maria dero mágede geborn ward. Kenōthaftot ward pī *Pontio Pilato*. Unde bī imo an *crucem* gestáfter irstárb, unde
5 begráben ward. Ze hello fūor, an demo drítten táge fóne tōde irstūont. Ze hímele fūor, dār sízzet ze gotes zésewun des almáhtīgen fáter. Dannan chumftīger ze irtéillenne, die er danne findet lebente alde tōte. Geloubo an den héiligen géist. Keloubo héiliga dīa állichun sámenunga, dīu *christianitas* héiȝet. Geloubo ze hábenne dero héiligon geméinsami. Ablāȝ sundon. Geloubo des
10 fléiskes ursténdida. Geloubo ēwigen līb.

m. 格言

(1) Álter ál genímet.

(2) Míchel húnger tūot prōt sūoȝȝe,

míchel árbeite tūont cnāda sūoȝȝa.

(3) Nōt nímet ten gewált.

(4) Éinemo níder, ándermo ūf.

(5) Des éinen vál íst des ánderes kníst.

Fóne des éinen úbermūoti dīemūotēt der ander.

(6) Sō der chúning pevállet, sō bevállent sīne geswāsen.

(7) Frūothéit pedénchet állero díngo énde;

sī dénchet īo fúre.

(8) Wér íst sō sālig, táȝ er in wérlte āne árbeite sī?

(9) So-wér dén ánderen ferrāten wíle, dér íst sélbo ferrāten.

5 我らの日々の糧を我らに今日，与え給え．
かつ我らも我らの借り手らに許す如く，我らの借りを我らに許し給え．
かつ試みに我らを引き入れず，
されど我らを悪より解き給え．

1．信仰告白

我は神なる全能の父，天と地の創造者を信ず．かつ彼の息子，聖とせられたる救済者，唯一の我らの主を．彼は聖なる霊より受胎せられ，処女マリアより生まれぬ．ポンティウス・ピラトゥスの所にて迫害せられぬ．かつ彼の所にて十字架に打ちつけられて死に，埋められぬ．地獄へ行き，三日目に死より復活
5 しぬ．天へ行き，そこにて神，全能の父の右手に座してあり．そこより将来，彼がその際，生者あるいは死者として見いだす者らを裁きに来ん．我は聖なる霊を信ず．我は，キリスト教団と呼ばるる，聖なる普遍的集会を信ず．聖人らとの交わりを有するを信ず．罪の許しを．我は肉体の復活を信ず．我は永遠の生命を信ず．

m．格言

(1) 齢，全てを奪い取る．（フィロロギアの結婚Ⅰ,36)
(2) 飢餓，大にして，麺包を甘味とし，
   艱難，大にして，恩寵を甘味とす．（詩篇68,17)
(3) 窮境，暴力を行使す（＝窮鼠，猫を噛む）．（哲学の慰めⅤ,12)
(4) 一方に下降，他方に上昇．（哲学の慰めⅢ,103)
(5) 一方の没落は他方の幸運．
   一方の高慢故に他方，謙譲す．（詩篇9,23)
(6) 王の没落する時，その家士郎党も没落す．（哲学の慰めⅢ,46)
(7) 英知，万物の終末を勘考す．
   それ常に先を考う．（哲学の慰めⅡ,4)
(8) 現世にて労苦なきほど幸いなる者，誰ぞ．（フィロロギアの結婚Ⅰ,12)
(9) 他人を裏切らんと欲する者，既に自ら裏切られてあり．（詩篇56,7)

(10) Tār der íst éin fúnt úbelero féndingo, tār n'íst nehéinēr gūot.

Únde dār der íst éin hūs fólleʒ úbelero líuto, tār n'íst nehéinēr chústīc.

(11) Fóne demo límble, sō begínnit tír húnt léder éʒʒen.

(12) Dir árgo, dér íst dér úbelo.

(13) Ter der stúrzzet, dér vállet.

(14) Dír scólo, dír scófficit īo, unde dir góuh, dér gúccōt īo.

(15) Úbe man álliu dīer fúrtin sál, nehéin sō hárto sō den mán.

(16) Úbe dír wē íst, sō n'íst dír áber nīeht wóla.

(17) Tū ne-máht nīeht mít éinero dóhder zewēna éidima máchōn,

nóh tū ne-máht nīeht fóllen múnt hában mélwes únde dóh blásen.

(18) Sō'ʒ régenōt, sō náʒʒēnt tī bóumā.

Sō iʒ wāt, sō wágōt íʒ.

(19) Úbilo tūo, beʒʒeres ne-wāne.

(20) Úbelis keséllin mág man wóla ingélten.

Tés man mág ingéltin, tén sól man mīden.

Úbelin geséllin sól man virmīden.

n. 処世訓

(1) Úbe íh ánderro sáchōn beróubōt pín, mīnero chúnnōn ne-máhta míh nīoman beróubōn.

(2) Ér skéinet án dīen tāten, wér ér íst.

(3) Sō die *artes* nīoman ne-ūobet, sō wírt íro geāgeʒōt.

(4) Úbe er ēr rīche wás, sō ímo dés káhes kebrístet, sō wíget iʒ ímo.

(5) Tés úbelemo jāre präste, dáʒ ersáztīst tū mít temo gūoten.

(6) Táʒ íst tero wérhmánno síto, sō sie íro wérch fólletūont, táʒ sie sie ze júngest slíhtent. Tīe óuh íro túgede dúrnóhte sínt, tīe súlen sia slíhten mít íro déumūoti.

(7) Taʒ lób kehōrent tiu ōren gérno, bedíu indūont siu síh táragágene.

(8) Sīe (= die úbelen) āhtent tero gūotōn álso sie wéllen, sīe ne-verāhtent íro īo dóh nīeht.

(10) 一斤の悪銭のある所，そこに善人なし．
又，家一杯の悪人のいる所，そこに義人なし．（19まで論理学各論より）
(11) 犬，皮革を食うに，皮紐より始む．
(12) 邪なる者は悪しき者．
(13) 転ぶ者は倒る．
(14) 借金人，常に嘘をつき，郭公，常にカッコーと鳴く．
(15) 野獣は全て恐れらるべかれど，いずれも人間ほど甚だしくはなし．
(16) 汝，苦痛ならば，快適にあらず．
(17) 汝，一人の娘にて二人の婿を得ること能わず．
汝，粉一杯の口にて息吹くことも能わず．
(18) 雨降らば，木々濡る．
風吹かば，木々揺る．
(19) 悪をなさば，より良き事を期待することなかれ．
(20) 悪友を持てるが故に罰せられん．
罰の因由となり得るが如き者を避くべし．
悪友，避くべし．（三段論法より）

n．処世訓

(1) 我は他の物を奪われしも，わが知識は誰も我より奪い得ざりき．（哲学の慰めⅠ,1)
(2) 彼，その行いにて己の誰なるかを示す．（哲学の慰めⅠ,20)
(3) 誰も学芸を実践せざれば，忘れらる．（哲学の慰めⅠ,3)
(4) 彼，かつて裕福にてありしも，突如貧すれば，心痛す．（哲学の慰めⅠ,5)
(5) 悪しき年に欠けし事，それを汝は良き年にて埋め合わすべかりきものを．（哲学の慰めⅡ,5)
(6) 仕事を仕上ぐる時，最後に磨きをかくるは職人らの習いなり．徳の完全なる者も又，恭順をもちて己の徳に磨きをかくべし．（哲学の慰めⅡ,44)
(7) 称賛を耳は聞きたがる．故に耳はそれに対して開く．（哲学の慰めⅢ,48)
(8) 彼ら（＝悪人ら）は望みのままに善人らを苦しめたれど，善人らを滅することと絶えてなし．（哲学の慰めⅣ,17)

(9) Ter wīse mán, dér ēwighéit pechénnet, tér áhtōt *temporalia* fúre nīeht.

(10) Wír ne-lébeen nīeht an *pręterito* nóh an *futuro,* án demo pręsenti bírn wír īo. Nóh státōn ne-múgen wír nīeht an démo sélben. Chómendo ferlóufet iȝ. Únde úbe iȝ īoman wíle zéigōn demo ándermo, dér mág échert éinēst chéden chūmo: íȝ íst nū, sār ánderēst chīt er nōte: íȝ wás nū, úbe er dáȝ sélba zéigōn sól. Sō getān íst únsēr *pręsens.*

27. ザンクト・ガレンの格言（1000年頃）

(1) Sō iȝ regenōt, sō naȝscēnt te boummā.

Sō iȝ wāth, sō wagōnt te boummā.

(2) Sō diz rehpochchili fliet, sō plecchet imo ter ars.

28. ザンクト・ガレンの課業（1000年頃）

Quia virtus constillationis in ictu pungentis est.

Wánda des kestírnis chráft fergāt únde virlóufit in sō lángero viríste, sō man éinin stúpf ketūon mág.

Informis materia.

Taȝ chīt: skáffelōsa zímber.

5 *Intemperies.*

Intrérteda.

Fides est sperandarum substantia rerum, argumentum non apparentum.

Tiu gelóuba íst ter hábit únde daȝ fánt téro díngo, *quę sperantur,* táȝ chīd: téro man gedínget, únde gewís-héit téro nóh úróugōn.

10 *Quem deus diligit, hunc exaudit.*

Cui deus placabilis, huic exorabilis.

Témo die héiligen hólt sint, tér mág hórsko gebétōn.

In humilitate judicium ejus sublatum est.

Táȝ ín nīoman ze réhte ne-līeȝ, táȝ wárt ze léibe úmbe sīna deumūoti.

In pasca annotino, i. paschale
15 *festum prioris anni.*

I. tér férnerigo ōstertág.

Ypapanti, i. conventus omnium

(9) 永遠不滅を認むる賢人は，現世ノ諸物を無と見なす．(哲学の慰めⅣ, 28)

(10) 我らは過去に生きるにあらず，未来にもあらず．現在に我らはいつも存在してあり．我らは同じ現在に立ち続くることも能わず．現在は来たりて，過ぎ去る．もしもそれを誰かが他人に示したく思わば，ただ一度かろうじて「今なり」と言い得るに過ぎず，もしも直ちに二度目にそれを示すべからば，「今なりき」と言わざるを得ず．かくなりたるが我らの現在なり．(哲学の慰めⅤ, 34)

27. ザンクト・ガレンの格言 (1000年頃)

(1) 雨降らば，木々濡る．
　　風吹かば，木々揺る．

(2) 小鹿逃ぐれど，その尻光る．

28. ザンクト・ガレンの課業 (1000年頃)

　　　何トナレバ突キ刺ス星座ノ力ハ　　　何となれば星座の力は，人が一突き
　　　一撃ノ内ニ生ズルガ故ニ（フィロロ　　し得る程の瞬間の内に消えて失せるが
　　　ギアの結婚Ⅱ, 4).　　　　　　　　　故に．
　　　　形ナキ素材．　　　　　　　　　　即ち形なき素材．
　5　　無節度．　　　　　　　　　　　　無節度．
　　　信仰ハ期待セラルベキ事柄ノ所　　　信仰は期待セラルル，即ち人が期待
　　　有（＝保証）ニテ，見エヌモノノ証　　する事柄の所有かつ担保にして，未だ
　　　拠ナリ（ヘブル11, 1).　　　　　　　見えぬものの確信なり．
　　　神ハ愛スル者，ソノ者ヲ聞キ容　　　聖者に好まるる者は，固く信じて祈
　10　ル．神ハ気ニ入ル者，ソノ者ニ寛　　念し得．
　　　容ナリ（ヘブル12, 6＋ヨハネ9, 31).
　　　卑下故ニ彼ノ裁キハ取リ下ゲラ　　　彼を誰かが法に委ぬること，それは
　　　レヌ（使徒行伝8, 33).　　　　　　　彼の卑下故になされざりき．
　　　前年ノ復活祭ニ，ツマリ先ノ年　　　ツマリ前年の復活祭日．
　15　ノ復活祭．
　　　　ヒュパパンティ，ツマリ全テノ

	ętatum.	
	Nomen	námo
	Pronomen	fúre dáʒ *nomen*
20	Verbum	wórt
	Adverbium	zūoze démo *verbo*
	Participium	téilnémunga
	Conjunctio	gevūgeda
	Preposicio	fúresézeda
25	Interjectio	únderwerf
	Nomini quot accidunt?	Wi mánegiu vólgent témo *nomini*? VI.
	Quę qualitas?	te wílichi
	Quę subauditur?	Ub'íʒ eigen sī álde gemeine, ter *substantię* álde dés *accidentis*.
30		
	Comparatio	te wídermérunga
	Cujus?	tis *comparativi* álde dis *superlativi* zūo démo *positivo*.
	Genus	tíz chúnne
35	Cujus?	sīn álde

29. ノートケルの詩篇への注解より（11世紀の第2四半期）

a．詩篇92より

Et vidit deus omnia quę fecerat, et erant valde bona, et requievit deus die septima ab omni opere quod patrarat.

dō scóuwōta Got al daʒ er gewúrchit hábita, dō was iʒ harto gūot, dō rāwēta er an demo sibindin táge ab allemo werche daʒ er worhta.

b．詩篇98より

Lapis pręcisus de monte sine ma-

ein stein irhóuwener aba berge āna

	世代ノ集合.	
	名詞	名前
	代名詞	名詞の代わりに
20	動詞	言葉
	副詞	動詞に付加して
	分詞	関与
	接続詞	接続
	前置詞	前置
25	間投詞	間投
	名詞ニハ如何ニ多クノモノガ落下（＝格変化）スルカ.	如何に多くのものが名詞に従うか. 六つ（＝六格形）.
	性質（＝叙法）トハ何カ.	性質
	何ガ補ワルルカ.	もしもそれ（＝名詞）が固有ならば「実質の」が，一般的ならば「偶有性の」が.
30		
	比較	比較
	何ノ	原級形に対する比較級形の，或いは最上級形の.
35	性	この性
	何ノ	それの，或いは

29. ノートケルの詩篇への注解より （11世紀の第2四半期）

a. 詩篇92より

カクテ神ハ創リタル全テノモノヲ見ヌ，カクテソレラハイトモ良カリキ，カクテ神ハ七日目ニ，ナシタル全テノ仕事ヨリ休ミヌ.

かくて神は創りたる全てのものを見ぬ，かくてそれはいとも良かりき，かくて彼は七日目に，なしたる全ての仕事より休みぬ.

b. 詩篇98より

山ヨリ手ヲ用イズニ切リ取ラレシ

山より手を用いずに切り取られし

nibus, confregit omnia regna terrę, et excrevit in montem magnum ita, ut impleret universum orbem.

hende, der gewéichta al erde-rīche, unde irwūohs ze éinimo michilin berge, sō míchelmo, daʒ er allen werltrinch irfulti.

Quis est ille mons, de quo pręcisus est lapis? Regnum Judeorum, fone dem Christus cham. Lapis quem exprobraverunt. Wīo pręcisus sine manibus? Daʒ er natus ward sine opere hominun, sine maritali conjugio, natus de virgine, natus sine manibus. Quomodo confregit omnia regna terrę? Quia confracta sunt regna idolorum, regna dęmoniorum. Quid est excrevit? Quia corpus sanctę ecclesię, cujus caput ipse est, crescendo dilatatum est usque ad fines terrę.

wer ist der berch, aba demo der stein irhouwen wart? Judon rīche, (fone dem Christus cham). der stéin den sie ferchúren. (Wīo) irhóuwen āne hende? (Daʒ er) keborn (ward āne) mannis werch, āna charilis miteslāf, kebóren fone mágede, keborin āna hende. wieo gewéihta er al erd-rīche? wanda abkotrīche gewéichet sint, rīche dero tīefelo. waʒ méinit perch irwūohs? wanda der līchamo chrístanheite, dero houbet er ist, der wart wahsindo gebréitit unz an werlte ende.

30. ガルスの歌 (1030年頃)

Ratpertus monachus, Notkeri, quem in sequentiis miramur, condiscipulus, fecit carmen barbaricum populo in laude sancti Galli canendum. Quod nos multo impares homini, ut tam dulcis melodia latine luderet, quam proxime potuimus, in latinum transtulimus.

1. *Nunc incipiendum   est mihi magnum gaudium.*
   Sanctiorem nullum   quam sanctum umquam Gallum
   Misit filium Hibernia,   recepit patrem Suevia.
   Exultemus omnes,   laudemus Christum pariles
   Sanctos advocantem   et glorificantem.
2. *Cursu pergunt recto   cum agmine collecto.*

J．アレマン語の作品

石，ソレガ地ノ全テノ王国ヲ亡ボシヌ，カツ大ナル山ヘト成長シヌ，全世界ヲ満タス程ニ．
5 石ガ切リ取ラレシ，ソノ山トハ誰ナルカ．ユダヤ人ノ王国ナリ，そこよりキリストが来ぬ．彼ラガ非難シタル石ハ，如何にして手ヲ用イズニ切リ取ラレシカ．それが人間ノ業ニヨ
10 ラズ，夫婦ノ交接ニヨラズニ生マレ，処女ヨリ生マレ，手ヲ用イズニ生マレシコト（ニテ）．如何ニシテ地ノ全テノ王国ヲ亡ボシタルカ．偶像ラノ王国，悪魔ラノ王国ガ亡ボサレシ
15 コト（ニテ）．「成長シヌ」トハ何カ．彼ガソノ頭ナル，聖教会ノ体ガ成長スルニテ世界ノ果テマデ拡ゲラレシコト．

石，それが全ての地上国を亡ぼしぬ，かつ大なる山へと成長しぬ，全世界を満たす程，大なる（山へと）．その石が切り取られし，その山とは誰なるか．ユダヤ人の王国なり，（そこよりキリストが来ぬ）．彼らが非難したる石は，（如何にして）手を用いずに切り取られしか．（それが）人間の業によらず，夫との共寝によらずに生まれ，処女より生まれ，手を用いずに生まれし（ことにて）．如何にしてそれは全ての地上国を亡ぼしたるか．偶像国，悪魔らの王国が亡ぼされしこと（にて）．「山が成長しぬ」とは何を意味するか．彼がその頭なる，キリスト教会の体，それが成長するにて世界の果てまで拡げられしこと．

30．ガルスの歌（1030年頃）

　　幾多ノ続唱故ニ我ラガ尊敬スル<u>ノトケルス</u>（1世，吃者）ノ学友，修道士<u>ラトペルトゥス</u>ハ，大衆ニ聖ガルスノ賛歌トシテ歌ワルベキ民衆語ノ歌ヲ作リヌ．ソレヲ，カノ人ニ遥カニ劣ル我ラハ，カクモ甘味ナル旋律ガ<u>ラテン語</u>ニテ踊ルベク，可能ナル限リ正確ニラテン語ニ翻訳シタルナリ．

1．今ヨリ我ハ多大ナル　　　　　喜悦ヲ歌イ始ムベシ．
　 聖者ガルスニ勝リタル　　　　聖ナル人ヲ息子トテ
　 <u>アイルランド</u>ハ遣ワサズ．　　父トテ受ケズ，<u>スウェヴィア</u>ハ．
　 我ラハ皆(ミンナ)，歓呼セン，　　　　共ニ称エン，<u>キリスト</u>ヲ．
　 イトモ聖ナル人々ヲ　　　　　招キテ賛美スル方ヲ．
2．彼ラハ直(ナオ)キ道ヲ行ク，　　　　集イシ人ト相共ニ．

  Tria tranant maria,   cęleumant 'Christo gloria!'
  Columbanus, Gallus,   Magnoaldus et Theodorus,
  Chiliano socio,   post functo sacerdotio.
  Gallos pervagantur,   Francis immorantur.
3. Renovant Luxovium   in Christi caulas ovium;
  Passi męchę varias   Brunhildis et insidias,
  Tristes spernunt Franciam,   contendunt et in Sueviam.
  Castro de Turegum   adnavigant Tucconium.
  Docent fidem gentem,   Jovem linquunt ardentem.
4. Tucconio ingrato   hinc excommunicato,
  Vadunt in directum,   examen ut collectum.
  Quęrunt alvearia   temptantes loca varia.
  Arbonam per lacum   advolitant Potamicum.
  Colligit Willimarus   illos Christo carus.
5. Pergit hinc Brigantium   grex gentes baptizantium.
  Columbanus amplum   hic Christo sacrat templum.
  Docet parvum clerum   cantare deum verum.
  Latrones et duos   occidunt fratres suos.
  Fugit mox Italiam,   terram procul aliam.
6. Gallus infirmatur,   ab via retardatur.
  Cui mandat motus,   quod restet, Columbanus,
  Missas numquam celebret,   se vivum quoad sciret.
  Repetit febricitans   Arbonam, Christum supplicans
  Egros allevantem,   faciat se valentem.
7. Presbiter Christo carus   dat lectum Willimarus.
  Convalescens Gallus   deserti fix mox avidus.
  Dux fit Hiltibaldus;   occurrit locus commodus.
  Clamant damna dęmones,   retentant Gallum vepres:
  Diaconus accurrit;   lapsans illum distulit.
8. Gallus forte psalmum   in ore tenet almum:

J．アレマン語の作品

　　　　三ツノ海ヲ渡リ終エ，　　　　　　歓呼ス，「神ニ栄エアレ」ト．
　　　　マグノアルドゥス，テオドルス，　コルンバヌスニガルスナリ．
　　　　彼ラノ連レハ，後ノ日ニ　　　　　司祭トナリシキリアヌス．
　　　　ガリア人ノ地ヲ巡リ，　　　　　　フランク国ニ滞在ス．
　3．リュクセーイヲバ再建シ，　　　　　神ノ羊ノ囲イトス．
　　　　ブルンヒルデノ多様ナル，　　　　姦婦ノ策ニ苦シミテ，
　　　　悲痛ノ内ニソコヲ去リ，　　　　　スウェヴィア目指シ急ギタリ．
　　　　チューリッヒナル城市ヨリ　　　　舟デ彼ラハトゥッゲンヘ．
　　　　異教ノ民ニ帰依ヲ説キ，　　　　　ユピテル像ヲ燃ヤシ捨ツ．
　4．恩義ヲ知ラヌトゥッゲンノ　　　　　町ヲ破門ニ処セル後，
　　　　彼ラハ直ク進ミ行ク．　　　　　　群レテ集マル蜜蜂ガ
　　　　巣箱ヲ求メ，探ス如，　　　　　　種々ノ所ヲ調ベツツ．
　　　　アルボン目指シボーデンノ　　　　湖水ヲ急キテ渡リ行ク．
　　　　神ニ好カルルウィリマルガ　　　　彼ラヲソコデ迎エ取ル．
　5．洗礼団ハソノ地ヨリ　　　　　　　　ブレーゲンツヘ赴キヌ．
　　　　コルンバヌスハ神ノ為，　　　　　大ナル堂ヲ聖別シ，
　　　　真ノ神ノ賛美歌ヲ　　　　　　　　トアル助祭ニ教エ込ム．
　　　　彼ノ二人ノ兄弟ヲ　　　　　　　　追イ剥ギドモガ殺害ス．
　　　　直チニ彼ハイタリアヘ，　　　　　遠クノ，別ノ地ヘ逃ル．
　6．サレドガルスハ患イテ　　　　　　　先ヘノ旅ヲ阻マレヌ．
　　　　コルンバヌスハ心配シ，　　　　　彼ニ残レト命令ス．
　　　　「我ノ無事ヲバ知ル限リ，　　　　決シテミサヲ挙グナ」トモ．
　　　　熱ノアルママアルボンヘ　　　　　神ニ祈リツ引キ返ス．
　　　　「我ヲ回復セシメマセ」，　　　　癒ス天主ニ祈願シツ．
　7．神ニ好カルルウィリマルハ　　　　　彼ニ寝台ヲ与エタリ．
　　　　ガルスハ回復スルト直グ　　　　　荒レシ原野ヲ乞イ願ウ．
　　　　ヒルティバルドニ導カレ，　　　　適セル場所ガ現ワレヌ．
　　　　悪魔ハ損ヲ嘆キタリ．　　　　　　茨ハ彼ヲ引キ止ム．
　　　　助祭ガ駆ケテ来タレドモ，　　　　滑リシ人ハ退ケヌ．
　8．ソコデ聖ナル賛美歌ヲ　　　　　　　彼ハ奇シクモ口ニ出ス．

'Requies hęc est mea   per sęculorum sęcula.
Semper hic habitabo,   deum meum invocabo.
Hiltibalt percare,   jam noli me vetare,
Libet sic jacere,   noli sustinere.'
9. Instat tandem triduo   vir domini jejunio.
Consecrando locum   litabat vota precum.
Fit ambobus ardo;,   procumbit omnis arbor.
Regnat vis flammarum   condensa per silvarum.
Infert ursus truncos   igni passim advectos.
10. Panem Gallus bestię   mirandę dat modestię.
Mox ut hunc voravit,   in fugam festinavit,
Jussa silvis cędere,   hic nullum posthac lędere.
Diacon jacebat   soporans et videbat,
Qua virtute Gallus   pollet dei famulus.
11. Hinc de loco dęmones   abegit et serpentes.
Ducis sanat filiam   quam Satan vexat rabidam.
Exit ore torvus   colore tamquam corvus.
Offert Gallo dona   pro mente virgo sana,
Quę dispersit sanctus   dedit et pauperibus.
12. Optant illum populus   pontificem et clerus.
Quis sacrandum proprium   Johannem dat disciplum.
Hinc superno numine   in montis stans cacumine,
Spiritum abbatis   locandum cum beatis
E conspectu terrę   angelos videt ferre.
13. Votum mox inhibitum   post patris litat obitum.
Gaudet pisce magno   Petrosę capto stagno.
Trabem breviorem   dat prece longiorem.
Pergit hinc ad castrum   ob Michahelis festum.
Egit missas more;   spiritus tonat ab ore.
14. Egrotat in castro   electus deo nostro.

J．アレマン語の作品

「コココソ我ノ憩イノ場，　　　永遠ノ永遠マデ末長ク．
　我ハコノ地ニイツモ住ミ，　　我ノ天主ニ呼ビカケン．
　ヒルティバルドヨ，親友ヨ，　　最早我ヲバ妨グナ．
　カヨウ臥スルガ気ニ入リヌ．　　我ヲバ起コスコトナカレ．」
9．主父ノ勇士ハ三日間　　　　　断食セント主張シヌ．
　　ソノ場ヲ聖化スルガ為，　　　祈リノ供エ，捧ゲタリ．
　　二人ニヨリテ火ガ焚カレ，　　全テノ木々ハ火ニ倒ル．
　　火事ノ力ハ森中ノ　　　　　　木立ヲ広ク支配シヌ．
　　火ニヨリ処々ニ散ラバリヌ　　幹ヲバ熊ガ運ビ寄ス．
10．奇妙ニ馴レシ獣ニ　　　　　　ガルスハパンヲ与エタリ．
　　ソレヲ貪リ食ウト直グ，　　　熊ハ急ギテ逃ゲ行キヌ．
　　森ヨリ去レト命ゼラレ，　　　コノ後，人ヲ痛ムナト．
　　助祭ハ四肢ヲコワバラセ，　　臥シシママニテ目ニシタリ，
　　如何ナ力デ神僕ノ　　　　　　ガルスガ秀デイルノカヲ．
11．ソコデガルスハコノ地ヨリ　　魔鬼ト蛇ラヲ追イ出シヌ．
　　魔鬼ニ責メラレ，狂イタル，　領主ノ子女ヲ癒シタリ．
　　鳥ノ如キ色彩ノ　　　　　　　怖キ魔物ガユ出ズ．
　　乙女ハ彼ニ恙無キ　　　　　　精気ヲ謝シテ贈呈ス．
　　ソレヲ聖者ハ困苦スル　　　　人ラニ分ケテ与エタリ．
12．民ト聖務ヲナス者ラ，　　　　彼ヲ司教ニセント乞ウ．
　　自分ノ弟子ノヨハネスヲ　　　彼ハ聖別スベヒトス．
　　ソノ後，天ノ神意ニテ，　　　山ノ頭ニ立チシママ
　　福者ノ列ニ入レラルル　　　　僧院長ノ魂ヲ
　　下土ノ視野ヨリ天使ラガ　　　運ビテ行クヲ目ニシタリ．
13．師父ノ死去セル直グ後ニ　　　戒メラレシミサヲ挙グ．
　　ペトロサ川デ捕エタル　　　　大魚ヲ彼ハ喜ビヌ．
　　短キ梁ヲ祈リニテ　　　　　　長キ梁ヘト改メヌ．
　　ソコヨリ町ヘミカエルノ　　　祭リノ為ニ赴キテ，
　　規則ニヨリテミサヲ挙グ．　　魂ガ口ヨリ轟ケリ．
14．我ラガ神ニ選ラレタル　　　　人ハ町ニテ患エリ．

317

Post fletum, post gemitum   defungens efflat spiritum.
Michahel fidelis   locavit hunc in cęlis.
Accurrit episcopus   flens ad magistri corpus.
Caligas ejus induit   claudus et exiliit.
15. Corpus est nudatum,   ut solet ob lavatum.
Renes et sacratos   mirantur vulneratos.
Capsam clausam pandunt   catenam et offendunt.
Cruore perfusum   horrebant et cylicium.
Clamant: 'O felicem   suimet carnificem!'
16. Equis hinc indomitis   gravatum corpus martyris
Pręsul imponebat   infrenes et laxabat.
Currunt in directum   ad cellę patris tectum.
Sequitur cum clero   Johannes atque populo.
Kyrieleison clamant   et defletum tumulant.
17. Johannes, noli flere,   magistrum crede vivere.
Vivit, inquam, Gallus,   beatior jam nullus.
Vivit per miracula   dans scutum ad obstacula.
Judex inter dextros   sessurus in sinistros
In tremendo examine.   gloria tibi, domine!

31. ヴァインガルテンの本の後書き（11世紀前半）

Explicit liber tertius dialogorum. Dáʒ chīt sermo duorum, wánda zwēno chōsōn diz. Ih meino, einer frāgēt, anderer antwirtit.

32. ギーゼラ句（1050年頃）

Kicila diu scōna   mīn filu las.

33. ザンクト・ガレンの風刺句Ⅲ（11世紀）

Churo com sic   her en lant,   aller ōter lēstilant.

J. アレマン語の作品

　　　　　彼ハ悲シミ, 泣ケル後,　　　　　死去シテ魂ヲ吐キ出シヌ.
　　　　　神ヲ敬ウミカエルハ　　　　　　彼ヲ天ヘト移シ置ク.
　　　　　司教ハ急ギ, 走リ来テ,　　　　師父ノ遺体ノ側デ泣ク.
　　　　　彼ノ靴ヲバ足萎エガ　　　　　　履クヤ直チニ跳ビ上ガル.
　　　15. 習慣通リ洗ワント,　　　　　　 彼ノ体ヲ裸ニス.
　　　　　聖トセラレシ両腰ノ　　　　　　傷ニ彼ラハ驚キヌ.
　　　　　閉メタル箱ヲコジ開ケテ,　　　 中ニ鎖ヲ見ツケタリ.
　　　　　ハタ又, 血ヲバ注ガレシ　　　　贖罪服ニ仰天シ,
　　　　　彼ラハ叫ブ. 「嗚呼, 彼ノ　　　 至福ニ満ツル加虐者ヨ.」
　　　16. 殉ジシ人ノ, 重リタル　　　　　死屍ヲ野生ノ馬ドモニ
　　　　　司教ハ乗セテ, ソレラヲバ　　　手綱付ケズニ放チタリ.
　　　　　馬ラハ師父ノ庵タル　　　　　　家ヘト直ク走リ行ク.
　　　　　司教ヨハネス, 聖職者,　　　　多数ノ人ガ後ヲ追イ,
　　　　　求憐誦ヲ皆, 叫ビ,　　　　　　悼マレタリシ人ヲ埋ム.
　　　17. 泣クコトナカレ, ヨハネスヨ,　 師父ノ遺存ヲ信ズベシ.
　　　　　ガルスハイルト我ハ言ウ.　　　彼ハ誰ヨリ恵マレヌ.
　　　　　奇跡ノ中ニ生キテアリ.　　　　魔除ケノ楯ヲ与エツツ,
　　　　　福者ノ間ニ判者トテ　　　　　　悪徒ニ対シ座ルラン,
　　　　　恐レラルベキ裁キニテ.　　　　主父ヨ, 汝ニ誉レアレ.

31. ヴァインガルテンの本の後書き (11世紀前半)

　　対話ノ第三巻終ワル. これ即ち二人ノ会話なり. 二人がこの事を語るが故に. つまり一方が尋ね, 他方が答う.

32. ギーゼラ句 (1050年頃)

　　見目よく映ゆるキシラ妃は　　我をば多く読みにけり.

33. ザンクト・ガレンの風刺句Ⅲ (11世紀)

　　クル人,　ここの地へ来たり,　あらゆる富の入手地へ.

34. シュトラースブルクの血の呪文 (11世紀)

Singula ter dicat.

a) Genzan unde Jordan   keiken sament soȝȝon.

tō versōȝ Genzan   Jordane te sītūn.

tō verstuont taȝ pluot.   verstande tiz pluot.

stant pluot,   stant pluot fasto!

b) Vrō unde Lazakere   keiken molt petrittō(nte).

c) Tumbo saȝ in berke   mit tumbemo kinde en arme.

tumb hieȝ ter berch,   tumb hieȝ taȝ kint:

ter heilego tumbo   versegene tiusa wunda.

Ad stringendum sanguinem.

35. 古フュジオログスより (11世紀後半)

De leone. Hier begin'ih einna reda umbe diu tier, waȝ siu gēslīho bezēhinen. *Leo* bezēhinet unserin trohtin turih sīne sterihchi, unde be-diu wiret er ofto an hēligero gescrifte genamit. Tannan sagit Jacob, tō er namæta sīnen sun Judam, er choat: 'Judas mīn sun ist welf des levin.' Ter leo hebit triu dinc ann imo, ti

5 dir unserin trotinin bezeichenint. Ein ist daȝ: sōs'er gāt in demo walde, un er dē jagere gestincit, sō vertīligot er daȝ spor mit sīnemo zagele, ze diu, daȝ sie'n ni ne-vinden. Sō teta unser trotin, tō er an der werilte mit menischon was, ze diu, daȝ ter fīent nihet verstūnde, daȝ er gotes sun wāre. Tenne sō der leo slāfet, sō wachent sīnu ougen. An diu, daȝ siu offen sint, dāranna bezeichenit er abir

10 unserin trotin, als er selbo quad an demo būhche *cantica canticorum:* '*Ego dormio et cor meum vigilat.*' Daȝ er rasta an demo menisgemo līhamin un er wahcheta an der gotheite. Sō diu levin birit, sō ist daȝ levinchelīn tōt, sō beward su iȝ unzin an den tritten tag. Tene sō chumit ter fater unde blāset eȝ ana, sō wirdit eȝ erchihit. Sō wahta der alemahtigo fater sīnen einbornin sun

15 vone demo tōde an deme triten tage.

J．アレマン語の作品

34. シュトラースブルクの血の呪文 (11世紀)

　　各々三度，唱ウベシ．

a） ゲンツァン，かつてヨルダンと　　　共に射猟に赴きぬ．
　　 その時，彼はヨルダンの　　　　　　脾腹(ひばら)をうかと弓射たり．
　　 その時，彼の血は止みぬ．　　　　　この血も左様，止まるべし．
　　 血汁よ，とかく止まれかし．　　　　血汁よ，しかと止まれかし．

b） かつて主神とラツァケレは　　　　　砂塵を踏みて歩みたり．

c） 愚者が山にて腰掛けぬ，　　　　　　愚鈍の子をば腕に抱き．
　　 それなる山は愚鈍にて，　　　　　　その子は愚者と称せらる．
　　 いとも聖なる，かの愚者が　　　　　これなる傷を癒しませ．
　　 血ヲバ止ムル為ニ．

35. 古フュジオログスより (11世紀後半)

　　獅子ニ関シテ．ここにて我は動物らに関して，彼らが霊的には何を表わすかという話を始む．獅子はその強さ故に我らの主を表わし，かつそれ故にしばしば聖書において名を挙げらる．これに関してヤコブは述ぶ．彼の息子をユダと名づけし時，彼は言いぬ：「わが息子，ユダは獅子の子なり」（創世記 5 49,9）．獅子は，我らの主を表わす三つの事柄を自らの身に有す．一つはこれなり：彼が森の中を歩きいて，猟師らを嗅ぎつくと，彼らが見つけぬべく，足跡を自らの尾にて払い消す．我らの主も，この世の中にて人間らの所にありし時，彼が神の息子たることを敵に理解せぬべく，かくの如くなしぬ．獅子が眠りている時，彼の目は目覚めてあり．目が開いていることにて，彼は 10 再び我らの主を表わす．主自らが雅歌の書にて言いし如く：「我は眠る，されどわが心は目覚めてあり」（雅歌5,2）．彼が人間の体にて憩い，かつ神性にて目覚めてありし故．雌獅子が出産し，そのの獅子の子が死にたる時，彼女はその子を三日目まで守る．その父が来て，その子に息を吹きかくと，その子は生気づけらる．かくの如く全能の父も彼の一人息子を死より三日目に目覚 15 めさせたり．

36. ゲオルクの歌（1100年頃）

1. Georjo fuor ze māle　mit mihkilemo herige
   fone dero marko.　mit mihkilemo folko
   fuor er ze demo rinhe,　ze hevīhemo dinge.
   daʒ tin was mārista,　kote liebōsta.
   ferlieʒc er wereltrīhke.　kewan er himilrīhke.
   　Daʒ keteta selbo　der māre crābo Georjo.
2. Dō sbuonen inen alle　kuningā sō manehe,
   woltōn si inen erkēren.　ne-wolta er'n es hōren.
   herte was daʒ Georigen muut.　ne-hōrt'er in es, s'ēg'ihk guot,
   nub'er al kefrumetī,　des er ce kote digetī.
   　Daʒ keteta selbo　sancte Gorjo.
3. Dō teiltōn s'inen sāre　ze demo karekāre.
   dār met imo dō fuoren　engilā dē skōnen.
   dār fand er cewei wīb.　kenerit'er daʒ ire liib.
   dō worhet'er sō skōno　daʒ imbiʒs in frōno.
   　Daʒ ceihken worhta dāre　Gorjo ce wāre.
4. Georjo dō digita.　inan druhtīn al gewerēta.
   (inan druhtīn al gewerēta,)　des Gorjo z'imo digita.
   den tumben det'er sprehkenten,　den touben hōrenten.
   den plinten det'er sehenten,　den halcen ganenten.
   ein sūl stuont ēr manic jār.　uusspran der lōb sār.
   　Daʒ zeihken worheta dāre　Gorjo ze wāre.
5. Begont'eʒ der rīhke man　file harte zurenen.
   Tacianus wuoto　zurent'eʒs wunterdrāto.
   er quat, Gorjo wāri　ein koukelāri.
   hieʒ er Gorijen fāen,　hieʒ-en uuszieen,
   hieʒ-en slahen harto　mit wunterwasso swereto.
   　Daʒ weiʒ ihk, daʒ ist alewār,　ūferstuont sihk Gorijo dār.
   　(ūferstuont sihk Gorijo dār.)　wola predijōt'er dār.

J．アレマン語の作品

36．ゲオルクの歌（1100年頃）

1. 大軍率いゲオルヨは　　　　　　　裁きの場所へ向かいたり，
　　国の端なる領地より．　　　　　多数の兵を引き連れて
　　集いの土地へ赴きぬ，　　　　　重く，由々しき法廷へ．
　　かくの裁きは名立たりて，　　　いとも天主に好まれぬ．
　　彼は現世を打ち棄てて，　　　　天なる国を手に入れぬ．
　　　　自ら彼はこをなせり，　　　　　名高き伯のゲオルヨは．
2. その時，彼を多数なる　　　　　全ての王が誘惑し，
　　彼の向きをば変えんとす．　　　それを聞く気は彼になく，
　　ゴルヨの意志は堅かりき．　　　真に，彼は従わず，
　　神に願いし事柄を　　　　　　　彼は一切果たしたり．
　　　　自ら彼はこをなせり，　　　　　聖なる人のゲオルヨは．
3. かくて彼らは直ぐ彼に　　　　　入牢の刑を宣告す．
　　そこへは共に映え光る　　　　　天の使者らも赴きぬ．
　　女を二人，見つけ出し，　　　　そこにて彼は救いたり．
　　その時，彼は神聖に　　　　　　糧を見事にこしらえぬ．
　　　　かくの奇跡をそこもとで　　　　ゴルヨは現に行いぬ．
4. そこでゴルヨは祈願せり．　　　彼に全てを主は授く．
　　ゴルヨが主父に祈願せる　　　　全てを彼に主は授く．
　　話せぬ者を話さしめ，　　　　　聞こえぬ者を聞こえしむ．
　　見えぬ者をば見えしめて，　　　歩けぬ者を歩かしむ．
　　柱が多年，立ちてあり．　　　　それより直ぐに葉が出でぬ．
　　　　かくの奇跡をそこもとで　　　　ゴルヨは現に行いぬ．
5. 強き男はこの事に　　　　　　　いとも激しく立腹す．
　　タツィアヌスなる暴君は　　　　それ故ひどく息巻きぬ．
　　彼は告げたり，ゲオルヨは　　　魔法を使う者なりと．
　　彼はゴルヨを取り押さえ，　　　引きて伸ばせと命じたり．
　　いとも鋭き剣にて　　　　　　　彼を滅多に切るべしと．
　　　　我は知る，これは真なり．　　ゴルヨはそこで起き立ちぬ．
　　　　ゴルヨはそこで立ち上がり，　見事に彼は説教す．

die heidenen man   kesante Gorjo drāte fram.
6. Begont'eʒ der rīhke man   filo harto zurnen.
dō hieʒ er Gorijon binten,   an ēn rad winten.
ce wāre sagēn ihk eʒs iuu,   sie prāhken inen en-cēnuui.
Daʒ weiʒ ihk, daʒ ist alewār,   ūferstuont sihk Gorjo dār.
ūferstuont sihk Gorjo dār.   wola (predijōt'er) dār.
die heidenen man   kesante Gorjo file fram.
7. Dō hieʒ er Gorjon fāen,   hieʒ-en harto fillen.
man gehieʒ-en muillen,   ze pulver al verprennen.
man warf-en in den prunnen.   er was sālīg hersun.
polōtōn si derubere   steine mihkil menige.
begontōn s'inen umbekān,   hieʒen Gorjen ūferstān.
mihkil teta Gorjo dār,   sō er io tuot wār.
Daʒ wēʒ ihk, daʒ ist alewār,   ūferstuont sihk Gorjo dār.
(ūferstuont) sihk Gorjo dār.   uusspran der wǣhe sār.
die heidenen man   kesante Gorjo file fram.
8. Gorjo einen tōten man   ūf hieʒ erstanten.
er hieʒc-en dāre c'imo kāen,   hieʒ-en sār sprehken.
dō segita er: 'Jobel hīʒ   ihk bet name. geloubet eʒ.'
quat, sē wārīn ferlorene,   demo tiufele al petrogene.
Daʒ cunt'uns selbo   sancte Gorjo.
9. Dō gie er ze dero kamero,   ze dero cuninginno.
pegont'er sie lēren.   begonta s'im'es hōren.
Elessandria,   si was dogelīhka.
si īlta sār wole tūn,   den iro sanc spentōn.
si spentōta iro triso dār.   daʒ hilft sa manec jār.
fon ēwōn uncen ēwōn,   sō (ist) se en-gnādōn.
Daʒ erdigita selbo   hēro sancte Gorjo.
10. Gorjo huob dia hant ūf.   erbibinōta Abollinus.
gebōt er uper den hellehunt.   dō fuer er sār en-abcrunt.

J．アレマン語の作品

　　　　　異教徒どもにゲオルヨは　　　　　　　大いに恥をかかせたり．
6．強き男はこの事に　　　　　　　　　　いとも激しく立腹す．
　　彼はゴルヨを捕縛して，　　　　　　　車裂にせよと命じたり．
　　真，汝らに我は伝う．　　　　　　　　彼は十個にばらされぬ．
　　　我は知る，これは真なり．　　　　　　ゴルヨはそこで起き立ちぬ．
　　　ゴルヨはそこで立ち上がり，　　　　　見事に彼は説教す．
　　　　異教徒どもにゲオルヨは　　　　　　　大いに恥をかかせたり．
7．彼はゴルヨを取り押さえ，　　　　　　激しく打てと命じたり．
　　彼を砕きて粉々に，　　　　　　　　　全て燃やして灰にせよ．
　　ゴルヨは井戸に投げられぬ．　　　　　こことて彼は至福なり．
　　いとも多数の岩石を　　　　　　　　　彼らは上へ転がしぬ．
　　彼らは井戸を周回し，　　　　　　　　ゴルヨに立てと命じたり．
　　真にいつもなす如く，　　　　　　　　そこにて彼は偉挙をなす．
　　　我は知る，これは真なり．　　　　　　ゴルヨはそこで起き立ちぬ．
　　　ゴルヨはそこで立ち上がり，　　　　　偉人は直ぐに跳び出しぬ．
　　　　異教徒どもにゲオルヨは　　　　　　　大いに恥をかかせたり．
8．一人の死者にゲオルヨは　　　　　　　起き立つべしと命じたり．
　　己れの方へ歩むべし，　　　　　　　　直ぐに話せと令したり．
　　死者は語りぬ．「ヨーベルと　　　　　わが名は言えり，信じませ．」
　　はた又，言いぬ．破滅して，　　　　　魔鬼に彼らは昇かれしと．
　　　これを我らに知らせたり，　　　　　　聖なる人のゲオルヨは．
9．その後，彼は奥の間へ，　　　　　　　王妃の許へ赴きぬ．
　　彼は彼女に説教し，　　　　　　　　　彼女はそれを傾聴す．
　　エレサンドリア王后は　　　　　　　　いとも有徳の女性なり．
　　直ぐに善をば果たさんと，　　　　　　財を出さんと急ぎたり．
　　己が宝貨を施しぬ．　　　　　　　　　長年これが妃を救う．
　　　永遠の永遠まで王后は　　　　　　　　しかと恵みを受けてあり．
　　　祈りて彼はこを得たり，　　　　　　　聖なる殿のゲオルヨは．
10．彼は片手を掲げたり．　　　　　　　　アボリーヌスは戦きぬ．
　　地獄の犬に彼は命ず．　　　　　　　　直ぐに奈落へこは行きぬ．

37. ザンクト・ガレンの信仰告白と懺悔Ⅰより（11/12世紀）

　　Hich kelouben an got fater alemactīgen unde an den heiligen sun unde an den heiligen geist, daʒ thie drī genenneda ein got ist, kewaltīger unde alemachtīger, unde er ze diu fone sancte Mariūn geboren wared, daʒ er alle meniscen erloiste, unde geloubo, daʒ hich mittemo līchamen, sōse hich nū hier scīnen, in enro
5 werelde erstanden sol unde dār reda ergeben sol allero mīnero werecho; unde an dero kegichte sō pito hich ablāʒes allero mīnero sundeno.

38. ザンクト・ガレンの信仰告白と懺悔Ⅲより（11/12世紀）

　　Ich widirsage deme tiefle unde allin sīnin werchin unde allir sīnir gezierde, unde geloube an ainin got vatir alemehtigin, der dir schepfāre ist himils unde der erde. Ich geloube an sīnin aininborn sun, unsir hērrin *Jhesum Christum*. Ich geloube an den heiligin geist. Ich geloube die drīe namin ain gewārin got unde
5 incheinin andirn. ...

J．アレマン語の作品

37．ザンクト・ガレンの信仰告白と懺悔Ⅰより （11/12世紀）

　　我は神，全能の父と聖なる息子と聖なる霊を，この三者の位格が強力にして全能の一神たることを，かつ彼が全ての人間を救う為に聖なるマリアより生まれしことを信ず．かつ我は，我が今ここに現わるる所の，この肉体をもちて彼方の世界にて復活し，そこにて全てのわが行いに関して弁明をなさんことを信
5　ず．かつ我はこの信仰告白にて全てのわが罪の許しを乞う．

38．ザンクト・ガレンの信仰告白と懺悔Ⅲより （11/12世紀）

　　我は悪魔と全ての彼の業と全ての彼の飾りを拒み，かつ天と地の創造者たる唯一の神，全能の父を信ず．我は彼の一人息子，我らの主，イエス・キリストを信ず．我は聖なる霊を信ず．我はこの三つの名が一人の真の神なるを信じ，如何なる他の（神）をも信ぜず．…

K．ランゴバルド語の作品

1．ベゼンイェの弓形留金ＡとＢのルーネ文字銘（530–568年）

A) Godahid(d) un(n)an.

B) (i)k Arsiboda segun.

2．ブレザの大理石半円柱のルーネ文字銘（6世紀前半）

f u þ a r k g w h n i j ï p z s t (b) e m l ng d o

3．ランゴバルド語の『ヒルデブラントの歌』（7世紀初め）

    Gaaiskōda urhaizjon   sē ainon hizjan

    Hildebrand and Hadubrand   harjō in swaime,

    sunufader sundrungō: saro gaswidun,

    garwidun sē gundihamun,   gurdidun sē herum,

5 halith obar hringan.   thā sē hildja ridun.

    Hildibrand āhōb;   was hairōro freko,

    ferhes frōdōro.   fregnan gawais

    wainagēm wordum,   hwē wāri fader

    firhjo in folke.   "hwalīkera fara is,

10 eb ainon aikis,   mē andare kan,

    kind in kuningrīkje: kund ist mē ermantheud."

    "Sagēdun mē sando   swāre erlos,

    alde and infrōde   air hwanne,

    sī Hildibrandes haidō;   Hadubrand im.

15 forn azo ōk,   flauh Audawakkres thraka

K．ランゴバルド語の作品

1．ベゼンイェの弓形留金AとBのルーネ文字銘（530–568年）
　　A）ゴダヒッドは恩恵を（祈念す）．
　　B）（我）アルシボダは勝利を（祈念す）．

2．ブレザの大理石半円柱のルーネ文字銘（6世紀前半）
　　f u þ a r k g w h n i j ï p z s t (b) e m l ng d o

3．ランゴバルド語の『ヒルデブラントの歌』（7世紀初め）

　　　我は聞きたり，一騎にて　　　　挑む者らが出会いしと．
　　　その名はヒルディ，片やハドゥ，　兵らの騒ぐ真中にて，
　　　父と息子が単身で．　　　　　　闘備万端整えぬ．
　　　戦の衣被を身にまとい，　　　　帯で剣を結びつく，
　5　鎧の上に勇者らは．　　　　　　刃交えに馬を駆る．

　　　ヒルディは口を開きたり．　　　ハドゥより老いし戦士にて，
　　　数等，世故に長けし故．　　　　最初に彼が問いかけぬ，
　　　言葉を少し口にして．　　　　　父は一体，誰なりや，
　　　青人草の間なる．　　　　　　「お前が出でし一族の，
　10　人をば一人，告げたらば，　　　外の皆を我は知る，
　　　ここな，み国の門族を．　　　　武者らは全てわが馴染み．」

　　　「我が身内の者達が　　　　　　真に我に語りたり，
　　　何時ぞや一度ある時に　　　　　いとも知恵ある年寄りが．
　　　我はヒルディの一族ぞ．　　　　ハドゥと申すわが名なり．
　15　父は以前にい行きたり，　　　　アウダの仇を避くる為，

    thanan Theudarīku   and thegano lidu.
    lēs in lande   luzil būan
    brūdi in būre   barn unwahsan.
    arbjon ānō   raid austar thanan.
20 theuda sīth Theudarīke   tharba fellun,
    fader ferrō;   warth frēōndlaus erl.
    air was Audawakkre   unmes thwerh
    thegano thakkisto,   Theudarīkes gafōri;
    folkes as frume   was fehta kaib.
25 kund was karl   kōnnjem liudium;
    ni galaubju langu,   līb habe."

    "Wissi Wōdan   wales in salir,
    nai swā sibbjon saggju   saka gaworhtēs!"
    wand thā ana wāffan   wundana kingan,
30 kaisaringu kannida,   swā sē kuning halith,
    Hūno harjan   huldi gab.
    "gairu skali gāba,   gaida widra orde!"

    "Is thē, hairo Hūn,   hardo spāhi,
    spanis mē sprāka,   wili mīn speru āhtjan;
35 is alswā ald,   swā aiwīn sarwidēs.
    sagēdun mē sandō   saiwawīkingos
    westar obar wandilsai,   ina wīg hraffōda;
    hauwan ist Hildibrand,   Haribrandes sunu.
    sōlist gasihu   in swālīkēm hrustim,
40 habēs haime   harjan wōdjan,
    werodes bī warde   wrakkjo ni is!"

    "Wai lai, Wōdan,   wurd farsihu!

K．ランゴバルド語の作品

セウダにつきて，その地より　　戦士の群と相共に．
生れ故郷に稚き　　　　　　　　男子を一人，住まわせぬ，
わが子，幼き童部を　　　　　　若き女房の部屋内に，
遺産を受くる者なしに　　　　　東に彼は駆け去りぬ．
20 その後セウダに臣従の　　　　存せぬことと相なりぬ，
遠き彼方で足乳男の．　　　　　友らの欠くる者となる．
アウダに父は往時には　　　　　大いに腹を立てており，
最も優れし戦士にて，　　　　　セウダが連れの者なりき．
常々，勢の先頭で　　　　　　　戦備を彼は整えぬ．
25 かつて猛気の益荒男に　　　　武者とて彼は知られたり．
今なお生きておるべしと，　　　思うを我は最早せず．」

「戦死者達の室家なる　　　　　主神よ，今し知り給え，
お前がかくも近親と　　　　　　格闘したることはなし．」
そこで捩りし黄金を　　　　　　槍の穂先に巻きつけぬ，
30 羅馬の金貨でこしらえし，　　君主がかつて丈夫に，
フンの族の大王が　　　　　　　恩顧をもちて与えたる．
「贈与の品は槍で取れ，　　　　先と先とを相合わし．」

「フンの族の古人よ，　　　　　ひどくお前は性悪ぞ．
言葉よしなに誘惑し，　　　　　槍にて我を襲う気か．
35 お前はいつも侮りを　　　　　意図して来つつ，老いし者．
わたつみ渡る人々が　　　　　　我に真実，語りたり，
西へと海を行く者が．　　　　　戦が父を奪いしと．
わが祖父，ヘリの息子は，　　　ヒルディは既に討たれたり．
かかる，お前の具足より　　　　極めて明に見て取り得，
40 お前が国に気前良き　　　　　君主を持ちておることと，
そこなる兵の武将から　　　　　放り出されておらぬこと．」

「あなに悲しや，ウォーダンよ，　運気を我は今，認む．

sumaro undar swegle　　sehszig skōk,
　　thār mē skulljo skarida　　skeussando in bandwa,
45　swā badwe buri　　banon ni swalz;
　　nū mē swās sunu　　swerdu bliuwith,
　　bredwōth billju,　　eththō bano ina.
　　thauh aiht audo,　　eb alljan habēs,
　　swā hairon halith　　hrusti bireuban,
50　rauba birahnjan,　　eb reht aiht.
　　ik sī nū argōsto　　austarwerodes,
　　nū thē wīges warne,　　thes swā wela mandis,
　　mosses gamainjon!　　sē thē mōssi hneuwe,
　　hiudagu hragilo　　hrōdir brūke,
55　brunnjōno brūnōno　　baijō walde!

　　Airist ernōstō　　sē askum skridun;
　　skarffēm skūrum　　skildum stōdun.
　　thā stōpfidun stundum　　staimabord hlūdun,
　　heuwun harmō　　hwīssan lairgan.
60　latist im lindan　　luzila wurdun,
　　gawigana wāffnum.　　obar willjon azo
　　abaron ainagon　　aldres sunnjōda.

4．ロータリ王の布告より (643年)

15. *De* crapworfin. *Si quis sepulturam hominis mortui ruperit, et corpus expoliaverit aut foris jactaverit, nongentos soledos sit culpavelis parentibus sepulti. Et si parentis proximi non fuerint, tunc* gastaldius *regis aut* sculdhai3 *requirat culpa ipsa, et ad curte regis exegat.*

157. *De eo, qui de filio naturale generatus fuerit, quod est* threus, *heres non fiat, nisi ei* thingatum *fuerit per legem...*

172. *De* thinx, *quod est donatio. Si quis res suas alii* thingare *voluerit, non*

K．ランゴバルド語の作品

　　　六十の真夏がこれまでに　　　　み空の下で過ぎ去りぬ，
　　　そこでは我を支配者が　　　　　　戦士の旗下に組み入れど，
45　戦火の際にこの我は　　　　　　　死をば被ることもなく．
　　　己が息子が今まさに　　　　　　　打ち物もちて我を討つ，
　　　剣で切るのか，はたや又，　　　　彼をば我が殺すのか．
　　　されど，威力があるならば，　　　お前にとりていと易し，
　　　かくも古りたる武人より　　　　　兵具を奪い取ることは，
50　権利を具することあらば，　　　　獲得物をさらうのは．
　　　東人らで一番の　　　　　　　　　臆病者か，我は今，
　　　かくもお前が嬉しむに，　　　　　戦を我が拒むなら，
　　　一騎で挑む闘いを．　　　　　　　能う者なら討ちてみよ，
　　　これら，両者の甲冑を　　　　　　佳名をもちて今日，使え，
55　閃く，ここな二方の　　　　　　　武具を一人で占めてみよ．」

　　　初手は双方，真剣に　　　　　　　直槍を持ちて歩みたり．
　　　研ぎし手槍に相対し　　　　　　　楯を構えて刃向かいぬ．
　　　その後，厳く，音高き　　　　　　軍刀を振り回し，
　　　両者，熾烈に割き合いぬ，　　　　白く耀う徒楯を．
60　終に彼らの木の盾は　　　　　　　木端微塵と相なりぬ，
　　　剣で滅多に砕かれて．　　　　　　心ならずも父親は
　　　己が一人の跡継ぎゆ　　　　　　　生くる力を奪いたり．

４．ロータリ王の布告より（643年）

15．「墓投げ」ニ関シテ．モシモ誰カガ死ニタル人ノ墓ヲ暴キ，カツ死体ヲ略奪，或イハ外ヘ投棄シタル時，被葬者ノ近親ニ900ソリドゥスノ罰金ヲ支払ウベシ．サレドモシモ血縁者ノ存在セヌ時ハ，王ノ「領地管理者」或イハ「債務督促者」ガソノ罪ニテ訴求シ，カツ王室ニ徴収スベシ．

157．私生ノ息子ヨリ生マレタル者，ツマリ「私生児の息子」カラハ，法ニヨリ彼ニ「贈与」セラレザレバ，相続人ハ生ズベカラズ．

172．「贈与」，ツマリ贈与ニ関シテ．モシモ誰カガ自分ノ財産ヲ他人ニ「贈与」

333

absconse, sed ante liberos homines ipsum gairethinx *faciat, quatinus, qui* thingat *et qui* gisel *fuerit, liberi sint, ut nulla in posterum oriatur intentio.*

173. *Si quis res suas alii* thingaverit *et dixerit in ipso* thinx *"*līd in laib*", id est quod in die obitus sui reliquerit, non dispergat res ipsas postea doloso animo...*

225. *... Et si casu faciente sine heredes mortuus fuerit, et antea judicaverit se vivo res suas proprias, id est* andegawerc *et* arigawerc *secundum legem Langobardorum, habea, cui donaverit...*

235. *De* aldius. *Non liceat* aldius *cujuscumque, qui* āmund *factus non est, sine voluntate patroni sui terra aut mancipia vindere, sed neque linerum dimittere.*

241. *De servo, qui* snaida *fecerit. Si servus extra jussionem domini sui ticlatura aut* snaida *fecerit in silva alterius, manus ei incidatur...*

277. *De* haistan, *id est furorem. Si qui in curtem alienam* haistan, *id est irato animo, ingressus fuerit, vigenti solidos illi conponat, cujus curtis fuerit.*

285. *De* iderzūn. *Si quis sepem alienam ruperit, id est* iderzōn, *conponat solidos sex.*

372. *Si servus regis furtum fecerit, reddat in* actogild, *et non sit* fegangi.

373. *Si servus regis* hoberus *aut* wecwōrīn *seu* marahworf, *aut qualibit alia culpa minorem fecerit, ita conponat, sicut aliorum exercitalium, quae supra decreta sunt, conponuntur.*

381. *Si quis alium* arga *per furorem clamaverit et negare non potuerit et dixerit, quod per furorem dixisset, tunc juratus dicat, quod eum* arga *non cognovisset;...*

384. *De brachio, coxa seu tibia rupta. Si quis homini libero brachium super gubitum, hoc est* murioth, *ruperit, conponat solidos vigenti; si autem subtus gubitum, quod est* treno, *conponat solidos sedecim; si coxa ruperit super genuculum, quod est* legi, *conponat solidos vigenti; si subutus genuculum, quod est tibia, conponat solidos sedecim...*

387. *Si quis hominem liberum casum facientem nolendo occiderit, conponat eum, sicut adpretiatus fuerit, et* faida *non requiratur, eo quod nolendo fecit.*

K．ランゴバルド語の作品

セント欲シタラバ，私的ニアラズ，自由人ラノ前ニテカノ「順法贈与」ヲナスベシ．ソノ限リニテハ，後ノ日ニ何ラノ告訴ガナサレヌガ為ニ，「贈与」スル者ト「証人」タラン者ハ自由人タルベシ．

173. モシモ誰カガ自分ノ財産ヲ他人ニ「贈与」シ，カツソノ「贈与」ニオイテ「遺産（ツマリ自分ノ死去ノ日ニ遺贈シタル物）の中ヘ入ルベシ」ト述ベタル時，ソレラノ財産ハソノ後，判断ガ偽リナラバ，分配スベカラズ．…

225. …モシモ不慮ノ事態ヲ招キテ相続人ナキママ死亡シ，カツ以前，存命中ニ自分自身ノ財産，ツマリランゴバルド法ニヨル「日用具」ト「武具」ヲ遺贈シタレバ，贈与セラレタル者ガ所有スベシ．…

235.「半自由人」ニ関シテ．誰ノデアレ，「無保護」タル者ニセラレテオラヌ半自由人ハ，自ラノ保護者ノ意志ナクシテ土地，或イハ奴隷ヲ売ルコト許サルベカラズ．故ニ解放スルモ然リ．

241.「彫り込み」ヲナシタル奴隷ニ関シテ．モシモ奴隷ガ自ラノ主人ノ命令ナキママ他人ノ森ニテ所有目印，或イハ「彫り込み」ヲツケタル時，彼ノ手ハ切断セラルベシ．…

277.「狂暴ニ」，ツマリ激怒ニ関シテ．モシモ誰カガ他人ノ館ノ中ヘ「狂暴」ニ，ツマリ立腹シテ入リタル時，館ノ主人ニ20ソリドゥス支払ウベシ．

285.「編み垣」ニ関シテ．モシモ誰カガ他人ノ垣根，ツマリ「編み垣」ヲ破壊シタル時，6ソリドゥス支払ウベシ．

372. モシモ王ノ奴隷ガ窃盗ヲナシタル時，「8倍額」ニテ賠償スベシ，サレド「窃盗犯」トセラルベカラズ．

373. モシモ王ノ奴隷ガ「家宅侵入」，或イハ「通路妨害」，モシクハ「落馬惹起」，或イハ何ラカノ他ノ，更ニ小サキ罪ヲ犯シタル時，上ニテ規定セラレタル，他ノ自由人ラノ（罪）ガ償ワルル通リニ，償ウベシ．

381. モシモ誰カガ他人ヲ激怒ニヨリ「臆病者」ト呼ビカケ，カツ（カク呼ビカケシヲ）否定シ得ズ，サレド激怒ニヨリ呼ビカケタリト弁明セル時，宣誓者トシテ，「臆病者」タル彼ヲ知ラザリキト言ウベシ．

384. 折ラレタル腕，大腿，或イハ脛ニ関シテ．モシモ誰カガ自由ナル人ノ，肱ヨリ上ノ腕，ツマリ「上腕」ヲ折リタル時，20ソリドゥス支払ウベシ．サレド肱ヨリ下，ツマリ「下腕」ノ時ハ，16ソリドゥス支払ウベシ．モシモ膝ヨリ上

5．パウルス・ディアーコヌスの『ランゴバルド史』より（8世紀後半）

I,9. *Certum tamen est,* Langobardos *ab intacte ferro barbae longitudine, cum primis* Winnili *dicti fuerint, ita postmodum appellatos. Nam juxta illorum linguam* lang *longam,* bart *barbam significat.* Wotan *sane, quem adjecta littera* Guodan *dixerunt, ipse est qui apud Romanos Mercurius dicitur et ab universis Germaniae gentibus ut deus adoratur;...*

I,15. *... Moxque eum a piscina levari praecepit, atque nutrici traditum omni cum studio mandat alendum; et quia eum de piscina, quae eorum lingua* lama *dicitur, abstulit,* Lamissio *eidem nomen inposuit. ...*

I,20. *... Egressi quoque* Langobardi *de* Rugiland, *habitaverunt in campis patentibus, qui sermone barbarico* feld *appellantur...* Tato *vero Rodulfi vexillum, quod* bandum *appellant, ejusque galeam, quam in bello gestare consueverat, abstulit. ...*

ノ大腿，ツマリ「大腿」ヲ折リタル時，20ソリドゥス支払ウベシ．膝ヨリ下，ツマリ脛ノ時ハ，16ソリドゥス支払ウベシ．…

387．モシモ誰カガ自由ナル人ヲ偶然ニ，望マズニ殺シタル時，彼ガ評価セラレタル通リニ償ウベシ．シテ「私闘」ハ，望マズニ行イタルガ故ニ，要求セラルベカラズ．

5．パウルス・ディアーコヌスの『ランゴバルド史』より（8世紀後半）

I, 9. サレド明白ナルハ，ランゴバルド人ハ主トシテウィンニルト呼バレタルニ，鋏ニテ切ラルルコトナキ髭ノ長サ故ニ後ニカク名ヅケラレタルコトナリ．即チ彼ラノ言葉ニヨレバ lang ハ「長き」ヲ，bart ハ「髭」ヲ意味ス．勿論 Wōtan「ウォータン」――コレヲ彼ラハ一字加エテ Gwōdan「グウォーダン」ト呼ビタリ――彼ハローマ人ノ所ニテメルクリウスト呼バレ，カツゲルマーニアノ全種族ニヨリ神トシテ崇拝セラルル者ナリ．…

I, 15. …カツ直グニ彼ヲ養魚池ヨリ引キ上グベク命ジヌ．更ニ乳母ニ渡シテ，大ナル熱意ヲモチテ養育スベシト命令ス．シテ彼ヲ養魚池――コレハ彼ラノ言葉ニテ lama ト呼バル――ヨリ摑ミ上ゲタルガ故ニ，彼ニ Lamissio「ラミッシオ」ナル名前ヲツケヌ．…

I, 20. …ランゴバルド人モルギランドヨリ発シ，開ケタル平原――コレハ蛮族語ニテ feld ト名ヅケラル――ニ居住シヌ．…サレドタトハロドゥルフスノ軍旗――コレヲ彼ラハ bandum ト名ヅク――ト，戦イノ際ニ彼ルヲ常トセル彼ノ革兜ヲ取リヌ．…

II. 出典, 解説, 注釈

A1. ヴェーゼル川の獣骨のルーネ文字銘 (**Runeninschriften auf den Knochen aus der Unterweser**): Pieper 1989, S.26 (写真); Pieper 1991. 呪術的儀式に用いられた短剣の柄と考えられる，牛 (A と C) と馬 (B) の足の管状骨への，同一人の手による彫り込み．年代推定は炭素14による測定．A) には敵視されているローマの商船の絵も彫られている．B) の「イングウェ族」はイングウィオ/イングウォを主神として崇めていた北ドイツ・北海沿岸のゲルマン人を指し，古代ローマのプリーニウスが『博物誌』の中で挙げているイングワエオネース族 Ingvaeones (タキトゥスの『ゲルマーニア』ではインガエウォネース Ingaevones) のことである．B) にはローマの商船を象徴すると思われる一角獣を槍で刺そうとしている人物像（部族王イングハリか？）も彫られている．C) の「ウルハリ」は恐らくイングハリの親族で，そのローマの商船を襲撃した指揮者と見なされる．

A2. ゾーストの円形留金のルーネ文字銘 (**Runeninschriften auf der Scheibenfibel von Soest**): Hermann 1989, S.10 (写真). Attan は Atto の属格形，ティウ神は古ゲルマンの軍神．Tī rāda dāþa は9世紀のザクセン語では *Tī/Tiu rāde dōđe.

A3. ノルマン人のAbc (**Abecedarium nordmannicum**): Wadstein 1899, S.20; Köbler 1987, S.1f.; Eis 1949, S.33 (写真). 24文字からなる古 Futhark (K2参照) ではなく，8世紀末頃から北欧で使われ始めた，16文字からなる新 Futhark の名称と順序を暗唱するための頭韻句で，名称自体も古ノルド語風である．ただしこの新 Futhark で書かれた古期ドイツ語の作品は発見されていない．forman は男性・単数・与格形で，この後に stabu を補う．thritten も男性・単数・与格形，stabu は具格形．thri<u>t</u>ten, rā<u>t</u>, nau<u>t</u> の高地ドイツ語音，chaon の上部ドイツ語音は上部ドイツ語域，恐らくはザンクト・ガレン修道院での筆記による．

A4-8. ヘーリアント (**Heliand**): Sievers 1935; Behaghel 1996; http://bhasha.stanford.edu/~kessler/heliand/heliand.html/ (デジタル化されたテキストと索引等).
「ヘーリアント」は「救世主」を意味し，840年頃に作られたドイツ最初の韻文のキリスト伝．現存するのは 5,983 行で，300 行程度の末尾が欠けてはいるが，古ゲルマン最大の頭韻詩．写本はミュンヒェンのM写本 (850年頃)，プラハにあったP写本断片 (850年頃)，シュトラウビングで1977年に発見されたS写本断片 (850年頃)，ヴァティカンのV写本抜粋 (9世紀の第3四半期)，ロンドンのC写本 (10世紀後半). 散文と韻文の序文は，ルターも利用したことがあるが，

16世紀の半ば以降，行方不明の写本に由来し，Matthias Flacius Illyricus: Catalogus testium veritatis. Straßburg 1562 に印刷された形でのみ伝えられている（Taeger 1985, S.33, 34 に写真）．この本が『ヘーリアント』の序文を掲載しているのは，ルター以前にも聖書のドイツ語訳がなされており，しかもそれが聖書の理解に極めて有益であったことを例証するためである（同じ理由でオットフリートのリウトベルト・マインツ大司教への請願状 G3a も掲載されている）．二つの序文の作成者の名前は不明．「皇帝ルートヴィヒ」はルートヴィヒ敬虔王（在位 814 － 840 年）又はルートヴィヒ・ドイツ王（在位 843 － 876 年）と考えられている．vittea「章節」という古ザクセン語（= *ags.* fitt）の使用は散文の序文の真正を証しており，事実 C 写本は 71 章節に分けられている．韻文の序文の方は，7 世紀のイギリスの農民詩人カ（イ）ドモン（ベーダ『イギリス教会史』第 4 巻，第 24 章）の伝記に刺激されて作られた．一人の詩人が旧約聖書と新約聖書を全て翻訳したというのは序文作成者の誤解である．旧約聖書を題材とした『ザクセン語の創世記』(A9) は『ヘーリアント』の詩人の後継者による．

A5. **『ヘーリアント』M写本**: Taeger 1985（写真 3 は 281 － 314, 4 は 345 － 379, 8a は 1589 － 1614）．M 写本はコルヴァイ修道院で筆写されたものであり，オストファーレン語か東ヴェストファーレン語である．

A5a. **キリストの誕生**．243 ne は従属接続詞「…することなしに」．243「さてその後，それ（= 神の約束）が全くその通りに成されることなしに，長くはかからなかった = さてその後，直ぐにそれは全くその通りに成された」．243a の否定表現は緩叙法（Litotes）．315b も同じ．244 対格形 managa hwīla は時間の状況語．248 te thiu that「…するために」．liudstemnia は複数・対格形．249, 250 warđ cuman の cuman は過去分詞．この表現は本来「彼は来た者になった」の意味であり，過去における自動的動作を強調する（完了過去形．髙橋 1994, S.151, 152 参照）．250 Galilealand は第 1 音節にアクセント．-land は 257 Nazarethburg, 339 Rūmuburg の -burg と同様に舞台のドイツ化を示す．251 thār は空間の関係副詞．wisse (= wissa) は witan の過去形．252 hētun は hētan の過去分詞．253 iru は再帰代名詞として用いられた人称代名詞の与格形であるが，ここでは事態が主語自身の利益に強く関わっていることを表わす（髙橋 1994, S.97, 98 参照）．254 は /j/ (Joseph) と /γ/ (gōdes) の押韻．この /j/ は摩擦音 [ġ] と思われる（髙橋

1994, S.22 参照）．313, 326 も同様．255 thea dohter は対格形．261 enstio は anst の複数・属格形で，形容詞 fol（= ful）の客語．263 与格形 thīnun ferhe「汝の魂のために」．264 の /dr/ や他に見られる /fr kr/ のような 2 音頭韻は /sk sp st/ のように必然的ではない（高橋 1995, S.48 参照）．269 māri theodan「立派な王として」．272b は強調の二重否定．mannes は 273 wīs の属格形客語．274 idisiu（= idis）は単数・与格形．280 sō māri の後に giburd を補う．281, 282 warđ gihworben (hwerban の過去分詞) は 249, 250 warđ cuman と同様の完了過去形．281 女を表わす単語は，これまでに現われていないものを含めて，次のように豊富である：fēmea, frī, idis, quān, quena, wīf, magađ, thiorna（最後の二つは「乙女」）．男を表わす単語も多い：erl, gumo, heliđ, man(n), rink, segg, thegan, wer．285 theot-god「全能の大なる神」の前半部 theot（= thiod）は本来「人民」を意味するが，ここでは強意の接頭辞のように用いられている．その他に thiod-arƀēdi「大難」，thiod-quāla「大きな苦痛」，thiod-welo「大きな財宝 = 至福」，thiod-gumo「有能な男」，thiod-skađo「ひどい加害者 = 悪魔」．このような表現の基は thiod-kuning「人民の王 = 立派な王」であった．286a は非人称表現．288 sō gifragn ik「そのように我は聞き知った」は，詩人の作り話ではないことを強調する，古ゲルマンの頭韻叙事詩の常套句．292 forstōd は forstandan の過去形．294 過去完了形 habde giōcana の giōcana は ōkan の過去分詞・女性・単数・対格形（高橋 1994, S.149 参照）．298 giboht は buggean の過去分詞．「自分の花嫁として買い取っていた」は聖書の中には対応する個所がなく，当時のドイツで一般化していた習慣に基づく，詩人の挿入．299 ni ... mid wihti「全く…ない」．303 forlēti は farlātan の過去・叙想法形．sō ... sō ni ...「…しないように」．304 の押韻から指示代名詞の前では前置詞 aftar にアクセントが置かれていたことが分かる．305 antdrēd は an-drādan の過去形．306 lību は līf の単数・具格形．bināmin は biniman「ある人（対格形）からある物（具格形）を奪う」の過去・叙想法形．308 idis「女として」．310b「その女は決してそれ程良くはなかった」は緩叙法（=「大変悪かった」）．314 thero thingo は thenkean の属格形客語で，314b, 315a を指す．321 ira は wardon の属格形客語．323 thiu は指示代名詞・中性・単数・具格形で，323b, 324a を指す．323a「汝は彼女を汝にとりその分だけより疎ましい者にしてはならない」も緩叙法．同様の表現が古英語の『ベーオウルフ』2432, 2433 に見られる：næs ic him tō līfe lāđra ōwihte「われ未だ嘗て…些たりとも彼にとりてより厭しかりしことあらざりき(同様に愛せられたりき)」(厨川文夫訳, 岩波文庫). 340 irminthiod「全人民」の irmin- は本来「膨大な, 巨大な, 強大な」という意味合いを持っている. Octaviānas は第1音節にアクセント. 341 giwald「帝国」. 339, 342 warđ cuman は 249, 250 と同様. 344 giweldun は giwaldan の過去形. 345 最初の man は不定代名詞. 346 handmahal「故郷」は本来「手(hand)を挙げて宣誓する裁判集会(mahal)」を意味し, 故郷の象徴であった. 347b, 348a「その(部族の)一族に属し, その町々の生れであった」. 355, 356 ここには当時のドイツの徴税方法が反映されていると思われる. 358 thiu wānamon hēm「輝く郷里」が複数形になっているのは, 複数の家屋があるため. 359 beiđero は古高ドイツ語形(= as. bēđero). 363 than langa(= lango) thē …「…する限りの長期間」. 365 hōhgisetu「玉座」も複数形であるが, この場合は椅子と台座と足台の一組が意識されているため. 365 siu, 367 bēđiu は男女を指すので中性・複数形 (高橋 1994, S.133, 194, 195 参照). 372 is は男性・単数・属格形「彼について」. 380 複数・与格形 fagaron fratahun は手段の状況語. 384 wacogeandi は wakon の現在分詞. 388 ehuscalcos「馬番として」. 聖書では羊飼いが登場するが, この改変は, 当時のドイツ人にとって羊よりも馬の方がはるかに有用な家畜であったことと関係している. また「羊飼い」ではイメージが女性的であると思われたのであろう. 397 lioƀora は強意の比較級形「大変喜ばしい」. 405b that は関係代名詞, 406b that は従属接続詞で, 共に 405a that の内容を説明する. 409 reht sō「…するや否や」. 414 afhōbun は afhebbian の過去形. 414b thō「…しながら」. 421 them は先行詞, thē は関係代名詞. 428 that「その結果…」. 434 hēlag「神聖なものとして」. 435 fagar「美しいものとして」.

A5b. 主の祈り. 1601 thē は関係代名詞で, 先行詞は 1600 fadar. himila は複数・属格形.

A6. 『ヘーリアント』P 写本断片: Taeger 1985 (写真 15, 16). この写本断片は書記法と語形から原型に最も近いとされる. 1001 gisāwe は gisehan の1人称・単数・過去・叙想法形. 1004 最初の that は従属接続詞, 2番目の that は指示代名詞. scoldi … wesan = wāri (高橋 1994, S.182 参照).

A7. 『ヘーリアント』S 写本断片: Taeger 1985 (写真 17b-21a). 北海ゲルマン

343

語の特徴が顕著で，原型から最も離れているとされる．M 写本との比較のために同一個所を取り上げる．369　āden ＝ ōdan，373 bākna ＝ bōcno，374 thā ＝ thō，376　āđmōdi ＝ ōdmōdi に見られる /ā/，370 strongost ＝ strangost，372 monagan ＝ managan，378 monegera ＝ managaro に見られる /o/，371 crahtigost ＝ craftigost，377 craht，382 creht ＝ craft に見られる /x/ が特徴的である．

A8.『ヘーリアント』V 写本抜粋: Taeger 1985（写真 31, 32）．V 写本抜粋は第 16 章節「山上の垂訓」と『ザクセン語の創世記』を含み，thó, í のように原則として長母音の表記がなされており，úo, íu のように二重母音にも長音の表示がある．1280 im は再帰の状況語（髙橋 1994, S.97, 98 参照）．1291 sah ... an は分離動詞 an・sehan の過去形．1293 antlōc は antlūkan の過去形．1296 them thē は先行詞と関係代名詞．1307 wīopin は wōpian の過去・叙想法形．1308 an iro frāhon rīkea 「彼らの主の王国で」は M 写本では an iro rīkia「彼らの王国で」，C 写本では an them selƀon rīkie「その問題の王国で」となっていて，共に「主の」を欠いていることから，V 写本断片は M 写本や C 写本とは別系統であることが分かる．

A9. ザクセン語の創世記（**Altsächsische Genesis**）: Sievers 1935; Behaghel 1996; Schwab 1991（写真）; Doane 1991.『ヘーリアント』の詩人の後継者によって作られた旧約聖書・創世記の韻文詩の断片で，現存するのは 337 行のみ．ただし古英語に訳された部分が 617 行残っていて，その内の「アダムの嘆き」の部分の 25 行は古ザクセン語の原作と古英語（ウェストサクソン語）への翻訳が対応している．26 行目以下は古英語訳から髙橋が復元．古英語訳の和訳は羽染竹一（編訳）『古英詩大観』（原書房 1985）S.169-185.

A9a. アダムの嘆き．1 wela, that ...「…という事が，ああ悲しい」．3 grādaga「貪欲なものとして」．7 thār「…ならば」．9 hriuwig「悲しむ者らとして」．mugun「…しなければならない」．12 thrust ＝ thurst．15 nū は従属接続詞「今や…なので」．23 gidūan ＝ gidōn．24 hwī は hwat の具格形．25 is は中性・単数・属格形「あの事に関して」．29 te aldre「一生の間」．39 nio sniomor（＝ *ags.* no sniomor）「決して…ない」．54 bithahtun は bithekkian の過去形．

A9b. ソドムの運命の予告．151 複数・与格形 im, 154 im は再帰の状況語「自分自身の不利益として」．157 an「…のために」．158 単数・与格形 im も再帰の状

況語「自らの意志で」. 160 ala = alahe. 161, 162 ūsas waldandas geld「我らの支配者のための犠牲」. 164 sō「…する時」. gisach = gisah. 165 hnēg は hnīgan の, 166 bōg は biogan の, bad は biddian の過去形. 171 mēđmo は mēđom の複数・属格形「宝物に関して」. mīnas は中性・単数・属格形で, wiht と共に「我の物を何か」. 172 hwat は間投詞的用法の対格形「真に」. 173a「我は汝の封土によって生きている」は9世紀後半のドイツにおける封建制度の確立を反映している. 177 is「その事に関して」. 181 初めの thē は指示代名詞で, 次の関係代名詞 thē の先行詞. 188 men (= man) は複数形. reht sō ...「…するや否や」.

A10. エッセンの月名 (Essener Monatsnamen): Harless 1868, S. 76; Köbler 1987, S.17f. エッセン修道院のカレンダーの欄外注記. この月名はカルル大帝が定めたもの (H6, B2 参照) とは異なり, イギリス風である: 1月 (æftera) jula「(後の) 冬至祭 (の月)」, 2月 solmōnađ「ぬかるみの月」, 3月 hređmōnađ「栄誉の月」, 4月 easturmōnađ「春の女神の月」, 5月 þrimilci「牛乳三度搾り (の月)」, 6月 (ærra) līđa「(前の) 温和 (なる月)」, 7月 (æftera) līđa「(後の) 温和 (なる月)」, 8月 weodmōnađ「雑草の月」, 9月 hālegmōnađ「聖なる月」(収穫感謝の月), 10月 winterfylleđ「冬満月 (の月)」, 11月 blōtmōnađ「血の月」(供犠の月), 12月 (ærra) jula「(前の) 冬至祭 (の月)」.

A11. ルブリンの詩篇断片 (Lubliner Psalmenfragmente): Kleczkowski 1923; Zalewski 1923 (写真); Köbler 1986, S.548ff.; Köbler 1987, S.316ff. 1916年にポーランドで発見された, 東フランク語による行間訳のザクセン語訳であるが, 東フランク語形のままの個所も見られる. 現存するのは8篇分. 114は『聖書』(新共同訳 1987) の116に相当する. 2. ginaegde = ginēgde. daegun = dagun. anrhōpu = anhrōpu. 3. umbibigēvun = -bigāvun. helli は属格形. 4. leiđ (*aofrk.* leid) = lēđ. anrhiap = anhriop. 5. got unsēr (*aofrk.*) = god ūsa. 6. luzile (*aofrk.*) = luttile. giāđmōdigod は ōđmōdigon の過去分詞. 7. bikaerd (= bikērd) は bikērian の過去分詞. werđ は命令法形 (= wirđ). raeste = raste. 8. ougan (*aofrk.*) = ōgan. traeniun = trahniun. fōʒi は *aofrk.* fuoʒi と *as.* fōti の混交形. 9. libbiandira は libbian の現在分詞・男性・複数・属格形.

A12a. ヴィーンの馬の呪文 (Wiener Pferdesegen): Wadstein 1899, S.19; Eis 1964, Tafel 1 (写真); Steinmeyer 1971, S.372; Braune 1994, S.92; Köbler 1987,

S.314f. spurihalz は高地ドイツ語形. flōt は fliotan の, verbrustun は verbrestan の過去形. gihēlian「ある人/動物（対格形）から病気（与格形）を治してやる」.

A12b. ヴィーンの寄生虫の呪文 (Wiener Wurmsegen): Wadstein 1899, S.19; Eis 1964, Tafel 1（写真）; Steinmeyer 1971, S.374; Braune 1994, S.90; Köbler 1987, S.314f. 最後期の頭韻作品で, バイエルン語による『テーゲルンゼーの寄生虫の呪文』(I21) とほぼ同一. nesso「害虫」と nessiklīn「小虫」は中世ラテン語の nessia (= nescia)「未知の, 寄生虫による病気」に由来する. flēsg = flēsk. flēsgke = flēske.

A13. ヴェールデンの徴税簿断片 (Werdener Heberegister): Wadstein 1899, S.23; Köbler 1987, S.337f. これらの財産はヴェールデン修道院の創設者, リウトゲル（742年頃— 809年）の故郷, フリースラントにあった物件.

A14. ヴェストファーレン語の懺悔 (Altwestfälische Beichte): Wadstein 1899, S.16f.; Gallée 1895, IIId（複写）; Steinmeyer 1971, S.318ff.; Eis 1949, S.41（写真）; Braune 1994, S.60f.; Köbler 1987, S.6ff. 原文の作成は9世紀の第2四半期で, 南ラインフランク語の『ロルシュの懺悔』(G4) とバイエルン語の『フォーラウの懺悔断片』(I18) と同様. 1 giuhu, 4 juhu (= gihu) は jehan の現在・叙実法・単数・1人称形. 2 thero (= thea) thē は関係代名詞. 3 fan thiu thē 「…した時から」. bigonsta は biginnan の過去形. 4 先の thes は「その事として」, 後の thes (= that) は関係代名詞.

A15. ザクセン法 (Lex Saxonum): Schwerin 1918. 原文の作成は800年頃であり, 小規模である. ソリドゥスは重さ4.5gの金貨. 久米重平『西洋貨幣史』（国書刊行会 1995）上 S.352 にルートヴィヒ敬虔王のソリドゥス金貨の写真.

A16. パーデルボルンの詩篇断片 (Paderborner Psalmfragment): Quak 1987（写真）. 行間訳. 1979年に公表されたが, 1987年に盗まれたまま行方不明. 詩篇37は『聖書』（新共同訳 1987）では38. 4. sundigero「罪人らの」は sundiono「諸罪の」の誤訳.

A17. ゲルンローデの詩篇注解 (Gernroder Psalmenkommentar): Wadstein 1899, S.4ff.; Gallée 1894, S.231（複写）. 詩篇4と5の注解の断片であるが, 古ザクセン語の最良の散文作品. 5, 10. 属格形 īdeles herton は因由の状況語（髙橋 1994, S.94 参照）.

A18. トリールの血の呪文 (**Trierer Blutsegen**): Roth/Schröder 1911, S.171; Steinmeyer 1971, S.378; Braune 1994, S.92; Köbler 1987, S.333f. gi ōk「そして又」. forstuond は forstandan の過去形であるが, 押韻の点から本来ここは -stuod であったに違いない. duo は dōn/duon の命令法形.

A19. 『ヘーリアント』C写本: Sievers 1935; Behaghel 1996; Taeger 1985 (写真 21b = 1-18, 8b = 1601-1613). 『ヘーリアント』の最大写本であるC写本は10世紀後半に南イングランドでイギリス人によって筆写されたものであり, 古英語形や不注意な書き間違いが多く見られる.

A19a. 序. 1 sia は関係不定詞 thē を補強する(髙橋 1994, S.200 参照). gespōn は gispanan の過去形. 2 には筆写もれがある. 5, 6 wīsara filo liudo barno「人々の賢い子供らの多数が = 多数の賢い人々が」. 10 menigo は女性名詞 menigi の単数・与格形 menigi のつもり. 12 gicorana は gikiosan の過去分詞・男性・複数・主格形. 13 évangēlium は男性名詞として扱われており, アクセントは語頭 (オットフリートの ēvangélio も男性名詞であるが, アクセントは語中). ēnan は数詞 ēn「1」の弱変化・複数・主格形「…だけが」(髙橋 1994, S.129 参照). 15 ne +複数・属格形名詞+ than mēr「いかなる…もない」. 16 M 写本の b(i)-ūtan「以外に」に対してC写本は専ら newan. 18 Matheus と 19 Johannes は第1音節にアクセント. 22 bifolhan は bifelhan の過去分詞. 24 単数・与格形 hēlagaro stemnun は手段の状況語「聖なる声で」. 30 thes は 25 godspell that gouda を指す. 35 gisāhun, gihōrdun, gisprac, 36 giwīsda, giwarahta (-wirkian の過去形) の gi- は過去完了の表示機能を持つ (髙橋 1994, S.148, 149 参照). 35 thes は先行詞 thes と関係代名詞 that との合一 (髙橋 1994, S.203 参照). 先行詞が属格形になっているのは, 36 wundarlīcas に合わせたため. 40 all bifieng (bifāhan の過去形) mid ēnu wordu「全てを一言で表わした」はヨハネ 1,1「初めに言葉があった」を指す. 41 bihlidan (bihlīdan の過去分詞) ēgun「取り入れて有している」. 42 属格形 giwarahtes (giwirkian の過去分詞から) endi giwahsanes (wahsan の過去分詞から) は様態の状況語「成されたものや成ったものとして」(髙橋 1994, S.94 参照). 46 ēn iro「それらの一つが」. thuo noh than「ところで, まだその当時には」. 47 過ぎ去った五つの時代とは 1. アダムからノアまで, 2. アブラハムまで, 3. ダヴィデまで, 4. バビロン捕囚まで, 5. 洗礼者ヨハネまで. 48 第6の, 最後の

時代がキリストの生誕と共に始まるという史観は8世紀にイギリスの神学者ベーダによって広められたと言われる。

A19b. **主の祈り**. 1601 thū は関係代名詞で，先行詞は 1600 fadar. M 写本の3人称形 thē is に対して，C 写本は2人称形．

A20. **エッセンの徴税簿**（**Essener Heberegister**）: Wadstein 1899, S.21f.; Köbler 1987, S.14ff.; Gallée 1895, IIIb（複写）. エッセン女子修道院の記録. 2 hōgetīdon = hōhgetīdon. 3 viarhteg = fiortig. 17 ahtodoch = 1 ahtedeg = ahtotig.

A21. **ヴェストファーレン語の受洗の誓い**（**Altwestfälisches Taufgelöbnis**）A 写本: Frenken 1934, S.125ff.; Foerste 1950, S.90ff.; Braune 1994, S.38f.; Köbler 1987, S.339f. 原文の作成は9世紀. 2 werkon endi willion, 4 geldon endi gelpon では頭韻が意図されている. 10 thē ... an = an themo. 11 scalt は未来時称の助動詞.

A22. **ザクセン語の受洗の誓い**（**Altsächsisches Taufgelöbnis**）: Könnecke 1894, S.8（複写）; Wadstein 1899, 3; Steinmeyer 1971, S.20ff.; Braune 1994, S.39; Köbler 1987, S.329f. 800年頃にイギリス人によって作成されたザクセン語の原文を高地ドイツ語人が書き写したために，古英語と古高ドイツ語の形が混入している. 1 forsachistū（*ahd.*）= forsakis thū. 4 Thunær（*ags.*）= Thonar. Wōden（*ags.*）= Wōdan. Saxnōt（= Sahsnōt）はザクセンの部族神. 5 hira = ira. 6 in got（*ahd.*）= an god. 8 hālogan gāst（*ags.*）= hēlagon gēst.

A23. **エッセンの万聖節の説教**（**Essener Allerheiligen-Predigt**）: Wadstein, 1899, S.18; Gallée 1895, IIIc（複写）; Köbler 1987, S.4f. ラテン語からの自由訳．ベーダの聖書聖訓（Beda-Homilie）とも呼ばれる. 3 kiēsur の ki は [c]([k] の硬口蓋音 = キとチの中間音) の表記（髙橋 1994, S.8 参照）. Advocatus は東ローマ皇帝 Phocas の間違い. 7 jegivan（= gigeƀan）は geƀan の過去分詞. 8 hadda = haƀda. wīeda は wīhian の過去形. 15, 16 thes dages「その日に」とは5月13日. 万聖節は教皇ボニファーツィウス4世によって 609/610 年に5月13日と定められたが，11月1日への変更はグレゴーリウス3世（在位 731 − 741 年）の時代に始まり，グレゴーリウス4世（在位 827 − 844 年）の時代に確定された. 18 alsō「…した時に」. 19 gewarf は gihwerƀan の過去形. 29 thur = thurh. 31 helpandemo ūsemo drohtīne は与格形独立分詞文（髙橋 1994, S.98 参照）.

A24. **ギッテルデの貨幣銘**（**Gittelder Münzinschrift**）: Menadier 1889, S.240（複

写); Köbler 1987, S.293. 司教座ギッテルデで作られた銀貨の刻印. Jelithi = Gittelde. steid (= stēd) は stēn の現在形で, オットフリートの steit と同様. tē = thē.

A25. レーオ・ヴェルチェリ司教の金言(**Sentenz des Bischofs Leo von Vercelli**): Henning 1896, S.133; Köbler 1987, S.3. イタリア・ヴェルチェリの司教, レーオがドイツ皇帝, ハインリヒ2世宛てに1016年に書いたラテン語の手紙の下書きの中の言葉. ハインリヒはバイエルン人であったが, レーオは先のザクセン皇帝, オットー3世の腹心であったので, ザクセン語を使用していたと思われる (D9『ハインリヒの歌』参照). waregat (= warojat) は waron の命令法・複数・2人称形の敬語的用法. iuware も複数・2人称形の敬語的用法(高橋 1994, S.132 参照). ただしこれは *as.* iuwa と *ahd.* iuwēr との混交であり, レーオがドイツ人でなかったことを証する.

A26. フレッケンホルストの徴税簿 (**Freckenhorster Heberegister**): Wadstein 1899, S.24ff.; Köbler 1987, S.22f. フレッケンホルスト修道院の記録. 多数の農民名を含む. 1 meira は meier の単数・与格形.

B1. ベルリーンの詩篇断片 (**Berliner Psalmenfragmente**): Helten 1984; Quak 1981; Kyes 1984 (写真); Köbler 1986, S.379ff.; Köbler 1987, S.294ff. 17世紀初めの写しと印刷物として詩篇18と53,7-73,9が伝えられているが, 原文は9/10世紀の行間訳. 2. thursta は thursten の過去形. wūstera は wuosti の女性・単数・与格形. in = inde. an wega, an waterfollora はラテン語の *invia* 「道のない」, *inaquosa* 「水の乏しい」を *in via, in aquosa* と解した誤訳. 3. heiligin は中性・単数・与格形. gescein は giscīnan の過去形. gisāgi (= gisāhi) は gisehan の過去・叙想法形. 4. sulun (= sculun), 5. sal (= scal) は未来時称の助動詞. quethan は wola quethan 「祝福する」であるべき. heinde (= hende) は hant の複数・対格形. 7. thīn は thū の属格形. 8. thīnro は所有代名詞 thīn の女性・複数・属格形. 10. diepora は diep の比較級・中性・複数・対格形. erthon は属格形. 11. gegevona は gevan の過去分詞・男性・複数・主格形. 11. vusso (= fuhso) は複数・属格形. 12. gelovoda は lovon の過去分詞・男性・複数・主格形. unrehta は中性・複数・対格形.

B2. アインハルトの『カルル大帝伝』(**Einhards Vita Caroli Magni**) A 5 写本:

Koch 1965（写真）; Braune 1994, S.8; Köbler 1987, S.19f.『カルル大帝伝』(H6 参照）の多数の写本の内の A5 写本は，低部フランク語人によって筆写されたため，原文の東フランク語形が低部フランク語化されている．

B3. 西フラマン語の恋愛句（**Westflämischer Liebesvers**）: Sisam 1933, S.11; Schönfeld 1933（写真）; Schönfeld 1958; Gysseling 1980, S.126ff; http://www.ned.univie.ac.at/publicaties/taalgeschiedenis/dt/anltexte.htm（Altniederländisch — die überlieferten Texte）．イギリスのロチェスター修道院で西フラマン人の修道僧が羊皮紙片に行った，新しい鵞ペンの試し書き．上にラテン語訳が添えられている．hebban は完了時称の助動詞．hagunnan は aginnan の過去分詞．

B4. ヴィリラムの雅歌注解（**Leidener Williram**）A 写本: Sanders 1971; Sanders 1974. 東フランク語の『ヴィリラムの雅歌注解』(H11) を北オランダのエグモント修道院で低部フランク語に直したもの．ただし高地ドイツ語の子音推移形（z, ph, ch 等）はそのまま残されている．

B5. ミュンステルビルゼンの称賛句（**Lobvers von Munsterbilzen**）: Müllenhoff/Scherer 1964, I, S.197, II, S.314f.; Gysseling 1980, S.132f. リンブルクの（ミュンステル）ビルゼン修道院の記録．tesi = thesi. 独羅間の押韻．

C1. ヴァイマルの尾錠のルーネ文字銘（**Runeninschrift auf dem Schnallenrahmen von Weimar**）: Krause/Jankuhn 1966, I, S.289, II, Tafel 63（写真）．Idun は Ida の与格形．

C2. テューリンゲン法（**Lex Thuringorum**）: Schwerin 1918. テューリンゲン人の中のアンゲルン人とヴァルネン人用の簡潔な法典で，原文の作成は 802/803 年．23. wlitiwam は『ザクセン法』(A15) 5 にも現われる．wliti「顔」= ahd. antluzzi. 34. sonest は『サリ法協約』(E1) 18 の sonista と同じ．35. rhēdo = as. rād, ahd. rāt. wliti の /t/ と rhēdo の /d/ はテューリンゲン語が低地ドイツ語に属していたことを示す．

D1. トリールの護符のルーネ文字銘（**Runeninschrift auf dem Amulett von Trier**）: Schneider 1980（写真）．この aa — ax 型の頭韻句は，性機能障害を持つ男性のための護符と考えられ，女性器を暗示する，額縁状に加工された小さな蛇紋

石に彫られている．直ぐ近くから同じ素材の小さな野ウサギも出土している．野ウサギは多産の象徴であった．wilsa は willisōn の命令法形（= williso）．

D2. **ビューラハの円形留金のルーネ文字銘**（**Runeninschrift auf der Scheibenfibel von Bülach**）: Krause/Jankuhn 1966, I, S.307f., II, Tafel 70（写真）; Klingenberg 1976; Schützeichel 1993. 出土地はアレマン語域であるが，留金自体は中部ライン地方で作られ，aa — ax 型頭韻句のルーネ文字銘もそこで彫り込まれたと考えられている．frifridil は fridil「愛人（男）」(= J24 fredel) の語頭反復による強意形．この文句は男が女の口を借りて自分の願望を述べた言葉．frifridil の中に lid「男性器」(← dil)，dū fato の中に fud「女性器」(← duf) が仕込まれている．d は [ð]．

D3. **リブアーリ法**（**Lex Ribuaria**）: Beyerle/Buchner 1954. ケルン地方のリブアーリ・フランク人の法典で，『サリ法』(E1 と H2) と共にフランク王国の中心的な法典であった（『カルル大帝伝』H6 参照）．和訳は久保正幡（訳）『リブアリア法典』（創文社 1977）．

D4. **ケルンの受洗の誓い断片**（**Kölner Taufgelöbnis**）: Foerste 1950, S.103ff.; Kruse 1976, S.89f., 384（写真）; Köbler 1986, S.240f. カルル大帝が 811 年頃に領国内の全大司教に宛てて出した洗礼式に関する質問状への回答の一つで，引用されている古中部フランク語の単語から，ケルンのヒルデボルト司教（787 年以前－818 年）の手になるとされる．sīniu gelp は複数・対格形，sīnēn willōn は複数・与格形．

D5. **ケルンの碑文**（**Kölner Inschrift**）: Frenken 1934, S.117f.; Kruse 1976, S. 133 ff.; 386（複写）; Bergmann 1965（複写）; Köbler 1986, S.238f. 実物は現存しないが，複写図が 1571 年に出版されたケルン市の地図に載っている．この碑文は本来，ケルンの聖堂附属学校の入口の石に彫り込まれていたと考えられている．Schützeichel 1995 巻頭に復元物の写真．下線部は欠損部分の推読．オットフリート (G3) 以前に作られた脚韻詩．

D6. **トリールの悪魔払いの宣言**（**Trierer Teufelsspruch**）: Steinmeyer 1971, S. 399f.; Schützeichel 1981, S.68ff.; Köbler 1986, S.574f. 原文は暗号的な書記法（原則として母音字はアルファベットの次の字による）で書かれている : nx vukllkh bidbn dfn rkhchbn crkst thf mbnnflkhchfs chēkst thfr dfn dkvvfl gkBbnt īsknfn nampn xxkllkh gbn　　nx vuklkh thfn xrfidpn　　slbhbn mkttfn cplBpn. 1 chenist ＝ ginist. この後に ist を補う。 2 sīnen ＝ sīnemo. 3 mitten ＝ mid themo. diuvel「悪魔」と vreido「背教者」は侵略して来たヴァイキングを指す（E2『ルートヴィヒの歌』参照）。

D7. レーワルデンの詩篇断片（**Leeuwardener Psalmenfragmente**）: Helten 1984; Quak 1981; Köbler 1986, S.379ff.; Köbler 1987, S.294ff.; Quak 1973, S.93, 95（写真）。16/17 世紀に書き写されて伝わる詩篇 1,1-3,6 の行間訳。 1. vōr ＝ *aofrk*. fuor. gerēde ＝ *aofrk*. girāte. sufte（＝ *aofrk*. suhti）は単数・属格形。

D8. トリールの勅令（**Trierer Kapitulare**）: Steinmeyer 1971, S.305ff.; Braune 1994, S.45f.; Tiefenbach 1975（写真）; Köbler 1986, S.566ff. ルートヴィヒ敬虔王が 818/819 年にラテン語で出した勅令の行間訳で、17 世紀初めの写しと 1626 年の印刷物として伝わる。 6 stat ＝ stedi. 10 wisit は wesan の現在形。 13 that avo は *quod si*「ところが、もしも」の直訳。後の that は関係代名詞 *quo*「この時に」を *quod* と誤解。 thui ＝ thiu. 23 be33era は *meliores*「より良き人々＝完全市民」の直訳。 24, 25 sachūnu ＝ sachōno. 29 nejeina ＝ neheina. 33 burigun「保証人を」は *fidejussionem*「保証書を」の誤訳。 34 thegein ＝ thehein. 39 gesundurūth は sundurūn（＝ *aofrk*. suntarōn）の過去分詞。 46, 47 vollocoman ＝ foloqueman. 55 cēn ＝ ce thēn. 56 atther ＝ ahter. 58 ergevēn は *redeant*「帰すべし」を *reddant*「渡すべし」と解した誤訳。

D9. チューリヒの血の呪文（**Züricher Blutsegen**）: Steinmeyer 1971, S. 379; Köbler 1986, S.116f.; Wipf 1992, S.80. ロンギーヌスはキリストの脇腹を刺したとされるユダヤの兵士（ヨハネ 19,34. 『アプディングホーフの血の呪文』F17 参照）。ただし聖書には名前は出ていない。āst は anst の単数・属格形（＝ ensti. Braune 1987, S.118, 201 参照）。

D10. ハインリヒの歌（**De Heinrico**）: Steinmeyer 1971, S.110f.; Fischer 1966, S.24（写真）; Braune 1994, S.139; Köbler 1986, S.124ff. この脚韻詩は、バイエルンのハインリヒ口論公とザクセン皇帝、オットー 3 世の、985 年のバンベルクにおける会見を基にして、ハインリヒの息子、ハインリヒ（後の皇帝ハインリヒ 2 世。在位 1002 － 1024 年）を皇帝に選出させるための宣伝用に作られたと考えられている。ラテン語とドイツ語の併用詩は他に『尼僧への求愛』（F14）と『ミュ

ンステルビルゼンの称賛句』(B5).『ハインリヒの歌』と『尼僧への求愛』は『ケンブリッジ歌謡集』(瀬谷幸男訳, 南雲堂フェニックス 1997) の一部である. 1. *assis* は *assum* の叙想法形. ig = ih. hēron = hērren. 2. hera は中性名詞 here. *fore* = *esse*. sīne = wesanne. 与格形 *tibi*, thir selvemo は所有の述語内容語 (髙橋 1994, S.95 参照). 4. オットーの挨拶の言葉はザクセン語. *equivoci*「同名の者達」. *sotii* = *socii*. 5. leida は leiden の過去形. 複数・属格形 thero genātheno は *petierunt* の客語. 6. intfieg は intfāhan の過去形 (= intfieng). *omisit* = *amisit*. thes は関係代名詞. thir = thār. gerade は geran (= *aofrk*. gerēn) の過去形. 7. geried は gerādan の過去形. 8. thes「この事に関して」. *nobilibus ac liberis*「貴族らと自由人らによる」. thid = *as*. thit, *aofrk*. diz. allero rehto gilīch「何らかの権利を」.

E1. サリ法協約 (**Pactus Legis Salicae**) A 類本文 : Eckhardt 1962, S.29ff. 現在のオランダから西南方へ進出した, フランクの有力部族, サリ人の法典. 作成はクロートヴィヒ王の時代の 507 − 511 年であるが, 現存最古の写本は 8 世紀後半のものであるため, 裁判用語の西フランク語形は著しく変形していることが多い.『サリ法協約』は『サリ法』(H2) へと発展して,『リブアーリ法』(D2) と共にフランク王国の中心的な法典となる (H6 参照). 和訳は久保正幡 (訳)『サリカ法典』(創文社 1977). 1. mallobergus = *mahalberg「裁判の岡」. chranne-chaltio = *hramni-galtia「柵囲いの雌子豚」. 4. hymnisfith = *imnissith「償い」. 5. nare-chalti = *nāri-galtia「養育されるべき雌子豚」. 7. ingimus = *ēngim「一歳子」. 15. chredunia = *wrēdunia「畜群の雌」. 16. barcho chami theoto = *barhun haimi theothun「村に奉納される去勢豚」. 19. texaga = *tascaja「窃盗」. 26, 1. atomeo = *as*. atōmiu. 50, 2. nēstīgan は男性・単数・対格形. 久米重平『西洋貨幣史』(国書刊行会 1995) 上 S.352 にルートヴィヒ敬虔王のソリドゥス金貨 (4.5g) とデーナーリウス銀貨 (1.69/1.58g) の写真.

E2. ルートヴィヒの歌 (**Ludwigslied**): Steinmeyer 1971, S.85f.; Braune 1994, S. 136ff.; Fischer 1966, S.22 (写真); Schützeichel 1981, S.45ff.; Köbler 1986, S.244ff. この脚韻詩 (一部に頭韻併用) の題材は, ルートヴィヒ・ドイツ王 (F4 と G3g 参照) の異母弟であった西フランク王国のカルル禿頭王 (F4 参照) の孫, ルートヴィヒ (= ルイ) 3 世 (862 年生れ, 879 年西フランク共同王) が 881 年 8 月 3

日（一説では1日）に北フランスを侵略中のヴァイキングを撃破した歴史的な事件である．王はこの戦闘の1年後，882年8月5日に不慮の事故（家に逃げ込んだ家臣の娘をからかいながら馬に乗って追いかけた王は入口の鴨居に激突して落馬し，倒れた馬の鞍の下敷きになった）により20歳の若さで急死している．従ってこの作品は古期ドイツ語の韻文作品の中では作成年代が最も明白なものである．

3 kind「子供として＝子供の時に」．thes「この事に関して」．4 sīn は3人称代名詞・男性・単数・属格形で，magaczogo にかかる．6 in vrankōn「フランク人達の間で＝フランク国で」．9 g'endiōt = giendiōt．sīn は属格形客語．11 liet3 = *aofrk.* lie3．13「何人かの既に堕落していた者達は，何人かは救い出された者となった」．verlorane は firliosan の，erkorane は irkiosan の過去分詞の名詞的用法．sum は sume の反復．15b は挿入文「そして彼はそれから免れたのだが」．ginas は ginesan の過去形．18 lōses は fol の属格形客語．19 ervirrit は irfirren の，g'irrit は irren の過去分詞．20 erbolgan は irbelgan の過去分詞．ingald は ingeldan（= *aofrk.* intgeltan）の過去形．21 wiss'er は witan の過去形 wissa+(h)er．24 heigun（= eigun）は完了時称の助動詞．sa = sie．bidwungan は bidwingan の過去分詞．26a「死は我にそれを妨げるな＝死が我にそれを妨げなければ」（高橋1994，S.169参照）．dōt = *aofrk.* tōd．gibiudist は gibiodan の現在形．27 godes urlub「神からの別れ」．huob は heffen/heven の過去形．32 hiu = iu．33 santa は senten の，gibōd は gibiodan の過去形．34a「もしも汝らにとり得策と思えるならば」．thūhti は thunken の過去・叙想法・単数・3人称形．gevuhti は gifehtan の過去・叙想法・単数・1人称形．38 unsa = unsera．hinavarth = hinafart．thero「それに関して」．45 sihit は古期ドイツ語に例証されている，厳密な意味での唯一の劇的（歴史的）現在形（高橋1994，S.147f. 参照）で，時の流れを中断する表現「彼は今，目にしている！」．46 frōno は本来は frō「主」の複数・属格形であるが，不変化の形容詞として用いられる．47 kyrrieleison はギリシャ語で「主よ（*kyrie*）憐れみ給え（*eleison*）」を意味するが，ここではこの言葉を含む聖歌（I16『ペテロの歌』参照）．48 は過去完了の動作受動「歌は歌い終わられていた．戦いは始められていた」（高橋1994，S.155 参照）．49 skein は skīnan の過去形．ther = thār．50 vaht は fehtan の過去形．51 snel indi kuoni「勇猛かつ果敢な者として」．52 thuruhskluog は thu-

ruhsklahan の, thuruhstah は thuruhstehhan の過去形. 53 skancta は skenken の過去形. 54 bitteres līdes は部分の属格形客語（髙橋 1994, S.92 参照）. hin = in「彼らに」. thes lībes「生命に関して」. 56 sīn「彼のもの」. 58「どこであれその事に関して必要性のあった所で, 王がいつもしていたのと同様に, 戦備を整えた者として」.

E3. パリの会話 (**Pariser Gespräche**): Braune 1994, S.9ff.; Köbler 1986, S.522ff.; Haubrichs/Pfister 1989. 西フランク王国のドイツ人の所 (Francia [21] = イル・ド・フランス = パリ地方) でドイツ語（西フランク語）を習ったあるフランス人（ロマン人）から別のフランス人が書き取った会話文集で, ラテン語訳が添えられている. フランス語にない /h/ や /x/ はほとんどの場合に落とされ, /w/ もほとんどは /gw/ や /kw/ に変えられている. 間違いも多いが, 俗語の資料として貴重である. 2人称・複数形の ger (= ir) は敬意の2人称形（髙橋 1994, S.132 参照）. 以下に対応する東フランク語形を示す. 15) Wār fiengi hīnahtes selida, gisello/ginōȝ? 16) Zi grāfen hūs selidu. 20) Fona welīhemu lante quemet ir? 21) Ih was mir in jeneru Francia. 22) Waȝ ir dār tātut? 23) Inbeiȝ mir dār. 31) Wār ist dīn hēriro? 32) Ni weiȝ. 42) Huntes ars in dīneru nasu. 48) Sō mir got helfe, ni habēn ni tropfon. 49) Hēriro, gāt slāfan. 50) Zīt ist. 51) Gib mir mīn ros. 52) Gib mir mīnan scilt. 62) Ir intsliefut bī daȝ wīb in iuweremu bette. 63) Weiȝ iuwēr hēriro iȝ, bī desemu houbite, ir intsliefut bī daȝ wīb, sō ist er iu irbolgan. 75) Hēriro, wilis trinkan welīhan guotan wīn? 76) Sō willu ih, mīneru triuwa. 80) Gisāhut ir hiutu mīnan hēriron? 81) Bī gote, gestera ni gisah ih iuweran hēriron. 82) In welīheru steti gilernētut ir? 83) Wanne sartut ir? 101) Gifatera, lāȝ mih serten. 102) In mahti dīneru.

F1. フライラウベルスハイムの弓形留金のルーネ文字銘 (**Runeninschrift auf der Bügelfibel von Freilaubersheim**): Krause/Jankuhn 1966, I, S.283f., II. Tafel 61（写真）. 「ルーネ文字を彫った」という銘文は J3 と J4 にも見られる. 女性名 Daþina は主語とも, 呼びかけとも解し得る. 9世紀後半の東フランク語ならば Buoso reiȝ rūnā. dih Tadina guolita.

F2. オストホーフェンの円形留金のルーネ文字銘 (**Runeninschrift auf der Scheibenfibel von Osthofen**): Krause/Jankuhn 1966, I, S.285, II. Tafel 62（写真）;

355

Jungandreas 1972. このルーネ文字銘はキリスト教的である．F1 の þik [θik] に対して dih [ðix] には既に高地ドイツ語の子音推移が現われている．Deofile はギリシャ・ラテン語男性名の呼格形 Theophile．この人名の後に十字架の印が刻まれている．

F3. フランク語の祈り (**Fränkisches Gebet**)：Steinmeyer 1971, S.60f.; Enneccerus 1897, Tafel 31（写真); Braune 1994, S.37; Köbler 1986, S.140f. truhtūn, forgip, galaupun はバイエルン語形．下に添えられているラテン語文はドイツ語からの翻訳である．初めの mihi は me の間違い（mir hilp = me adjuva)．

F4. シュトラースブルクの誓い (**Straßburger Eide**)：Müller 1965, S.35ff.; Steinmeyer 1971, S.82ff.; Enneccerus 1897, Tafel 34-36（写真); Braune 1994, S.56f.; Köbler 1986, S.561ff.; 髙橋 1998．カルル大帝の息子，ルートヴィヒ敬虔王が 840 年に亡くなった後に，彼の 3 人の息子，ロタール，ルートヴィヒ，カルルの間で領地と主導権をめぐる熾烈な争いが生じた．842 年 2 月 14 日にルートヴィヒ（後の東フランク・ドイツ王）とその異母弟のカルル（後の西フランク・フランス王，シャルル禿頭王）はシュトラースブルクで，長兄のロタールに対抗して共同で戦うことを，双方の兵隊に分かるように，ルートヴィヒはロマン語（= フランス語）で，カルルはドイツ語で誓い合った．この後，ドイツ軍とフランス軍の有力者達もそれぞれ自分の言語で誓約を行った．ただし独仏二組の協約文の内容は同一ではない．35 unsēr は 1 人称代名詞・複数・属格形．39 対格形 mīnan willon は手段の状況語（髙橋 1994, S.100f. 参照)．47 ges(w)uor は gisweran の過去形．

F5. アウクスブルクの祈り (**Augsburger Gebet**)：Petzet/Glauning 1910-1930,Tafel 10（写真); Steinmeyer 1971, S.92f.; Braune 1994, S.131; Köbler 1986, S.3f. 教皇グレゴーリウス 1 世（在位 590 − 604 年）のラテン語の祈り原文の脚韻訳．5 thir は関係代名詞．6 infaa は intfāhan の命令法形（= intfāh)．7 uns (= unsih) は先行詞と関係代名詞を兼ねる．thio ketinūn は主語．thero sundūn は thio ketinūn にかかる．

F6. メルゼブルクの呪文 (**Merseburger Zaubersprüche**)：Steinmeyer 1971, S. 365f.; Braune 1994, S.89; Fischer 1966, S.16（写真); Köbler 1986, S.508ff. この 2 つの頭韻詩形（一部は脚韻）の呪文は 8 世紀以前の異教時代に由来する，極めて古い呪文．10 世紀になってもまだ一般大衆の心の隅にゲルマンの神々がいたこ

とを示す．a,1 idisi, hēra muoder はゲルマン神話の戦いの乙女，ヴァルキューレ達．2 hapt = haft. heptidun = heftidun. 4 vīgandun = fījandun. b,1 phol' = folo. 2 dū, 3 thū = dō/thō. Balder はゲルマン神話の光明神．3 biguol は bigalan の過去形．era = ira. 5 conda は kunnan の過去形．

F7. ロルシュの蜜蜂の呪文（**Lorscher Bienensegen**）: Steinmeyer 1971, S.396f.; Braune 1994, S.89f.; Köbler 1986, S.262f. 1 Kirst = Krist. hūcʒe = ūʒe. fluic, 4 flūc は fliogan の命令法形 fliog の上部ドイツ語形 fliuc の発展形で，ui, ū は母音変異（ウムラウト）/ǖ/ [y:] を示す．2 対格形 fridu は手段の状況語（高橋 1994, S.100f. 参照）. comonne = aofrk. quemanne. 3 sizi は sizzen の命令法形．inbōt は inbiotan の過去形．5 indrinnēs は in-drinnen の，intwinnēst は int-winnan の叙想法形．

F8. マインツの懺悔（**Mainzer Beichte**）: Steinmeyer 1971, S.329f.; Braune 1994, S.59; Köbler 1986, S.274ff.『プファルツの懺悔』（G6）に類似．1 gihun（= gihu）は jehan の現在形．3 swo = sō wio. 4 gihancdi は gihengen の過去・叙想法形．6 sclāphun, wachun は不定詞（= aofrk. slāfan, wahhēn）．

F9. ライヒェナウの懺悔（**Reichenauer Beichte**）: Steinmeyer 1971, S. 332ff.;Köbler 1986, S.538f. 1 vrouūn = frouwūn. 4 huare, 5 fluachēnne は南ラインフランク語形．6 gi = gihu. domo = demo.

F10. トリールの馬の呪文（**Trierer Pferdesegen**）: Steinmeyer 1971, S.367ff.; Braune 1994, S.92; Köbler 1986, S.570f.『メルゼブルクの馬の呪文』（F6b）のキリスト教版．「サロニア」はエルサレムと思われる．3 thaʒ entphangana (intfāhan の過去分詞より）「受け取られたもの = 病気」. it, mid, atha は中部フランク語形，又はザクセン語形（= aofrk. iʒ, mit, eddo）．

F11. ラインフランク語の旧約賛歌（**Rheinfränkische Cantica**）: Steinmeyer 1971, S.301ff.; Braune 1994, S.42f.; Köbler 1986, S.540ff. 旧約聖書の賛歌の行間散文訳の断片．a.1. ih der は関係代名詞の複数・中性・対格形 quę (= quae) を単数・男性・主格形 qui と誤解した訳．sprechōn = aofrk. sprihhu. 2.wascha = aofrk. wahse. 3.namo = namon. anaruophōn = aofrk. anaruofu. 4.getrūwir = aofrk. gitriuwēr. b.1. zesprēt = aofrk. zispreitit.

F12. トリールのグレゴーリウス句（**Trierer Gregoriusvers**）: Priebsch 1912/1913; Steinmeyer 1971, S.400; Köbler 1986, S.572f 教皇グレゴーリウス1世の

言葉の脚韻訳．sal = scal. vorhtan = forhten. mach = mag. hengi は叙想法形（髙橋 1994, S.169 参照）．ūse はザクセン語形（= aofrk. unsēr）．

F13. ビンゲンの墓碑銘（**Binger Grabinschrift**）: Steinmeyer 1971, S.403; Tiefenbach 1977（写真）; Braune 1994, S.8; Köbler 1986, S.111f. 下線部は欠損部分の推読．

F14. 尼僧への求愛（**Liebesantrag an eine Nonne**）: Dronke 1968, Bd.II, S.353ff.; Köbler 1986, S.256ff.『ハインリヒの歌』（D9）と同様に『ケンブリッジ歌謡集』に収められていたが，内容が不道徳的なために，ほとんどの文字が削り取られている．文句の復元は Dronke による．奇数番号の詩節は求愛する男の，偶数番号の詩節は尼僧の，最後の詩節は詩人の言葉．

F15. シュレットシュタットの呪文（**Schlettstädter Segen**）: Steinmeyer 1876, S. 210; Steinmeyer 1971, S.380. berein は berīnan の，ferswein は ferswīnan の過去形．fluȝit の ū は /ǖ/ [y:]．この血の呪文には「その時，ヨルダン川の流れが止まったように，出血も止まれ」といった後半部が欠けている．

F16. パリの馬の呪文（**Pariser Pferdesegen**）: Steinmeyer 1971, S.373; Braune 1994, S.91. 2 trohtīn, 4 rīten, 5 tū はこの呪文のアレマン語起源を示す．errēhet は irrāhhen の過去分詞．1 zōh は ziohan の過去形．3 wes（= waȝ の属格形），zū（= ziu = zi wiu），4 waȝ「何故に」．6 drit は dretan（= aofrk. tretan）の命令法形．cesewen は zeso の男性・単数・対格形．

F17. アプディングホーフの血の呪文（**Abdinghofer Blutsegen**）: Selmer 1952.『チューリヒの血の呪文』（D8）参照．この呪文が書き込まれている写本は本来，『パーデルボルンの詩篇断片』（A16）と同様に，1803 年に廃されたパーデルボルンのアプディングホーフ修道院のものであったが，現在はニューヨークのピーアポント・モーガン図書館に寄託されている．ヨーロッパ外にある唯一の古期ドイツ語作品．wascer = waȝȝer. abegebīden = aofrk. -gibiotu.

F18. ベルンの痛風の処方箋（**Berner Gichtrezept**）: Steiger 1969（写真）; Steinmeyer 1971, S.384f.『ミュンヒェンの痛風の処方箋』（I27）のドイツ語訳．10 berehtram（= nhd. Bertram） = peratrum/pyrethrum「除虫菊」．midewirz = cithisum/cytisus「馬肥し」．

G1. イージドールの『公教信仰』(Isidors De fide catholica): Hench 1893 (写真); Eggers 1964; Braune 1994, S.15ff. スペイン・セヴィリアの大司教で学者のイージドール（イシドルス．560年頃－636年）の著作の，メッツでなされたと考えられるドイツ語訳．極めて早い時期のものではあるが，古期ドイツ語の最良の翻訳． 1. sindun = sint. chi- = gi-. 2. chibodan は chibeodan (= *aofrk*. gibiotan) の過去分詞．erchno = erkano.

G2. ヴァイセンブルクの公教要理 (Weißenburger Katechismus): Enneccerus 1897, Tafel 21-28 (写真); Steinmeyer 1971, S.29ff.; Braune 1994, S.34ff.; Köbler 1986, S. 581ff. a.3 quæme = queme. b.2 ther は関係代名詞．3 bī pontisgen Pilate「黒海岸出身のピラトの所で」は *sub Pontio Pilato*「ポンティウス・ピラトゥスの下で」の誤訳．5 arstuat は arstantan の過去形．6 現在分詞 quemendi は未来分詞 *venturus*「来ようとしている」の訳．

G3. オットフリートの『聖福音集』(Otfrids Evangelienbuch): Kelle 1963, 1. Bd.; Otfrid 1972 (写真); Erdmann 1973; Braune 1994, S.9ff. ヴァイセンブルク修道院の修道士，オットフリート（800年頃－875年頃）の『聖福音集』は全5巻，7,104行（これに合わせて312行の3篇の献詩がついている）からなる古期ドイツ語最大の韻文作品であると同時に，ドイツ最初の本格的な脚韻詩でもあるので，ドイツ文学史上の一大記念碑と見なされる．この時代の作品としては極めて珍しいことに，詩人名（*Otfridus wizanburgensis monachus*「ヴァイセンブルクの修道士，オートフリドゥス」），完成年代（彼がラテン語で書いた請願状の名宛て人，リウトベルト・マインツ大司教の在任期間が863－889年であり，彼が詩を捧げたサロモン・コンスタンツ司教の在任期間が839－871年であることから，『聖福音集』が863年から871年の間に完成したことが分かる），詩人自身の筆跡（ヴィーンにあるV写本はオットフリート自らの手で訂正と補足がなされている）が明らかであるだけではなく，作成意図や作成事情を詩人自身が述べているものが2点（G3aとG3b）伝えられていて，当時の文学状況を知るための貴重な直接資料となっている．完全写本としてはV写本の外に，ハイデルベルクのP写本（J33『ゲオルクの歌』参照）とミュンヒェンのバイエルン語訳F写本（I14）がある．抄訳は新保雅浩（訳著）『古高ドイツ語・オトフリートの福音書』（大学書林 1993）．

G3a. リウトベルト・マインツ大司教への請願状．J. Marchand の英訳：http://kufacts.cc.ukans.edu/ftp/pub/history/Europe/Medieval/latintexts/ohtfrid.txt/

G3b. 序．以下の原文中で下点のある母音は，母音連続を避けるために，あるいはリズムの都合により，発音されない．下点をつけないで，初めから母音を省略している場合もある．各半行には強音節と次強音節が2つずつあるが，この内の2つの強音節は普通，アクセント符号で明示されている(一部は他の写本によって髙橋が追加・修正)．2a は 1a fliȝ, 1b agaleiȝi の内容．2a thaȝ は「自らの名を広め得る事柄」．2b thaȝ は「…するために」．3 thes は 4 を指す．in は再帰的な人称代名詞．fliȝȝun は flīȝan の過去形．5 thārana = in buachon. 6b「詩作の純粋さの点で」．7, 8 iȝ は作品を指す．8 eigun は完了時称の助動詞．funtan は fintan「工夫する」の過去分詞．zisamane gibuntan「絡み合わされたものとして」．9, 10 は 8 の目的を表わす．9 in thiu ... thaȝ「…するために」．9 の指示代名詞 then は 10 の関係代名詞 then の先行詞．10a は挿入文 (E2『ルートヴィヒの歌』15b と同様)．firwesti は firwiȝȝan の過去・叙想法形．10b iȝ (= 読み歌) は lesan の客語．gilusti は非人称動詞 gilusten の過去・叙想法形．13, 14 sō ... sō「大変…なので，その結果…」．14 thih はこの作品の作者を指す．16 helphantes bein「象の牙」はこの時代のドイツで栄えた工芸であり，多くの場合に様々な人物，事物，場面が1枚の象牙板に彫られている(『メトロポリタン美術全集』第3巻『ヨーロッパ中世』福武書店 1987, S.51 参照)．18 dihtta = dihta. 19 prōsūn slihtī「散文の滑らかさ = 滑らかな散文」．20 mētres kleinī「韻文の優雅さ = 優雅な韻文」．22 theiȝ (= thaȝ + iȝ) の thaȝ は従属接続詞．過去・叙想法形 wurti は kurtī との押韻のために現在・叙想法形 werde の代わり (髙橋 1994, S.178 参照)．23 in「彼らにとって」．24 sie's の es は「詩脚が要求する事」．alleswio ni ... ni sō「…とは違った風に…しない」．27 yr- = ir-. 31a es は 31b を指す．32 er gigāhe は īlit の目的，32b は gigāhe の目的．thaȝ sīnaȝ「自分のもの = 自分の民族の栄光」．33 einon は数詞「1」の複数形「…のみが」(髙橋 1994, S.52, 129 参照)．thaȝ は 34 を指す．34 ni は否定的な主文に続く従属接続詞「…すること」(髙橋 1994, S.213f. 参照)．biginnēn の客語に相当するのは 34b. 35, 36 si はフランク語を指す．35 bithwungan は bithwingan の過去分詞．36 thia rihtī in scōneru slihttī (= slihtī)「美しい滑らかさに包まれた単純明快性」．37 theiȝ の iȝ はフランク語を指す．38, 39

thārana「それにて＝フランク語で」. 40「その（＝神法の）理解の内に我々が確実な者として守られるために」. 43a は 45 の前提を表わす. 43a thes は 43b, 44 を指す. 46 gotes thegana「神の家士/戦士ら」とはフランク人. 48 thes「そのための」. theist ＝ thaʒ ist「即ち」. scōni fers は単数形, 44 scōnu vers は複数形. 49 theso sehs zīti は人間の一生（幼児期, 少年期, 青年期, 壮年期, 老年期, 老衰期）を指す. 50 sō は 50b を指す. 51 thaʒ は先行詞を兼ねる関係代名詞. 52 bifora lāʒan「優先させる」. 54 riatun は rātan の過去形. 57 zi thiu einen「その事のみに」. 58a「あの諸民族はその事にためらわなかった＝ギリシャ・ローマ人は神の賛歌を直ぐに作った」. dwaltun は dwellen の過去形. 60 ni tharf「…しない必要がある＝…してはならない」(髙橋 1994, S.180 参照). in はフランク人を指す. 61 in は再帰的な人称代名詞. 64b sō は 64a を指す. 68b「これは我々の功績によるのではない」. 70 bī thia meina「真に」. īsine steina「氷の石＝水晶」. 71 fuagi は命令法形. 76a sie, 76b se は敵を指す. ubarwunnan は ubarwinnan の過去分詞. 77 in「フランク人から」. thaʒ は関係代名詞・対格形, liut が先行詞. 78 ni「もし…でないならば」. 79b「海がそれ（＝２国間）を分けないならば」(髙橋 1994, S.169 参照). 84 forahtēn ＝ forahtent. 85 thes は 86b を指す. 86b「彼らにとってその事で（es）その分（thiu）もっと悪くはなるまいと」. 87 einēn は不定冠詞の複数・与格形 (髙橋 1994, S.140 参照). 88 slahtu は属格形（＝ slahta）. 89 ther は関係代名詞. worolti は与格形. 92 gisceidinēr は gisceidan の過去分詞・男性・単数・主格形. 93 thaʒ thulte は主語の関係代名詞 ther を欠き, 前文は先行詞 man を欠いている (髙橋 1994, S.204 参照). 94a「現世ではいかなる王らをも（甘受しない）」. 94b ni sī「…でないならば」. thie は先行詞を兼ねる関係代名詞. si はフランク人. zugun は ziahan の過去形. 95 thes は 96b を指す. 97 thes はフランク王を指し, snellī と wizzī にかかる. 100 thero「そのような（賢くて勇ましい）者達の」は ginuagi にかかる. 102 reine は押韻のための異形（＝ reino）. sīne の後に liuti を補う. 103, 104 thie は先行詞を兼ねる関係代名詞. in thiu「…する限り」. 104 sīne ＝ sīna. 104b は 103b の結果. 105 従属接続詞 thaʒ ＋ es ＝関係代名詞 thes (髙橋 1994, S.200 参照). 108 最初の thaʒ は従属接続詞, 次の thaʒ は指示代名詞, 最後の thaʒ は関係代名詞. 109 thes は 109b と 110 を指す. 111 es「その事に関して」は 111b, 112 を指す. 115 thes selben は 116, 117 を指

す．ādeilo = ādeilono. 116 ni は従属接続詞．sungi = singe. 119 ther, 122 thaʒ は先行詞を兼ねる関係代名詞．123 es は 125, 126 を指す．126a thaʒ は 126b を指す．

　　G3c. 受胎告知．1 irscritan は irscrītan の過去分詞．sō moht' es sīn「それに関してはそうだったのかも知れない＝恐らく」．2 複数・属格形 mānōdo は zwēne にかかる．4 therera = theseru. 5 は珍しく脚韻になっていないが，5b は頭韻．6a も頭韻．7 属格形 ediles は特質の付加語（髙橋 1994, S.90 参照）．8 bī barne「子供毎に＝先祖代々」．9 drūrēnta は現在分詞・女性・単数・対格形．10 salteru = psalteru. 語頭の /ps/ は本来ゲルマン語・ドイツ語にはない子音連続なので，発音をし易くするために，しばしば /p/ が落とされた．11 wirkento = wirkenta. この行は /w/ の頭韻併用．12a の属格形は材料の状況語．16 zeiʒōsto = zeiʒōsta. 17 属格形 muates は空間の状況語（髙橋 1994, S.93 参照）．18 ensti は fol の属格形客語．20 wārun zeigōnti は進行形ではなく，「示す者（zeigōnti）であった」＝ zeigōtun「示した」（髙橋 1994, S.154 参照）．22 eina「…のみが」．26 与格形 fatere は ebanēwīgan にかかる．giboranan は giberan の過去分詞・男性・単数・対格形．31 ist gebenti「与える者である」＝ gibit. 32 thaʒ「その結果…」．33 scōno = scōna. 37 meg は mag が後の iʒ により母音変異（i ウムラウト）を起こした形．38 birein は birīnan の過去形．47 gistātaʒ は gistāten の過去分詞・中性・単数・主格形．48, 49 ni「もし…でないならば」．48 sī thionōnti = thiono. 53 thār は先行詞を兼ねる空間の関係副詞．54 thār の先行詞は winkil. 58 beche = *aofrk.* pehe. 59 属格形 reves は空間の状況語．60 与格形 manageru zīti は時間の状況語．ist leitenti は進行形．61 giburdinōt は giburdinōn「ある人（対格形）にある物（属格形）を乗せる＝孕ませる」の過去分詞（髙橋 1994, S.92 参照）．指示代名詞 thes は 61b を指す．62 sō「…のように」．furira は中性・単数・対格形「より優れた子供を」．ist berenti = birit. 63 suntar = 関係代名詞 thaʒ + ni（髙橋 1994, S.200 参照）．66 sī wahsentaʒ = wahse. 69 kōs は kiosan の過去形．70 garawu は garo の女性・単数・主格形．71 selb = selbemo（F 写本）．

　　G3d. キリストとサマリア女．1 zi thēn heimingon = zi themo heiminge. 3 属格形 thera ferti は因由の状況語「その旅故に」．duit は非人称動詞．4 es「それ（＝疲れ）からの」．themo = themo ther. quīt = quidit. 9b「それは第 6 時（＝正午）

であった可能性があると」. 10 dages hei3esta「一日の最も暑い時分」, arabeito meista「苦難に関して最大の時分」. 11 属格形 iro は再帰的な人称代名詞（高橋 1994, S.135, 157f. 参照）. 15 innan thes「その間に」. 16 wird は命令法形. 21 gimuati = gimuato. 23 dātīst は irknātīst の強調換言. 33 bithāhta は bithenken の過去形. mit thiu「それにて = 自分が飲むことで」. 38b は thing の内容説明. nub = tha3（高橋 1994, S.213f. 参照）. 44 quīst = quidist. 45 zes = zi thes. puzzes diufī「井戸の深さ = 深い井戸」. 48 属格形 iuēr は再帰的な人称代名詞. 50 sīnes selbes guatī「彼自身の良さ = 優れた彼」. 52 iu = jū. 53 zi thiu「そのために = 夫として」. 60 zi thiu「そのために = 祈りのために」. 63 は 62 thio zīti の内容説明. 78 属格形 managero thingo は手段の状況語「多くの方法で」. 80b ih は関係代名詞. 81b「彼らに対してその事の驚きがあった = 彼らはその事を驚いた」. sie は対格形. 83 sīn diurī「彼の貴さ = 貴い彼」. 87 brāhta fram は分離動詞 fram・bringan の過去形. 89 frō mīn は Krist の同格換言. 90 i3 は「彼女が見聞きした事」, thiu は「先に伝わっていたキリストの様子」. 91 megi sīn = sī. 92 untarwesta は untar-wi3an の過去形. 102a は 101b の内容説明. 105 biginnet umbiscouwōn = umbi-scouwōt. biginnan はしばしば開始の意味を示さない. 106 nub er = ther ni. 107 ni sie = ni sint gibūra, thie ni. thiu は 108 を指す. 114 miltī sīno「彼の慈悲 = 慈悲深き彼」. 115 iro は filu harto mēra にかかる.

G3e. 主の祈り. 30 thara zua「それを」. 38 thara ana「それ故に」.

G3f. 郷愁. 28 i3 は「故郷」.

G3g. ルートヴィヒ・ドイツ王への献詩. これはオットフリートが『聖福音集』をルートヴィヒ・ドイツ王（F4 参照）に献上する際に添えた国王賛歌にして, ドイツ最初の沓冠体（Akroteleuton）の詩の一つであり, 奇数行の頭字群と偶数行の末字群はそれぞれラテン語による表題を再現している. 7 guato「良き時として」. 10 thiu は 10b を指す. 13b, 14a の属格形は特質の述語内容語（高橋 1994, S.91 参照）. redinu = redina. 16 sīnēn「彼の家臣達に」. 21 in nōt werdan「必要になる」. 22 与格形 thero redino は比較の状況語. 26 thanke = thanko. 27b は ginādōn sīnēn の内容説明. 31 thes は 32 を指す. 35 lango は副詞. 36 sua3'（= sua3i）は命令法形. man guetemo = manne guatemo. 38 nōti は与格形の状況語「強いられて」. 45 theganheiti = theganheit. 47 hilu'h = hilu（helan の現在形）+ ih.

48 firdruag は firdragan の過去形. 49 imo は再帰的な人称代名詞. 51 wan は winnan の過去形. 54 thūhtun は thunken の過去形. 56 slahtu = slahta. 56b が ahtu にかかるのであれば，「彼はダヴィデの種類（＝と同様）の評価の中にいることができる」. 56b が属格形の述語内容語であれば，「彼は評価の点でダヴィデの種類（＝と同様）であり得る」. 58 filu fram「完全に」. 59 genēr = jenēr. 63 gibōt は gibiatan の過去形. 66 ist thionōnti は進行形. 68 属格形 ellenes guates, quekes muates は特質の述語内容語. 75 全部に関係する関係文では叙想法形 (sīn) が用いられる（髙橋 1994, S.169f. 参照）. 84 kuninginna = kuninginnu. 87 iro, 88 sa (= sia) は 89 の「これらの語り」を指す. rediōn は redōn の古形. 90 gibiete = gibiate. thiete = thiote. 91 therero buachi は therera buachi（女性・単数・属格形）と therero buacho（中性・複数・属格形）の混交. 92 thaʒ は 93 thaʒ ēwīnīga guat を指す. 92b の対格形は時間の状況語（髙橋 1994, S.100 参照）. nieʒe = niaʒe. 96 wunna「喜悦として」.

G3h. **サロモン司教への献詩**. この沓冠体の詩はオットフリートが『聖福音集』を恩師のサロモン・コンスタンツ司教(在任 839 － 871 年)に献呈する際に添えたものである. 1b「サロモンの卓越さに＝卓越したサロモンに」. guatī は与格形. 2 ther は関係代名詞. 3 sīn, habetīn については上記 (G3g の 75) 参照. 4 thiu は「司教座」を指す. zwivalta = zwifalto. 5 lekza の元はラテン語 *lectio*「テキスト」. iu は 2 人称・複数形による敬語法（髙橋 1994, S.132f. 参照）. 6 wesan scal = sī. 11 muates「心の中で」. 12 worto は具格形. 13 ni thaʒ「…と言うのではない」. mīno dohtī は複数形. mohti = mohtīn. 20 bileip は bilīban の, kleip は klīban の過去形. これらは格言的な過去形（髙橋 1994, S.149 参照）. 23 sint = ist. 沓冠体のための文法違反. 24a「言葉あるいは吉事として」. iues muates は 11 muates と同様. 32 gimyato = gimuato. 33 gidar「…してよい」（髙橋 1994, S.181 参照）. scal は未来時称の助動詞. 38 wiaf は wuafan の, riaf は ruafan の過去形. 39 pedi は pad の複数形. 43b の与格形は手段の状況語. 46 n' (= ni) は従属接続詞（= thaʒ）. 48b は frō の属格形客語.

G3i. **ハルトムートとヴェーリンベルトへの献詩**. オットフリートの最大の沓冠体のこの作品（全168行. ただし最後の4行は沓冠体ではない）は,『聖福音集』をザンクト・ガレン修道院の友人, ハルトムート(872 年修道院長, 895 年没)と

出典，解説，注釈

ヴェーリンベルト（880/890 年没）に贈呈する際につけた献詩である．125 lis は lesan の命令法形．theih = thaʒ + ih. 126 hina forn「ずっと」．theses は 127b（= 128）を指す．130 heim「故郷へ = 天へ」．133b「それは痛ましく我らの方へ戻って来る」．135 altan = altēr. theih = then + ih. 136 叙想法形 sī「…であろう」（高橋 1994, S.165f. 参照）．137 sīmēs は命令法形．gifuagte は（gi)fuagen の過去分詞・男性・複数・主格形．138 folgēmēs は命令法形．139 druag は dragan の過去形．duemēs は命令法形．

G4．ロルシュの懺悔（**Lorscher Beichte**）: Steinmeyer 1971, S.323ff.; Braune 1994, S.58f.; Köbler 1986, S.248ff.; Fischer 1966, S.10（写真）．『ヴェストファーレン語の懺悔』（A14）と同様．1 gihu, 5 giu は jehan の現在形．

G5．メルゼブルクの祈り断片（**Merseburger Gebetbruchstück**）: Steinmeyer 1971, S.402; Köbler 1986, S.347. （　）内のラテン語原文はフルダ修道院の秘蹟式書より補足．

G6．プファルツの懺悔（**Pfälzer Beichte**）: Steinmeyer 1971, S.331f.; Thoma 1963, S.245; Köbler 1986, S.520f.『マインツの懺悔』（F8）に類似しており，ラインフランク語形（5 godes, 10 manslahda）が混じる．

H1．バーゼルの処方箋（**Basler Rezepte**）: Steinmeyer 1971, S.39ff.; Grienberger 1921, S.404f.; Eis 1949, S.27（写真）; Köbler 1986, S.113ff.

H1a．発熱の処方箋．上部ドイツ語形（11 p̱etti, 12 p̱rōtes, 13 enp̱īʒe, 14 p̱ado, 15 nip̱u, 16 simp̱lum, p̱iwarten, 17 ip̱u）が混じる．1 putdiglas = buticlas. 9 deo wurzi の後に sint を補う．geoʒe = geoʒ（命令法形）+ sie. 10 lāʒe = lāʒ（命令法形）+ sie. 12 ē = ēr. 16 dō（叙想法形）は東フランク語・上部ドイツ語形（= tuo）ではない．17 dera は女性・単数・属格形．giwere は非人称動詞 giwerēn の叙想法形（高橋 1994, S.164 参照）．18 gigare = gigarawe.

H1b．癌腫の処方箋．2, 3 þū（= thū/dū）, 2 blōde（= bluote）, 3 odđe（= odo）, 4, 6 dolg（= tolk）5 ægero（= eiero）のような古英語の/的な語形は，この処方箋がイギリス起源，あるいは古高ドイツ語原文のイギリス人による筆写のいずれかであったことを示す．1 brænni = brenni. rhoz = hroz. 2 ǣr = ēr. hrēne = hreini. rīp anan は分離動詞 anan・rīban の命令法形．deʒ = daʒ. 3 odđe ... otþæ... = odo ...

365

odo ... itʒs は *ags.* it と *aofrk.* iʒ の混交. 5 rhæno = hreino. deʒ wīʒsæ = daʒ wīʒʒa. ænde = ende. hounog = honag. lāchna = lāchino.

H2. サリ法断片 (**Lex Salica-Fragment**): Steinmeyer 1971, S.55ff.; Braune 1994, S.44f.; Sonderegger 1964 (写真); Köbler 1986, S.251ff. カルル大帝の勅令 (803年) によって作られた『サリ法』(E1 参照) の最終版のドイツ語訳. 目次の最後と法文の最初のみ現存する. /w/ を表わすためにルーネ文字に由来する▽が用いられている. I,1. cuimit = quimit. ini = inan. 3. cueme = queme. cuenūn = quenūn. II, 1. metalōstūn は metal (= mittil) の最高級形であるが, 意味は原級形と同じ. LXVII. lōsii bi-liugit, II,2. stīgu for-stolan, 3. sūlage ... sloʒhaft, 4. farah ... felđe は頭韻.

H3. ヒルデブラントの歌 (**Hildebrandslied**): Steinmeyer 1971, S.1ff.; Braune 1994, S.84f.; Köbler 1986, S.167ff.; Das Hildebrandlied 1985 (原寸のカラー写真); 髙橋 1994, 口絵 (複写). ドイツに伝わる唯一の頭韻英雄歌謡. この作品は短篇ながらも雄渾である. 元は北イタリアで5世紀末/6世紀前半に東ゴート人の所で生まれた話, あるいは6-8世紀にランゴバルド人の所で生まれた作品と考えられる (K3 参照). 結末は, 父親が息子を討ち倒すという反倫理的な事であるために, 意図的に書かれていないが, 古アイスランド語の『エッダ』(谷口幸男訳, 新潮社 1974) の中の『ヒルデブランドの挽歌』に基づいて髙橋が復元. ディートリヒとオドアケルの関係は史実 (J24b 参照) と異なる. 8世紀末にフルダ修道院で東フランク語に訳され, 830-840年の間に書き留められたとされる現存写本にはバイエルン語形と機械的かつ中途半端にザクセン語化された不自然な語形が混じっている. /w/ の表記にはほとんどの場合にイギリスで使われていたルーネ文字起源の Þ (ウェン) が用いられている. 写本原本は第2次大戦中にカッセルの図書館から疎開させたあった所で終戦直後に行方不明になったが, その後アメリカの古書市場に現われて, 個人の所蔵になっていた第2葉は1955年にアメリカ政府によってカッセルに戻された. 更に第1葉もアメリカで発見されて, 1972年に返却された. 1 ik(*as.*) = ih. đat(*as.*) = thaʒ. seggen(*as.*) = sagēn. 2 urhēttun(*as.*) = urheiʒʒun. ænon(*as.*) = einon「…のみが」. muotīn(*as.*) = muoʒtīn. 1行目は半行だけなので, 2行目前半と合わせて一つの半行と解することも可能:「挑戦者らが単騎にて 対戦せりと我聞きぬ」. 3 heriun twēm(*as.*) =

herim zweim. 4 sunufatarungo は属格形で，3 heriun twēm にかかる．rihtun は rihten の，5 garutun は gar(a)wen の過去形．gūđhamun(*as.*) = gundhamon(*ab.*-hamun)．gurtun ana は分離動詞 ana・gurten の過去形．6 helidos(*as.*) = helida. ringa は本来の押韻では hringa「鎖鎧」．dō は従属接続詞「…した時」．tō(*as.*) = zi. 8 属格形 ferahes は関係の状況語（髙橋 1994, S.94 参照）．frōtōro(*ab.*) = fruotōro. 10 fireo(*as.*) = firiho は folche(*ab.* = folke)にかかる．10b には /f/ の押韻語がない．/f/ を頭音に持つ，cnuosl「一族」の同義語は，ランゴバルド語の fara のみであることから，この作品のランゴバルド語起源が確認される（K3 ランゴバルド語の『ヒルデブラントの歌』参照）．11 ēnan(*as.*) = einan. 11b 与格形 mī(*as.* = mir)は再帰の状況語（髙橋 1994, S.97f. 参照）．ōdre(*as.* ōđre) = andere. wēt(*as.*) = weiʒ. 12 chind(*ab.*) = kind. chunincrīche(*ab.*) = kuningrīche. chūd(*as.* kūđ) = kund(*ab.* chund). 14 ūsere(*as.* ūsa) = unsere. 15 frōte(*ab.*) = fruote. 16 hǣtti (*as.* hēti) = hieʒʒi. heittu(*as.* hētu) = heiʒʒu. 17 giweit(*as.* giwēt) = giweiʒ (giwīʒʒan の過去形)．flōh は fliohan の過去形．Ōtachres(*ab.*) = Ōtackres. 19 furlǣt (*as.* farlēt) = furlieʒ(furlāʒʒan の過去形)．luttila(*as.*) = luzzila. sitten(*as.* sittian) = sizzen. 20 属格形 prūti(*ab.* = brūti)は būre にかかる．21 arbeo laosa(*ab.*) = erbeo lōsa. arbeo は複数・属格形で，laosa の客語．rǣt(*as.* rēd) = reit(rītan の過去形)． 22 des = 23 fateres mīnes は darbā にかかる：「彼の，わが父の必要性が」．Dētrīhhe = 18 Theotrīhhe, 25 Deotrīchhe. gistuontun は gistantan の過去形．23 dat はディートリヒを指す．friuntlaos(*ab.*) = friuntlōs. 24 ummetti(*as.* unmet) = ummeʒʒi. 25 denchisto(*ab.*) = thenkisto. gistōntun(*ab.*) = 22 gistuontun. 26 folches(*ab.*) は ente にかかる．at(*as.*) = aʒ. ti(*as.*) = zi. leop(*ab.*) = leob. 27 chōnnēm(*ab.*) = cuonēm. 27 wāniu は wānen の現在形．habbe(*as.* hebbie) = habe. 28 wēttu(*as.*) = weiʒʒu. hevane(*as.*) = himile. 29 neo dana halt「二度と…ない」．dinc(*ab.*) = thing. 30 want は wintan の過去形，wuntane は過去分詞．wuntane bauga（複数形）「ねじられた，螺旋状の腕輪」．31 cheisuringu(*ab.* = keisuringu)は具格形．sō se は関係代名詞（髙橋 1994, S.201 参照）．chuning(*ab.*) = kuning. 32 Hūneo truhtīn はアッティラを指す．dat は従属接続詞で，「我は誓う」といった主文が省略されている（髙橋 1994, S.211 参照）．it(*as.*) = iʒ. 33 gimālta = 7, 13, 41 gimahalta. 34, 35 は，敵対者から贈り物をもらう時には，だまし討ちを避けるために，素手で受け取っ

てはならないことを警告するドイツ最古の格言. 36 dir は 11b mī と同様. ummet(as.) = unmeʒ. 37 werpan(as. = werphan)「ある人（対格形）にある物（具格形）を投げつける」(髙橋 1994, S.101 参照). 38「汝は絶え間のない奸計を抱いたまま年老いた男だ」. pist(ab.) = bist. fōrtōs(ab.) = fuortōs. 40 wīc(ab.) = wīg. 44 hēme(as.) = heime. gōten(ab.) = guotan. 45 reccheo(ab.) = reckeo. 47 sehstic(as. sehstig) = sehszug. 48 sceotantero は sceotan(as. = scioʒʒan)の名詞化された現在分詞・男性・複数・属格形. 49 sō「…ではあるが」. 50 swāsat(as. swās) = swāsaʒ. swertu は具格形. 52 aodlīhho(ab.) = ōdlīhho. taoc(ab.) = toug. 56b は G3b の 14b と同様. 57 gūdea(as. = gundea) gimeinūn は属格形で, 56 wīges の換言. mōtti(as. mōti) = muoʒʒi. 58 hrūmen = hruomen. muotti = muoʒʒi. 60 lēttun(as. lētun) = lieʒʒun. ǣrist = ērist. 61 scarpēn(as. = scarphēn) scūrun は asckim (= ascim)の換言. stōnt(ab.) = stuont. 61b は非人称表現（髙橋 1994, S.165 参照）. 62 stōptun(as.) = stuoftun. tōsamane(as. tesamne) = zisamane. chlubun(ab.) は klioban の過去形. 63 heuwun(as. = hiowun)は hauwan(as. = houwan)の過去形. harmlīcco(as. harmlīko) = harmlīhho. hwītte(as. hwīte) = hwīʒʒe. 64 unti(as. unt) = unzi. 65 giwigan は wīhan の過去分詞. wābnum は wāban の複数・与格形.

H4. ハンメルブルクの荘園の境界表示（**Hammelburger Markbeschreibung**）: Steinmeyer 1971, S.62f.; Braune 1994, S.6; Köbler 1986, S.177f.; Chroust 1902, Tafel 7（写真）. カール大帝がフルダ修道院の院長に与えた荘園の境界確認書の写し. ラテン語を解しない現地住民のために具体的な地点はドイツ語で表示されている.

H5. タツィアーンの『総合福音書』（**Tatians Evangelienharmonie**）G 写本: Sievers 1966; Masser 1994; Braune 1994, S.46ff.; Eis 1949, S.31（写真）; Fischer 1966, S.9（写真）. 170 年頃にシリアのタツィアーン（タティアーヌス）が編集した総合福音書のラテン語訳を 825 年頃にフルダ修道院でドイツ語訳したもの. ザンクト・ガレン修道院の注文により 9 世紀の第 2 四半期に筆写された G 写本の外に, オックスフォードの B 写本抜粋とパリの P 写本抜粋がある. 翻訳は厳密な逐語訳で, G 写本ではラテン語原文とドイツ語訳が左右に相対している. この総合福音書訳は『ヘーリアント』（A4-8, 19）やオットフリートの『聖福音集』（G3）の基になった.

H5a. 放蕩息子の話. 12. hēhti = ēhti. 13. 与格形独立分詞文 gisamonōntēn allēn

はラテン語の奪格形独立分詞文 *congregatis omnibus*「全ての物をまとめて」の直訳（髙橋 1994, S.98f. 参照）．属格形 elilentes は空間の状況語「外国へ」．verra は fer の女性・単数・対格形．ziwarf は ziwerphan の過去形．lebento は弱変化の現在分詞．14. vorlōs は furliosan の過去形．bigonda は biginnan の過去形．15. santa は senten の過去形．16. *siliquis* はラテン語 *siliqua*「莢果」の複数・奪格形．17. giworban は werban の過去分詞．与格形 hungere は因由の状況語．20. mittiu（= mit thiu）+ thanne「…している時」．与格形 miltida も因由の状況語．25. achre (*aobd.*) = acc(a)re. mittiu thō = mittiu thanne. nālīchōta = nāhlīchōta. 27. arsluog は arslahan の過去形．27. intfieng は intfāhan の過去形．28. bigonda fragēn = fragēta. biginnan はしばしば開始の意味を強調しない．29. neo in altre「人生において…ない＝決して…ない」．ubargēng = ubargieng．与格形 mīnēn friuntun は共同の状況語「わが友人らと共に」．32. gilampf は非人称動詞 gilimphan の過去形（髙橋 1994, S.164 参照）．

H5b．**天国の喩え**．バイエルン語の『モーン(ト)ゼーのマタイ福音書断片』(I3a) の同個所と比較すると，『タツィアーンの総合福音書』の方が直訳調で，非ドイツ語的な所がある．44. thaȝ iȝ は関係代名詞で，tresewe にかかる．thie は後の man にかかる関係代名詞．sīnes = sīn（iȝ の属格形）．46. 与格形独立分詞文 fundanemo thanne einemo diuremo merigrioȝe はラテン語の奪格形独立分詞文 *inventa autem una pretiosa margarita* の直訳．『モーン(ト)ゼーのマタイ福音書断片』では主格形独立分詞文 funtan auh ein tiurlīh marigreoȝ「一つの高価な真珠が見つけられると」．47. fon allemo cunne fisgo「あらゆる種類の魚の一部を」．48. mit diu「…する時」．50. zenio は zan の複数・属格形．

H5c．**主の祈り**．10 gileitēst は要望の叙想法形．

H6．**アインハルトの『カルル大帝伝』**（**Einhards Vita Caroli Magni**) C 1 写本：Pertz/Waitz/Holder-Egger 1911, S.33f.; Braune 1994, S.8; Köbler 1986, S.132ff. カルル大帝の側近であったアインハルト（エインハルドゥス．770 年頃－840 年）による最も正確なカルル大帝伝．和訳は国原吉之助（訳・註）『カロルス大帝伝』(筑摩書房 1988)．「フランク人の二つの法律」とは『リブアーリ法』(D2) と『サリ法』(E1 と H2)．ゲルマン語の古歌謡集とドイツ語の文法書なるものは伝存しない．2 月が hornung「庶子」と呼ばれたのは，他の月と比べて日数が少ないた

め．風の名称は東から 30 度刻みの時計回りで示されている．norđwestrōni 等に見られる đ [ð] の表記法は，高地ドイツ語では 9 世紀の第 1 四半期の東フランク語でのみ用いられている．ここに示されている語形（C1 写本自体は 9 世紀末/10 世紀初め）が現存しない原本に忠実であるならば，カルル大帝が話していた言葉は東フランク語である（髙橋 1992 参照）．

H7. フランク語の受洗の誓い（**Fränkisches Taufgelöbnis**）A 写本： Steinmeyer 1971, S.23ff.; Braune 1994, S.38; Fischer 1966, S.8（写真）; Köbler 1986, S.147f. ラインフランク語原文の東フランク語による写し．3 複数・与格形の im は再帰の状況語（髙橋 1994, S.97f. 参照）．geldom（= gelton）はラインフランク語形．

H8. ヴュルツブルクの懺悔（**Würzburger Beichte**）: Steinmeyer 1971, S.316ff.; Köbler 1986, S.578ff. 筆記者はテューリンゲン語形（dī = *aofrk.* dir）の混じる北部東フランク語域の出身．2 fona diu d' = *as.* fan thiu thē「…した時から」(A14)．4 chelegiridu = kelegiridu. 5 sgāhungu = scāhungu. 6 armaro（= armero）は複数・属格形．

H9. フルダの懺悔（**Fuldaer Beichte**）A 写本: Steinmeyer 1971, S.327ff.; Köbler 1986, S.135ff. 原文の作成は 9 世紀前半．

H10. ヴュルツブルクの共有地の境界表示（**Würzburger Markbeschreibungen**）: Steinmeyer 1971, S.115ff.; Braune 1994, S.6ff.; Chroust 1901, Tafel 10（写真）; Köbler 1986, S.589ff. ヴュルツブルクの共有地の境界を，A）はマイン川左岸の北部地点から反時計回りに，B）はマイン川右岸の北部地点から時計回りに示す．Dinklage 1951 に地図．A）の原本はカルル大帝の時代の 779 年に作られているが，現存写本は 1000 年頃に新たに書き直されたもの．全文がドイツ語の B）は一部の人名が A）のものと重なっているので，A）の直ぐ後に作られたと思われる．

H11. ヴィリラムの雅歌注解（**Williams Kommentar zum Hohenlied**）B 写本: Seemüller 1878; Bartelmez 1967; Braune 1994, S.75ff.; Salzer 1926, Beilage 24（写真）; Eis 1949, S.47（写真）．オーベルバイエルンのエーベルスベルク修道院の院長であったフランク出身のヴィリラム（在任 1048 − 1085 年）は 1060 年頃に旧約聖書の雅歌をラテン語の六脚詩に作り変え，これにドイツ語による散文の注解を対比させた．写本上では中央に雅歌原文，その左にラテン語の六脚詩，右にドイツ語の散文注解が配されている．ヴィリラムのこの主著は，中高ドイツ語の時代を

通して15世紀末にまで及ぶ,多数の写本によって伝えられている（B4参照）.

H11a. **序文**. ラントフランクの著作は伝存しない.

H11b. **本文59**. 強音と長音の表記法はノートケル（J26）と同一. 6 ih der は関係代名詞.

I 1. **シューレルロッホの岩壁のルーネ文字銘**（**Runeninschrift im Kleinen Schulerloch**）: Krause/Jankuhn 1966, I. S.290ff., II. Tafel 64（写真）; Rosenfeld 1984. ニーデルバイエルンの洞窟の壁面への彫り込み. 側には山羊のような動物も描かれている. ドイツでは岩壁や石碑のルーネ文字銘が他に見られないことと, ノルウェーに類似した内容の碑文があることから, Krause/Jankuhn は偽作ではないかと疑っていたが, Rosenfeld は単語間に珍しく分離点が打たれていること, leub の字形がノルデンドルフの弓形留金のルーネ文字銘（J1）の leub の字形と同一であること, 内容が世俗的で, 同時に描かれた動物の絵と無関係であることから偽作と断定している.

I 2. **バイエルン法**（**Lex Baiwariorum**）**A写本**: Schwind 1926. 最古の部分は6世紀に溯る. この法典は最も多くドイツ語の裁判用語を含んでいる. 和訳は世良晃志郎（訳）『バイエルン部族法典』（創文社 1977）. 4, 4. palcprust = balcbrust（J11『アレマン法』57, 35）. 4, 23. heriraita = hariraida（D3『リブアーリ法』67）.

I 3. **モーン(ト)ゼーの写本断片**（**Mon(d)seer Fragmente**）: Hench 1890（写真）; Braune 1994, S.23ff.; Köbler 1986, S.277ff.; Fischer 1966, S.5（写真）. モーン(ト)ゼー修道院に伝存していた『マタイ福音書』, イージドールの『異教徒らの召出しに関する説教』, イージドールの『公教信仰』, アウグスティーヌスの説教等を内容とする写本断片. イージドールの『公教信仰』の断片は, 明らかに南ラインフランク語訳（G1）の, バイエルン語への重訳であるので, その他の断片も, 元の南ラインフランク語訳は伝存しないが, 同様にバイエルン語への重訳であると見なされる.

I 3a. **マタイ福音書**（**Evangelium secundum Matthaeum**）. 現存するドイツ最古の聖書訳. 主の祈りの部分は欠けている. 46. funtan auh ein tiurlīh mariogreoȝ は主格形独立分詞文. 47. 主格形の samnōntiu は与格形の samnōnteru の間違い. 48. ūȝardunsan は ūȝardinsan の過去分詞.

Ⅰ 3b. イージドールの『異教徒らの召出しに関する説教』(**Isidors Homilia de vocatione gentium**). 19 ira は再帰的な 3 人称代名詞・女性・単数・属格形（髙橋 1994, S.157f. 参照). 21 ira は属格形. 22, 23 diu（具格形）maer（= *aofrk.* mēr)... danne ...「…よりもむしろ」. 22 es = 21 al daʒ. 43 女性・単数・属格形 ira selbera は frumōno にかかる. 44 des = 42 sō hwaʒ sō.

Ⅰ 3c. イージドールの『公教信仰』(**Isidors De fide catholica**). 南ラインフランク語訳（G1）参照.

Ⅰ 3d. アウグスティーヌスの説教（**St. Augustins Sermo**). 5 sculdīge の後に sint を補う. 14 christānheiti は属格形, 15 kirihhūn は対格形.

Ⅰ 4. キリスト教徒に対する奨励(**Exhortatio ad plebem christianam**) A 写本: Steinmeyer 1971, S.49ff.; Braune 1994, S.28f.; Enneccerus 1897, Tafel 32, 33（B 写本写真); Köbler 1986, S.127ff. カルル大帝が 800 年頃に出した勅令に基づいて作られたラテン語による説教文のドイツ語訳. ( ) の中は B 写本による補足と訂正. 2 dera は先行詞の格形に同化した関係代名詞・女性・単数・属格形. B 写本では thē. 8 属格形 dera calaupa は所有の述語内容語（髙橋 1994, S.91 参照). faoiu = fōhiu(B). 12 deisu = desiu. thictōta = tihtōta(B). 13 属格形 suslīhera churtnassī は手段の状況語. 17 in = inu「つまり」. 18 fōun = fōhun(B). 20 fraono = frōno. 22, 23 weo mag er christāni sīn, der dei は 17, 18 hweo quidit sih der man christānan, der deisu fōun wort dera calaupa の余分な換言. 26 ado = odo. 30 wanta = daʒ. 33 daʒ er sculdīg ... の daʒ は本来不要. er sculdīg ist widar gaotes caheiʒes「彼は良き誓いに対して責任あり」(B ... widar got thes gaheiʒes「神に対しその誓いに」) は *reus est fidei sponsionis*「彼は信仰告白の誓いに責任あり」の誤訳. 39 属格形 alleru īlungu は手段の状況語. 41 canaotit = ganōtit(B).

Ⅰ 5. ヴェッソブルンの祈り（**Wessobrunner Gebet**): Steinmeyer 1971, S.16ff.; Ganz 1973; Braune 1994, S.85f.; Köbler 1986, S576f.; 髙橋 1989; Schützeichel 1995, S.340f.（写真). ドイツ最古のキリスト教詩で, 頭韻（一部は脚韻）による. ka, kā の表記としてルーネ文字の ＊ が, enti としてローマの速記記号の ꝉ が用いられている. 1, 2 dat = daʒ. kafregin（= kafragn）は kafregnan の過去形. 3 pereg = perg. 5 liuhta は liuhten の過去形. 6 複数・属格形 enteo, wenteo は niwiht にかかる. 8 manno miltisto はキリストを指す. 10, 11 dū は関係代名詞. kaworahtōs は

kawurchan の過去形. 14 tiuflun はゲルマンの異教神らを，arc は異教神への信仰と供犠を指す（A22『ザクセン語の受洗の誓い』参照）.

16. フライジングの主の祈り注解（**Freisinger Paternoster**）A写本： Steinmeyer 1971, S.43ff.; Braune 1994, S.34; Enneccerus 1897, Tafel 29, 30（写真）; Köbler 1986, S.142ff. フライジングの司教座教会でラテン語の主の祈りの一文ずつにつけられた注解から主の祈りのドイツ語訳の部分だけを抜き出した. 5 eogawanna「いつも」. 6 flāʒ = farlāʒ. flāʒʒamēs = farlāʒʒamēs.

17. バイエルン語の懺悔（**Bairische Beichte**）I ： Steinmeyer 1971, S.309; Braune 1994, S.57f.; Köbler 1986, S.1f. 現存最古の懺悔. 5－7世紀のゴート人による布教活動の影響を受けている用語が見られる ： missatāt = got. missadeþs「過ち」, miltidā = got. mildiþo「慈愛」（共に複数形）, alles waltantio truhtīn = got. frauja allwaldands「万物を統べる主」. 9 solīhho は hriuūn（= hriuwūn）enti harmskara を指す.

18. ザンクト・エメラムの祈り（**St. Emmeramer Gebet**）A写本 : Steinmeyer 1971, S.310ff.; Braune 1994, S.57f.; Köbler 1986, S.108ff. 前半は『バイエルン語の懺悔 I』（17）と同文. 2 deih = des ih. 7 farkip は『バイエルン語の懺悔 I』の 7 kawerdōs fargepan に対応する.

19. 神への賛歌（**Carmen ad deum**）: Steinmeyer 1971, S.290ff.; Petzet/Glauning 1910-1930, Tafel 5（写真）; Braune 1994, S.37f.; Köbler 1986, S.118ff. ラテン語脚韻詩の散文直訳. 多数の間違いを含み，古期ドイツ最悪のドイツ語訳. 2 ēōno = ēwōno. 6 fana skeffe は aplustra「舟々を」の a を前置詞と解した誤訳. plōmūn（= aofrk. bluomūn）は flustra「潮々は」を flos「花」の複数形と解した誤訳. 8 kascōf は kasceffan（= aofrk. giscephen）の過去形. 9 opa himile は supra polum「上では天を」の誤訳. 10 petōno は peta（= aofrk. beta）の複数・属格形. 11 himiles nolle は caeliarce「天の支配者よ」を caeli arce「天の頂きに」と解した誤訳. 14 dei = diu（中性・複数・対格形）. gatōm = aofrk. gituon. 15 fleisc kapuntan は sarci nexu「肉に縛りつけられた」の誤訳. 16 Christes は Christe「キリストよ」を Christi「キリストの」と解した誤訳. 17 sī は sis「汝はあれ」を sit「彼はあれ」と解した誤訳. 19 skilt は parmā「楯で」を parma「楯が」と解した誤訳. 20 nolle fīantes は arce「遠ざけよ」を arce「頭頂に」と解した誤訳. pruuhhan rippeo は

uti costis「肋骨からの如くに」の *uti* を *ūtī*「享受する」と解した誤訳. 21 noh mēr hercin は *imo corde*「最深の心より」を *immo corde*「むしろ心より」と解した誤訳. 25 daʒ mih heilan は *me, ut sanus*「我を, 健全なる者として…するために」の訳として mih, daʒ (ih) heil でなければならない. 28 toon = *aofrk.* tuon. 29 前の fana imo は *beo*「我は幸福にする」を *ab eo*「彼から」と解した誤訳.

I 10. フルダの覚え書き (**Fuldaer Notiz**): Steinmeyer 1971, S.405f.; Grienberger 1921, S.234f.; Thoma 1963, S.245f.; Köbler 1986, S.138f. テューリンゲンへ送った物品の覚え書き.

I 11. カッセルの会話 (**Kasseler Gespräche**): Steinmeyer/Sievers 1969, S.9ff.; Braune 1994, S.8f.; Köbler 1986, S.234ff. あるロマン人（＝フランス人）にバイエルン語を教えたあるバイエルン人の控え. 記されているラテン語は俗ラテン語から古フランス語への移行過程にあるものとしてフランス語史にとっても重要である. 1) skir は skeran の命令法形. 15) capiut = *aofrk.* gibiot. tōm = *aofrk.* tuon. 16) tōis = *aofrk.* tuos(t). 22) cōt = *aofrk.* guot.

I 12. ザンクト・エメラムの主の祈り注解 (**St. Emmeramer Paternoster**): Steinmeyer 1971, S.43ff.; Köbler 1986, S.142ff.『フライジングの主の祈り注解』(I6) をザンクト・エメラム修道院で改作したもの. emiʒīcaʒ「絶えぬものとして」.

I 13. ムースピリ (**Muspilli**): Steinmeyer 1971, S.66ff.; Braune 1994, S.86ff.; Köbler 1986, S.264ff.; 髙橋 1986(d); Enneccerus 1897, Tafel 11-16（写真）. 現存する最大の古高ドイツ語の頭韻詩（一部脚韻）で,『バイエルン法』(I2) と表裏一体の関係にあり, 法律的宗教詩と呼ぶことができる. 冒頭と末尾を欠くこの作品にはラインフランク語形が混入しており, 不慣れな筆跡で, ルートヴィヒ・ドイツ王 (F4 と G3g 参照) の蔵書の余白に書き込まれていることから, 書き手はルートヴィヒ・ドイツ王自身であったと考えられる. 3 likkan = *aofrk.* liggen. 5 dār umpi「それを巡って」. 6 mac (= *aofrk.* mag)「…しなければならない」. 14 = オットフリート『聖福音集』I, 18, 9 Thār ist līb āna tōd, lioht āna finstrī. 16 pardīsu ― pū (= *aofrk.* bū) は上部ドイツ語でのみ可能な押韻. 19 es「その事に関して」は 20-22a を指す. 25 demo の後に関係代名詞 der を補う. 28 sih は与格形としての最古の用例（髙橋 1994, S.136 参照）. 31 sō denne「…する時に」. 33 kitar は kiturren の現在形. 34 は 33 pan の内容説明. 37 werolt-rȩht-wīson. 39 arhapan は arhevan

の過去分詞. 52 ēnīch = *aofrk.* einīg. 53 lougiu は 23 lauc (= *aofrk.* loug) の具格形. 57 mūspilli (与格形 mūspille) は古ザクセン語の mūd-/mūtspelli に対応していて, 共にこの世の最後の時に現われる点は同じであるが, これが事象なのか, それとも神霊的な存在なのかは全く不明. 古アイスランド語の『エッダ』では Muspell という名前の悪魔的な巨人が, 『スノリのエッダ』では Muspell と呼ばれる火の世界のことが述べられているが, Muspell の本来の意味は説明されていない. 古英語は対応語を持たない. 60 piech (= *aofrk.* bieg) は 38 pāgan の過去形. 61 farprunnan は farprinnan の, pid(w)ungan は pidwingan の過去分詞. ist farprunnan は自動詞の現在完了形. 68 dār pī「その際に」. 70 属格形 upiles は様態の状況語「悪事として」(髙橋 1994, S.94 参照). 73 は無韻行であるが, ki-lútit を古形の ki-hlútit に変えれば, 完全な頭韻行になるので, この作品の, 少なくともこの行の成立年代を 9 世紀初めまで溯らせることが可能である. 74 suannan = *aofrk.* suonnen. 77b deru = diu. 82 lōssan = lōsen. 84 は非人称受動文. 87 dār umpi「その回りに」. 90 sō dār は空間の関係副詞. 91 hant, houpit, 92 allero lido welīhc は被害者のもの. 93 mordes は 70 upiles と同様. 97 furimegi は furimugan の現在・叙想法形. 押韻は ala-músanu — furi-mégi. 101 dār ana「そこへ」. 102 anfenc (= *aofrk.* intfieng) は int-/anfāhan の過去形.

I 14. オットフリートの『聖福音集』(**Freisinger Otfrid**) F 写本: Kelle 1963, 1. Bd., S.135. オットフリートの『聖福音集』(G3) をジギハルト (シギハルドゥス) がフライジングの司教ヴァルド (在任 883－906 年) の命によってバイエルン語形に書き直したもの. ただし元の南ラインフランク語形のままの所も多々ある (thīnēr, thaȝ 等).

I 15. ジギハルトの祈り (**Sigiharts Gebete**): Steinmeyer 1971, S.102; Braune 1994, S.131; Enneccerus 1897, Tafel 4 (写真); Köbler 1986, S.546f. この脚韻詩の二つの祈りはフライジングのオットフリート写本 (I14) の末尾に書き添えられているので, 『ジギハルトの祈り』と呼ばれるが, 筆跡が全く異なるため, こう呼ぶのは正しくない. 2 dīn は人称代名詞 dū の属格形. 4 dīnes は所有代名詞 dīn の男性・単数・属格形. 5 ēwūn は ēwa の単数・与格形. wēwūn は wēwa/wēwo の単数・対格形.

I 16. ペテロの歌 (**Petruslied**): Steinmeyer 1971, S.103f.; Braune 1994, S.131;

Fischer 1966, S.20（写真）; Köbler 1986, S.516f. この脚韻詩の作品は *Kyrie eleison*「主よ，憐れみ給え」のリフレインを持つドイツ最古の請願歌であり，写本では各行上にネウマという中世の音符がつけられている（楽譜の復元は Ursprung 1952, S.20）．『ルートヴィヒの歌』(E2) 47の kyrrieleison はこの『ペテロの歌』そのものか，類似の歌であったと思われる．1,1 hapēt/habēt の縮約形 hāt は最古の用例（髙橋 1994, S.150 参照）．これが一般化するのは11世紀以降である．farsalt は farsellen の過去分詞．1, 3 *Kyrie, Christe* はギリシャ語の呼格形，*eleyson* は命令法形．2, 2 dār in「その中へ」．聖ペテロが天国の門番をしていることは今でも話題になる．マザー・テレサが枢機卿と交わした会話：「あなたが天国で聖ペテロに会ったとしたら」と枢機卿．彼女の答え．「聖ペテロはこういうでしょうね．それにしてもテレサ，何てことをしたんだい．お前の貧しい人たちで，天国は大入り満員じゃないか」（朝日新聞・天声人語 1997・9・8）．ドイツの小話：ある医者が，天国の門の前に来た．生きているときにはどういう職業だったのかと，天国の門番をしている聖ペテロが尋ねた．「医者だったんです」．「ああ，それなら」と，聖ペテロは答えた．「ここはちがうよ．納入業者がはいるのは裏口からだ」（関楠生編著『ドイツ・ジョーク集』実業之日本社 1979）．3,2＝オットフリートの『聖福音集』I,7,28 thaȝ er uns firdānēn giwerdo ginādōn.

Ⅰ17. 司祭の誓い（**Priestereid**） A写本：Steinmeyer 1971, S.64f.; Braune 1994, S.57; Köbler 1986, S.518f. 原文の作成は9世紀半ば．『シュトラースブルクの誓い』(F4)のカルル・西フランク王の言葉と共通する表現が見られる：sō mīno chrephti enti mīno chunsti sint ≒ sō fram sō mir got gewiȝci indi mahd furgibit. mīnan willun（単数・対格形）＝ mīnan willon. sō ih mit rehto ... scal ＝ sōso man mit rehtu ... scal. 1 dir（＝ der）は関係代名詞．chrephti ... chunsti, fruma frummenti, ka-hōrīch ... ka-hengīg は頭韻．

Ⅰ18. フォーラウの懺悔断片（**Vorauer Beichtfragment**）: Steinmeyer 1971, S. 326; Köbler 1986, S.106f. 前部は受洗の誓いの一部．南ラインフランク語形（muater）が混じっている．

Ⅰ19. 詩篇138（**Psalm 138**）: Steinmeyer 1971, S.105ff.; Braune 1994, S.138f.; Köbler 1986, S.530ff.; Fischer 1966, S.23（写真）．詩篇138（『聖書』新共同訳 1987では139）の自由意訳で，古高ドイツ語では現存唯一の，旧約聖書本文の韻文訳

（脚韻，一部は頭韻）．ダヴィデの歌った歌がドイツ語訳されたのは，ダヴィデがフランク王の理想像とされていたことと関係する（G3g『ルートヴィヒ・ドイツ王への献詩』と髙橋 1988 参照）．3 gichuri は gichiosen の過去形．5 meg'（= megi）は mugan の現在・叙想法形．7 chērte = *aofrk*. kērta．8 furiworhtōstu は furiwurchen の過去形＋dū. chērte = *aofrk*. kērti．9 pidwungen は pidwingen の過去分詞．12 ce dir「汝の元で」．17 rieton, 18 rietun は rāten の過去形．19 dīn は dū の属格形．21 durh「…のために」．23 pinim は pinemen の命令法形．24 lā（= lāʒ）は lāʒen の命令法形．'s（= es)「それに関して」は 24b を指す．ane skioʒʒe は分離動詞 ane・skioʒʒen の叙想法形．25 pisāʒi は pisizzen の過去形．26 gipar（= *aofrk*. gibar）は giperan の過去形．27b des = daʒ．28 nupe「…しないように」．30 mach = *aofrk*. mag. tach = *aofrk*. tag. 32,33 tete = *aofrk*. teta．36 chius は chiosen の命令法形．

I 20．ヴィーンの犬の呪文（**Wiener Hundesegen**）: Steinmeyer 1971, S.394ff.; Braune 1994, S.89; Köbler 1986, S.592f.; Fischer 1966, S.16（写真）．2 sancte Martī は 4 世紀の聖者マルティーン（マルティーヌス）．3 gawerdo は gawerdōn の叙想法形．6 se wara se = sō wara sie. 6 属格形 waldes, weges, heido は空間の状況語（髙橋 1994, S.93 参照）．8 dē = der. frumma は frummen の叙想法形．sa = sie.

I 21．テーゲルンゼーの寄生虫の呪文（**Tegernseer Wurmsegen**）: Steinmeyer 1971, S.374f.; Braune 1994, S.90; Eis 1964, Tafel 1（写真）; Köbler 1986, S.528f. 頭韻詩．ザクセン語による『ヴィーンの寄生虫の呪文』（A12b）とほぼ同一．*nessia*（= *nescia*）は中世ラテン語で「未知の，寄生虫による病気」．nesso, nessinchilīn（= *as*. nessiklīn）はこの中世ラテン語に由来する．

I 22．バイエルン語の懺悔（**Bairische Beichte**）II : Steinmeyer 1971, S.314f.; Braune 1994, S.60; Köbler 1986, S.231ff. 『バイエルン語の懺悔 I』（I7）の改作．8 vīginscephte = *aofrk*. fījantscefti.

I 23．ルーオトリープ（**Ruodlieb**）: Haug/Vollmann 1974（写真），1985. 1050 年頃にテーゲルンゼー修道院で作られた，ルーオトリープを主人公とするラテン語の騎士物語詩の断片．この中に幾つかのバイエルン語の単語が見いだされる．散文訳は丑田弘忍（訳）：ルオドリエプ（中京大学教養論叢 19,1978, S.187-206; 20, 1979, S.99-140; 22, 1981, S.191-225）．

I 23a. 捕えられたる魚. ルーオトリープが薬草を使って池で捕えた種々の魚が示される. 41 prahsina (= *aofrk.* brahsima) = *nhd.* Brachsen. lahs = *nhd.* Lachs. charpho (= *aofrk.* karpfo) = *nhd.* Karpfen. orvo = *nhd.* Orfe. 42 alnt = *nhd.* Aland/Alant. naso = *nhd.* Nase/Näsling. 45 walra = *nhd.* Wal(1)er-fisch. 46 asco = *nhd.* Asch/Äsche. rīnanch = *nhd.* Rheinanke/Renke. 47 agapūʒ = *bair.* Appeis.

I 23b. 愛の伝言. ルーオトリープの求愛の使者に語った女性の返事.

I 24. オットローの祈り (**Otlohs Gebet**): Petzet/Glauning 1910-1930, Tafel 13(写真); Steinmeyer 1971, S.182ff.; Braune 1994, S.80f. ザンクト・エメラム修道院の学僧, オットロー (1010年頃-1070年) は多数の宗教的な著作をラテン語で書いた. このバイエルン語による祈りは, 彼のラテン語による祈りの簡約版である. 2 inluita は inliuten の命令法形. 4 des = chlagen. 5 zunta は zunten の過去形. 後の zunta は命令法形. 7 hungiro と dursti は現在・叙想法・単数・1人称形. frōn は frō の男性・単数・対格形. 14 mitten = mit den. 21 spensti は spanst の複数・対格形.

I 25. クロ-ステルノイブルクの祈り (**Klosterneuburger Gebet**): Steinmeyer 1971, S.181. 1 tū (= *aofrk.* dū) は関係代名詞. giscūfe (= *aofrk.* giscuofi) は giscepfen の過去形. 4 giunstiemo = jungistemo. sō は時間の関係副詞.

I 26. ザンクト・エメラムの癲癇の呪文 (**St. Emmeramer Segen gegen Fallsucht**): Steinmeyer 1971, S.380ff.; Braune 1994, S.91f.; Krogmann 1938. 類似した呪文が12世紀のパリの写本にも伝存する. それによれば病人をまたいでこの呪文を唱える. 1 dietmahtīger の diet- は *as.* thiodarƀēdi「大難」の thiod- と同様に語意を強める. Adameʒ = Adames. 1, 2 prucche = *aofrk.* bruggu. ze「…と共に」. ʒun = sun「アダムの息子 = キリスト」. slōc (= *aofrk.* sluog)は slahan の過去形. 3 stūdein (= *aofrk.* stūdūn) は stūda の単数・与格形. 4 ʒīnen = sīnen. arome (= *aofrk.* armo) は arm の複数・属格形. ferbunte, frepunte は ferbinten の, frigēʒe (= *aofrk.* firgāʒi) は fergeʒen の過去・叙想法形. 5 friwīʒe = firwīse. 6 ʒō = sō.

I 27. ミュンヒェンの痛風の処方箋 (**Münchener Gichtrezept**): Steinmeyer 1971, S.385f.『ベルンの痛風の処方箋』(F18) のラテン語原文にドイツ語の部分訳が添えられている.

I 28. ザンクト・エメラムの目の呪文 (**St. Emmeramer Augensegen**): Steinmeyer 1971, S.386. 3 der der ＝ der dār.

I 29. ヴィーンのノートケル写本 (**Wiener Notker**): Piper 1883, III, S.376f.; Braune 1994, S.73f. ノートケル (J26) の詩篇訳注等をヴェッソブルン修道院でバイエルン語に直したもの.

I 30. ヴェッソブルンの信仰告白と懺悔 (**Wessobrunner Glauben und Beichte**) I: Steinmeyer 1971, S.135ff.

I 31. ヴェッソブルンの宗教的助言 (**Wessobrunner geistliche Ratschläge**): Piper 1883, III, S.414; Steinmeyer 1971, S.164ff. 3 kehīter は hīen の過去分詞・男性・単数・主格形. 7 flei3slīchen ＝ fleisklīchen. 21 werdun ＝ werden.

I 32. ヴェッソブルンの説教 (**Wessobrunner Predigt**): Steinmeyer 1971, S.168ff. 5 huoshērro ＝ hūshērro. 8 chomen は過去形. 14 desin は女性・複数・与格形.

I 33. マリーア・ラーハの潰瘍の呪文 (**Marialaacher Segen gegen Geschwür**): Steinmeyer 1971, S.383; Eis 1964, Tafel VI (写真). 2 bimuniun ＝ bimunigōn. gode はラインフランク語形. 4 da3 tū niewedar ni-gituo, noh tolc noh tōthoupit の部分は頭韻行.「悪しき潰瘍，海面状の腫瘍」とは炭疽癰(たんそよう)を指すとされる.

I 34. ベネディクトボイレンの信仰告白と懺悔 (**Benediktbeurer Glauben und Beichte**) II: Steinmeyer 1971, S.336ff.

J1. ノルデンドルフの弓形留金 I のルーネ文字銘 (**Runeninschriften auf der Bügelfibel I von Nordendorf**): Krause/Jankuhn 1966, I, S.292ff., II, Tafel 65 (写真); Rosenfeld 1984; Wagner 1995. アワは女性名，レウブウィニは男性名．ウォーダンとソナルはゲルマンの神々 (A22 参照). a) と b) は彫り手が異なり，銘の向きも互いに反対なので，内容上の関連はない.

J2. アイヒシュテッテンの鞘口銀板のルーネ文字銘 (**Runeninschrift auf dem silbernen Scheidenmundblech von Eichstetten**): Opitz 1981; 1982 (写真). 1980 年に男性の墓から出土．アンソはウォーダンの別名であり，イエスの前後の記号はキリストのモノグラム＊とPであると考えられている．異教とキリスト教の同時信仰による祈念.

J3. ノイディンゲンの木材のルーネ文字銘 (**Runeninschrift auf dem Holzstab von Neudingen**): Opitz 1981; 1982 (写真). 1979 年に女性の墓から出土した，機

織り台の補強材とされる木製の棒に彫り込まれている．イムバは女性名，ハマルは男性名．彫り手は女性である．568 年という作成年は年輪年代学による計測．

J4. ヴァインガルテンのS形留金Iのルーネ文字銘 (**Runeninschrift auf der S-Fibel I von Weingarten**): Krause/Jankuhn 1966, I, S.306f., II, Tafel 70（写真）．アリルグンスは女性名．

J5. プフォルツェンの尾錠のルーネ文字銘 (**Runeninschrift auf der silbernen Schnalle von Pforzen**): Babucke/Czysz/Düwel 1994（写真）; Düwel 1997, Bammesberger 1999（写真）．1991 年に戦士の墓から出土した，古期ドイツの最も豪華なルーネ文字の作品．aa－ax 型の頭韻詩行をなしている．アイギルは男性名，アイルルーンは女性名．「牡鹿」とは鹿の仮装をして踊る異教の儀式と解されており（J24『牡鹿と牝鹿』参照），このルーネ文字銘はキリスト教徒になった両名が行った，異教の儀式からの絶縁宣言とされる．この Düwel の解釈の他に次のような種々の解釈も提案されている（Bammesberger 1999 参照）．

  Aigil andi Allrūn ēlahu gasōkun. (Schwab)

  「アイギル及びアルルーン，鰻の水（＝洪水）を静めたり」

  Aigil andi Halrūn l(agu)-t(īwa) ahu gasōkun. (Seebold)

  「アイギル及びハルルーン，とくと水神，退けぬ」

  Aigil andi Ailrūn Angiltahu gasōkun. (Wagner)

  「アイギル及びアイルルーン，アンギルタハをしかりたり」

  Aigil andi Ailrūn (I/A)ltahu gasōkun. (Nedoma)

  「アイギル及びアイルルーン，イルト／アルト川にて争いぬ」

  Aigil andi Ailrūn (I)ltahu gasōkun. (Bammesberger)

  「アイギル及びアイルルーン，イルト川にて和解しぬ」

J6. シュレッツハイムの青銅カプセルのルーネ文字銘 (**Runeninschrift auf der Bronzekapsel von Schretzheim**): Krause/Jankuhn 1966, I, S.298ff., II, Tafel 67（写真）; Opitz 1980, S.37f. 女性の墓から出土した，この小さな青銅の容器の中に真珠一つと植物片が入っていたので，これは護符であったと考えられている．アラグンスとレウバは女性名．主語 Leuba の後に客語 leuba を補う．dedun ＝ *aofrk*. tātun (tuon の過去形)．アロギスとダグは男性名．

J7. シュレッツハイムの円形留金のルーネ文字銘 (**Runeninschrift auf der**

Scheibenfibel von Schretzheim）: Krause/Jankuhn 1966, I, S.297f., II, Tafel 66（写真）; Opitz 1980, S.38f., 80ff. この留金は J6 とは別の女性の墓からの出土品. wagjandin は wagjan（= *aofrk*. weg(g)en）「動かす」の現在分詞・男性・単数・与格・弱変化形.「旅を進める者」とは死者を死者の世界へ連れて行く, ゲルマンの神, ウォーダンと考えられている. レウボは男性名.

J8. プフォルツェンの象牙環のルーネ文字銘（**Runeninschrift auf dem Elfenbeinring von Pforzen**）: Bammesberger 1999（写真）, Düwel 1999. 1996 年に女性の墓から出土した青銅の装飾板の縁飾り. 外側はギサリという人名以外は判読不可, 内側にも判読できない所がある. ルーネ文字を彫ったアオドリンスは女性名.

J9. ヴルムリンゲンの槍先のルーネ文字銘（**Runeninschrift auf dem Speerblatt von Wurmlingen**）: Krause/Jankuhn 1966, I, S.304ff., II, Tafel 69（写真）; Opitz 1980, 51, 85. この男性名には /k/ から /x/ への, 高地ドイツ語の子音推移の最初期の例が見られる.

J10. アレマン法（**Lex Alamannorum**）A 類写本 : Lehmann/Eckhardt 1966. 9. aisstera anti = haistera hanti（単数・属格形）. 48. mortaudo = mord-tōt. 54,3. nasthait = nast-aid. 57,35. balcbrust = 『バイエルン法』（I2）4,4. palcprust.

J11. ザンクト・ガレンの語彙集（**Vocabularius St. Galli**）: Braune 1994, S.2f.; Fischer 1966, S.4*, 1（写真）. ラテン語学習用の意味分野別辞典. ラテン語の間違いが目立つ. 9 *guger-nabes* の前半は不明, 後半は *nubes*. 20 *tellax = stillat* (?). 24 *zwi = zwirbila* (?). 29 *radia = radius*. 30 *clurus = clarus*. 31 *turbuli = turbidi*. 32 *fugit = fulget*.

J12. アブロガンス（**Abrogans**）K 写本 : Fischer 1966, S.3* f., 1（写真）; シルト 1999, S.iv（複製のカラー写真 = Könnecke 1894, S.8）. 原本は 8 世紀後半にバイエルンで作られた最初の羅独辞典. 旧約聖書のラテン語の単語を Abc 順に並べ, 関連する単語を間にはさんで, ドイツ語訳を添えてある. *closas = glossae*. 9 *vetere = foedere*. 11 *abincruentum = abingruentes*. 17 *farchwidhit = aofrk. farquidit*. 19 *denicat = denegat*. 20 *repudat = reputat*. 21 *uncafōri = aofrk. ungifuori*. 32 *cachrēnit = aofrk. gihreinit*. 33 *thowahit = aofrk. dwahit*. 43 *adjuvantem* のドイツ語訳なし.

J13. ザンクト・ガレンの主の祈り（**St. Galler Paternoster**）: Steinmeyer 1971, S.27f.; Braune 1994, S.11; Köbler 1986, S.157f.; Fischer 1966, S.2（写真）．主の祈りの現存最古のドイツ語訳．thū は関係代名詞．受動文 *sanctificetur nomen tuum* に対する能動文 wīhi namun dīnan は（意図的な？）誤訳（≒ヨハネ 12,28 *Pater, clarifica nomen tuum*「父よ、み名を輝かせ給え」）．eme33ihic ＝ eme33īc.

J14. ザンクト・ガレンの信仰告白（**St. Galler Credo**）: Steinmeyer 1971, 27f.; Braune 1994, S.12; Köbler 1986, S.157f.; Fischer 1966, S.2（写真）．1, 2 kiscaft は *creaturam*「被造物を」と，6 in kiwaltiu（具格形）Pilates と *sub potentia Pilati*「ピラトゥスの権力の下で」と，14 suntīkero は *peccatorum* を *peccatum*「罪」ではなく，*peccator*「罪人」の複数・属格形と解した誤訳．

J15. ライヒェナウの主の祈り（**Reichenauer Paternoster**）: Sonderegger 1975. ライヒェナウ修道院の文書に散見される語句からの再現．＊のついた語形は確認されていない．

J16. ベネディクト修道会会則（**Benediktinerregel**）: Steinmeyer 1971, S.190ff.; Braune 1994, S.12ff.; Daab 1959; Köbler 1986, S.12ff.; Fischer 1966, S.3（写真）．聖ベネディクトゥス（480年頃－547/560年頃）が定めた修道会会則をザンクト・ガレン修道院で行間直訳したもの．和訳は古田暁（訳）『ヌルシアのベネディクトゥス・戒律』（中世思想原典集成5：後期ラテン教父．平凡社 1993, S.239-328）．13 deismin は deismo の属格形「酵母としての」．21, 22 現在分詞 anahlinēnti は不定詞 anahlinēn の間違い．23 piderbii sīnera は属格形「彼の効用として」．26 unhōrsamōnti chortar は与格形 unhōrsamōntemu chortre の間違い．27 zuakitāniu は分離動詞 zua・tuan（＝ *aofrk.* zuo・tuon）の過去分詞・女性・単数・主格形．29 inpuntaneer は inpintan（＝ *aofrk.* intbintan）の過去分詞・男性・単数・主格形．31 kiparac は kiperagan（＝ *aofrk.* gibergan）の過去形．34 farhoctōn は farhogēn の過去形．

J17. ムールバッハの賛歌（**Murbacher Hymnen**）: Sievers 1972; Braune 1994, S.30ff.; Köbler 1986, S.348ff.; Fischer 1966, S.6（写真）．聖アンブロシウス（397年没）が作ったとされる賛歌の行間直訳．a,1. mittera nahti は属格形，zīte は中性名詞・与格形．3. hebit ＝ habēt. demu dō は *quo cum*「…であるが故に」の直訳．正しくは bīdiu hwanta. farcneit は farcnītan（＝ *aofrk.* fargnītan）の過去形．4. furihtanti = furhtenti. 5. chrimmiu = *aofrk.* grimmiu. rēwir は rēo の複数・対格形. mandta は menden の過去形. 6. pirum = *aofrk.* birum. 7. demu は関係代名詞 *quo*「この時に」の直訳．正しくは in diu. 8. frōōnte = *aofrk.* frouwōnte. 9. arlasctiu は arlesken の過去分詞・中性・複数・対格形. pilohaneru（pilūhhan の過去分詞より）giū(= jū) rīches turi [portūn] は与格形独立分詞文（= ラテン語の奪格形独立分詞文）．10. daʒ「…するようにと」はドイツ語としては chuementemu の前にあるべき．12. pentir は pant（= *aofrk.* bant）の複数・対格形．13. daʒ も「…するようにと」．b, 10. in caleitit は分離動詞 in・leiten の過去分詞．

J18. アレマン語の詩篇断片（**Bruchstücke der alemannischen Psalmen**）: Steinmeyer 1971, S.293ff.; Braune 1994, S.39f.; Köbler 1986, S.5ff.; Baesecke 1930, Tafel VI, VII（写真）．ライヒェナウ，又はザンクト・ガレン修道院でなされた行間直訳．1. tiuffēm は *profundis* を *profundum*「深淵」ではなく，*profundus*「深い」の複数・奪格形と解した誤訳．正しくは tiufīm. 4. fardolata（= fardolēta）は *sustinui /sustinuit* の訳としては間違いで，kipeit（= *aofrk.* gibeit）であるべき.

J19. ウルリヒ句（**Spielmannsvers auf den Grafen Ulrich**）: Müllenhoff/Scherer 1964, I, S.21, II, S.59ff.; Haefele 1962, S.16f. ザンクト・ガレン修道院のノートケル1世（吃者ノトケルス，840年頃－912年）の『カロルス大帝業績録』（国原吉之助訳註『カロルス大帝伝』筑摩書房 1988 所収）の中の記載より Moritz Haupt が行った復元を一部修正．ウルリヒ（オーダルリークス）は 802 年から 809 年まではボーデン湖の北岸に伯爵領を有していた．句の原文はカルル大帝の日常語の東フランク語であったかも知れない．オットフリート以前の脚韻詩．

J20. ザンクト・ガレンの写字生の句（**St. Galler Schreibervers**）: Steinmeyer 1971, S.402; Köbler 1986, S.159f. 写本を1冊仕上げた写字生の喜びの言葉．ラテン語によるこの種の後書きは珍しくないが，ドイツ語のものは類例がない．kiscreib は kiscrīban の，kipeit は kipītan（= *aofrk.* gibītan）の過去形．この2語で脚韻をなす．

J21. ザンクト・ガレンの風刺句（**St. Galler Spottvers**）Ⅰ : Steinmeyer 1971, S.401; Köbler 1986, S.163f.; Schwab 1992, S.120（写真）．鷲ペンの試し書きとしてラテン語写本の余白に書かれた，当時の民俗を伝える脚韻詩．リウベネという名の男が自分の娘の婚礼用にビールを造り，彼女を「尾羽」と呼ばれる男と結婚さ

せた．しかし後で彼女が処女でなかったことが分かったので，「尾羽」は彼女を離縁した．ersazta は ersezzen の過去形．kab ū3 は分離動詞 ū3・keban (= aofrk. ū3・geban) の過去形．

J22. キリストとサマリア女 (Christus und die Samariterin): Steinmeyer 1971, S.89ff.; Braune 1994, S.136; Köbler 1986, S.121ff.; Fischer 1966, S.21 (写真). ヨハネ福音書第4章の「活水」の話の，原文に忠実な脚韻訳（オットフリートの訳 G3d 参照）であるが，末尾を欠く．フランク語形の混入が認められる．1 fuori は faran の過去・叙想法形．2 kisa3 は kisizzen の，5 bat は bitten の，6 wurbon は werban の過去形．7 keröst = aofrk. geröst. geba = gebe. 9 wissīs は wi33an の，10 ercantīs は erkennan の，11 bātīs は bitten の，仮想を表わす過去・叙想法形（髙橋 1994, S.175 参照）．10 do = dū. 11 tū = dū. 12 liuf (= aofrk. liof) は loufan の過去形．13 habis = habēs. 15 kelop mēr = kelopōro. 17 smalenō33er は smalenō3 の複数形．nu33on は nie3an の過去形．18 ther（フランク語形），19 der は先行詞を兼ねる関係代名詞．19b「その者を渇きはそのままにしておく」．sīn = wesan. 20 複数・与格形 pruston = aofrk. brustin. 21 thicho = aofrk. thiggo. gābīst は非現実的な願望を表わす過去・叙想法形（髙橋 1994, S.176 参照）．22 liufi は過去・叙想法形．23 tū は tuon の命令法形．24 libiti = libēti. commen = aofrk. gomman. hebiti = habēti. 25 segist = sagēst. hebist = habēst. 26 hebitōs = habētōs. 27 ēnin = einan. n'is = ni ist. 29 berega = berge. 30 hia = hier. 31 sagant = aofrk. sagēt. kicorana は ki-kiosan の過去分詞・女性・単数・主格形．kicorana の後に sī を補う．

J23. 牡鹿と牝鹿 (Hirsch und Hinde): Steinmeyer 1971, S.399; Köbler 1986, S.165f.; Schwab 1992, S.118 (写真). 頭韻と脚韻が併用された，この文句はラテン語のペテロ賛歌の前に書かれていて，ペテロ賛歌と同様のメロディーを示すネウマ（音符）がつけられているが，本来は鹿の仮装をして踊る輪舞（Schwab 1992, S.122 に写真）の際に，男が女を相手に誘う文句であったと解されている．hire3 = hir3.

J24. ザンクト・ガレンの風刺句 (St. Galler Spottvers) II: Steinmeyer 1971, S.401; Köbler 1986, S.163f.; Schwab 1992, S.121 (写真). これはラテン語写本の余白への試し書きであり，内容は性的．

J25. チューリヒの家の呪文 (Züricher Haussegen): Steinmeyer 1971, S.389ff.;

Braune 1994, S.90. 頭韻と脚韻を併用．1a taʒ tū の前に ih wile「我は望む」を補う．weist は wiʒʒen の現在形．2 taʒ は指示代名詞．cheden = *aofrk.* quedan. chnospinci = *aofrk.* *knospingī.

J26. ノートケルの訳著（**Notker**）: Piper 1882-1883; Braune 1994, S.61ff.; Sehrt/Taylor 1952-1966; King/Tax 1972-1996. ノートケル（950 年頃－ 1022 年．同名の別人達と区別するために同時代人によって「3 世」とか *Labeo*「大唇」，*Teutonicus*「ドイツ人」という添え名がつけられている）はザンクト・ガレン修道院の修道士にして教師で，多数のラテン語文献のドイツ語訳とラテン語著作を残している．彼のドイツ語には p-b, t-d, k-g に関して次のような語頭音規則が見られる：1. 文頭と無声音の後では p, t, k [p, t, k]（無声硬音）．2. 有声音（母音と l, r, m, n）の後では b, d, g [b̥, d̥, g̊]（無声軟音）．例えば Ter brūoder「その兄（弟）は」－ unde des prūoder「そしてその兄（弟）の」．fiur-got「火神」－ erd-cot「地神」．

J26a. フーゴ・ジッテン司教への書状（**Notkers Brief an Bischof Hugo von Sitten**）: Hellgardt 1979（写真）．ジッテンはフランス語でシオンと呼ばれるスイスの都市．この書状に挙げられているノートケルの訳注の内で，ボエーティウスの『聖三位一体』，カトー，ウェルギリウス，テレンティウス，アリストテレースの『算術綱要』，『ヨブ記』は今日もはや伝存しない．

J26b. ボエーティウスの『哲学の慰め』（**Boethius, De consolatione philosophiae**）: ゾンダーエッガー 1994, S.144（写真）．序文は両方ともノートケルのもの．ボエーティウス（480 年頃－ 525 年）はギリシャ・ローマの最後の哲学者で，「プラトン的アリストテレス的ストア的香氣に充ち且つキリスト教的教養とも矛盾しない」『哲学の慰め』（畠中尚志訳，岩波文庫 1938）を獄中で書き上げた．1) 6 iu = *aofrk.* jū. 16 chomene は過去分詞．22 lusta は lusten の過去形．27 ondi は unnen の過去・叙想法形．40 des = 38, 39 al, daʒ in lusta. 45 zuhta は zucchen の過去形．2) 1 tir = der. 4 no = nū. 5 wiget は wegen の現在形．12, 13 beroubōn「ある人（対格形）からある物（属格形）を奪う」の受動形．19 zūogeslungen は分離動詞 zūo・slingen の過去分詞．30, 31 gewunstēr は wunsken の過去分詞・男性・単数・主格形．

J26c. マルティアーヌス・カペルラの『フィロロギアの結婚』（**Martianus Ca-**

pella, De nuptiis Philologiae）: Fischer 1966, S.11（写真）．マルティアーヌス・カペルラ（365 年頃－ 440 年頃）の『フィロロギア（とメルクリウス）の結婚』は，彼が著わした七自由学科（文法学，弁証学，修辞学，幾何学，数学，天文学，音楽学）に関する全 9 巻の著作の最初の 2 巻で，七自由学科の誕生を物語る寓話である．レミーギウスは西フランクのベネディクト会修道士（841 年頃－ 908 年頃）．ノートケルの訳注の抄訳は斎藤治之（訳著）『古高ドイツ語・ノートカー デア ドイチェ・メルクリウスとフィロロギアの結婚』（大学書林 1997）．序文はノートケルのもの．1) 3「カプラ（＝山羊）はギリシャ人ノ所ニテハ見ツメルニヨリドルカスと呼ばれてある」という説明は正確ではない．*dorkas* の本来の語形は *dzorkas* であり，山羊やカモシカの，人を凝視する性質から *derkomai*「みつめる」と関連づけられた一種の語源俗解．17 ingeblīes は ingeblāsen の過去形．2) 3 quonen（＝ kewonen）は gewon の男性・単数・対格形．

J26d. アリストテレース／ボエーティウスの『範疇論』（**Aristoteles/Boethius, Categoriae**）: Salzer 1926, S.71（写真）．和訳は木内基実／イルムトラウト・M.アルブレヒ：ノートカー：翻訳と解説（独協大学・ドイツ学研究 32, 1994, S.49-115. 以後連続）．

J26e. アリストテレース／ボエーティウスの『解釈論』（**Aristoteles/Boethius, Peri hermeias/De interpretatione**）．序文はノートケルのもの．2) 8 habintiʒ ＝ habenteʒ. 3) 1 *nhd.* deutsch「ドイツ（語）の」という言葉は 8 世紀後半以来，ラテン語の文献の中で *theodiscus* として用いられていたが（F4,4 *teudisca lingua*, A 4a,15 *theudisca lingua*, G3a,11 *theotisce*, A10 *Thiudiscos*），ドイツ語の文献の中ではノートケルの diutisk が現存最古の用例である．

J26f. 三段論法（**De syllogismis**）．9 iro（男性・複数・属格形）＋ undanchis「彼らの意に反して」．

J26g. 修辞学（**De arte rhetorica**）．修辞的表現の実例として挙げられている三つの，一部頭韻併用の脚韻詩は一つのまとまった英雄叙事詩の一部分と思われるが，詳細は不明．9 snel, snellemo は名詞化された形容詞．10 firsniten は firsnīden の過去分詞．12 heber ＝ eber. 13 ellin ＝ ellen. vellin ＝ fallen. 24 zene は zan の複数形．

J26h. 音楽論（**De musica**）．1 uberdenetiu は uberdennen の過去分詞・女性・単

数・主格形．古代ギリシャの八旋法についてはジャン・ド・ヴァロア（水嶋良雄訳）『グレゴリオ聖歌』（白水社 1999）S.120ff. 参照．

J26i. 詩篇（Psalmen）．ゾンダーエッガー 1994, S.134（カラー写真）．ラテン語原文とノートケルの注解は省略した．詩篇 138 は 11 以降も省略．

J26j. 旧約賛歌（Cantica）．ラテン語原文とノートケルの注解は省略．

J26k. 主の祈り（Paternoster）．ラテン語原文とノートケルの注解は省略．ノートケル以前の「主の祈り」のドイツ語散文訳（高橋 1994, S.225ff. 参照）は，語順と語形がラテン語原文に強く拘束されていたが，彼に至って初めて簡明で自然なドイツ語訳が完成した．

J26l. 信仰告白（Credo）．ラテン語原文とノートケルの注解は省略．gestafter（= gestahter）は stecchen の過去分詞・男性・単数・主格形．

J26m. 格言（Sprichwörter）: Braune 1979, S.74; Naumann/Betz 1967, S.138f. ノートケルの訳著に散見されるものを集成．(10) funt = *aofrk*. phunt. fendingo = *aofrk*. phendingo. (15) dīer = *aofrk*. tior. furtin = forhten. (17) melwes は melo の属格形で，follen の客語．(20) wola は推量の副詞．

J26n. 処世訓（Lebensweisheit）: Naumann/Betz 1967, S.137f. ノートケルの訳著に散見されるものを集成．(2) dīen = dēn. (3) wirt iro geāgeʒōt は非人称受動文（高橋 1994, S.92 参照）．(4) sō imo des kāhes kebristet, (5) tes ubelemo jāre prāste は非人称表現（高橋 1994, S.164 参照）．prāste（= *aofrk*. brusti) は bresten の，ersaztīst は ersezzen の過去・叙想法形．(6) 属格形 tugede は関係の状況語（高橋 1994, S.94 参照）．

J27. ザンクト・ガレンの格言（St. Galler Sprichwörter）: Steinmeyer 1971, S. 403f.; Braune 1994, S.74.; Köbler 1986, S.161f. (1) はノートケルの格言の (18) と同様．

J28. ザンクト・ガレンの課業（St. Galler Schularbeit）: Steinmeyer 1971, S. 121ff.; Braune 1994, S.75; Köbler 1986, S.155f. ザンクト・ガレン修道院の附属学校で課せられた羅文独訳試験の優秀な答案．Temo die héiligen hólt sint, ter mag hórsko gebétōn が aa − ax 型の頭韻詩形を用いた名訳であるが故に保存されている．

J29. ノートケルの詩篇への注解（Glossierung zu Notkers Psalter）: Piper 1883; Sehrt/Starck 1952-1955; King/Tax 1972-1983. ノートケルの詩篇への注解（J26i）中

のラテン語引用文につけられたドイツ語の注解．この注解者はノートケルの弟子，エッケハルト4世（980年頃－1057年）と考えられている．

J30. ガルスの歌（**Galluslied**）: Müllenhoff/Scherer 1964, I, S.27ff., II, S.78ff.; Osterwalder 1982（写真）; Salzer 1926, S.51（写真）．元の作品は9世紀の後半にザンクト・ガレン修道院において，中世ラテン語の賛歌詩人，歴史家，教師であった修道士，ラートペルト（895年頃没）が同修道院の名前の基となった聖ガルス（550年頃－640年頃）の半生をドイツ語で歌ったものであるが，ラートペルトの原作は現存せず，残っているのは1030年頃の，エッケハルト4世によるラテン語訳のみである．エッケハルト自身は，僅かに異なる3種の訳を残しているが，ここに取り上げたのはA稿．中世の音符，ネウマがつけられている．このラテン語訳は完全な脚韻詩であるので，正確な翻訳と言うよりは，むしろ改作と呼ぶべきであり，古アレマン語への復元はほとんど不可能．8,2の原文は Diesiu stat mac mir rāwōn, fon ēwōn unzin ēwōn「この場所は我に憩いを与え得る，永遠から永遠に至るまで」（詩篇131,14）であったかも知れない．13,2 *Petrosa*「石川」＝ドイツ語名 Steinach「石川」．

J31. ヴァインガルテンの本の後書き（**Weingartener Buchunterschrift**）: Steinmeyer 1971, S.404; Köbler 1986, S.594f.; Kruse 1987（写真）．教皇グレゴーリウス1世（在位590－604年）の対話集への後書き．chīt ＝ *aofrk.* quidit.

J32. ギーゼラ句（**Kicila-Vers**）: Piper 1882, S.[45, [293]; Schützeichel 1982, S.48ff.; Köbler 1986, S.242f. オットフリートの『聖福音集』（G3参照）のハイデルベルク写本の中の書き込み．「見目よく映ゆるキシラ妃」とは皇帝コンラート2世の妃，ギーゼラ（Gisela. 1043年没）であるとされる．当時はライヒェナウ修道院にあったこの写本（G3i参照）をギーゼラ妃が熱心に読んだことを回想して，ある図書係の修道士が書き入れた，現存最古の中高ドイツ語叙事詩型詩行：Kícilà diu scónà / mín fílu lás. 属格形 mīn は分割の付加語で，filu にかかる．

J33. ザンクト・ガレンの風刺句（**St. Galler Spottvers**）Ⅲ: Steinmeyer 1971, S.401; Sonderegger 1970, S.75; Köbler 1986, S.163f.「クル人」とはスイスのクール（Chur）のロマン人．sic（＝ sich）は与格形として使われている（高橋1994, S.136 参照）．ōter は ōt の複数・属格形．

J34. シュトラースブルクの血の呪文（**Straßburger Blutsegen**）: Steinmeyer

1971, S.375ff.; Braune 1994, S.90. a) Genzan は薬草の *gentiane*「リンドウ」に由来する（?）．Jordan は，ヨシュアの言葉によって流れを止めたヨルダン川（ヨシュア記 3,16）の擬人化されたもの．keikein (= kienken) = *aofrk.* giengun. soʒʒon = *aofrk.* scioʒʒan. versōʒ = *aofrk.* firscōʒ. b) は別の呪文の一部であるが，Lazakere は不明．c) は恐らくラテン語の呪文を基にしていて，tumbo は *stupidus*「硬直・凝固した」の誤訳．

J35. 古フュジオログス（**Der ältere Physiologus**）：Steinmeyer 1971, S.124ff.; Braune 1994, S.78ff.; Salzer 1926, Beilage 25（写真）．「自然研究者」を意味する『フュジオログス』は，2 世紀にギリシャ語で書かれた寓意的・救済史的な動物誌のラテン語訳をドイツ語に簡訳したもの．ラインフランク語形が混じる．中高ドイツ語には韻文の『新フュジオログス』がある．1 gēslīho = geistlīhho. 2 wiret = wirdet. 4 choat = *aofrk.* quad. 5 trotinin = *aofrk.* truhtīnan. 9 dāranna = an diu, daʒ siu offen sint. 13 beward はラインフランク語形（= *aofrk.* biwarēt). su = siu. 14 wahta は wechen の過去形．

J36. ゲオルクの歌（**Georgslied**）：Steinmeyer 1971, S.94ff.; Braune 1994, S.132ff.; Köbler 1986, S.149ff.; 髙橋 1990, S.120ff.（写真）．原作は 9 世紀末にライヒェナウ修道院で作られたと思われる，ドイツ最古の聖ゲオルギウス（*Sanctus Georgius*）賛歌．1100 年頃にオットフリートの『聖福音集』のハイデルベルク写本（J32 参照）にライヒェナウで書き込まれた現存形にはフランク語形が混入しており，中高ドイツ語的な語形や用法も見られる．結末は欠けている．各詩節末はリフレイン．1. mihkilem 等の hk は /x/. herige = herie. folko は押韻のために与格形 folke に代わる具格形．rinhe = ringe. hevīhemo = hevīgemo. tin = ding. ferlieʒc = ferlieʒ. crābo = *aofrk.* grāfo. 2. sbuonen は sbanen (= spanen) の過去形．manehe = manage. woltōn 等の -tōn は古アレマン語特有．Georigen は属格形．muut (= muot) は 1100 年頃の語形．s'ēg'ihk guot (= sō eigi ih guot)「我（= 詩人）が恵みを持つ限り＝全く/確かに」という表現は他ではノートケルにのみ見いだされる．3. cewei = zwei. worhet', worhta は wurken の過去形．imbiʒs = inbiʒ. 4. det' = teta. ganenten = gangenten. uusspran = ūʒsprang. der = dār. lōb = loub. 5. begont', begontōn, pegonta, begonta は「…し始めた」の意味を持たず，リズムと脚韻を整えるためにのみ用いられている．Tacianus はゲオルギウス伝説の

皇帝ダツィアヌス (*Dacianus/Datianus*). zurent' eʒs = zurnta eʒ. quat = quad. fāen = fāhen. uuszieen = ūʒziehen. ūferstuont は ūferstantan/-stān の過去形．この動詞が再帰動詞として用いられているのは中高ドイツ語的．predijōt' = predigōta. kesante (= *aofrk*. giskanta) で /sk/ が /s/ になっているのも中高ドイツ語的．6. iuu (= *aofrk*. iu) は /ǖ/ [y:]．prāhken = *aofrk*. brāhhun. en-cēnuui (= *aofrk*. in zehaniu) の uui も /ǖ/ [y:]．en-cēnuui は中高ドイツ語の副詞 en-niuniu「9個に」等に対応する．7. muillen (= *aofrk*. mullen) の ui は /ü/ [ʏ]．複数・属格形 steine (= *aofrk*. steino) は中高ドイツ語的．wēʒ = weiʒ. wǣhe (= *aofrk*. wāho) は中高ドイツ語の wæhe に対応する．8. kāen = kān (*aofrk*. gān). segita = *aofrk*. sagēta. hīʒ (= *aofrk*. hieʒ) は1100年頃の語形．bet name = mit namen. petrogene は petriogen の過去分詞・男性・複数・主格形．cunt' (= cunta) は kunden の過去形．9. gie (= *aofrk*. gieng) は中高ドイツ語的．Elessandria はゲオルギウス伝説の皇妃アレクサンドリア (*Alexandria*). dogelīhka は中高ドイツ語のラインフランク語形 dugelich に対応する．tūn (= *aofrk*. tuon) は1100年頃の語形．hilft (= *aofrk*. hilfit) も同様．sa = sia. se = sia. 10. huob ūf は分離動詞 ūf・heven の過去形．Abollinus はギリシャ神話のアポロを指す．fuer = *aofrk*. fuor. abcrunt は古高ドイツ語ではアレマン語にのみ例証されている．他では abgrunti.

J37. ザンクト・ガレンの信仰告白と懺悔 (**St. Galler Glauben und Beichte**) Ⅰ：Steinmeyer 1971, S.340f. 1 hich = *aofrk*. ih. kelouben = *aofrk*. giloubu. alemactīgen = *aofrk*. alamahtīgan. 3 wared = *aofrk*. ward. erloiste (= *aofrk*. irlōsti) の oi は /ō/ [ø:]．sōse は関係副詞「それでもって」．4 scīnen = *aofrk*. scīnu. enro = *aofrk*. jenero.

J38. ザンクト・ガレンの信仰告白と懺悔 (**St. Galler Glauben und Beichte**) Ⅲ：Steinmeyer 1971, S.353f. 2 dir = der. 5 incheinin = *aofrk*. niheinan.

K1. ベゼンィェの弓形留金ＡとＢのルーネ文字銘 (**Runeninschriften auf den Bügelfibeln A und B von Bezenye**): Krause/Jankuhn 1966, I, S.308ff., II, Tafel 71 (写真); Krogmann 1959, S.34f. ベゼンィェの位置する西ハンガリーから東オーストリアの一帯 (= パンノニア) は北ドイツから南下して来たランゴバルド人が，568年に北イタリアを占領してランゴバルド王国を建てるまで居住していた所で

ある. ゴダヒッドとアルシボダは女性名. unnan は unna の, segun は segu の複数・対格形.

K2. ブレザの大理石半円柱のルーネ文字銘 (**Runeninschrift auf der Marmorhalbsäule von Breza**): Krause/Jankuhn 1966, I, S.19f., II, Tafel 4 (写真). ボスニアのサラエボ近郊で出土したビザンチン教会の大理石の半円柱に彫り込まれた古 Futhark (新 Futhark は A3). 末尾は破損. ランゴバルド人との関係は不明であるが, k を表わすルーネ文字は K1 と同形.

K3. ランゴバルド語の『ヒルデブラントの歌』(**Langobardisches Hildebrandslied**): Krogmann 1959. 東フランク語の『ヒルデブラントの歌』(H3) に散見される aa － ax 型押韻と連結押韻 (aa － ab, bb － bc, cc － cd...) に基づいて復元されたもの. 例証されていない単語は他のゲルマン語から推定. 和訳の押韻も全行 aa － ax 型にしてある. 1 sē は再帰代名詞・対格形 (= *aofrk.* sih). 2 複数・属格形 harjō は swaime にかかる. 4 gundihamun, herum は複数・対格形. 5 halith は複数・主格形. 再帰代名詞・与格形 sē は再帰の状況語 (髙橋 1994, S.97f. 参照). 属格形 hildja は空間の状況語「戦いへと」. ridun は rīdan の過去形. 6 āhōb は āhabbjan の過去形. 7 gawais は gawīssan (= *as.* giwītan) の過去形. 9 複数・属格形 firhjo は folke にかかる. 9b は前置された関係文で, 10 ainon にかかる. is = *aofrk.* bist. 12 erlos は erl の複数・主格形. 14 与格形 haidō は所有・所属の述語内容語. im = *aofrk.* bim. 15 ōk は akan の, flauh は fleuhan の過去形. 16 具格形 Theudarīku, lidu は共同の状況語. 17 lēs は lāssan (= *aofrk.* lāʒʒan) の過去形. 18 属格形 brūdi は būre にかかる. 19 単数・属格形 arbjon は副詞 ānō の客語. raid は rīdan の過去形. 20 単数・属格形 theuda は tharba にかかる. fellun は fallan の過去形. 属格形 fader は 20 tharba にかかる. 24 folkes は frume にかかる. as = *aofrk.* aʒ. 属格形 fehta は形容詞 kaib の客語. 25 主格形 karl は様態の状況語. 26 lang は副詞・比較級形. 27 wissi は wissan (= *aofrk.* wiʒʒan) の叙想法形. 属格形 wales は salir (sal の単数・与格形 = salire) にかかる. 28 saggju は具格形. gaworhtēs は gawurkjan の過去形. 30 kannida は kannjan の過去分詞. sē = *aofrk.* ther. halith は与格形. 31 huldi は与格形. 32 skali は skalljan の命令法形. 33 thē = *aofrk.* thir. 34 sprāka は与格形. 属格形 mīn は āhtjan の客語. 35 sarwidēs は sarwjan の過去形. 41 属格形 werodes は warde にかかる. 42 farsihu は farsehan の現在形. 43 skōk

は skakan の過去形. 44 複数・属格形 skeussando は bandwa にかかる. 45 swā「…ではあるが」. 属格形 badwe は buri にかかる. 対格形 buri は時間の状況語. swalz は swelzan の過去形. 46 bliuwith は bleuwan の現在形. 48 aiht は aigan の現在形. 49 hrusti は具格形. 52 thes は関係代名詞. 53 sē thē = *aofrk*. ther ther. mōssi は mōssan (= *aofrk*. muoȝan) の叙想法形. 54 hragilo は複数・属格形. hrōdir は hrōth の具格形 (= hrōthiru). 55 brunnjōno, brūnōno, baijō は複数・属格形. 56 再帰代名詞・与格形 sē は再帰の状況語. skridun は skrīdan の過去形. 57 stōdun は standan の過去形. 62 abaron ainagon は与格形. aldres は aldar の属格形.

K4. ロータリ王の布告 (**Edikt von Rothari**): Meyer 1877; Beyerle 1947; Bruckner 1969. 643 年に出されたロータリ王 (在位 636 – 652 年) の布告はランゴバルド法の基をなす. この中に見られるランゴバルド語の単語には高地ドイツ語の子音推移の最古の例を示すものがある. 例えば : 15. sculd-haiȝ, 285. ider-zūn, 373. marah-worf.

K5. パウルス・ディアーコヌスの『ランゴバルド史』(**Historia Langobardorum von Paulus Diaconus**): Waitz 1878. ランゴバルドの貴族, パウルス・ディアーコヌス (720 年頃 – 797 年頃) が 774 年のカルル大帝によるランゴバルド王国制圧の後にモンテカッシーノ修道院で執筆した自民族史. 多くの伝承を含む.

参 考 文 献

Babucke, Volker/Czysc, Wolfgang/Düwel, Klaus: Ausgrabungen im frühmittelalterlichen Reihengräberfeld von Pforzen. In: Antike Welt. Zeitschrift für Archäologie und Kultusgeschichte 25, 1994, S.114-118.

Baechtold, J.: Beiträge zur sgallischen Litteraturgeschichte. In: Zeitschrift für deutsches Altertum und deutsche Literatur 31, 1887, S.189-198.

Baesecke, Georg: Der deutsche Abrogans und die Herkunft des deutschen Schrifttums. Halle 1930.

Baesecke, Georg: Die deutschen Worte der germanischen Gesetze. In: Beiträge zur Geschichte der deutschen Sprache und Literatur 59, 1935, S.1-101.

Baesecke, Georg: Contra caducum morbum. In: Beiträge zur Geschichte der deutschen Sprache und Literatur 62, 1938, S.456-460.

Baesecke, Georg: Kleinere Schriften zur althochdeutschen Sprache und Literatur. Herausgegeben und mit einem Nachwort versehen von Werner Schröder. Bern/München 1966.

Bammesberger, Alfred (Hg.): Pforzen und Bergakker. Neue Untersuchungen zu Runeninschriften. Göttingen 1999.

Bartelmez, Erminnie Hollis (Hg.): The "Expositio in Cantica Canticorum" of Williram Abbot of Ebersberg 1048-1085. A Critical Edition. Philadelphia 1967.

Basler, Otto: Altsächsisch. Heliand, Genesis und kleinere Denkmäler. In erläuterten Textproben mit sprachlich-sachlicher Einführung. Freiburg 1923.

Beckers, Hartmut: Eine unbekannte ripuarische Bearbeitung von Willirams Hohelied-Kommentar. Ein Beitrag zur Geschichte der sprachlichen Veränderungen eines mischsprachlichen Textes vom 11. zum 15. Jahrhundert. In: Latein und Volkssprache im deutschen Mittelalter 1100-1500. Regensburger Colloquium 1988. Tübingen 1992, S.209-222.

Behaghel, Otto (Hg.): Heliand und Genesis. 10., überarbeitete Auflage von Burkhard Taeger. Tübingen 1996.

Belkin, Johanna/Meier, Jürgen: Bibliographie zu Otfrid von Weißenburg und zur altsächsischen Bibeldichtung (Heliand und Genesis). Berlin 1975.

Berg, Elisabeth: Das Ludwigslied und die Schlacht bei Saucourt. In: Rheinische Vierteljahrsblätter 29, 1964, S.175-199.

Bergmann, Rolf: Zu der althochdeutschen Inschrift aus Köln. In: Rheinische Vierteljahrsblätter 30, 1965, S.66-69.

Betz, Werner: Zum St. Galler Paternoster. In: Beiträge zur Geschichte der deutschen Sprache und Literatur, Sonderband 1961, S.153-156.

Beyerle, Franz: Die Gesetze der Langobarden. Weimar 1947.

Beyerle, Franz (Hg.): Leges Langobardorum 643-866. Witzenhausen 1962.

Beyerle, Franz/Buchner, Rudolf (Hg.) : Lex Ribuaria. Hannover 1951.

Bischoff, Bernhard: Paläographische Fragen deutscher Denkmäler der Karolingerzeit. In: Bernhard Bischoff: Mittelalterliche Studien. Ausgewählte Aufsätze zur Schriftkunde und Literaturgeschichte. Bd. III. Stuttgart 1981, S.73-111.

Bloch, Hermann: Beiträge zur Geschichte des Bischofs Leo von Vercelli und seiner Zeit. In: Neues Archiv der Gesellschaft für ältere deutsche Geschichtskunde 22, 1896, S.13-133.

Braune, Wilhelm (Hg.): Althochdeutsches Lesebuch. 17. Auflage. Bearbeitet von Ernst A. Ebbinghaus. Tübingen 1994.

Braune, Wilhelm: Althochdeutsche Grammatik. 14. Auflage. Bearbeitet von Hans Eggers. Tübingen 1987.

Bruckner, Wilhelm: Die Sprache der Langobarden. Berlin 1969 (Unveränderter photomechanischer Nachdruck der Ausgabe 1895).

Chroust, Anton (Hg.): Monumenta palaeographica. Denkmäler der Schreibkunst des Mittelalters. Erste Abteilung: Schrifttafeln in lateinischer und deutscher Sprache. Lieferung 5. München 1901.

Daab, Ursula (Hg.): Die Althochdeutsche Benediktinerregel des Cod. Sang. 916. Tübingen 1959.

Die deutsche Literatur des Mittelalters. Verfasserlexikon. 10 Bde. Berlin/New York 1978-1999.

Dinklage, Karl: Würzburg im Frühmittelalter. In: Vor- und Frühgeschichte der Stadt Würzburg. Würzburg 1951, S.63-154.

Doane, Alger N.: The Saxon Genesis. An Edition of the West Saxon *Genesis B* and the Old Saxon Vatican *Genesis*. Madison 1991.

Dronke, Peter: Medieval Latin and the Rise of the European Love-Lyric. 2 Vol. Oxford 1968.

Düwel, Klaus: Runen und interpretatio christiana. Zur religionsgeschichtlichen Stellung der Bügelfibel von Nordendorf I. In: Tradition als historische Kraft. Interdisziplinäre Forschungen zur Geschichte des früheren Mittelalters. Berlin/New York 1982, S.78-86.

Düwel, Klaus: Runenkunde. 3., vollständig neu bearbeitete Auflage. Stuttgart/Weimar

2001.

Düwel, Klaus: Runenritzende Frauen. In: Studia Onomastica. Festskrift till Thorsten Andersson, den 23 februari 1989, S.43-50.

Düwel, Klaus: Zur Runeninschrift auf der silbernen Schnalle von Pforzen. In: Historische Sprachforschung 110, 1997, S.281-291.

Düwel, Klaus: Die Runenschnalle von Pforzen (Allgäu) — Aspekte der Deutung. 3. Lesung und Deutung. In: Bammesberger (Hg.): Pforzen und Bergakker. 1999, S. 36-54.

Düwel, Klaus: Die Runeninschrift auf dem Elfenbeinring von Pforzen (Allgäu). In: Bammesberger (Hg.): Pforzen und Bergakker. 1999, S. 127-137.

Ebbinghaus, Ernst A.: A Note on the 'Lublin Psalter'. In: Niederdeutsches Jahrbuch 90, 1967, S.44,45.

Eckhardt, Karl August (Hg.): Pactus Legis Salicae. Hannover 1962.

Eckhardt, Karl August (Hg.): Lex Salica. Hannover 1969.

Eggers, Hans: Gotisches in der Altbairischen Beichte. In: Zeitschrift für Mundartforschung 22, 1954, S.129-144.

Eggers, Hans: Vollständiges lateinisch-althochdeutsches Wörterbuch zur althochdeutschen Isidor-Übersetzung. Berlin 1960.

Eggers, Hans: Deutsche Sprachgeschichte I. Das Althochdeutsche. Reinbek 1963.

Eggers, Hans (Hg.): Der althochdeutsche Isidor. Nach der Pariser Handschrift und den Monseer Fragmenten. Tübingen 1964.

Ehrismann, Gustav: Geschichte der deutschen Literatur bis zum Ausgang des Mittelalters. 1. Teil: Die althochdeutsche Literatur. 2. Teil: Die mittelhochdeutsche Literatur. I. Frühmittelhochdeutsche Zeit. München 1954.

Eichhoff, Jürgen/Rauch, Irmengard (Hg.): Der Heliand. Darmstadt 1973.

Eis, Gerhard: Altdeutsche Handschriften. 41 Texte und Tafeln mit einer Einleitung und Erläuterungen. München 1949.

Eis, Gerhard: Altdeutsche Zaubersprüche. Berlin 1964.

Enneccerus, M. (Hg.): Die ältesten deutschen Sprach-Denkmäler in Lichtdrucken. Frankfurt a.M. 1897.

Erdmann, Oskar: Otfrids Evangelienbuch. Hildesheim/New York 1979 (Nachdruck der Ausgabe 1882).

Erdmann, Oskar (Hg.): Otfrids Evangelienbuch. Sechste Auflage. Besorgt von Ludwig Wolff. Tübingen 1973.

Fingerlin, Gerhard: Eine Runeninschrift der Merowingerzeit aus dem Gräberfeld von Neudingen, Stadt Donaueschingen, Schwarzwald-Baar-Kreis. In: Archäologische

Ausgrabungen in Baden-Württemberg 1981, S.186-189.

Fischer, Hanns (Hg.): Schrifttafeln zum althochdeutschen Lesebuch. Tübingen 1966.

Flöer, Michael: Altēr uuīn in niuuen belgin. Studien zur Oxforder lateinisch-althochdeutschen Tatianabschrift. Göttingen 1999.

Foerste, William: Untersuchungen zur westfälischen Sprache des 9. Jahrhunderts. Marburg 1950.

Ford Jr., Gordon B.: The Ruodlieb. The First Medieval Epic of Chivalry from Eleventh-Century Germany. Translated from the Latin with an Introduction. Leiden 1965.

Ford Jr., Gordon B. (Hg.): The Ruodlieb. Linguistic Introduction, Latin Text and Glossary. Leiden 1966.

Frenken, Goswin: Kölnische Funde und Verluste. In: Zeitschrift für deutsches Altertum und deutsche Literatur 71, 1934, S.117-127.

Frings, Theodor: Ein altniederländischer Satz des 11. Jahrhunderts. In: Beiträge zur Geschichte der deutschen Sprache und Literatur 58, 1934, S.280-282.

Gallée, J.H.: Old-Saxon Texts. Leiden 1894.

Gallée, J.H.: Altsaechsische Sprachdenkmaeler. Leiden 1894.

Gallée, J.H. (Hg.): Altsächsishce Sprachdenkmäler. Facsimile-Sammlung. Leiden 1895.

Ganz, Peter: Ms. Junius 13 und die althochdeutsche Tatianübersetzung. In: Beiträge zur Geschichte der deutschen Sprache und Literatur 91, 1969 (Tübingen), S.28-76.

Ganz, Peter F.: Die Zeilenaufteilung im 'Wessobrunner Gebet'. In: Beiträge zur Geschichte der deutschen Sprache und Literatur 95, 1973 (Tübingen), S.39-51.

Genzmer, Felix (Übers.): Heliand und die Bruchstücke der Genesis. Aus dem Altsächsichen und Angelsächsichen übersetzt. Anmerkungen und Nachwort von Bernhard Sowinski. Stuttgart 1989.

Grienberger, Theodor: Althochdeutsche Texterklärungen. In: Beiträge zur deutschen Sprache und Literatur 45, 1921, S.212-238, 404-429; 47, 1923, S.448-470; 48, 1923, S.25-45.

Groseclose, J. Sidney/Murdoch, Brian O.: Die althochdeutschen poetischen Denkmäler. Stuttgart 1976.

Gysseling, Maurits (Hg.): Corpus van middelnederlandse teksten (tot en met het jaar 1300). Reeks II: Literaire handschriften. Deel 1, Fragmenten. 's-Gravenhage 1980 (Oudnederlands: S.1-282).

Gysseling, Maurits: Die nordniederländische Herkunft des Helianddichters und des "Altsächsischen Taufgelöbnisses. In: Niederdeutsches Jahrbuch 103, 1980, S.14-31.

Habermann, Paul: Die Metrik der kleineren althochdeutschen Reimgedichte. Halle 1909.

Haefele, Hans (Hg.): Notker der Stammler. Taten Kaiser Karls des Großen. Berlin 1962.

Harless,W.: Die ältesten Necrologien und Namensverzeichnisse des Stifts Essen. In: Archiv für die Geschichte des Niederrheins 6, 1868, S.63-84.

Haubrichs, Wolfgang: Zur Herkunft der 'Altdeutschen (Pariser) Gespräche'. In: Zeitschrift für deutsches Altertum und deutsche Literatur 101, 1972, S. 86-103.

Haubrichs, Wolfgang: Georgslied und Georgslegende im frühen Mittelalter. Text und Rekonstruktion. Königstein 1979.

Haubrichs, Wolfgang: Lautverschiebung in Lothringen. Zur althochdeutschen Integration vorgermanischer Toponymie der historischen Sprachlandschaft zwischen Saar und Mosel. Mit fünf Karten und einem Anhang von Frauke Stein: Zur archäologischen Datierung einiger kontinentaler Runendenkmäler. In: R. Bergmann/H. Tiefenbach/L. Voetz (Hg.): Althochdeutsch, Bd. II, Heidelberg 1987, S.1350-1400.

Haubrichs, Wolfgang/Pfister, Max: "In Francia fui". Studien zu den romanisch-germanischen Interferenzen und zur Grundsprache der althochdeutschen 'Pariser (Altdeutschen) Gespräche' nebst einer Edition des Textes. Mainz/Stuttgart 1989.

Haug, Walter/Vollmann, Benedikt Konrad (Hg.): Ruodlieb. Faksimile-Ausgabe des Codex latinus monacensis 19486 der Bayerischen Staatsbibliothek München sowie der Fragmente von St. Florian. Band 1: Einleitung und Tafeln. Wiesbaden.1974. Band 2: Kritischer Text. 1985.

Haug, Walter/Vollmann, Benedikt Konrad (Hg.): Frühe deutsche Literatur und lateinische Literatur in Deutschland 800-1150. Frankfurt am Main 1991.

Heffner, R-M. S.: A Word-Index to the Texts of Steinmeyer *Die kleineren althochdeutschen Sprachdenkmäler*. Madison 1961.

Hellgardt, Ernst: Notkers des Deutschen Brief an Bischof Hugo von Sitten. In: Befund und Deutung. Zum Verständnis von Empirie und Interpretation in Sprach- und Literaturwissenschaft. Tübingen 1979, S.169-192.

Helm, Karl: Tumbo saz in berge. In: Hessische Blätter für Völkerkunde 8, 1909, S.131-135.

Helten, W.L. van (Hg.): Die altostniederfränkischen Psalmenfragmente, die Lipsius' schen Glossen und die altsüdmittelfränkischen Psalmenfragmente. Mit Einleitung, Noten, Indices und Grammatiken. Vaduz 1984 (Unveränderter Neudruck der Ausgabe 1902).

Hench, George Allison (Hg.): The Monsee Fragments. Newly collated text with introduction, notes, grammatical treatise and exhaustive glossary and a photolithographic fac-simile. Straßburg 1890.

Hench, George A. (Hg.): Der Althochdeutsche Isidor. Facsimile-Ausgabe des Pariser Codex nebst critischem Texte der Pariser und Monseer Bruchstücke. Mit Einleitung, grammatischer Darstellung und einem ausführlichen Glossar. Straßburg 1893.

Henning, R.: Ueber den deutschen Spruch in dem dritten Briefe Leo's von Vercelli. In: Neues Archiv der Gesellschaft für ältere deutsche Geschichtskunde 22, 1896, S.133-135.

Hermann, Rüdiger: ATTOS GABE. Die Inschriften der Runenfibel von Soest und ihre Sprache. In: Niederdeutsches Jahrbuch, 112, 1989, S.7-19.

Heyne, Moritz (Hg.): Hêliand nebst den Bruchstücken der altsächsischen Genesis. Vierte Auflage. Paderborn 1905.

Heyne, Moritz (Hg.): Kleinere altniederdeutsche Denkmäler. Mit ausführlichem Glossar. Zweite Auflage. Amsterdamm 1970 (Nachdruck der Ausgabe 1877).

hiltibraht. Das Hildebrandlied. Faksimile der Kasseler Handschrift mit einer Einführung von Hartmut Broszinski. Kassel 1985.

Höfler, Max: Das Malum malanum. In: Janus 14, 1909, S.512-526.

Hofmann, Josef: Zur Würzburger Beicht. In: Beiträge zur Geschichte der deutschen Sprache und Literatur (Halle) 76, 1955, S.534-552.

Hoffmann, Werner: Altdeutsche Metrik. Stuttgart 1967.

Höver, Werner/Kiepe, Eva (Hg.): Gedichte von den Anfängen bis 1300. Nach den Handschriften in zeitlicher Folge. München 1978.

Huismann, Johannes A.: Die Pariser Gespräche. In: Rheinische Vierteljahrsblätter 33, 1969, S.272-296.

Jungandreas, Wolfgang: GOD FURA DIH, DEOFILE †. In: Zeitschrift für deutsches Altertum und deutsche Literatur, 101, 1972, S.84,85.

Kartschoke, Dieter: Altdeutsche Bibeldichtung. Stuttgart 1975.

Kelle, Johann: Otfrids von Weißenburg Evangelienbuch. Aalen 1963 (Neudruck der Ausgabe 1856-1881).

1. Bd.: Text und Einleitung.

2. Bd.: Die Formen- und Lautlehre der Sprache Otfrids. Mit sechs Tafeln, Schriftproben.

3. Bd.: Glossar der Sprache Otfrids.

Kelle, Johann: Christi Leben und Lehre besungen von Otfrid. Aus dem althochdeutschen übersetzt. Osnabrück 1966 (Neudruck der Ausgabe 1870).

King, James C./Tax, Petrus W.(Hg.): Die Werke Notkers des Deutschen. Neue Ausgabe. Begonnen von Edward H. Sehrt und Taylor Starck. Tübingen.

Bd. 1: Boethius,»De consolatione Philosophiae«, Buch I/II. 1986.

Bd. 2: Boethius,»De consolatione Philosophiae«, Buch III. 1988.

Bd. 3: Boethius,»De consolatione Philosophiae«, Buch IV/V. 1990.

Bd. 4: Martianus Capella,»De nuptiis Philologiae et Mercurii«. 1979.

Bd. 4A: Notker latinus zum Martianus Capella. 1986.

Bd. 5: Boethius' Bearbeitung der»Categoriae« des Aristoteles. 1972.

Bd. 6: Boethius' Bearbeitung von Aristoteles' Schrift»De Interpretatione«. 1975.

Bd. 7: Die kleineren Schriften. 1996.

Bd. 8: Der Psalter. Ps. 1-50. 1979.

Bd. 8A: Notker latinus. Die Quellen zu den Psalmen. Psalm 1-50. 1972.

Bd. 9: Der Psalter. Ps. 51-100. 1981.

Bd. 9A: Notker latinus. Die Quellen zu den Psalmen. Ps. 51-100. 1973.

Bd. 10: Der Psalter. Ps. 101-150, die Cantica und die katechetischen Texte. 1983.

Bd. 10A: Notker latinus. Die Quellen zu den Psalmen. Ps.101-150, zu den»Cantica« und den katechetischen Texten. 1975.

Kleczkowski, Adam: Neuentdeckte altsächsische Psalmenfragmente aus der Karolingerzeit. Krakow 1923.

Kleiber, Wolfgang (Hg.): Otfrid von Weißenburg. Darmstadt 1978.

Klein, Thomas: 'De Heinrico' und die altsächsische Sentenz Leos von Vercelli. In: Architectura Poetica. Festschrift für J. Rathofer zum 65. Geburtstag. Köln/Wien 1990, S.45-66.

Klein, Thomas: Die Straubinger Heliand-Fragmente: Altfriesisch oder altsächsisch? In: Amsterdamer Beiträge zur älteren Germanistik 31/32, 1990, S.197-225.

Klingenberg, Heinz: Runenfibel von Bülach, Kanton Zürich. Liebesinschrift aus alamannischer Frühzeit. In: Alamannica. Landeskundliche Beiträge. Festschrift für B. Boesch zum 65. Geburtstag. Bühl 1976, S.308-325.

Köbler, Gerhard: Lateinisch-althochdeutsches Wörterbuch. Göttingen/Zürich/Frankfurt 1971.

Köbler, Gerhard: Altniederdeutsch-neuhochdeutsches und neuhochdeutsch-altniederdeutsches Wörterbuch. 2. Auflage. Gießen 1982.

Köbler, Gerhard (Hg.): Sammlung kleinerer althochdeutschen Sprachdenkmäler. Gießen 1986.

Köbler, Gerhard (Hg.): Sammlung aller altsächsischen Texte. Gießen 1987.

Köbler, Gerhard: Wörterbuch des althochdeutschen Sprachschatzes. Paderborn/München/Wien/Zürich 1993.

Köbler, Gerhard: Taschenwörterbuch des althochdeutschen Sprachschatzes. Paderborn/München/Wien/Zürich 1994.

Koch, Anton C.-F.: Namen von Monaten und Windrichtungen in einer niederländischen Handschrift des 11. Jahrhunderts. In: Namenforschung. Festschrift für A. Bach zum

75. Geburtstag am 31. Januar 1965. Heidelberg 1965, S.441-443.

Könnecke, Gustav: Bilderatlas zur Geschichte der deutschen Nationallitteratur. Eine Ergänzung zu jeder deutschen Litteraturgeschichte. Nach den Quellen bearbeitet. Zweite verbesserte und vermehrte Auflage. Marburg 1894.

Kralik, Dietrich von: Die deutschen Bestandteile der Lex Baiuvariorum. In: Neues Archiv der Gesellschaft für ältere deutsche Geschichtskunde 38, 1913, S.15-55, 403-449, 583-623.

Krause, Wolfgang/Jankuhn, Herbert: Die Runeninschriften im älteren Futhark. I. Text, II. Tafeln. Göttingen 1966.

Krogmann, Willy: Die Heimatfrage des Heliand im Lichte des Wortschatzes. Seestadt Wismar 1937.

Krogmann, Willy: Pro cadente morbo. In: Archiv für das Studium der neueren Sprachen und Literaturen 173, 1938, S.1-11.

Krogmann, Willy: Altenglisches in einem altniederfränkischen Satz? In: Jahrbuch des Vereins für niederdeutsche Sprachforschung 69/70, 1943/1947, S. 138-140.

Krogmann, Willy: Die Lubliner Psalmenfragmente. In: Korrespondenzblatt des Vereins für niederdeutsche Sprachforschung 57, 1950, S.49-58.

Krogmann, Willy: Das Hildebrandslied. In der langobardischen Urfassung hergestellt. Berlin 1959.

Krogmann, Willy: Der althochdeutsche 138. Psalm. Forschungsgeschichtlicher Überblick und Urfassung. Hamburg 1973.

Kruse, Norbert: Die Kölner volkssprachige Überlieferung des 9. Jahrhunderts. Bonn 1976.

Kruse, Norbert: Weingartner Buchunterschrift. In: Althochdeutsch, Bd. I, Heidelberg 1987, S.895-899.

Kyes, Robert L.: The Old Franconian Psalms and Glosses. Ann Arbor 1969.

Lasch, Agathe: Das altsächsische Taufgelöbnis. In: Neuphilologische Mitteilungen 36, 1935, S.92-133.

Lehmann, Karolus/Eckhardt, Karolus Augustus (Hg.): Leges Alamannorum. Hannover 1966.

Lühr, Rosemarie: Studien zur Sprache des Hildebrandliedes. Teil 1: Herkunft und Sprache. Teil 2: Kommentar. Frankfurt am Main/Bern 1982.

Magoun Jr., F. P. : The *praefatio* and *versus* associated with some Old-Saxon biblical poems. In: Mediaeval Studies in Honor of J. D. M. Ford. Cambridge 1948, S.107-136.

Masser, Achim (Hg.): Die lateinisch-althochdeutsche Tatianbilingue Stiftsbibliothek St.

Gallen Cod. 56. Göttingen 1994.

Masser, Achim (Hg.): Die lateinisch-althochdeutsche Benediktinerregel Stiftsbibliothek St. Gallen Cod. 916. Göttingen 1997.

Matzel, Klaus: Untersuchungen zur Verfasserschaft, Sprache und Herkunft der althochdeutschen Übersetzungen der Isidor-Sippe. Bonn 1970.

Matzel, Klaus: Der lateinische Text des Matthäus-Evangeliums der Monseer Fragmente. In: Beiträge zur Geschichte der deutschen Sprache und Literatur 87, 1965, S.289-363.

Menadier: Gittelder Pfennige. In: Zeitschrift für Numismatik 16, 1889, S.233-342.

Mettke, Heinz (Hg.): Älteste deutsche Dichtung und Prosa. Ausgewählte Texte, literaturgeschichtliche Einleitung, althochdeutsche und altsächsische Texte, neuhochdeutsche Fassungen. Leipzig 1979.

Meyer, Carl: Sprache und Sprachdenkmäler der Langobarden. Quellen, Grammatik, Glossar. Paderborn 1877.

Miller, Carol Lynn: The Old High German and Old Saxon Charms. Texts, Commentary and Critical Bibliography. Washington University dissertation 1963.

Minis, Cola: Handschrift, Form und Sprache des Muspilli. Berlin 1966.

Müllenhoff, K./Scherer, W. (Hg.): Denkmäler deutscher Poesie und Prosa aus dem VIII-XII Jahrhundert. 4. Ausgabe von E. Steinmeyer. 2 Bde. Berlin/Zürich 1964 (Unveränderter Nachdruck der 3. Auflage 1892).

Müller, Ernestus (Hg.): Nithardi Historiarum Libri IIII. Hannover 1965 (Neudruck der Ausgabe von 1907).

Naumann, Hans/Betz, Werner: Althochdeutsches Elementarbuch. Grammatik und Texte. Vierte, verbesserte und vermehrte Auflage. Berlin 1967.

Opitz, Stephan: Runeninschriftliche Neufunde: Das Schwert von Eichstetten/Kaiserstuhl und der Webstuhl von Neudingen/Baar. In: Archäologische Nachrichten aus Baden 27, 1981, S.26-31.

Opitz, Stephan: Neue Runeninschriften. Fundberichte aus Baden-Württemberg 7, 1982, S.481-490.

Opitz, Stephan: Südgermanische Runeninschriften im älteren Futhark aus der Merowingerzeit. 3. Auflage. Freiburg 1988.

Osterwalder, Peter: Das althochdeutsche Galluslied Ratperts und seine lateinischen Übersetzungen durch Ekkehart IV. Einordnung und kritische Edition. Berlin/New York 1982.

Otfrid von Weißenburg: Evangelienharmonie. Vollständige Faksimile-Ausgabe des Codex Vindobonensis 2687 der Österreichischen Nationalbibliothek. Graz 1972.

Pertz, G. H./Waitz, G./Holder-Egger, O. (Hg.): Einhardi Vita Karoli Magni. Hannover 1911.

Petzet, Erich/Glauning, Otto (Hg.): Deutsche Schrifttafeln des IX. bis XVI. Jahrhunderts aus Handschriften der Bayerischen Staatsbibliothek in München. München/Leipzig 1910-1930.

Pieper, Peter: Die Weser-Runenknochen. Neue Untersuchungen zur Problematik: Original oder Fälschung. Oldenburg 1989.

Pieper, Peter: The Bones with Runic Inscriptions from the Lower Weser River. New Results of Scientific Investigations Concerning the Problem: Original(s) or Fake(s). In: Old English Runes and their Continental Background. Heidelberg 1991, S.343-358.

Piper, Paul (Hg.): Die Schriften Notkers und seiner Schule. Freibung/Tübingen.

1. Band: Schriften philosophischen Inhalts. Mit 19 Holzschnitten und 14 Figuren im Text. 1882.

2. Band: Psalmen und katechetische Denkmäler nach der St. Galler Handschriftengruppe. 1883.

3. Band: Wessobrunner Psalmen, Predigten und katechetische Denkmäler. 1883.

Piper, Paul (Hg.): Otfrids Evangelienbuch. Freiburg/Tübingen.

I. Theil: Einleitung und Text. Zweite, durch Nachträge erweiterte Ausgabe. 1882.

II. Theil: Glossar und Abriß der Grammatik. 1884.

Piper, Paul: Die älteste deutsche Litteratur bis um das Jahr 1050. Berlin/Stuttgart 1884.

Piper, Paul (Hg.): Otfrids Evangelienbuch. 2 Bände in 1 Band. Hildesheim/New York 1982 (Nachdruck der Ausgaben 1882/1884).

Piper, Paul (Hg.): Die Altsächsische Bibeldichtung (Heliand und Genesis). Erster Teil: Text. Stuttgart 1897.

Priebsch, R.: Ein Ausspruch Gregors des Großen in ahd. Reimversen aus S. Maximin zu Trier. In: Beiträge zur Geschichte der deutschen Sprache und Literatur 38, 1912/1913, S.338-343.

Quak, Arend: Studien zu den altmittel- und altniederfränkischen Psalmen und Glossen. Amsterdam 1973.

Quak, Arend (Hg.): Die altmittel- und altniederfränkischen Psalmen und Glossen. Nach den Handschriften und Erstdrucken neu herausgegeben. Amsterdam 1981.

Rhee, Florus van der: Die germanischen Wörter in den langobardischen Gesetzen. Rotterdam 1970.

Rosenfeld, Hellmut: Die germanischen Runen im Kleinen Schulerloch und auf der Nordendorfer Bügelfibel A. In: Zeitschrift für deutsches Altertum und deutsche Literatur

113, 1984, S.159-173.

Roth, F.W.E./Schröder, E.: Althochdeutsches aus Trier. In: Zeitschrift für deutsches Altertum und deutsche Literatur 52, 1911, S.169-182.

Rückert, Heinrich (Hg.): Heliand. Leipzig 1876.

Salzer, Anselm (Hg.): Illustrierte Geschichte der deutschen Literatur. Vol. I. München 1912.

Sanders, Willy (Hg.): (Expositio) Willerammi Eberspergensis abbatis in Canticis canticorum. Die Leidener Handschrift. München 1971.

Sanders, Willy: Der Leidener Williram. Untersuchungen zu Handschrift, Text und Sprachform. München 1974.

Sanders, Willy: Sprachliches zu den Straubinger 'Heliand'-Fragmenten. In: Architectura Poetica. Festschrift für J. Rathofer zum 65. Geburtstag. Köln/Wien 1990, S.17-28.

Schlosser, Horst Dieter: Die literarischen Anfänge der deutschen Sprache. Ein Arbeitsbuch zur althochdeutschen und altniederdeutschen Literatur. Berlin 1977.

Schlosser, Horst Dieter: Althochdeutsche Literatur. Mit Proben aus dem Altniederdeutschen. Ausgewählte Texte mit Übertragungen. Mit Anmerkungen und einem Glossar. Frankfurt a. M. 1989.

Schlosser, Horst Dieter: Althochdeutsche Literatur. Eine Textauswahl mit Übertragungen. Berlin 1998.

Schmidt-Wiegand, Ruth: Die malbergischen Glossen der Lex Salica als Denkmal des Westfränkischen. In: Rheinische Vierteljahrsblätter 33, 1969, S.396- 422.

Schneider, Karl: Zu einem Runenfund in Trier. In: Zeitschrift für deutsches Altertum und deutsche Literatur 109, 1980, S.193-201.

Schönfeld, M.: Een oudnederlandse zin uit de elfde eeuw. In: Tijdschrift voor Nederlandsche Taal- en Letterkunde 52, 1933, S.1-8.

Schönfeld, M.: Hebban olla vogala... In: Tijdschrift voor Nederlandsche Taal- en Letterkunde 76, 1958, S.1-9.

Schröder, E.: Eine altsächsische Münzinschrift. In: Anzeiger für deutsches Altertum und deutsche Litteratur 28, 1902, S.174.

Schützeichel, Rudolf: Das Ludwigslied und die Erforschung des Westfränkischen. In: Rheinische Vierteljahrsblätter 31, 1966, S.291-306.

Schützeichel, Rudolf: Grenzen des Althochdeutschen. In: Beiträge zur Geschichte der deutschen Sprache und Literatur 95, 1973, S.23-38.

Schützeichel, Rudolf: Die Grundlagen des westlichen Mitteldeutschen. Studien zur historischen Sprachgeographie. Zweite, stark erweiterte Auflage. Tübingen 1976.

Schützeichel, Rudolf: Textgebundenheit. Kleinere Schriften zur mittelalterlichen deut-

schen Literatur. Tübingen 1981.
Schützeichel, Rudolf: Codex Pal. lat. 52. Studien zur Heidelberger Otfridhandschrift, zum Kicila-Vers und zum Georgslied. Göttingen 1982.
Schützeichel, Rudolf: Althochdeutsches in Runen. In: Sprachen und Schriften des antiken Mittelmeerraums. Festschrift für J. Untermann zum 65. Geburtstag. Innsbruck 1993, S.403-410.
Schützeichel, Rudolf: Althochdeutsches Wörterbuch. 5., überarbeitete und erweiterte Auflage. Tübingen 1995.
Schwab, Ute: Die Bruchstücke der altsächsischen Genesis und ihrer altenglischen Übertragung. Einführung, Textwiedergaben und Übersetzungen, Abbildung der gesamten Überlieferung. Göppingen 1991.
Schwab, Ute: Das althochdeutsche Lied >Hirsch und Hinde< in seiner lateinischen Umgebung. In: Latein und Volkssprache im deutschen Mittelalter 1100-1500. Regensburger Colloquium 1988. Tübingen 1992, S.74-122.
Schwarz, Hans: Ahd. *liod* und sein sprachliches Feld. In: Beiträge zur Geschichte der deutschen Sprache und Literatur 75, 1953, S.321-365.
Schwerin, Claudius Freiherr von (Hg.): Leges Saxonum und Lex Thuringorum. Hannover/Leipzig 1918.
Schwind, Ernestus de (Hg.): Lex Baiwariorum. Hannover 1926.
Seemüller, Joseph (Hg.): Williams deutsche Paraphrase des Hohen Liedes. Mit Einleitung und Glossar. Straßburg/London 1878.
Sehrt, Edward H.: Notker-Glossar. Ein Althochdeutsch-Lateinisch-Neuhochdeutsches Wörterbuch zu Notkers des Deutschen Schriften. Tübingen 1962.
Sehrt, Edward H.: Vollständiges Wörterbuch zum Heliand und zur altsächsischen Genesis. 2. durchgesehene Auflage. Göttingen 1966.
Sehrt, Edward H./Legner, Wolfram K.: Notker-Wortschatz. Das gesamte Material zusammengetragen von Edward H. Sehrt und Taylor Starck. Halle 1955.
Sehrt, Edward H./Starck, Taylor (Hg.): Notkers des Deutschen Werke. Nach den Handschriften neu herausgegeben. Halle.
    1. Band: Boethius, De consolatione philosophiae. 1966 (Unveränderter Nachdruck der 1. Auflage).
    2. Band: Martianus Capella, De nuptiis Philologiae et Mercurii. 1966 (Unveränderter Nachdruck der 1. Auflage).
    3. Band, 1. Teil: Der Psalter. Psalmus I-L. 1952.
        2. Teil: Der Psalter. Psalmus LI-C. 1954.
            3. Teil: Der Psalter. Psalmus CI-CL. Nebst Cantica und katechetischen

Stücken. 1955.

Siebs, Theodor: Die altsächsische Genesis. In: Zeitschrift für systematische Theologie 9, 1932, S.363-376.

Sievers, Eduard (Hg.): Heliand. Titelauflage vermehrt um das Prager Fragment des Heliand und die vaticanischen Fragmente von Heliand und Genesis. Halle/Berlin 1935.

Sievers, Eduard (Hg.): Tatian. Lateinisch und altdeutsch mit ausführlichem Glossar. Zweite neubearbeitete Ausgabe. Unveränderter Nachdruck. Paderborn 1966.

Sievers, Eduard (Hg.): Die Murbacher Hymnen. Nach der Handschrift herausgegeben. Mit einer Einführung von Evelyn Scherabon Firchow. New York/London. 1972.

Sisam, Kenneth: Mss. Bodley 340 and 342: Ælfric's catholic homilies. In: The Review of English Studies 11, 1933, S.1-12.

Sonderegger, Stefan: Die althochdeutsche Lex Salica-Übersetzung. In: Festgabe für W. Jungandreas zum 70. Geburtstag am 9. Dezember 1964. Trier 1964, S.113-122.

Sonderegger, Stefan: Althochdeutsch in St. Gallen. Ergebnisse und Probleme der althochdeutschen Sprachüberlieferung in St. Gallen vom 8. bis ins 12. Jahrhundert. St. Gallen/Sigmaringen 1970.

Sonderegger, Stefan: Althochdeutsche Sprache und Literatur. Eine Einführung in das älteste Deutsch. Darstellung und Grammatik. Berlin/New York 1974.

Sonderegger, Stefan: Eine althochdeutsche Paternoster-Übersetzung der Reichenau. Versuch einer Rekonstruktion auf Grund der Zitate und entsprechender Formen aus den Reichenauer Denkmälern. In: Festschrift für K. Bischoff zum 70. Geburtstag. Köln/Wien 1975, S.299-307.

Sonderegger, Stefan: Deutsche Sprache und Literatur in Sankt Gallen. In: Die Kultur der Abtei Sankt Gallen. Zürich 1990, S.161-184.

Steiger, Christoph von: Bemerkungen zur Handschrift des Rotulus von Mülinen. In: Geschichte, Deutung, Kritik, Literaturwissenschaftliche Beiträge dargebracht zum 65. Geburtstag W. Kohlschmidts. Bern/München 1969, S.28,29.

Steinmeyer, Elias von: Segen II. In: Zeitschrift für deutsches Altertum und deutsche Literatur 20, 1876, S.209,210.

Steinmeyer, Elias von (Hg.): Die kleineren althochdeutschen Sprachdenkmäler. 3. Auflage. Dublin/Zürich 1971 (Unveränderter Nachdruck der ersten Auflage 1916).

Steinmeyer, Elias von/Sievers, Eduard (Hg.): Die althochdeutschen Glossen. Band 3. Zweite Auflage. Dublin/Zürich 1969 (Unveränderter Nachdruck der ersten Auflage 1895).

Taeger, Burkhard: Ein vergessener handschriftlicher Befund: Die Neumen im Münchener 'Heliand'. In: Zeitschrift für deutsches Altertum und deutsche Literatur 107, 1978,

S.184-193.

Taeger, Burkhard: Das Straubinger >Heliand<-Fragment. Philologische Untersuchungen. In: Beiträge zur Geschichte der deutschen Sprache und Literatur (Tübingen) 101, 1979, S.181-228; 103, 1981, S.402-424; 104, 1982, S.10-43; 106, 1984, S.364-389.

Taeger, Burkhard (Hg.): Der Heliand. Ausgewählte Abbildungen zur Überlieferung. Göppingen 1985.

Takahaši, Terukazu: Germ. /sk, s$\underset{w}{k}$, sp, st/ als Monophoneme. In: Sprachwissenschaft 12, 1987, S.157-165.

Tiefenbach, Heinrich: Ein übersehener Textzeuge des Trierer Capitulare. In: Rheinische Vierteljahrsblätter 39, 1975, S.272-310.

Tiefenbach, Heinrich: Zur Binger Inschrift. In: Rheinische Vierteljahrsblätter 41, 1977, S.124-137.

Thoma, Herbert: Altdeutsches aus vatikanischen und Münchener Handschriften. In: Beiträge zur deutschen Sprache und Literatur 85, 1963 (Halle), S.220-247.

Unwerth, Wolf von: Der Dialekt des Liedes De Heinrico. In: Beiträge zur Geschichte der deutschen Sprache und Literatur 41, 1916, S.312-331.

Ursprung, Otto: Das Freisinger Petrus-Lied. In: Musikforschung 5, 1952, S.17-21.

Vetter, Ferdinand: Die neuentdeckte deutsche Bibeldichtung des neunten Jahrhunderts. Mit dem Text und der Uebersetzung der neuaufgefundenen Vatikanischen Bruchstücke. Ein Beitrag zur Litteratur- und Kirchengeschichte. Basel 1895.

Vollmann-Profe, Gisela: Kommentar zu Otfrids Evangelienbuch. Teil 1: Widmungen. Buch I, 1-11. Bonn 1976.

Vollmann-Profe, Gisela: Otfrid von Weißenburg. Evangelienbuch. Auswahl. Althochdeutsch/Neuhochdeutsch. Stuttgart 1987.

Wadstein, Elis (Hg.): Kleinere altsächsische sprachdenkmäler mit anmerkungen und glossar. Norden/Leipzig 1899.

Wagner, Norbert: Zu den Runeninschriften von Pforzen und Nordendorf. In: Historische Sprachforschung 108, 1995, S.104-112.

Waitz, G. (Hg.): Pauli Historia Langobardorum. Hannover 1878.

Wilhelm, Friedrich: Eine deutsche Uebersetzung der Praefatio zum Heliand. In: Münchener Museum für Philologie des Mittelalters und der Renaissance 1, 1911/1912, S.362-365.

Wilhelm, Friedrich: Denkmäler deutscher Prosa des 11. und 12. Jahrhunderts. München 1960.

Wipf, Karl A.: Althochdeutsche poetische Texte. Althochdeutsch/Neuhochdeutsch. Stuttgart 1992.

参 考 文 献

Zalewski, Ludovicus (Hg.): Psalterii versionis interlinearis vetusta fragmenta germanica. Krakow 1923.

石川光庸（訳著）：古ザクセン語・ヘーリアント（救世主）．大学書林 2002.
斎藤治之(訳著)：古高ドイツ語・ノートカー デア ドイチェ・メルクリウスとフィロロギアの結婚．大学書林 1997.
シルト，ヨアヒム（橘好碩訳）：図説・ドイツ語の歴史．大修館書店 1999.
新保雅浩(訳著)：古高ドイツ語・オトフリートの福音書．大学書林 1993.
妹尾 幹：古代ドイツ文学史概説．自費出版 1971.
ゾンダーエッガー，シュテファン：ザンクト・ガレン修道院におけるドイツ語と文学．In：ヴェルナー・フォーグラー編（阿部謹也訳）：『修道院の中のヨーロッパ．ザンクト・ガレン修道院にみる』．朝日新聞社 1994, S.130-150.
髙橋輝和：ドイツ語音韻史．In：岡山大学文学部紀要2, 1981, S.27-43.
髙橋輝和：「ヒルデブラントの歌」——古東フランク語原文の復元と七五調頭韻訳の試み．In：岡山大学独仏文学研究5, 1986(a), S.1-17.
髙橋輝和：「ヘーリアント」七五調頭韻訳（1-53）．In：岡山大学独仏文学研究5, 1986(b), S.31-36.
髙橋輝和：ゲルマン祖語における子音連結/sk sk̮ sp st/の単音素性について．In：日本独文学会中国四国支部「ドイツ文学論集」19, 1986(c), S.66-75.
髙橋輝和：「ムースピリ」の思想と構成．In：岡山大学文学部紀要7, 1986(d), S.187-206.
髙橋輝和：「ヘーリアント」七五調頭韻訳（243-437）．In：岡山大学独仏文学研究6, 1987(a), S.85-94.
髙橋輝和：オットフリート・フォン・ヴァイセンブルクの請願状と聖福音集第一巻第一章について．In：岡山大学文学部紀要8, 1987(b), S.155-189.
髙橋輝和：古高ドイツ語による二つのルートヴィヒ王賛歌における理想的フランク王像——「詩篇138」と「ペテロの歌」の韻文訳つき．In：岡山大学独仏文学研究7, 1988(a), S.1-25.
髙橋輝和：独詩の訳も「詩」たるべし．In：ブルンネン（郁文堂）300, 1988(b), S.22-25.
髙橋輝和：「ゲオルクの歌」の原文と構成．In：岡山大学文学部紀要10, 1988(c), S.69-94.
髙橋輝和：「ヴェッソーブルンの祈り」の構成．In：岡山大学独仏文学研究8, 1989, S.41-56.
髙橋輝和：古高独語詩「ゲオルクの歌」の研究．岡山大学文学部研究叢書4, 1990.

髙橋輝和：カルル大帝のドイツ語．In：岡山大学独仏文学研究11, 1992, S. 25-29.
髙橋輝和：古期ドイツ語文法．大学書林 1994．
髙橋輝和：古期ドイツ語の頭韻法．In：岡山大学独仏文学研究14, 1995, S. 47－75.
髙橋輝和：『シュトラースブルクの誓い』の原文対比．In：関西大学「独逸文学」42, 1998, S. 108-126.
戸澤　明：美と捨身．中世ドイツ文学小識．同学社 1992．
原田祐司：ラテン語が教えるもの．近代文芸社 1998．

作品分類

1. ルーネ文字
   - A 1.　ヴェーゼル川の獣骨のルーネ文字銘（440±60年）　*4*
   - D 1.　トリールの護符のルーネ文字銘（5世紀末/6世紀初め）　*66*
   - C 1.　ヴァイマルの尾錠のルーネ文字銘（5世紀末/6世紀前半）　*64*
   - K 2.　ブレザの大理石半円柱のルーネ文字銘（6世紀前半）　*328*
   - F 1.　フライラウベルスハイムの弓形留金のルーネ文字銘（約520-560年）　*88*
   - K 1.　ベゼンイェの弓形留金AとBのルーネ文字銘（530-568年）　*328*
   - J 1.　ノルデンドルフの弓形留金Ⅰのルーネ文字銘（6世紀半ば）　*242*
   - J 2.　アイヒシュテッテンの鞘口銀板のルーネ文字銘（6世紀半ば）　*242*
   - J 3.　ノイディンゲンの木材のルーネ文字銘（568年）　*242*
   - D 2.　ビューラハの円形留金のルーネ文字銘（約560-600年）　*66*
   - J 4.　ヴァインガルテンのS形留金Ⅰのルーネ文字銘（約560-600年）　*242*
   - A 2.　ゾーストの円形留金のルーネ文字銘（6世紀末）　*4*
   - I 1.　シューレルロッホの岩壁のルーネ文字銘（6/7世紀？）　*194*
   - J 5.　プフォルツェンの尾錠のルーネ文字銘（6世紀後半）　*242*
   - J 6.　シュレッツハイムの青銅カプセルのルーネ文字銘（6世紀後半）　*242*
   - J 7.　シュレッツハイムの円形留金のルーネ文字銘（6世紀後半）　*242*
   - J 8.　プフォルツェンの象牙環のルーネ文字銘（600年頃）　*244*
   - J 9.　ヴルムリンゲンの槍先のルーネ文字銘（6世紀末/7世紀初め）　*244*
   - F 2.　オストホーフェンの円形留金のルーネ文字銘（7世紀の第1三分期）　*88*
   - A 3.　ノルマン人のAbc（9世紀前半）　*4*
2. 法　令
   - K 4.　ロータリ王の布告（643年）　*332*
   - D 3.　リブアーリ法（7世紀）　*66*
   - I 2.　バイエルン法A写本（8世紀）　*194*
   - J 10.　アレマン法A類写本（8世紀）　*244*
   - E 1.　サリ法協約A類本文（8世紀後半）　*78*
   - H 2.　サリ法断片（9世紀初め）　*160*
   - A 15.　ザクセン法（950年頃）　*40*
   - C 2.　テューリンゲン法（950年頃）　*64*
   - D 8.　トリールの勅令（950年頃）　*70*

3．戒　律
　　J 16．　ベネディクト修道会会則（9世紀初め）　*250*
　　I 13．　ムースピリ（9世紀後半）　*214*
4．誓約文
　　F 4．　シュトラースブルクの誓い（842年）　*88*
　　I 17．　司祭の誓いA写本（10世紀）　*224*
5．境界表示
　　H 4．　ハンメルブルクの荘園の境界表示（9世紀初め）　*170*
　　H 10．　ヴュルツブルクの共有地の境界表示（1000年頃）　*184*
6．徴税簿
　　A 13．　ヴェールデンの徴税簿断片（10世紀初め）　*40*
　　A 20．　エッセンの徴税簿（10世紀後半）　*48*
　　A 26．　フレッケンホルストの徴税簿（11世紀末）　*54*
7．呪　文
　　A 12 a．　ヴィーンの馬の呪文（10世紀初め）　*38*
　　F 6 b．　メルゼブルクの馬の呪文（10世紀）　*94*
　　F 10．　トリールの馬の呪文（10世紀）　*96*
　　F 16．　パリの馬の呪文（1100年頃）　*102*
　　A 12 b．　ヴィーンの寄生虫の呪文（10世紀初め）　*38*
　　I 21．　テーゲルンゼーの寄生虫の呪文（10世紀）　*228*
　　F 15 a．　シュレットシュタットの寄生虫の呪文（11世紀）　*100*
　　D 9．　チューリヒの血の呪文（10世紀）　*74*
　　A 18．　トリールの血の呪文（10/11世紀）　*44*
　　F 15 b．　シュレットシュタットの血の呪文（11世紀）　*102*
　　J 34．　シュトラースブルクの血の呪文（11世紀）　*320*
　　F 17．　アプディングホーフの血の呪文（11世紀末/12世紀初め）　*102*
　　F 6 a．　メルゼブルクの身内生還の呪文（10世紀）　*94*
　　F 7．　ロルシュの蜜蜂の呪文（10世紀）　*94*
　　I 20．　ヴィーンの犬の呪文（10世紀）　*228*
　　J 25．　チューリヒの家の呪文（1000年頃）　*264*
　　I 26．　ザンクト・エメラムの癲癇の呪文（11世紀）　*234*
　　I 28．　ザンクト・エメラムの目の呪文（11世紀）　*236*
　　I 33．　マリーア・ラーハの潰瘍の呪文（11世紀後半）　*240*
8．処方箋
　　H 1 a．　バーゼルの発熱の処方箋（9世紀初め）　*158*
　　H 1 b．　バーゼルの癌腫の処方箋（9世紀初め）　*158*

作 品 分 類

　　　Ｉ27．　ミュンヒェンの痛風の処方箋（11世紀）　*234*
　　　Ｆ18．　ベルンの痛風の処方箋（11/12世紀）　*102*
　９．金石文
　　　Ｄ５．　ケルンの碑文（850年頃）　*68*
　　　Ｆ13．　ビンゲンの墓碑銘（1000年頃）　*98*
　　　Ａ24．　ギッテルデの貨幣銘（11世紀初め）　*54*
10．会話文集
　　　Ｉ11．　カッセルの会話（９世紀）　*212*
　　　Ｅ３．　パリの会話（900年頃）　*84*
11．世俗詩句
　　　Ｊ19．　ウルリヒ句（９世紀初め）　*260*
　　　Ｊ21．　ザンクト・ガレンの風刺句Ⅰ（900年頃）　*260*
　　　Ｊ23．　牡鹿と牝鹿（10世紀）　*262*
　　　Ｊ24．　ザンクト・ガレンの風刺句Ⅱ（10/11世紀）　*262*
　　　Ｆ14．　尼僧への求愛（1000年頃）　*100*
　　　Ｊ33．　ザンクト・ガレンの風刺句Ⅲ（11世紀）　*318*
　　　Ｉ23．　ルーオトリープ（1050年頃）　*230*
　　　Ｂ３．　西フラマン語の恋愛句（11世紀後半）　*60*
12．英雄歌
　　　Ｋ３．　ランゴバルド語の『ヒルデブラントの歌』（７世紀初め）　*328*
　　　Ｈ３．　ヒルデブラントの歌（９世紀初め）　*166*
　　　Ｊ26ｇ．ノートケルの修辞学の中の詩句（1000年頃）　*292*
13．語　彙
　　　Ｊ11．　ザンクト・ガレンの語彙集（８世紀後半）　*244*
　　　Ｊ12．　アブロガンスＫ写本（８世紀末）　*246*
　　　Ａ10．　エッセンの月名（９世紀後半）　*36*
14．学芸書
　　　Ｊ26．　ノートケルの訳著（1000年頃）　*264*
　　　　ｂ．　ボエーティウスの『哲学の慰め』　*268*
　　　　ｃ．　マルティアーヌス・カペルラの『フィロロギアの結婚』　*276*
　　　　ｄ．　アリストテレース／ボエーティウスの『範疇論』　*282*
　　　　ｅ．　アリストテレース／ボエーティウスの『解釈論』　*284*
　　　　ｆ．　三段論法　*290*
　　　　ｇ．　修辞学　*292*
　　　　ｈ．　音楽論　*294*

15. 課業答案
    J28.　ザンクト・ガレンの課業（1000年頃）　*308*
16. 雑　記
    I10.　フルダの覚え書き（9世紀）　*212*
    J20.　ザンクト・ガレンの写字生の句（9世紀末）　*260*
    J31.　ヴァインガルテンの本の後書き（11世紀前半）　*318*
    J32.　ギーゼラ句（1050年頃）　*318*
    B5．　ミュンステルビルゼンの称賛句（1130年頃）　*62*
17. 史　伝
    K5．　パウルス・ディアーコヌスの『ランゴバルド史』（8世紀後半）　*336*
    H6．　アインハルトの『カル大帝伝』C1写本（835年頃）　*180*
    B2．　アインハルトの『カル大帝伝』A5写本（1050年頃）　*60*
    J26b．ノートケルの『哲学の慰め』への序文（1000年頃）　*268*
18. 訓　言
    J26m．ノートケルの格言（1000年頃）　*304*
    J26n．ノートケルの処世訓（1000年頃）　*306*
    J27.　ザンクト・ガレンの格言（1000年頃）　*308*
    A25.　レーオ・ヴェルチェリ司教の金言（1016年）　*54*
    I31.　ヴェッソブルンの宗教的助言（11世紀後半）　*238*
19. 説　教
    G1．　イージドールの『公教信仰』（8世紀末）　*106*
    I3c．イージドールの『公教信仰』モーン（ト）ゼー写本断片（800年頃）　*200*
    I3b．イージドールの『異教徒らの召出しに関する説教』（800年頃）　*198*
    I3d．アウグスティーヌスの説教（800年頃）　*200*
    I4．　キリスト教徒に対する奨励A写本（800年頃）　*202*
    A23.　エッセンの万聖節の説教（1000年頃）　*52*
    I32.　ヴェッソブルンの説教（11世紀後半）　*238*
    J35.　古フュジオログス（11世紀後半）　*320*
20. 主の祈り
    J13.　ザンクト・ガレンの主の祈り（8世紀末）　*248*
    J15.　ライヒェナウの主の祈り（800年頃）　*250*
    I12.　ザンクト・エメラムの主の祈り注解（9世紀）　*214*
    G2a．ヴァイセンブルクの公教要理の主の祈り（9世紀初め）　*108*
    I6．　フライジングの主の祈り注解A写本（9世紀初め）　*206*
    H5c．タツィアーンの『総合福音書』G写本の主の祈り（9世紀の第2四半期）　*178*
    J26k．ノートケルの主の祈り（1000年頃）　*302*

Ｉ29． 　ヴィーンのノートケル写本の主の祈り（11世紀後半）　*236*
　　　Ｊ17ｂ．　ムールバッハの賛歌の主の祈り（9世紀初め）　*256*
　　　Ａ 5 ｂ．　『ヘーリアント』M写本の主の祈り（850年頃）　*24*
　　　Ａ19ｂ．　『ヘーリアント』C写本の主の祈り（10世紀後半）　*48*
　　　Ｇ 3 ｅ．　オットフリートの『聖福音集』V写本の主の祈り（863-871年）　*140*
　　　Ｉ14．　オットフリートの『聖福音集』F写本の主の祈り（900年頃）　*222*
21．信仰告白
　　　Ｊ14．　ザンクト・ガレンの信仰告白（8世紀末）　*248*
　　　Ｇ 2 ｂ．　ヴァイセンブルクの公教要理の信仰告白（9世紀初め）　*110*
　　　Ｊ26 l ．　ノートケルの信仰告白（1000年頃）　*304*
　　　Ｉ30．　ヴェッソブルンの信仰告白と懺悔Ⅰ（11世紀後半）　*236*
　　　Ｊ37．　ザンクト・ガレンの信仰告白と懺悔Ⅰ（11/12世紀）　*326*
　　　Ｊ38．　ザンクト・ガレンの信仰告白と懺悔Ⅲ（11/12世紀）　*326*
22．懺　悔
　　　Ｉ 7 ．　バイエルン語の懺悔Ⅰ（9世紀初め）　*208*
　　　Ｉ 8 ．　ザンクト・エメラムの祈りA写本（9世紀初め）　*208*
　　　Ｈ 8 ．　ヴュルツブルクの懺悔（9世紀後半）　*182*
　　　Ｇ 4 ．　ロルシュの懺悔（9世紀末）　*154*
　　　Ａ14．　ヴェストファーレン語の懺悔（10世紀前半）　*40*
　　　Ｆ 8 ．　マインツの懺悔（10世紀）　*94*
　　　Ｆ 9 ．　ライヒェナウの懺悔（10世紀）　*96*
　　　Ｇ 6 ．　プファルツの懺悔（10世紀）　*156*
　　　Ｈ 9 ．　フルダの懺悔A写本（10世紀）　*182*
　　　Ｉ18．　フォーラウの懺悔断片（10世紀）　*224*
　　　Ｉ22．　バイエルン語の懺悔Ⅱ（1000年頃）　*230*
　　　Ｉ34．　ベネディクトボイレンの信仰告白と懺悔Ⅱ（11/12世紀）　*240*
23．受洗の誓い
　　　Ｄ 4 ．　ケルンの受洗の誓い断片（811/812年）　*66*
　　　Ｈ 7 ．　フランク語の受洗の誓いA写本（9世紀）　*182*
　　　Ｉ18．　フォーラウの懺悔断片（10世紀）　*224*
　　　Ａ21．　ヴェストファーレン語の受洗の誓いA写本（10世紀末）　*50*
　　　Ａ22．　ザクセン語の受洗の誓い（10世紀末）　*50*
24．悪魔払い
　　　Ｄ 6 ．　トリールの悪魔払いの宣言（9世紀末）　*68*
　　　Ｆ12．　トリールのグレゴーリウス句（1000年頃）　*98*

25. 祈り
 - I 5．　ヴェッソブルンの祈り（800年頃）　*206*
 - F 3．　フランク語の祈り（9世紀初め）　*88*
 - I 8．　ザンクト・エメラムの祈りA写本（9世紀初め）　*208*
 - F 5．　アウクスブルクの祈り（9世紀末）　*92*
 - G 5．　メルゼブルクの祈り断片（9世紀末）　*154*
 - I 15．　ジギハルトの祈り（900年頃）　*222*
 - I 24．　オットローの祈り（1050年頃）　*232*
 - I 25．　クローステルノイブルクの祈り（1050年頃）　*234*

26. 賛歌
 - J 17．　ムールバッハの賛歌（9世紀初め）　*254*
 - I 9．　神への賛歌（9世紀前半）　*210*

27. 福音書訳
 - I 3 a．　マタイ福音書断片（800年頃）　*194*
 - H 5．　タツィアーンの『総合福音書』G写本（9世紀の第2四半期）　*172*

28. 福音書歌
 - A 5．　『ヘーリアント』M写本（850年頃）　*10*
 - A 6．　『ヘーリアント』P写本断片（850年頃）　*24*
 - A 7．　『ヘーリアント』S写本断片（850年頃）　*26*
 - A 8．　『ヘーリアント』V写本抜粋（9世紀の第3四半期）　*26*
 - A 19．　『ヘーリアント』C写本（10世紀後半）　*44*
 - G 3．　オットフリートの『聖福音集』V写本（863-871年）　*110*
 - I 14．　オットフリートの『聖福音集』F写本（900年頃）　*222*
 - J 22．　キリストとサマリア女（950年頃）　*260*

29. 創世記歌
 - I 5．　ヴェッソブルンの祈り（800年頃）　*206*
 - A 9．　ザクセン語の創世記（9世紀の第3四半期）　*30*

30. 旧約聖歌
 - J 18．　アレマン語の詩篇断片（9世紀初め）　*258*
 - A 11．　ルブリンの詩篇断片（9世紀末/10世紀）　*36*
 - B 1．　ベルリーンの詩篇断片（9/10世紀）　*58*
 - D 7．　レーワルデンの詩篇断片（9/10世紀）　*68*
 - A 16．　パーデルボルンの詩篇断片（950年頃）　*42*
 - A 17．　ゲルンローデの詩篇注解（10世紀）　*42*
 - I 19．　詩篇138（10世紀）　*226*
 - J 26 i．　ノートケルの詩篇（1000年頃）　*298*

J 29.　ノートケルの詩篇への注解（11世紀の第2四半期）　*310*
　　　H 11.　ヴィリラムの雅歌注解B写本（11世紀後半）　*188*
　　　B 4 .　ヴィリラムの雅歌注解A写本（1100年頃）　*60*
　　　F 11.　ラインフランク語の旧約賛歌（1000年頃）　*96*
　　　J 26 j .　ノートケルの旧約賛歌（1000年頃）　*302*
31．聖人歌
　　　I 16.　ペテロの歌（900年頃）　*224*
　　　J 30.　ガルスの歌（1030年頃）　*312*
　　　J 36.　ゲオルクの歌（1100年頃）　*322*
32．君主賛歌
　　　G 3 g .　ルートヴィヒ・ドイツ王への献詩（863-871年）　*142*
　　　E 2 .　ルートヴィヒの歌（881/882年）　*80*
　　　D 10.　ハインリヒの歌（1000年頃）　*74*
33．知人への献詩
　　　G 3 h .　サロモン司教への献詩（863-871年）　*148*
　　　G 3 i .　ハルトムートとヴェーリンベルトへの献詩（863-871年）　*152*
34．作者歴伝
　　　A 4 .　『ヘーリアント』序文（850年頃）　*4*
　　　G 3 a .　オットフリートのリウトベルト大司教への請願状（863-871年）　*110*
　　　J 26 a .　ノートケルのフーゴ司教への書状（1019/1020年頃）　*264*
　　　J 26 c 1 ）．ノートケルの『フィロロギアの結婚』の序文（1000年頃）　*276*
　　　H 11 a .　ヴィリラムの雅歌注解の序文（11世紀後半）　*188*

作 品 索 引

ア行

アイヒシュテッテンの鞘口銀板のルーネ文字銘（J 2） *242*
アインハルトの『カルル大帝伝』A 5写本（B 2） *60*
アインハルトの『カルル大帝伝』C 1写本（H 6） *180*
アウグスティーヌスの説教（I 3 d） *200*
アウクスブルクの祈り（F 5） *92*
アプディングホーフの血の呪文（F 17） *102*
アブロガンスK写本（J 12） *246*
アレマン語の詩篇断片（J 18） *258*
アレマン法A類写本（J 10） *244*
イージドールの『異教徒らの召出しに関する説教』（I 3 b） *198*
イージドールの『公教信仰』（G 1） *106*
イージドールの『公教信仰』モーン（ト）ゼー写本断片（I 3 c） *200*
ヴァイセンブルクの公教要理（G 2） *108*
ヴァイマルの尾錠のルーネ文字銘（C 1） *64*
ヴァインガルテンのS形留金Iのルーネ文字銘（J 4） *242*
ヴァインガルテンの本の後書き（J 31） *318*
ヴィーンの犬の呪文（I 20） *228*
ヴィーンの馬の呪文（A 12 a） *38*
ヴィーンの寄生虫の呪文（A 12 b） *38*
ヴィーンのノートケル写本（I 29） *236*
ヴィリラムの雅歌注解A写本（B 4） *60*
ヴィリラムの雅歌注解B写本（H 11） *188*
ヴェーゼル川の獣骨のルーネ文字銘（A 1） *4*
ヴェールデンの徴税簿断片（A 13） *40*
ヴェストファーレン語の懺悔（A 14） *40*
ヴェストファーレン語の受洗の誓いA写本（A 21） *50*
ヴェッソブルンの祈り（I 5） *206*
ヴェッソブルンの宗教的助言（I 31） *238*
ヴェッソブルンの信仰告白と懺悔I（I 30） *236*
ヴェッソブルンの説教（I 32） *238*
ヴュルツブルクの共有地の境界表示（H 10） *184*

作品索引

ヴュルツブルクの懺悔（H 8） *182*
ヴルムリンゲンの槍先のルーネ文字銘（J 9） *244*
ウルリヒ句（J 19） *260*
エッセンの月名（A 10） *36*
エッセンの徴税簿（A 20） *48*
エッセンの万聖節の説教（A 23） *52*
牡鹿と牝鹿（J 23） *262*
オストホーフェンの円形留金のルーネ文字銘（F 2） *88*
オットフリートの『聖福音集』F写本（I 14） *222*
オットフリートの『聖福音集』V写本（G 3） *110*
オットローの祈り（I 24） *232*

　　カ行

カッセルの会話（I 11） *212*
神への賛歌（I 9） *210*
ガルスの歌（J 30） *312*
ギーゼラ句（J 32） *318*
ギッテルデの貨幣銘（A 24） *54*
キリスト教徒に対する奨励A写本（I 4） *202*
キリストとサマリア女（J 22） *260*
クローステルノイブルクの祈り（I 25） *234*
ゲオルクの歌（J 36） *322*
ケルンの受洗の誓い断片（D 4） *66*
ケルンの碑文（D 5） *68*
ゲルンローデの詩篇注解（A 17） *42*
古フュジオログス（J 35） *320*

　　サ行

ザクセン語の受洗の誓い（A 22） *50*
ザクセン語の創世記（A 9） *30*
ザクセン法（A 15） *40*
サリ法協約A類本文（E 1） *78*
サリ法断片（H 2） *160*
ザンクト・エメラムの祈りA写本（I 8） *208*
ザンクト・エメラムの主の祈り注解（I 12） *214*
ザンクト・エメラムの癲癇の呪文（I 26） *234*

417

ザンクト・エメラムの目の呪文（Ⅰ28）　*236*
ザンクト・ガレンの課業（J28）　*308*
ザンクト・ガレンの格言（J27）　*308*
ザンクト・ガレンの語彙集（J11）　*244*
ザンクト・ガレンの写字生の句（J20）　*260*
ザンクト・ガレンの主の祈り（J13）　*248*
ザンクト・ガレンの信仰告白（J14）　*248*
ザンクト・ガレンの信仰告白と懺悔Ⅰ（J37）　*326*
ザンクト・ガレンの信仰告白と懺悔Ⅲ（J38）　*326*
ザンクト・ガレンの風刺句Ⅰ（J21）　*260*
ザンクト・ガレンの風刺句Ⅱ（J24）　*262*
ザンクト・ガレンの風刺句Ⅲ（J33）　*318*
ジギハルトの祈り（Ⅰ15）　*222*
司祭の誓いA写本（Ⅰ17）　*224*
詩篇138（Ⅰ19）　*226*
シューレルロッホの岩壁のルーネ文字銘（Ⅰ1）　*194*
シュトラースブルクの誓い（F4）　*88*
シュトラースブルクの血の呪文（J34）　*320*
シュレッツハイムの円形留金のルーネ文字銘（J7）　*242*
シュレッツハイムの青銅カプセルのルーネ文字銘（J6）　*242*
シュレットシュタットの寄生虫の呪文（F15a）　*100*
シュレットシュタットの血の呪文（F15b）　*102*
ゾーストの円形留金のルーネ文字銘（A2）　*4*

タ行

タツィアーンの『総合福音書』G写本（H5）　*172*
チューリヒの家の呪文（J25）　*264*
チューリヒの血の呪文（D9）　*74*
テーゲルンゼーの寄生虫の呪文（Ⅰ21）　*228*
テューリンゲン法（C2）　*64*
トリールの悪魔払いの宣言（D6）　*68*
トリールの馬の呪文（F10）　*96*
トリールのグレゴーリウス句（F12）　*98*
トリールの護符のルーネ文字銘（D1）　*66*
トリールの血の呪文（A18）　*44*
トリールの勅令（D8）　*70*

作品索引

ナ行

西フラマン語の恋愛句（B 3） *60*
尼僧への求愛（F 14） *100*
ノイディンゲンの木材のルーネ文字銘（J 3） *242*
ノートケルの詩篇への注解（J 29） *310*
ノートケルの訳著（J 26） *264*
ノルデンドルフの弓形留金Ⅰのルーネ文字銘（J 1） *242*
ノルマン人のAbc（A 3） *4*

ハ行

バーゼルの癌腫の処方箋（H 1 b） *158*
バーゼルの発熱の処方箋（H 1 a） *158*
パーデルボルンの詩篇断片（A 16） *42*
バイエルン語の懺悔Ⅰ（I 7） *208*
バイエルン語の懺悔Ⅱ（I 22） *230*
バイエルン法A写本（I 2） *194*
ハインリヒの歌（D 10） *74*
パウルス・ディアーコヌスの『ランゴバルド史』（K 5） *336*
パリの馬の呪文（F 16） *102*
パリの会話（E 3） *84*
ハンメルブルクの荘園の境界表示（H 4） *170*
ビューラハの円形留金のルーネ文字銘（D 2） *66*
ヒルデブラントの歌（H 3） *166*
ビンゲンの墓碑銘（F 13） *98*
フォーラウの懺悔断片（I 18） *224*
プファルツの懺悔（G 6） *156*
プフォルツェンの象牙環のルーネ文字銘（J 8） *244*
プフォルツェンの尾錠のルーネ文字銘（J 5） *242*
フライジングの主の祈り注解A写本（I 6） *206*
フライラウベルスハイムの弓型留金のルーネ文字銘（F 1） *88*
フランク語の祈り（F 3） *88*
フランク語の受洗の誓いA写本（H 7） *182*
フルダの懺悔A写本（H 9） *182*
フルダの覚え書き（I 10） *212*
ブレザの大理石半円柱のルーネ文字銘（K 2） *328*
フレッケンホルストの徴税簿（A 26） *54*

『ヘーリアント』序文（A4）　*4*
『ヘーリアント』C写本（A19）　*44*
『ヘーリアント』M写本（A5）　*10*
『ヘーリアント』P写本断片（A6）　*24*
『ヘーリアント』S写本断片（A7）　*26*
『ヘーリアント』V写本抜粋（A8）　*26*
ベゼンイェの弓形留金AとBのルーネ文字銘（K1）　*328*
ペテロの歌（I16）　*224*
ベネディクト修道会会則（J16）　*250*
ベネディクトボイレンの信仰告白と懺悔Ⅲ（I34）　*240*
ベルリーンの詩篇断片（B1）　*58*
ベルンの痛風の処方箋（F18）　*102*

　　　マ行
マインツの懺悔（F8）　*94*
マタイ福音書断片（I3a）　*194*
マリーア・ラーハの潰瘍の呪文（I33）　*240*
ミュンステルビルゼンの称賛句（B5）　*62*
ミュンヒェンの痛風の処方箋（I27）　*234*
ムールバッハの賛歌（J17）　*254*
ムースピリ（I13）　*214*
メルゼブルクの祈り断片（G5）　*154*
メルゼブルクの馬の呪文（F6b）　*94*
メルゼブルクの身内生還の呪文（F6a）　*94*
モーン（ト）ゼーの写本断片（I3）　*194*

　　　ラ行
ライヒェナウの懺悔（F9）　*96*
ライヒェナウの主の祈り（J15）　*250*
ラインフランク語の旧約賛歌（F11）　*96*
ランゴバルド語の『ヒルデブラントの歌』（K3）　*328*
リブアーリ法（D3）　*66*
ルーオトリープ（I23）　*230*
ルートヴィヒの歌（E2）　*80*
ルブリンの詩篇断片（A11）　*36*
レーオ・ヴェルチェリ司教の金言（A25）　*54*

420

作品索引

レーワルデンの詩篇断片（D7）　*68*
ロータリ王の布告（K4）　*332*
ロルシュの懺悔（G4）　*154*
ロルシュの蜜蜂の呪文（F7）　*94*

編訳者紹介

髙 橋 輝 和（たかはし　てるかず）
1944年生まれ
現在：岡山大学文学部教授，博士（文学）

著書：『ゴート語入門』クロノス 1982年，改訂増補版 1999年．
　　　『古高独語詩「ゲオルクの歌」の研究』岡山大学文学部
　　　　　　研究叢書4，1990年．
　　　『古期ドイツ語文法』大学書林 1994年．
　　　『シーボルトと宇田川榕菴―江戸蘭学交遊記』平凡社 2002年．

古期ドイツ語作品集成

2003年2月20日　発行

編訳者　髙　橋　輝　和
発行所　株式会社　溪　水　社
　　　　広島市中区小町1-4（〒730-0041）
　　　　電　話（082）246－7909
　　　　FAX（082）246－7876
　　　　E-mail:info@keisui.co.jp

ISBN4－87440－731－5　C3084
2002年度日本学術振興会助成出版

髙橋輝和著作正誤表

『ゴート語入門』（クロノス，改訂増補版 1999年）
33頁，15行目：すべて → 1例のgaggida以外はすべて
60頁，下から1行目：aliþiza → alþiza

『古期ドイツ語文法』（大学書林 1994年）
 3頁，下から3行目：900年頃 → 1000年頃
 62頁， 8行目：jēn → jen
 67頁，12行目：giforan → gifaran
129頁，下から11行目：*ǣnon* → *ǣnon*
159頁，下から13行目：ザクセン語には見られない → ザクセン語にも見られる
164頁，13行目：不思議がっている → 不思議がっていた
193頁，下から1行目：*habēm* → *habēn*
214頁，下から1行目：前時的 → 後時的
216頁，下から13行目：後時的 → 前時的

「古期ドイツ語の頭韻法」（岡山大学独仏文学研究14，1995年）
50頁， 5・6行目：削除
72頁， 5行目：*angist alde arbeit* → *angist alde arbeit*

「ドイツ語音韻史」（岡山大学文学部紀要２，1981年）
27頁，下から9行目：33頁，14行目の変化例に代える。
28頁，下から15行目：ae. slāpan → as. slāpan